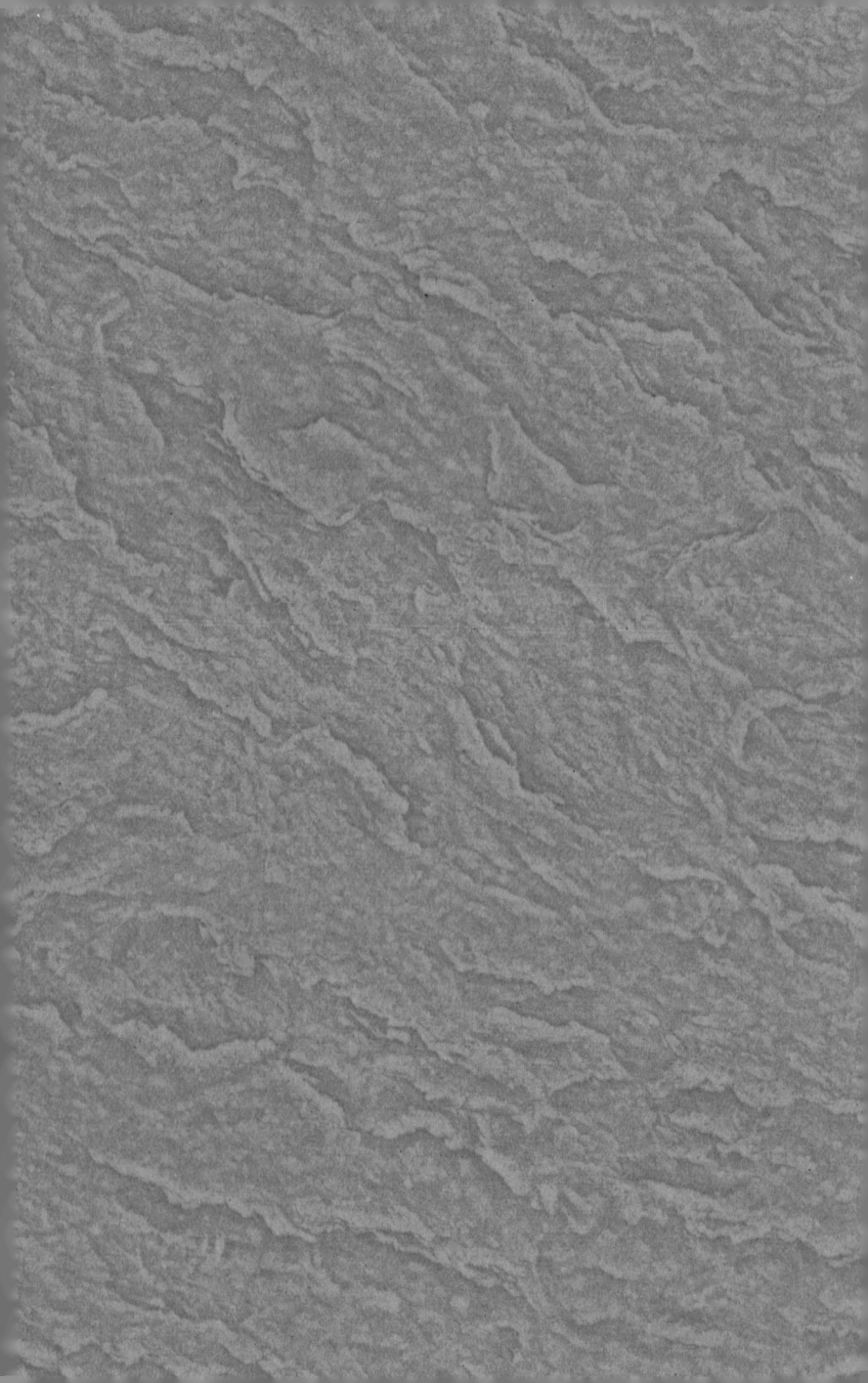

小説集 [illegible]（カン）の[illegible]

三田村博史
Hiroshi Mitamura

風媒社

小説集　**姜の亡命**　目次

姜の亡命

虻

遊動円木

姜（カン）の亡命

I

　姜俊基、鄭在植、金白達、李庚彦は、海上保安署の護送車を降りるとすぐ、亡命希望だとそれぞれのべたて、まるでそういえば全ての罪が許されると思っているかのようであった。中でも副機関長の姜は横暴とみうけられた。

　わたしはいつも取調室の正面に若い書記官の細谷を坐らせ、自身は扉口に近い席から中央をむいて坐っている。容疑者は部屋へ入るとリーゼント頭の細谷に気をとられ、かたわらのわたしに心の隙をみせる。そこでわたしは、おもむろに自分が検事であると名のり、机の前に椅子をもってきて坐るように命令するのである。

　ところが姜は部屋へ入ってきてからも、ふてぶてしく、その骨ばった顔をわたしにむけたまま、どしんと椅子に腰をおろした。着ている紺色のうすよごれた工人服が、もう囚人服とみえるのに姜は罪の意識をまったくもっていないふうであった。股をひろげて坐り小馬鹿にしたような目つきでみる。

　わたしはそれを無視して姜の前に書類をひろげ姓名をただし、出生地をのべさせ証拠の品々をとりだす。久し振りで朝鮮語の語彙を頭の中で拾い、組み立て、出入国管理令違反、銃砲刀剣等不法所持、検疫法違反の疑いをいう。三十一歳で、いくらか日本語のわかる姜は、わたしの下手な朝鮮語に怪訝そうな表情を浮かべてうなずき、横をむきながら日本語で「ソウタ、ソウタ」といった。認めてはいるけれどもそれは反省しているのではなく、自動小銃を使用し船上で殺人をおかしたことも領海を侵して日本へ逃げてきたこともまるで罪の概念の中に入っていない様子なのだ。〈亡命〉によって全ての罪は消えさるかの態度であった。

職務上わたしは同じことを幾度もくり返してき、紙の上に鉛筆で図を描き、それを相手にわかるようにむこう側にむけてやる。その時わたしは工人服の袖に黒くしみついた油と一緒にたくさんの血がくっついているのをみた。旧海軍測量部製作の西朝鮮湾から黄海への海図をひろげてわたしはその上で指を動かした。そして威圧的になっても仕方がないと思っていた。卓上の湯呑みをとりあげながら、姜のひっかかってくるところがどこかにないかと朝鮮語のことばを探した。それからいくつかの質問を浴びせ、次に長い沈黙をおいた。しばらくしてから証拠の銃をドスンと音をたてて机の上に置いた。

姜はわたしもことばがわかっているのかいないのか、ずっと黙って目を光らせていて、それから多くはわたしの推定どおりをぽつんと認めた。その供述を日本語になおして細谷にむかって告げながら、わたしは胸のうちにひろがっていく不快を抑えきれなかった。姜がどこかわたしと違った次元で〈事実〉を述べていると感じられたからだ。姜は後悔していないばかりか、わたしの権威、法の権威から抜けだしている。不遜であろうとしているのではないが、姜は罪を認めるとしてもわたしとは別のところで認めている。そうわたしには感じられた。

かつてわたしは朝鮮にいた。だから朝鮮は心のふるさとである。総督府の官吏を父として京城に生まれ、京城帝大の法文学部を出たわたしには、二十年たっても朝鮮は他国とは思えない。

四十歳を越した今となってもふと昭和町通りや南大門あたりを懐かしく思いだしたりする。そこには、今は消息を断ってしまった金山とか平井とかいう朝鮮人の友だちもいるはずである。物心つくまで、わたしは朝鮮人たちを軽蔑する風潮を身につけていたが、大学予科あたりからはこれらの友人というものを意識するようになっていた。そして戦争が激しくなるにつれて、朝鮮人であり日本臣民である彼らと話をするのにある戸惑いをおぼえるようになっていたのだ。それが今、またわたしの心の中にひろがってふっきれないものを感じさせる。その今は外国となってしまった国からやってきた姜と対しながら、わたしは青年時代に接した幾人もの朝鮮人たちの何かの拍子にわたしを遮断してしまう、当時の奇妙な壁を思いだしていた。

実はわたしは出入国管理令違反などの軽い嫌疑を扱いながら、姜たちが北朝鮮から日本へやってくる間に、自分たちの船の船長ら七人を殺した罪を追及したいと願っていた。こういう男に、七人の同僚を殺した悔恨の情を少しでもみつけさせてやりたいと思っていたのである。ところが、姜の無言の抵抗と自信にでくわすと、そこに大きな壁をみいだしていた。

そしておずおずと関連検察として、白頭艇上で実地検証したときのことをもちだし、殺人時、発砲時の状況をききただそうとした。するとそれまでほとんど無表情にちかい茶色い顔をしていた姜が急にわたしの顔をきっとみ、待っていたように「イルボンには、今は、それについての裁判権はないはずだ」とくってかかってきた。

それからたばこを要求し、ゆっくりたちあがって細谷の机の上のマッチをとりに行き、火をつけうまそうにすった。服の腕をまくりあげ、わたしの方に煙をはきかけ、もう一度「日本には裁判権はないはずだ」といった。姜はすでに民団の代表と面会していたから、そこで裁判権の所在について入知恵を受けているのかも知れなかった。

そして亡命のために日本に来たんだから、日本は亡命を認めるべきだ。それについての打ち合わせがしたいから、もう一度下関駐在の韓国副領事・姜方文をよべと姜俊基はいう。わたしはどなりつけてやろうと思った。取り調べは徹底的にやるといってやろうかと思った。けれどもそれが、朝鮮人である姜に対しては自信をもってはいえないように思えた。

九月半ばすぎの取調室はむしあつく、わたしのワイシャツの下は汗でぐっしょりぬれていた。扇風機がよたよたと首をふり、そのたびに姜のはくたばこの煙がわたしの顔の前を走る。

わたしは姜がどうしても方文に会いたい、副領事は自分のいとこだと主張するのにおどろきもし、取り調べが一段落するまでは会わせないといった。そのことで姜としばらくいい争い、そのあと姜はいっそう憮然とした表情になった。

それでも昼食にかつ丼をあたえると、姜は、今度はいくらかわたしのいうことに耳をかたむける素振りをした。わたしもなんとか姜の気をひこうと、かつて朝鮮から満州へ旅行したときに通った新義州の邑の思い出を話した。

それでも姜はまた下をむきぶつぶつと朝鮮語でやけっぱちのようなことばをはく。それはどうやら「仕様がないじゃないか、日本人なんかに、おれのやったことがわかるもんか」ということだった。

しかし朝鮮の話はいくらか姜の心をおちつかせたようだ。尋問に入ると、姜はおぼえていた日本語と朝鮮語をまじえて日本に来るまでのことをぼつぼつと、長い時間かかって話しはじめた。それは供述というより、姜が自分の過去を自分にむかって語ったようでもある。

以下に記したことは、三日間にわたる取り調べにたいして姜俊基が不得要領に語ったことである。供述は話が前後し、わたしもいろいろ質問をくわえたが、それは今大方省略した。細谷のとっていた記録はきわめて事務的なものだったので、ここではいくらかわたしが手を入れて潤色もした。

なお文中「おれ」とあるのは、姜が「ナ」とも「サ」ともとれるように軽く発音した一人称だが、その感じは日本語では「おれ」ぐらいにしか訳せないのでそう表記しておいた。もちろん、日本語もまじえて話したが、そんなことまでもいちいち記してはいない。

――姜俊基の供述

解放前、おれは兄の康基と、いとこの方文と三人で、鉄橋の下で、スケートをしたことがある。

――姜はことばを区切りながら、日本統治時代のことからしゃべり始めた。

一九四五年の四月、ヤールー江（鴨緑江）の表面はまだ一面氷におおわれていた。おれは、ねずみ色のふさふさした毛のついた防寒帽をかぶって氷上にいた。兄たち中学生の二人はスケートがうまく、氷面に美しい模様をえがいて滑りながら、このまま満州の安東へ行ってしまおうかと、早口の日本語でしゃべっていた。京城上空一万メートルを、白い飛行雲を引いたアメリカ機が飛んだことは兄に聞いて知っていたが、新義州はまだのんびりしていた。たしかに江のむこうは当時満州だった。

二人は、もちろん朝鮮語なんか使わなかった。おれはいとこの家のある京城へたびたび遊びにいっていたが、その方文の家でも、おれの家でも、朝鮮民族の伝統的な習慣――正月にセベエと称する年賀のあいさつを伯父や、叔母の家にまでパチチョゴリを着てしにいったり、家廟の前で、ジョンジョサレとよばれる祭事を行ったりはしていた。だが一方で、極力日本人になろうと努力もしていた。特に名門の京城中学生である兄たちは、すでに内地人と同じ気持ちでいたし、皇国精神は小さいおれの心の中にもしみわたってきつつあった。そしておれは抵抗なく、それを受け入れようとしていた。

大鉄橋を、大陸横断列車アジア号が疾走していく。黒い大きな列車がみえるたびに氷上の多くのスケーターは手を振っていた。

――おれはなぜこんなつまらないことをしゃべり始めたのか、いや、なんだか解放前といえば、どういうわけかすぐあの時のことが一番最初に頭に浮かんでくるからだ。

おれは、河岸からあまりはなれないところで、たまたま会った内地人の同級生と一緒に少しすべった。氷の表面にはところどころ水がたまっていて、何度もその水の中につっこんでころんだ。まわりの朝鮮人の子どもたちは、板の裏に針金をつけたソリで遊んでいたが、おれは本物のスケートなのが得意だった。すっかりぬれて、気がついてみると、おれとその内地人の子供の乗った氷が、岸からはなれて動きだしていたのだった。

　はじめおれは堤防の上から手を振る人たちに気づかなかったが、氷は上流で大きく割れていたのである。日本には川や河はあっても江はないと聞いたが、知ってのとおり、おれの国では江がそのまま凍ってしまう。そして氷の板は春になると海へ流れ去る。おれは広い氷の上に幾人かとともに残されてもそれに気づかず、首にまいたマフラーを風にゆるがせてすべっている人々をみていた。そのうち氷上の人たちが気づいて岸の方に近よった。

　しかしその時はすでにおそく、岸と氷との間には大きな裂け目ができ、青い水がみえた。もう冷たい中に身をつけなければ岸へ上がることができなくなっていた。探すと兄と方文はずっと遠くの氷の上にいた。二人はおれよりずっと満州寄りに行っていたから、気づいたのもおそく、おれと二人の間には幾つもの青い割れ目が出来ていた。

　おれの乗っていた氷は、いつまたどこで崩れるとも知れなかった。もうすべれない。じっとしていても、スケートを脱いで足踏みしても体のしんまで冷たく淋しかった。おれは内地人の同級生と一緒に泣きだした。夕方になるまで流れつづけた氷の上でおれは救助の小舟が到着するのを待った。

　おれは、日本の敗戦というと――おれは最初日本人学校の先生から、敗戦ではなく終戦だと教えられたが――祖国の解放というと、なぜかあの時の不安な気持ちがよみがえってくる。だが本当はあの頃がおれの幸福の絶頂のときだったのである。

　ところで、結局おれたちは救出された。けれどもそのとき以来、おれの前からいとこの方文だけが消えてなくなった錯覚に長い間おちいったのだった。本当は方文は、むこうの氷の上で待っている間に、せまくなっていた氷の上をついスケートですべり、水の中に落ちた――とあとで兄に聞いた。いとこはすぐ人々に助けられたはずだし、おれたちも救出されたのだが、おれはその落ちたいとこの姿をはっきり見たわけでもないのに、その記憶だけが残っていて、助け出されたあとの方文の記憶がなかったのである。

　そして解放になり、その後三十八度線を境に南と北が寸断されてから、兄はガラガラにすいている列車で新義州へもどってきた。しかし方文は新学期に京城へもどったまま、ふたたび新義州へ帰ってはこなかった。それでもおれはいとこが消えたと思いつづけてきたのである。

　それはそれとして、植民地時代、新義州の邑の総務課長だったおれのおやじは、解放をむかえるとすぐ、それまでの職をうばわれて新しく化学肥料工場につとめさせられた。

　邑の人民委員会が、おやじのやっていた仕事をうばった。おやじだって、それまでも決して、おまえたちの支配下にいることなんかを、こころよく思っていたわけではない。しかし表むきは内地人の味方をし、同胞の利益にならぬこともやらざるを得なかった。おまえがおれの国にいたことがあるのなら、わかるだろう。とにかくそのおかげで、ヤンバン祖父の持ち家だった李王朝風に日本様式をとり入れた、青瓦の大邸宅におれたちは住めたのだ。おれ自身も日本人国民学校へかよえた。おまえも朝鮮の学校へかよったのなら知ってるだろうが、そこには、朝鮮人の子供もいた。おれはそのひとりだった。邑の有力者の子供は、黒の学童服に半ズボンで、ひざ小僧を出して日本人児童の仲間に入っていた。

　父の交際するのもほとんど内地人だったし、その日本人たちも父の日本人ぶりを驚嘆したし、父も正真正銘の日本臣民になったつもりでいたらしい。

　だから、日本が負け、内地人が引揚げていってからのおれ一家の生活は、根底から狂った。

　家は人民政府に接収され、あらためて申請をだして住むことが許されたのは、かつて門番夫婦の住んでいた小さい朝鮮家屋だった。親子四人そこに住んだ。母屋はアパートとなり、そこに住むことになった三十人がいつもわたしたち一家を監視する立場になった。

　――ここでわたしは、「ひさしをかして母屋をとられたのだね」といいましたが、姜にはその意味がわからず、わたしの説明でじろりとにらみつけ「ソウタ」と不機嫌に答えた。それからしばらく、ぶすっとした顔つきで黙っていて、またぼつぼつしゃべりはじめた。

日本人学校にかよっていたおれは、皇国臣民となり、校長先生が大詔奉戴日に「しきしまの、大和ごころに……」ととなえる明治天皇の御製をいつも口ずさみ、心の底では朝鮮人どもを軽蔑する気持ちを身につけていた。だのに、日本が敗れたおかげで、こんどは民族意識が突然もりあがった集団の中で、かつての「対日協力者」として生活しなければならなくなった。

解放前、そりゃおれは幸福だと思っていた。小さかったせいもあるが、新義州公立国民学校初等科四年――これがおれの学んでいた日本人学校だが、赤煉瓦の二階建ての校舎で、広い校庭のすみに藤棚があり、反対側に奉安殿があった。おれは解放後の夏の日、藤棚の下で、日本人の井野川という女の先生をかこんで、内地人の同級生と涙ながらに別れたのを忘れはしない。もうクラスの半分ほどは引揚げたあとで、それまで親しかったのに内地人の友だちが妙におれたちを警戒する目で見たのをおぼえている。

それに今から考えてみると、どんな主義でも同じようなことを考えるものだ。今おれの国では、どこへ行っても金日成とレーニンの写真が飾られているが、あの奉安殿には天皇陛下の写真が飾られていた。おれはその学校から、京城中学校へすすむことになっていた。といっても、はっきりそれをおれの意志で決めていたわけではない。

国民学校の日本人の子供の中で、役人や銀行の支店長や新義州工専の教授の息子どもはみなそのように仕込まれていたからだ。それにおれは朝鮮人なのに、兄の康基が京中へいっていて、休みになると白線のはいった学帽をかぶったいとこの方文と一緒に帰省するので、おれもいつのまにか、将来をそれと同じになると考えていたのだ。あの中学校は内地人だってなかなか入れない学校だから、兄といとこのふたりがそこに行っているのはおれには得意だった。だって、おやじの職業といい、いとこの家庭といい、おまえたちがつくりあげた体制を全て信じこんで成り立っていたのだから、そうおれが考えるのも当然ではないか。

　しかしその後、人民政府が樹立されてからは、おれは一般の人民初級学校へ行き、中級学校へすすんだ。勉強がちっともできなくてきたない格好をしている連中にまじって勉強することとなった。実際おれはそんなやつらと机をならべて勉強するのは屈辱だと思っていた。

　解放後の混乱とソヴィエト軍の侵入。金日成首相の政権樹立――その中でのおれの生活環境の激変。しかし若いおれは新しい体制にいくらかの抵抗はおぼえてもとにかく入っていった。だが、今から考えてもそれへの抵抗は小さいものではなかった。

　おれはそれまでとはちがう、朝鮮文字で印刷された真新しい粗末な仮綴の教科書を読んだ。中級学校の数学なんか国民学校の算数の問題の方がむずかしかった。ただ問題の意味は日本語で書いてあれば容易につかめるのに朝鮮語で書かれているのでわからなかった。そういった学校生活での不満は我慢するとしても、おれには家へ帰るとそこには日本人の考え方に固執したままの父と兄がいるのに困惑した。

　京城中学から京城帝大へすすむことをねがっていた兄は、解放後いとこを残して新義州へもどったことを残念がり、新しい政府に批判的だった。それは政府への批判というよりは、父や母や兄のこれからの生き方に対する愚痴といった方がいいかも知れない。保証されていたものを……一度に失ってしまったことへの不満であった。おれたち民族のつくった政府が、朝鮮人民のために、新しい社会主義社会をつくるために努力してくれる。これまでの朝鮮人の努力は全て日本人のためだったが、解放後はちがうのだ……こういういい方はどこでだってきかれたし、物の道理がわかるにつれて、おれもそうだと理解はできるようになった。

　だが、その説明をのみこむには、おれの家庭は、あまりにもみじめになりすぎた。おやじなどはそれまで朝鮮民族の守護者のようにいわれることもままあった。たとえそれが父の権力を利用しようとする人たちがいったにしろ、たしかにそういう面もあった。ところが解放後はまったく売国奴の立場にたたされた。みなから監視され、それを父自身も民族への裏切りへの責めと感じたようだ。実際父は日本を信奉し協力した半生を反省していたかもしれない。そういえば「わしは今の生活ぐらいは我慢しなくちゃいかん。朝鮮人の国になったのだから」と一度しみじみと語ったことがある。

人民学校では人民の英雄としての金日成元帥が登場した。あの男の白頭山でのパルチザン活動を教科書でよんだ。おれはほとんどそれまで朝鮮文字を知らなかった。朝鮮文字は教科書にも習字の手本にさえなくなっていたし、それにおれの国民学校は日本人ばかりだったので、だれも朝鮮文字を教えてくれなかった。第一、あれは賤民の文字だった。おれの名前だって、解放まで月城俊基だった。本当の姓は姜だとは知っていたが、それが日本人に強制的に変えさせられたとまでは思ってもいなかった。

だからかつての山本五十六元帥に代わって金日成元帥が登場しても、おれには容易になじめなかった。おまけにそれまでの朝鮮人の学校を馬鹿にしていたのに、新しい学校ではおれは〈国語〉の成績がわるかった。京城中学へ行くことはもう出来ず、ごくあたりまえの中級学校で民族教育を受けたが、そこでは一度におれの価値が引きさげられたという気持ちがいつも心を占領していた。

父は職と家とをとりあげられただけではなく、土地も無償没収され、今までの父の感覚からいえば、ヤンバン階級からサイミン（常民）にひきさげられたのであった。しかもおれとちがって父には民族裏切者としての刻印が、外側からも内側からも押されていた。

内地人の部下もあり、官吏として尊敬されてもいた父は、今度は同胞に卑屈にならざるをえなかった。そう思ってみると、かつて尊大だった物腰さえも、変に下卑た品のないものに思われだした。気をつけてみていると、以前は決してそんなことはしなかったのに、朝鮮民族の風習である手鼻をかむことも平気でするようになっていた。しいたげられる立場になった父は、自分でもたしかに裏切者だったという意識がさいなむのか、黄色い顔にしわをよせ、工場に出かけ、夕方にはあれた指をして徒歩で帰ってきた。その顔はまぎれもない朝鮮人の顔なのだが、国民服を着て、血色のいい顔つきで、憲兵に守られて役場へでかけたころとはまるきりちがっていた。

兄は京中へはもどれず工専の中に新設された技術学校へ入って電気を学んだ。それは兄の本当の希望ではなく、「教官はなんにも知らない。だから実習ばかりやらせる」と愚痴っていた。でもまもなく正式に成立した朝鮮民主主義人民共和国は、技術者養成を国是としていたから、少しでも国策にそった方向へすすむことが家族のためになると思ったにちがいない。それでも夢はすてきれずにいたようだが、長身のからだを飄々とさせながら教科書をかかえて学校へ行った。だがかつての意気ごみはなく、ただ黙々と勉強には励んでいるだけだった。

家族の中では母が一番時勢に適応していたと思う。というより、母は本当の意味での朝鮮人だったと思う。それまでも家の中で、いつも民族服を着てとおす唯一の存在で、農村出身の母はそれが性にあっていた。母は母屋にすむことになった人々と、朝鮮語でしゃべり、時々大声で笑い、一緒に頭に荷物をのせて洗濯棒をもって鴨緑江へ洗いに行った。

母がいなかったら、おれたち一家はまったく外部からとざされた生活だったにちがいない。父も兄も何もいわなかったが——いや実のところ母屋から監視されていると思うと何もいえなかったが——互いに自分たちの将来をあきらめ、自分の人生は破滅したと考えていたようである。地区の学習会にも積極的には出なかった。もちろんおれだって例外じゃない。京城中学へ入るという夢はいつまでもおれの胸の中で余光をたもっていたし、それが実現不可能となると一層価値あるものに思えた。大東亜戦争中の邑でよくみかけた日本の戦車隊員の白いマフラーや、一緒に学んだ内地人の友だちをなつかしく思った。京城に残ったと知ったいとこの方文のこともたびたび思いだした。

　新しい体制ができあがるときだから、邑にはたくさんのビラやたれ幕がさがり、活気があふれていた。しかし、おれの家のように小さな穴の中に入って批判的に現実をみると、生活はいっこうによくなってはいなかった。かえって日本人の引揚げであらゆる機能が止まっているのだった。無秩序の中の活気はおれたちには無関係だった。

　本を読まないときの兄は長い脚をオンドルの油紙に片ひざをたてて坐り、電気器具を分解したり組みたてたりすることで気持ちをまぎらわせていた。法科へすすむはずだった兄は――最後のころは士官学校にも興味をもっていたが――家にあった古い黒ぬりの扇風機をこっそり倉庫からもちだして分解したり、学校でもらってきた鉱石でラジオをつくったりしていた。おれもそのかたわらで兄のするのをみていた。

　兄はそんなことをしながら、時々日本語で京城に残った方文のことを口にした。当時まだ南北の通行は完全にストップしたわけではなかった。厳重な身元調査はあったが、許された者はソウルと地名を変えた京城に行くことだってできた。だが、おれたちに許可がおりるはずはないし、そういう希望を表面にだすことさえはばかられた。

　噂と政府の発表を総合すると、南朝鮮は共和国より一層の混乱状態であるらしかった。それでも一度叔父からきたみなれない切手をはった手紙によると、方文はそのままもとの京城中学へ通い、「帝国」の文字の消えたソウル大学へすすむ準備をしているとのことだった。物資は窮迫しているが、叔父はひきつづき中央政府へつとめることができ、そのうえ日本人の引揚げと新政府機構の設置で上の役人がいなくなり、叔父は財務部の要職についていた。方文も新しい祖国建設のためはりきって勉強に力を入れていると書かれていた。

　兄はそれをみると、一層、カイライ地区へ行きたがり、父も「金日成より、李承晩の方がわしのためにはよかった」などと口ばしったりした。南朝鮮はかつての統治時代の組織が大半そのままのこり、父ももしその地の役人だったら、従来の地位を利用して出世できたかも知れない。父は機会があったらどうしても大韓民国へ行かねばならないといった。それは日本という国が朝鮮半島からなくなった以上、父にとってもおれにとってもかつての余光をいくばくかでも保つことのできる格好の地とうつったのだ。

だが、そうこうするうちに、二つの国は完全に分断され、しかも祖国統一戦争がはじまってしまった。

――姜俊基の供述

李承晩カイライ政権軍をやぶって、人民軍はなんなく三十八度線を突破した。アメリカの参戦を、おれは勤めはじめたラジオ組立工場の食堂で、スピーカーを通じて聞いた。

アメリカだけではなく、イギリス、フランスも加わった国際侵略軍がむかってきて、日本も一緒に攻めてくるかも知れないといわれた。だが人民軍は釜山近くまで攻めこみ、〈祖国統一〉はもうすぐということになった。邑は興奮したが、それらのニュースにもおれは国民学校でプリンス・オブ・ウェールズの撃沈を井野川先生から話してもらったときのような感動はおぼえなかった。まわりの興奮はいつも家へ帰ると消えてしまうのだ。

当時、工場では仕事中もスピーカーが水原飛行場や太田の解放を放送し、その前後にはきまって軍歌や〈統一列車は走る〉が流されていた。しかし戦況の優勢の発表とは裏腹に、おれたちのまわりに余裕がなくなってきたのも確かだった。おれたち一家は、その中でまた起こる新しい環境の変化をおそれて生きていた。

金日成首相直筆の〈悲願同胞三千万、祖国統一〉のたれ幕が新義州の駅頭にも、人民委員会事務局正面にもさげられた。

ところが事態は一変し、マッカーサーの仁川侵攻によって、アメリカの飛行機が赤い星の祖国のマークをつけて近くの雲山や水豊にまで飛来するようになった。工場の男たちが何の訓練も受けずず戦場へ走り、朝中友好列車が青い服の中国義勇軍兵士を貨車にのせて、鴨緑江にかかる大鉄橋を渡ってくるのが見られるようになった。

おれも人民共和国の国民らしくなり、人なみに李承晩一味に激しい憎しみを感ずるように育っていた。それはちょうど日本の植民地時代、わけもわからずアメリカを悪者だと信じたのと同じことだ。おれの心の底には、戦場になってしまった京城で、いとこ一家がどうしているかという気持ちもあった。ふいに、方文があの氷の上からみえなくなった時のことを思って不安にもなった。しかし、戦争が始まってからの「鬼」とか「狗」というカイライ政権への雑言は、同民族同士の悲劇というより、兄弟喧嘩の憎悪に似た感情を醸成してきていた。南朝鮮を語るのはタブーだった。

家ではあいかわらず両親も兄も黙っていて、戦況についてさえも語らなかった。多くの人が兵隊となったのに、一軒に男が三人も残っているのは異常だったが、いっこうに兄は兵役志願をしそうになかった。父も母も残りの人生をできるだけ社会と関わりのないところで生きたいらしく、おれたちは灯火官制下で体をよせあって息を殺していた。そして兄はラジオ製作に夢中になった。

技術学校を卒業すると兄は変電所に勤めはじめた。非番の日、今度は勤め先で手に入れた真空管やプレートを組みあわせて小型ラジオをつくった。中学時代に京城の方文の家に下宿していて、平壌放送や内地の放送を聞いていたのだ。

以前に買った、古い日本語の科学雑誌をもちだして半田ごてをにぎり、兄はチューナーを組みたてコイルをまいた。手つきはいかにも不器用で、細い指にもかかわらずなかなか思いどおりにできなかった。だが兄は真剣で、夜になるとどこからか聞こえてくる朝鮮語放送や中国語放送に耳をかたむけ、ソヴィエトからの朝鮮人民むけの番組も聞いた。

祖国の戦争の中で、兄が情熱をもやしたのは、日本語放送を聞くことではなかったかと思う。まもなく寄せあつめた材料で五球の受信器をつくったのも、日本語の放送を聞きたい一念だったと思う。

おれたちは粗末な夕食をとるとき、つい日本語で話していることがあった。特に兄は自分の思っていることを適切に表現しようとすると、日本語しかことばがみつからないようだった。そんな教養を日本人はおれたちに残したのだ。父は父で、日本語を使うことでかつての誇りを保とうとするかのようだった。そして「江戸前の寿司が食いたいね」などと東京へ出張した時の話をした。——ただそれは今おれが日本に来ていうのだが、かつての日本への尊敬といったものからではない。文化のすすんだ日本への敬慕でもない。もっと精神的なものだ。おれだっておれの国が植民地であったことがうれしいはずがない。

屈辱の中の誇りとでもいったらいいのか——こんなことはちょっと説明しにくいが、周囲の同胞からはみでたときに、おれたち一家の錯誤した感情が、自分たちをそれぞれ日本人におきかえていたにちがいない。くり返していうが、そのとき、日本に対する劣等感も憎悪もありはしない。兄も父も本来、日本人だったといえる。それが急にそうではなくなった。そのときせめて日本人だったら——威張って自分の国と一体感をおぼえることができたらと思っていたのだ。

ところで空襲がはげしくなるにつれて、それまではジャミングが入ってはっきりとは聞こえなかったのに、あちこちの放送がおれたち手作りの器械で受信できるようになった。

国には放送受信については強い規制がある。小型受信器の使用はもちろん、ラジオも勝手にはきけない。電波状況がいいとき、太陽黒点の活動がおさまったときには日本の放送が入るはずだと兄はいったが多真空管ラジオは一般に売りだされていなかった。周波帯も制限されていた。かりに聞こえても、すぐその周波には妨害電波がはいる。ところが兄は無線について学校で教えられていたし、おれもトランジスターについての知識をあつめていた。トランジスター自体は見たこともなかったが、それにそんな知識は直接真空管ラジオには役にたたなかったが、性能が極めて高いことはわかっていたのだ。

一方、戦場が共和国にほとんど移ったと思われるころから、各地の政府放送は入らなくなり、代りに他地区からの放送がどんどん聞こえるようになった。

あれは十月だったか、おれたち一家は家の防空壕にはいって、夜空に輝くアメリカ機の空襲をみていた。新義州はもう寒くて、鴨緑江の氷結がはじまるのも真近だし、ちょうどその日初雪が降って、照明弾にてらしだされたおれの家の母屋の屋根瓦は白く光っていた。

戦況は決してよくなかった。緒戦の勝利は今は敗走につながっているらしかった。父にとっては勝つも負けるも、それほど意味のあることではないらしかった。だがおれには負けることはおそろしいことでもあった。南朝鮮と併合されることはうれしかったが、もう一度環境の激変が起ることへの不安があった。どうしたらいいかわからなかった。

ある朝起きると、邑のおもだった建物はすべてが爆破されていた。街がすっかり明るくなり、おれの家からも鴨緑江がみえた。街をあるく人の数も少ない。その上にアメリカ機がやってきて上質の紙のビラをまいた。

〈祖国統一〉のスローガンの意識はうすれ、地上軍の侵入をおそれる気持ちだけがひろがっていた。

おれは、その晩も、地ひびきたてておちる爆弾と、気味わるい青白の光を出しておちるナパーム弾、そして時々思いだしたように山で鳴る迎撃砲の音を聞いた。もうこわくはなく、ひたすら兄と一緒に手製のラジオのダイヤルをまわしていた。

最初、なにも入らずザーザーと音がしただけだったが、そのうち聞こえてきたのは、待望の日本語放送だった。音声はおれに忘れていた記憶の全てを、思い起こさせた。音楽も鳴った。壕の中で父も無言で聞いていた。何という曲か、それは解放前にも後にも耳にしたことのない、妙に早いリズムだった。父は小さくなってくらやみの中で兄の手元をながめていた。チューナーのつけねのパイロット・ランプがその時唯一のあかりで、兄はその電源を家の開閉器からとった蓄電池から流していた。

もう幾日もオンドルで寝ることはなかった。その時なんだか父と母がめずらしく口論をして、母はそのあと壕をとびだすと母屋の方へ走っていった。おれたちは心も体も冷えきっていたが、耳がついていかないくらい早く感じられる日本語を聞いて、安堵感にひたっていた。戦争はいつまでつづくかわからない。すうーっと消え入りそうになる日本語放送を少しずつ調整して聞いた。放送は明るい音声が多く、祖国の放送のような絶叫やスローガンのくり返しがなかった。おれには、そこには本当の平和な世界があるように思われた。

こわれた煉瓦塀に〈敵の諜報活動にまどわされてはいけない〉というビラや、ラジオ受信を届けるように勧めるポスターが地区委員会名ではりだされていた。だが実際は、放送局が破壊されたのか占領されたのか、中国本土からの人民朝鮮放送以外は聞けなくなっていた。逆に、受信禁止の日本の放送や、ソウル放送が、ジャミングを出す電波管理委員会の活動が停止したためかよく聞こえた。母は外から壕にもどると、おそろしげにラジオの音を小さくするようにと幾度もいった。

米帝の空襲は、時間も場所も無差別だった。爆弾投下だけではなく、西朝鮮湾にまで侵入した航空母艦艦載機は白昼、機銃掃射をした。邑は野良犬が走りまわり、楚山はすでにアメリカが侵入支配し、人々を虐殺してあるくという流言が流れていた。

父も母も死んだ。

わらぶきの朝鮮家屋がまわりに群がる中で、李王朝風の瓦と、コンクリートの塀にまもられていた自慢の大邸宅が爆撃された日だった。二人は幾たびもの空襲でもやられないのに気を許し、そのころ住んでいた壕から屋敷の一番奥にある宗廟のとなりの漬物置場へでかけていた。地にうめた甕に白菜をつけていたのだ。もう食べられるかどうかわからないのに、それに解放前父はけっしてそんな手伝いをしなかったのに、そのときは白菜を屋根に干し、唐辛子を切りきざんでいたらしい。

その場にいた人は爆弾を受けてみな死んだ。おれはみていたのではない。もうサイレンもならない常時空襲状態だった。おれと兄がちょうど防空壕にいたとき、轟音とはげしい風とともに家がくずれた。しばらくしてその瓦礫の山を越えて漬物置場に行くと、人々の肉片と血と唐辛子で真赤だった。

おれは街で死んだ人のちぎれとんだ肢体をもう幾度もみていて、人の死をおそれてはいなかった。両親の死は悲しいが、それも切迫感がなかった。それよりも時局が、それら一切におおいかぶさっていた。

父と母の遺体を——片腕と首がちぎれとんでいた——そのキムチ置場の中にあるなつめの木の下にうめた。土饅頭を盛りあげたとき、はじめてはげしい孤独を感じた。兄はおれと一緒にお墓をつくりながらアイゴー、哀号と泣いた。父があんなときに、屋根にのぼっていたのは、父が自分の意志で、死に近づいていこうとしたように思えた。

人民軍の傷ついた兵士が邑で目につき、それらが大鉄橋を渡って中国へ行くのが望見された。父の死も、母の死もおれの感情を強くゆすぶっている余裕はなかった。兄とおれにも中国へ渡りさえすれば空襲も攻撃もあるまい——アメリカ帝国主義軍も中国本土までは侵入すまいという流言が聞こえてきた。だがそこへ逃げこもうという気は起こらなかった。中華人民共和国へ行ったとき、おれのようなやつが、そこになじめるかどうかという不安があったからだ。

ともかく苦しくとも戦時中には〈自由〉があった。

そのうち大鉄橋も爆破された。爆弾が鴨緑江におちて水柱をあげるのをしばしば見た。この調子では中国にまで戦火がひろがらないとは考えられなかったし、アメリカ以外の軍隊が邑に入ってくるのも時間の問題に思われた。

おれはふてくされた気分におちいると同時に、急におそろしくもなった。静寂と轟音の交代がつづく日々、おれたちはラジオを聞くのをただ生き甲斐として、何かを待っていた。それは援軍といってもいいかも知れぬ。あるいはひそかにもっとちがったものを待ちはじめていたのかも知れない。

ラジオも聞けなくなってきた。電池がきれ、充電するのにも電線が切られていた。十キロもある黒い電池を、あちこち持ち歩くことはできない。防空壕の奥にそれをかくしてすえた。浮浪者となって兄と食糧をさがしにでるのが日課となった。すでに兄の変電所も破壊され、徴用されていたおれの工場も閉鎖されていた。

そのうち、灰色の舟で、中国義勇軍が鴨緑江をぞくぞくと渡ってくるのがみえはじめた。壕の中で耳をすませていると、ビシビシと氷の張るのが聞こえる夜、上陸用舟艇は江を渡ってきた。それは朝日を受けてもつづいた。中国軍の数は無尽と思えた。またたくまに邑は緑色のわずかな数の人民軍兵士から、濃い青の軍服に肩章をつけた中国兵の洪水にとってかわった。空襲は以前にもましてふえたが、傷ついた兵士とちがって、活発な中国軍の群れは、たよりがいのあるものに思えた。そしてその兵隊たちが、新義州から潮がひくように減って南へむかうと、カイライ連合軍の攻撃もよわまった。

おれは赤旗の立つ中国軍のテントの前にならんで食糧の大豆と粟をもらったことがある。朝鮮人や日本人と同じ顔をしていたが、中国兵に会うたびに、おれはおれとは違った統制の中にある元気な――それだけにおしつけがましい、なじみのない感じをあじわった。おれはニュームの食器をかかえて、外へでる時以外は地上戦にまきこまれないように壕の中にいた。

中国軍が来てからの反撃は、おれにもすばらしいものに思えた。彭徳懐中国義勇軍司令官が、輯安から朝鮮に入り、金日成将軍の司令本部で合流したと伝えられると、それまでの空襲は数日で終わった。邑に安穏がもどった。空をおおっていたアメリカ機の代りに、中国軍のミグ戦闘機が南をさして飛んでいくのがみられた。

残された邑に何があったか――何もなかった。道路はいたるところ大穴があき、土をかためてつくった朝鮮家屋はそのままあおむけにひっくりかえっていた。かつての道庁の建物も蜂の巣のように穴のあいたコンクリートのかたまりとなっており、鉄道路線はあちこちで寸絶されていた。

おれは泥のついた黒い顔をしていたにちがいない。兄の顔がそうだったからだ。それでも兄もおれも、戦争前とちがって黒い顔に目だけ光らせていた。おれの中に、戦乱にまきこまれてよろこぶ気持ちがあったからだ。戦時中は従来の統制がゆるぎ、まわりに残っている人たちの監視もよわまり、思想訓練の暇がなく、そこには自由があると思えたからだ。兄もそんな気持ちだったにちがいない。父と母を失ったことで何だか、従来との絆がたち切られた気もしたし、母屋に住んでいた老人たちの同情をもかったのである。ただせまってくる冬の寒さはあいかわらずで、防空壕生活を辟易させた。

朝中連合軍は侵略軍を三十八度線へおしかえしつつあった。爆撃はなくなったが、年を越してからも時々上空でミグ機とF84の空中戦がみられた。キーンと耳をつんざく音の両機が、下からみていると遭遇したと思ったとき、もういずれかが青い空を背景に墜落しはじめている。それは絵のように印象的だった。

その下でおれたちの復興作業ははじまった。防寒服を配給され、三寒四温と定期的にやってくるあたたかい日をえらんで、道路や家屋をかたづける。それは邑に残っているもの全員の義務だった。土はいてついていて、掘りおこすこともできない。つるはしの音だけがひびく。そのつるはしも中国からの援助物資だった。朝鮮は雪は少ないからどうにか作業はすすめられた。でもあやまって素手でつるはしの先でもにぎれば、指はその冷えきった鋼にくっついてとれなくなる。

おれは戦争を経験して、はじめて祖国と苦労をともにすることができると思った。たしかに、それまでの窒息しそうな規律がなくなっていた。自由な復興の雰囲気の中で仲間の先頭に立ってはたらいた。

そんな矢先、兄が人民委員会にひっぱられた。スパイ容疑だった。

その前おれたちは、また夜になると壕の中でラジオを聞くたのしみを再開していたのである。おれたちの聞くのはそのころ主に日本の新潟からの放送になっていた。その波長が一番とらえやすかったし、ニュースはまったくおれの知らない統一戦争の経過を知らせてくれていた。カイライ地区からのように、ただちに信ずることのできない宣伝臭のあるものとちがって、おれには中正な放送に聞こえた。

兄はようやく一部送られるようになった電気をぬすみ、夜になると蓄電池を使っておれと一緒に放送を聞いた。ひざをおりまげてその上にラジオをのせて聞く。父も母もいない。家は焼けた。寒く淋しい。そんなときに――壕の中でダイヤルをまわしていくつかの声や音楽を聞くくらいたのしいことはない。そして今もあれくらいの楽しみは許してもらってもよかったと思っている。

そしてそうやって聞いていた晩、おれたちのラジオは偶然、ソウルからの東亜放送でいとこの方文の声をとらえたのである。方文はアナウンサーにかわって、北朝鮮地区の〈友好韓国国民〉に呼びかけてきた。はっきり兄の名も呼んだ。「新義州に住んでいた姜康基君……」。そしておれも名前だけは知っている、そして今はどうしているか知らない兄と方文の共通の友だちの名も呼んだ。「自由大韓民国は、国際連合の支援のもと、かならず北朝鮮カイライ地区との統一を達成する」といい、統制された共産主義のもとでの不幸な生活とちがって、韓国にいる方文はきわめて幸福な生活を送っているとくりかえししゃべった。

おれたちはその放送をおどろいて聞いた。防空壕のまわりの土からせまってくる寒さの中にいると、内緒で壕の中にひきこんだ四十ワットの電球の光をみていると、おれは――どうでもいい、自信をもって威張って生きれる社会が、対日協力者の汚名をつけられることなく生きられる自由な世界がほしいと無性に思った。おれはそんなところがほしかった。すると方文のいる韓国もそして日本もあたたかい世界に思えた。おれの祖国愛はゆれていた。破壊しつくされた邑は、解放前とはちがう、また統一戦争前ともちがう新義州につくりなおされようとしていた。

ソウルからの放送をおれたちは互いに秘密にしたが、兄がその放送から強いショックを受けたことはおれにもわかっていた。放送は一週間にわたってつづいたのだが、おれたちが聞きはじめたのはその三日目からだった。毎晩十時から十五分間、方文は兄の名を呼び父の名前を呼び母の名を呼び、おじさんおばさんと語りかけた。まだおれの父も母も死んだことを知らないらしく、早く韓国へこいという叔父の伝言をつたえた。放送によると方文はソウル大学を卒業して、外交官になる勉強をしているという。

次つぎに何人もの韓国人の声が届き、それらはいずれも共和国にいる友人の名を呼んだ。放送は録音で毎晩同じことをしゃべったが、兄はそのたびに、解放時、京城にとどまった場合の自分の姿を思いえがいているふうだった。そしてその時は少なくとも兄よりも幸福な地位にいるらしいいとこに、兄がねたみの気持ちをもったのもたしかだと思う。放送が終わってからも、おれと兄はふたたび方文の声の聞こえるのを待った。

ところでその放送を聞いたことが、どこからかもれてしまったのだ。方文の放送の中に兄の名前のあったことが不運だった。諜報部がそれを聞きとっていたらしい。それに兄がこの非常時に盗電していた。ラジオをもっている——しかもそれが自作の五球受信器で、充分カイライ地区の放送が聞けるものだということも致命的だった。兄が元の職場の変電所へもどっていないのもいけなかった。

兄はまっ黒になったパチをはいたまま、人民委員会の若い男につれられていった。おれも一緒だった。連日の外での仕事で、おれの手も兄の手もひびわれていた。男はかつて近くに住んでいて、解放後はおれの家の母屋をアパートとして住んでいた中の一人で、名前だけは崔好金と知っていた。空襲後の街に残っている青年といったら兄のほかにはこの男くらいのものだった。

人民委員会の広場には、新義州の邑にまだよくこれだけの人が残っていたと思われるほどの多くの人びとがあつまっていた。事務局の焼けあとに大きな青色のテントが張られていた。その上に赤い中国と共和国の旗がならんで揚げられていて、あつまりはそこの広場で開かれている人民裁判に参加するためであった。

輪の真中でたきぎが盛んにたかれ、それが風の吹くたびに煙をあげている。

すでにそこでは幾人かの判決がくだされたらしく興奮があった。戦時のすさんだ気持ちがそこにあふれていた。おれは兄と一緒に輪の真中につきだされた。背の高い兄と、小さなおれが一緒にでると、怒声がおこり野次がとんだ。鼻汁をひっかけるものがいて、チゲを背負った中年の男は兄になぐりかかった。崔がそれを制止した。

「人民の敵」というようなことばがおれたちにむかってとんだ。おれは前につきだされただけで動転し錯乱していた。崔が兄の名前と住所をきく。兄ははっきりした声でこたえる。声はすきとおっていた。空気が澄んでいたからにちがいない。

けれども不思議なことに、おれは裁判から除外された。おれが未成年だったせいか、それとも人びとがおれの存在よりも、年長の兄の方に気をとられたからか、おれは忘れられ輪の中にいて兄の裁判のなりゆきをみまもる破目におちいった。

裁判官にあたるのは胸に赤い星をつけた四十男で、学校の机のような台を前にして腰をおろしていた。男は左右の人民軍将校とともに兄の尋問にあたった。経歴が問われ、京城中学に在学したことが崔の口から報告され、国民学校はおれも在学した日本人学校の名があげられた。告訴状ともいえる文書を、赤い星をつけた男がよみあげた。

まわりの群衆から「ブルジョワ的」「対日協力者」という声がなげられ、兄は煉瓦のようにどすぐろい陰気な顔をして立っていた。崔がかつておれたちの父は役所につとめていて同胞をあくらつな方法で搾取したと報告した。おれは崔が解放前、粗末な朝鮮家屋に住み、鴨緑江へおりていく途中の河原の定期市で、いつも母親と一緒にスッポンと甕をならべて売っていたのを知っていた。解放後は、おれのうちの母屋の方へ移ってきていたが、爆撃を受けてからのことは知らない。おれからいえば恩を与えたことはあるといえたが、それ以外は何の関わりも憎しみも親しみもない男だった。

ところが崔の方は同年輩の兄に恨みがあるらしかった。解放後も姜一家は李承晩一味の地区へ行きたがっていたとか、人民学習会への出席がわるかったとか兵役を忌諱したとか時計をはめているのは反動的だといった。押収された手製の受信器と蓄電池が証拠物件として提出されると、事態は決定されてしまった。

解放後よくさけばれる「売国奴」「裏切者」「スパイ」「反逆者」の声がとび、人々のむしろ楽しげな「死刑だ」「首をちょんぎれ」という声がつづいた。それは人民の裁定なのだ。今からふりかえってみると、いくらおれの国でも、あんなことがまかり通ったのはあのときだけだが、それでもそれでものごとは決まった。

おれは唖然として眺めていた。おれはそのとき十七だった。裁判はあっけなくすんだ。そしてお

れはそのときから国を本当に憎みはじめた。人民裁判官が手にした黒い有罪の小旗をもちあげ、かん高い声で判決をさけぶ。まわりの男や女や子供や老婆たちから「帝国主義反動」の喚声があがり、兄は何の抗弁もゆるされぬまま死刑の判決を受けた。もう一度いうが、それはまことにあっけなく、実に五分ぐらいですんだ。

次の被告がみなの前にひっぱりだされる。兄は崔に右手をしっかりとにぎられて、人の輪の中からテント裏のくずれた煉瓦塀の前につれられていった。あとについて走るおれに崔はいった。

「裁判なんてものはいいかげんなものだ。基準だとか法律なんてものはいつもくるくる変わるんだから。それにしてもてめえは得しやがった。だがな、てめえの兄貴の様子はよくみておけ」

手ばなをかんだそのときの崔の顔をおれは忘れることはできない。崔は勝ち誇ったように大股に歩いた。崔には共産主義への、人民裁判への疑問はなくみえた。解放後は自分の意志が全てまかり通ると思っているらしかった。兄のうしろに子ど

もが二、三人ついて走り、泣きくずれる白服の老婆がいた。テント裏にも人々があつまっていて、煉瓦塀からはなれたところに、七人の人民軍兵士が丸い緑色の帽子をかぶり銃をもって立っていた。兄は煉瓦塀の方へ目かくしされてつれていかれた。

銃声が鳴る。兄がくずれる。おれはしばらくして、兄のからだに近づいて大声で泣いた。

全ては簡単にすんだ。「親カイライ派の帝国主義者・裏切者」――これが兄の罪名だったが……おれが泣き終わったときには、同じ罪名のもとに兄の次に判決を受けた老人が胸を血でそめ、倒れていた。

Ⅱ

「だが」と姜はわたしをみながらいった。「おれは祖国や共産主義を憎むつもりでこんなことをいっているのじゃない」といった。

話がすすむにつれて、姜は横柄な態度のうちに、わたしや細谷に訴える表情もみせるようになった。両親の死を語るときはむしろ冷静だったが、兄の死をのべるあたりから時どき興奮してどなった。日本語も朝鮮語も自由にはでてこないもどかしさもみられたが、姜は話しだすと能弁でもあった。終戦の年日本人学校にいた姜の日本語は、わたしにもよく通じ、かえってわたしには姜が早口にしゃべる朝鮮語をききとる方が困難だった。

わたしは話をききながら、姜にはすまないが勝手に戦前の朝鮮の風物を思いだしていた。わたしには姜の語ることが本当は理解できず、姜のおかれた戦後の「対日協力者」の立場がわからず、姜の悲しみや苦しみがわかっていなかったのかもしれない。ただ思い出すことといったら、京城帝大のポプラ並木やアカシヤや、梨花女専に在学していた現在の妻との出会いだった。そこにはわたしの日本人としての恵まれた青春が残っていると思われるのだ。

長い船上生活で、潮香がふしくれだった指にしみこんでいる手で姜は顔をおおい、にごった目をわたしにむけた。それから急に横柄な態度にもどり、たばこを細谷に要求し、細谷の細いズボンや青い縞のはいったセミ・シャツをいまいましそうにながめた。

「そんなおれが、父や母や兄を殺したやつをのろい、心の底で祖国をうらみ、国から逃れることをひそかに考えてもおかしくないだろう。人殺しなんて戦争の中でおれはいつもみてきたんだ」

少し奇妙なアクセントで姜はいった。

わたしの取り調べは三日目になっていたが、その間姜は自分のしゃべりたいことだけをしゃべった。そして話が亡命のことになると、それはまた別のこととして、でも始終、確信をもっているふりをみせた。

副船長の鄭も、甲板員の金も李も同じ態度だとわたしは聞いた。取り調べを終えるとわたしは他の三人を調べている担当検事と控え室で話しあったのだが、他の漁船員たちも一様に亡命についての成算はあるふうをしているとのことだった。検事たちは口々にわたしが朝鮮語のできるのをうらやましがり、通訳にやとっている在日朝鮮人の学生が取り調べに協力的でないことをぼやいた。

話は変わるが、わたしが取り調べ中にいつも気にかかっていることがある。それは今度の亡命殺人事件に対して、外部の状況が、姜たちの行為を無視する方向にすすんでいることだった。そしてそれがどこからか姜たちにもれているようにも思われた。

姜たちの容疑はいつまでたっても出入国管理令違反や、銃砲刀剣等不法所持、検疫法違反、わたしからみれば微罪にかぎられていた。それ以上の逮捕状は要求しても山口地検本部の二戸田検事正の許可がおりないのだ。姜は「おれたちは七人を殺した」と取り調べ中も話したから、わたしは長い姜の供述の中で幾度もそのことをたしかめていた。だからわたしは二戸田検事正に拘留期限が切れる前に逮捕状への殺人ならびに死体遺棄容疑を書き加えるよう要求していたのである。

ところが検事正は山口から電話をたびたびかけてきて、もう少しこのまま微罪で取り調べてくれ、今度の事件はたとえ内容が殺人にふれることがあっても、裁判権の所在が面倒で、対韓国問題が表面にでるから、それには触れないでくれという返事ばかりだった。

考えてみると、姜らは亡命を求めて日本へ来たのだが、もともと亡命者保護などの国内法はないのだから、法律的には何もできないはずだ。密航者は本国送還が普通だ。ただ亡命希望のときは国際慣行上、ジュネーブ条約による「政治的見解を理由として、迫害を受ける十分な理由のある者」に限って国家が保護をあたえることはある。でもその場合だって、当該国から政治上の理由で訴追されたり、迫害を受けているという前提が必要なのだ。ところが姜たちは無抵抗の船長たちを殺してはきても、直接、北朝鮮政府から迫害を受けたとは考えられない。国を逃げてくるのに邪魔だったから「邪魔者は殺した」だけではなかろうか。

また亡命を認めるのは、保護をあたえる国の権利としては国際法上みとめられていても、それは個人固有の権利ではない。だから姜たちがあたかも生得の権利のように主張し、自信をもっている様子はわたしには納得できなかった。

そうこうするうちに二戸田さんが山口から車をとばして下関支所へやってきた。検事正は端正に着こなした背広を部屋へはいってもぬぎもせず、立ったままいきなりいった。

「国の意向が一番大事だからね……この場合……早まって純然たる日本の刑事事件としちゃまずいよ。外務省も法務省もまず、北朝鮮と韓国の出方をみているんだ。それから判断を下すつもりらしいから、殺人が公海上か北朝鮮海域か、韓国海域か、ひょっとしたら日本海域じゃないかという詮索は必要じゃない」

それから部屋の正面のわたしの机の前の椅子に坐って、お茶をのんだ。

「たぶんこれは韓国へ引き渡すことになるよ。国際慣行とか国際法ってものは不備だし、互いの力関係、政治情勢が影響するんだ。日韓条約を結んだばかりだから、韓国へわたすさ。殺人者たちがどういう処置を受けるか、それはあちらさんの考えることだよ……」

　実際、北朝鮮外務省スポークスマンが、白頭艇船体と乗組員全員の即時引き渡し要求をした強硬声明は新聞にものっていた。また韓国は二隻の警備艇を早手回しに下関港外に派遣して四人を引きとりたいともいってもきていた。韓国のこの問題へのこのような形での介入は検事正にとっても意外だったらしい。私の耳元へ口をよせた。

「これは知っているね、君。下関駐在の韓国副領事、姜方文が今度の事件の姜俊基のいとこだということは……。ぼくはおどろいちゃったがね。なんでも姜副領事は外務省へ行って十三人全員を韓国へ引きわたせといってるらしい」

　検事正によると、副領事は十三人の北朝鮮脱出を知るとすぐ海上保安庁の船上で俊基らと面会し、外務省にでかけたらしい。しかも首謀者のひとりが自分のいとこだと知ると、圧力をかけて外務省がその事実を報道関係に発表しないようにした。できれば、十三人全員が日本または自由主義陣営の韓国へ亡命希望と発表したいらしかったが、外務省は「個人の意志尊重」の立場から四人だけの亡命希望を発表した。

　副領事の方は姜俊基のことをすっかり忘れていて、日本へ来たのがいとこだということを気づかずにいたが、姜の方がいちはやく気づいてその偶然におどろいたと副領事はいっているそうだ。それが単なる偶然か否かは、姜にききだしてもきっとしゃべるまい。副領事の方も今度の北朝鮮脱出にあたっての事前の連絡はもちろんないといっているらしい。

「さわらぬ神にたたりなしさ」

　もう一度、外国に対して越権になったり、内政干渉になることは厳につつしんでくれと謹厳な調子で検事正はいった。それはわたしには二戸田検事正の個人的な見解というより、上司の職務命令に聞こえた。ただそうはっきりいわれると、わたしは大量殺人という極刑に値する犯罪がわたしや裁判所の手からそう容易にはなれてなるものかという気持ちもおこってくるのだった。

　国際法の立場にたつと、犯罪が公海上でおこなわれたのか、それとも北朝鮮、韓国、日本のいずれの海域でおこなわれたかで裁判権の所在がちがう。日本領海なら当然わたしの手で姜の殺人事件を調べることができる。これまでにも極悪犯人を多く調べてきたが、今度のようなグループによる大量七人の殺人はない。

しかし殺人に対して姜たちは基本的に罪悪感をもっていない。

わたしはいままでに幾度も殺人容疑者に死刑や無期や何十年という有期刑を論告求刑してきた。現にわたしの机の上には、今度の取り調べを終わったら、次に扱わなければならない心中未遂の男が殺人容疑として送検されてきている。姜たちが〈亡命〉を前提として日本海域以外の海で人を殺したからといって、日本が裁判権を放棄したら、どこで姜たちの罪を裁定したり、罪にいたる弁護を聞くことができるのだろうか。

新たに送検されてきた心中未遂の男――この男にはまだ会っていないが、この男にも、わたしが今までに確信をもって刑を求めてきた犯人たちにも、何がしかの許さるべき理由はあったにちがいない。けれどもわたしはそれらを全て無視してきた。情状酌量は検事のすることではないし、あいまいな判決そのものもあってはならないと信じているからだ。法の前に全ての人間は平等であると京城帝国大学の学部の一番はじめの講義でおそわった。

わたしはあえて重刑を犯罪人におしつける気はないが、どこの国の人間であれ、どんな種類の人間であれ、命の尊厳を奪ったものは等しく罰せられなければならないと信じてきた。

二戸田さんは、検事総長と打ちあわせ、法務大臣の意向を打診するために上京するからと雨の中を車で下関駅へむかった。最後に検事正は独断的な判断をくれぐれも下すことのないようにとわたしの耳元でいった。

わたしは今まで姜に聞いたことから、姜が船長たちを殺すようになった気持ちはわかる気がしていた。彼が自由をもとめ亡命する気になったのもわかる気がする。本当はそうはいっても、わたしは北朝鮮を僻見をもってみているのかも知れない。でも、いかに姜が反動分子だったとしても、姜の個人的な願望はわかる気がする。わたしは姜が憎いのではない——いや、わたしはいつも取り調べのとき、容疑者の気持ちはわかる気がしている。しかしわたしは私情をその中に入れることは決してさけなければならない。

ところで今度の場合、わたしは裁判権の所在についてこだわっているが、祖国が二分された民族の悲哀が本当にわかっているのかとも思う。特別な場合——姜が述べるような、人を殺さなければ亡命できないような場合、裁判はそういうものを超越してもいいのではないか。——いやとにかく、姜の有罪性ははっきりしている。たとえわたしの手で、日本の法律で罰しなくとも、どこかで北朝鮮でも、韓国ででも船長ら七人を殺した罪は追及されなければならない。裁判の結果、正しい判断を下すのは裁判所だ。それからあとはわたしは何もいわない。それにしても、韓国へ彼らが送還されてしまったら、姜らの罪はどうなってしまうのか——いやとにかく、わたしは供述だけはとっておこうと思った。調べた結果、容疑が完全に消え、不起訴処分になればこんないいことはない。

そしてわたしは、退庁時間を前にして、女からの電話ばかりを気にしている細谷を叱りつけ、ふたたび姜の取り調べをはじめた。

姜はよくしゃべった。時どき方文や、在日同胞に会わせてくれとぐずったが、取り調べの前に寿司の折り詰をあたえるとよろこんで箸をとり、「これで、日本へ来た甲斐があった」といい、あとはほとんど朝鮮語ばかりですらすらと話しだした。

その日の夕刊には、関門港外の六連灯台北々西五・九キロの日本領海に白頭艇乗組員引き取りに立ち入った二隻の韓国警備艇には「領海侵犯は成りたたない」という第七管区海上保安本部の見解が報道されていた。姜はそのことを知ってか知らずか、いった。

「日本に亡命できなければ韓国だっていい。おれは最初は韓国へ行くつもりだったんだ。韓国なら、きっとおれたちをよろこんでむかえてくれるにちがいない」

——姜俊基の供述

おれは、まもなく船に乗ることを考えた。

——姜はおちついた口調になり、食後のたばこを要求して、それがもえつきて指の先がこげるまで吸った。雨あがりの西陽がブラインドからもれる中で、姜の顔はあいかわらず物憂さを感じさせていた。たばこを吸わないわたしは、細谷が電話の呼び出しでいそいそと退庁してしまったあと、表の売店で姜のためにハイライトを買ってきておいたのである。

おれは亡命するつもりで漁師になった。はじめて漁船に乗った日、おれはこの海のどこかに、おれの自由に住める世界がある、それに近づく手段をひとつ得たと思った。でも用心して新しい仕事をおぼえるのに熱中するふりをした。せっかく見知らぬ人ばかりの新しい職場を得たのに、船には軍使や労働党員、それに兵隊までも乗りこんでいて、カイライ政権軍との衝突に気をつかっていたからだ。でも島かげがみえると、茶けたはげ山を南朝鮮にちがいないと思っていた。

おれは、どちらかというと、解放前は快活な少年だった。ヤンバンの出だったせいもあり、両親も兄もおれを大切にしてくれ、大陸的鷹揚さをもっていたと思う。何不自由なく育ち、現実を深くみることも疑うことも知らなかったからこそ、おれは完全に日本人として生きていたのだと思う。けれども、二十歳ちかくになって、漁船に乗り込んだころには、おれはすっかり寡黙な猜疑心のつよい青年になっていた。

そんなことはどうでもいい。おれは統一戦争前の工場から漁師見習いとして船に乗りこむ仕事に移ったことで満足だった。おれを監視しつづけた崔も、あのこわれてしまった母屋の住人たちも、おれのまわりから消えてなくなった。おれはまずそれらからの解放がうれしかった。

次に二等機関士の免許をとった。

東シナ海へでるのはおれの亡命の希望に一歩近

づいたことを意味した。沖へでると三十八度を越える可能性があると思ったのだ。それは韓国軍艦や警備艇に出会う危険性もあったが……。

実際、最初のうちおれたちの漁船のうしろにはいつも国の警備艇がついて走っていた。軍使が乗りこみ、漁船本来の副船長以外のもう一人の副船長となって操業時以外のすべての指揮権をにぎっていた。そのうち警備艇がつきそう代わりに、漁船は二隻以上一緒に行動をすることとなった。おれの国の警備艇の数が漁船の数におよばないからだった。だが、そうなっても労働党細胞の委員が数人乗る。彼らは操業も手伝うが韓国船との応戦にそなえているのだ。それにおれたちの逃亡も監視し、労働状況を見張っていた。おれの国では、選ばれた党員が一般の人民を監視、評価する制度が確立しているのだ。

魚を追って走ると船は長山串沖と山東半島をむすんだ線をすぐでる。するとかならず韓国軍艦が姿をあらわし威嚇掃射をはじめてくる。

海の表に白い砲弾の波があがる。おれにはどちらが挑発行為をしかけるのかわからない。ただ現在もまだ戦時だということは、軍使からよく聞いているし、好むと好まざるとにかかわらず、攻撃を受ければ応ぜざるを得ない。軍使がまず発砲する。もう操業どころではない。おれも民兵としての教育を受けているから射つ。双方どちらかが自分の領海へ逃げこむまで、そういう戦争はつづく。

五年目に副機関長になり、おれの漁船での生活は月のうち半分ぐらいになった。おれがそのころになって強く感じはじめたのは、船にもやはり自由がないということだった。おれの国の共産主義を信奉するものにとって自由はあっても、解放されたおれの国におれの自由気儘はゆるされないのだった。船は出漁のたびにかわったが、追うのはいつもさば、いか、えび、いわし、そしてメンタイだった。季節はかわり船はかわっても乗り込む仲間はいつも新義州漁業公司に属する漁師たちだし、おれはいつまでたっても焼玉エンジンの音を聞いているだけで脱出の機会はめぐってきそうになかった。

船の生活になれ、生活が安定してもおれは結婚しなかった。それは国で妻をもち、子供を育てるようになったら、おれは工人アパートでも自由を奪われると思ったからだ。長い独身生活は自由を得るためだった。

国ではよそ見をしてはいけなかった。国の目標は個人の目標となり、国の利益は個人の利益につながるはずだった。かつて植民地時代のおれは、日本の勝利をおれ一家の利益、幸福と結びつけた。だが国が独立してからおれは自分の国と一緒によろこんだり、悲しんだりできなくなってきていた。そこで、国でおれを監視しないものといえば、おれ自身しかないと思っていたのだ。そしていつかはこの国から逃げだそうと考えていた。国では人民の幸福ということが吹聴され、人民のための犠牲がしいられ、国家がいつもおれたちの目標をかかげるが、おれには、おれ自身の安穏さが得られないところで人民の幸福は考えられなかった。

父も母も爆撃で死に、兄も死刑にされた国から逃れるのが一番よいと思えたし、おれの威張って生きられる場を、たとえ反動的だといわれようと何だろうと得たいと思ったのだ。でもそんなことは国では許されない。すると逃げる男に家庭は必要ではなかった。

公司の台帳には、おれのノルマや賃金のほかにおれの過去も記入されている。思想的に潔癖で、生まれも人民委員会の崔のようなサイミンやヒヤクチヨンでなければ、国での輝かしい将来はない。するとおれの国でのおれの将来はもう限定されている。若いおれにとって自分自身の願いと、社会の目的が合致しないことの不幸に耐えられない。

おれはアパートの一室にとじこもって、そんなことを考え、オカでのわびしい生活を送った。けれども一人でそんなことばかり考えていると、これはむしろ自由を得るための一つの試練ではないかと思えることもあった。それでいて具体的な方法はいっこうに進展しない計画だけがあった。

おれはひそかにカイライ地区の様子を知ろうとし、日本語の本をさがした。だれか共謀者を求めながらも、それを告げることもできない。告げたとき、おれの破滅がくるのは確実だからだ。おれたちはいつも公司に同僚の思想や行動調査を提出している。

統一戦争後、カイライ地区へつれていかれた捕虜のうち、帰還を許されてもどうしても北へもどろうとしなかったものが、ずいぶんたくさんいたという噂が、どこからか聞こえてきた。南へ、〈自由〉へあこがれる人間がおれの近くにもかならずいて、いつもひそかに機会をねらっている。そんなやつがきっといるとおれは思った。そしてそれは漁師ぐらいに身をかくして外にでる機会をねらっているにちがいないと思った。そのおれの考えは当たった。金白達という今度おれと一緒にきた男がそれだ。

亡命のチャンスがやってきた。今度の航海がそれだ。

新義州港の入口の灯台を通りすぎて十分もたったかどうか、船は突然、船体全体に大きな衝動を受けてきしんだ。それはほんの数秒でしかなかったが、白頭艇は大きな渦巻にまきこまれ、縦ゆれと横ゆれが同時におこった。棚の油さしの容器が音をたてておち、おれには船がくずれてしまうかと思われた。機関室の丸窓にみえていた青い海が急に白い波ばかりとなり、次に空ばかりとなった。甲板においてあった大きな魚籠が飛んでいくのがみえ、おれは思わず体をふせた。

しばらくしておきあがると、もう何ともなかった。出航の時と同じように港がかすんでいた。甲板にでたおれは金とその恐怖を話した。座礁であるはずがない——とすると、大きな魚が、鯨か何かが船尾あたりをたたいたのではないか。だが船長の張は、海震、海の底で起こった地震の影響で、昔から海での不吉の前兆だといった。船の機能に異常のないことを知り、おれたちは笑いあったが、「不吉の前兆」という張の言葉を聞きとがめた軍使がその旧弊思想を叱った。

しかしそれはたしかに、張船長と朴軍使にとって不吉の前兆だった。おれの心の中に、張と朴の組みあわせのこの船だったら、乗っとることができるという気がふとそのとき起こったからだ。朴の叱る様子をみて金もきっとそう思ったにちがいない。朴は融通がきかなくて四角四面なことしかいわず、部下の党員に馬鹿にされていた。船長はこれまためっぽう人のよい男だった。同時におれは若い金を仲間にひきこもうと思っていた。だが、おれはそんなことはおくびにもださなかった。自分の意志を隠蔽して生きるのにおれは慣れていた。

　正午、白頭艇４２５１号は僚船の４２５２号と新義州の漁港をでた。いつものようにおれは何も持たず、先に船に乗りこんだのだった。

　今度も一週間の出漁というのに、新しい下着を買いこみ、果物や薬品を入れた容器を頭にのせて、その端の紐を口にくわえて船にあがってくる女があった。乗りこむ党委員の女房たちで、二つか三つになった子供を連れて別れに来ている女もいた。それぞれ職場をもっているはずだが、男と同じ工人服を着て胸に労働章をつけた女たちは特別休暇があたえられていた。労働党委員の女房の多くはそういう女でなければならなかった。おれは機関室を出たり入ったりして出港前の準備をした。

　艇は老朽船で、ねずみ色の船体ははげてはいたが、おれがエンジンをかけると調子のよい音をあげた。

　出港十五分前になって今度の監督官の朴軍使が緑色の中尉の軍服で船に乗りこんできた。彼は船長の張士考をつれてせかせかと渡板を渡ってきた。船には実習のための新義州海洋学校の学生九人がすでに乗っていて、朴たちはすぐ彼らの点呼を甲板でとった。

　そのとき岸壁のとも綱をほどいて渡板をぴょんぴょんと跳ぶように渡ってきたのが金白達だった。

　おれはこの男をずっと前から知っていた。乗組員組み合わせの関係でいつも一緒というわけにはいかず、めったにしゃべったことはなかったが、党員や軍使の横柄な態度を非難する言葉をちらっといったりする男だった。そんなことは、おれたちの間では非常に危険だったが、一度などは、掃除をするため、バケツで海水をくみあげ、それを甲板に流すとみせて軍使の足元にぶっかけたことがある。もちろん金はすぐわび、ぼんやり両手をズボンのポケットにつっこんでいた軍使は、海水でぬれた軍靴をあわてて脱いだ。

そういえば、その時の軍使も朴だった。朴はあまり怒りもできず、そのあとで金は朴にみえないようにおれにむかって片目をつぶってみせた。そんなことがきっかけだったのだろうか。そのうち金も両親を戦争で失った孤児だということを知った。一方、金は魚群の発見がうまく、ノルマ達成を早くやらせるということでどの船長や軍使にも評判のいいところもあった。

船長がのんびりした調子で出航を告げた。そしておれはいつものようにハッチをひらいて機関室におり、エンジンをかけた。汽笛を鳴らした。油布で真鍮の機械のあちこちをなぜていると、すぐ汗がでる。

金白達は、肉づきがよくたくましい。甲板員のくせによく機関室へ入ってきた。どこか気質的に合うものがあるらしく、おれはこの男と一緒だとだまっていても気が楽だった。金は朴と張の海震でのやりとりがおかしかったといい、おれに「馬鹿者同士が」と小さな声でいって笑った。そして今度は船に積みこんだ銃器類の管理責任者だと何げなくいって外へでていった。

船はあてもなく東シナ海の中に浮かんでいた。さば漁の最盛期なのだが、監視塔にのぼっている党委員からは何の連絡もなかった。日中は機関室の中はむすように暑く、海は一日に何度も色を変えていた。一日走って日が沈み、なまり色となった海でやはりおれたちはどこにいるかわからぬ魚をさがして走っていた。

といってもレーダーのない船に魚を夜さがしあてる方法はなかった。単調にエンジンの音をひびかせ、集魚灯のつもりで舷側に一列にならべてつけた十八個の四十ワット電球が船の進むにつれてゆれるのが唯一のたよりである。

そしてあとは漁船員のカンにたよるだけだった。おれたちは船員室で雑談するか寝ているより仕方がない。ラジオの洋上受信は禁じられているし、マージャンは亡国遊戯だし、マッカリも飲めない。

そうかといって一緒に乗っている学生のように学習に精をだす気もない。党委員たちはすぐ議論をはじめ、船長は暇があれば航海術の講座を開く。軍使だけが船長室にこもって報告書を書いている。船長は講座といっても、自分の経験を下手な冗談をまじえてしゃべっているにちがいなかった。時どき学生たちの先頭に立って〈白頭山の虎〉を間のびした調子で歌うのが聞こえた。

結局おれたちは、昼間は前方の中国大陸を望遠するか朝鮮半島をながめ僚船と手旗で合図をしあってすごし、夜はありあまる時間をもてあますだけだった。おれは好んで一人で機関室にいた。それが一番気楽だったし、初めて一緒になった副船長の鄭や、もう一人の甲板員の李と話す気はなかった。

四日目の夕方、それでもさばの小群をみつけておれたちは網をおろした。わずか三時間ほどの労働だったが、４２５２号と船首をならべて久しぶりに競って網をあげた。

五日目、船は僚船とはぐれてただ一隻だけ海に浮かんでいた。九月というのにめずらしく霧がたちこめていたから、はだか電球の周りだけ乳白色がとりまいていた。汽笛を鳴らしてエンジンを止めた。おれは前の日の夕方の労働に疲れて寝ていた。海図では東シナ海の真中にいるはずで、座礁も衝突も考えられなかった。ゆっくり眠り、朝陽の輝くのを待つより仕方がなかったし、あたえられたノルマも相手が魚ではどう仕様もなかった。だから、おれはその日、亡命するなどという気はまったくなかったのである。

午前四時、まだ暗い中で、銃声が数発ひびいた。おれは毛布をはねのけ、韓国警備艇との交戦かと仮眠の船室の戸をあけた。いや、あけようとしたとき、外側から戸がひらいた。そこに金がいた。

金は「姜(カン)さん」とどなった。手にしていた自動小銃を一挺おれの手にわたし、「やつらをやっつけるんだ」といった。外にでてみると――そのとき船が大きくゆれたが――この船ではじめて乗りあわせた副船長の鄭在植が船長室の扉の前で銃をかまえていた。学生あがりの李庚彦もこわばった表情で銃を手にして立っていた。それらはおれを強迫しているようでもあった。

鄭がその場で「仲間になれ、おれたちは韓国へ亡命するんだ」と低い声でいった。おれはそれで、その場の大体の事情がつかめた。何の打ち合わせもしていなかったが、金がすでにおれのことをこの二人に話したのだと思ったのだ。

瞬間、おれはこの男たちと韓国へ——方文のいるカイライ地区へ逃亡しようと決心した。決心して感慨にふけったりこわがったりしている暇はなかった。決心といえば、おれはずっと以前にしていたのだ。兄の死んだあと、おれは「対日協力者」や「親カイライ派」と呼ばれて、どんなに肩身のせまい思いをして、船に乗るまで我慢してきたか。おれは船に乗った目的が達せられたと思った。

おれが金の銃を受けとると、みんなも機関士のおれが加わるのは当然だと思っていたらしい。金が「張は殺した」とおちついていった。甲板へでてみると、集魚灯の光の中に、張士考船長と朴軍使がならんで倒れていた。

学生九人は船長室へ監禁し、残り五人の漁船員たちは機関室後部の魚倉へとじこめてあるという。おれたちは、できるだけ多くを殺そうと甲板で話した。みな党委員だし、これらを生かしておいては万一おれたちの行動が失敗したとき不利だと考えた。それに生きていると、おれたちの精神的圧迫にもなる。若いのに金はおちついていた。鄭と李も前もって計画を立てていたのではなかったらしい。ただ金はこの二人をよく知っているらしかった。

夜のあけきらないうちがよかった。暗いうちに殺し、霧の中をできるだけ北朝鮮海域をぬけだすのがのぞましい。魚倉をのぞくと、五人は暗い中にかたまって坐って、魚の山の中から顔だけ入口にむけたようだった。中の一人が、「反共主義者」とどなった。その男にむかっておれは銃の引金をひいた。どなった男におれは今おれの国に充満している、党への忠義面をした、希望をもった自尊心を感じとったのである。と同時に、おれは四人の共同亡命を確認した。おれは党委員たちがしゃくにさわった。解放後のおれとやつらの間にできあがっていた壁を憎んでいた。おれもその壁のむこうに入れてくれれば、おれはやつらを殺さずにすんだかも知れない。

　鄭がハッチの隅に銃をかまえて一人をねらいうちする。集魚灯の光は魚倉の底まではとどかなかった。おれは中にむかっていった。

「共和国と韓国の戦争は終わっていない。今も戦争状態なのだ。おれたちが韓国側につけば、おまえたちを殺すのは、単に戦争の一部で犯罪じゃないんだ。おれたちはおまえたちを殺さなければ、おまえたちの敵になれないんだ……」

　これはおれがいつも考えていたことだった。殺すということは、名分が立てば何でもないことだ。かつておれの父と母は、戦争に殺され、兄は、反逆という名分に殺されたのだから。銃は次々に火をふいた。その火で魚倉の男たちが瞬間みえた。

　おれはまた撃った。おれが人を殺したのは、この時がはじめてで最後だが、訓練ではりぼての人形を撃つのとちっとも変わりがなかった。おれの弾がだれにあたったのかは知らない。とにかく上から魚倉の暗い中にうずくまっていた魚の上の連中を撃ったのだ。おれは始終、「反共主義者」のレッテルをはられて銃殺刑を受けた兄の蒼白な顔と、手引きをした崔の赤い顔を思いだしていた。おれは父と母の仇もうつ気になっていた。

　おれたちは朴と張をいれて七人を殺した。冷静に撃ったつもりだが、興奮していたかも知れない。皆無言だった。

　そして次の目的である九人の学生たちを監禁してある船長室へむかうと、おれたちは発砲するのを躊躇した。激情が去ると――それはほんの三、四分のことだったが――何ともいえない虚脱感におそわれていた。抵抗しない学生たちを殺す気がしなくなっていた。

　殺した男たちを魚倉からはこびだして海へ投げ入れ、海水で船内のあちこちを洗いながした。みなだまっていた。中で金だけが、時どき思いだしたように学生も殺そうといった。甲板上に突出している部屋は鍵をかけてあるから、外から銃弾を撃ちこめば、皆殺しにできると主張した。李が鄭に代わって扉の前に坐りこんでいたが、金は殺さないと自分たちの身があぶないともいった。

夜があけてきた。四人はあつまって羅針盤をながめ海図をひろげた。おれたちは九人を殺すときを待った。副船長の鄭が船長の代りをし、おれが機関室の責任をもつ。金は学生たちと韓国警備艇の見張りにあたると分担をきめた。韓国艇に発見されれば、救援されるどころか攻撃を受けるにちがいない。そこで、国旗をおろして日本へむかうことにした。一番若い李庚彦は雑用をつとめた。といっても魚を追うつもりのない漁船には何の用事もない。金と一緒に船長室の前で銃をかまえた。

海は広くみえた。他の船はみえなかった。無線機を扱わないと決めた船は、ただ南へ南へと針路をとるばかりだった。南へ行けば、きっと日本のどこかに到着すると鄭がいった。ところで、おれたちの海図には北朝鮮沿岸と東シナ海中央部が記入されているだけで、中国大陸も南朝鮮も日本も記入されていなかった。こうなってはもう、めくら滅法、日本を探しもとめて行くより仕方がない。おれが三十一歳、鄭が二十六歳、もちろん金や李も船を駆って日本へ行った経験はなかった。

金が学生たちを殺そうとまたいいだした。幾日も海の上を漂うあいだに、幾回かの夜をむかえる。そのたびにおれたちは学生たちが暴動を起こす危険にさらされるというのだ。金はそれを憑かれたようにいう。

おれも確かにそうは思った。海図のないおれたちの船が、無事に日本へ到着するかどうかはわからなかった。幾日かの漂流のすえ、おれたちはひょっとしたら太平洋へおし流されてしまうおそれもあった。そうなったとき、疲れきったおれたちは、学生たちの暴動を監視するために夜までも起きていることはできない。

李だけがはっきり学生たちを射殺するのは反対だった。まだ少年のおもかげを残している李は、去年まで海洋学校の学生だったので、学生たちの気持ちもわかっていた。自分を振り返ってみて日本へ行きたいと願っている学生が九人の中にはきっといると三人の顔をみながらいった。鄭が困った表情でおれの同意を求めた。

金は空にむかって一発空砲を撃った。金がどなって、学生たちに日本へ行く気があるかと問うと、船長室の内のやつらは行くと一斉に返事をした。それはおれには、李の発言を裏づけるように聞こえた。鄭の意見では、うまくゆけば、一日、二日のうちに日本に着く。

年上のおれはみんなの相談を受けた。おれたちは船長室のまわりにロープをかけ、その上から網をかけて学生たちを日本へ連れていくことにした。

遠方に漁船がみえた。もうカイライ地区のものはずだった。四人はあまり話をせず、エンジンの音だけがひびいた。

昼の海上で、船は静かだった。時どき学生たちが外へ出してくれというのが聞こえるばかりだった。

海の色が変わり、さばがたくさんいることもわかった。しかしおれたちの船は南へむかって走っていくだけだった。漁船がみえても、ジャンクが帆を張っていても、韓国警備艇でないかぎり、おれたちは平然と船を走らせた。食事をした。監禁した九人には水も食事もあたえなかった。李が魚倉からはこびだしたさばを煮て皿にのせたがおれはそれに手をつけなかった。黄色くなったキムチの赤い唐辛子ばかりひろって食べた。

夜になって、昼間みた仲間の漁船と思える灯を迂回して船を走らせていた。すると、突然、サーチライトの光が届いた。おれたちはあわてて全速で光の束から逃げた。韓国警備艇は、はじめからおれたちの船を北朝鮮のものとは思っていなかったようだ。だから、暗闇の中に白頭艇がまぎれこむと、それ以上は追ってこなかった。だがおれたちは本当に肝をつぶした。逃げ終えてから、また船長室の学生のことを思いだして空砲を撃った。

前夜からの緊張でくたくたにつかれてきた。鄭はこれ以上目茶苦茶に走っているわけにはいかないと分別顔でいう。油はあっても陸地からはなれるように船を走らせていると、そのうち本当に太平洋へでてしまう。李は鄭やおれに遠慮しながらも、祖国に残った父と妹のことを話す。この少年だけが国に家族があり、鄭はカイライ地区に二十年前にわかれたきりの母と兄弟がいるのだった。鄭は北朝鮮の孤児収容所で育ってきた。金は今となってはとにかく船を走らせておくより仕様がない、そのうち日本の九州——これはおれが教えてやったのだが——のどこかの島にたどりつくと強くいう。がんこにそういって南へ針路をとることだけを鄭にむかって主張する。

金が突拍子もないことをいいだした。韓国漁船をおそって海図を奪うというのだ。おれはそれには反対だった。漁船のすぐそばに韓国警備艇がいるかも知れない。その危険性は充分にある。おれはまず日本へ行きたいと思っていた。朝鮮民主主義人民共和国と大韓民国は今も戦争状態だ。だからおれたちの亡命の意志を推察して、初めから穏当に韓国警備隊の船がおれたちに発砲せずにいるとは考えられなかった。

だが考えてみると、金のいうように、幾日こうやって漂流をつづけていても、日本へつけるとはかぎらない。結局は何らかの打開の方法を考えなければならなかった。おれたちは朝になり明るくなったら、漁船をおそって海図を奪うと決めた。おれはそのとき、韓国人を殺してはいけないといった。おれたちは今は韓国の味方なのだ。今は共和国の人間を殺すのは戦争の一部とみられても、韓国人を殺しては韓国へ亡命することはできない。同国人を殺すことは犯罪なのだから。

また李は不安そうに日本のことを聞いた。四人の中ではおれが一番日本についての知識があるからだった。かつて国民学校時代に習った、そしてひそかに勉強をつづけてきた日本語もおぼえていた。だからおれは以前聞いた日本のことを思いだして話した。だがおれも本当は心配だったし亡命ができるかどうかは、日本へ来て偶然、方文に会うまで自信がなかった。

翌朝、韓国漁船が近くにみつかった。白い船体の老朽船で船首に朝鮮文字で〈広林号〉と書いてあった。広林号におれたちは発砲はしなかった。

海図を奪うのが目的でそれを終えるとただちに船をはなれた。おれは金が船に乗りこんでいくのを、こちらから銃をかまえておどしていただけだ。必要な海図を手に入れればいい。おれはまきこまれた戦争には加わっても、自分から戦争にくわわる意志はなかったのだ。おれたちは、張や朴たちだって最初から殺そうと思ったのではなかった。おれたちの祖国——それは朝鮮半島全域のはずだが——とカイライ韓国が戦時でなかったら張を殺すことなんかにはならなかった。おれたちはとにかく、そうするより仕方がなかったのだ。

とりあげた海図をみると、おれたちはすでに済州島近くまで来ていた。まもなく右手にそれらしい島がみえ、左手に地図によると巨文島がある。おれはエンジンを全開にした。もう南へ行ってはいけない。鄭は下関か門司のいずれかに入港すべきだという。それまでにうまく韓国の警備艇にだけはみつからないようにしたい。

針路を東にとり、あちこちに群がっている韓国漁船を避けて、日本海域とおぼしき海へ入ったのはその日の午後だった。運のいいことに日本の警備艇にもみつからなかった。九州がみえたとき、おれたちは心の動揺をかくせなかった。これでおれたちは自由を得たのだと思った。おれはおれの長い間の苦労がみのったとしみじみ思った。何事も信念をもってやればやりとおせると思った。

Ⅲ

姜俊基は、しゃべりつかれるとあいまに茶をのみながら「日本はいい、日本人は幸福だ」というようなことをくり返しいった。そのことはわたしには、大東亜戦争で多くの朝鮮民族の犠牲をしいながら、結局日本は早く復興し平和をとりもどしたじゃないかというふうに聞こえた。

「同じ国の人間を殺さなければ自分の自由を得ることができないおれの気持ちなんか、おまえにわかってたまるもんか」と、姜は年の割にしわのよった、もう青年とはいえない茶黒い顔に目を光らせていった。わたしにはその姜の発言が重いものに聞こえた。「おまえなんか」ということばの中に、朝鮮にいたことのあるわたしに対しての非難がこめられているように思えた。そのことは、往々にして、尋問にあたるわたしの自信をもゆるがせるのでもあった。

北朝鮮でも〈二つの民族の二つの国家の悲劇〉ということはよくいわれるのだろうか。そんなことも姜は「朝鮮のいい時代に、いいところばかりみて、一つの国しかみなかったおまえにはわからないだろうな」ともいったのである。そういわれるとわたしは、自分が平穏な平和な国にいて、自分の意志とは無関係に、殺人を犯さなければならない立場にたつことのある気持ちを推測することはできないのではないかという思いにおちいりもしたのである。

およそ一週間のあいだに、姜は自分たちの洋上殺人の動機と経過、そしてわたしが聞きもしないのに、解放後の北朝鮮での生活も話してくれた。

ところで、姜の話の中でわたしが始終気にかけ、聞こうと思っていたことがあった。それは下関駐在韓国副領事・姜方文についてである。

特にわたしは姜方文との間に何らかの連絡がついていて、事前に亡命の計画が話されたかどうか聞きたかった。だが国と国の関係は、わたしが事前謀議の有無を確認しようもない方向に進んでいた。殺人は計画的だったのか、姜の供述のように、偶発的であったのかはわたしにとっては大きな問題だった。

事件が政治的な段階で処理されることがはっきりしてきても、わたしは検事としての習性からそのことが知りたかった。計画的犯行と偶発的犯行とではわたしには大きなちがいがあるのだった。

しかし姜はそのことになると「そんなことはどちらでもいいじゃないか」と、はっきりしたことはいわず、そうかといってわたしにはそのことを確かめるため、治外法権のおよんでいる領事館にでかけて副領事に事情を聞くことも許されなかった。姜がいとこの方文に会えるのはうれしいが、日本へ来ることは「いや、実は、二か月前から、日本へ来ることは考えていたのさ」とふともらしたことばが気になっていた。でも、わたしには、敵対関係——互いに戦時体制にある国同士に住む男たちの連絡の方法は見当がつかなかった。

わたしは今もなおほそぼそと続けられている北朝鮮帰還船に乗って帰る総連系の人の中に、ひそかに副領事の意向を姜に伝えるものがいたのではないかと他の検事たちと話しあってみた。いつだったかグラフ雑誌で、北朝鮮からの密航者が秋田県の海岸に死体となって流れついたのを見たことがあるが、あのようなスパイが日本と北朝鮮の間を往来しているのかも知れないと思った。

また韓国か日本のどこかから強力な電波が北朝鮮にむかって送られていて、脱出を指導する組織があるのではなかろうかとも考えてみた。でもそれらの可能性はまったくないとはいいきれないまでも、ほとんど不可能と考えた方が自然だった。それにひょっとしたらそんなことは姜のいうとおり「どっちだっていいことだ」という気もするのである。それよりも殺人行為の傍証をとることの方が大切だという気がするのだ。

姜たちは韓国の漁船をおそって以後、何らかの日本の情報を副領事から手に入れたと考えることはできる。わたしの思いつくことといったらそれぐらいのところまでなのだが、そんなことなら姜が日本へ到着してから偶然いとこが日本にいることを知ったのとあまり変わりがない。相互の意志疎通がなかったら、決行は偶然に支配されたといってもいい。

一週間がすぎるころになると、わたしの取り調べ自体がますます無意味なものになってくるように思えた。殺人は公海上だったのか、北朝鮮海域なのか、日本海域なのか——それによってわたしが司法官であるかぎり一番大切な検察権も、さらには裁判権も失われる。そしてわたしはふと、場合によっては殺人も正当行為として認められるのではないかなどと思った。北朝鮮政府は「旗国主義にもとづいて四人を含めた十三人全員を即時引き渡せ」と要求してきたというし、韓国は韓国で、日韓条約をたてに、北朝鮮からの逃亡者引きとりに面子をかけているという。

航海日誌は押収しても、張士考船長ら殺害前後の記録はない。殺人現場をどこと特定することはできないが、姜の供述を海図上でたどると、どうやら射殺し死体を投げすてたのは韓国領海となるらしい。そして、北朝鮮からの逃亡者をむしろ〈英雄〉視しそうな韓国政府にこの逃亡者たちを引き渡す取り引きが日韓両国の間で進められているらしい。

ところで韓国が、自国の領海内の殺人として、姜たちを国の法律に従って〈殺人犯〉として処刑することがあるだろうか。万一、副領事と事前協議があったとしても計画的か偶発的かなどということは論外にされそうな気配だ。

わたしの一番たよりにすべき日本の法務省は「人道的な立場から、亡命希望者たち個々の安全のため、日本以外の希望の国へそれぞれ送りとどける」方針をかためたらしい。検事であるわたしは取り調べにあたりながら、一番遠い立場にたたされる焦燥におちいった。

取り調べが一段落すると、姜たち四人は下関刑務支所に、最初から亡命意志はなかったと判断された海洋学校学生九人は下関入国管理事務所へ移されてしまった。そしてもうわたしの取り調べができる範疇から去ってしまった。

それから三日間、わたしは次の仕事である無理心中をはかって一人だけ生き残った三十男の取り調べにあたった。わたしは時どき姜のことを思いながら取り調べていた。細谷はあいかわらず、勤務時間中だけは熱心に供述を筆記し、終業時間を待ちかねるようにして女友だちに電話をしていた。

男は殺人容疑で送検されてきており、供述書をとられながら始終うつむいていた。わたしはその魂も意志も過去におきざりにしてきたような男と対峙した。わたしにとっても、今この心中をはたしえなかった男を殺人容疑として調べることに情熱がわかなかった。男は眼鏡を光らせながら、よわよわしげな表情で小さな声で語る。二人で服毒したとき、自分だけは生き残る意志があったのではないかとわたしが問い詰めると男は涙声になり、ますます頭を深くたれこむ。

　しかしその声のうちにふとわたしはこの男は死んだ女のことを思い自分の過去を悔やみながらも、どこかで自分の刑罰の軽からんことを願っているのも感じた。ただこの男は反省の色をみせ、苦しみ、わたしの同情を求めようとする。わたしはそのねばりついてくる男の意志を憎く思った。

　それにくらべれば姜は勇気があった。姜は自分の罪を強く否定した。

　情状酌量は弁護士が要求することであり、わたしは最も厳正な法の適用を、このくたびれた背広を着て暑そうにわたしの前で頭をたれている男に求めなければならない。ところが男には、姜のような確固たる自信や、罪の意志の完全な欠如がない。一度死にそこねた人間の、自己防衛の本能だけが感じられる。

　そこでまたわたしは姜のことを思った。国家と個人、戦争と殺人、姜と北朝鮮――そんなことも姜の場合は考えてやらなければならない。けれどもそういうことを考えると、わたしは姜を〈理解〉してしまう。いや、〈理解〉ということばはわたしの六法にはのっていない。わたしは検事としてそういう教育を受けた。無理心中未遂の男を、自分も死ぬ意志があったのに、相手だけを死なせてしまった事情を〈理解〉することができないのと同じように、姜も〈理解〉してはいけないのだ。しかし何度もいうように、わたしにはやはり姜の気持ちがわかる気がする。それにしても、法というものは、国がちがいイデオロギーがちがえば無意味になる場合もありうるのだろうか。

　いったん取り調べの手をはなれた姜はもう二度とわたしのもとにはもどってこない。地検本部の二戸田検事正が、この事件の収拾にあたって法務省と外務省の間をゆききし、それとは別に姜方文が引き取りに奔走しているらしいことはわかっても、支所ではもうだれも何もいわない。新聞や週刊誌だけが、姜たちの逃亡経路をくわしく報じ、日本政府が早く事件を処理したがっている様子を伝えている。

そして物憂い気持ちで心中男の供述をとっているとき、事務官が一通の書類をもってわたしに署名をもとめにきた。そこにはすでに山口地検二戸田検事正の署名があった。わたしはただ姜俊基の起訴猶予処分に関するこの書類に担当検事として署名するだけだった。書式はととのっている。法務大臣あてのその書類にわたしが名前を書きさえすれば、姜の日本での検察・裁判権は放棄され、おそらく国外退去命令が法務省から発せられるはずだった。国外退去——それは姜の希望通り、亡命が実現するのであった。

九月末のある日、わたしは自宅のせまい書斎で夕刊をひろげた。

〈空路、韓国へ送還——白頭艇事件首謀者の四人〉

大きな活字のみられる紙面の真中で、姜俊基が手をあげていた。わたしが取り調べたときとちがって、背広姿だった。工人服を脱いだその表情にはまったく曇りがみられず飛行機を背景にした大きな写真では、その後の一週間の拘留期間のあいだに姜はいちだんと自分の行為に自信をもったようにみうけられた。

下関から板付飛行場までのマイクロバスでの護送にさいして、北朝鮮系の人たち二十人が、終始、車のあとを追い、車を降りようとする四人に「人殺し」「送還反対」の声をなげつけ、護衛の警官ともみあったと新聞は報じていた。白頭艇乗組員のうち、同僚を射殺して亡命をくわだてた四人については起訴猶予、退去強制令書が執行された。監禁されていた学生九人は容疑不充分で不起訴。こちらは本人たちの希望でできるだけ早い機会に北朝鮮に送還されることが決まったようであった。

姜たちは秋空高く大韓航空定期便で、釜山にむかって飛びたったらしかった。自分たちの自由をもとめて去った姜の心中には、何のかげりもなく——最初の希望どおり〈自由〉が得られたよろこびがつまっていただろうかとわたしは思った。いつもは暗い表情をしていた姜は、今ごろ釜山についてどんな顔をしているだろうと考えた。

「日本への亡命は失敗したといえるが、われわれの反共闘争は韓国へ行っても実現するからうれしい。われわれの本当の祖国へ行くのは栄光だ。われわれは、絶えず反共闘士としての秩序を守るつもりだ」――姜が代表して新聞記者に語った送還者の談話である。そういうとき、姜は興奮し、自由の国へ初心どおり帰れる――そしてきっと何年ぶりかで叔父の家に世話になる幸福を思いえがいていたかもしれない。だが姜が、韓国で平穏な生活をとりもどしたとき、本当に船長たちを殺したことも忘れて〈自由〉で幸福なのだろうか。新聞には、韓国総領事の談話も小さくのっていた。これは副領事の姜方文ではなく別の人のことばである。

「姜たちは英雄だ。共産主義と身をもってたたかった闘士だ。われわれは四人を歓迎する」そして最後に、次のようにいいそえてもあった。「北朝鮮からは相手を殺さなければ脱出できない。戦時なのだから、四人が船上で犯した殺人は小さな戦争行為であり、韓国で問われるはずはない」

虻

現代に特殊な徴候は、多くの青年をして、彼らの生活において、自己の信ぜぬ価値を一切顧慮させない、かの恐るべきセンセリテである。

F・モーリヤック

朝だというのに、その日はもう暑かった。太陽は丘のむこうに昇り青い空に強い光芒を放ってい て、だれのからだからも汗がほとばしり出ていた。

院生は六時に起床し、そのまま庭へ出てラジオ体操をした。それから部屋の掃除にとりかかった。だからまだ七時になっていないはずだった。

暑い一日、為雄は康一郎の「今夜やる」という言葉ばかりを考えて過ごした。

朝食が始まると康一郎は部屋割から離れて〈黄組〉の席に坐り、陰険な目つきでにらんできた。検診の時にはうしろにしつこくくっついて尻をこづいた。そして頭だけ上の方から「今夜やる、いいな」と念を押した。

「今夜やる」というのはこの医療少年院を今晩脱走するのだということは為雄にももちろんわかっていた。けれども余り気がすすまなかった。脱走するんだったら自分の意志でやりたい。康一郎の尻馬にのって逃げるのはいやだし、ましてや康一郎の意志に縛られるのはいやだった。

本当は今の為雄は脱走などということなど考えたくなかった。外へ出て何があるんだ。もう二年間も病気のおれが、少年院を出てどこへ行くあてがあるんだ。ここでこうして療養しながら〈刑期〉——本当は保護観察期間といったが、——をあと半年すごせば、いやでも応でもシャバへ送り出されるじゃないか。シャバなんて、そんなにあこがれる値打ちのある所なのかと思い込もうとしていたのだ。

しかし康一郎は、院生の中で唯一人脱走をしぶっている為雄にしつこくくいさがってくる。計画は全員脱走だ。——だが集団で脱走すれば山にかくれたってすぐ見つかるに決まっている。半島を伝って逃げたって逃げおちる先は決っている。けれども為雄はそれに反対できない。皆の前で脱走に反対するのは卑怯者、利己主義者の烙印を自らに押すことである。

為雄は体力の自信もない。身長一メートル八十の康一郎にしたって、そのからだに結核の病菌は巣くっているから、普通の刑務所や少年院ではなくここへ送られてきた。まして、やせて青白い顔をしている為雄が山を越えて逃げるなんて不可能に思えた。それに逃げ出してからどうするんだ。

医療少年院は半島の先端にある。全国に二つしかない施設だと院長の亀谷はいったが、二つしかないといばれるほどの施設ではもちろんない。むしろ必要最低限のもの以外は何ひとつないといってよい。いや必要なものも充分にない。腐りかけた桟は、つい先日アルミサッシに替えられたが、それを支える腰板も廊下も少年たちの拳骨で大きな穴があき、畳は冬、火鉢をひっくり返しておおかた一畳分が焼けこげている。灰色にくすんだ木造の建物は遠くからは倉庫とみえるほど貧寒だ。しかも全国に二つしかない医療少年院という理由で、少年院でありながら少年ばかり収容するわけにいかず結核ならば康一郎のような成人もまじっている。為雄だって十八歳だから厳密にいえばここにいることはできない。けれども二年前ここに入ったまま居ついて他に行く所もない。康一郎は以前は普通の少年院にいて、病気が発見された時、成人寸前だったのでこちらへ送られてきた。

とにかく、ここに有刺鉄線とか門衛所とかがないのだけが、丘に建った病院の風情を与えている。

午後二時、三十八・〇度——廊下を流れるラジオがそう告げた。不快指数八十二。だれもが不快。気狂いになりそうな暑さ。

暑い暑い一日がゆっくり過ぎる。豚小屋の掃除が終わるとみんなパンツ一丁になって形式的な医師検診を受けた。それからはずうっと安静時間——節のないたいくつな長い時間。部屋に布団を敷きつめてじっと監視を気遣って終日横たわっている。

布団は汗でじっとり湿ってくる。からだを硬直させて天井のしみをみつめる。「今夜やる」、「今夜やる」まわりから声が迫る。布団の上で検温をし、健康状態、排便の回数を報告する。室長の為雄がまとめて報告に行ったが医務室はがらんとして誰もいなかった。それから食事と反省、自習。就寝前に黙想をして、また床につく。とにかく長い。とにかく暑い一日であった。退屈で力を持て余していた。

院生は曽我や秋川がいない時、少年院の下の道を砂ぼこりを上げて自家用車が行列をつくっていくのをみた。それが唯一の退屈しのぎだった。

赤い車、白い車。そこには若い男女の姿がみられた。みな近くの海水浴場に行く。中にはスポーツカーの爆音をこれみよがしにあげて走るのもあった。馬鹿なやつだとみんなで笑った。時どき、下の道にむかって大声をあげたり口笛を吹いて野次った。するとすぐに曽我が更生棒を持ってとんできた。けれども院生たちには自分もそうして車をぶっとばしたいという欲望がおさえきれなかった。為雄や康一郎の心を荒立てた。

その日赤い車に乗った女が窓からのぞいている院生にむかって挑発的な言葉を——あんたたち何してるの、行きましょうよ——といったのも脱走を決行させる要因の一つとなった。

為雄はもう二年間、シャバの本当の空気を吸っていない。時に院から許可をもらってT市の中華料理店へ行ったり映画に招待されたりはする。しかしそんなことは——その文部省推選の映画を、弱々しく善意をみせる素直そうな学生のBBSと一緒に観るなどということは、為雄の本当の心を汲んでくれることではなかった。しかし為雄は模範生にならなければならなかった。鱶のひれが出ると興味もないのに、BBSの顔色をうかがって質問をし、いかにも珍味のように味わうふりをした。美しいメロディーが流れる音楽映画のあとではさも感嘆したようにしばらく沈黙を保たなければならなかった。しかも余り模範生でありすぎてもいけない。適当に少年院収容者らしい粗暴さと危険さをも見せなければならなかった。そういう与えられた自由の時間は、むしろ為雄を束縛していた。

車で高速道路をつっ走りたい。東京へ行きたい。海水浴がしたい。――いや、それはいつもではない。時にはだ。ここにいる間に為雄はオートバイを得意になって疾走させる馬鹿さ加減もわかってきたつもりだ。それはそうだ。しかしだれの監視も受けずまったく自由にもう一度だけは走ってみたい気もする。解放してさえくれれば、そしてしばらくやりたい放題をやらせてさえくれれば案外自分はまともな人間になるのにと時どき為雄は思っていた。

そんなことを考えるだけ為雄の心は落ち着いてきたのかも知れない。十六歳のとき高校を除籍されれ、例のことがあってから二年間ここですごすあいだに為雄自身に自分をみる目ができてきたのかも知れない。今は〈白組〉〈赤組〉〈黄色〉などと五組に分けられた院生の一番上の段階まですすんだが、それも無理に努力してなったのではない。深い反省の賜物でもない。ましてや教官の指導によってだとか、おふくろの愛情だなどと思うと反吐がでる。ただ十六歳の環境――心の環境が少しずつ少しずつ変わってきたにすぎない。あの時ここに入れられて、自分が病気だということがわかったのもかつての自分を失わせた理由かも知れない。

高校へ入ってから為雄は非行少年になった。家は新宿の、小さなスーパー。もともと気が小さく、動機や事件も外から見ればごくありふれたことだった。少年院に入ってみるとあまりにもよく似た者が多かった。

都立高校をすべって私立の三流高校へ入った。それがツマヅキというものだ。学校が面白くなかった。それまでどうにか支えていた自分の自信が一挙にくずれた。為雄には耐えられなかった。あらためて周りをみると、その高校には唯一人として自分や学校に誇りを持っているものがいなかった。それが一層こたえた。自分は駄目でも友だちぐらいは立派であってほしかった。

先公が癪にさわった。窓ガラスが破れ机も椅子もまともなのは皆無の教室へ入るとまず、「おまえたちはクズだ」といわれた。担任はどういうつもりでいったのか知らないが、とにかくその言葉は為雄の心を刺した。為雄たちに発憤を期待していたのかも知れないが、逆の反抗心がおこった。何もかも滅茶苦茶に叩きこわしたかった。だが、きちんと背広を着てめがねをかけた担任は明らかに生徒全員を軽蔑していた。

クズの学校の徽章をつけた帽子を校則でかぶらなければならなかった。担任はそのことばかり気にしていた。ぺちゃんこの鞄を見つけてぬいつけた糸をひきちぎった。誰も高校へ進んだからといって新しい鞄を買ってもらってはいなかった。中学時代以来使っている何もはいっていない破れた鞄だった。入学して十日もすると、みな一斉に髪をのばしはじめ煙草を吸った。目をつけて叱る補導部の先公はそれを仕事として給料をもらっているのだ。同級生の一人から煙草を吸ってもみつからない方法を習って為雄も休み時間になるたびに便所に入った。トイレットペーパーを長くちぎって大きく輪にしてひろげ煙をそこへ吹きかける。すると煙は全て紙に吸収されて外へ流れ出ないし、臭いも残らない。便の臭いの残った中で為雄は息をつめるようにして煙草を吸った。

万引き市が学校で開かれる。教室の入口の見張り役をさせられた為雄は自分が駄目な人間の仲間に入ったことを切ないほど感じていた。不思議に自分がどこまで堕ちていけるか試したい気持ちになっていた。何度もクラスの五人と一緒にデパートへでかけて万引きをやった。みつかっておふくろが警察に呼ばれた。

結局ノビ（窃盗）で保護センターへ送られ罪名はタタキ（強盗）だった。ノビに入ったら留守だと思ったのに女がいて大声をあげたのだった。手元にあった置時計を投げつけた。——それで家裁から医療少年院へ送られてきた。同時に肺結核だという診断も受けていた。

為雄はむしろここへ来て安堵した。これ以上はもう堕ちる所はない。それにもうなんだか〈悪事〉に疲れていた。為雄は閉ざした自分の心の中で自分をためしていた。自分の行為の一つ一つが嫌で嫌で仕方がなかった。与えられた道徳観や説教には反発したが、しかし自分の心はよくわかっていた。全て試しおおせたのち、ここに入った。これ以上はもう嫌だ。本心、懲りた気持ちになっていた。怒られるからではなく、とにかく嫌になったのだ。

だから他の連中のようにここでは教官の曽我に反抗はしなかった。心の底では軽蔑したが表面はつくろっていた。そして不安がつきまとっていた。再来年は二十歳になる。二十歳になるのがひどくつまらなく、またおそろしい。病気は順調に回復していて、今は模範生の〈白組〉でもあるし、いつ退院が許可されるかわからなかった。

それはまた、今では過去を悔むよりも将来を心配させていた。自分の前に自由な将来がもはやないことはわかっている。今までふり返ることがなかったのに、過去の事実が急に大きく為雄の前途に立ちふさがっている思いがする。

「夢もチボーもねえ。おれたちは隔離されているだけなんだ。色めがねで見られて一生を終わるんだ」

為雄に限らずこの少年院にいる少年全てがそう考えていた。からだに自信がないのもそういわせる一因だった。康一郎さえもそういった。それは確かに何をする時も何を考える時も院生の頭にまっさきに浮かんでくることだった。

しかしここでは〈刑期〉を終えたからといって〈出所〉できるわけではない。監査医師が完全に治ったと認めなければいつまでも〈刑期〉はのばされる。そして結核はしぶとい病気であり、〈心身共に健全〉というのがこの少年院のモットーである。

そうかといって為雄はここが矯正に役立つ所だ

とは思っていない。シャバにいるときより一層わるくなることのできる所だ。――ここへ入ってからいろいろの悪事を知った。知識としておぼえた。世の中にこんなひどいことをするやつがいるのかと驚くぐらいだ。

康一郎は婦女暴行だし、チビの朝治はチャリンコだった。みんなそれを得意になってしゃべる。そういうことをしゃべる時だけみんないきいきした。世間のやつがやり得ないことをやったという優越感がみんなの心を支配していた。

為雄は自分のことはしゃべらない。タタキとはいえ〈ハク〉がないやり口だったせいもある。婦女暴行未遂ともいえた。それよりも、自分は他のやつらとは違うという意識が常に為雄を支配していたからだ。それが実際、他のやつと違っていたかどうかはわからない。

それがみんなから特別視され、教官からは〈模範生〉にされ、面接員の佐伯のおばさんには「根はいい青年なのにね」といわせる原因だった。だが「色めがねでみられて一生を終わるんだ」という気持ちはやはり為雄の心を占領していた。うまくひっかかって〈模範生〉扱いにする連中は自分を見透かしてはいないという気持ちもあった。それが辛うじて為雄を支えていた。

為雄はおちついた気持ちと、一方いつどんな具合に爆発するかも知れない自分の心を扱いかねていた。そんなとき「今夜やる」という康一郎の言葉は重く為雄の心にのしかかってきた。

もう一度――坂を転げおちる――自分でころげたい時には自ら転がるのに蹴落とされるような口惜しさなのだ。またころげおちる予感がする。

就寝時間になって、開放管理の格子なき牢獄の唯一の鍵が各部屋とも教官の手でかけられる音がした。

消燈された。

寝苦しい夜――昼間これ以上からだをなまらせることはごめんだと思うほど何もしていなかったのに、また夜をむかえて為雄は横たわらなければならなかった。

九時。

東棟の当直は曽我にちがいなかった。とにかく一日無事にすめばいいという態度がいつも曽我にはうかがわれた。十時までは各部屋のスピーカーを通してラジオが聞けるはずだったが、早く寝つかせようという魂胆からか放送の音が小さい。不快指数はまだ八十を越しているだろう。

「ラジオが小さいぞ」

隣室でどなった。

「もっとムードある音楽鳴らしてよ」

「あなた、ちょっと、もっと大きな声にして」

不満を訴える声がした。曽我は当直室へ戻らず廊下で院生の寝静まるのを待っているらしい。早くこの仕事を片付けて自室でビールを飲みたがっている。何もいわない。

「だれよ、騒ぐのは。早く寝てよー」

女の声色をつかう声がまた聞こえて、一斉に笑い声がした。

「チェンチェー、お声を大きくしてよン」

曽我は黙っている。静かにすれば放送は聞こえないわけではない。新潟で花火工場が爆発し二人が死亡、十四人が重軽傷を負った。御嶽の登山道から満員の観光バスが転げ落ちた。ニュースは報じていた。海水浴客がこの半島にも二十五万人おしよせた。数年前まで、この半島に海水浴客はくることがなかったのに。——今の為雄にとっては、それはまったく遠い外部の出来事ではなかった。下の道を爆音高く走る車がつづいていた。

曽我は自分の部屋に戻ったらしい。突然、康一郎が大声をあげた。

「けんかだ、けんかだ」

部屋の八人が一斉に起きあがって畳の上で騒ぎはじめた。隣の部屋で扉を叩く音がしてガラスが割れた。黒い影が動いた。

蛇が飛んでいた。暗闇で確かに蛇が飛んでいると思えた。耳孔の奥でかすかに鳴る羽の顫動は為雄の全身をふるわせ心をいらだたせる。

風がざわめく。木々が揺れる。潮風にたわめられた松がざわざわ音をたて、遠くで犬が一斉に吠えるのが聞こえた。懐中電燈の丸い光の輪がちらちら走り、山窪にかくれて沈む。最初それは真暗闇にぼうとかすんだ星のようで、中にまじるヘッドライトとおぼしき光が一直線に為雄のかくれている松の根を照らしても山狩りだとは思わなかった。燈台の灯が自らの存在を示すためのみに輝いているのと同様、遠くの存在にみえた。

しかし今や捜索隊にちがいないと思える。喚声が空しくおこる。バケツの底を叩く音がひびき、パトカーのサイレンが不気味に鳴る。光の輪がだんだん為雄たちの潜んでいる場所に近づき、サーチライトが一閃する。パトカーの赤い転回燈が忙しくまわるのがむこうの道にみえる。三十メートルほど離れた場所に潜んでいた田中と早瀬が犬に吠えたてられ光の中を黒い影となって追いたてられていく。犬が闇の中をぴょんぴょんはねている。

少年院を脱走してから三時間は経っている。康一郎が先頭で約二十人が躊躇なくこの山——院の裏山であり半島の背骨でもある丘へ逃げこんだ。蜂か蝿だと思ったのは虻だ。先ほどから払っても払っても耳のあたりを離れはしない。執拗に為雄をおそい康一郎をおそい、両の耳のあたりをせわしげに動きまわる。

戸を押したおし院を逃げだすとき、為雄は興奮していた。それまで冷静だったのに、そしてむしろ脱走に批判的だったのに、ほとんど為雄は先頭になって駈けていた。曽我の叫び声、緊急事態を知らせるサイレンの音が聞こえる背後で院生が捕えられ更生棒で叩きすえられている。バケツの底が激しく叩かれている。目の中が——頭の中まで火だった。真赤な火が、頭と目の中で燃えさかっていた。

「森田、松浪、早瀬、田中……」

曽我が一人ひとり声高に呼ぶのも聞こえた。おどしの文句を叫ぶのが聞こえた。

「てめえら、脱走したらどんな目にあうか知っているか」

しばらく走ってふり返ると、院舎は非常事態発生時に点燈される照明の中に浮かんでいた。暗闇の中でそこだけが明るく、右往左往する教官、看護婦、寮母の黒い影がみえた。一人ひとりがわかった。曽我、秋川、上杉が――みんな若い、親しみのない教官たちがあわてふためき走っていた。いつもは怠惰に――特に夏休みの間、学習も農作業もなく、常に教官室、寮母室にとじこもって昼寝ばかりしていた連中が走りまわっている。その跳梁するシルエットは空中で足をばたばたさせているようにみえるのだ。

為雄は院を逃げだすとき、裸足で駈けだしてきたので足の裏を切っていた。ぬるぬるした感触が、今、山を歩くとき痛みとなって為雄を刺激する。膝小僧もどこかで打ったに違いない。同時に、先ほどから三半器官が――耳の奥であの虻が宙返りするような音をたてている。為雄は身を潜める。しばらくこうしているより仕方がない。

近づいた人影は大きなざわめきを残して去っていく。かと思っていると急に電燈の光がかくれ潜んでいる為雄たちのそばに近づき、人々のあわただしく喋るのが聞こえた。と思うと、それはまたすぐ散ってしまった。三十人、五十人とみえた人影はある時はまっすぐ為雄たちにむかってくるようでもあったが、あてのない獲物を追い疲れるとすぐ去っていくようだった。

静かであった。

海を見下ろす山腹は一面暗闇である。少年院の建物はもうここからはみえず、夜目に白く蛇行する道路のむこうの海にちらちら漁火が動いている。波の音が単調に空にひびき、白い波が海岸線とおぼしきあたりにある。あとはしんとして、はぐれた院生の動きだす気配もない。

虻を払って山の中をさらに歩く。

康一郎が時どき立ち止まって大きなからだを伏せ、つづく朝治が足を止める。朝治が喋る。康一郎が低いが野太い声で叱る。波音と風音だけの聞こえる中を、黙って松の枝を手でつかまえ硅土のもろい土肌を歩く。ふいにサイレンが風にのって流れてくる。

波音が聞こえなくなると、為雄の目の前は更に暗くなった。それまで暗い中にどうやら形をつくっていたものがみえなくなった。手さぐりしても足でさぐっても闇の沼は為雄をとらえてしまっている。足が動きはしない。もがけばもがくほど、からだに呪縛がかけられていく。虻が飛んでいる。耳をふさぐ。暗さがねばり、為雄をとらえる。逃げ出そうとすればするほど闇に為雄の全身は吸い込まれる。

ふっと我にかえった。そしてまた暗闇が為雄を縛ってきた。がんじがらめに身も心も縛りつけてくる。

時が刻々とすぎさっていくのだけがわかった。

曽我の姿が目に浮かぶ。大きなシルエットが動く。捕えられ、院に引き戻されるときのことが――ふたたび家庭裁判所に送られ、そこで連日の説教――驚く観察員の顔が浮かぶ。

「せっかく神のみ心にかなう道を歩きはじめたのに……模範生の君が……」

黒服の牧師が涙を流し、めがねをかけた学生のBBSがあわてふためいている。牧師のはげた前額が汗で光っている。BBSは不信の色を目にたたえ、こわばった表情を懸命に人のよさそうな笑顔に変えようとしている。それに三十ぐらいの奥さん。〈あのとき〉とちがって、和服を着てきれいに髪をセットをしている為雄の被害者。おそったとき口を痴呆のようにあけていた女。タタキの対象。本当は平凡な主婦。

女がひきつった表情をして、自分が〈罪〉をつぐなうべきなのにそれができなかったと悔やむように必死な瞳を為雄にむける。

赤いものが網膜につきささった。耳の奥で激しい音がひびいた。全身が宙返りした。

大きな黒い影がからだの前を横切ったのだ。――ああ、アメ屋横丁。あそこのガード下で倒れたときのことだ。倒れた拍子に膝を強くうち、そのまま舗道に何秒かうつぶしていた。

アスファルトの臭いが――溶けだして鼻をうった。

黒く粘っこいものがからだにへばりついていた。頬に、ひざにアスファルトがこびりついていた。黒い海に、黒いねばっこい海に為雄はへばっていた。

気づいたとき為雄はまだ自分に何がおこったの

かわからずにいたのだ。多くの人が為雄をとりかこみ遠まきにしていた。あの時、舗道から見上げた地上にはいくつかのビルがあった。そのビルの背後に青い空があった。アドバルーンが浮かび――アドバルーンを見上げながら、ああ、空は青いと思ったのだ。

ビルの窓からたくさんの顔がのぞいていた。とりかこんだ多くの人々の輪越しに一人の鋭い目が為雄をみていた。不思議そうに怪訝そうに、アスファルトにころがった為雄をみていた。それは為雄と同じくらいの年齢の男で、Gパンの腰に手をつっこんでいた。

そういえば為雄はこの男に、白昼の舗道ですれちがいざまいきなり腹部を強く打たれて倒れたのだった。

暗い中から白黒のフィルムが緩慢に動きはじめた。画面に色がつきはじめ、色は強烈な原色となり、今暗闇の中に風だけを聞いてうずくまっている為雄の目の前で炸裂する。

立ちあがって無言のままむかいあった。ただそれだけ。そこまでで為雄のフィルムはとぎれる。あとはまた暗い闇の中に沈んでしまう。風の音がひびき、先を行く朝治が木を分け進むのだけがわかる。朝治がひっくり返った。為雄は足を二、三歩運ぶ。

そのあと男と公園へ一緒に歩いていってブランコにのって話しあった気もするし、そんなことはなかったようにも思える。

相手は中学の同級生の健やん。忘れていたというより、わずかの間に大人びて健康な匂いを発散する健やんを為雄が見すごしてしまった。何しろあんなに人通りの多い場所だ。気づかなかったとしても不思議ではない。しかし健やんはあんなに親しかったのにと、ただもうそのことだけで殴りつけてきた。同時に足ばらいをかけられ為雄は舗道にひっくり返った。

銅像の前を通り、博物館の鯨の骨の前まで行くと、――のろのろと三十分もかかって意識をとり戻しつつ歩いていくと、ようやく二人はわずか数か月前まで一緒に机を並べていたときの雰囲気をとり戻していた。

久しぶりに何を喋ったのか、何も喋らず、為雄は頰をおさえ学生服についたアスファルトをとり、とびちった弁当箱をいそいで鞄に押し込んでいたのか。もう覚えていない。確かにあのときはまだ為雄も学生服を着ていた。

健やんが始終堂々としていたことを覚えている。先をどんどん行ったこと、目が澄んでいたこと、何度も肩をぽんぽん叩いてきたがそれがとてつもなく力強かったことを覚えている。健やんには学校へ行けなかったことに対する憤怒があったが、そのとき為雄は健やんの澄んだ瞳の奥にかくされているその淋しさを理解しなかった。

鯨の標本の前には説明の看板が立っていたが、もうあたりに夕闇が迫っていて字ははっきり読めなかった。灰色の巨大な骸骨は、前のベンチに坐りこんだ二人のうしろに物いわずあった。

岩を踏みはずして為雄は我にかえる。始終追いすがってくる虻の羽音が耳のあたりから離れない。ぼんやり闇が見透かせるようになった。丘陵を伝って半島のつけ根にたどり着いてもそこには先程の捜索隊が待ち伏せしているにちがいない。いつかつかまることはわかっている。

健やんは「勉強しなけりゃ駄目だ」とあのとき励ましてくれた。そのことははっきり覚えている。そしてまた何を思ったのか「てめぇなんか学校やめちゃえ」といってGパンのポケットから手をだして立ちあがった。いまにもまた殴りかかるという姿勢だった。

「あんな学校なんか行ったたってどうするんだ」

――それは本当は健やんの羨望の言葉だったのかも知れぬ。だがそれを見抜けなかった。

健やんは煙草をとりだして箱を人さし指でぽんぽんと叩いた。小指の爪をのばしていた。器用にライターで火をつけ、鯨の骨にもたれた。健やんの前で学生鞄を持ったままの為雄は本当に自分なんかは仕様がないと思っていた。

あの中学の同級生の健やんに対する――何といったらいいのか――自分みたいなやつが学校へ行って健やんみたいなのが社会の下積みになる

――そういうことへのすまなさ。不合理の発見が漠然と為雄を責めていた。

健やんは勉強ができた。試験前になると一層遊びに行こうと、そのころ夢中になっていたスケートに誘った。だが確かに健やんは頭がよかった。しかし進学できない理由ができると健やんはあっさりあきらめた。みんなが全日制でなければ夜間にでもといっても何の反応もみせなかった。健やんは何のためらいもなく朗らかにバーテン見習の仕事に入っていったようだった。そこに到るまでの健やんの心の葛藤はしらない。

康一郎は為雄から三メートルほど離れた所に坐りこんでいる。

「ため、ついにやったな」

満足そうにいう声が闇の中に聞こえる。為雄は黙っていた。

康一郎はもうしばらく様子をみるつもりらしい。いいかげんこの山に潜んでいるのがいやになったらしい朝治が為雄と康一郎のどちらにお伺いをたてようかと迷った末、康一郎にもう出ようという。康一郎は今ここをでてみろ、かくれているポリ公につかまるだけだという。女の話をする。下卑た調子で笑う朝治を抑えて、康一郎は大学生になっている女友だちのことを喋る。そいつと初めて寝た夜のことを喋る。微に入り細に入り得意げに喋る。

為雄はここをとび出そうと思う。松葉や小石や砂礫の痛い山肌にからだを横たえたまま、康一郎にさからって山を出ることを考える。――しかし、出ればまた「模範生」らしくなる。

康一郎が起きあがってモクを吸う。火が明るくなり、じーじーじーと火が燃える。煙草を吸いながら、こいつはこの間の面会日にそのスケが差し入れてくれたのだという。康一郎が吸い込むたびに顔の前面が――口と鼻とあごと、額の一部分が闇の中に明るく浮かんでくる。

強迫観念が為雄をおそう。丸い、安物の、文字板にディズニーの漫画のかかれた置時計。畳のめさえも目の前に浮かんでくる。握って吉川さえ子に投げつけた。ふるえた手元はとんでもない方向に時計をはねとばしていた。その時為雄は学校をやめるつもりでいた。唐紙に時計が当ってはねとび、女におそいかかろうとした時、手をひろげた女は声を出せずにいた。大きく目を見開いた女の顔がひろがる。わめきにならぬものが為雄をおそっていた。

蛇が耳の奥で羽をふるわせる。

女に手が届いた。しかし為雄の頭の中のどこかでそれ以上の遂行を中止させるものがあった。たしか、あのとき、そういう気持ちもあった。瞬間だったが昼間の時間がそこで止まっていた。

表からのぞいた時、留守に思えた。玄関口の靴を盗もうとか、奥へ入って財布をねらおうとかそんな意識はまったくなかった。水が一杯飲みたかった。開け放たれた玄関に立つと目の前に女の半裸があった。籐枕に頭をのせて、シュミーズの双肌をぬいで扇風機にあたっていた。それであわてた。あわてたのはむこうでもあった。警察へ為雄が捕えられてからこの女はたびたび差し入れに来たので、きちんと和服を着て草履をはいてくるので、為雄には立派に実在する人間となってきた。しかし〈あのとき〉には何か知れぬが存在感に欠けたものがあっただけだ。部屋のむこうの襖に描かれた絵と変わりがなかった。

為雄は逃げだそうとした。外が奇妙に明るかった。襖には海が描かれ千鳥が飛んでいた。防犯ベルの鳴るのを聞いた。

パトカーのサイレンが遠ざかっていく。康一郎のいうように警察はいったん付近をさがして見つからないと、高跳びを警戒して事件発生地点から離れるのだろうか。けれどもすぐ元の地点へもどってくるという。もう一度捜索隊がやって来てそれが去ったら今度は本当にほかの方面の捜索に力を入れた証拠で容易なことではここへもどってこない。それまでもう少し我慢せよと康一郎は二人に声をかける。まだ夜明けまでには時間がある。じっと闇の中で過ごす。

為雄は眠くなった。頭の中がもうろうとしてくる。

色の白い、平べったい顔の女だった。土足のままあがりこんだ為雄に気づかずにいたのがいけないのだ。結婚して数年たつのにまだ子供がいない。そんな何かに倦いた雰囲気があった。

警官は調書をとった。むこう側の机に二人坐っていたうちの一人が——若い警官が為雄を罪人扱いにして聞いた。サラリーマンというのは横柄なのだ。ちっとも自分の仕事に情熱を感じていないくせに——だからこそ余計に一生懸命仕事をしているふりをする様子が警官からはみだしてみえたのだ。時どき投げやりに万年筆をほおり出し、煙草のけむりをふうっとはきだす。もちろん悪いことはしたのだがそれがノビではなくタタキだという警官の主張に為雄は同意できなかった。同意もくそもない。本来為雄が書くべきものだと思う書類を目の前で警官は作文していた。「面倒なことをいうな、事実は事実じゃないか」と警官は声を荒げた。

ちょっと待ってくれ——為雄は心の中で何度もそう叫んだ。ちょうど吉川家へ侵入した時と同じように、為雄は自分が為雄ではない、何かちょっとちがう、ちがうと心の中で叫んでいた。そして、もうすでに事態は奇妙な方へ曲がっていた。曲がった事態はそのまま曲がった信憑性を確立しつつあった。

〈わたしは、昭和四十×年七月十三日午後三時十分ごろ、東京都××郡××町本町通り一丁目地内の歩道を歩いておりましたところ、たまたま表玄関の戸のあいている東京都××郡××町本町通り一丁目××番地吉川拓郎さん（三十二歳）の家を発見しました……〉

それは誤りがなかった。警官のカーボン紙を使ってとる調書にはそういう文字が並んでいった。警官は手なれた様子で書いていった。それは一つひとつ事実となっていった。活字があちこち印刷されていて該当の個所に書き入れさえすればいい用紙。そういう用紙に書きこまれたら駄目だ。いつも——それまで為雄が漠然と考え、漠然と行なった行為が一つの犯罪として成立してしまうのだ。為雄が吉川さん宅の玄関をのぞいたとき——と、

〈発見しました〉との差。〈……奥の六畳へ……〉為雄は他人の部屋にいた。六畳で手許にあった置時計を投げつけていた。だがたしかにしのびこんだのか。それは六畳だったのか、玄関につづく四畳半じゃなかったのか。幻のように為雄の心に浮かんでくる。そしてそれは心に浮かぶたびに、いつも少しずつ形を変え、姿を変えつづける。

　確かに為雄は部屋にいた。いなければディズニーの時計は投げつけることができない。玄関からのぞいただけのはずだった。

　確かに何かに追われて吉川家へ入ったのではなかった。だからといって危害を加えようと入りこんだのでもなかった。だが〈時計を投げつけた〉ことが一つの道に――一つだけの道につづいているということをは今までに為雄は何度知らされてきたことか。

　警官はおどしたりはしなかった。テレビで容疑者をどなりつけたりおどしたりする場面があるが、あんなことは嘘っぱちだ。そうではない。むしろ慇懃だった。取調官は為雄との間に言葉がなくなってしまうのを待っていた。暑いのに鼠色の制服をぬぎもせず、扇子も使わず為雄の前にいた。待った、待った。誰のために。自分の勤務時間の終わるのを待つように警官は何本も煙草を吸い、お茶を口にふくんで待っていた。

　その間、為雄はみえない糸によってがんじがらめにされていた。弁明の必要なときなのに、為雄は取調官と一緒に待った。事実がいつのまにか溶けて流れだした。溶けだすと為雄の心までぐんにゃりとなった。

　なぜあの時××町を歩いていたのか。国電をおりてからどう歩いたのか。なぜ吉川の家にしのび込んだのか。――それを説明するには為雄の言葉がわかってくれなくては駄目なのだ。だが、もともと一口に説明できるようだったらあんなことはやりはしない。それをどう告げたらいいのか。ただ横たわっている女をみてふらふらと入りこんだというのか。

　少年院でも同じだ。ただおとなしく見える態度をとっていさえすればいいのだ。簡単だ。煙草を吸わなけりゃいい。いや吸っても、見つからなけりゃいいんだ。豚の餌を忘れずにやればいい。いや、端そり釜の底に煮崩れた餌が残っておればいいんだ。そんなことをやりさえすれば〈模範生〉になれる。がそんな簡単なことで〈模範生〉にされるということは考えてみるとまったく馬鹿げたことだ。だが意識的にやることと無意識にやること、その間の差を区別できないのだ、誰も。

説明を要すること、弁明を要することを警察では聞いてくれなかった。もちろん、もう何度ものことで慣れてはいる。万引でクラス全員がつかまり〈グハンショーネン〉などという言葉で初めて呼ばれたときも、いつのまにかその正体不明のものの中に為雄は入れられた。あの時もそうだった。

だが、みんなそんなつまらないことは考えないらしい。朝治にしても康一郎にしたって、与えられた罪名を誇りにさえしているようだ。彼らがみせる孤独感はひょっとしたら、そういう〈不理解〉からきているのかも知れない。

確かに、為雄は脱走など計画しなかった。小規模の脱走は始終おこなわれていたから、そういうことを最初のうち考えなかったといったら嘘になる。けれども院に二年収容されている間に毎回の脱走の一部始終をみ、成功したためしのないことを知っていた。しかも今は、院は為雄の住み家だった。他に行く所はなかった。

曽我は脱走が失敗に終わるたびに院生たちにそれを伝えた。いつも無口で無愛想な曽我が、そういう事件のたびに元気になって、院庭の指令台に立った。そしてタンカを切った。

「てめぇら、逃げようたってそうはいかんぞ」

顔を赤くして豚のように叫ぶ。それも為雄に脱走の無駄なことを教えてくれるもののひとつだった。教官服の腰のポケットに両手をつっこんだ格好はたしかに元不良少年だった。

「おめぇたちの先輩だからよう」

それが何か喋る時の曽我の口癖だった。そんなことは誰も信用していない。先輩だったらこれほど情けない先輩はありゃしない。徹底して逃げおおせて、シャバで組長にでもなっている先輩の方がよっぽどましだ。豚は茶黒い顔を院生の方につきだして猫なで声をあげる。

「君たちは……おれとちがってからだも弱いんだ。だから……逃げようたって逃げれやせん。それにシャバなんていい所じゃない。……そりゃ君たちの気持ちがわからんことはない。おれが一番よくわかっている」

顔がいつのまにやら丸くなって、柔和というのか若いのによくデキタ人の顔になる。

「おまえら……女に会いたいか。会いたいやろ。……ええ、おまえらそんなことばっかり喋っているんだろうが。布団の中で何やってるか見当はついているんだ……。おれだってそうだった。そういう気持ちは少年ケイムショ（曽我は院のことをそういった）に入ったもんじゃないとわからんよ。まあ見てみろ。逃げたやつは今度は本当のムショよ。よおく考えてみな。逃げるやつが利口か、ここで療養して社会へ復帰するのが利口か……。もどれりゃいいのよ。もどれりゃ。そうすりゃやりたい放題よ、何でも」

曽我の話はいつも論理がなかった。結局、浪花節とお説教だった。それでいて為雄たちの気持ちがわかっていると思い込んでいるのが一層邪魔だった。それは曽我に限らず、院長も、毎週一回、精神訓話にくる牧師もそしてあの女も――ノビをタタキと告発し、自分のために婦女暴行は否定し、今は為雄の更生を祈る女も同じだった。はっきり自分の枠をもっていてむりやりその中に入れようとするか、そうでなければ一転して扉を閉ざしてしまう。そしてあの女はどうしていいかわからず、為雄に「今度は新作人形展をみにいきましょうね」というのだ。

為雄たちは一番身近な存在として曽我の悪口をいい、憎んだ。食堂当番のとき汁の中に小便を入れたやつがいた。康一郎だった。曽我がそれを知らずに飲んだことは院生全部に語り伝えられた。康一郎の小便を曽我が飲んだことは一層曽我の値打ちをさげさせた。

けれども本当は院長や牧師の方がずうっと要領よく、院生たちの報復を受けていないのかも知れなかった。為雄はお説教になると無性に腹がたつ。けれども為雄もそれに対抗する論理をもたなかった。だからだまって脱走もせずにいた。

康一郎も朝治も寝入ったらしい。為雄も石にもたれてうとうとした。何かいろいろのことをとりとめもなく考えつづけて本当に寝入ることはできなかった。胸のあたりをおしつぶされそうで——時どき息が苦しくなって目をさます。

パトカーのサイレンが近くなったかと思うと遠くなる。波の音にまじって虻の羽音は絶えずつづいていた。大きな音になる。頭が割れるかと思うと、次には頭が冴えてくる。

いつのまにか欠けた月が空にあった。浜風が吹きあげてくる。治療中の肺が血液の音をひびかせ大きく打つように思えた。

暑い。無性に暑い。

真夏の太陽がぎらぎらと輝き照らしつける。きょうは雲ひとつない空から、太陽は赤い束を為雄の皮膚に投げつける。じりじり音をたてあたりの丘陵を照らす。そよとも風はない。赤土の丘陵は白く乾き、目の前でかげろうがゆらゆら揺れている。

先ほどから何機ものヘリコプターが、上空から影をおとして飛びまわっている。垂直に飛びあがってやや肩をおとして旋回している。半島の両側が見とおせるにちがいない。そのうちヘリコプターは半島の背骨をたどって飛び、近寄ってくる。爆音をひびかせ、やせた小松のかげに身を伏せ動かずにいる為雄たちを揺り動かし鼓膜を破る。

——少年院の諸君、早く院へ戻りなさい。先生たちはみなさんのことを心配しています。どこに隠れていますか。君たちは病気です。君たちは病人ですよ。こんな炎天下にいてはからだによくありません。早く院に戻って静養につとめなさい——

上空の風と爆音にさえぎられて、とぎれとぎれにそんな声が聞こえる。

とにかく暑い。無性に暑い。

からだから汗はでない。さきほどまでしたたっていた汗は、今は朝治も康一郎も肌に白い塩となって固まっている。

ただ虻だけが——姿のみえなくなった虻だけがひっきりなしに為雄のまわりでうなっている。さわいでいる。頭がぼうとし、目がくらむ。畜生——何がでてやるものか、誰が何といったってここから出てやるものかと為雄は思う。

ヘリコプターは高度を下げ、爆音を一層高くあげる。砂塵をまきあげ石をはねとばし、松を一斉になぎ倒し近づいてくる。熱い地面にからだを丸め、頭に黄土色の院の制服をかぶっている為雄は耐える。服に熱気がこもる。瞬間、爆風がからだをおそった。小石がぱらぱらと当たる。影が飛鳥のように飛びさっていった。

遠くで今度はパトカーのサイレンが聞こえる。大声で怒鳴る。

——はいはい、こちら本部——

——本日はこの地域は立入禁止になっております。海水浴にお越しのお客様もこの地域では泳げないことになっておりますので至急お立ちのきください。この付近一帯は危険地域に指定されております——

無線機で合図する声やスピーカーで村人やマイカーに呼びかける声がこだまをひびかせながらゆっくり流れる。あいまにぶーん、ぶーんと異様な風を切る音を残して走る自家用車の音も聞こえる。

為雄は爆音が遠ざかると上着をもちあげ、蒼く、黄金色に輝く空を見た。前面ガラスが球形のヘリコプターは竹細工のような尻尾を不安定にもちあげ遠ざかっていく。新聞社の赤と青のマークが座席の球形の下にみえ、ガラス球の中で動く三人の姿がみえた。一人はカメラを手にしているようだった。

「ちぇっ」

康一郎が上着をはねのけ、いがぐり頭を出す。腹がへっている。昨夜から何も口にしていない。院を出るとき何の食糧も持って出なかった。水が飲みたい。頭がくらくらし、目がくらむ。太陽が、その光芒をコロナのようにみせながら悠然と輝いていた。

「まだ探してやがる」

康一郎がいった。乾燥した周囲は吸音板がはめこまれたようで、康一郎の声を変わったものにした。為雄は黙っている。裸のからだに松の青い葉がささる。昨夜切った足は血が干からびている。長時間坐りこんでいた。三人ともからだ全体が赤く充血していた。康一郎の精悍な顔にもいささか疲労の色がみえた。

ぶーん、ぶーん。これは虻の羽音か、それとも自動車の風を切って走る音だろうか。それが遠く近く聞こえる。

昨夜は結局一睡もできなかった。一晩中、石塊だらけの丘をはいずりはいまわっただけだ。ちょっとからだを横たえて休もうとするとどこからか犬の鳴き声や人の声が聞こえた。ライトがちらちらし、パトカーのサイレンに半鐘を叩く音までまじった。一時はとても逃げられないと思われるほど近くまで人影があらわれた。

それが大地を揺する遠い波の音だけになると、集団生活の喧騒になれた為雄には辛かった。月影のもとにうずくまって、目がさえて仕方がなかった。結局、東の空が明るくなるまで目をさましていた。そして為雄は逃げてきたことを後悔しはじめていた。

紅蓮の炎をあげて燃える太陽が空にある。為雄たちは昨夜にも増して捜索隊をおそれた。

かくれるといってもあたりは地肌にこびりついて生える小松があるにすぎなかった。それもちょろちょろあちこちに群生しているだけだ。捜索隊はその間をとびまわりはじめた。警官と百姓、漁民にまじって為雄と同じ年齢とみえる青年たちも手に棒をもって歩きまわっている。ハイキングに来たかのようにキャラバンシューズに登山帽をかぶっている。棒を地面に叩きつけ松をなぎたおしてまわる。彼らが一番こわい。動作が敏捷だからだ。突然方向を変えて走りだす。彼等の行動には予測がたたない。脱走者たちの風体をたしかめる声がよく聞こえる。

――仕様のないやつらだな。火焔放射器か何かで、山中焼きつくしちゃえ――

何度もすぐ近くまで警官もあらわれた。彼らの重装備の背中はすっかり汗でぬれていた。編上靴がもろい山肌にすべり、手に持ったハンドトーキーや腰の拳銃が邪魔になっていた。それが幸いといおうか警官の士気をにぶらせていた。

為雄は青年にみつけられたいと思った。幾度か警官の前に姿をあらわしてやろうと思った。みつかればいい。もともと率先して脱走したのではなかった。それに考えてみれば逃げるといってもこの半島伝いに東京へむかうより仕方がなかった。半島のつけ根までは百キロそこそこだが、そこへ出るまでに捕まるのはわかっている。第一、いがぐり頭に黄土色の制服だから——近在の農民、漁民も一緒に山狩をしているのだから、発見されればすぐ医療少年院脱走者だとはわかる。

登山帽の青年の一人が肩からさげているラジオからは事態の推移を報せる放送が流れている。だからテレビもほとんど実況放送ほどに刻々と脱走者たちの動静を伝えているにちがいない。ラジオはみつからないのはもう三人だけだと伝えた。——病状の悪化、脱走者たちの健康が心配だと報じた。三人の名前を何度もくり返し、特徴と年齢をいう。為雄の経歴を放送する。心理学者が三人の心理の解説を加える。どう考えてみても袋の中の鼠だ。どうもがいてみても逃亡しおおせるはずはなかった。

とびだしてやろうと思った。もともと捕まることもとび出ることもそんなにこわいわけではない。ただ院の生活が楽しいはずはないが、それに増してシャバの生活が楽しいとも思えないのだ。

苦しい。咳がでる。照らされているせいだけではなく、熱がある。いつもからだ全体をほてらせる微熱が、今ははっきり高い。虻が飛ぶのもそのせいにちがいない。院の静養時間が懐かしい。一日三回の検温。きめられた服薬。退屈な、しかし考え方によっては平穏な日々。

目をつぶる。

「今夜やる」康一郎の声を思い出す。必死な、ある自信をもった声。——それにおどされた。からだをうちのめされても投げられてもとばされても包囲網を逃げおおせてやるぞという康一郎の意気込み。今も康一郎は無言で松の蔭にいる。殺人経験のある康一郎は自信をもっている。いくらかやせやつれて無精ひげが顔いっぱいだが、するどい眼で為雄をみている。為雄の考えていたことを全て見透かしたようにいった。

「とびだしてやろうか」

それから息をのみこんだ。

「もう一度、タタキをやってやる」

小さい朝治が腕組みしてそれに応えた。

「おまえは自首したかったら一人でしたっていいんだぜ」

もう一度康一郎は為雄にいう。為雄は何も答えない。本当はとびだしていきたかった。からだが心配になってきていた。肺がいつ破れるか知れないのだ。

「どうだ、出ていくか」

警官が二人連れでむこうへむかっているのをみながら康一郎がせつく。土に伏せ、上着をかぶったまま顔だけこちらにむけていった。目が光っている。この山の中にも院の空気をもちこんでいる。

為雄はまだ黙っている。

「どうした」

康一郎はさらにいう。

「おまえは模範生だし——こんなことがなければ来年の春はシャバの生活が楽しめたものを」

小気味よさそうにいう。顔が大きくみえる。頬骨が異様に高く、その骨の下からあごにかけての髭が濃くみえた。為雄は、このはっきりシャバにでるのが唯一無二だと信じきれる康一郎をうらやましく思った。そしてはっきり反感をおぼえた。

反吐がでる。この男の意志に従いたくはなかった。——だが、今はからだが心配なのだ。この炎天下、蝕まれた肺が心配だった。それだけだった。それ以外にない。シャバに出て家に帰って、康一郎に笑われるような生活をしたいと思っているわけではない。しかしおやじのいうように牛乳配達か自動車修理工として働く。——そんな生活を三年か五年して自分自身をつくりかえ、窮屈と思える規律の中に自分をおしこめる、そんなことを少年院では考えていたのだ。

だがそれももう考えられない。脱走前なら可能だったが……。もうシャバに戻ったって仕方がないのだ。

猿のような朝治までが口をとがらせ忙しげに為雄を責める。為雄は黙っている。二人のはっきりした意志に為雄は従わざるを得ないことを感じている。もう一度タタキをやると康一郎はいった。康一郎は何かをたくらんでいるが、そうでなければ逃げおおせるはずはない。

目の前に草が生えていた。名前は知らない。とにかく抜いて、口に入れて噛んだ。水気を吸いとろうとする。ぎりぎりと歯ぎしりするようにして葉を噛んだ。

しかし葉は、もそもそ口中を動きまわるだけだった。細かい毛が口の中にいがらっぽい。葉はいっこうに噛みくだくこともできず汁もでない。吐きだすと、口の中で折りたたまれていた葉は地面に戻ってゆっくり広がった。

次にいくらか広い葉の草をちぎった。今度は汁が舌に残る。苦かった。――汁は飲みこむまでもなくかわいた舌の中に沈んでしまう。もう何もすることがなかった。ただ炎天下、身をひそめて時のたつのを待った。

緊張がほぐれてくると遠くで鳴る音も気にならなくなった。照りつける光の強さにからだの力が失われていく。眠くなってくる。

虻の羽音が聞こえる。

学校をやめるといったのだ。こんな生活をしていては駄目だ。一層自分が駄目になる。焦燥が為雄をおそっていたのだ。間違っているとは思わない。いや間違っていてもいい。そのころ一度都電の窓から見た山谷の景色がいつも心を占めていた。暗い街燈の下、柳の根元にたちつくすステテコ姿の群れに入ろうかと思っていた。どうということはない。警官を相手に石をなげ火をはなち焼酎を飲み大道に寝る。

――価値観の消失が為雄を魅きつけていた。本当は生ぬるい生活から抜けでることのできるものがあれば何でもよかった。自分自身が嫌になっていた。だから極端なものがのぞましかった。大金持ちになるとかアフリカ砂漠に行くとか、日本の端から端まで歩くとか、オートバイにのって死の旅にむかうとか、女を次から次に犯すとか、自動車に火をつけて転がすとか――。

でも考えてみるとそれらはいずれも為雄にはできそうになかった。ならば日雇労働にでるか、山に入ってひとり暮らすか。その頃、為雄はそれくらいならできると思っていた。

健やんに会ってから毎日学校で真面目に勉強しようとは思った。ちょうど一学期の期末試験も始まるところだった。ところが学校へ行くと結局煙草を吸った。それでいながらみんなの喧嘩の輪に入らないように気をつけ、おずおずと、しかしどこかみんなを軽蔑しようとしてすごしているだけだった。そんな自分が嫌で仕方がなかった。

おやじは目をむいていった。どうする。冷たい言葉に聞こえた。どうせ都立を落ちたおまえじゃないかというふうに聞こえた。二人の兄が都立から国立大へそれぞれ進んでいる――小学校の時からおまえは出来がわるかったんだとおやじはいった。いや、そういったのはあとのことだ。

おやじは為雄の学校をやめたいという理由を聞いてくれた。しかしそれはおやじを納得させる力をもっていなかった。為雄にもわかっていた。

「これからどうする」
「これから」
「これからよ」

その時、おやじは醤油瓶のケースを運びながら、為雄には手伝わせずにいった。為雄は店の奥に立って、店頭のおやじをみていた。入ってきた客に愛想よく答え、味の素の大袋をとりだしていた。

「こちらは、今、サービスがついています」

あきらかに為雄への声と調子を変えていた。手がすくとゴム草履をぺたぺた音をたてて歩いてきて為雄に「これから」をくり返した。その間も店頭に立つ二人の女の子を――レジの店員を目で追っている。返答に困って、為雄は仕事を手伝おうとした。本当は「何でもいいじゃないか」と叫びたかったのだ。だが、そばにあった段ボールからインスタントカレーの小箱を――いつもテレビで宣伝している品をとりだそうとしていた。そんなことは滅多にしたことがない。第一させてもらえなかった。しかしそれがおやじへのそのとき唯一の甘えだった。おやじと共通の場に自分をおこうと思っていた。ところがおやじは箱にかけた為雄の手をひっぱたいた。

為雄は廊下伝いに別棟の自分の部屋へ走った。あとを、おふくろがヒステリックな声をはりあげて追ってきた。ステレオのボリュームをあげた。おふくろはワンピースの胸半分をはだけて狼狽しながらレコードをはずした。ターンテーブルだけがピックアップの針をがしがしひきずってまわっていた。

話も何もあったもんじゃない。とにかく体面上こまる。つりあい上困る。ぶらぶらしていてくれちゃこちらまで陰気くさくて仕方ない。兄ちゃんのように毎日鞄をもって家を出てくれ、何のために苦労してきたんだよう。戦争でここら一帯丸焼けになったんだよ。それをおまえたちを抱えてここまで――どうにかスーパーの真似ごとみたいな店になるまでにどんなに苦労したのか。おふくろは一気にまくしたてた。為雄はそんなことは知らないとどなった。

戦争なんて知るはずがなかった。焼けた店も知らない。知っていることといったらおやじもおふくろも朝早くから夜おそく迄働いていたことだ。

前掛けをはずして薄い髪をなぜながら店からきたおやじは学校をやめることは駄目だといった。話せばわかると思っていたのに、声の中に「おまえなんかは」という響きがまたあった。それが一番こたえた。学校へ行くふりだけでいいんだ。おまえのために学校へ行かなくちゃならないんだ。

「おれは勉強なんかしたくない」

為雄は大声で叫んだ。

おやじはひるんだ。この間まで、高校入試までとにかく一生懸命勉強している姿をみていたおやじはびっくりした。

「どこだって、自分さえしっかりやりゃいいじゃないか」

「みんながやる気がないのにおれだけやれるもんか」

おやじはおふくろを店に追いやった。おやじは店が心配なのだ。朴訥なおやじはしばらく言葉を探すように黙った。

「しかし駄目だ。おまえが何といったって学校は出なくっちゃだめだ。みてみろ。ここらへんで高校へ行かないものがあるか。角の薬屋の息子、あれは例外だぞ。あんなものは何をやらせても駄目だ」

為雄はおやじを憎んだ。ちっとも話にのってくれない。一言でもおまえのいうこともわかるがといってほしかった。為雄は自信がなかった。ただ現状が嫌だった。嫌にすぎなかった。それからあと、何をするというあては全然なかったのだ。おやじはいった。

「勉強なんかしなくてもいい。学校へだけはいけ」

蛇の羽音が鳴った。

為雄は教室に学用品を残してきた。裏門を出ると、早足で歩いた。あてはなかった。小さくこりかたまって勉強だけをやろうとあれ以後試験までは努めてきたのだ。

その日も暑かった。シャツの胸のあたりが汗でべとついた。一時間目の英語の試験の終わる直前、為雄は教室を出た。試験は易しい。まあ中学二年程度の定冠詞を入れたり接続詞を入れたりする問題ばかりだった。それをみた時、為雄はわざと答を間違えねばと思った。満点をとるとカンニングしたと教師に疑われるとここでは噂されていた。

しかし為雄は正しい答を書いた。答案を書いている間、始終隣の席の松田がのぞきこんできた。中学時代同じクラスで出来の悪かった松田の開いた教科書が膝からずり落ちそうだった。監督のじいちゃんは教壇から一歩も動かず時どき目の玉を動かしているだけだった。そしてこの老人の監督がカンニングをあげるはずはなかった。教師の厳格さが称賛されるよりもカンニングされる間抜けさを学校当局から叱責されるからだった。だからカンニングされないことを祈っているだけだった。これが元都立高校校長で、定年後為雄の学校へ再就職したとたん教育理念も何もかもすてて生活の手段だけを必死に放すまいとしている男だった。

為雄は渡されたカンニングペーパーを松田に渡しはしなかった。思い思いのカラーシャツを着、長髪の同級生はざわめきながら鉛筆を握っていた。フォークソングをポータブルラジオのイヤホーンで聞いている者もいた。みんな廊下を巡視する教頭に気を配っているだけだった。

数学の試験をぬけだした為雄は一目散に国電の駅へと走った。いつもは近くの女子高校の生徒で一杯のプラットホームは人影がなくがらんとしていた。

中央線沿いのお濠の水は深い緑色で、客を乗せることのない壊れたボートが浮かんでいた。電車にはのったが為雄は行くあてはなかった。心の中に葛藤するものだけがあった。それでも電車は涼風を流しいれていた。

気づいたとき、為雄は郊外の終着駅で降り新興住宅地の中を歩いていた。コンクリートブロックが高く低くつづき、塀の上から松や柿の木がのぞいていた。空は青く、その青さの中から金色に輝く光の束があたり一面に降りそそいだ。

二階建の家々の窓は開け放たれその光の束を全て受け入れていた。洗濯物が真白に輝き、林立するテレビのアンテナが空にむかっていた。天井からぶら下がった赤ん坊のオルゴールメリーががらがら音をたててまわっているのがみえる家もあった。そういう風景をここしばらく為雄はみたことがないように思った。

あたりをみまわしても人影はなかった。そのとき為雄は比較的おちついていたはずだ。自分が試験を放棄してきたこと、カンニングを手伝わなかったことをいくらか悔やんでさえいた。しかし決行してしまったことが為雄をむしろ落ちつかせていた。

為雄はブロック塀にしつらえられた裏木戸をくぐった。夢遊病者のように、ふらふらと戸を開けた。自分の家のはずだった。勝手口も開け放たれており、プラスティックの青い「護美箱」があり、そこから猫が跳びだした以外は静かだった。

台所にあがり水道の蛇口をひねってガラスのコップで水を一杯飲んだ。中学生のころ、学校で力一杯勉強して帰ったとき為雄はいつもこうした。おやじもおふくろも店が忙しくて滅多に〈家〉にいることはなかった。けれどもこうして一杯の水を飲むと為雄は妙に心が安らぎ、充実感をおぼえたのだった。

〈おふくろ〉が横たわっていた。為雄を見た。〈おふくろ〉は立ちあがり口に手をあてた。目を大きく見開き何ごとか叫ぼうとして声が出なかった。逆に為雄は冷静だった。〈おふくろ〉の動きが全てみてとれた。〈おふくろ〉の早鐘を打っている心臓も、ほとんど驚きと恐怖で呪縛されたように硬直したからだも——それからようやく背中をむけ奥に走りこんでいこうとするのも、〈店〉にむかって走ろうとして四つん這いになって廊下を行くのもわかった。からだが前に倒れた時大きな音がした。それで「金を……出せ」——ノビがタタキになった瞬間。

それから這っている〈おふくろ〉に追いついて抱きかかえた。〈おふくろ〉はへたへたとその場に崩れた。何ごとか言おうとして口がふがふがと動いているだけだった。

為雄は〈おふくろ〉を抱いて奥へ入った。おふくろよりいくらか若いとみえる〈おふくろ〉の部屋は小ぎれいだった。見なれない襖に千鳥が飛んでいた。六畳か四畳半か——とにかくそれがひどくだだっ広くみえたのだ。窓にかけた白いカーテン、部屋の正面にかけられた大判の日めくり暦。そして箪笥の上、机の上、畳いっぱいにおびただしい数の人形が並んでいた。人形は全てはだかだった。白いからだをみせ、人形は髷と簪をつけてほとんどが台座に立ち、少しが机の上に横たわっていた。

人形には目が入っていなかった。眉も口ものっぺらぼうだった。そばに黒地に金の刺繍をした衣裳が、けばけばしい色で散らばっていた。部屋に射し込んだ光の束が人形の白いからだをほとんど透明にし、黒と金の布地をあざやかに浮かびあがらせていた。女ははじめてからだを揺すっていった。

「お金はないわ、あなたはまだ学生さんでしょう」

女は一瞬のうちに驚愕からさめていた。部屋の人形の群れの中に戻ると〈おふくろ〉は女になった。咄嗟に為雄はこの部屋に非常ベルの装置があるのじゃないかと思った。部屋の全てが――自分を覆っている全てが、この世の全てが自分に悪意をもって攻めてくると思われた。檻に入れようと包囲してくる。為雄に矢を射ってくる。電気ごたつのパネル板の上に糊、はさみ、衣裳。人形の中にあった時計をつかんだ。そのことは覚えている。ディズニーの漫画が文字板に書かれていた。それをつかんだ。

突然、女が手で顔をおさえ動物じみた声をあげた。机を持ちあげ人形をひっくり返し、箪笥の抽出しを一つ二つ抜き出したガラスのケースにおさまっていた人形をつかんだ。女のうつ伏せになっているシュミーズ姿が目に浮かぶ。

抜き出した抽出しを投げだした。人形をひねりつぶした。力いっぱい――白いからだを、泥でできた白いからだを握りつぶしてたたきつけた。両手で首を抜き、脚を折り、手首をもってふりまわした。ケースのガラスがとびちった。そのとき、ノビは完全にタタキになっていた。

団地に非常ベルが鳴りひびくのを聞いた。そして、だれ一人いないと思われた静かな街に人があふれ、とびこんできた力強い腕の〈おやじ〉に為雄は組み伏せられた。為雄は逃げようとした。〈おやじ〉の腕から逃れ、人影のないはずの団地の道を走ろうとした。

簡易舗装の狭い道にはもはや人々がびっしり立ち並んでいた。みんな無言だった。

為雄は胸苦しくなった。胸の奥にとどこおっていたものが一気に咽喉を走りあがった。三人の男におしつぶされ為雄は血を吐いた。どす黒い血だった。シャツの校章のぬいとりも血に染まっていた。顔も鼻も血によごれていた。意識が失せていくのが自分でもわかった。

焼玉エンジンの調子はいい。単調に軽やかな音をたてている。為雄は舳先に立って海をながめる。

　太陽がのぼるとすぐ、強い日射しが容赦なく船にふりそそいでいた。

　四人が坐り込んだ船板の周りには踏みつぶされた魚の鱗があちこちについている。朝治は包丁を手に漁師のうしろにいたし、為雄は舳先で見張役をつとめていた。康一郎はそれらを監視する立場で船尾にいた。エンジンの振動がたえまなくみんなのからだを揺すっていた。四人はそれぞれ別々のことを考えているのかも知れない。だがとにかく、三人の脱走院生たちはいずれも二晩寝ていなかった。為雄は頭の芯に硬いものが残っていた。そしてあの虻の羽音が始終鳴りつづけているように思った。

　農家からもれている電燈の光をたよりに山をおりた。三人は農家の庭にある小さな池を見た。暗闇の中で、水道から引かれた水がちょろちょろ池に流れこんでいるのがわかった。金魚か鯉が泳いでいる気配だった。――それは山を降りてから老夫婦しかいない農家に三人が押し入ったときだった。

　朝治が一番はやっていた。しかし最初康一郎がいったのはここでは服装を変えるだけだった。戸を開けた。土間には草履と地下足袋がちらばっており、じゃが芋が転がっていた。

　船は沖にむかって走っている。軽やかなエンジンの音とは反対に重い空気が船を支配している。康一郎が口笛を吹く。風の具合でそれが為雄の耳元で鳴る。

「今夜やる」あの時の口臭と同じものがせまる。漁師には半島の先をまわって東京湾に入るよう命令が下してある。しかし海図はない。ほとんど船に乗ったこともない三人にとってはまったく人質を信用するより手はなく、目的通り東京湾へむかっているかどうかもわからなかった。

　漁師は三十五、六、まだ四十歳にはなっていないだろう。海の荒くれ男というより、会社員としても通用しそうなやさ男だった。

　三人が服装を替え海岸へ出たとき、入江の岩陰で網の修理をしていたこの漁師は、坊主頭の院脱走者をみても何の反応もみせなかった。まだ薄明でパトカーのサイレンも聞こえず、この世で動いているのは三人と漁師だけのように思われた。

康一郎が、いうことを聞かなければ農家から奪ってきた包丁で網を破いてしまう――とおどして漁師を観念させた。このとき康一郎は農家を襲ったときとは違い闘争心をむきだしにした。力弱いものはなめきり、力あるとみえる者にはたちむかうらしい。漁師はほとんど何もいわず黙々と網の手入れをしつづけた。そしてそれが一段落すると手慣れた手つきで漁船を沖にむけて走らせはじめた。船は沖に忘れ物でもしたかのように平生なエンジン音をたてはじめた。

あれから二時間、三人は海上にいるのだ。

単調さが続くと空腹がおそう。いつもなら起床、清掃、朝食前の草刈り、それから食事当番はみそ汁をニュームの食器についでまわっている。今ごろはうすべりの敷かれた食堂に坐って両手をあわせて教官の指示を待っている時間だ。為雄ははじめその整然と坐って待つ院生の姿が不可解だった。きちんと並べられた食器、正坐した院生、はりつめた空気――いつどこから曽我の更生棒がとんでくるか知れない。けれどもそれは本当におそれているのではないことは、しばらくすればわかった。形だけ整然としていながら、底にある院生の心はまったく別だったのだ。黒光りした細長い食卓は何年も前からみそ汁や飯粒と一緒に少年たちのうらみつらみを吸ってきていた。

今、潮風はいっぱい吸える。波は静かだ。セーリングでも楽しむ気持ちに為雄はひょっとなる。自分が院生であることも院を逃げてきたことも病気であることも忘れてしまう。船が揺れ、エンジンの響きが腹にこたえる。

交代に包丁をもって漁師の背後に坐る。全てが無言だった。朝日が波に映えているがそれも今の為雄の心を動かしはしなかった。時どき白い鳥が波の上を飛ぶ。漁船が沖からもどるのがみえ、半島の燈台がみえ、青い半島の姿が波に消える。

三時間――船に乗っていた。東京湾内のどこかに上陸することだけをさぐっていた。院生が船で海上へ脱出したとは警察も思っていまい。船の古いラジオは焦燥を伝えていた。逃げた二十八人のうち、行方のわからない三人の服装を伝え人相を喋る。追いつめられて凶暴になっているにちがいないとまた心理学者が解説する。都内の銃砲店から三丁の猟銃が盗まれたと放送する。都内に潜伏した可能性もあるとアナウンサーは注意を呼びかける。半島つけ根の県庁所在地――半島の東側が捜索の重点地域らしい。ピストルをもった警官がトラックで運ばれているという。万一のために防弾チョッキ着用。交通規制、関門、山狩……。

半島全体が、そして東京が三人におびやかされている。

昨日あんなに砂煙をあげて赤や白の車が走った少年院下の道路は今日はひっそりとしているだろうか。かよいの医者と看護婦が出勤して破られたガラス、はがされた戸、ひっくり返った机をみて驚いているだろう。

おふくろは面会に来るたびに親戚に顔むけできないといって泣いた。始終そのことだけを気にしていた。院の面会室にはソファだけがあった。おふくろは曽我や院長にぺこぺこ頭をさげていた。またいつもだったら大きな顔をする教官たちもおふくろには愛想よくしていた。

嘘があった。教官がおふくろを、おふくろが教官を信頼していない。非行少年の親を教官が軽蔑し、親も教官を尊敬していないことなどはわかりきったことであった。

為雄は一度きりでおふくろの面会を拒否した。

船が揺れた。具体的に何も考えることはなかった。康一郎が思い出したようにポケットから薬を出して飲んだ。

「病気かぇ」

漁師が舵を握ったまま、あおぐようにして康一郎に聞いた。絶叫するようにくり返し聞くのだが、声は風にとばされる。康一郎はそれに答えなかった。

「わっしをどうする気だね」

漁師がもう一度聞いた。どうする気――。それに答えず、朝治がちょこちょこと近づき疲れた声でおどしの文句をいう。陽ざしがますます強くなり、さえぎるもののない船の上で奪ったシャツを脱いで頭にかぶるとからだが暑かった。波がかかった。為雄も薬を飲もうと思ったが薬をもってきてはいなかった。

漁師は時どきエンジンを止め、調子をみた。ふたたびエンジンをかけるまで三人は緊張した面持ちで漁師の顔をみていた。逃げるのに今はもう漁師まかせだった。青いとみえた海は沖にでればでるほど黒くなり、濃い暗緑色が深い厚い絨緞となって船のまわりを幾重にもとりまいていた。

太陽はじりじり照りつけてくる。陸地ではまた不快指数が高まっているにちがいなかった。

太平洋に出てからも船はやはり単調なエンジン音をひびかせているばかりだ。思い出して漁師をみると、この男は為雄たちに監視されながら実は自分とともに四人をどこか遠くへ、目的地とはちがう場所へ運ぼうとする意図があるのではないかと思わせた。

風がない。しぶきがからだにかかり、最初それは爽快さをおぼえさせていたが、しばらく行く間に、喉がかわいた。だが水もなかった。もちろん食糧もなかった。あるものといえば薬缶に残っていた少しのお茶と、前夜漁師の獲った鰯が船底で銀色の腹をみせているばかりだった。漁師はもう二時間もすれば東京湾に着くといった。

漁師は自信をもっているように見えた。太平洋といってもそこらは彼にとってほんの家の前の庭といったところだろう。白い鳥の群れが多くなった。とび魚が水の上を走る。漁師は操舵につききりではない。煙草を吸い風にけむりを流す。

康一郎が一本とりあげて吸う。今ではもう為雄たちは漁師の囮だった。もうだれも漁師の背に包丁を突きつけてはいなかった。

朝治は船に酔っていた。胃袋の中のもの全部を吐き出し、船べりから身をのりだし、黒い海に黄色い汁だけを吐いた。吐くものがなくなると、そのまま小さなからだを丸くして湿った甲板に寝ころがっていた。三人が三人多かれ少なかれ酔っていた。元気なのは漁師だけだった。

為雄は舳先に頭をのせ、仰むけになって空を見た。まぶしかった。直射日光が耐えられぬ。放心状態が先ほどからずうっとつづいていた。赤いものが目の中でひろがりそれが黒い塊となって網膜を刺激する。目を開けようとしても、まぶしくて開けられない。涙で眼球が浮いたようになり、あわててからだを持ちあげると、そのとき船の振動であやうく洋上へ振りおとされそうになった。それは為雄の錯覚であり、起きあがろうとすれば平常のようにからだを持ちあげることはできるのかも知れなかった。

音がする。耳の中で……雑多な……鐘のような音や、鈴のように美しい妙なる音がひびいてくる。それがだんだん外にむかって脳髄から耳の奥からあふれるように大きな音となって為雄を驚かせる。〈おふくろ〉にむかって時計を投げた。健やんに路上で倒された。それらのことが浮かんできた。全て錯覚であり幻覚でもあった。

船は相変わらず海上を走り、エンジンの音をひびかせている。

そこでふと気づいた。船の浮いている海は、三千メートルも四千メートルもある深いところではなかったか。日本海溝――世界で一番深い海。為雄の背丈の何千倍もある深いところ。今、落ちたら為雄のからだはその何千メートルを回転し、回転しながら沈んでいくのだろうか。暗黒の世界。真に闇の世界、地球が始まってからの何億年か太陽の光も届かないところ。

為雄はいいしれぬ不安に陥った。

女は声をあげた。四十歳前後の、太った、足をいくらかがに股にして歩く女だった。三人をみた目は恐怖でひろがっていた。

朝治が血のついた包丁を胸にあて、小川に女を蹴おとした。頭にかぶった手ぬぐいが落ち髪がふりみだされた。モンペ姿はうずくまった。洗っていた大根の白さが目にしみた。そこから康一郎と朝治が女をひきずりあげ、国道を歩きはじめた。

ひっきりなしに疾走する車は四人を避けて走る。スピードをあげて走る車は――いつものように赤や白のスポーツカーであり、うしろに浮き袋や麦わら帽を積み込んでいた。爆音をひびかせて走り、為雄たちに注意を払わない。このあたりの立入禁止は解かれたらしい。

しばらくそうしてアスファルトの道をのろのろと少年たちは進んでいった。先頭に女を立たせ康一郎、朝治、為雄の順で歩いた。

三十分もしたろうか。ようやくパトカーがサイレンを鳴らして近づいてきた。

――君たち医療少年院の脱走者ではありませんか。そこにいる人は大島さんですか。煙草屋の大島さんですね。人質にされているのですね。君たち卑怯じゃないか。そのおばさんを解放しなさい。大島さん、警察が助けにきましたからもう安心です。気をたしかに持ってください――

寄ってきた二台のパトカーが国道の真中に立ちつくした四人を前後からはさんで話しかけてきた。

アスファルトのむこうにかげろうが立っている。直射日光が四人を照らし、道の真中に立ちすくんだ為雄の皮膚を焼いている。

為雄は目の前に展開する情景を夢の中にいる気持ちでみていた。

パトカーの屋根につけられた赤いランプが真昼の明るさの中で忙しく回転している。気づくと、車は実にゆっくりと、時どきエンジンをふかして近づいてくる。為雄は朝治の持っていた包丁を奪って女にむけた。刃が光った。瞬間、全てが停止した。静寂がまわりをおおった。

かげろうのむこうにパトカーの中で狼狽している警官の顔がみえた。

「さがれ、さがれ、さがらんとつきさすぞ」

自分の声がかすれて声にならないのを為雄は知っていた。スピーカーが俄然がなりだし、遠くからまた何台かの車がサイレンを鳴らして近づいてくるのがわかった。

そして目の前の車が、それでもそろそろと少しバックしたのを見届けてから、為雄は路上に転がった女の上に腰をおろした。

海は青かった。果てしない海原がどこまでもつづいていた。何時間乗っていても景色に変化はなく、舳先から首をのばし、かなたに目をやると、黒い帯のような流れが海原に幾重にも広がっていた。

結局、漁師の操舵がまちがっていたというより仕方がない。それとも漁師ははじめから東京湾などへむかう気はなかったのか。目の前に薄墨の陸地がみえ、次第にそれが濃い緑に変わったのだが、近づけば近づくほどビル一本もみえないその陸地が東京ではないことはわかってきた。しかし船に酔った朝治も康一郎も、陸地へあがりたいばかりだった。

もうどこでもよかった。逃亡の初めの興奮は失われ、はやく陸地へ戻りたいだけだった。特に為雄はそうだった。できたらこのままそっと院に戻っていたいとさえ思っていた。

漁師は黒潮に流されたのだと弁解を平然といった。燃料がきれたという。でも別に漁師を非難したり怒ったりする元気は三人にはなかった。空腹と暑気がみんなの精神を混乱におとしいれていた。だから船がどこかわからぬ——それはあとになって逃げてきた少年院からほど近い海岸だとわかったが——岸辺に着くと、三人は先を争って降りた。どうにも手におえない漁師は康一郎がその胸を刺した。降りてからロープで縛ろうとしたとき、漁師は頬にうすら笑いさえ浮かべていたからだ。康一郎が包丁をむけたとき、初めて漁師は真面目な表情になった。しかしそのときはもうおそかった。康一郎は無造作に包丁を漁師の胸にあてた。うすよごれた白いシャツに血が広がるのをしばらくみていてから三人は歩きだした。

康一郎も朝治も、そして為雄もすっかり不機嫌になっていた。何もいわずただ歩いた。漁師の表情が忘れられなかった。

見知らぬ土地に上陸して海岸を歩いていると、砂浜に三人の歩く足跡が残る。人家は見えない。船から離れると今度は海岸に三人だけが残された格好になった。

「やったった」

康一郎が突然砂浜をかけだしていった。為雄にはそう聞こえたが、実際は何だかするどい響きだけを残して康一郎の声は海に消えていた。朝治が康一郎のあとを追い為雄ももたもた走った。

走っていく康一郎のむこうには為雄にはみえない何かがあるのかもしれない。――だが為雄の目には長い浜がつづいているだけだった。そして康一郎が砂に足をとられて倒れると為雄も砂の上に坐りこんで、虚ろな眼で空を見上げていた。

警察に見つけられたときのために、弱い人質を手に入れなければとは思っていた。だが三人の中に、だからといってもう一度包丁を振りあげようという計画はなかった。漁師のことはタブーだ。何もいわない。

そして小川で大根を洗っていた何の抵抗もしない女をつかまえて、アスファルトの熱い道をのろのろと歩きはじめたのである。

今はもう全てが為雄にははっきりみえなくなってきていた。意識がどちらに傾斜していくのか――結局はパトカーに降参するのか、それとも最後までこの女をしめあげて抵抗するのかそれさえもはっきりしなかった。

アスファルトにうつぶしている女のからだが時どきぴくぴく動く。死んでしまったのか生きているのかわからない。三人が憎しみを感じているのが確かに女なのかそうではないのか、そして為雄が医療少年院へ入る動機が何だったのかもわからない。

耳の奥で盛んにうなり声をあげていたものがからだ全体をおそってくる。さらにはからだが揺れ動く。女が吉川にみえた。時計を投げつけてひっくり返った時の〈おふくろ〉にみえた。しかしそれも瞬間だった。

いつまでこうしていても逃げることはできやしない。かといって、投降する気もない。ゆらゆらとアスファルトの表面からのぼってくるかげろうが為雄の意識を失わせる。暑い。

ヘリコプターが下りてきて、にぎり飯と水が投げおろされた。それは夢のようであった。旋回しながら三人の名前を順に呼ぶ。曽我か院長かそれとも警官だろうか。まるで三人の名前と行為を世間にいいふらすように幾度もいくども空から連呼する。そして確認する。少年院の三人だね。脱走した三人だね。女の声が聞こえた。

　朝治が不安そうな表情をみせた。朝治は農家で奪ったワイシャツのボタンをみんなはずし腹をみせ道路に立っていた。時間がちっともすすまなかった。パトカーが目の前に一台増えるたびにいつのまにか奥まった道路のむこうの観衆の間にどよめきが起こるのがわかった。人々は群がって四人を眺め、その前に並んだ警察の車はもう十数台に達していた。

　警官はピストルをかまえているが、どういうわけか近づいてはこなかった。

　突然銃声がひびいた。康一郎がパトカーにむかって叫ぶ。

「殺してやる。殺すぞ」

　声は届かないにちがいない。だが康一郎が、ぐったりした女の髪をつかんで引きおこしたのはみえたはずだ。それで静寂と緊張がもどり、ふたたび太陽が照りつけてきた。アスファルトの中にゴム草履がうまってしまう。康一郎の茶褐色のはだかのからだに塩がふきだしている。緑色のライトバンが一台ゆっくり為雄たちにむかって動き出す。

――君たち。喉がかわいたろう。ここに冷たいジュースがある。これを飲んで、さあお大島さんだけは返すんだ。もう一人傷つけることは許されない。大島さんを返してくれ――

　スピーカーで叫びながら、車は動いていることに気づかれないようにとゆっくり近寄ってくる。車の屋根からかげろうが揺れている。

　為雄と朝治がモンペの女をむりやり立たせた。暑い。三人とも緩慢に――意志のないでくの坊のように動いた。その時、ライトバンが停まった。ドアから三本のジュースの瓶が出されて路上に置かれ、ゆらゆら揺れた。一本が倒れる。一人の警官が車からころがるようにして外へ出た。警官とみえたのは曽我だった。

「為雄、はやく、大島さんを返すのだ」

　曽我は車にもどりながら、ふりむいて叫んだ。命令なのに実際は迎合の笑みがみえた。黒い顔から白い歯がのぞいている。

朝治が立った女を足ばらいをかけて倒す。人々にむかって包丁で刺す素振りをする。

包囲陣はまた静寂に戻った。日射しは午後のものとなり、たちあがるかげろうが始終人々の姿をゆらゆらと動かしていた。それは緊張よりも弛緩した空気となっていた。何かの動きだすのを待つ。

時どき為雄の耳元に虻の羽音が聞こえていた。

明るい太陽の下で、暗く重い音を執拗にたてる虻が飛びまわりはじめている。右の耳から左の耳へ、左の耳から右の耳へ。特に後頭部あたりで羽音を高くあげる。頭の皮を破って中へ飛びこんでくると思える。喉がかわく。からだいっぱいに倦怠感が広がる。

今、警察より曽我より、そしてかけつけた院長よりもこわいのは為雄の頭から去らない虻だった。照りつける強い陽射しをさえぎるものは何もなかった。

康一郎がだるそうに立ちあがった。先ほどから熱い路上に頭をかかえてひれ伏していたが、途中から姿勢を正すようにすっくと立った。それは尋常でないものを感じさせた。みんなは康一郎は日射病にかかってもう動けないのではないかと思っていたのだった。

立ちあがった康一郎は道路の端をゆっくり歩いていく。そして一かかえもある大きな石を持ちあげた。そのまま警察の車にむかって抛る。姿勢だけは、石が大きく孤を描いて飛んでいくかと錯覚するほどに大仰だ。しかし石はわずか一メートルほど先に大きな音をたてて落下しただけだ。

康一郎はゆっくり腰をおろしズボンを脱ぎ、青い縞模様の作業衣の上着の前をはだける。腹がみえる。そしてまた石に抱きついていく。

だれも何もいわなかった。空のヘリコプターの爆音と虻の羽音だけが為雄には聞こえていた。

警察をおどすのなら包丁で女に切りかかるのが一番なのに、それを忘れたように康一郎は石を抛るのをくり返している。

虻が鳴った。為雄の頭の中で虻がまた一段と高いうなりをあげていた。

アスファルトに地響きをたてて石が落ちるたびに、一メートルずつ、一メートルずつ、康一郎はパトカーに近づいていく。アスファルトが石で凹む。また石に抱きついていく。背の高い康一郎はからだを腰から折り曲げるようにして石にひれ伏し抱きついていった。長い間、康一郎はそれを繰り返していた。

康一郎が石をパトカーのそばまで運んだとき警察が捕えた。康一郎は石に抱きついたまま倒れかかり、その上に警官がおおいかぶさっていた。そのとき為雄は心の中の重いものがとり除かれた感じがした。

警官の中にいた曽我が康一郎に話しかけている。さすが康一郎だというようなことをいうのが聞こえる。為雄の名前を呼びながら院長が歩いてくる。

むこうで朝治がわめいている。院長が近づこうとすると女の首に包丁を当ててみせた。もう時間の問題だと思っているのだろうか、院長はあきらめよく背中をみせて元の位置にもどる。

為雄は康一郎のことを思っていた。なぜ、こんなことをしたのだろう。ただ「今夜やる」と耳元でささやいた康一郎の言葉が、余韻として残っている。

警官が抱きかかえてきた時、為雄は遠くでサイレンが鳴り、無線がぴーぴー音をたてているのを聞いていた。意識はまだ捕まってはいなかった。もう一度何かをしなければならないと思っていた。女はまったく動かなかった。朝治が女の首に包丁を当てている。警官は朝治が動くたびに後ずさりをする。

ネクタイをしめた院長がライトバンへ近寄ってきた。そのとき為雄は新聞社のヘリコプターに気をとられていた。もちろん院長の近づいたことは知っていたが、まだ投降する気とてはなかった。ふりはらって康一郎の置き去りにした石に抱きついていた。

曽我と院長が前とちがって自信ありげにゆっくり歩いてくる。朝治はアスファルトに腰をおろし、脱いだシャツを頭からかぶっている。

為雄は立ちあがって朝治の手からふたたび包丁

を取りあげる。

気づいた女は目だけ動かしている。それがかげろうの中から浮かびあがる。為雄は女の上体をライトバンの運転席に押し入れ、フロントガラス越しに外をみた。

近づいてくる院長と曽我のむこうに、ピストルをかまえた五人の警官がみえる。康一郎ののびあがる顔もみえた。——警官の腕の中にいる間抜けな表情の為雄を康一郎が笑っている。そしてそのとき、為雄は運転席へ必死に包丁をふりおろしていた。

為雄の頭の奥で虻がさらに高く鳴った。

遊動円木

（一）

宗享は蹴られた脚が痛かった。ステテコまで血がにじんでいて、まくりあげると張りのないふくらはぎは鶴の脚で、骨にそって大きくふくらんでいた。一か所だけではなく、老年のつやのない茶黒い脚の毛深い間に、あちこち痛ましい血がこびりついている。

「赤チンはどこだ」

彼はかすれた声をあげて妻のと志子を呼んだ。隣室で動く気配がし、静けさの中に、瞬間テレビのホーム・ドラマのせりふが大きくひびいた。その声色を使った、ちっとも現実味のない、他人事のような声は空虚にひびいていた。宗享は脚をだしたまま茫然としていた。

「おとうさん、どうしたの、そんなとこ」

寝たまま首を曲げて、ドラマをみていた娘の京子が布団から上半身をのりだして聞いてきた。

そして娘に目を移して、何年も着古した寝巻の合わせめからこぼれた京子の白い乳房に宗享はぎくりとしたのだった。三十歳の娘の体は、病床にふせったまま、時として父親をおどろかせる妖艶さを発揮するのであった。最近はそれに人工的な艶っぽさをくわえるときがある。——今も宗享はそれを感じたのだ。

だが娘の方はいっこうに気にせず、白い肌をみせたままでいる。赤い乳頭さえそこにはっきり浮いている。宗享は自分のすねをみつめ、娘の体をみないようにして、ぼそぼそと怪我の原因を話した。

「指導員のやつ、若い女にばかり親切でな、おとうさんなんかにはひどい仕打ちなのさ」

娘は布団の上でけたたましい声をあげて笑った。男に接する機会もなくテレビばかり見ている京子は、宗亭のいうことにひどく興味をおぼえたらしかった。

「どんなんなの、その指導員というの」

京子は今日も一日テレビを見て過ごしていたに違いない。もう何年も、テレビがこの家に運びこまれてからずっと、この六畳の部屋のこの位置から見つづけてきていた。ちょうど見あきた退屈が、父親の怪我に同情する素振りをさせたにちがいない。何事にも貪婪な好奇心だけは働かす。

宗亭はいまいましい気分とともに自動車学校のことを思いだした。

本当は言葉でいいあらわせない屈辱感がそれまでずっと宗亭をおそっていた。五十九歳にもなって運転を習おうと思いたったのは生活のためだった。しかも京子のためだ。十九や二十の若者たちがレジャーだドライブだというのとは訳がちがう。

自動車学校では同期生たちがもう三週間も前に全員本試験に合格したのに、宗亭はまだ仮試験にさえ受かっていなかった。その上、怪我までさせられた。

いつもの山田指導員は休んだのか、運転席の隣には今日は二十歳を少々でたくらいのが乗りこんだ。だれかに言われたのか、その体格のいい若い男は最初から乱暴だった。宗亭がアクセルをうまくふみこめずエンストをおこすたびに革靴で脚を蹴りあげてきた。最初は宗亭も癪にさわって、その男と口論したが、そして一度はあみだにかぶった帽子にさわろうとしたが——その間も急ブレーキを踏んでもらう破目におちいると、すっかり卑屈になってしまっていた。

その後は何も抵抗せず黙々と五十分の教習時間をやり終えたのだ。ミスはいくどもやった。ギアがうまく入らなかった。そのたびに、今度はいくらか柔らかにではあったがハンドルを握った手をはたかれた。最後に「おっさん、クルマに乗ることなんか考えんなや」と憎まれ口さえたたかれたのだ。

五度目の仮試験も受けたのだが、結果はやはり駄目だった。前の時間の教習の不愉快さが残っていたのと、三十分前に発表された試験コースをろくろく飲みこみもしないで車に乗ってしまったからだった。それだってミニスカートの娘たちには、二時間も三時間も前に知らされていた。自由教習の時間に指導員は試験のコースばかり走らせると聞いた。

「わたしだったら試験官も親切にしてくれるんじゃない」

京子は男たちがみんな親切だと思っているのか、時どき元気な自分を男たちのそばにおきたい希望をあからさまにいう。今もそうだった。宗亨はそれを否定はしなかった。ただ自分の失敗のことばかりに心がむいていた。

途中、警報器の鳴っている模擬踏切を一旦停車もせず突っ走ってしまった。そして今度も駄目だと思ったら、年甲斐もなくやけくそになって、どっちみちまた受かりゃしないと、ゴム製の三角標識も倒してしまったのだ。あとは滅茶苦茶だった。バックのときには後輪をコースからおとしたし、スピード標識は見たおぼえがない。後味がわるいだけでなく、妙に自信喪失が宗亨をおそっていたのだ。

家に帰ってくると、娘の持て余し気味のエネルギーが、せまってくる。それは辟易させるというか、自分の娘だけに、病気で寝たきりの娘だけに不憫さをもよおさせ、同時に嫌悪感をおこさせたのだった。宗亨はちょっと頭をおさえた。目まいがした。

ふっと、この娘を一生このまま結婚させることもできず定年後も面倒をみていかなくてはならないのかと思った。その覚悟で、今、運転を習っているのだが……。まず免許証をとって新しい生活に入っていくことはできるだろうか。

指導員の横着を娘に話してやった。男の中にはもっとすばらしいやつがいる。たとえば大学へいっている次男の茂雄の友人のような、といいかけると京子は朗らかに笑っていった。

「おとうさん、あんな人たち、まるで坊やじゃない」

「あのね、もっとね、ウフフ、中年の魅力っていうの。わたし、もっと大人なのよ」

脊椎カリエスで寝ているのだから起きあがることはできないが、京子は父親を手玉にとる口振りをする。宗亨はいやになった。今自分の調子がわるいからか、娘のいうことは何か一言、一言、男に興味のあることを喋るように思えた。

妻がはいってきて、脱脂綿に薬をつけてぬってくれた。

「京子は最近、色気づいてしまって困るのよ」

と志子は笑いながらいったが、そのことは二人だけになると、もっと暗く真剣な話題になってゆくことだった。妻も露骨に、しかし本心は本当に困って「京子が発情している」などという。結婚させるわけにはいかないが、週刊誌や新聞や、そして昼間のよろめきドラマから充分すぎる知識をえた京子の性が、自然の勢いを得てそのはけ口を求めている。そのことをあきらめて生きる術を求めるように育てなかったのはたしかに親の責任かも知れなかった。

けれども終戦後、あの京子の引揚船からの転落以来、そしてそのあとの長い闘病生活を通じても、宗亨たちは今になってこんなことで頭を悩ますなんて思ってもいなかったのだ。おそまきに、京子が急に女らしくなってきたと思えるのだ。

それよりもっと気を使ってきたことはあった。部屋から一歩も外へでることのない娘が、一日中家の中にいるのだから暗い性格にならないように、本のひとつも読めるように、少しでも人間らしい、生活ができるように、そんなことに頭を使ってきた。努力してきたつもりだった。

本はたくさん買って与え、家を訪問する人とも劣等感を抱かずに、ごく普通の娘として話せるような雰囲気をつくってきた。六畳へ茂雄の友人もいれて話もさせた。その中のだれかに触発されたのかと疑ってみたが、そうでもなさそうだった。

「なあに自動車の免許証ぐらいだれだってとれる

よ、本気になりゃおとうさんだってとれるさ。京子、身障者用の練習場ができたそうだから、おまえだって起きれるようになったらクルマぐらい習ってみるさ」

京子は今度は怒ったように黙っていた。身体障害者用の練習場ができたという新聞記事を最初にみつけたのは京子だったが、返事をしない京子は自分をよく知っている。二十年以上も寝たままの京子がどうしてそんな気休めを真に受けるはずがあるだろうか。

宗亨は自分の前で寝巻のあわせめも気にせずに、気ぶっせいにテレビに目を移した娘の横顔をながめた。

血色がよく弾力にとんだ白い首すじ、けむるような額の様子。そして今夜は口紅を引いたのか、鮮やかにみえる唇を娘はひらいている。唇は潤いをおびていた。

妻のと志子の若いときにそっくりだ。三十八年前、結婚した当初の、あのういういしい美しさを、今、娘が病床で発揮している。

（二）

同盟ドイツ軍がついに敗れたというニュースは、北満・鶴崗（ホーカン）の地にも報ぜられた。金子宗亨がこれを知ったのは、新京への出張から帰った与田からだったが、戦争の状況は関東軍と赤軍の動きを通してこれまでにもこの街に敏速に伝わってきていた。独ソ関係もシベリア越しにうかがえた。

スターリングラード攻防の前後には、重爆がソ満国境へ飛ぶのがみられたが、珍らしいと思っていると例の大攻防だった。同時に黒竜江沿岸でこぜりあいがあったという情報も流れてきていた。そういうわけでドイツ敗戦は宗亨にはきわめて身近なものと感じられたのだ。

一方日本内地大空襲や、アッツ島、サイパン島玉砕を知ったのも早かった。新京へ電話をして知ることもあったし、時にはホジュン族の青年、柳の微妙な反応でわかることもあった。

その朝、柳は早くから社宅の薪割りにきていた。宗享が歯ブラシをくわえて庭へでると、あまりうまくない日本語で「おはようございます」と声をかけた。そのあとで、

「大人(タイジン)ドイツは負けたのですね」

顔色をうかがうように聞いてきた。正式にはその朝の新京放送ではじめてドイツ敗戦は発表されたのだから、ラジオをもたない柳がどうしてもう知っているか不思議だった。

庭にはアザミの花がいっぱい咲いていた。薄紫の刺のある花に朝露がたまっていた。そこに歯みがきのかすをベッと吐いた。

この親日的な少数民族の青年が、どこにどんな情報網をもっているのだろうか。驚いて問いただすといつもと同じだった。前の晩、宗享と与田が帰ったあと、測量助手の陳と李がおそくまで話しあっているのを聞いたという。昨夜なら放送よりもちろん前だ。しかも、与田から宗享がきく前に、もう一週間ほど前からドイツ敗戦を陳たちは知っていたと話していたという。柳はおびえた顔をしていった。

「陳さん、日本、負ける。満州なくなる言ってましたよ」

普段の宗享なら大声で怒鳴りつけるところだったがその時は黙っていた。ドイツ敗戦は、重い意味をもって宗享にせまってきていた。ドイツが負けた、それに柳は日本敗戦までをいった。

宗享はつるべの桶を井戸に投げこみ滑車をまわした。ひょっとすると柳のいうように日本は負けるかも知れない。そしてひょっとすると近い将来、この地を去らなければならない時がくるかも知れない――宗享はふっとそう思った。

柳は悲しげな顔をしていた。宗享より十歳も年下の二十三、四のはずなのにどこか老人ぶった仕種がみえた。それでいてどこか甘えるところもあり、会社の従業員なのに下僕のようにうちの仕事をよく手伝ってくれていた。柳は鉞を振りあげて薪を割った。やせた腕はかまきりのように動いた。

「金子大人来てから、わたし良くなりました。それまでわたし何の仕事もできない。鳥をとり獣を

追って山へ入っていく。その肉と皮、支那人に売るだけ。冬になると仕事、何もない。……今は仕事たくさんあります」

柳は突然何を思ったのか、坊主頭をなぜながらとぎれとぎれにそんなことをつぶやいた。

「ドイツ負けたけど、日本負けない」

柳はとび散った紅松の枝をあつめながらいった。たしかに柳だけは日本が負けてほしくないだろう。満人にもロシア人にも、そして移住してきた朝鮮人たちにも一段劣った民族とみられてきた柳にとって、宗享たち日本人はそれらをみな平等に扱ってきた。

満州人たちと本気になって王道楽土を建設しようと思った宗享は、二年前すすんでこの地に赴任してきた。もともと満蒙開拓義勇軍に入りたいと思ったことのある宗享にとっては、鶴崗が満州も北の果て黒竜江に近い辺境であることは満足だった。転勤当初は社宅のペチカの前に坐りこんで泣いてばかりいたと志子も最近ではすっかり満人の中の生活になれていた。

前任地・新京とちがって、日本人がかたまって生活することはない。かたまって生活したいにしても近くに住む日本人といえば隣の社宅にいる同じ会社の鉱山技師・与田正人だけだ。その与田の若い妻は満人なのだ。

と志子は柳が路上の馬糞をひろってきて干したのを、松材の薪にまぜてペチカに投げこむことにも慣れた。買物も与田の妻の春子（春淑）と露店市で豚のひずめのついたままの脚を買ってくる。強精剤と教えられると牛の生血を甕につめてもらってくる。春子に日本料理と和服のつくり方を教えるかわりに満州語を習っている。

宗享と与田の職務は鶴崗から黒竜江にいたる地域の地下資源開発予備調査だった。有望な石炭の鉱脈がみつかって、試掘も一部ではすすんでいる。将来は撫順などにもおとらぬ炭鉱になるかも知れぬ。それは日満にとっても有益な、宗享にとっても夢のある仕事である。

陳と李に検査器具を整備させ、カーキ色にぬられたトラックを柳が運転して奥地へはいっていく。

五十人ほどの満人、鮮人の人夫を連れていくこともあったし、テントを張って野宿をし、一週間ほどつづけて穿鑿をすることもあった。国策のためというより、宗享はこの地に埋蔵されている地下資源を自分たちの力で世に出すことのできるのを誇りに思っていた。五つ年下の与田も同じ気持ちで、彼にとっても鶴崗がソ連国境に近いのがむしろ緊張感を自負心にかえさせているとみえた。

現地につくと柳の仕事は特になかった。雑用と食事の準備をすませると狩猟で生計をたててきた民族らしく石を投げて山鳥を捕えた。宗享の娘の京子のために栗鼠を生捕りにして帰りの土産にした。柳は命ぜられれば何匹でも短時間のうちにつかまえるのだった。手製の籠の中におさまった栗鼠は可愛い眼をして敏捷に動いた。

柳は長男の秀雄よりも、満人の学校へ入学したばかりの京子の方を可愛がってくれていた。京子がのぞむと、その柔らかなビロードの体をした栗鼠を籠からだして掌にのせてやる。京子は掌で動く栗鼠をまじまじとみている。そのうち、栗鼠が身をひるがえして庭へにげると、柳は大声をだして楽しそうに笑う。

京子が

ホンホワ、カイラ、

パイホワ、カイラ、

ホンホワ、パイホワ、トウカイラ……

などと近所の子供たちと一緒に歌をうたいながら縄とびをしていると、柳はそれをじっとみていた。柳は京子のために、雀の子をとろうとして屋根にのぼり、おちたことがあった。

八月八日。突如としてソヴィエト軍が黒竜江をわたって満州へ侵入した。ドイツ敗戦からわずか三か月しかたっていなかった。

黒竜江付近が不穏になって、宗享たちがそちらへ近づかなくなったのはドイツ敗戦のすぐあとだったが、その日、昼間は別に何ともなかった。数日前まで飛んでいた飛行機はみえないが、砲声が、時どき、白い地肌をみせた山々を越えて伝わってくるのはもういつものことだった。

学校は夏休みで、今度の調査が終わったら新京へ連れていってやると約束していた京子が夕飯すぎになっても帰ってこなかった。と志子は昼すぎまで陳と李の子供を社宅へつれてきて、内地から送ってもらった絵本をみて遊んでいたという。

社宅に隣接した事務所で、一日調査結果の分析と報告書きに没頭して帰宅した宗亨は、と志子のいつにないあわてぶりを余裕をもって眺めていた。何となく気ぜわしい――期日の切られた報告を書き終わってほっとしていた。黒竜江上流沿岸にマンガン鉱が相当大量に埋蔵されていることがわかったし、松花江との合流地点には砂金が発見されていた。水量の多い川底をさらえる方法さえ解決されれば、砂金はすぐにでも日に何キロでも採集できそうだった。

今まで宗亨の調査したうちではもっとも規模が大きくなりそうだ。地質がわるいので岸の方はうまくやれても川の中心部の砂の採集は難かしそうだ。それでも小堰堤をつくる場所も頭に浮かべていた。

与田を招いて、まずはえだ豆にビールとしゃれこんでいたとき、宗亨はすぐ近くで砲声が二発ほど鳴るのを聞いた。宗亨は急に不安になった。同時に地響きとともに、もう一度はげしい砲声が聞こえ、社宅全体が揺れ動いた。いつもとちがうと思った。

宗亨は立ちあがった。李と陳の家へ駈けていったが京子はいなかった。柳を呼んで京子をさがさせようと思った。

不吉な予感がした宗亨は与田をおいて社宅を出た。街の外側を流れている松花江支流に面した柳の家へ行った。途中、暗くなった空に砲火が飛ぶのがみられた。泥と石でかためられた小屋の、扉代わりにぶらさげられた獣皮をめくって首をつっこむと柳の姿はなかった。白髪の老母が、宗亨の突然の訪問におろおろしていた。満語もろくに通じず、ホジュン族特有の悲しげな表情をみせているばかりだった。

とにかく京子がいない。柳もみつからない。

その時、小屋にトラックが走ってきた。いつも柳が運転している車だ。宗亨はてっきり柳だと思った。ところがそうではなかった。

先ほどからの砲声はいよいよ盛んになっていた。宗亨は気がはやった。車は、与田が運転してきていた。助手席にと志子と秀雄が、荷台に春子が乗っている。

「早く逃げるんだ」――与田がそういったと思う。何が何だかわからなかったが、事態が緊迫していることが、たぶんソヴィエト軍が黒竜江を越えて攻め入ったことは感じていた。荷台に乗ると車はすぐスピードをあげて走りはじめた。

白い道だけが続いている。トラックは全速力をだしている。黒竜江あたりの空が赤く燃えていた。ソヴィエト軍が侵入したのは確実だった。砲弾が上空で光った。火を引いて落ちている。後方の丘で炸裂して地響きがする。土饅頭のような満人の家が影になってうつる。駅前あたりで大きな火花が散った。

気づいてみると、荷物の間に春子が小さくなっている。体をまるめて、荷台の前のガラス窓越しに運転席の与田をじっとみていた。

「ソヴィエト軍が侵入したんですって」

春子はきれいな日本語でいった。あまり緊張しているふうではなかった。宗亨が家をでるとすぐ春子の母が報せてくれたのだそうだ。日本人は殲滅されるという。満人や鮮人はいいけれど日本人はすぐ逃げろと教えてくれたというのだ。春子は宗亨よりはむしろ余裕をもっているふうだった。

それにしても京子はどこへ行ってしまったのか。こんな日に限ってどこへ行ったのか。夏とはいえ北満の夜は肌寒い。宗亨は荷台の風呂敷の包みから国民服の上着をとりだした。

宗亨は何度もトラックを停めてもらおうと思った。けれども与田は車を停めなかった。与田の方が事態をよく知っていた。佳木斯(チャムス)にむかう道には、夜中だというのに人々が群れていた。何事か口々に叫んでいた。トラックはライトを消して警笛を鳴らしつづけた。

日の丸を持ちだして火をつけているものがいた。満州国の五色旗の代わりに大きな青天白日満地紅旗をふっているものがいた。これまではいつも平穏に日本人の支配に従っていたのに、今はそんなことはまったくなかった。もし停めたら、車は立往生して、たちまちのうちにみな引きずりおろされるのはわかりきっていた。春子だけが冷静だったが、与田も宗亨も動転していた。と志子と秀雄は口もきけなかった。

いくつかの集落を通って人のいない細い道へでた。静かであった。新京へ通じる道のはずだったが、そこで一旦トラックからおりた。エンジンがすっかり焼けついていて、ラジエーターの水も熱かった。と志子は助手席で泣いていたようだ。持ちだしたものといえば現金と、会社を通じて手に入れた満鉄の株券と、ほんの夏物の衣服数枚だった。飲みかけのビールも測量用器具もそのまま。それよりも何よりも京子の行方が知れなかった。

それでもトラックはまた動きだした。もう戻ることはできまい。と志子と秀雄をうしろに乗せて、代わりに春子が助手席に移った。悪い道路を、車はがたがたと走る。与田はヘッド・ライトをつけたり消したりする。人家がみえだすと、光を消して疾走するが、人の姿がみえない間はライトをつけてゆっくり走っていく。

星がきれいであった。いつもと同じように小興安嶺の山々の上に白い光をかがやかせている。松花江の流れの音が滔々と聞こえていた。

（三）

京子がテレビの〈ふるさとの歌祭り〉を頬杖をついて見ている。寝巻の合わせめは妻がやかましく注意するせいか今日はどうやらかくれているが、むっつりした顔はテレビを楽しんでいるふうではない。でも顔の色艶はいいし、時どき思いだしたように笑顔をみせ、顔に当てた指でリズムをとっている。それから判断すると不機嫌というわけでもなさそうだ。

秀雄の長男の健一が来ている。二歳半の健一は先ほど六畳の窓ぎわから庭に落ちて大声でさんざん泣きたてたので、嫁の三千代があやしたところだ。今は風船をもらって遊んでいるが、いつ大声をあげるかわからない。

と思っていると、立ちあがって京子の布団に足をとられてひっくり返った。と同時に「やかましいわね」と京子の声がとんだ。

「もう少し静かにしてちょうだい」

健一の方を見むきもしないで京子がいった。

「健ちゃん、おじいちゃんのところへ行くのよ」

三千代が隣りの三畳で赤チンをぬっている宗享の方へ健一を呼びだそうとする。が、孫は布団にねころがって風船をいじっている。

「ちょっと待て待て」

薬をぬり終えて宗享が健一をつかまえに六畳へ足をいれる。すると孫は足早に畳をあるきまわり、またガラス戸をあけて外へ出ようとする。宗享が走りよって健一を抱きあげた。力一杯、手足を動かして宗享の腕の中であばれまわる。京子が「ちょっと静かにしてよ」とまた怒鳴る。

「すみませんね、京子さん」

三畳に小さくなって座っている三千代が声をかけるのを、そばに坐りこんだと志子が「いい、いい、京子がテレビなんかみているのがいけないのよ」とたしなめる。すると頬杖の姿勢をくずして京子が母親にむきなおった。

「私に何ができるっていうの。テレビぐらい見たっていいじゃないの」

たしかにテレビはいいのだ。京子にできることといったら、本を読むことかテレビを見ることぐらいだから。もう少し音量を小さくしてひっそりとみるか、それとも、電灯でも明るくしてみんなで手拍子でも打つのだったら、だれも何の文句もない。けれども唯一台のテレビの前に京子の布団が陣どっていて、木曜日のこの時間はブラウン管が光るからと、豆電球しか点けさせないでみているのだ。これではせっかく来た孫も遠まきにしてこの時間の終わるのを待たなければならない。でもここで声をあげて京子をおこらせると家の中の空気を乱して具合がわるい。

ちょうどいいところに秀雄の自動車の音がした。健一が走っていく。といっても京子の寝ている六畳間のほかには三畳と台所があるだけのもとの引揚者住宅だった。

アイボリー・ホワイトのカローラが狭い路地から入ってくると、家全体が自動車に組み入れられるような感じがする。

京子がまた大声をあげた。

「静かにしてったら」

それまで隣室の隅の座り机で広告の本を読んでいた茂雄も立ちあがった。秀雄が大きな包みを車から出して家の中に運びこむ。三千代を呼び健一を抱きあげて家へ入る。狭いところへ合計七人になった。

「忙しくて忙しくて。いや、もうあんまり家へも寄っとれんですよ。クレーム課っていうのは、販売と修理と一緒にやっているようなものでしてね……。この部屋暗いね」

「ところでおとうさん、免許証とれましたか」

たてつづけに言葉をなげつけて、秀雄は京子の枕元に坐りこむ。そしてすねた表情をみせている京子をからかう調子でいった。

「御機嫌どうだい」

京子は頬に笑みを浮かべたが、思い出したように固い表情に戻った。秀雄が電灯を明るくして、先ほどの大きな包みをあけた。紙をはぐと、丸い不燃性のセルロイド・ケースの中に六十センチもあるカルメンの人形が片脚で立っていた。

「京子、おまえの誕生祝いだ」

京子の誕生日は三日前だった。三日前に京子は三十歳になったのだ。だがその日は、京子の希望もあり、と志子の心づかいもあって何の行事もおこなわなかった。引揚げてきてから二十年を、ただこの部屋から庭を見るだけで京子は生きてきていた。十代も二十代も同じだった。そして新たに三十代が始まろうとしている。ところが何を思ったのか秀雄は忘れずにいて、誕生祝いに大きな人形をもってきたのだ。

健一がさっそくセルロイドのケースに手をのばす。三千代が健一を抱きかかえる。ケースの中で片脚をあげた人形のスカートは赤いフレアーで、布でつくられた顔の目がちょうど宗亨をみつめている。肉感的な、それでいて奇妙に上品な雰囲気をたもっている。

京子は何もいわない。じっとその人形をみていた。そして
「テレビの上にあげてよ兄さん、健坊がいじるもの」

といったのだった。

カルメンの人形はそれで話題からはずれた。秀雄を中心に話がはずんだ。テレビはわすれられ、青白い光がちらちらと動くだけになった。ボリュームがしぼられた。宗享の免許証がまだとれない、仮試験さえ通らない。そのうえ指導員に蹴とばされてふてくされて、三日ばかり自動車学校へも行かずにいることがと志子から話し出された。

「馬鹿だなあ、おとうさんは」

なにが馬鹿なことがあるものかと秀雄に宗享が反発すると、それまで黙っていた茂雄までが「ブレーキとアクセルとまちがえるんだからなあ」とひやかす。

一同声をだして笑う。京子も頬杖をついたまま話の中にくわわっている。茂雄も宗享もそしてと志子も、秀雄の車でドライブにつれていってもらったことはある。ただ京子だけは車に乗ったことはないが、宗享の教習テキストを暇にあかせて読んでいるから機械の構造や交通法規はよく知っている。そしてイグニッションだとかドラムだとかいう言葉を使って秀雄に質問する。結構元気に喋る。さきほどまでの不機嫌な表情はなく若い娘らしく兄と弟を相手に冗談をいう。三千代の運んできたカルピスをストローで音を立てて吸う。

茂雄も来年はどうやら大学を卒業だから一番、車には興味がある。「ぼくも広告会社へ入るのやめて、自動車会社へ入ろうかな」という。

「そうすりゃクルマ少し安く買えるんだろ」と秀雄がいった。「中古でも三十万はださなくちゃ」と宗享がいう。「ぼくは五万そこらのでいいんだ」茂雄が応える。秀雄が中古車について蘊蓄を傾ける
「一度新しくできた高速道路を走ってみてよ」

茂雄の提案で秀雄が立ちあがる。

「健坊もいくか。三千代、おまえもこい。さあドライブだ。一時間ぐらい走ってくるか。夜のハイウェーは気持ちがいいよ。おとうさんも乗ってくださいよ」

京子とと志子をのこして家中のものが車に乗りこんだ。と志子も庭まで出て、一家のドライブを見送る。ほんの一時間ほど、つい最近できた高速道路を走ってくるというのだ。インターチェンジまですぐだから、そこから乗り入れて次のインターまで走ってくるというのが秀雄の言い種だった。

庭でまた騒ぐ声がする。エンジンをのぞきこんで宗享が秀雄と茂雄の質問ぜめを受けている。間違うたびに笑い声があがる。京子も窓ガラスをあけてそこから首をだしてのぞきみている。

そのうちに五人が乗りこんだ車がテールランプの赤をのこしてもとの引揚者住宅、今の公務員住宅からでていった。

家の中は急に静かになった。京子とと志子だけが残された。と志子はみなの食いちらかした茶受皿や湯呑みのあとかたづけに立ちあがる。京子はまたテレビを入れる。

〈ふるさとの歌祭り〉は終わっていて、チャンネルを回すとコマーシャルばかりで何をやっているかわからない。そのまま次々にいそがしく変わるコマーシャルをみている。そして突然ナレーターの声がはいり、ドラマの続きが始まる。静かにしていると、隣の住宅からも同じ番組をみているらしい音がひびいてくる。

京子はふたたび頬杖をついた。微調整をいじってしばらく黙ってみていた。母親は台所で後始末をしている。京子は声をかけた。二回ばかり、お茶がほしくてそういったのだがと志子には聞こえないらしかった。

白々しいものが京子の前に流れていた。どうということはない。時どきはみんなが揃って外出する。と志子が市場に手伝いに行き、宗享が役所にいっていたころは、毎日一人で留守番をした。いつもテレビをみているだけであった。布団の上に便器をのせ、とった尿を頭元に蓋をしてすえていた。あとはテレビをみていたが、何もしなくてもよかった。みえているものにむかって目を開いておればよかった。嫌になったらそのまま目を閉じるだけだ。

京子は腕をのばした。テレビの上にのせられた大きな人形を手にとってよくみようと思った。三十歳の誕生祝いに、兄が何を思って買ってくれたのか。どこで買って来たのだろう。——けれども、台上まで手がとどかなかった。もう一度母を呼んでみた。

京子は体を少しずつ前に出した。何も痛くはない。ただ医者から動いてはいけないといわれている。立つことも坐ることもできない。ただ寝ているだけ。体は横たえて、むきを変えるのだけを許されるようになっていた。

はいずって体を前にだした。そして腕を伸ばした。ブラウン管の中の人間がクローズアップされ、男が口をあけて懸命に叫んでいるのが——その真正面をむいた顔が京子の顔に広がってきた。人形が倒れた。京子の手が届いたと思った途端、セルロイド・ケース入りの人形が前に倒れてきたのだ。ケースごと京子の頭におちると、バウンドしてそばの畳の上にほうり出された。

人形がケースからとび出して、ケースが右へ、人形が左へ飛んだ。

テレビが急にリズムの早いコマーシャルを流しはじめた。とびだしたとき、カルメンの人形の首と腕が押し曲げられていた。中に針金でも入っていたのにちがいない。

ころがったまま人形は動かなかった。京子の布団から一メートルほど離れたところにほうり出されたまま、頭を畳につけて京子をみていた。京子は母親を呼ぼうとした。だが人形の倒れた音も聞こえなかったのか部屋へ来る様子はなかった。

（四）

日輪を形どった屋根をした佳木斯義勇開拓村の家々に火の手があがっているのをみながら、トラックは走った。そこには宗享の知り合いの青年もいるはずだったが、彼らを探すことはできなかった。ただもう一刻も早くそこからも逃げださなければならなかった。与田は無言で燃える街中を運転しつづけた。

石畳の街の灯は消え、満人たちの黒い影が集団となって跳梁しているのがどこを通っても感じられた。自分たちが危険にさらされている、暴徒の中にいるという意識が宗享の中に広がっていた。こうなればもう荷台にかくれつづけているより仕方がない。妻と秀雄に毛布をかぶせ宗享も車の振動に身をまかせた。遠くで銃声が聞こえ間歇的に人々の声が聞こえる。四辻でトラックのスピードがおちるたびに「日匪、日匪」という声があびせられた。

群がって荷台のうしろにとびついてくる満人がある。ふりほどくと石が投げつけられる。いつトラックが停められるかも知れない。

進路をそのまま松花江沿いにとった。標識も何もない。延々とのびた道にでた。夜目にも白い松花江の本流の音だけが測量のときと同じようにひびいていた。樹木のほとんどない、――あってもも紅松が地表をおおっているだけの感じの、低い小興安嶺の山々がぼんやり白く見えている。その中を二時間も走ったろうか。人家はもうまったくなかった。星も見えなくなった暗闇を、ヘッドライトだけを頼りに、それも待ち伏せを恐れて時どき消して走りつづけた。

そして急に豪雨におそわれたのである。車はその雨の中をさらによたよた進んだ。聞こえるのは雨の音だけとなり、見えるのは白い雨脚だけとなった。ぬかるんだ道はトラックを何度も立往生させた。そのたびにあせる気持ちがはたらいた。荷台には五センチもの深さの水がたまった。

ぬれた荷台にいても宗享は京子のことは心配だった。と志子が何度もおりて捜しにいきたいといった。むしろ宗享は自分がいくべきだと感じた。けれどももう何十里も鶴崗から離れていた。と志子と秀雄をここで与田夫婦にあずけることも、二人をつれて京子を捜しにいくことも不可能だった。雨にぬれつつ考えているうちに、――じっと黙っているうちに、ただひょっとしたらあの頼りになる柳青年が、少数民族の柳青年が京子を守ってくれているのではないかという気休めを思いついた。あんな子供を殺しはすまい。と志子は暗闇の中で泣き伏していた。

翌日も、そしてまた翌日も雨がつづいた。三日目には、予備に積んであったガソリンも切れてトラックは動かなくなった。五人は雨の中をハルピンにむかって歩いた。だが結局、与田夫婦とは別れてしまった。何しろ夫婦だけと十歳の子供連れとでは雨の中を歩く早さに違いがありすぎた。

ハルピンからは無蓋列車に乗った。とにかく新京まで行くつもりだったが、今度は焼けつくように暑い日で、混乱した満鉄の列車は信号のない原野で何度も立往生した。ハルピンはまだ関東軍のもと、街の平穏は保たれていると思っていたが列車はすでに血走った目の日本人で一杯だった。京浜線の幅広い客車は北安方面から逃げてきた人々で満員だった。デマだか真実だかわからないが、日本内地は新型爆弾で全滅され、朝鮮も満州も八露とソヴィエトに占領されたと聞いた。客車や有蓋車はすでに屋根まで人が坐りこんでいた。無蓋車もハルピンで荷物を投げおろし、代わりに乗りこんだ人々でいっぱいになった。

結局、終戦の報せは新京駅前の大和ホテルで聞いたのだった。ホテルはまだ営業していたのでその二階に部屋をとり、次の日、駅前広場を左右に走る電車をながめながら、日本から送られてくる天皇の終戦詔勅を聞いた。

それからはプラタナスの美しい大同大街や旧市街の永南門あたりまでをあてもなく歩く日が続いた。会社へ行ってももうだれも他人事にはかまってくれなかった。京子を捜すことはまず不可能になった。業務は中止され、――というより詔勅の前から、ソ連参戦と同時にみな浮き足だって仕事にならなかった。逃げ足の早い者は宗亨が雨にぬれている間にもう日本への船にのっていた。そんな中で京子を捜しだすあてはなかったが、そうかといって自分の生涯を埋めるつもりで渡った土地を即座に引揚げる気にもなれなかった。

新民大街の皇帝宮殿や国務院、そして関東軍指令部に赤旗がひるがえった。銃口を下にむけて歩くソヴィエト兵の姿が街にみられるようになった。

宗享たちは、新京神社裏の国民学校があてられた日本人収容所に入った。終戦直後の大混乱はそれでも一週間ぐらいで一応おさまったろうか。最初の一日二日は軍や国務院を中心に機密書類を燃す火が市内のあちこちにあがり、ガソリンをかけた黒い煙が街中を低くおおった。それが一層、日本人にも満人にも動揺を与えたし、興奮した日本軍兵士が街頭で満人に切りつけた事件――そしてその場でその兵士も切腹し果てたという事件などが人々のあいだに伝わった。負けたのにもかかわらず、ますます血気にはやった戦車隊が皇帝を擁して最後まで戦うとか、満州国軍も反乱をおこしたというデマもとんだ。けれども実際は、市内の日本人家屋が満人たちによって全て押収されるまでに一週間はかからなかった。

外側は赤煉瓦だが、内部は木造の広い教室。そこが収容所で、宗享たちがそこを離れた十か月後までに、住人は次々に変わっていった。と志子はかつてのように気の強いところはなくなり、京子のことばかりいって、代償を求めるように秀雄への偏愛をみせた。

食事は一日二回。ソヴィエト軍兵士、のちには八露軍兵士の監視のもと、当番にあたった日本人がつくった。コーリャンの入った握り飯二個を人々はあらそって食べた。お菜は大豆かすの煮付。献立は大豆かすが時どき、大根の切り干しになるだけでずうっと変わらなかった。

床の上には日本人たちが残していった布団が敷かれたままになっていた。次々と引揚げていくと き残していった品物が教室の隅には山積みされていたが、それが宗享たちの補食のもとになった。引揚者たちはどういうわけかこの収容所まではモーニング、銘仙のお召、新品のスケート靴などを持ってきて、大連へは持っていかなかった。宗享は秀雄をつれて、それを街へ売りにいった。軍票や、満州国紙幣も帰っていく人たちは残していった。宗享はと志子と相談して、京子がみつかるまでは帰国しないと決めていた。

電灯は八時には消え、同時に市街の通行は禁止されていた。収容所の中では、二重窓からもれ入る星あかりの下で、逃げまどった日々のことをまだ恐怖のおののきも忘れず語りあうことが多かった。収容所からシベリヤへ送還された人たちの噂をしあった。

ある夜、二人のソヴィエト兵が突然入ってきた。宗享たちは口をつぐんだ。いつもの中年の監視兵ではなく、酒の臭いのする大男だった。

秀雄はもう眠りこんでいたが、と志子は寝巻に着換えていた。もちろん頭は断髪にして、昼間は男か女の区別がわからない格好をしていたが、長年の習慣で寝るときだけはどうしても着換えなければおちつかなかった。それに収容所内では日本人同士という安心感もあって、だれかの置いていった浴衣を着て、毛布にくるまっていた。多くの日本人の娘たちも寝るときだけはみんなそういう格好だった。だから宗享は昼間、紺色の、男と同じ分厚い支那服を着ている人が寝る前に女物の着物をきるのをみて、その人が女であったと知るような状態だった。

ソヴィエト兵はまだ若いようだった。暗くてよくわからなかったが、あとできくと二十歳をいくつも出ていないということだった。それが大型の懐中電灯で部屋を隅から隅まで照らしはじめた。大声で何かわめいた。

はじめ日本人たちには何の目的で押し入ったのかわからなかった。両腕にいくつもはめた時計がみえたので、ソヴィエト兵の好きな時計を没収にきたのだと思ったのだ。もちろん二人にとびかかっていくことはできず、マンドリン銃を背負っているのを不気味に見ていた。

そのうち足で蹴とばしながら毛布をめくっていく兵隊の意味がわかったとき、部屋の中に怨嗟の声がおこった。兵隊は女が目あてだった。断髪をした赤い寝巻の娘がすぐ近くで腕をとられて立ちあがるのが光の中にみえた。娘が必死に抵抗して、泣き叫んだ。父親が一人の兵隊にすがりついた。マンドリン銃の銃口が父親にむけられ、同時に銃口から火がふいた。轟音が鳴った。外にむかって発射され、男にも娘にも危害が加えられたのではなかったが、ガラスの破れる音がした。

静かになり、もう一人のソヴィエト兵も獲物の女をみつけて部屋の外へ引きずりだすのがみえた。影絵のように二人のソヴィエト兵と二人の娘が消えていった。と志子も宗亨も、秀雄も何一つ声をあげえなかった。と志子はソヴィエト兵がそばを通ったとき、人々の布団の上を娘をひきずって行ったとき、息をこらして毛布の中に体をひそめていただけだった。以後と志子はほとんど物をいわなくなった。

宗亨はその年の冬も収容所に住んでいた。引揚げも軌道にのり、収容所は単なる引揚者集結所となっていた。いつまでも滞在はできないのだが、ソヴィエト軍のあとに中共軍が凱旋すると、すぐ人民委員会を成立させ、祖国復興に力を入れだしたのが宗亨には幸いした。

地質学院によばれ、講師として技術指導をすることになった。給料もくれるし、永住のために住居までくれると約束してくれた。だが宗亨は迷っていた。もともと満州で生涯を送るつもりではいた。しかし日本人が少なくなっていく中で、残る決心がつきかねていた。その上、と志子が永住する気をなくしていたし、学校へ行かず街頭で遊びまわっている秀雄の教育も心配だった。

そんな時、柳がひょっこり京子をつれて収容所へあらわれたのだ。柳は半年の間にすっかり太って堂々とした青年になっていた。いつも金子一家には下僕のような態度をとってきたのに、綿入りの八露払い下げの服を着て、毛皮のついた大きな帽子をかぶっていた。話し方は以前と変わりはせず、解放後は日本語をみんな使いたがらないのに「お嬢さんをお返しにきました」と日本語でいった。

元の教員室が面会室にあてられていた。そのころは電灯も点くようになり、その部屋にだけはストーブも燃えていた。

京子は、最初何も知らずに入っていった宗享をじっと眺めているだけだった。宗享もどの満人の子供も着ているぶかぶかの綿入れでは自分の子供と認めることはできなかった。その上、京子はとびついてきたりはしなかった。柳が宗享の方へ押しだしてもまだ疑い深そうな目で父をみていた。だが次の瞬間、宗享の息はつまった。夢のように思った。宗享は柳の両手を握り、絶句して満語と日本語で「ありがとう」をくりかえすだけだった。

それに対して柳はどことなくよそよそしかった。宗享がきくと、鶴崗は金子大人たちがいなくなっても変わりはなく、前にやっていた仕事を自分と陳が中心になってしているといった。あの日は、京子を連れてホジュン族の友人の家へ行っていたともいった。しかし済まなさそうなところはなかった。

地質学院の関係者から、宗享がまだ長春（もう新京は名前を変えていた）にいると聞いたので京子さんを連れてきたと、長くのばした髪に手をあてながらいうと、秀雄やと志子にも会わずに帰っていった。

すぐ宗享は京子をと志子のいる部屋へ連れていった。面会室から教室まで抱いて何度も何度も頬ずりをした。と志子と秀雄の前へ、たくさんの他の日本人たちが家族単位にかたまっている間をとおって京子を運んでいった。

と志子が泣きだした。宗享も泣いた。半年間、もう会えないのではないか、死んでしまったかも知れないと思っていた娘が、無事に帰ってきたのだ。衝撃のためか京子はと志子の腕の中へ移されても一言も口をきかなかった。

まわりの人々の間に、京子が無事に戻ってきたことが伝わった。親しくしていた人たちが心から祝福してくれた。それでも京子は小学校一年とは思えぬ冷静さで、親たちの感激の表情をみているだけだった。わずかに秀雄に対してだけは、「おにいちゃん」といったから、京子が過去を忘れてしまったのではないことはわかった。それがかえって涙をさそった。

その晩、と志子は京子を抱いて寝た。宗享も夜中に何度も起きて京子の顔をみつめた。教室はスチームが弱く通っているだけで息をすると白くみえた。翌朝はガラス一面に氷の花が咲くに違いなかった。冷たい風がとおりすぎていく。京子がみつかれば、もう満州にいる必要はない。一刻も早く日本へ帰ることにしようと思った。

宗亨は地質学院に話をつけて引揚げることにした。それでもすぐというわけにはいかず、初夏までその国民学校校舎にいたのである。その間に京子はだんだん以前の京子に戻っていった。父母に一度捨てられたという心の傷が幼い子供にどうひびくか。——最初なじまずに、秀雄とばかり話をする京子を気づかったのだがそれもどうやら時が解決してくれそうであった。

ただ京子のことで宗亨に気にかかることがあった。それは京子が帰ってきた翌日、宗亨が地質学院の仕事を終えて夕方帰ってくると、と志子が教室の入口でとらえて、「京子の体は大丈夫でしょうか」と顔色を変えていったことだった。

宗亨は最初それがどういう意味かわからなかった。まだ学校へ入ったばかりの子供のことだった。当然、口もきかず嬉しさも表情にあらわさなかった前夜の娘の様子をいったのだとばかり思った。だが妻は、いうことをためらいがちに、実は京子の下腹部から相当の出血があったといったのだ。

宗亨は柳を疑った。計画的に、娘を誘拐したのではなかったか。あの時、急に京子がいなくなったのは柳が連れていったのではなかったかと思った。そして半年も娘を、と憤った。そういえば折角連れてきてくれたのに、柳は以前とは違っていた。

しかし出血は帰ってきた夜あっただけで、その朝はもうなかった。柳の乱暴によるものか、それとも、もうそういう生理的な現象のあらわれる時期なのか。あるいは、そういうことがあり得るとしたら、急激なショックによる一時的なものだったのだろうか。

京子は次には引揚船の甲板から落ちたのだ。

ようやく大連の港から引揚船、雲仙丸に乗る日が来た。新京から大連の収容所に移り、そこで二週間滞在して乗船した。

帰国前の収容所では、連日学習会がもたれ、工人帽を支給された班長がマルクス・レーニン主義の講義をおこなった。戦いに敗れてみると、そして少しでも地質学院で満人と対等、ないしはそれ以下の立場で接してみると、宗亨にも王道楽土の欺瞞性がよくわかったのだった。だから講義は宗亨にはつらくはなかった。

全ての権威が地におち、張りつめていた気持は一時になくなっていた。そしてようやく帰国の時がきたのである。

収容所からバスで港へ送られると、みな手縫いのリュックを背負って長い桟橋の階段をのぼった。行列は遅々として進まない。長い行列だった。祖国へ帰れるという安心感と、敗戦後の一年に近い日々の苦労がどの顔にも色濃くでていた。何時間も待ちぼうけをくいながら、日本からの匂いを運んできたなつかしい白い船体を眺めていた。

その間にも妙なデマは広がっていた。ヤミ船を買って大連を出た一家が――その一家は船長の満人を信用して家財一切をその船にのせたが――多額の金をとられた上、一週間たって着いたのは支那本土だったというのだ。そういうことを、今船に乗る人たちは、自分の幸運と比較して安心して話していた。

宗亨は志子と一人ずつ子供の手を引いて桟橋への階段をのぼった。秀雄は長い収容所生活ですっかり野性味を帯びたというか、毎日の放浪と、不満足な食糧のために子供らしさを失っていた。動きは敏捷なのだが、とびだした眼の光は暗くにぶっていた。いつもうえた狼のようだった。

京子もどことなく元気がなかった。栄養の足りない頬の血色はわるい。長い時間――多分、乗船前の検査が厳重なため立っていることができなくて、たびたび坐りこんで、宗亨が骨と皮ばかりの小さな体を抱きあげなければならなかった。

朝十時から並んで乗船したのは午後三時だった。船は何回もの引揚者輸送で荒れており、船倉に近い、一番底部の船室からは丸い窓ガラス越しに油の浮いた汚れた海水がみえるばかりだった。歩くと足の裏のべったりする畳はそれでも一年振りの感触だった。各自体を横たえて、それでももう日本人だけ、本当に日本人だけになったという気安さで、かくしもってきた煙草をむやみに吸ったり大声で話しあったりした。

出港は翌朝の予定なので、一段落して船内をみてまわる。宗亨は子供の手を引いて上甲板へでて、暮れゆく大連港をながめた。まだ乗船はつづいている。人々は競って甲板へ集まっていた。スピーカーから〈リンゴの歌〉が流れ、デッキはモールで飾られていた。夜は音楽会が船員楽団によって催されるという。

陸地をながめると、夕もやにけむって二〇三高地がみえた。おどろいたことに、船のまわりのあちこちに赤さびたマストだけを見せて何隻もの船が沈んでいた。

秀雄は新しい環境に大よろこびだった。甲板にでてきた子供たちと日本語と満語をまじえてしゃべり、片足とびをして遊んでいた。

宗亨は終戦直前、黄海に潜水艦が出没するとは聞いていたが、まさか大連港奥深くまで敵艦が侵入していたとは思ってもいなかった。あらためて、これでは日本が勝つはずがないと思った。と志子もズボンに短い髪で海中から突きでたマストをみていた。

ようやく乗船が全て終わった。船の上は一段と活気づき、甲板に集まる人は増えた。そして集まった人たちの中から期せずして歌声がおこった。まず〈ラバウル小唄〉のかえ歌だった。宗亨も声を出して低く歌った。涙が目頭にたまって仕方がなかった。続いて〈満州行進曲〉がうたわれた。

過ぎし日露の戦いに
勇士の骨をうずめたる
忠魂塔を仰ぎみよ……

甲板にあつまった人たちは、初めは小さな声で、次第に声を限りにうたった。歌っているうちに、人々は日本人だという意識をとりもどし、一つの塊になっていくようだった。そこここで歌の中に涙がまじり、敗戦後の、そして何年、いや何十年かをこの土地ですごしてきた愛着が一度にせきを切って流れだすのだった。感情をこめて〈君が代〉と〈ここはお国を何百里〉を歌った。船全体が一つの塊となって、みんな海にむかい陸にむかって惜別の情を投げだしていた。

その時、どうしたわけか、舷側にもたれていた京子が船から落ちたのだ。宗享もと志子も夢中になっていて知らなかった。誰かが落ちていく京子を見たにちがいない。宗享とと志子から離れたところの人々が、集団となって声をあげた。

だが宗享がそれを知るまでには相当の時間がかかった。甲板の人混みの中で、秀雄をも見失っていた夫婦は、京子が海へ落ちていくのを見てはいなかった。

（五）

午前中、自動車学校へ練習に行っただけで、あとは終日息をひそめて暑さに耐えていた。

畳にべったり体を横たえ、思いだしたように扇風機に体をあて、声が消え入りそうになるテレビの青白い光を眺めている。寝返りをうつと、狭い部屋の中央を占める京子の白い体にぶつかりそうになるから満足に動くこともできない。京子は無言のまま、毛布をはねのけて太股を露わにしている。何かいやらしい物が口一杯にひろがる気がする。宗享は寝巻のすそだけは見苦しくしないようにしておけと声をかける。

体を動かして京子は、父親を見た。

「この暑いのに、イヤーなおとうさん」

秀雄にしろ、茂雄にしろ、男の子は成長するのが楽しみだった。父親と別の世界をつくっていくのは、傍から見ていてもたのもしかった。今だって茂雄は連日アルバイトをしている。真黒な、いつも真剣な顔をして何か怒っているようで近よるのがこわくみえるが、と志子とは親しく口をきいている。ところがいつも大体明るいのは京子で、何にでもすぐ口を出す。宗享にとって親しみやすいが、時によると嫌悪感をおぼえさせる。

宗亨はあきらめて息をひそめた。

考えてみると引揚げてから五年ほどはあちこちとよく仕事を変えた。できれば測量技術を生かしたいと思っていたが、京子が入院していて費用の捻出に四苦八苦していて少しでも給与の多いところを捜したのだ。転々と職場を変わり、京子の病状に一喜一憂し、生活に疲れて結局区役所の戸籍係という思いがけない仕事について十八年、それもこの春、実質上の定年の勧奨退職に応じた。

戸籍係になったのももとはといえば京子のためといってもよい。インフレは激しく、月二回に分けてもらう俸給はそれぞれ一週間もつかもたないかだったが、何といっても役所は保険制度が当時完備している職場だった。就職した翌日から京子の医療費は互助会と両方で無料になった。

だがそのことが今となってみると良かったのか悪かったのか、勤めるのがあまりにも遅すぎた。宗亨は三十の半ばも過ぎていたし、雇員から正式の職員に昇格したのは更に二年あとのことだった。そのためヒラで終わったのはあきらめるにしても、ついに恩給の資格もとれずに終わった。

そのうえ、一生寝たきりということになってしまった京子の保険も退職と同時にきれた。今は国民保険でどうやらやれるが、自分が死んだらあと京子はどうなるだろうか。

それに戸籍係を定年して、今さら何の仕事ができるのだろう。平穏な生活をまがりなりにも十何年間かやっているうちに、新しい仕事をする自信は失ってしまっていた。自動車の運転免許さえもとれない。

静かに考えていると、外を通るダンプカーが不気味に市営住宅を振動させ、テレビの画像をちらちらさせる。時どき、横縞がはいる。そこに映っているのは〝よろめきドラマ〟である。京子は見ているのかいないのか、声は聞こえているのかいないのか、それでもテレビに顔をむけて単調といえば単調なラブシーンのくり返しに時間を消している。それが途切れて〈マンモスだよ……冷凍冷蔵庫だよ〉などとコマーシャルがはいる。

「坊主と先生と公務員だ」――自動車学校の指導

員がいったことばを思いだした。年ばかりとっていて、のみこみのわるい宗享を罵倒していったことばだった。比較的生活が安定していて、時間的にも余裕があるのがどこか小憎らしいというい方だった。指導員のやっかみと思えるが、やっぱりどこかに自分たちだけの閉鎖的な社会で身につけた気分があるにちがいなかった。こんなことで、何か新しい仕事にはいっていけるだろうか。

外は明るいが宗享にとっては長く鬱陶しい一日だった。

夕風が吹きはじめて、宗享はホースをもって庭におりたった。最近の唯一の楽しみといえば、ただそのささやかな庭に並べた植木鉢の手入れをして水をまくことだ。一斉に花を咲かせて美しかった。皐月も今は青い葉が繁り、近ごろは何輪かずつ咲く朝顔をたのしみにしている。

咲き終わった花弁をちぎり捨て、翌朝咲くものの手入れをしてやる。板壁をはって屋根近くまで伸びた白い西洋朝顔、華やかな桃色をした八重咲。それらの中にいると宗享は生きかえった気持ちになる。そういえば、終戦の年の満州の社宅にもアザミにまじって大輪の朝顔が一輪白く咲いていたのを思いだす。

ホースの先に如露をつけて水をまく。と志子が台所で魚を焼くにおいがする。庭にでてきた隣のまだ役所に勤めている主人と一言二言ことばをかわす。ステテコのすそが水でぬれる。

ガラス戸をあけて涼風を入れながら、電灯を下げて京子は本を読んでいる。まじめな様子はむずかしいものを読んでいるらしい。あいかわらず太股はみせているが、今は真剣な様子がうかがえる。

京子は手あたり次第、本を読む。週刊誌も雑誌も、その中には回覧の漫画もプレイボーイみたいなものもある。外国の推理小説も読むが、宗教や哲学の本もよんでいる。茂雄が大学へ入ってからは、もっぱら茂雄を相手にむずかしい本の話をするから宗享はわからないが、京子の頭はそう悪い方ではないらしい。聞いていると、茂雄の方がやりこめられている時が、ままあった。

夕食を終わってまたテレビの前に横になってい

ると、珍しく小山が姿をみせた。役所の後輩で建築課勤務だが、宗享とは碁友だちだった。小山は長身を折りまげるようにして入ってきた。三十五歳だが、職場で宗享と対等に碁がうてるのはこの髪がリーゼントスタイルの男だけで、そのため、一時はよく家へよんだ。だが京子が小山に好意をもっているらしいと知ってからはなるべく呼ばないようにしたのだ。

小山は明るい調子で宗享に挨拶し、京子にちょっと言葉をかけた。からかう調子で、手をのばして京子の読んでいた本の表紙をみようとした。あわてて毛布を足元までさげた京子は、本を敷布団の下にかくして身をのせ見せようとはしなかった。小山は笑って手を引いた。その様子に宗享はうとましい気分になるのだった。京子がだれかを好きになったとしてもそれはどうしてやることもできはしない。いいかげんのちょっかいなど出してほしくなかった。

小山に京子の足元の方へまわってもらい、そこに碁盤をだした。京子も碁を知っていた。宗享が手ほどきしてやったのだが、もう茂雄には負けないくらいになっていた。暇つぶしに寝床の中の京子と対戦することがあったが、二つも石を置くと宗享といい勝負だった。

一局目の途中で、京子も見たいといっていると志子が宗享のそばへ来て小声で伝えた。

「そうそう、京子さんもやられるんでしたね」

という小山の言葉を合図に枕元に移るより仕方がなかった。いつもの京子とちがって、自分の希望を自分でいうことができなかった。枕元に移ると京子は首をねじって手で支え、高い碁盤を横からながめていた。その勝負は、ほんの半目の差で小山が勝ったが、二局目からは京子の見やすい低い板に変えた。京子は一生懸命にみていた。

緊張している京子の気持ちが――いつもとちがっている娘心の乱れを宗享は感じていた。そちらに気をとられて宗享の碁はうまくいかなかった。いじらしいというかうとましいというか、娘のことが気になって仕方がなかった。変な色気が小山にも京子にもでてほしくなかった。どうにもなるものではない。目の前の小山の動きを神経をつかって京子はみている。テレビや雑誌ならいいが、現実の人を対象にしてほしくはない。そんなことを、生涯寝たままの京子が考えたってどうなるというのか。二局目は大差で宗亨が負けた。

「京子さんとも一局やりましょうかね」

小山は特に京子を意識しているとは思われなかった。子供が二人あるがだれに対しても快活な性分だ。役所でも妙に女の子たちに人気があった。そういえば、と志子と話したのだが、横顔は満州の柳に似ているところもある。

京子は小山の言葉で黒い石をもった。いつものように布団の上から腕をのばし、小山はあぐらをかいて煙草を吸いながら京子にむかった。

京子は時どき考えるふうであった。胸の合わせめもきちんとして、毛布で体をつつんで緊張していた。久しぶりの小山との対局だった。長い間、石を胸元で握ったまま慎重に考えこんでいた。そばで見ている宗亨にはよくスジが読めた。よくみると、宗亨に読めるだけではなく、それぐらいならいつもの京子なら読めるはずだった。

宗亨にも手ごわさを感じさせる布石をするのだから、小山にならそう負けるはずはなかった。ところが京子はつまらないところでミスをした。自分でメをつぶしたり、妙なところに石をとばした。ミスしてから京子は小さな声をあげて寝たまま小山をみあげた。それは三十歳という年齢を感じさせない小娘の風情だった。小山はそのたびにちょっと笑って、待った。

宗亨はみているのがつらくなって、立ちあがった。

京子は弟や宗亨とやるときの力の半分もだしていないように思われた。茂雄となら大声をあげてやるのに、あるいは「待った」をかけるのやゆずってもらうのを極端にきらうのに、今、京子はそうではなかった。しおらしく、小さくなって碁をうっていた。それは宗亨には胸の痛くなるほどつらいことだった。

だが本当は、京子は冷静で、小山などちっとも気にかけず板上のことを一心に考えていたのかも知れない。京子は負けると不機嫌にだまってしまい、宗享と小山が話を始めると毛布の中にもぐりこんで身動きもしなくなってしまった。負けたからくやしくてそうしたのか、宗享には、やはりそればかりだとは思えなかった。

（六）

と志子が新制中学に通う秀雄の留守をみはからって、小声で宗享に報告した。

「おとうさん、京子に生理があったのよ」

そういうと志子はすっかりやつれていた。引揚げたときに支給された古びて長いスカートをはき、辛うじて内巻きにした髪には白い埃がたまっていた。引揚げてから生まれた茂雄がまだ三歳で足元にまとわりついていた。妻は何を思ったのか笑顔で血のついたものをみせたのだ。

宗享は顔をそむけた。満州時代のと志子だったら絶対にそんなことをするはずはなかった。しかもその時、と志子はむしろ安心したような表情をみせていたのだ。

宗享は知らぬ顔をしていったん外へでた。大きな息がすいたかった。このところ空もはっきりみていない気がしていた。しかし、家を出た宗享も、京子が一人前の女に無事なったことには動揺していた。それから思い出して近所の床屋へいった。

大連港でデッキからおちた京子は肋骨が三本折れていた。波静かな海面は硬く、北の海は冷たかったから大勢がみていなかったら救助もおそく死んでしまったかも知れなかった。それで肋骨骨折は九大病院に入院して治った。

だがそれはそれで済まなかった。終戦一年後にA市へ着いたのだがまだおちつかないうちに、引揚者住宅――のち市営公務員住宅に移轄して、区役所へ勤めた宗享はそのまま住みつづけたが――へ入るまえ、間借りをつづけているうちに、京子は肺結核になった。さらに菌が脊髄に転移して脊椎カリエスにかかってしまったのだ。

それまでの間、宗享は転々と職を変わっていた。

測量の仕事からはなれ、ヤミ屋、カツギ屋、下駄の鼻緒売り、自転車製造を経験した。本来の鉱山測量の仕事につきたいと思ったがみつからなかった。

病気の、しかも寝たままの子供をつれて鉱脈探索や、鉱山試掘の仕事のある九州や北海道へ移ることもできず、宗亭は戸籍係に就職し今の家へ移った。切開手術ができず自宅療養をうながされてリヤカーで運びこんだとき、京子は小学校卒業の年齢に達していた。それからずっと、六畳と三畳と台所だけの家の六畳に布団を敷いて京子は一度もそこから離れず、十代をすごしたのだ。

宗亭の胸のうちにも重いものが広がっていた。京子が女になった。京子の体が一人前の女に成長した。特にうれしいというよりも、いつまでも子供だと思っていたのに急に女だと宣言された気がした。同時に、体だけは一人前になったのに、このまま女として寝床の中で生きていくのかと思うと耐えられなかった。京子にとっても、宗亭にとっても暗い将来しか思われなかった。

鏡の中の姿を宗亭はながめながら戸籍係に就職して自分が気力を失っていくように思っていた。この朝鮮特需の景気のなかでまだまだ金のもうかる方法はあると思った。そう思いながら、自分が自由に動けない伽をはめられている。まず第一に京子の医療費の工面が待っていると思った。それには今の仕事が一番堅実なのだ。

と志子がよろこんだ意味がわかった。頭を洗ってもらいながら、宗亭は、新京の収容所に柳につれられて戻ってきた京子のことを考えていた。

あの時もと志子は京子に出血があったといったのだった。今より若いと志子は悲愴な顔をしていた。すでにあまり喋らなくなっていたが、柳を疑う表情を露骨にあらわしていた。それにくらべると、今度のと志子は動揺はしていたが、明るい顔をしていた。あれ以来、と志子はずうっと京子の体に対する心配を心に秘めていたのにちがいない。そして、ようやく柳の疑いは晴れたというのだろう。

床屋をでて宗亭は本屋へ寄った。頭をかり終わるまでに宗享はひとつの決意をしていた。いく種類かの英会話のテキストやカストリ雑誌の間から京子のために『少女倶楽部』と『少年少女』を選んだ。小学校の算数、理科、それに社会という教科書は籍だけある学校から届いていた。京子に勉強をさせなければならないと思っていたのだ。

それまでにも、と志子がぼつぼつ国語の本は読ませていた。だがいつも同じ姿勢で横たわっている京子を宗享は、このままでは豚と一緒になってしまうと思っていたのだ。いつも、同じ布団で同じ部屋の位置、狭い家の真中を占領して寝ている。そしてそのまわりで家族四人が小さくなっている。

このままでは駄目だ。京子は体だけはどんどん大きくなっていく、自分が教育してやらないと本当に動物のままで終わってしまう。

夕飯に赤飯が用意されると、茂雄はよろこんで小豆ばかりよって食べた。秀雄は丸い眼鏡をかけて「何の祝いだ」と太い声できいた。宗享が「京子のお祝いだよ」と答えると、意味がわかったのかわからないのか、そのまま黙って食べていた。秀雄はそのころが一番感情の動きの激しいときでいつも暗い顔をしていた。そして赤飯などというものは本当に久しぶりでみんな食べたのだった。

京子はいつもと変わりなく、おさげの髪を布団の上にだし、寝床の中から腕をのばして、一人だけ特別につけられた小さい鯛をつついていた。横顔には血の気がなく元気もなかった。

食べ終わると宗享は二人の男の子は三畳に追いやった。早速、買ってきた雑誌をひろげて、そこに書かれている文章を読ませ始めた。大きな体をした六年生のはずの京子は、たどたどしく漢字を押さえて読んだ。目につやがなく、意味を理解している様子ではなかった。宗享はおだやかな声で、何度も読んでやった。覚えるまで根気くらべで教えてやろうという気持ちだった。第一日目は三十分、次は三十五分。一週間たったら毎日二時間は勉強させるつもりでいた。

鉛筆をわたしても京子は字を書こうとはしなかった。丸をかいたり、同じような人形の顔をいくつもいくつも書いていた。宗享ははやる気持ちを抑えてその様子をじっとみていた。そしてまた雑誌をひろげた。色のきれいなスイスの写真だった。

　京子は今度もそれに目をくれず、と志子が前に買ってきて与えた学習雑誌の附録に手をのばした。紙人形をいじっていた。宗享がそれをとりあげると、京子は大声をあげて泣いた。泣いたけれども宗享は紙人形を与えようとはしなかった。もうそんなもので遊んでいる齢ではない。京子は大人なのだ。京子は大人だ。と志子が口をはさむのをおさえつけて、秀雄と茂雄が隣で父親の権幕におどろいているのを知っていながら紙人形を与えはしなかった。赤い着物に金色の帯をしめた紙の雛人形は宗享の掌の中でくしゃくしゃになってしまった。

　それを宗享はさらに破った。狭い部屋の中で京子の泣きわめく声が一段と高まった。

　秀雄が定時制高校に通って、四年かかって卒業する。茂雄も小学校三年生になる。そのころからと志子は内職をやめて京子を留守番にして近所のマーケットへ手伝いに行くようになった。経済的にもいくらか楽になり、京子もすっかり娘に成長したといってよかった。かつて娘は動物のまま一生を送るのではないかと心配していたが、立派に人間になっていた。

　字はきれいに書いたし、英語も家中でただ一人FENの放送が理解できるほどだった。雑誌で知った九州の同じ脊椎カリエスの女の子と文通したり、詩をつくって投稿して賞品をもらったりした。長い病床生活が続いたのに暗い性格にならずにすんだのを宗享はうれしく思ったが、京子は起きあがることができない運命は変わらなかった。本は『世界』や『中央公論』も読んだ。初めて選挙権が行使できることになったときには、宗享に代理投票をたのんだ。

　京子のためにと、買ったテレビは、次の日皇太子御成婚の実況放映をした。

　その日京子は朝からテレビに見入っていた。緑にかこまれた静寂な賢所の門が映され、皇居の白い櫓の遠望が長時間うつされた。アナウンサーの間をおいたしゃべり方は、荘重さを出そうとしているのだった。美智子妃のおすべらかしに十二単が渡殿をしずしずとわたっていく姿が、裾をもつ女官とともに見えた。

京子は美智子妃と同じ年齢だったが、すきとおるほど白い頬が青白い光を発するブラウン管で輝いていた。御成婚の模様をみるんだと楽しみにしていただけあって、京子は寝床で頭をもたげて一生懸命みていた。

美智子妃の姿が画面から消えると、大学時代の同級生のインタビューがあり、疎開中の館林の小学校の写真が映った。それらは京子にとって何年振りかで、いやほとんど初めてみる外の日本の世界だった。どれもこれも珍しいらしく、疲れても枕をかかえるようにしていた。

最初ははりきっていたのに、そのうち京子はだんだん元気を失っていった。いつもの京子に似ず、めでたい行事なのに嬉しそうな表情がきえていた。

春のいい天気で、外はまさに御成婚日和というのにふさわしかった。桜のたよりも聞かれ、秀雄は会社から花見にでかけていた。中学に入った茂雄は友だちの家に遊びにいって留守だった。宗享は京子のそばに横になって一緒にテレビを見ていた。

「なんとなく品があるね、美智子さんは」

と志子が三畳からアイロンをかけながらいうのに二人はだまっていた。妻は京子に話しかけたつもりだったにちがいない。しかし京子はむっつりしていて宗享も話しかけるのを躊躇するほどだった。宗享には京子の気持ちがわかる気がした。同じ年齢の娘が、今、皇太子妃となって結婚する。放送をみていると、大学の成績も優秀でイギリスへも留学した。それに対する嫉妬だろうか。宗享に、その気持ちはわかるが、だが、そうだとしてどうするというのか。

「皇太子さまは美智子さまの尻にしかれてしまうわね」

京子が緊張した調子でいった。

テレビは群衆を映していた。二重橋前広場に小旗をもって集まった人々の表情をアップにし、アナウンサーがマイクをもってその中の何人かによろこびの声を聞いていた。みな平和な表情だった。普通の結婚式のように、そしてそれが一まわりも二まわりも大きくなって画面からも朗らかな雰気があふれてきそうだった。

その画面をみている京子は、低い天井の下で横になったままシンデレラの再登場を待っていた。何年も見つめつづけてしみのあとまでわかっている天井を見あげていた。

画面からワーッという歓声があがり、カメラが切りかわり陽炎に揺れ動く馬上の旗手がみえた。馬は——人を乗せて歩く馬をみるのは京子は初めてだったにちがいない。けれども京子は黙っていた。画面に、何台かのパトカーがあらわれ、軽やかな脚どりで駆ける四頭立ての馬車がみえた。

車をひく馬は、望遠レンズの中で同じところを足踏みしているようにみえた。しかも、その調子の良いひずめの音は京子にも宗享にも聞こえるのだった。車の右側に皇太子が坐り、手前に冠をいただいた美智子妃の白い姿がみえた。右と左の手を交互に振り、沿道の人々ににこやかに応えている。冠が輝く。

その時、みていた京子がアッと小さな声をあげた。左から右にむかって進んでいた馬車の菊の紋が正面に来たところで、画面が一瞬大きく揺れ動いたのだ。黒い影となって何かが——一人の男が馬車にむかってとびかかっていく姿がみえた。実況放送をしていたアナウンサーの声もとぎれた。次の瞬間、前と同じ少しも乱れることのない調子でパレードは続いていた。しかし、あの一人の少年のパレードにむかっての投石で、その日のテレビの興趣は一挙にとぎれたようだった。

もう東宮仮御所へ御到着の画面をみるまでもなかった。熱心に、憑かれた表情でみていた京子も一度に力をそがれていた。京子がほっと大きなため息をついたようだった。

七時のニュースでは、少年の行為は華やかな御成婚特集のあとでちょっぴり暗い影としてあつかわれた。あたかも精神病患者の行為のように報道された。しかしそれでも京子は、そのことに異常な関心をみせている様子だった。

と志子にたしなめられたが、京子はその事件を何度もしゃべり、「外では、色んなことがあるのね」といった。

夕食時に帰ってきた茂雄が「パレードに石を投げたやつがいるんだってね」と興味本位のいい方をすると、自分だけテーブルから離れてお盆に夕食をのせてもらっていた京子は、夕刊をみながら「茂雄みたいなのじゃない」といってから、少年投石の記事だけを声をあげて読みはじめた。

「予備校生だって……。背後関係はなさそうだって。そうだわ、あんなことするの、何も思想的背景があるってわけじゃないわよね」

京子はテレビをみていたときとちがって幾分元気をとりもどしているふうだった。

（七）

小山が、ちょっと話があるから外へでようといった。宗亨は下駄をつっかけて外へでた。

同じ型の、木造市営住宅が星明かりの中に並んでいる。二十年近いあいだに、まわりをとりかこんでいる槙の木はすっかり大きくなり、どの家のも立派な垣根になっている。それが黒々として、平家建の家々からもれる灯が平和をあらわしているようだった。古びた板壁にもステンレスの窓わくがはめられ、明るい色のカーテンがかかっている。条例で許される一坪半の増築をして、そこだけ白いモルタル造りになっている家もあった。自家用車が狭い庭に停まっている。

ワイシャツにネクタイ姿の小山が先を行く。宗亨が近所の喫茶店へ行こうといったが、小山はすぐ帰るつもりだから歩きながら話そうといった。

電車道にむかいながら小山はいった。

「実はね金子さん、今日うかがったのは嫌なことを課長にいいつかってね、京子さんや奥さんがいちゃまずいと思って……」

並んであるく小山の煙草の火が赤くみえ、次にその顔の前面だけがぼおっとあかるくなって浮かびあがった。

「実はお宅のあとに入る人が決まったんですよ」

ちょうど遊園地があって、車止の木柵をこえて小山が中の遊動円木に腰をおろした。宗享も一緒にならんで坐った。

引揚者住宅は最初から市営だったが、そこをでていく人があるとあとは公務員が入居していた。今ではその住宅群の居住者のうち引揚者は半分以下になっていた。宗享は区役所に勤めるようになってから、入居資格を公務員に移していた。区はちがうが同じ戸籍係の人が隣に住むようになって、なんとなく家賃の低い引揚者の資格は具合がわるいと思えたからだ。それは宗享というよりも、近所づきあいのためにと志子がいいだしたことでもあった。公務員が多くなるにつれて引揚者同士の連帯感もうすれたし、むしろ同じ職場の者同士の行き来が多くなったのもそうした原因だった。

「公務員の規律粛正が最近、問題にされたでしょう。だから辞めて資格を失ったら、公務員住宅をでるということをやかましくいいだしたんですよ」

宗享も退職したら居住権がなくなることは承知していた。だが従来は、申請して一般市営住宅なみの家賃を払えばそのまま居つづけることができた。ところが小山の説明では、それができなくなったというのだ。

宗享と同時に辞めた市の総務部長が、官舎を格安に払いうけたのを新聞にすっぱ抜かれたばかりだった。規律粛正が本庁から強く指示されてきたというし、この住宅群の中の引揚者の中にも、元公務員の不法居住に異議をとなえている人もあるというのだ。

「だってわたしは引揚者でもあるし」

小山はそれを引きとった。

「金子さんの場合、引揚者の資格のままだったらよかったんですね。でも、今更、あらためて引揚者としての入居資格を得ることはできないんですよ。いったん資格を放棄したんですから。わたしも調べてみたんですけど、もう戦災だとか引揚者だからという特典はどこにも残っていないんですね、前から引きつづき住んでいる引揚者は既得権を認められているだけなんです……」

遊動円木は尻の下でゆらゆら揺れた。

せまい遊園地の中にはだれもいなかった。すべり台のむこうに、ジャングル・ジムが黒い残骸として立っている。

「課長も金子さんにはいいにくいっていうんですけど。それに、あんたが辞めたあとの人が、もうすぐ結婚しますし……若い人です。大学を出たばかりの。学生のうちから好きな人がいたんですね。公務員用の空家があるって誰かがいったんでしょう。そうしたら目の色変えて申し込んじまいましてね」

暗くて小山の表情はみえなかった。だが話し振りからも日頃の小山の態度からも、充分宗享の胸のうちを理解していることはわかっていた。しかしこの場合、同情だけではどう仕様もなかったし、小山が伝えにきたところから判断すると融通がきくことでもなかった。

そして宗享は、小山の話をききながら他事を考えていた。

それは京子のことだった。この人のよさそうな、事実、親切な小山を京子は好きなのに違いないと思っていた。さきほど小山と一緒に宗享がでてくるときも、京子は毛布の中に頭をつっこんだままでいた。別に京子が怒る理由はなかった。拗ねる理由もみあたらないように思われた。体を横たえたまま十代、二十代も過ごしてきた京子だったがそのわりには僻んだところのないのが救いといえた。

その京子が、めずらしく毛布の中に頭を入れたまま身動きもしないでいた。——その気持ちが宗享にはわかる気がした。いっそのこと、京子のことを小山に頼んでみようか。

京子のために小山を家によんでやる。それは今の暗い市営住宅にいるうちの方がよいように思われる。とにかく二十年近くも寝続けてきた家だ。茂雄が学校へ行っている時がよい。宗享は久しぶりにと志子を連れて郊外へでも出ていく。いやそんなことをしなくったって、いつものように宗享は自動車の練習に、と志子はマーケットの手伝いに行けばよい。

　京子だけを家に残してみんなが出かけたあと、京子は床にふせったままいつものようにテレビを見ているだろう。小山を呼んであるということは京子には黙っていよう。京子はどうするだろう。がたぴしする表の戸をあけて小山が入ってくる。頭を動かして京子は小山を発見する。

　小山には何もかも宗亨がいっておこう。小山はただ一人の京子の恋人なのだ。あとは二人の自由にしてやる。立ちあがって小山のためにお茶の準備をすることも、起きあがって菓子の用意をすることも京子にはできはしない。

　だが考えてみると、小山に何を頼むというのだろうか。小山には妻も子供もある。子供はもう上が幼稚園だと聞いた。その小山が京子にどんな気持ちでいるかは知らないのだ。そしてまた、もし京子の気持ちをはっきりさせても、小山の京子への気持ちを聞いたとしても、それがいったいどうなるというのか。

　宗亨はテレビばかりみている、そして週刊誌の濃厚な愛情表現のグラビア写真などを興味ありげにみている京子のことを思っていた。京子のそんな様子を最初のうちはいやらしいと思っていたのだったが、最近のように京子が宗亨にさえも遠慮せず、というより積極的にその女としての存在を誇示するようになると耐えられなくなってきていたのだ。

　小山だったら京子のことも、家の状態もみんな知っている。全てわかってもらえるのじゃないだろうか。

　宗亨は黙っていた。小山はそれを家のことでショックを受けたからと思ったらしかった。

「お気の毒ですけどね。これからどうなさるんですか」

「いや商売でもやろうと思っていたんですけどね。そのため自動車学校へ通っているんですがね、この間も指導員に蹴とばされてしまって」

　宗亨は自動車学校でのことを話した。小山は黙っていた。ジャングル・ジムのむこうの住宅からエレキ・バンドの演奏が風にのって流れてきた。

「一度、役所へ遊びにきてくれますか」

小山が立ちあがった。宗享は揺れ動く遊動円木からあわてて離れた。

「京子がね」

とだけいった。小山は「えっ」と聞きかえした。それから
「京子さんもね、大変ですね、金子さんも」

といって吸っていた煙草の火を踏み消した。

「明日の仕事がありますから失礼します。本当に一度きてください。課長もその男の結婚を延ばすわけにいかず困ってはいますがね。いい方法があるかも知れませんから」

小山は歩きだした。そしてふり返って、また碁をうちに伺うといった。

切手の世界

白い塊

盧さんへの手紙

アドバルーンの逃げた日

ブラジルへの夢

切手の世界

先ほど僕は、三輪君と、戦前サンドスキー大会が毎年ひらかれていた砂山を二十メートルもの高さからからだを丸くしながらころげおりたのである。砂がからだ中にまとわりついて、ころがりながらもそれはギシギシと音をたてて僕のからだの外側で鳴っていた。

それから二人立ちあがって幾度もいく度も砂をはらい、服をたたき、砂に足をとられながら砂山を上の方へのぼっていった。

そこから見えるのは、遠くはなれた村で、青く盛りあがった小さな森の中に輪済寺の境内が光っていた。茶黒い池の表のようにみえる平らかなせまい地面には、白い塊がいくつか飛びかっている。ゆっくり動きまわっている。いつものように上級生たちが軟式野球の試合をしているのだった。

風の音にまじってみんなの歓声が聞こえてくる。バットを振っているのがみえる。ゆっくり動いている。

それから二人はころがるのをくり返した。のぼるたびに、砂の上にできあがっている風紋を踏みくだくのは気持ちがよかった。砂時計の――あのくびれたガラス器の中におさまっているようなこまかい砂は、始終舞っていて、突然二人の顔に吸いついてきた。だが、足で踏む感触は他のものでは味わえない柔らかさを持っていた。

僕と三輪君は、頂へのぼっていき、ころげおりる動作をくり返していた。ずいぶん長い間そうしていた。五メートルほどはなれて互いに何もいわずのぼったりすべったりしていた。

「浅田先生、またおこるかなあ」

三輪君が、僕のとなりに来て腰をおろして空にむかっていった。それはいかにもそれまで耐えていたことを叫びだしたというしゃべりかただった。

「ババア、髪の毛ふりみだしてダンスでもやってりゃいいのに……」

三輪君は先生がいる時でもいない時でも、浅田先生の悪口ぐらいは平気でいうのだけれども、その時の様子はいつもとは少しちがっていた。先ほどまで楽しそうだったのに、長い間おなじ動作をくりかえしていたので退屈してきたのか暗い表情だった。そういってから僕をみて、三輪君は思い出したようににやりと笑った。

ブルースの好きな先生は、乳牛のだぶついた肩の肉をおもわせるからだを同じ寮母の若い毛利先生にあずけていつも踊っている。僕たちが払いさげの軍用草色ふとんにもぐりこんだころ、枕元のたたみの上でいつもステップを踏みだす。浅田先生はずうっと独身だったので、新婚早々だんなさんを戦争にとられて戦死されてしまった毛利先生に同情しながら、その二か月か三か月の楽しかった生活を聞きだしながら踊っていた。そんな時三輪君は
「うるさいぞ、ババア」

ふとんの中で叫んだ。もちろんそれは浅田先生に聞こえるはずだった。僕にはそんなことをいう勇気なんてありゃしないが、三輪君は本当にしゃくにさわってどなるのだった。一緒にもぐっていて、その声がふとんの中にひびくのを僕は何ともいいえない不安につつまれながらもこらえている。それで僕も浅田先生への鬱憤をはらした気持ちになっていたのであった。

〈君待てども、君待てども、わびしき宵……〉

二人の先生が消灯後も淡谷のり子を真似た声をあげ拍子をとりながら踊るのは園長先生だって知っているはずだ。けれどもこの村の村長の娘である浅田先生の行為を注意する先生なんて孤児寮にはいやしない。浅田先生は四十を越えているはずなのに、今流行りの外巻きの髪に真赤な口紅を引いている。

それから二度ばかり坂をころげおりると、三輪

君はもうやめようといいだした。そこで立ちあがると、砂の中に足のくるぶしまでがずんずんめりこんでいく。あたたかい風が僕と三輪君の頬をなぜている。しばらくの沈黙ののち、お互い背中をむけ手を逆手にして砂をかけあった。力いっぱいかけた。砂が僕の上にバラバラと降りかかってきた。

「もうやめ、もうヤメや」

僕が叫んだ。頭といわず首といわず、上着のポケットといわず靴の中といわず、砂はてんでわれわれに入りこんでいた。僕は、砂が自分の思うようにならないのにいらだった。二人はだまって頭の毛の間にくいこんだ砂をはらいのける。砂は毛根と毛根のあいだに毛じらみのように執拗にくいこんでいるのだった。爪で一粒一粒はさんで髪の毛にそって梳くと砂は砂山へ戻っていく。けれども砂の数は気の遠くなるほど多く、そんなのんびりした行為は幾度くり返しても果てしがなかった。僕は怒れてきて、髪をかきむしった。すると砂はいっきょにぱらぱらとおちていった。

二人はだまっていた。ただその時、砂の風に舞う音だけが、この広い世界に鳴っていた。風に舞って飛ぶ砂が互いにふれあうかすかな音が聞こえていた。

砂は、まだ僕の服のすみずみまでにまとわりついている。それを縫い目から捜しだして爪ではじき出す。

と、その時、指先に微妙な感触が残り、砂粒一つひとつが友だちと思われる。とりだそうとしても、なかなかはじきだすことができない。

「チェッ」と僕がいう。三輪君はけげんな顔をした。砂まみれの顔だった。

それから二人は砂山をはった。声をはりあげ、リズムをつけてのぼった。ほこりを集めてつくったようなあらい布製の靴の底は釘でおざなりにとめてあるだけだ。足をはこぶたびに砂をかんで靴底がはがれて口をあける。足裏に妙につめたい感覚がつたわってくる。配給があたって二人はおなじ靴をはいていた。

靴を脱いで両手にもって大きく振りながら歩き

だす。しばらくのぼって三輪君が砂の上に腰をおろすと、僕も従った。

「ドースビ・ダーニア」

三輪君が立ちあがっていう。僕にわからないことばだった。三輪君も満洲から引きあげてきたので、時どきロシア語を使う。

僕はころがった。わからない時にも三輪君につきあうほど僕はお人よしじゃない。そして起きあがって、サラサラと砂の吹くなかを歩く。

赤土のみえるところまでくると、葱畑が広がっていた。むこうには赤い太陽がある。

くねった高い二本の松がなかったら、僕は自分の生まれ故郷のホーカンのようなのにと思っていた。畑へおりると葱は僕の胸元にとどくくらいまで育っていて、僕は葱の中にだれかがかくれているのじゃないかと疑った。

しかし、三輪君はいなかった。ふりむいてさがしたが、みえる範囲に三輪君はいなかった。

ネギボーズの重たげにくっついている葱がある。たんぽぽのほうけた種子のように広がったのもある。頭になにもなくてツンと天を指している葱もある。

僕は大きいネギボーズを引っぱる。

ポンといい音がひびく。音はうつろに高く響いていく。まわりが広い砂山だから、音が大空へひびいて広がっていくのだろうか。

――ポン、ポーン、ポン、ポーン――

引っぱるたびに音がちがっていた。三輪君はいない。すみきった音が――葱の子葉に、葱のからだに空気がはいっていく。

だが、待てよ。最後のはすでにどこか破れていたのじゃないだろうか。音がしなかった。

東をみても西をみても、右をみても左をみても葱。さっきの砂にかわって葱。その時、急に涙がでて僕の頬を流れる。葱の発散する蒸気が僕の瞳孔を刺激したのだ。

「たまらない」――ひとりで声をあげ砂のついた手の甲で頬をぬぐうと、今度は畑のむこうから黒い姿の親爺が大声でどなっていた。

「寮のボーズだな」

あれは僕の大きらいな区長にちがいない。「だから孤児院や感化院なんか村につくるなといったのに」という区長をはじめ村の人の声がこだまとなって僕を追ってくる。

葱畑の持主の親爺がどなった声がいつまでも――寮に逃げもどってきた今も、僕の耳にのこっている。三輪君は砂山からどこへ行っちまったんだろうか。

※

掃くと、そのたびにポロポロたたみの上に砂粒のおちるのに弱っていた。それにもうひとつ、一緒に砂山に行った三輪君がまだ帰ってこないのが心配だった。砂丘をさまようらくだにも水嚢はあるが、三輪君の涙腺は既に涸れてしまっているにちがいない。

壁の整理棚が寮生のひとつひとつの城になっている。四十センチ四方、入口に手縫いのカーテンがかけてあるのもあるし、放出のキャンデーの包み紙を丹念にはりめぐらせた棚もある。一番上が最上級生の――先ほどとなり村へ野球をしに出かけていた、新制中学一年生の棚である。次が小学六年生、それから下へ五年生。僕の上から二段目の棚には穴のあいた靴下が押しこんである。それに下敷き。食事の時にぱらぱらふりかける竹筒の中にいれたごま塩。「東光少年」「冒険王」消しゴムの小さいの（これは青と赤と白のフランス国旗に似た縞のはいった放出品）――それから教科書、ノート。奥に三冊のストックブックが立てかけてある。

一冊には戦前の日本切手があつめてある。大鳳の図案の大礼記念切手が収めてある。

外国切手をたくさんはさんだ一番うすいのは、金文字が赤表紙に押してある唯一本格的なストックブックなのだ。それを開けると、中の一枚一枚がそれぞれの世界を持って広がってくる。

ジンギスカンがゴビ砂漠を馬にのって戦っている図柄の蒙古の切手。頭が三角形の茶色のクロコダイル（わに）が長方形の中ではいずっているのはオーストラリア産。マニラの切手は多色刷――虎の変化態のワンシート。

英国女王の肖像が王冠と一緒に印刷されているキリンの赤切手は、ウガンダ、タンガニーカ、ケニアに通用する。僕はそれら一枚一枚をピンセットでとりあげてゲージに合わせ、てのひらにのせ、ヒンジのゴムのりを舌でなめた。小さな世界につまっている外国を大いそぎで、かけまわる。

ところで三輪君はまだ帰ってこない。野間と河出さんが食事当番で走っていったのに。もう夕食の時間なのに。

一郎ちゃんが「腹へるなあ」といって、浅田先生にみつかって首をすっこめた。十九人の友だちはみんな雨もり跡のある天井をみあげ茶色い顔に骨をうかべて夕食を待っている。

僕はもう一冊を持ちだした。先ほどのは動物篇。だが、なんといっても一番僕の興味をひいているのはこちらの三角切手や正方形切手だ。そんな変形切手にはみなMAGARと印刷されている。偉人あり、犬あり、飛行機あり、槍なげあり。

そしてその時、日本切手が一枚がひらとページの間からおちた。

この間手にいれたばかりの百円切手であった。僕はてのひらにその濃桃色の切手をのせ、たたみにべったりすわりこんでいた。

※

その時僕は三輪君とパン取り当番だった。バスで運ばれてくる団栗粉まじりのコッペパンのはいった大きな郵袋をリアカーを引いてとりにいっていた。〈当番〉の腕章をつけていた。若い男の車掌から中に食事のおどっているごついザックを四つ受けとった。三輪君はうんうん梶棒をにぎって汗をかいていた。僕が車輪をつかまえて、砂粒ばかりの砂山横の間道を押していたら
「武君、またいるよあのてんかん坊主」
梶棒をおろした三輪君がいった。
陽の光がつよくて砂の上に影がしっかり投げだされていて、風ではききよめられた道にエアなし

タイヤの車輪のあとばかり残っていたけど、それは二匹の蛇だった。

僕は前をみた。道の上に、僕と同じ年格好のてんかんの子供が泡をふき目をむいて倒れていたのだ。ガツガツ歯をかみあわせ、ブクブクと透明な泡をふいていた。

僕はどうやってこの行く手の邪魔ものをさけようかと困っていた。大事なパン当番。その時僕は目の前の荷物のエフにくっついている百円切手をみつけたのだった。だからこの切手の発見者は、そのてんかん坊主ともいえるだろう。そっと手をのばして、エフからはがれかけていたのを三輪君に気づかれないように用心して、そして容易にはがした。

エフにはられていた切手としてはそれは珍しいくらい裏のアラビア糊がしっかりしていた。濃い紫色のスタンプインクがべったりついた他の切手の中で、一枚だけまったく未使用状態でエフにゆるくついていた。それを僕がはがした。郵便料金値上げまえの小包専用十円切手と同じ図案だった。だがこちらは日本最高額の百円切手。〈東風ふかば、にほひおこせよ梅の花……〉太宰府の天満宮の庭の梅を光琳風に図案化してある。ただ色が十円のより少し紫がかった濃い桃色で、十円のミシン穴のない凸版印刷ではなく、網目模様のグラビア印刷になっていた。

太陽はくるくるまわりながら輝いていた。砂も瞬間、七色に輝いていた。あたたかい風がゆっくり吹いていた。そしててんかん坊主がひっそりと寝ころがっていた。三輪君はその切手のことには気づいていなかった。知っているとしたら、あのてんかん坊主だけだった。

※

僕は切手をてのひらの上にのせてみた。砂山の風が、たて三・〇、よこ二・五センチの切手へ流れこんでくるのだと思っていた。

のぞきこんできた野間に「百円切手だ」と大きな声をあげられてはかなわない。部屋のすみでつくろいものをしている浅田先生がいつどこから僕にするどい目の光を送りこんでくるかも知れないから——あのやりきれなく冷たい光を。

僕はおへそのあたりがむずがゆくなった。砂粒がくっついているらしかった。

「良ちゃん　だれも知らないの」

ふいに浅田先生が眼鏡の上からみんなの方をみて三輪君のことを聞いてきた。

「まだ食事してないでしょう。良雄はどこまで遊びに行ったのかね」

八時になっているから外はもう暗い。僕もお腹がすいてきた。三輪君が早く帰ってきてくれないかな。僕はお腹がすいてたまらないのだ。寮の外の松の葉と松かさの音が少しする。風がふくたびに、サラサラサラと砂粒がたたみの上をはしる。

室長の河出さんが頭を右へかしげてガラス窓の外をみる。「子供の科学」の「平和のハト」のつくり方を研究していた一郎ちゃんも手を止める。寝しょうべんばかりして浅田先生の金切声をつつきだす明ちゃんがうーんと大きなあくびをした。

「どーれ仕様のない子たち」

浅田先生は立ちあがっていた。お腹の肉が、大きな花模様のワンピースの外からもうかがえる。すぐ夕食にはならないだろう。浅田先生は隣の部屋の毛利先生とおしゃべりに行くにきまっている。

※

三輪君が目の玉を大きく回転させてあたりをうかがい、郵袋からパンをとりだし口へほおりこんだ。てんかん坊主の首がギッコと音をたてて動いたと思ったが、その時僕の食道をパンがおりていった。そして盗みをしたのだという気持ちが腹の底へおちていった。三輪君のほっぺたももぐもぐ動いている。

西陽が砂に輝いていた。

「いわないんだぞ」

「内緒にしよう」

三輪君と僕が同時にいって目だけ互いに笑っていた。

胃におちたパンは、塊のまま永久に入口と幽門のあいだを上下している気がする。

腕の力もぬけそうだった。僕は胸のポケットに収めていた切手をおさえつけた。三輪君が
「なんだい」

知っているのに問いかけてきた。三輪君も僕と同じように切手を集めていた。僕は三輪君の瞳に濃桃色の小さな紙片がすでに映っていると感じていた。

「ああ」僕は心の中で声をあげた。

結局、そこで三輪君も同じ種類の百円切手を手に入れた。二人して、もう一度郵袋のエフを点検し、紫色のスタンプの比較的うすい切手をていねいにはがしたのだが、もう僕の切手のように無傷なものはなかった。

サラサラと二人の顔のあいだを砂が吹いていき、地殻はゆっくり大きく動いていた。

リヤカーの梶棒を僕がかわって握った時、てんかん坊主もすくっとたちあがっていた。三輪君の顔をみ、僕の目のうちを白い眼でじっとうかがい、それから、のそのそと砂山のむこうへ歩いていった。

炊事場にパンの袋をとどけると、ちょうど浅田先生と毛利先生がいた。

「ごくろうさん」

ちっともごくろうでないことを――パン取り当番は風呂水くみや、うさぎ当番、掃除当番とちがってだれでもがいつもすすんでやりたがるのを知っていながら、浅田先生はそういって郵袋からパンを二つとりだしてくれた。

二人は炊事場のついたてのかげにはいってパンをほおばった。こんどは砂道でとはちがっておいしいにちがいない。しかし唾液がでてこない。盗んだ時と同じく口の中に粉ばかりが広がっていく。先生たちもむこうでほおばっている。あの道でおそるおそる食べたけど、先生だって不正行為だ。

コンクリートの下水孔の金網に、にんじんの切れっ端がひっかかっている。しゃがんで目のうちをのぞきこんでいた三輪君が僕の胸ポケットをさぐろうと手をのばしてきた。

僕はされるがままになっていた。ノートをちぎって、自分で糸をかがった小型の手帖が三輪君の手にわたった。三輪君が桃色の切手をとり出して自分のとしらべている。僕のは傷みがない。それにくらべて三輪君のは、スタンプインクが乱暴ににじんでよごれていたはずだ。三輪君の瞳孔をみた。そこに映った濃桃色がいきなり拡大したり縮小したりしていた。

※

二人肩をくんで前の砂道を逆にあるいたのは、二日後だった。その時もこまかい砂が風に舞ってとんでいた。目の中にうつるものすべてが黄色のフィルターにかけられているようだった。

「うまくいくかなあ」

僕がいうと三輪君は足もとに落ちていた高師小僧をひろって腕を大きくまわして砂山にむかってなげた。砂には二人の足跡が深く、等間隔にならんでいた。

「百円切手と換えてくれんことなんか、あるもんか」

僕は胸ポケットにしまった切手が体温で変質するんじゃないかと心配だった。

水を入れた洗面器に、切手をうかべて一時間ほども忍耐してながめたあとだった。裏についていたエフの小さなかすをとりのぞき窓ガラスにくっつけて乾かした。長い時間、水にひたしたせいか裏のアラビア糊がほとんど流れてしまっていた。だから、三輪君がセメダインをうすくひきのばしてしゃんとさせてくれた。いくらか裏へねじまがりぎみだったのを手帖にはさんでいたらまったく新品になった。

「前に、切手と葉書を交換してもらったことがあるのだもの……局のおじさんに……」

三輪君が自信たっぷりにいう。アルコール専売法施行記念切手が五円。民間貿易再開記念切手は一円二十銭と四円の二種。発売のたびに、三輪君と僕は競争で郵便局へ走った。いつ行っても、色のはげた国民服をきたおじさんが、そばの小箱からとりだしてさしだしてくれるだけだった。むっつりしていたが、僕は本能的にそのおじさんの中にやさしいものを感じていた。おじさんのやさしさにとりいって、この切手をさしだして、新品の十円切手十枚ととりかえてもらう——そしてそれを〈ぼくらの郵趣の会〉へおくったら、「外国記念切手八十種」でも、「特選変形組合せ二十種」でも、「日本最古——龍切手模造品」でも、あるいは新しい中華民国の切手だって手にはいると思っていた。

僕は三輪君の顔をみていた。三輪君は僕のそんな後めたさを感じる計画に無頓着だ。平気の平左衛門——頬をなでる風に気持ちよさそうに澄んだひとみを前になげ、砂道におちているものをさがしている。

足もとに十センチほどの高師小僧がころがっている。僕はその時断ちきられた内憤をおぼえていた。そして一方奇妙なよろこびと朗らかな強さが胸のうちに広がっていた——あのおじさんは、きっと交換してくれると確信を強めていた。

そして三輪君をおきざりにして走りだした。バス通りは貨物自動車が荷を満載して砂ぼこりをけたてていく。そのため両側の小さな雑貨店は屋根まで白くなる。僕は戸の前にへばりついて通りすぎるのを待った。

郵便局の前だけアスファルト。

僕は局の前を通りすぎていた。そして、三輪君の姿をふりかえってさがしたが、その時三輪君の姿はみえなかった。

三輪君は消えていた。

あと押しをしていたのは三輪君。犯行をそそのかしたのも三輪君。しかし三輪君は通りの道から声もあげずにいきなり間道へ駆けていったのか、僕がみとおしたあたりにはみあたらなかった。

僕は心の中であわてていた。むこうから近よってくる人を——遠くからかけてくる子供たちの姿に目をみはったが、その人たちも僕の顔をみると、あわてて踵をかえして走っていったようだった。

郵便局の前をとおりすぎ、もう一度寮の方へむかってかけだそうとした。しかしその時、ふと思った。三輪君は急に砂山へ寝ころびに行きたくなったのではなかろうか。
じゃあ、ちょうどいい機会なのじゃないだろうかと僕は思ったのだった。

勇気をふるいおこし、百円切手をさし出すと、局のおじさんはじっと僕の顔をみつめた。だがそれはいつもの無表情とちがって、きびしくつめたい顔だった。瞬間頭の奥がキーンとなりだした。内側から外側へ、内側から外側へとめくら滅法くるい、さけび、いかり、どなり、あばれまわるものを僕は感じていた。

おじさんは顔をそむけ濃桃色の花びらをじっとみつめていた。眼鏡をかけた横顔はほりが深く短い髪には白いものがまじっている。僕の顔をみた。

僕は真剣な目付きでおじさんの目のうちをのぞきこんだ。負けてはいけなかった。――おじさんは立ちあがり、暗い奥へ歩いていく。算盤をはじいていた女の人が顔をあげたが、そのそばを通りぬけて正面の老人の前へかがみこんだ。

「換えることはできん」

局長の前からもどったおじさんは、いつもと同じ調子でいった。だが声ははっきりし、僕のからだはぴくと動いた。

そしてそういいながら、濃桃色の切手をもてあそんでいて、僕にわたしてはくれなかった。

※

あの時ついに三輪君はあらわれなかった。僕は砂山へまわってから寮へかえった。ひとりではころげまわる気にもならなかったし、それ以上に心の黒いしみにとまどっていた。ぬぐってもぬぐいきれない重いものが広がり、鈍重になり、さらに頭から足の先まで通りぬけていっていた。黒い針金ともなって、からだの中でピリピリと青白い光をだして短絡していた。それが自身の内に放たれているのを知っていた。

きっとあの時と同じだ。三輪君は砂山をころげおちた時までは一緒だったのに、ネギボーズの畑へきた時姿をかくした。それにしても今日はなぜ夕食時間を過ぎても帰ってこないのだろう。

しかし考えてみれば、姿のみえないのはおかしいが、そのほかのことはすでに解決がついているようにも思われるのじゃなかろうか。

「武さん、あなた郵便局で切手をごまかそうとしたのね。サギをやろうとしたの。まったくごがわいく子」

部屋へはいると、浅田先生はすぐ僕をすわり机のそばへ呼んだ。僕は先生の目をみていた。にごった目だった。つかれきった先生の目は、くさった魚眼だったが、僕はその目のうちに局のおじさんよりはやさしいものがあると信じこもうと思っていた。

※

サラサラと砂粒が部屋の中まで流れこんでくる。

浅田先生に告げたのは、局のおじさんか、三輪君だろうか。それとも局長だろうか。

いいやひょっとしたら、まだこれから、先ほど葱畑でどなりつけた親爺が浅田先生に文句をいいにかけつけてくるかも知れない。

「寮の子供たちは、ネギボーズもちぎってすててしまう。それそこの、破れずぼんの子供は泥棒みたいなものよ」

まっ暗になった外には風がふいている。風のなかでひょっとしたら水嚢をもたない涙の涸れたらくだは黒い塊となってうずくまっているのかもしれない。まったく――砂の中にうずもれ、黒い影は倒れたまま僕を待っているのかもしれない。

僕はその時ようやく三輪君をさがしに砂山まで行ってみようかと思いたっていた。ほこりを集めてかためてつくったような布靴はかたいゴム底がはがれていた。

白い塊

男子寮の青竹の間から、洗面所へ出た。そこは茂友が学園へ送られてきた翌日、ゴリラが園生の飼っていた山羊を農耕用の唐鍬で叩き殺したところだ。

新入りの茂友はその作業を手伝いはしなかった。ただゴリラお気に入りの松夫だけが、平べったい赤い顔にうすら笑いを浮かべて洗面所に入っていったのだった。それでいてすぐ部屋にかけ戻ってきて、山羊の倒れた様子を早口にしゃべった。その後どんな時も人のよさそうな笑いをみせている松夫だが――いつもいくらか口を開け顔のしまらない松夫だが、――その時だけは血のついた手を洗いもせず、あわただしく走ってきた。

真蒼な顔をして、ゴリラが、ゴリラが、今のこぎりで山羊の首を切っているから、――見に行けといったのか、逃げてきたといったのか――。みんなは一斉に立ちあがり、茂友と松夫の二人だけを残して廊下を走った。そのあとどの部屋からも口々にわめきながら廊下にとびだす跫音がひびいた。

松夫は部屋の真中にすわりこんで何もしゃべらなかった。山羊の白い毛を掌に握りこんでいて、手首に血がついていて、ぶるぶるふるえていた。茂友にむかって、おまえのために山羊を殺したんだ。おまえと秀子の入園歓迎のために……ゴリラは山羊を殺したといった。

洗面所にはまだその時の血の跡があった。山羊の毛で排水孔がつまっている。血の混じった水にザラ板が浮かんでいる。表面に薄く脂の膜が浮いていて、流れてゆかない。歯みがきの滓がザラ板にくっついている。洗面台の木のかこいのしみは ゴリラが唐鍬で殴った時、山羊の目の玉がとびだしてつけた跡だとあとで松夫が説明したものだ。

あれは入園歓迎にゴリラが肉を用意してくれたのだった。雑炊にすき焼き。肉など放出のコンビーフ以外食べたことがなかった。

その晩、炊事場の端反り鍋でゴリラと食事当番が肉をいためだすと、廊下を伝って部屋部屋に草臭いにおいが流れた。部屋長の羽田がノートやブリキ製の下敷きであおがせた。みんなは顔の前でばたばたし、息をとめたりした。

群れをなして洗面所をのぞきに行った連中はかたまりとなって部屋へ戻ってきてまだ興奮していた。ゴリラが山羊の皮をはいだ様子をやけくそにしゃべり、その時の形相を、やっぱりゴリラだといって騒いだ。そして障子も廊下の破れたガラス戸も開け放った。下敷きを振って山羊の肉の焼ける臭いを追いだそうとした。

だが部屋の真ん中の長机にニュームの小皿に分けられた肉が置かれると、もうだれも何もいわなくなっていた。木箱に皿を入れて運ぶ二人組の当番も、それぞれ片手で箱を持ちながら、もう一方の手では口をおさえていた。羽田の号令で席につき、寮母の畑が箸をとるとみんな自分の小皿をのぞきこんだ。肉を口に入れると、白い山羊の姿が茂友の目の前にあらわれる。

前々日、茂友は相談所から私鉄とバスを乗りついで、山肌を削った崖下に建つこの学園へ来ていた。その時、学園の周りの土堤に物憂げに立っている白い羊をみていたのだった。

臭い消しに入れた韮がまた毒々しく青い。灰色の肉は薄く切ってあるのに、溶けはしない。ほとんど同時に吐き気がおこった。肉は口の中で皺しわに縮む。

畑は「倉田先生が料られたのだから食べなさいよ」といいながら、口をおさえて洗面所へむかおうとし、あわてて自分の寮母室へ駈けていった。

しかし今、兎小屋へ行くのに——寮のみんな、特に秀子にみつからずに行くには、その洗面所を通るより仕方がなかった。茂友はザラ板をふんだ。

二歩とんで小屋へ入る。ここは草と糞の臭いが充満していた。周囲に箱がぎっしり五段に積み上げられている。横には七列。三十余匹が一匹ずつつめこまれている。兎のアパート。中には鼠ほどのまだ目の見えない赤裸の子供も、金網のむこうにみえる。

近づき茂友は箱のトメをまわして一匹をとり出した。そして雌がいる箱に押し込んだ。

兎の糞が発酵しよどんでいる。屋根の杉板から雨がしたたり、箱の前面の金網を蝸牛が白い液を残して這っている。

箱の前三十センチ、泥を踏みつけた草の上に茂友は立っている。

兎たちが一斉にあばれだした。上の箱がゆれる。内側から蹴っている。茂友は息を殺して兎の耳をつかんだ。手当たり次第下の扉をあけ上の段の雌の箱に入れる。

二匹ずつになった兎が、動く。兎は上になり下になり後肢で蹴り、丸い糞をぽろぽろはねとばす。上方の箱はかたかた揺れている。大きな腹をした雌の上にのった雄がせっかちに箱を噛む。

茂友はあることを企んでいる。

茂友はみていた。二つの白い塊が白い毛皮の下の筋肉を動かしあっているのをみていた。兎も赤い目をむけ茂友をみている。声をあげえず瞳も動かしえない小動物は何の意志表示もせず、突然あばれ始める。

そして動きを止めると赤く澄みきった瞳で茂友をみる。奇妙な動きをする口がいつまでも動いている。

兎たちの儀式があっけなく終わると、茂友は放心状態から戻り、兎たちを元の箱に返してやらねばと思った。だが、次には茂友は無意識に二匹の耳を握り、そのままさらに上段の箱にぽんぽんと入れていた。

箱は四匹となった。二匹の雌と二匹の雄は狭い箱の中でもう白い毛皮を丸めて何事もなしえない。毛皮の下の肢の筋肉だけをもりもり動かしていた。

茂友はさらに二匹を押しこんだ。六匹は重なりあったまま茂友には丸い小さな白い尾ばかりをみせていた。そのうち互いのからだに上がろうと肢をすべらせる。金網を蹴り、尾部の赤い部分を、つい先刻、そこを中心に戯れあった赤鉛筆の芯のような部分を茂友に羨望の念を起こさせるべくみせている。茂友はまた二匹ほおりこんだ。

動く余地のなくなった兎は金網に毛皮と筋肉を押しつけ犇めきあっている。何も声をあげえず哀願も希望もみせず各々別々の方をむいている。

その時になって茂友はようやくはずれそうになった箱のトメをおさえることに気づいた。あたりはますます静かだった。入れちがいにからだを押しあう兎たちはもともと声を立てることができないのだった。

茂友はまだ他の箱に兎たちを押しこめることを考えている。

「吉川」

外から豚当番の松夫がのろまな声で呼んできた。洗面所の扉を音をたてて閉めて、兎小屋の扉をたたいているのだった。

茂友は反対側の扉から寮の裏手に通じる方へ逃げようとした。背後で、箱の崩れる音がした。上の段から箱がなだれおちる。茂友はあわてて逃げだした。

その時茂友の開けた板の扉から茂友より早く、扉の下の隙間を掘るようにして白い塊が寮の裏手の竹林へすばやく逃げていくのがみえた。大きな音がつづいている。箱が崩れおち、声をあげえない兎たちが、静かに先を争って足元をすりぬけ雨の竹林へいっさんに跳んでいく。

いくつもいくつも白い塊が、高くはね跳んでいくのがみえた。

朝鮮家屋に似た土造りの小屋から長谷部のおやじが姿をみせる。息子が一流高校の徽章をつけた学帽をかぶり、そのあとから鎌をもって現われる。

息子は去年、地元の中学校を卒業した。そのまま学園職員用宿舎にとどまり、時どき茂友たちの学園付設中学の教室に姿をあらわしていた。おもに数学と英語の時間だが、この通信高校生は授業を聞かぬふりをして――大学受験雑誌を読んでい

る。青と赤の二色刷添削図版の載ったのを広げ、ゴリラに指名されると、

「おれは旭高校一年生ですのん」

と外の竹林にそよぐ風に気をとられたようにそっぽをむいている。隣にすわった茂友がのぞくと、長谷部のノートにはＡＢＣがひっくり返り、太い鉛筆の線がとぎれとぎれて、意味不明の曲線がえがかれていた。

だが、意外に強い調子の三河弁におされて、ゴリラも茂友たちも黙ってしまう。茂友には、英語をローマ字読みにしているとしか思えないが、本当は長谷部は茂友の知らないギリシャ語かラテン語でも独習しているのじゃないかと思ってしまう。字は朝鮮のハングルにみえないこともないが、一、二年の勉強はほとんどしていないから茂友は何となくおそれをなす。

長谷部は質問だけを特権と心得ているらしい。すわったまま、ゴリラが、光沢のある茶色の地肌のみえる頭をなで、自慢の懐中時計を出して、ごりごりと頭をかく仕草をくり返しながら
「ほーれ、正確な時計では二時間目は終わっているぞ。寮母がたるんでまた鐘を鳴らすのを忘れたな」

と教科書を閉じてしまうまで、息をはずませてしゃべりまくる。口から泡をとばす言葉は、茂友にはやっぱりわからない。脈絡がちっともつかない遠い国の言葉だろうか――。いや朝鮮語ではなかった。

長谷部は土造りの小屋でおやじとこの調子でいつも訳のわからないことをしゃべりあっているにちがいない。長谷部にはおふくろもいる。いつも薄汚れた和服をきて、髪をひっつめにして、前をはだけて歩く。茂友が三年前まで住んでいたチョゴリを着た女たちの出入りしていた土壁の家屋と同じような小屋で、長谷部親子三人は豚か山羊か小鳥の言葉でしゃべっているにちがいない。あそこでは茂友は蔑みの声を丘の上から下へむけて投げていたのに、そして返ってくる言葉の侮蔑の意味もいくらか理解していたのに、長谷部の言葉は手掛かりを与えてはくれない。

正式には長谷部はどういう身分か。おやじは実習補助員だが、息子もおやじについて果樹園にでるからやはりそうなのだろうか。

柿の木の剪定は先生であるゴリラと長谷部のおやじとではやり方がちがう。双方主張を譲らず、その年の冬、山の斜面の柿畑で鎌を振りたてて喧嘩した。傍に立っていた息子は、その時も何やら訳のわからない言葉を叫んだ。「のん、のん」という語尾と奇妙なアクセントだけではなかった。三人だけに通じる言葉らしかった。するとそれまで仁王立ちしていたゴリラは急に笑いだして、長谷部のおやじは息子とゴリラを抱きかかえた。そして今度は茂友にもわかる言葉をかわしはじめた。声をあわせて愉快そうに笑う声が斜面の柿の枝にひびいた。

おやじとゴリラが肩を組んで山をおりていくのをみてから、茂友らは息子の指示に従って竹べらを使ってカイガラムシをかきおとした。

下草の枯れた赤白い山土には柿の木も骨ばかりが空にむかっていた。板にこびりついているカイガラムシは蠟でかためられた体表の下に赤い血をもっていた。ハゲ茶山の頂から吹きおろすうそら寒い風が梢をふるわせていた。太い枝はすべてゴリラとおやじによって剪定され、切り口から樹液をたらしていた。

茂友が股のところにこびりついているカイガラムシをみつけて竹べらで削りおとすと、灰白色をした蠟から血がにじみ出たのだ。無機物と思っていた疣ほどの、透きとおった被いをきたムシに血が生きていた。血はにじんで樹皮を流れた。そして乾いた赤白い山土におちた。

茂友は長谷部の息子の指示で作業をつづける気はなかった。授業をつぶしての実習ばかりでいやになっていた。

その時、女子寮の隅にある小野の部屋へ、越川がしのびこむとだれかがいった。風にのって柿の木の間から声が聞こえた。そんなことは知っている。「ノーパンツ、ノーパンツ」。茂友らは消灯後、声をあわせて寮母室に聞こえるように声をそろえていたのだから——。あれは消灯後じゃない。二十畳の寮室に布団を並べて、ジュードーとキンタマツブシの真最中、茂友が股間に入れられた羽田の太い足にほとんど気を失いかけていた時、電灯が消えたのだった。——停電。真暗になって、また羽田が執拗に茂友を攻めてきた時、ほとんど失神しそうになる儀式を茂友が受けていた時、松夫が頓狂な声で叫んだ。

「あの寮母、パンツはいていなかった。黒い部分がみえた。越川がやりゃがったところがみえた」

羽田は足をはなし、息をつめている茂友のそばで吠えるような声をあげた。畑が「あの先生もともと上品な家庭にお育ちになったでしょう。だから和服ばかりで過ごしていらっしゃったの。そりゃ可哀そうなのよ。あなたたちそんなことばかりいって、私も小野先生もみんなのお母さん代わりじゃないの」といったのはあとのことだ。

長谷部のおやじは目がゆがんでいる。右だけ白眼の部分が多い。二つの目が同時に焦点をあわせて茂友をみることはない。ねじり鉢巻をして、足は穴のあいた地下足袋。甲子園で応援団長をやったことがあるといっている。破れた渋団扇をとりだし園生たちの前で三、三、七拍子をいつもしている。寮の夜、自習もせず、ラジオを聞いているみんなのところへやってくる。だれもおやじに合わせて手拍子などどうちはしない。そんなけったくそ悪いことなんかする気はない。それでもおやじは白眼をぐりぐり動かし、がに股のポーズをとる。寝ころんでいる生徒たちをみまわし、大声をあげ「お前ら知らんじゃん。甲子園なんか行ったことないのん」と叫ぶ。

ここの仲間は戦災にあうか、朝鮮、満州、樺太、インドネシア、青島などから引揚げてきている。松夫は浅草観音の裏で生まれた。そう三社とだけ覚えているといった。幼い時芸妓が人力車で運ばれていったところで焼夷弾を受けたといった。羽田は終戦直後の露助の持ち歩いたマンドリン銃や、そのあと進駐した八路のくたびれた紺の軍服の話ばかりしている。それなのに長谷部一家はこの土地からはなれたことがないにちがいない。

おやじはすわっていう。

「おまえら、親がなくても若竹のごとくすくすく育たなあかんぞ。満州の赤い夕陽をみてきたおまえらや、東京や大阪みたいなでかい町に住んでいたおまえらは、とにかくおれよりエラいんだから。それにしても野球の応援ぐらい覚えてくれのん」

息子は一人だけ横をむいて白けきった表情で、口の中でもぞもぞ何かいっている。

つづけておやじは一人で学園歌をうたいだす。一高寮歌の歌詞だけかえた歌はいささかうらぶれて茂友たちにひびく。それでも茶臼山とうたうところだけハゲ茶山と大声でやけくそにうたう。〈若竹のごとくすくすくと……〉それがこの学園歌の冒頭だ。

「ノーパンがよ」

松夫が茂友にいった。みんなが——羽田も福島も矢尾も、長谷部だけ一人残して茂友の方へ寄ってきた。

「町の矢崎病院でオロしたんだぞ」

羽田がいう。風が過ぎさって声は寒くひびいた。

「何か月だ」

ませた口調で福島がきいた。

「五か月だってよ」

「髪がもうはえてチンポもあった」

まわりがいって柿畑に哄笑が起こった。

数学博士の福島が指笛を鳴らした。便所に赤く染まっておちている塊を小野が病院の扉口へおとしたと町中で評判だという。町では誰も知らない者はないらしい。

いわれてみると茂友にはその情景が目に浮かぶ。大きな磨りガラスに〈矢崎産婦人科〉と白抜き文字で書いてあった。下駄が散乱し、そのくせ病院の奥は妙に静かだった。西陽がさしこんで下駄の上に文字をうつしていた。南天が下駄箱の上の花瓶につきさしてある。

磨りガラスに影がゆれる。小野がかけこんできた。

宮迫から文道、駿馬を通り、矢作古川の黄金堤を茂友は小野を自転車の荷台に乗せて走ってきていた。上野介の菩提をまつる華蔵寺への山門に到る道に横たわった木の根っこに、危うくハンドルをとられた。

荷台に横ずわりに乗った小野をおとした。仰向けの状態で小野はロングスカートの裾をみだして転がった。体をまるめる形で地面におちた。そうして、そのまますわりこんで、眉毛のうすい寮母は目をつりあげ茂友をにらみつけていた。

のっぺりした蒼白の顔だった。鮮やかな色をした牡丹の柄のスカートが茂友の目に残っている。三角形につき出た腹を、茂友はその時、何の意志ももたずみていた。

あのあと、雲母を山ほど積んだトラックが木炭ガスをまきちらして通りすぎたので、茂友は道の端へ自転車を急いで引いていった。小野もいざって車を避けた。赤い血があった。小野の膝小僧に――むくれた足に、血がにじんでいた。

茂友は小野が町へ出る用件を知らなかった。茂友の関心は、大っぴらに園生が土堤の外の世界へ出ることのできるのはこういう公用以外にないことだった。それに公用手当の二十円の使途だった。

倒れたはずみで自転車はパンクしていたので、茂友の心は重かった。

「吉川さん」

小野が土埃の中から茂友の背中を追って声をかけてきた。離婚したばかりのこの寮母は、時にヒステリックに女生徒とつかみ合いの喧嘩を演ずるくせに、男の生徒には猫なで声を出す。小野は茂友の顔を下から上へとなめるようにゆっくりみ上げた。体つきは茂友だって小野ぐらいはある。白い顔はうじうじと、茂友の意志を読みとろうとしているようにみえた。何かを思い出させるように、相手が寮母ではなく女だという意識を茂友の体に注ぎこむ。

「吉川さんごめんなさいね」

茂友は甘ったるい声は聞きたくない。先ほどのように厳しい形相の方がよい。雲母を満載したトラックからの反射光が茂友の瞳孔にちりぢりに入りこんでいた。傍らをとぐろを巻いたり解いたりしながら三匹の蛇が通っていった。

茂友は自転車のスタンドをたてると、胸部と腹部が背中から腰にかけて密着して動く小野を背負って二十歩ほど歩いた。川辺一面の葦が黄色く枯れ、川面に白い紙箱が流れていた。

かたくぐりぐりした乳房が茂友の肩を圧迫し、時どき背中で位置をかえた。茂友の両手は小野の尻にいく。それを気にしているのかいないのか、小野は徐々に重くなる。体がずりおち、寮母が足をひきずるのを避けようと手を動かすと、さらに尻に密接している部分に手がいく。スカートをたくして体をのせた小野は茂友の首筋で激しい息をあげている。

小野を投げだして、茂友は自転車に戻った。小野は草の枯れた堤防に腰をおろし虚ろな目で茂友をみていた。茂友の姿が小野の瞳に映っているのはわかっていた。茂友が石ころに不規則にはねる車輪を気にして小野の前を通りすぎ百メートルもすると、うしろから

「吉川さーん」

と必死な声をかけてきたのだ。

茂友は草履をぱたぱたさせて戻り、それでもすぐ肩を出すことはしなかった。傍に腰をおろした。そしてしばらく黙ってすわっていた。

また背負って、今度はからだ全体が背中でぶるんぶるんとふるえるのを気にして歩いた。このことを小野は気にしているのだろうか。茂友は小野のからだから発する異常な臭いをかいでいた。

一人で寮母室で寝るのは寂しいからと小野は茂友を番兵役に、畑が賜暇で名古屋へ行った夜誘ったのだった。二つ並べた布団から手をのばしてきて乳房に導いたのはあの山羊の肉のあと、今年の夏のことだ。それが茂友の頭の中で回転する。小野の姿態が茂友の頭を占領する。知っていたのか知らなかったのか、手を導いたのか導かなかったのか、意識していたのかいなかったのか。

ただ蚊帳の中のノーパンツは暗い中で息をこらし、妖しい光を放つ瞳を茂友にむけていた。茂友はそれをはっきり覚えている。息を殺そうとすればするほど茂友自身の息が大きな音をあげて響いているのも知っていた。同時に「吉川さん」という声が聞こえた。——いや小野ははっきりそういった。

板壁へだてた隣の女子部屋から同級生の秀子の笑い声が聞こえていた。あの時、声はけたたましく長々とつづき、それをしずめる部屋長諸田明代の叫び声が何度となく繰り返された。女生徒たちがひそひそ話す声が耳について眠れなかったし、まわりをベニヤ板で張りめぐらした部屋は小さな窓が天井近くについているだけで暑苦しかった。

何かをうかがう小野の姿勢を気にしているうちに茂友は眠ってしまった。目をさますと、朝日はすっかり高くあがり蚊帳越しに茂友の布団を強い光線が照らしていた。小野はすでに部屋にはいず、茂友は扉をあけると女生徒に会うのを恐れて、しばらくその寮母室にひそんでいた。

その夜のことは触れてはならなかった。小野もそのことを語りはしないし、茂友もその夜のことはなかったことにしようと思っている。しかし人一人通らない堤防を小野のからだを背に歩くとなると、茂友はいやでもそのことを思いだしてしまった。

昨春学校を卒業して赴任した色白の越川先生が、あの部屋へ、女子部屋の隣のノーパンツの部屋へしのびこんだのは松夫が発見したのではない。インドネシアとの混血の秀子が吹聴したのだ。秀子はみんなからうとまれている。大柄で、要領がわるい。それをみんなから馬鹿にされている。噂を流した秀子がことの拡がるのにおそれをなし、今は必死に噂を消そうとしている。そうすればするほど、茂友たちの間には噂は広まっていた。ことの真相や意味をはっきり知らないだけに一層あからさまなことばで園生たちは授業中に越川にそのことをいった。

カールした髪を指でいじる癖のある越川は一瞬、顔をこわばらせ無言で黒板にむかう。ふたたび振りむいた時の顔には朱がさし、しどろもどろで数式の説明をするがもはや意味はわかりはしなかった。ゴリラの間のびしたアクセントの英語とはちがって、こんな時、長谷部の息子でもいいようものなら越川は早速わからないことばで話しかけ二人だけの世界をつくろうとするだろう。そしてそんな時の長谷部のことばもわかりはすまい。ギリシャ語でもラテン語でもない。あちらのことばだ。

越川が小野の部屋へしのびこんで子供を孕ませた。

〈矢崎産婦人科〉の下駄の散乱した玄関いっぱいに赤い塊がまき散らされた。コンクリートに二センチほども血がたまった。うつぶせになった小野は自らの血の中に顔をつっこんでいた。松夫は舌をかんでその血で口を真赤にしていたというが、茂友のみた時、スカートに血の塊の中心があった。初め動いていたようだが、あとはまったく動かなくなった赤い塊は小野が奥の病室のベッドに運びこまれてからもしばらく放置されていたというのだ。

塊は何の音も声もあげえず、どす黒い血の中で二、三度手を動かしたという。塊には目があった。口も鼻もあった。そう、手も、足の形をしたものも、にょきっとあり、思いがけず髪がびっしり生えていた。しかし動めくものは声はあげなかった。

それを放り出したまま、小野は看護婦たちの白衣を血で染めながら運ばれていった。先ほどまで、不安定に揺れていた小野の腹は嘘のようにへこんでいた。かんだ舌からあふれたのか、赤い塊の血でよごれたのか、花柄のスカートは、腰のあたりからずうっと長い裾まで真赤だった。

茂友は情景をみるはずがない。茂友は病院への曲がり角につく前に、シネマの一本手前の道で、真蒼にひきつった顔の小野をおろしたのだった。小野がそこでいいと茂友をにらみつけながらいったからだ。公用手当に加えて十円、計三十円を茂友の手に渡しながら、ここへ来たことを内緒にしておいてくれといった。そのあとよろよろ歩いていったので、茂友は自転車をおいてきた橋のたもとに急いで駆け戻った。

だから茂友は塊をみたはずはないのだが、しかしそれは確実に茂友の脳裏に残っている。町の噂が学園に伝わり、それが松夫たちの口を通して秀子の口で増幅され、茂友の耳に入るまでにいつしか他人の経験が自分のものとなってしまっている。

鮮明に、その場が目に浮かぶ。赤子が、黒ずんだ血まみれた赤子が小野の足元で泳いでいた。血の池を、目をつぶってもがきもがきコンクリートにその幼い膝を傷つけながらはっていた。西陽が下駄箱の上の南天の瓶を照らしているのが目に浮かぶ。〈矢崎産婦人科〉の白い文字が浮きあがる血の中を泳いでいたのだ。

茂友はパンクした自転車を町へ引っぱっていった。自転車屋で、おやじが軽石をとりだしチューブの破れを繕うのをすわってみた。おやじは、錆びた車輪をのぞきこみながらいった。

「おまえらの学園は孤児ばかりかのん」

めったに外の人たちと口をきくことがなかったので、茂友はいがぐり頭のおやじの質問にどう答えたらよいかわからなかった。言葉が現実の茂友の世界をおそっていた。孤児という直截なことばは、名古屋の中央児童相談所の一室で秀子にはじめて会って以来、そして一か月寝食を共にしてのちこの学園へきたのだが、あの時から聞いたことがなかった。自転車屋の奥は暗く、中に一台だけ銀色に輝くのがあった。

「孤児になるかならないかの境目だから」

国民服を着た中年の相談員が茂友の肩に手をおいていった。面談室の机の上に山と積まれたアルバムと書類を、茂友たちは毎日相談員と頭をつきあわせてめくっていた。

全国からの行方不明者記録の写しとおびただしい数の写真があった。国民学校入学記念に撮ったと思われる正面をむいた名刺判、兄弟手をつないで模型飛行機をもち写真館のまぶしいライトにむかって立った写真があった。家族が立ったりすわったりしてレンズをみつめている写真もあった。それらには行方不明者、すなわち茂友の仲間が赤鉛筆で囲んであった。そして囲まれていたうちの多くは一か月ほどのうちに家族や親戚があらわれひきとられていった。写真は多く色があせていた。時空が切断されて、もうすでに別の世界のものにみえた。

相談員は茂友の覚えていた本籍地は同番地に二千戸もある所といった。しかもその地域は爆撃を受けて大半家は残っていない。茂友自身は念仏のように両親の名前を唱えたが、それ以外に記憶といったものはなかった。

覚えてはいる。遊んだ公園のブランコや、たびたび遊びにいった小川があった。それらをみれば即座にここだということはできる。だがそれを相談員に話して説明することはできなかった。記憶は茂友の頭の中だけにある。父も母も覚えているが、それは動きまわっている姿であり、写真機にむかっている姿ではなかった。写真と記憶とはつながらなかった。

浮浪生活をしている間に、茂友は生まれた場所、海を渡って求めてきた場所から離れてしまっていたらしい。

朝鮮にいたはずだ。朝鮮から、母と玄界灘を渡ってきたのだ。薄暗い博多港。本当はそうのはずだった。それから、おぼろげな印象だけ残っていた生まれ故郷は焼けていた。米原で菜飯を食べた。あの時、付添の引揚援護局の職員が「米原で米の飯」といったから覚えている。何の予告もなく停まった。水道の蛇口から水があふれていたのが広島。原爆を受けていたとはあとで知った。記憶はとだえる。それからあとの靴みがきやチャリンコの生活は茂友の本当のものではない。赤煉瓦の校舎は朝鮮のことだ。

相談所での秀子も初めから自分の家も家族も捜す様子がなかった。相談員がざこ寝している茂友たちの部屋へ来て話すのを黙って聞いていた。秀子は帰ることを拒否していた。秀子は帰ってもバラックには誰も住んでいないらしかった。相談員と口をきこうとしなかった。依怙地になって、しかしけっして涙はみせず、時に大声をあげて相談員にくってかかっていた。

秀子は町を歩いていて黒人兵から話しかけられた。仰合する返事を母に強いられ、バラックに一緒に入ってきた黒人兵に抱きすくめられても母親は止めようとしなかった。そのまま黒人兵に預けた格好で母は外へ出た。

そのあと秀子もバラックをとびだす。いよいよ学園に送られるという前日になって、相談員に大声でそう報告する秀子の声を、茂友は面談室の隣の収容室から、黄色くやけた坊主畳に寝ころんで聞いていた。

秀子は十七歳になるまでの、戦後二年のことを洗いざらいぶっつけていた。その時秀子は長い髪を内巻きにしていた。自分の黒い皮膚を追って、黒人兵がバラックへ来たと怒鳴っていた。

黄色くしなびた膚の母が、秀子のちぢれた髪と黒い膚を気遣うのを憎んでいた。秀子はインドネシアで生まれて、内地へ連れられてきていた。それでいて母親の思いも胸の痛むほどよくわかっているらしかった。ようやく女らしくなってきた娘が身を汚すのに目をつぶる母親の気持ちがうずくほどよくわかっていた。そして秀子はバラックをとびだした。

相談所にいた一か月のあいだ、秀子は魚脂の石鹸を使って洗濯をしてくれた。姉さんぶって靴下の破れをつくろってもくれた。

「孤児になるのよ、わたしは」

秀子はジャワ生まれだった。小さい頃父親は石油掘りに夢中で、海や山や島、とにかく石油の出そうなところを日本人の妻、すなわち秀子の母と、秀子をつれてわたり歩いたといった。そのころの自分がどんなに可愛らしかったかを秀子は何度も何度もしゃべった。相談員が秀子のいないところで一度パンパンという言葉を使ったが、その言葉と秀子とつながるものは茂友には感じられなかった。

試掘についていく秀子は大きなホテルに泊ったらしい。父は、日本軍の山本という高級将校と交際があったといった。山本は茂友も名前を知っている空に散った提督であった。印象的なパーティーだったのだろう。椰子の葉蔭でみた南十字星の下での夜食会の様子を秀子は語った。そういうことをいったあと、太い横縞の綿シャツからはみでた黒い腕をなぜた。光線の具合で艶のない灰色にみえる顔に、白目だけがきわだつ瞳を大きくみ開いて茂友をみていた。

そのあと二人は孤児として学園に送られてきた。みんな戦災孤児や引揚孤児ばかりだった。寮母や園内付設の新制中学の教師も、長谷部のおやじもそれだけは心得ていて、茂友たちにむかって孤児という言葉だけは決して使わなかった。

自転車屋のおやじは車輪にタイヤをはめながらいった。

「若いうちの苦労は買ってでもせにゃいかんのん。おれも両親に早く死なれてずいぶん苦労したのん」

急に口調をかえしゃべりはじめた。

「しかし、お前らの先生ら、何やっとるんだ」

それはまず小野と越川のことであった。そして長谷部のおやじなんてついこの間まで乞食だった。飲んだくれで町中の鼻つまみで、矢作古川にかかる橋のたもとにトタンぶきの小屋を建て親子三人が住んでいたといった。

越川の姉が色恋沙汰のもつれから、茂友たちが乗ってきた私鉄に身を投げて死んだことをいった。電車にとびこむのをおやじは目撃したという。急停車した電車の下から、ちぎれた首をみつけたのは自分だといった。あの家は呪われている。お前たちもその仲間だというふうに聞こえた。

越川の姉は駐留軍に勤めていたという。名古屋の女専を出て、ここから毎日名古屋へ通い、だれも近より難い気品をもっていた。英語がべらべらしゃべれるのでみんなから恐れられていたといった。――その女が突然狂って裸で町を走りまわった。毎夜毎夜、町の人が寝しずまった頃、カン高い声をあげて街中を裸になって走りまわった。そして矢崎病院へ走っていった。

町の人たちは雨戸を閉め、その隙間から息をつめて眺めていた。ひそひそ声を交わし、呪いの神が押し入ってくるのを恐れていた。越川の姉は妻子ある名古屋の医者が好きになったという。町の人たちはもちろん相手の医者をみたこともないが、噂は広がっていった。

自転車屋のおやじは名古屋の市電の中で米兵と一緒の姉に会ったことがあるという。医者といっていたのはその米兵にちがいないとおやじはいった。姉は孕んでいたといった。

自転車屋からみえる場所で、青黒いボギー車が急停車した。姉の首は線路ぎわのくさむらにほとんど無傷でみつかった。腹を線路にあてがったかのごとくであったといった。

狂った姉のあとを、越川は着物をかかえて走っていたという。足元までひきずったスカートを道に踏みつけ脱ぎすてる姉を越川は追っていたという。

「町じゃあんなもん誰も先生だなんて思っちゃいない。越川の家は町中の恥さらしだ。戦争で駄目になったといったって、そんなことは誰だって一緒のはずじゃ」

越川の姉の駈けこんだと同じ病院へ、小野は入っていった。

「あの家はどうかしているのん」

おやじは茂友に何も話が通じないのを承知でさらにいった。あんな先生たちに教わっているのはおまえらが孤児だからだ。学園だからあんな先生でも通用するんだといった。孤児は——とようやく気づいたようにおやじは口を閉じた。

「越川のおっかあは」

と自転車屋のおやじは茂友の掌から五円紙幣を受けとりながらいった。それから茂友が自転車にまたがり学園へ戻ろうとペダルに足をかけた時
「やはり矢作川へ身を投げて死んだのん」

と背中に言葉をかけてきた。

長谷部のおやじが
「小野、どこへ行った」
と茂友にきいた。茂友は本当にあの時小野が茂友の自転車をおりてどこへ行ったか知らなかったので知らないといった。おやじは不安定に首をふりながら
「おれは知っている。矢崎病院へ行ったに違いねえ。もうすぐ電話がかかってくる。そうすりゃ大騒ぎだのん」
そしてみんなに通じない言葉で長谷部はしゃべりはじめた。支離滅裂に。柿の木の剪定はなっちゃいないといった。ゴリラは農学校へいったんだが、おれはこの赤土に五十年も住んでる。なんだ、あいつの銀鎖の懐中時計が気に入らねえ。越川はどうしたんだ。学園中捜したって越川はいないぞ、かくれやがったな。町での評判を知っているか。

おれは知ってるぞ。小野だ、小野だ。園長はどうした。こんな大変な時に園長はどうした。また名古屋へ出張か。市役所の役人と飲んでばかりいて。学園がどうなってるか知っているのか。おまえら、あんな園長やめさせろ。騒いでやれ。

松夫や羽田たちが、茂友の乗って帰った自転車を奪って寮の縁側を基地に園庭を周回しはじめた。授業のあと、学習棟から寮に戻っていた。ララ物資の缶入りジュース、濃縮のままでは食道のどこかにとどこおりそうなのを一気に飲みほし、体力のあるやつから順に自転車に乗るのだった。

柿畑の下をえぐり、崖の残っている赤土の園庭はこの前の雨でぬかるみになったのが、つめたい風が吹いてごつごつにかたまってきた。遠くの二つのバスケットボールのゴールは園長の手腕で最近、孤児育成会が寄贈してくれたものだ。だがそれ以外は運動場には何もない。

ハゲ茶山から吹きおろす風を顔にうけ一気にペダルを踏んで走ってくる。松夫がゴールをまわって、そこから両手をハンドルから離して桜の木を目ざして一直線に走ってくる。学園ではこれが唯一の運動だ。将棋、メンコ、キンタマツブシ以外の、時に部屋中が二手にわかれてやる陰惨なまでの喧嘩とはちがって、外気の中で思いきり力をふりしぼる遊びだった。

みな頬を真赤にしている。縁側には順番を待つ生徒が並び、二階の女子部屋の窓からは秀子をはじめみんなが首を並べて外をみている。囲われた世界から、いつでも自由にとび出すことのできる利器での遊びをたのもしげにみている。だが小野の部屋だけは、黄色いカーテンがおろしてある。

喚声があがった。腰をうかせ馬力をかけて走っていた自転車がひっくり返った。乗っていたチビの潜一郎がまだ車輪の空転している傍で膝をかかえている。こちらから大声がかかった。同情よりも非難めいた怒声が、まだ倒れているチビにむかって投げつけられる。

ようやく潜一郎が立ちあがる。サドルの両側にもっこもっこと交互に尻を動かして自転車をこいで近づいてくる。次の羽田が怒った様子で、自転車を奪って出発する。

　長谷部の息子が本を小脇にかかえてゴム草履をぺたぺたさせて、崖上の学習棟からの石段をおりてくる。心持ち右肩をさげ、悲しそうな表情をしている。寮の縁側へ来ると、茂友に合図して、来てくれという。茂友は気がすすまないが、自転車に乗る順番からはなれて長谷部の傍へ出ていく。長谷部は
「小野のこと知ってるか」

と耳に口を寄せてきいた。茂友はうなずいた。長谷部の表情から自転車に乗せていった茂友は一部始終を知っているはずだという気配がした。

「困ったことをしてくれたものだのん」

　長谷部は首すじをのばして大人びたいい方をした。茂友は少々のことには動じないつもりだった。ここへくるまでの経験にくらべればどのようなことも大したことではないと感じていた。

「小野はたすかったのか」

　茂友は声をあげそうになって、長谷部の顔をしばらくみた。

「知らなんだのん」

　長谷部はいった。茂友はうなずいた。しかし茂友にはわかっていた。今、上の教員室に電話がかかってきて、誰もいなかったので出たと息子はいった。詳しいことは電話を寮母の畑に取りついだので知らないが……とにかく小野が自殺を図ったのだけははっきり聞いたといった。

　茂友は自転車を奪いに走った。羽田と格闘になった。次の吉林もハンドルを握ろうとして茂友に襲いかかった。茂友は殴った。羽田のあごを一発。倒れたまま吉林を蹴りあげ、腹のあたりに足先がぐにゃりと食いこむのがわかった。入園するきっかけとなった名古屋駅裏での喧嘩を茂友は思いだしていた。寮の窓からインドネシアの秀子が顔を出している。かたい地面を背に、茂友はいつもはおとなしくて、ここへ来てからは喧嘩なども遠まきにしてみていただけの自分の様子に驚嘆しているみなのことを考えていた。

　起きあがって、遠まきにしているみんなをみながら茂友はすばやく自転車にまたがった。同時に

ペダルに体重を乗せた。

園庭から町に通じる路は、学園をとりまく土堤越えの坂から始まる。茂友は両脚を地面にひきずりながら坂をブレーキをかけず一気にかけおりた。下に淡い茶色に塗られた田畑が桝目模様に広がり、くすんだ色の緑が点在するのがみえた。その中を灰色に蛇行する矢作古川があった。正面の目の高さを低い山並が遮っている。あの山々を越えると三河湾だ。

坂をおり惰性で走っていた自転車の速度がにぶると、茂友はペダルをこいだ。もう平生の気持ちにかえっていた。先刻の乱暴な自分がくやまれた。小野のことも気になっていた。しかし自転車は懸命にこいでも石ころが邪魔をする。しかも小野を乗せた時とは違って今度はタイヤがぽんぽんはずむ。

その時茂友は行く手の畑の中に白い塊をみつけた。畑は学園の赤土の柿畑とちがって黒々としていて、掘りおこされた畝が麦秋の豊穣を思わせていた。白い塊はうずくまっている。茂友はその白いものにむかって自転車をこいでいった。五メートルほどに近づいた時塊が動くのがみえた。

それは半年前――学園に入った当座、小屋から逃してしまった兎のうちの一匹ではないかと茂友は思った。兎はあれから、園生総出で裏の竹林を中心に、芋畑や、少しはなれた農園、柿畑までも捜したがみつからなかった。逃げた二十余匹は忽然と姿を消し、影も形もなかった。

今、兎は畝と畝の間におちこんで、畝の山を越えようとしていた。畝にそって逃げれば容易に遠ざかることができるのに、茂友が自転車を投げすてて追っても少しも動かなかった。むしろ待っていた。

茂友はやにわに耳をつかんだ。後肢が以前同様ばたばたと強力にはねた。はねるたびに、茂友はからだ全体に衝撃的な力が加わるのを感じていた。毛皮を通してあたたかなものがつたわってくる。兎小屋での満たされぬ気持ちを思いおこしながら茂友は左手で兎の耳を握ったままゆっくりペダルを踏んだ。

小野を乗せて走った道を、茂友は兎を乗せて走った。片手運転は力が入らないが茂友の心はだんだん落ちついてきていた。同時に、茂友の頭の中に小野の苦しんでいる様子が浮かびあがってきた。酸素吸入器からのゴム管が、水を入れたガラス器具の中でぶくぶく音をたてている。鼻にひきこまれたゴム管が、小野のはく息につれて落ちそうになる。

母だ。茂友は母だと思った。今まで漠然としていたものがはっきり甦ってきていた。寮母室での夏の夜も、あの蚊帳のたれさがった夜のいざないも、あれは終戦、敗戦ではなくまだ停戦——その停戦がいつのまにやら終戦と呼ばれるようになった夏の朝鮮ではなかったのか。あの時、茂友の傍に母がいた。ラジオのスイッチをひねっても、もう忙しげな朝鮮語しか入らなかった。その朝鮮語が茂友たちの母子の不安をかりたてた。

赤軍がソ満国境を越えて侵入したというニュースを聞いてから十日も経ってはいなかった。もうカーチスＰ51が低空を我が物顔で飛びまわっていた。朝鮮の蒼い空に入道雲が浮かんでいた。編隊をなしてとぶ戦闘機の尻から、黒い塊がぱっぱっと投げだされ、それがみるまに白い紙片となっていた。上質のケント紙は〈朝鮮半島民に告ぐ〉と、英語、日本語、朝鮮語で書かれたビラであった。細長いビラは胡麻畑の上に白い花のように広がっていった。

茂友は藁屋根、土壁の小屋から狂喜してとびだす朝鮮人たちと一緒に拾った。

その夜茂友は、日本家屋の茂友の家の外に渦まく朝鮮人たちの怒声と、マンセイ、マンセイと叫ぶ声を聞きながら母の胸にすがっていた。やはり蚊帳の中だった。

先日まで、父が出征したあとも、どこか遠慮する風情をみせていた人たちは急に勢いこんでいた。カーキ色の軍のトラックに石を投げつけていた。国民服にかわって、町には白い民族服が増えていた。日の丸をぬりつぶして作った太極旗がその人たちの手にはあり、オモニの鉢巻にも太極が書かれていた。道は赤土だった。軍用トラックのうしろに白い埃が一面広がっていた。

その夜茂友は、夢の中で数人の白い服を着た男たちが、蚊帳をめくってきて跳梁するのをみた。オンドル部屋に通じる唐紙は開け放たれていた。茂友たちの寝ていたのは六畳間で、床の間には父の写真と陰膳が供えられていた。

母の布団の端で、あのムダ、ムダと聞こえる複数の声がだんだん大きくなっていった。母を責めていた。母のすすり泣く声が聞こえた。大蒜くさいだろうと一人がいった。朝鮮語でしゃべれと他の一人がいった。事柄は茂友によく理解できなかったが、母の態度が、いや茂友一家のこれまでが非難されているのだけはわかった。

一番野太い声の持主が猛り狂って、黒い影となって母のからだにぶつかっていた――と思う。本当はよくわからない。茂友も気を失って、気がついた時、母がひーひーと声をあげていた。吊手をひきちぎられた蚊帳の下に、母がからだを丸め、腹をかかえてうずくまっていた。

小野があらい息をしている。傍に立つ看護婦の隣に長谷部のおやじが白眼をむいて腕をだらんとたらして立っている。越川が眉間に皺をよせ黒縁眼鏡がずりおちるのをおさえている。

小野はどこといって変わってはいなかった。先ほど自転車に乗せる前と同じ表情だった。一度目をあけ、病室をみまわすように目の玉を動かした。ふたたび目を閉じ、表情が動かない。癒えたにきびの大きなあとがいくつか顔に広がっている。茂友にはわからない。二十七か八の女。母は三十一、二だった。身籠っていたはずだ。

「おとうさんのいないうちに、いい子を生まなくっちゃ。茂ちゃんのような。おとうさんはまだ仁川の部隊にいるかしら」

母は玉音放送の前日まで、あの夜の前までそんなことばかり口にしていた。

「吉川さん」

小野の唇が、茂友の名前を呼んだと思えた。

茂友はまた思いだした。焼けおちた服部ビルの前で靴みがきをしている間も決して思いおこそうとしなかったことだ。むしろ思いださないことだけが支えと思えた引揚船の病室だった。母は担架で運びこまれていた。

あの夜以後母は寝ついた。日本人会の世話人が逃げだすのが第一だと引揚げ列車におしこんでくれたが、釜山の収容所でも母は寝たままだった。大根切干だけのお菜も、麦飯のおにぎりも母は食べなかった。

茂友は病室をはなれていた。船員に呼ばれて病室に行った時、母はすでに血に染まっていた。

あの時から茂友は全てを失った。海のむこうに浮かぶ緑の島——それが内地と聞いたが——島を前に船は幾日も停泊したままだった。そして三日目、母は毛布につつまれ、音をたててきしるクレーンに揺れていったん空中へ持ちあげられ、それからゆっくり海面におろされていった。

デッキの鉄柵から身をのりだす茂友を援護局の職員がうしろから羽がいじめにしていた。毛布につつまれた母は海面で大きくバウンドし飛沫をあげ、そのまま海に消えた。そのあと夕陽が海面を染めた。弔笛が幾度も高く低くひびいていた。


吉良上野介の菩提寺での小野の葬式に茂友は出かけた。長谷部の息子と秀子としめしあわせて一緒に歩いていった。寺までの道を黙って歩きたかったが、秀子は茂友とゆっくり話す機会を得たのを楽しむかのように話しかけてきた。かつてのどこか偏屈なところはもうなかった。スェーターの胸ははちきれんばかりで、髪を三つ編にして大股にさっさっと歩いていた。入園してまだ一年にならないがもう来春はここを卒業してまたあの社会へ戻らなければならなかった。あの社会へ、まだアメリカ兵が、白いのも黒いのもうようよしている都会へ帰らなければならなかった。

小野と越川の関係も秀子はよく知っていた。時どき含み笑いをまじえながら、いっこうに返事をしない茂友に二人のことを話した。そこには悲しみといったものはほとんど感じられなかった。

式場は閑散としていた。寺を使ったのは小野の名古屋の自宅から葬式が出せなかったからに違いない。服装もまともに葬式らしいのは住職と学園の職員だけで、あとは平服だった。畑もゴリラも長谷部のおやじも、そして一番忙しげに動きまわっている越川も茂友たちには何もいわなかった。ほの暗い本堂は本尊のあたりだけ蠟燭のほのおに照らされていた。仏前には棺桶が二つあった。大きい方はもちろん小野のにちがいないが、もう一つ小さい方はあの病院のコンクリートで血まみれになっていた塊のはずであった。

経をいそいで読んだ住職も供花ひとつない式を早く終えたいらしかった。本堂の柱のかげにかたまってぼそぼそ話す遠来の小野の親戚に会釈すると、自分でまわりの戸を開けてまわった。畑と長谷部のおやじは仏前にすすみ出て線香をたくが、あとは誰も仏前にすすもうとしなかった。

住職は手持ちぶさたにすわっている茂友たちの方へまっすぐ歩いてきた。庭下駄をはいて茂友たちをうながし庫裏に案内して池大雅の画いたと伝えられる虎の唐紙をみせてくれた。そのまま墓地の奥へ導いたのは小野と越川の関係者から茂友たちを遠ざけるためのようであった。小柄な住職は悪役といわれた上野介がこの地でいかに名声があったかをいった。矢作川の堤防を赤馬に乗って指揮し一晩で堤防を築かせたエピソードを話しながら小さな墓碑を示した。それは代々の吉良の殿様のものに比して、世間の非難を気遣うかの如く小さな上野介のものであった。しかし茂友にはこの悲運の殿様の墓にそれほど興味はわかなかった。

むしろ、秀子が発見してけたたましい声をあげた越川一家の不幸な墓標が——まだ新しい木の墓標がいくつもあることの方がおそろしかった。住職はそれを無視して、長谷部の息子にむかい苔のついた小さな碑面を示し、そこに隠れキリシタンのクリスの刻印があると教えていた。長谷部は何か知識があるらしくうなずいている。

茂友は戻ってからの学園の生活を思った。あいもかわらず寮の生活は息がつまりそうだ。同じ年代の生徒たちは互いに息を吐きかけながら生活している。考えてみれば小野の部屋へ泊った時が唯一、自由に息をして眠った晩だったかも知れない。羽田も松夫も、長谷部もみんな悪いやつだとは思えない。しかしみんな自我を主張しなければ自分の存在を認められぬと感じ、互いに大声をはりあげて騒ぎくらしている。今はもう小野に代わって気のおけない存在といえば秀子かも知れぬ。ここへ来るまでたとえ一か月でも共に過ごした仲だから。ここは互いを切断して――たとえ話の中で幼少期を語りあっても、それは互いの知らない、あくまでもフィクションでの生活を共にしているのだ。

秀子は看護婦になるという。茂友もその時一緒に卒業する。園長がその就職のことも含めて名古屋へ行っている。小さな町工場の仕事をみつけてきてくれるだろう。

帰り、矢作古川の堤を歩きながら、ふと白い塊がないかと目をこらした。この間自転車で運ぼうとした兎は、途中でまた逃げていた。動くものでさえあれば、茂友はそれが川面に浮かぶものであっても兎ではないかと思った。しかし白い塊はもう姿をあらわさなかった。

盧さんへの手紙

○

二年前の夏、母をホテルに残して明洞へむかった。

その時ぼくは観光案内にソウルの銀座とあったのを信じてちょっと小ぎれいな街を一人で歩いてみようとしていた。なにしろ三十七年振りに彼の国を訪ねたのである。三泊四日の短い旅だったから、何でも見たかった。

ところが明洞へ抜ける小路は人でごった返していた。両側の色あせて崩れかけた赤煉瓦の長屋の店頭には豚の頭や牛の脚が並んでいた。次の店は栗を焼く大きな端反釜が据えられている。前は——といっても人だかりでよくわからないが、張ったロープに布地を垂らして売っている。頭に野菜の箱をのせた女が人混みを分けて歩いてくる。店先には裸電球がぶらさがっている所もあれば、アセチレンが燃えているところもあった。

七時というのに市場にも似たその喧騒は、忘れていた生活、ぼくたちがつい何年か前まで身を置いていて、このところ急速に失ってしまった姿を思いおこさせた。

ぼくは人々が盛んに声をあげてかたまっている中に身を入れた。何を売っているのだろう。そんな気持ちだった。

ところが人々は早口に何かを叫び拳をあげていた。何かを怒っている。そこは新聞売り場だった。男が一部を取りあげると四方から手が出る。受けとりながら「イルボン」と叫ぶ。まわりから怒号がおこり、新聞は奪われるように手に渡る。

緑色のマッカリの瓶をくわえたまま、新聞を受けとった男がいた。白い民族服姿の老人がいた。傾けた台に並べられた新聞にはハングル文字の中に「日本文部省」「教科書」といった漢字が踊っていた。

「イルボン」「イルボン」「キョガショ」という言葉が周囲で吐かれた。

野菜を積んだリヤカーを避けようと人混みが分かれたあと、白い民族服の老人は新聞台の前に立っていた。何ごとか演説を始めるとチョゴリの袖をまくりあげた。布屋から引いた裸電球の光で、細い二の腕に傷跡のあるのが見えた。さらに上衣を脱いで背中を見せる。真中にえぐられたような痕があった。

老人は唾をとばしながらしゃべった。腕を指す。それに応えて人々が新聞を叩きながら怒鳴る。彼の国の言葉はこんな時、何と迫力があるのだろう。

人混みを抜けようとした。怒りの声が、集まった三、四十人がぼく一人に迫ってくると思えた。だが抜けることはできなかった。

わーっと喚声があがる。拍手をする。ふり返ると老人が日の丸を踏んづけている。二、三人の男が前に出て革靴で踏みにじる。ぼーっと明るくなったのはライターで火をつけられた日の丸が燃えたのだった。

ぼくは必死でその小路を抜けた。出たのは暗い路だった。首都といってもぼくの目にはイルミネーションもネオンの光も入らない。ぼくは少しでも明るい方へ、広い通りへと歩きつづけた。

ホテルで摂った夕食は口にあわなかった。というより彼の国まで来てまずいみそ汁を飲むより外で食べる心算だった。

広い通りはバスとタクシーが疾走していた。歩道は暗く人々は忙しげに流れている。滔々といった感じで暗い中から現われた人の波はぼくの傍を風を切るようにして歩いていく。何度ぼくは道行く人をつかまえてホテルの方角を尋ねようとしただろうか。でもぼくは本当のところこわかった。先ほど見た光景に恐れていた。

人の流れに身をまかせた。敗戦直後、水原の邑をマンセイ、万歳と叫びながら太極旗を振って歩いた人たちを思い出していた。日本の敗戦は彼の国の人にとっては光復だった。その解放を彼の国の人がどんなに喜んだかは今になってみるとよくわかるのだが、当時数えの十歳、国民学校三年だったぼくには恐怖でしかなかった。母に外出を禁じられたぼくたち兄弟は真空管ラジオの下にすわっていた。そっとガラス窓から外をのぞくと、日の丸を塗りつぶしてつくった太極旗を持つ人たちが家の周りをずうっと取りかこんでいた。

　ふいに呼びとめられ、日本人とわかれば袋叩きにされるのではないかと恐れながらぼくは歩いた。事実、一人の男がぼくの傍に寄ってきた。

「社長、社長、いいところありますよ」

　ぼくはびっくりした。日本人であることがなぜわかるのだろう。カメラは持っていなかった。眼鏡はかけている。でも彼の国の人とどこが違うのだろう。ぼくは日本人らしい歩き方でもしているのだろうか。ぼくは素知らぬ顔をした。暗い中でこわばった顔は見えないはずだ。早足になっては日本人だと認めたことになる。男はぼくのあとをつけてくる。腕をつかもうとする。ぼくは人混みにまぎれ込んだ。日本人だということがバレはしないかと思いながら駈けだした。

　写真で見覚えのある南大門を見た時、ぼくはホテルとは逆の方向に来ていることに気づいた。その通りをまっすぐ戻れば市庁舎に出る。その前にホテルはある。もちろん地図はポケットにあったが、広げて見る気はなかった。親切な、あるいは不審に思った人に話しかけられたら、ぼくは日本語を口にしなければならない。

　こんなことを書くと、李東運（リドンウン）さんは笑うかも知れない。わたしの国の人は親切ですよ。〈多情〉なのですよ。文字通り、情が多いのですよというかも知れない。ぼくは今それを知っている。李さんのことを、職場の同僚にいつも話すのだが、とにかくあの時はこわかった。

　本当をいうと、ぼくにとって彼の国はもう幻だった。でも三歳から十歳まで住んだ記憶は消えはしない。水原の邑の地理は今も忘れていない。物心ついた時住んでいた龍仁郡の蒲谷面、その後移り住んだ水原邑の南水町、細柳町、(それも李さんに連れていってもらって今は水原市南水洞、細柳洞になっているのを知っているが)の家の間取りも覚えている。でもぼくの記憶は母が与えてくれた知識の中で醸しだされたのではないかとも思っていた。

二十八歳といったガイドの李さんには、ぼくのその幼い記憶もまた幻かも知れなかった。

その幻に色をつけようとは長い間思っていなかった。それがどういうわけか、あの二年前の夏休み、ぼくは突然彼の国を訪れる気になった。今年六十八歳になった母が「朝鮮へ行ってみようか」といったのがきっかけである。そうだ、行こうと思えば小牧から一時間半で行ける。ぼくは忘れていたものを急に思い出したように旅行社へ走った。

それまでも「朝鮮」と聞くたびにぼくには他人には説明できない感情がおこった。それは親しみといってよい。故郷をなつかしむ気持ちである。水原が見たい、ぼくの幻を確かめたい。ぼくにとって彼の国は「朝鮮」である。だが彼の国の人が「朝鮮」という言葉に複雑な感情を持っておりそしてその原因に「日本」と「日本人」が大きく関係しているというのなら、この言葉を使わないのが礼儀だろう。

ぼくは出発前、母にむかっていった。

「朝鮮といったら駄目だよ、今じゃ韓国なんだから」

彼の国へ行く手筈を整えた時、突如として高校教科書問題が騒がれ始めた。彼の国のことが新聞に載る時はいつも政治がらみだ。幼い記憶からも朝鮮戦争(彼の国の表記に従えば韓国内乱)李承晩ライン、日韓条約、そして朴大統領夫人暗殺、大統領暗殺、さらにラングーン爆破事件、大韓航空機事件。光州事件も金大中事件もあった。いくつかの反日デモ。政治がらみでなければ洪水と火事のニュースぐらいだ。ぼくは水原の邑を新聞でもテレビでも見たことがない。庶民の生活も知らなかった。

ぼくがこわく思ったのは植民地時代、彼の国の言葉でいえば日帝時代から培われた彼の国の人たちの怨念だった。

あの日、金浦空港から直接訪ねた景福宮で正門である光化門、さらにそこから延びる世宗大路をさえぎって建つ旧総督府を見た時、李さんは何もいわなかったが、ぼくは皇居を隠して建つ巨大なＧＨＱの建物を思っていた。

「イルボン」「キョガショ」の声を聞いた時、ぼくは報道されている怒りが本物だと思った。飛行機の中で見た新聞には世宗文化会館で反日抗議大会が開かれた、小さな記事だが水原でも集会が開かれたと書いてあった。

すでにぼくは臆していた。彼の国の人がみな怒っている。過去の日本を、いや現在の日本を怒っていると思った。事実、怒り狂っていたであろう。そんな中にぼくたちは彼の国に着いた。

それでもホテルの前に立つとぼくは思いなおした。どこの国でも外国人がむやみに襲われるはずはなかった。それにぼくは現に何も悪いことはしていない。ポケットには換えたばかりでまだ一ウォンも使っていない紙幣があった。

市庁舎の時計が九時近くなのを確かめると今度は右手を目指した。広い通りは地下鉄工事の鉄板が敷かれ、その上をバスとタクシーがすごいスピードで走っている。渡りおえると、人通りはあまりなかった。

この夏もぼくは李さんと釜山の盧さんを訪ねてまた彼の国へ行ったが、二年前、彼の国の通りは今よりずっと暗かった。

街路樹の柳の下に立ってぼくは店内をうかがった。喫茶店とおぼしき店は一層暗い。入っていく勇気はなかった。店先で肉を焼いている匂いが漂ってくる。これも敬遠した。軒が傾いているのをあなどったのではない。むしろ庶民の体臭の漂うのに親しみを感じていた。それでいて、いざそこに身をおくとなるとぼくは覚悟が必要だった。小ぎれいで、それでいてどこかよそよそしい日本の喫茶店やレストランにぼくはいつのまにかなじんでいた。

〈日式料理〉と漢字の看板が出ている。日本風だけれどもどこか趣のちがう店に足を入れる気はしない。それにしても何とハングル文字ばかりなのだろう。漢字の看板はほとんど見当らない。ようやく店先のショーウインドーの中に銀の食器に料理の見本が並んでいる店を見つけた。店内は暗くはない。ぼくは思いきって中へ入った。

すぐ十五、六の娘が寄ってきた。その若いウェイトレスを今ではアガシと呼ぶのを知っている。だがぼくはその時、知らなかった。奥ではガス台を囲んで焼肉を食べている男のグループが三つばかりあった。

「何になさいますか」と娘はいったのだろう。

「ラーメンを下さい。冷し中華ありますか」

思いきっていった時、ウェイトレスはぼくが日本人だと気づいたようだ。奥のグループが一斉にぼくを見た。「イルボン」と誰かがいった。好奇の目ではないとぼくは感じた。「キョガショ」と誰かが叫んだように思った。実際は何もいいはしない。ただじっと見ていた。娘の目も光ったと思えた。ぼくは店先に戻りガラスの囲いの中の一つを指した。

ひどく長い時間待った。始終客たちの目を意識し、五、六人のアガシがこちらを見ているのを、ぼくを監視していると思った。運ばれた冷麺をぼくはそそくさと食べた。汁はなかった。ゆでた灰色の麺が金丼の中にどすんと入っている。味はわからない。急げばいそぐほどかたまった麺はほぐれない。水がほしかったが黙って食べた。唐辛子の入った麺を食べ残してはいけないと全て呑みこみ財布を出した。いくらかわからない。日本語で値段を訊くと、またまわりの男たちの目が光った。

ホテルに帰ると、母はテレビを見ていた。

「これ、デモじゃない」

日の丸を焼いている画面が映っている。先ほど見たのとはもちろんちがう。こちらは大勢が一斉に拳をあげている。鉢巻姿も見える。アナウンサーの言葉もテロップのハングル文字もわからないだけに、ぼくの不安はつのった。幻だったものは怪奇な姿となってぼくの前にあふれていた。過去の、現在の、怨念がまわりに渦まいているとぼくは思った。

水原と、できたら蒲谷を訪ねるのだけがぼくたちの旅の目的だった。かつて彼の国で、いや国さえも奪って日本が日本人が何をやったか。創氏改名、ハングル文字の禁止、天皇と神社への崇拝の強要。強制連行、数々の蛮行をぼくは知識としては知っていた。それが今日の軋轢の遠因だとはわかっているつもりだった。

それにしてもただ懐かしく思って訪れたぼくがあんなにも恐れなければならなかったのはなぜだったのだろうか。

○

二年前、ぼくたちが短い旅を終えてから一週間ほどして従弟がY物産ソウル支店へ赴任した。従弟が大変な国へ来たものだと大宮の伯母に電話してきたのは母から聞いた。

「正樹ちゃんがタクシーにも乗れないし、街へもおちおち出掛けられないっていってきたそうだがね。韓国ってそんなに恐ろしい所だったかね」

双児の兄が筑波に住み、ぼくが郊外にいるせいで一人名古屋にいる母は一人住まいを訪ねた時、不審気だった。あの時、新聞には連日、教科書問題が大きな見出しで載り、反日運動が報じられていたが実際には母は彼の国で何のこわい目にもあっていなかった。夜出歩いたのはぼくだけだったし、あとは始終李さんがつきそってくれていた。

今度はその時のガイドと、釜山に住む盧承姫(ノスムヒ)さんという女性に会うのが目的だった。李東運さんにはお礼がいいたかったし、盧さんはぼくがJALの機内誌に発表した前回の韓国訪問記を読んで手紙をくれるようになった人である。

それにしても、ソウルは変わっていた。

前は小公洞地下街への階段に乞食がたむろしていたが、今度はその姿はなかった。地下鉄への通路は広く、壁は大理石だった。駅員はフランス風の円筒の帽子をかぶってプラットホームに所在なげに立っている。

前回は地下鉄に乗るなんて時間的にも気持ちの

うえでも余裕はなかったが、今度は村川先生と一緒だったせいでぼくも落ちついていた。村川さんはぼくより五つ上の五十三歳で長身、どこか飄々としたところがある。

「アンニョンハシムニカ」と「ヨボセヨ」ぐらいは覚えたので、正樹に会った翌日午前中、ぼくは地下鉄を降りてから、秘苑へ行く途中道を尋ねてみた。彼の国の言葉を使ったせいか、相手の目には好意さえ見えた。たしかに目の色は前回とちがっていた。秘苑で会った大学生は「日本人ですね」と好奇心さえ見せ、ずっと苑内を案内してくれた。「大統領の訪日を控えて最高に対日感情がいい時ですよ」と従弟はいったが、ロス・オリンピックの直後で彼の国の人たちは自信を持っていたのだろうか。それとも前回は町を歩くのさえ恐れたが、あの時の目も今度と同じく好奇の色だったのだろうか。

ぼくは幼い頃、恐ろしいと思ったことも、いじめられた覚えもない。もちろん日本人だけの学校で直接彼の国の友達はなかった。ただ父や母は当時の朝鮮の人たちの学校に勤めていたが、先生も生徒も現地の人は物静かという印象だった。それが敗戦直後には大声をあげて家の周りに集まった。今度、わずか二年で変わったと見えた人たちをまた同じ民族かと目を見張った。感情の起伏の激しい人たちなのだろうか。のちに釜山の盧さんも出会うとすぐ率直に日本非難を口にした。ぼく一人なら、どう対していいかわからぬところだった。

従弟といっても今までに会ったのは二十余年前、正樹が外語の学生でぼくもまた年をとった学生だった時だけである。ぼくがおくれて大学へ入ったのも考えてみると引揚げと父の戦死が影響している。当時、黒磯に住んでいた正樹の家を訪ねて一緒に那須へ登った。帰りに伯母さんから〈九尾鮨〉をもらった。

以後、この従兄弟の噂は母からしばしば聞いてきた。亮太が新聞社の特派員、弟の正樹も海外生活が長い。末弟の康男だけが検事の職業柄、海外勤務がないとぼやいているそうだ。

実は今度ぼくたちの泊るホテルに正樹の会社の

支店があるのは知っていた。たまたま前回のホテルと同じだったので、その三階に会社があったのを覚えていた。前もって連絡しようかと思ったが永らく無沙汰していたので躊躇した。

でも正午に名古屋を出て三時にホテルに着いても今度はガイドもいない。まずは訪ねてみるかと三階へ行くと、正樹は紺の背広にネクタイでいかにも商社員らしくなっていた。応接コーナーへ案内されて挨拶をしていると電話がまわされてきた。

メモを取りながら正樹は英語で何やらこみ入った話をし始めた。相手をぼくはてっきりアメリカ人かイギリス人だと思っていた。

Y物産といえば制服姿の女子社員がうやうやしくお茶を運んでくると思ったがそうではなかった。手もちぶさたに衝立のむこうを見ていると事務室の机も木造の古いもので、蛍光灯も心なしか暗い。

「いや、失礼しました。韓国人ですがね。むこうも日本語はわからないし、私も韓国語が駄目ですから」

正樹は電話を置くとほっとした表情を見せた。

ぼくは語学の得意な正樹が彼の国の言葉をあやつらないのを怪訝に思った。

「若い人は日本語を勉強していますし、年輩の人はまた日本語が通じますけど、ちょうどわたしと同じ年代の人はさっぱり通じませんからね」

李承晩から朴大統領時代の教育を受けた人たちを指したのだが、ぼくは海外駐在員が現地の人と親しまないという新聞の報道を思っていた。

「わたしも四十三ですからね。新しい言葉をマスターするのがつらくなりましてね」

正樹はちょっとてれくさげだった。

正樹はあとでは彼の国の言葉で話していたから日常語は充分こなせた。正確さを要求される商用には英語を使う。外国語をマスターするには五年ぐらいは必要という。正樹はまだ二年目、駐在は二年か三年のはずであった。

終業を待って、正樹は二人をコリア・ハウスへ招待してくれた。朱の門の奥の瓦屋根の大きな料亭である。内へ入ると「囍」や「福」の字を桟にあしらった赤い丸窓に、紫の房のついた角提燈がさがっている。西洋人も幾人かおり、フロアでは民族舞踊が演じられていた。明るい光の下で、黄色い帽子をかぶった男が独楽のように回りながら、帽子の先の長いリボンを宙に舞わせている。

薄物の美しいチマ・チョゴリ姿のアガシの案内してくれた席は螺鈿の衝立で囲まれ、卓の下は掘りごたつ風に脚がのばせる。料理も小皿に分けられていて上品な味だった。

ぼくは前に一人で、あるいは李さんと一緒に入った食堂の床に楊枝やちり紙が落ちていたのを思いだしながら、小瓶のOBビールを飲んだ。今度は二年前のような緊張はないが、でもぼくは明洞への小路で見た光景を忘れてはいなかった。

日本の話をした。「大変な国へ来た」といった正樹はこれまでにシンガポール、シアトル、バンコックの生活を経験していた。

「いろいろ難しいこともあるでしょう。他の国とちがって」

相手が従弟ということもあって、ぼくは心を許した。正樹はアタッシュ・ケースを傍に置いていた。それには直接答えず正樹は会社の話を始めた。支店には五人の日本人がおり、総勢は三十六人だった。

「管理職は六人です。うち日本人が四人」

支店長と次長の正樹、それに二人の日本人課長、彼の国の課長は二人だった。ぼくは半ズボンをはいていた。いつも旅行は夏休みだし、二年前も暑かった。だが、コリア・ハウスは冷房がよくきいていた。

「日本人とうまくいきますか」

ぼくはもう一度たずねた。正樹は目を伏せてトラジの細い根を箸でつまんだ。ぼくの訊きたいことは迷惑かも知れなかった。アガシがビールを注ぎにくる。何ごとか言葉をかわし、去るのを待つようにして正樹は口を開いた。

「労組とのやりとりが大変です」

彼の国も日本同様、賃上げ抑制をしている。二パーセントぐらいの線が政府から各企業にまで通達されている。

「それがね。外国企業だけはその通達からはずれていましてね」

　こまごまと話すのを聞いていると、どうやら彼の国へ進出してくる企業、特に日本の企業は利益を充分に取っている、いや取り過ぎていると見られているというのだった。ぼくも多分そうだと思っていた。彼の国の人の賃金が同じ会社の中で日本人と差があってはいけない。現在の軋轢はそういうところから生じる。それを指摘すると、正樹は身をのり出しさらに声をおとした。脚もくずさず、ネクタイもゆるめていなかった。

「それがね、三十パーセント要求してくるんですよ。とてもじゃない。本社との板ばさみになるのは日本人管理職だけなんですから」

　相伴にあずかっていた村川さんはほーという顔で正樹を見つめた。それから銀の箸で小皿の料理を口に運んだ。

　労組員は彼の国の人に限る。課長でも彼の国の人は組合員、ヒラでも日本人は組合に入れない。結局、要求は彼の国の人だけのためということになる。その話を聞いて、ぼくは海外に駐在すれば諸々の手当がついて相当の収入になる。そこに出来る格差を縮めようとするのは当然じゃないですかといってみた。

　すると正樹は、

「そりゃ海外赴任手当は出ます。でもこちらは高校生の息子を東京に残しています。下の二人は連れてきていますが二重生活です。それに日本人学校はいろいろとお金がかかります。第一、こちらに家があって、家族みんなと一緒の人たちと同じじゃかないませんよ」

　ちょっと声をあげて、また声をおとした。

日本と同じ生活水準を保つのはいろんな面で難しい。クルマにも乗れないと愚痴る。「韓国人課長の中には千五百万ウォンもするのに乗って通勤する者もいるのに」と嘆くと、円と聞きちがえた村川さんが「そんなにクルマが高いのですか」と訊き返す。

　正樹はしばらく黙っていた。それから思いきったようにいった。

「結局、ハンがあるんですね。恨みですよ。純粋な交渉にはならない。この国の人は頭もいいし、情もある。それに今は最高に対日感情がいいんです。でも、どうしても日本人となると、植民地時代が頭にくるんですね」

　正樹はビールを飲んだ。

「それがいつもくる。今もまた利益がなければ進出してくるはずはない。日本の新聞がいいだしたのかな。経済侵略っていうんですよ。儲けを奪っていくとは何事かという論法ですよ。でも利益を考えない企業なんて、どこの国だってありませんよ」

　フロアでは銅鑼が鳴りだした。色とりどりのチマ・チョゴリの裾をなびかせて羽根扇を持った娘たちの踊りがはじまる。しばらくぼくたちはそれに目を移していた。

「この国へ来てみると、恨まれるだけのことを日本はしてきたということはよくわかりますがね。あちこち遺跡はこわされているし。ちょっと親しくなって話してみると、本人が日本の軍隊に引っぱられてビンタをくらっていたりしていましてね。うっかりできませんよ」

　また正樹は低い声で話しはじめた。シンガポールの日本人学校には生徒が二千人もいたのにソウルは二百人ばかりだといった。

「ソウルへは家族では来たがらないのですか」

　村川さんが不審そうなのに、正樹はそういう傾向のあるのは認めた。英語圏なら子供の教育にも得るところがあるが彼の国の言葉では国際性がない。

「それだけじゃない。近いせいもありますね」

　白人の客が口笛を吹き、手をたたくので見ると、フロアでは太鼓と鉦を鳴らして、仮面劇が始まっている。一人の女をめぐる二人の男の確執らしい。先ほどまでの静かな曲が、急におどけたものになった。

「近いから、連休には帰るのでしょう」

　ぼくがいうと、正樹は赴任してから一度だけ家族を迎えに帰ったと答えた。東京まで一時間半で飛べるが、たびたび帰ると現地に腰をすえていないと会社から見られるらしい。そういえば伯父の葬式の時、亮太も正樹も出席しなかったと母から聞いていた。

「一つの職場で一緒に仕事をすれば、アメリカでもシンガポールでもタイでもいつのまにか連帯感が生まれたんですがね。タイなんか反日運動の激しい時にいましたが、この国だけはちょっと違いますね」

煙草をすわない正樹は時どきアガシをつかまえて冗談をいう。仮面劇のストーリーをたしかめてからかった。でもぼくの目には、この従弟が本当にくつろいでいるとは見えなかった。

「疲れますね、この国は。アメリカ人は天国だといいますが、日本人は言葉ひとつにしても気を使うことが多いです。誇り高い民族ですしね」

ぼくたちは「今日は八時半にここを出なくちゃ」という正樹の後についてコリア・ハウスを出た。

「いや、わたしはこの国が嫌いじゃない。日本人が韓国の悪口をいうと腹が立つし、仕事でもこの国のお役にも少しはたっていると思うんですがね。日本という国が、この国に来るとずっしり重いですよ」

暗い道路の真ん中近くまで走っていくと、正樹は大声で怒鳴った。

「テクシー、テクシー」

その姿はぼくたちと話していた時とは違って何か猛々しくさえあった。ぼくは正樹の家まで行く気はなかったが、村川さんは一層そうだ。正樹は何度もタクシーをとめようとした。見ると何人かの人が必死に車を求めている。でもどの車もものすごいスピードで走り抜けていく。

「今夜は駄目だな。バスに乗りましょう」

遠慮したが正樹はバス停へ駈けていく。ぼくたちも追った。灰色の古ぼけたバスはよく混んでいた。女の車掌が切ってくれた切符は百四十ウォンだった。先ごろ三十ウォンあがったばかりだという。正樹はアタッシュ・ケースをしっかりかかえている。

「九時半から防空演習があります。走っている車もみんなその場でとまります。だからみんな急いでいるんです」

銅雀区のマンションに着いたのは九時過ぎだった。四階の部屋はずいぶん広かったが、いわれてみると造り付けの家具は細工が悪いのかも知れなかった。これも日本の生活水準が保てないという一つかも知れない。クーラーはなかった。

丸顔の親しみやすそうな奥さんと小学二年と中学一年の坊やと初対面の挨拶をし、出されたブランデーに口をつけた時、一斉にサイレンが鳴りだした。

「おい、電気、みんな消せよ」

一つぐらい点いていたっていいだろうという下の息子をさえぎって正樹と奥さんは部屋部屋のスイッチを消してまわった。窓から見えた漢江のむこうの灯が次々に消えていく。テレビの青白い光だけが残っていたが、下で騒ぐ音に気づくと正樹はそれも消した。怒鳴り声はまだ光の洩れている窓へ投げかけられているのだった。

「年に一度、韓国全域に燈火管制が敷かれるんですよ」

テーブルのむこうの闇から奥さんが話しかける。

「主人はごく小さい時、経験があるって申しますけど、わたしも子供たちも去年は初めてでびっくりしました」

立って漢江を見ると、水だけ白く見える。

反対側の窓で子供たちが騒ぎだす。村川さんと暗がりをテーブルや椅子に気をつけながら寄ると、高台から十本ほどの光が闇空にのびている。広がったり交差したりしながら急がしげに動きまわるサーチライトだった。

下では自動車がライトを消して木陰に集まっていた。何人かの人がうずくまっている。ぼくは三十九年前、水原で電燈に黒い布をかけて光の洩れるのを防いだ覚えがある。サーチライトはその時以来だ。だがソウルでは毎年一度、それが続いていたのだ。

一台がヘッドライトを点けたまま通りすぎようとすると厳しい声が暗闇にひびき、その車も灯を消して木陰に入った。

頭上をヘリコプターが爆音をあげながら何機も旋回しはじめる。その赤い灯を追ってサーチライトが走る。

　ぼくは戦時中、水原上空を高度一万メートルで飛ぶB29を恐れたのを思いだした。

「北が攻めてくるって想定なんです。昼間の演習は時どきあって、その時は地下道へ走りこみます」

　正樹が村川さんとぼくの間に入って話しかける。またサイレンが暗闇の中で韻々と長くひびく。

　ソウルだけではない。あの時間、彼の国全土が息をひそめていた。

　暗い中でぼくたちはぼそぼそと話しあった。オリンピックの金メダリストが大統領直じきに市庁舎前で花輪と年金を受けたこと、その時、銀以下の選手はバスの中で待たされていたことを奥さんから聞いた。上の息子の買ってきた日本製の地図の「日本海」と「朝鮮民主主義人民共和国」の文字が墨でぬりつぶされていたとも聞いた。「日本海」は彼の国では「東海」というのだ。

　ぼくはそれを夫婦が彼の国の現状を説明する言葉として聞いた。日本だって東京オリンピックの時の女子バレーボール、札幌オリンピックの笠谷選手は英雄だった。北方領土を書き加えない地図は今は売られていないはずだ。

「日本全国が真暗になるなんて考えられんなあ」

　しきりにそうつぶやく村川さんは、戦争中の経験はぼくより豊富なはずだった。

○

〈盧さんへの手紙〉

　今度ぼくは一人で行くつもりでした。あなたからたびたび手紙がくるたびに、ぼくのあなたの国への思いは一層つのっていました。

　三十四歳、独身の美しいチョゴリ姿のあなたの写真を手にしたせいもあります。わずか一年余りの勉強であんなに上手に日本語の手紙を書く。一生懸命辞書を引き、ラジオを聴いている。そう思うと、どうしても今度は釜山へ行こうと思ったのです。職場でぼくはあなたや李さんの話をしました。いつのまにか日本人の間にできているあなたの国やあなたの国の人のイメージと違うことを話しました。

日帝時代への反省は高校教師の仲間にはあります。教科書問題にしても話をすれば正しい歴史を教えなければいけない、侵略を進出なんて書くのはもってのほかだと同調します。かつての軍国主義の復活を恐れている者もいます。

しかし今度またあなたの国へ行くというと怪訝な表情をするのです。

この夏二人の同僚がぼくたちとは別にあなたの国へ行きました。一人はぼくと同年輩の数学の教師です。

「ソウル、釜山、慶州をまわりますけどね、女房が許してくれないんでね」

その人は困ったふうでした。

「どうですか、ソウル」

その人は妓生パーティーやセックスツアーの記事を見ている奥さんが懸念していることをいったのでした。前回行った時の橋田さんの例もありますから、あながちあなたの国へ行くといえば奥さんが心配するのも無理からぬかも知れません。

もう一人は若い英語教師の山根さんですが、それはまたいつか書きましょう。

とにかくあなたの国の話をするとどうしても金大中や大韓航空機事件にずれていく。

ぼくは本当にあなたの国を知っているのは二年前、水原へ李さんと共に行ったぼくだけだという気になっていました。今はもう三十九年前になってしまった幼い時の記憶を含めて本当にあなたの国が解っているのはぼくだけだと思いはじめていたのです。それにあなたは頻繁に手紙をくれます。

だから村川さんが一緒に行きたいといいだした時、ぼくは迷いました。四月からNHKのハングル講座を聴きだしたぼくはとにかく一人で行きたかった。心の中のあなたの国は他の人には解らないと思ったのです。それを邪魔されるのが嫌でした。しかし村川さんを無下に断るわけにもいきません。それに本当のところ一人旅にいくらかの不安もありました。

日程が決まると二日前に電話をかけましたね。初めての国際電話です。釜山からのあなたの声は驚いているのがよくわかりました。「ネー、ネー」と答えるのは「はい、はい」だと知っていましたが、相槌以外はあなたは日本語で答えてくれました。

従弟に会った翌日、ソウルから釜山へと乗ったセマウル特急は快適でした。車内は広くシートにはカバーがかかっていました。

ソウル駅前で靴底のはがれた村川さんは地下鉄の階段をあがった所で修理してもらいました。靴磨きの若者は日本語がまったく通じませんでしたがゴム糊を底いっぱいに手でぬりつけました。さらに太い針でまわりをぐるっと縫いつけました。その仕事をぼくと村川さんはかがみこんで見たのですが、若者は始終懸命でした。駅前の市場の活気あふれた呼び声も人々が必死に生きている姿を感じさせました。

京釜線に乗るのは何年振りでしょう。ホテルで出がけに見たテレビでは台風十号が九州からあなたの国へ近づいていました。雨がぱらぱらと降りかかると明るい光も射します。列車は四時間五十分で釜山に着きます。走りだすとすぐ水原を待ちました。八達山の頂上の西将台が左手に、西湖が右にちらっと見えた気がしました。

食堂車でコーヒーを飲みながら若い男の人に話しかけてもみました。ぼくが国語教師であると名のると、カレーライスを食べていた人は会社員だといいました。三十そこそこの人です。でもぼくの語学力ではそれ以上話し合うことはできません。ただ相手に話しかけたのは、今度の旅ではこわさはまったく感じなかったからです。

そしていよいよあなたに会いました。あなたは講習会があって五時四十分の到着にぎりぎり駆けつけるということでしたので心配でした。それに写真は交換しましたが、どんな人かもわかりません。

あなたがやさしい人だということはこの二年足らずの間に三十余通も来た手紙で承知していました。ピアノを弾きます。音楽が大好きで「ながら族」といわれています。「ながら族」などという言葉をあなたの手紙で見た時、ぼくはびっくりしましたよ。旅行が好きです。山寺を訪ねるのが大好き。去年の秋、通度寺へ行った時は参道で見つけた栗鼠と戯れたのでしたね。あなたの手紙はいつも季節の移り変わりを愛でる文句で始まっています。小説と詩が好き。

　この春の手紙には金春洙(キムチョンスウ)氏の「花(コッ)」が訳してありましたね。

　私がお前の名前を呼んでやるまで
　お前はただ一つの身ぶりにすぎなかった
　私がお前の名前を呼んでやった時
　お前ははじめて私の傍に来て花になった
　私がお前の名前を呼んだように
　私のこの色と香りにふさわしく
　だれか私の名前を呼んでくれ

　私たちは何かになりたい
　私はお前に
　お前は私に
　忘れられない一つの意味に

　ぼくはこの詩を読んであなたを考えました。

「次代の子供たちを育てるのだという信念を持って教育に当たりたい」と書いた国民学校教師のあなた、コンピューター学園に夜通い、先日はローマ教皇の取材にあたる日本人記者の通訳を志願したカソリック教徒のあなたを想像していました。

　長い釜山のプラットホームでぼくはあなたを捜しました。あなたは見つかりません。ぼくは敗戦の年十月、この駅に降りたち引揚収容所へ入ったのです。四十数年前、父母に手を引かれて玄界灘を渡ってこの駅に着いたのでした。

「盧(ノ)さんてあの人じゃないか」

　改札口で傘をさしている女性を指したのは村川さんです。電話で約束した通り、青いブラウスに白いスカートでした。

　ぼくは覚えてきた「初めてお目にかかります」というあなたの国の言葉が出てきませんでした。あなたはぼくの両手を取ってはきはき日本語で挨拶します。ぼくも日本語で答えました。

　あなたは化粧をしない素顔でした。どちらかといえば大柄です。喜びを体いっぱいで表わすあなたに赤いシャツ、白ズボンに革のサンダルのぼくは気障に見えたかも知れません。

「わたしの予約したホテルへ行きましょう」

あなたはぼくの手を引いて釜山駅の高い階段を降りました。雨が降っていました。列車の中から見た河は今にも氾濫しそうでした。時折、強い風が吹きます。ぼくはあなたの傘に入りました。背の高い村川さんもかがみます。その間もあなたは話しかけます。階段を降りると、水があふれています。足元を注意したあなたは突然傘をぼくに押しつけると水たまりを走り大声をあげました。

「先生方、どうぞお乗りください」

タクシーは大型です。車の中であなたは膝の上のハンドバッグをしっかり押さえて元気な声で運転手と話していました。ぼくは一度も会ったことのないあなたに速達と電話で宿の手配を頼んでおいたのでした。

「ホテル、気に入りましたか」

何度もぼくたちに訊きましたが、あのホテルはソウルのホテルよりずっと立派でした。外観は黄金色で彩られ、大きな瓦の屋根がのっていました。玄関前に石造りの亀甲船が据えられ、中に入るとあなたの国の色、赤、青、紫に黄がいっぱいでした。

ベッドの掛布にも鶴の刺繍がしてあるのを確かめて、ロビーへ出るエレベーターに乗ると
「土曜、日曜になぜ来ないの」

とあなたはぼくの体をつつきました。

「わたし、今日、明日、都合が悪いと電話でいったのに」

カフェテリアの椅子についてからもいいました。あなたは夏休みになってすぐ旅行に出かけ、留守の間に着いたぼくの手紙をつい三日前に受けとったといったのでした。おいかけて予定は変更できないと電話でいってくる。来るなら来るで休み前に連絡してくれれば講習などに出ず馬山、忠武さらには慶州と案内したい所はたくさんあるのに、一方的に来るとはと口をとがらせたのです。

もちろんぼくもそれらの地に興味はあります。いつもあなたの手紙にあるそれらの場所を一緒に

歩きたかったのですが、都合がつかなかったのです。それをいうと、

「ネー、ネー」

あなたは大きい声を出してうなずきました。そしてぼくの声が若いとほめました。

「会って失望したでしょう」

というのはあなたの謙遜でした。あなたは思ったより美人でした。

「今晩だけですか。一緒に話ができるのは」

もう一泊しても昼はまた学校の夏期講習があるあなたです。慶州へは村川さんと二人でまわる予定をたてていました。

「まだ、臭いがするでしょう」

手をぼくの鼻先へもってきますと何か得体の知れない臭いがしました。ついさっきまで理科の講習で蛙の解剖をしていたといったのでした。

ハンバーグを注文して、ぼくたちは話しこみました。外はうす暗く、小雨がぱらつき、釜山港の灯が見えます。あなたは村川さんが社会科担当と知ると興味を覚えたようです。互いに職場の話をしました。

「教科書問題はどう思いますか」

村川さんが訊いた時、あなたの顔は急に厳しくなりました。

「先生はどう思いますか。わたしはあの時腹が立って仕方がありませんでした」

ぼくの顔を見ました。

「先生はあの時ソウルに来ていらっしゃったんでしょう」

ぼくは黙っていました。

「そうですよ。日本は侵略しましたよ。三十六年間もわが国を滅ぼしました。その歴史は変えられません。そうでしょう。わたしのお父さんもお母さんも、伯父さん伯母さんもみんな日本にいじめられました。それは事実です。それを日本は隠そうとする。本当のことを教えない。先生はどう思いますか」

あなたは手紙の印象とはちがいました。

「みんな名前を変えさせられて、強制連行され、苦労しました。わたしはみんな歴史でそれを教え

られました。わたしは解放後生まれたので名前は変えませんでしたが」

　あなたは豊臣秀吉の名をあげ、伊藤博文の名をいいました。「あんなやつ」と口ばしりました。神功皇后の名をいいヒロヒトといいました。

「わたしの国は歴史上、七千七百回侵略を受けました」

　その数が日本の侵略だけ、あるいは倭寇とよばれる海賊をも含めるのか、近隣の他の国からのものをも指すのかぼくにはわかりませんでした。

「わが国の人は日本の侵略の影響で今も苦労している人がいます。在日同胞もいじめられています。でも日本は謝っていないでしょう」

　ぼくはあなたの国に、あなたの国の人に謝るのには何のためらいもありません。ぼくが知識として知っている日本のあなたの国への行為はどれひとつとして正当化できません。たまたま去年の夏テレビで観た「族譜」という映画は舞台が水原でしたが、創氏改名に苦しむ姿に胸を打たれました。幼い頃、蒲谷にあった神社へ父は生徒を連れて行きました。あんな片田舎にまで神社があった。一緒に行ったあなたの国の子供たちはどんな気持ちだったでしょうか。「侵略」を「進出」や「進攻」と教科書を書き改めた事実はないなどという議論が、最近、雑誌や新聞に散見しますが、とにかくあなたの国を滅ぼしたのは事実です。

　ドイツの例をあなたは話しました。ナチスを今も許さずポーランドに謝罪したといいます。イギリスは旧植民地と良好な関係を得ているのに、日本は謝罪さえしていないとくり返しました。

　あなたは真摯でした。ぼくは何といってよいかわかりませんでした。外は激しく雨が降っていました。あなたは丸い顔です。村川さんの顔は痩せて尖っています。

　ぼくはフォークを口に運びながら、難しいなあと思っていました。不快だったのではありません。ぼくはあなたの国の人からそういわれるのをある意味で期待していました。前回、水原へ案内してくれた李さんはぼくと母に一度も非難の言葉を投げつけなかった。景福宮のかつての正門、光化門の立つ場にある中央政庁をぼくが指した時も「ああ、旧総督府ですよ」といっただけでした。ぼくはそういう李さんの目が心なしか暗かったのを覚えています。ぼくの父があなたの国の人に皇民教育を行なっていたのを知った時なんと思ったでしょうか。

あなたのようにはっきり口に出していってくれればぼくは答えようがあると思っていたのです。だが、実際はぼくの口からは何も出ませんでした。「お父さんは日本軍に引っぱられました。お兄さんは北傀（ブックエ）に連れ去られて帰ってきません。そしてもう一人のお兄さんは今、日本へコンピューターの勉強に行っています」

あなたのお父さんは解放後の内乱で戦死したのでした。日本の鹿児島の基地から解放されて帰国し、あなたが生まれ、内乱で戦死してしまった。あなたはお母さんとまだ幼い二人の兄さんとソウルから釜山へ逃げたのでした。

「日本のために、わたしたちの国は二つに分かれてしまった」

日帝が半島を侵略していなかったら分断もなかった。そして今、北傀が——あなたは北朝鮮というい方も否定しました。北があるなら南もあると、わたしの国は一つだと——憎い、日本以上に憎いと唇をふるわせました。

同じ民族なので政治体制がちがってもどこかに共通する部分があるのではないかと訊いたのですが、あなたはまたぼくの目を見据えてはっきり否定しました。ラングーン事件を挙げました。内乱の際に離散した家族捜しが何か月も続いた去年、毎日テレビの前で泣いたと書いてきたあなたです。本当のところぼくは北を憎む気持ちがわかりませんでした。今は兄さんも含んだ人々を「あの人たちは同じ神のつくった創造物とは思えない」というのを聞くと、やさしいはずのあなたの心はどこへ行ったのかと思ったのです。

「わたしたちの民族は不思議な民族です。何回侵略を受けても言葉はなくならなかった。風俗——あなたはその漢字をテーブルの上に指で書きました——もなくなりませんでした。北の狼どもの脅威を受け、税金の三分の一を軍備にまわしてもわたしたちの国は存在しています」

あなたの目には涙が浮かんでいました。

「なぜ日本は軍隊に力を入れないのですか。韓国人が苦労して北傀の脅威を防いでいるのに」

村川さんが手帳を取り出して数字を書きます。あなたも軍事費の額をいいます。

ぼくはハンバーグを食べおわると煙草ばかりすっていました。

「日本の国家予算は韓国の何倍ですか。わが国の軍事費は二十パーセント、三十パーセントですよ。それが一パーセントなんて。お金持の国なのに経済侵略ばかりしないでくださいよ」

村川さんがGNPをいったのを聞き違えたのです。ぼくがY物産に従弟がいるといったのもいけなかったようです。

村川さんが盛んに弁解めいたことをいいます。眼鏡をはずしています。

「先生がた、わたしの家へ行きましょう」

突然立ちあがり、さっさと払いを済ませてホテルの玄関へむかいます。タクシーを呼び止めます。雨はあがっていました。あなたの家には「日本人にいじめられた」お母さんがいます。あなたの生活は見たいが、会ったらぼくは何といったらいいでしょう。先ほどあなたは「お母さんは日本人と手紙のやりとりをするのは賛成ではない」といったのです。

沙下区の家でお母さんは白いチョゴリ姿で迎えてくれました。小柄な、束髪の人です。ぼくの母と同じくらいの歳でした。陽やけした皺の多い懐かしい顔でした。あなたの国の言葉で挨拶します。オンドルに片膝を立ててすわり、あなたに何事か指示します。あなたは丁寧に返事をし台所に立って皿を運びました。お母さんが準備しておいてくださったものでしょう。キムチや肉の料理が並びます。

「日本のどこから来ましたか」

ぼくがあなたの国の言葉がほとんどわからないのを知ってか、お母さんはいくらか訛のある日本語で訊いてきました。オンドルはひんやりとして気持ちのよいものでした。勧められてビールを飲みました。男のいないあなたの家ではぼくたちのためにわざわざ買ってきたのでしょう。ぼくは銀の箸でキムチをつまみます。あなたも片膝を立ててスカートをふんわりとかけていました。お母さんもビールを飲みました。あなたは口をつけませんでした。勧められてぼくは膝をくずしました。村川さんは座布団をもらいました。

　ひとしきり日本の話に花が咲きました。「たきたてはいい」といった時、「たきたて」と問い返しましたが、それは日本の電気炊飯器の名前でした。

　ぼくはいつまた日帝時代の話になるかと思っていました。二年前に水原を訪ねた時の李東運さんの親切を話しました。お母さんに尋ねられて、父を戦争にとられて、ぼくたち母子三人が蒲谷から水原へ出た事情を話しました。母はそこで父に代わって正式に学校へ勤め、岐阜から祖母を呼びよせたのです。最初住んだのは南水町の呉さんという両班（ヤンバン）の借家です。大きな家で周りは土塀で囲まれ、庭には池がありました。裏庭にはキムチを漬ける大きな茶色い甕がいくつも埋めてありました。

　そんな思い出話をした時、お母さんは

「水原（スーオン）のナムスドン」

と訊き返しました。

「南水洞（ナムスドン）のオというとオ・タルホンじゃないですか」

　ぼくがみどり幼稚園へ通っていた時です。半年ほど住んだだけの大家の名前までは覚えていません。

「アイゴー。呉達鴻（オタルホン）はわたしの伯父さんです」

　あなたは盧承姫ですが、もちろんお母さんの苗字は違います。あなたの国では息子、娘はお父さんの姓を名のりますが、お母さんは結婚前の苗字です。お母さんの姓は呉でオと読むのでした。

「呉達鴻の家にあなたがいた。それは千九百何年ですか。伯父さんは太った血色のいい人だったでしょう」

　そこにぼくより二つ年上の息子がいたのを覚えています。ぼくが翌年、水原公立国民学校へ入学した時、その日本人の学校に息子さんはいました。

「呉達鴻の屋敷のどこに住んでいましたか」

オンドルの床を叩きながら訊くのに、ぼくはいいよどみました。それは大きな甍ぶきの門を入ったすぐ左手にありました。日本家屋でしたが、今考えてみますと、離れというより門番にふさわしい家でした。

「あの伯父さんは死にました。内乱の時。日帝時代には日本人にとり入るのがうまく、それであの頃も呉という姓を名のることを許されていました。北傀が攻めてくると、今度は共産主義の旗を振りました」

お母さんは何事かあなたに話します。あなたはうなずいていました。

「わたしたち一族の本貫（ホンガン）をけがしました」

お母さんは悲しそうでした。

幼い記憶ですが、ぼくたち一家はまもなく呉達鴻の家を出て細柳町へ移りました。呉達鴻が門の傍の家に、日本人の警察官を住まわせようとしたからです。出征兵士の女教師一家を住まわせるより、その方が何かと都合がよかったのでしょう。母が新しい借家を探すために勤めを終えてから、夜、幾晩も出歩いて肋膜炎になったことをぼくは話しませんでした。

あの一家は北傀が逃げる時、全員銃殺されたそうですね。すると学校では寡黙だったあの息子さんも、ぼくが中学に入った年になくなったわけです。

○

翌朝、李さんは前の日空港で迎えてくれた時と同じ微笑を浮かべてぼくたちの部屋へあらわれた。

「おはようございます。お母さん、よくお眠りになれましたか」

毎日二時間勉強しているという李さんの日本語はきれいな標準語だった。椅子に腰をおろして水原へは高速バスも出ているし、ソウルからの地下鉄がそのまま京釜線へ乗り入れているとも話した。

「新幹線ほど早くはありませんが、いずれにしろ一時間もあれば着きますよ」

煙草をすってもいいかと母に訊いたあと、ぼくの差し出した煙草を断った。

「韓国人は外国煙草をすってはいけないのです。外貨を持ちだすことになるでしょう」

再度ぼくのだからいいでしょうとすすめても手にしなかった。

「本当は年上の人の前では煙草も酒ものんではいけないんですがね」

と儒教道徳が人々を律していることをしゃべったあと、李さんは自分の赤い船の印の煙草に火をつけた。

「わたしが連れていってあげます」

本当はぼくはその言葉を待っていた。だがパック旅行には別の客もある。ぼくたちのツアーは三人だけだったが、それでもガイドを独占することはできないと思っていた。

「橋田さんは別行動を取るそうですから」

あとで知ったのだが、相客には若い女がついていた。もちろん李さんが世話したのだろう。いや、そのことでガイドである李さんを非難しようとするのではない。三十代半ばと見える橋田さんは何度も彼の国へ遊びに行ったことのある赤ら顔の男だった。飛行機の中で隣にすわったぼくに「お母さんと一緒かね。それじゃ悪いことはできんなあ。朝鮮は女がいいのにもったいないなあ」といっていたから橋田さんが要求したのだろう。

あの時、李さんは「朝鮮」という日本人にどんな気持ちで女を世話したのだろうか。多分これまでにもそういう例は多かったろう。李王朝の末裔と誇らしげに語った李さんは日本の電化製品のすばらしさを賞讃すると同時に、日帝時代のことは父や母から聞いているともいった。多くは語らなかったが、細身で神経質と見えた李さんが単に仕事だから、外貨獲得のためだからと割り切っていたとも思えない。しかも教科書問題が外では騒がれていた。

とにかく李さんのおかげでぼくたちは水原だけではなく蒲谷にまで行くことができた。母校、かつての母の勤務校それに細柳町の二軒長屋の古家を訪ねた感激は忘れられないが、ここでは水原駅へ戻ったところから書こう。

　水原駅はぼくたち、祖母と母子三人が無蓋貨車で引揚げた時、古風な寺院風の瓦屋根を持った建物だった。だが二年前にはコンクリートの建物に変わっていた。それを惜しむと李さんは
「韓国内乱で焼けましたよ」

　とちょっと暗い顔をした。それから蒲谷へむかうタクシーを拾おうとした。

　李さんはいつも緑色の小型のタクシーをとめた。今度、彼の国をまた訪ねて冷房つきの大型車もあるのを知ったが李さんはあの時その国産のポニーばかりを選んだ。その前、八達山にのぼって疲れはてた母がどこかで一休みしたいといった時はとても外人観光客を案内するところではないような大衆食堂へ連れていった。注文してくれたのは日本風にいえばラーメンの一種だった。今度は汁はあった。唐辛子で真赤な汁に前夜と同じような麺が入っていた。母はそれを食べあぐね、ぼくも閉口した。

「どうしてカルビぐらい注文してくれなかったのかね」

　母はホテルへ戻ってからいったが、今考えてみると、李さんは朝、出がけに母が渡した二万ウォンで全てをやりくりしようとしてくれたのだった。二万ウォンといえば七千円。ソウルから水原へはすごいスピードで走る高速バスだったが、あとは一日タクシーを乗りまわし、最後は蒲谷からソウルまで走った。夕食のカレーライス代も払って最後には五千ウォン返してくれた。いくら彼の国の物価が日本より安いとしても大変だったろう。日本のガイドは客の財布の中まで心配しているだろうか。多くは一緒に豪華な食事をとり、自分も楽な冷房車を選ぶのではないだろうか。

　駅前は人でいっぱいだったが、でも人々の目はソウルとちがってどこか穏やかだった。それに李さんが傍にいてくれるだけで安心していた。白いパチ・チョゴリの老人がゆうゆうと歩いている。

　李さんが何台もタクシーをとめるのを、蒲谷を知っている運転手を探しているのだと思っていた。

梅山（メイザン）と名前の変わっていた元の水原公立国民学校もおぼろげな記憶で訪ねた細柳の家も探しあてるのにひどく時間がかかっていた。すると突然、中年の運転手が李さんにむかって何事か大声で怒鳴った。それは侮蔑の言葉に聞こえた。李さんは黙って他のタクシーを探した。ぼくが近づくと
「日本人乗車拒否なんです」

　母に聞こえないようにいった。顔は笑っていたが、内心怒っているようでもあった。それは日本人であるぼくに怒っているようでもあり、乗車拒否する運転手に怒っているようでもあり、また李さん自身に怒りをこめているようにも見えた。

「いや、乗せてくれる車もありますから、心配しなくてもいいですよ」

　ようやくつかまえた車に、李さんはぼくたちを押しこんだ。母は李さんの厚意にも気づかず「蒲谷なんてもういいよ」といいだしていた。強い八月の光をあびて水原を訪ねまわり、さらに八達山にまで登り市内を遠望してたしかに母は疲れてもいた。

　あの時も李さんは本当はどんな気持ちでタクシーを探していたのだろうか。

　蒲谷はぼくと兄が物心ついた所である。父は当時三十歳そこそこ、その地の国民学校の校長だった。母はまだ二十代も前半のはずである。蒲谷で暮らしたのは母の言葉によれば二年たらず、彼の国へ渡って半年、新褐とかいう所から赴任したという。父は一年七か月ここにいて出征しビルマで戦死した。

　蒲谷は四十一年ぶりだった。若い運転手は膝までズボンをたくしあげていた。狭い車内で母はぐったりし、ぼくにもたれかかっている。窓から風は入るが、じわじわと汗が出てくる。

　ぼくは外を見た。ポプラが雲ひとつない青い空にむかってそそりたっている。なだらかな丘に点々とポプラがあると思っていると、いつのまにか大木が道の両側に並んでいた。途切れると緑のトンネルだった。太い柳の枝が道をおおっている。前方を牛を引いた人が歩いていく。

　それまでぼくは李さん以外の彼の国の人と話を

交わしていなかった。母校を訪ねた時も、かつてのわが家を訪ねた時も、そっと外から見ただけだった。こわかったともいえる。李王宮の前に総督府を建てた民族が、もと住んでいたからといって、今住んでいる人にそれを告げてあがり込むことはできないと思っていた。

このポプラや柳の下を父と通ったのかも知れないと思っていた。幻と思ったものが現前されていく中に身を置いてぼくは頬をつねりそうだった。蒲谷は母は校長夫人として、ぼくたちも校長の息子として振る舞えた所だった。日本人であったがゆえに父は若くして校長になった。ささやかとはいえ、父の出征まで、ぼくの幼児期において恵まれた場所だった。

たしか学校の前の川に父に連れられて魚釣りに行った。その川に父のステッキが流されたことがある。四歳か五歳の時であった。思えば変だが父は若造のくせにステッキを使っていたのであろうか。小さな学校なので父も教科を教えていた。理科の実験で水素でも爆発させたのか、手に包帯を巻いていたことがある。

面（村）役場まで行きすぎて戻り、赤土の坂を登った所に蒲谷国民学校はあった。〈公立〉の文字は抜けても彼の国では小学校は今も国民学校だ。タクシーを降りてぼくは走った。母も先ほどとはうって変わって元気になっていた。

「変わっていない。いや、ちょっと変わったね」

確かに変わっている。木造だった建物がモルタルになっている。でも木造の上にモルタルを塗ったと見える。校舎の裏にまわった。そこに外壁に蔦のはった官舎があるはずだった。ベランダのある洒落た和洋折衷にオンドルもある建物だった。ぼくたちはそこを求めてやってきたのだった。若い小使いさんと娘さんが私用もやってくれていた。

でも官舎はなかった。つい先頃壊されたらしくまだ土台は残っていたが建材はなかった。ようやく見つけた玄関の三和土にぼくと母は立って李さんにカメラのシャッターを押してもらった。ぼくは五歳の足跡の上に四十六歳の足をのせる気持ちでいた。

まわりの塀は石造りのはずだったがブロックになっている。塀に一かかえもある南瓜が成った。崩れかけた倉庫を庭の隅に見つけて「これは昔のままだ」と喜んだぼくを李さんはまたカメラにおさめてくれた。

だが今考えてみると、あのトタンに黒ペンキを塗った小屋は四十年ももつはずがない。ただぼくは父に叱られて押しこめられた場所だと思いたかったのだ。

水原を二時過ぎに出てもう四時近くになっていただろうか。ぼくたちが彼の国を三十七年振りに訪ねた目的は達せられた。最後に校舎を一めぐりした。幼かったぼくたちは校長室へ我物顔に出入りした。父の授業中の教室で、生徒と一緒にジンム、スイゼイ、アンネイ、イトクと歴代天皇の名を暗唱した。たしか高等科の教室だっただろう。だからもちろん中へ入りたかったが、すっかり黒光りした廊下をのぞき込んで帰るつもりだった。

その時、女の先生がぼくたちを見とがめた。ぼくは夏の旅行のいつものスタイルでショートパンツに麦藁帽だったので不審に思ったのだろう。李さんが代わって何か話した。女の先生は引っこむとすぐスリッパを持ってきてくれた。李さんがぼくたちの名をいったのだろう。女の先生はぼくたちの姓を呼び、母はいそいそとあがった。校長室へ案内された。

定年真近と見える朴訥な感じのする校長が立って迎えてくれた。

母はここで今でいう時間講師として裁縫を教えていた。父を含めて四人だけの教員の複式学校、母は唯一の女教師だった。

「あなたのお父さんは三代目の校長先生でした」

挨拶を終えると校長はぼくを見た。李さん以外の彼の国の人に話しかけられたのはソウルの客引きについで二人目だった。何十年振りかの日本語というわりには校長の言葉はよくわかった。

「あれが、あなたのお父さんです」

いったんソファに腰をおろしたぼくはショートパンツを気にしながら立った。壁にずらりと歴代校長の写真が揚げてある。指された額の下にぼくは立った。五枚の写真の下に漢字で日本人の名前が書いてあり、十枚ばかりの下にはハングル文字が並んでいた。

父の写真をぼくは初めて見た。いや正確には久しぶりに見た。引揚げまで母がその前に陰膳を供えていた。戦闘帽をかぶった顔は兄に似ている。それはぼくにも似ているということだが、ガラス越しの写真は今のぼくたちよりずっと若い。父の写真は岐阜へいったん引揚げて、その後母方の伯父を頼って東京さらに岐阜、愛知と移り住む間に失われていた。

西陽の射し込む中、ぼくは写真を見上げつづけていた。確かに父はいた。彼の国の龍仁郡の片田舎で四十年余も生き続けていた。あの時ぼくは震えていた。父の顔に接したからだけではない。ぼくたちの過去はそっと外側からのぞき見るべきものだと思っていたのに校長室へ招かれそこに父の名と共に写真が揚げられていたからだ。これが彼の国とぼくの国が逆の立場だったら同じようにするかと思っていた。教科書問題はここにはなかった。いやあったが校長は口にしなかった。

「日本人の写真も飾るのですか」

ぼくは思わず訊いた。校長はその意味がわかったようだ。

「あなたのお父さんが校長先生だった事実は変えられませんからね」

ソファに戻った母はここでの話をした。父が出征した時のことが中心だった。

「あの時は本当に心細かったですよ。なにしろ日本人はわたしたち母子三人だけでしたから」

昭和十六年十一月一日、父はこっそりと官舎を出た。いつのまにか太平洋戦争と呼ぶようになった大東亜戦争の直前だった。派手な見送りは禁止されていた。今はないそうだが、軽便鉄道の駅までぼくたち二人は小使いさんと高等科の生徒の自転車の荷台に乗せてもらって見送りに行った。

手元に一通の手紙と一冊の写真帳がある。手紙は帰国後ぼくが出した礼状に対する曺(チョ)校長の旧仮名の返事である。

私はその後いろいろ調べてみました。当時の小使ひさんは金海俊さんだつたことがわかりました。金さんは蒲谷面前垈里住ひの人だったことが解りました。でも金さんは六・二五動乱中に死亡したやうです。

そして金さんが生き残つてゐてあなた様のお便りを見たらどんなに喜んだでせうか。


写真帳はその後行われた蒲谷国民学校創立五十周年の記念のものである。そこには父のあの写真が今度はハングルで表記された名と共に載っている。今ぼくの手元にある父の姿はこれが唯一のものだ。

父は気動車に乗り込むとぼくたちに手を振ることもせず曇りガラスの陰にかくれて顔を見せなかった。以後、ぼくは父の顔を見ていない。母は赤紙を受けとってから半分狂乱状態だった。その日も居間にとじこもって泣き伏して出てこなかった。

「召集令状が来た時は目の前が真っ暗になりました」

母の言葉に校長はうなずいていた。

「わたしたちも解放後、苦労しましたが、あなた方も苦労しましたね」

ぼくたちの前にはサイダーが注がれ、机の上には古いアルバムと表紙に〈永久保存〉と朱書きのある書類の冊子が持ち出された。ぼくがこれも初めて見る父の几帳面な字をのぞき込んでいる間、母はアルバムを開いていた。

「ここにもお父さんがいる」

薄い卒業記念アルバムには二枚の写真が貼ってあった。表紙には昭和十七年三月とあった。父が召集を受けていそいで写したのだろうか。一枚には父と母を囲んで五、六十人のチマ・チョゴリの子供たちが写っている。そこには幼いぼくたちも、あの金さんも写っていた。もう一枚は父が黒板を背に立っている授業風景だった。生徒は頭だけ写っている。ぼくはこの中に目の前にいる校長も混じっているのではないかと思った。父の教え子としていい年齢だが、ぼくは何もいわず、校長も何もいわなかった。もしあの時、校長が写真の中の一人を指したら「金本」とか「月城」といった創氏改名の名を自分で口にしなければならなかったのかも知れない。

受けとったアルバムを李さんものぞきこんでいた。李さんは始終笑顔を浮かべてぼくたちの話に聞き入っていた。校長の前であるせいか煙草をすう気配はなかった。ぼくもすわなかった。

父の後ろの黒板には〈内鮮一体〉〈大東亜共栄圏の建設〉〈朝鮮半島民の使命〉の文字が見えた。

若い李さんはあの字をどんな気持ちで見たのであろうか。もし校長が父の教え子だったら、どんな気持ちで当時、蒲谷神社に参拝していたのだろうか。

今度の旅で再び李さんには会ったが、そのことを確かめることはなかった。

○

〈盧さんへの手紙〉

帰国後すぐ前の手紙を書いてから一か月が経ちました。あれ以後、毎日、新聞やテレビはあなたの国のことを報じました。もちろん全斗煥大統領訪日のニュースです。

「わざわざ日本まで出かける必要はないのに」とあなたがいったのを思いおこしながら、それでもぼくは大統領を歓迎したい気持ちでした。あなたの国で大統領がどう思われているかは別です。「わたしの国では本当に大統領を国民が選んだことはないですよ」とカフェテリアでいいましたが、一国の代表として来るのです。就任の事情も知っていますがとにかく大統領が来るなら、いや、あなたの国の人なら誰でも歓迎しなければいけないという気持ちでした。ちょうど元警察官によるピストル強奪殺人事件がありましたから心配しました。

こういうぼくの気持ちをあなたはどう受け取るでしょう。

「不幸な過去は誠に遺憾」と歓迎の宴で震えながら述べる天皇の姿をぼくは何度もテレビで見ました。言葉が足りないが、いくらかでもあなたの国の人の心を和らげてくれないかと願ったのです。しかしソウルから衛星中継で伝えられたその夜の反響は厳しいものでした。ぼくは悲しかった。いらだたしかった。「憲法の枠がある」とぼくの国ではいいます。ぼくには戦後、天皇の立場が変わったのはわかりますが、あなたの国の人にはわかるでしょうか。都合のよい時だけそんなことをいうと思っているのではないかと憂鬱でした。

あなたも怒っていると思っていたところへ今日、手紙が届きました。手紙ではそのことに触れていませんね。代わりに数種の新聞の切り抜きが入っていました。

あなたが赤のマジックで枠を囲んでいるところには漢字で「天皇謝過文」とあります。どの新聞にも同じ文字があります。「謝過」は「過去を謝る」でしょうか、「過ちを謝る」でしょうか。いずれにしろ、ぼくは不思議でした。

あなたの国もぼくの国も同じ漢字文化圏です。「便紙」はあなたの国ではレター用紙、日本ではおそらくトイレットペーパーを連想します。もちろん同じ漢字でも意味のちがうのは承知しています。しかし「遺憾」はあなたの国では「謝過」と表記するのでしょうか。

ハングルの混じった記事には「日本天皇、六・七世紀の韓日交流へ言及」とあります。広隆寺とあなたの国の半跏仏像の写真が並んでいます。千字文伝来などが年表になって載っています。たしかに天皇は「お言葉」の中でそのようなことを述べました。

しかしぼくは記事の扱いのこの大きさを見ながら奇妙に思ったのです。あなたの国とぼくの国ではどこかちがう。共に友好は目指している。だが「遺憾」が「過謝」になるようにどこかちがっている。あなたの国の新聞ばかりというのではありません。先日まであなたの国の記事といえばぼくの国の新聞は、大韓航空機、ラングーン事件ばかり扱っていました。確かにそれらはニュースバリューはあり重大な政治問題ではあるけれども結果、あなたの国は暗くておそろしいというイメージをつくりあげた。それが一変して「新しい関係」を書きたてるぼくの国の新聞にも不信なのです。あなたの国の新聞もぼくの国のテレビも、ソウルの街角で宮中晩餐会の様子を見て怒る人がいるとは報じています。しかしそれぞれの心の奥までは伝えないのです。それはお互いいい意図でしょう。いい関係を作りあげようとする政府、そして新聞の好意でしょう。

でも結局、あなたの気持ちもぼくの生活も伝えてくれませんね。

この前ちょっとお話ししたようにぼくには娘と息子がいます。その高校三年の娘が拒食症になって心配しています。拒食症なんて言葉はあなたの国にはないかも知れませんがこんな時漢字だとよく意味が通じますね。もう三か月も家族の前では食事を摂りません。昼は弁当を持っていきますから、どうやらそれだけは食べているのでしょうか。とにかく夕飯でもお茶をほんの一口二くち口に入れるだけです。ぼくは怒りました。少し太ってきたので娘心にそれを気にしているのだと贅沢を戒めました。アフリカでは食べたくても食べる物がない人々がいるのにと撲りました。

すると娘は涙を流しました。無理やりご飯を口に入れると顔を真赤にしてむせびながら食卓の上に吐きだしました。

「わたし食べようとしているんだもの。食べたいと思うんだもの」

すっかり痩せて頬もごっそり落ち、バスケットで鍛えた腕も細くなっています。スタイルをよくするのが目的なら、自分でも行きすぎだとわかっているはずです。

それが食卓につくと食欲がなくなるのです。原因を訊いても娘はわからないといいます。医者は「一種の流行病だな」というだけです。食卓についてもみんなが食べるのをにこにこ笑いながら見ているのですが、ぼくが「食べろ」というと途端に暗い顔になるのです。家内は毎日献立に頭を痛め、弁当を作りますが、それも食べているのかどうかわかりません。

そんな娘が何を思ったのか、一週間前から走りはじめました。もちろんぼくは怒りました。でもぼくが布団に入るのを待って十二時になると玄関を出て行きます。ぼくはこの二、三日黙って布団の中にもぐっています。じっと目をあけて娘の戻ってくるのを待っているだけです。

恥かしいことに、ぼくは自分の娘の心もよくわからないのです。あなたに会いに行ったのも一人でもあなたの国の人の素顔が見たかったからでした。

この間、あなたはお宅を出てタクシーを待つ暗い路で、そっとぼくに体を寄せてきました。

「日本人ってやさしいんですね」

あなたは「先生」とはいいませんでした。でもぼくはそういわれていい気分でした。実はあなたにどう評価されるかとは内心気にしていたのです。気障な格好も若いあなたに会うからでした。だから村川さんにも同じことをいった時、ぼくはちょっと嫉妬しました。一年以上も手紙をやりとりした仲は村川さんとはちがうと思ったのです。ところがあなたはカフェテリアでの言葉に怒らなかったぼくたちをいったのでした。

「日本人って、実は今まで本当に話しあったことはありませんでした」

盛り場で降りてからもあなたは元気がありませんでした。もう十時近くでしたが人々はまだ大勢行き来していました。

映画館があります。土産物店が、時計店が、八百屋が店を開けています。両側の店々からは明るい光があふれ石畳の路上にはジュースや焼鳥を売る屋台が並んでいます。祭りや市場のような喧騒がいい匂いのたちこめる光復洞にあふれていました。ソウルの明洞もいつもはこんな様子なのでしょう。

あなたは釜山を訪れる多くの日本人を見てきました。でもローマ教皇の日本人取材記者の通訳は結局辞退しましたね。あなたの上手な日本語はラジオ講座とお母さん、そして職場の日帝時代を経験した先輩に教わったのですね。

日本のテレビも釜山では入るそうですが、あなたの見ていたのはそれらの画面です。つくられたドラマ、編集されたドキュメンタリー、記者の選択して送るニュース。ぼくも同様につくられたものを見ています。ただ二年前あなたの国をちょっとのぞいたのです。

あなたはぼくたちを連れて一軒の店に入りました。それはテープ屋といったらいいでしょうか。ガラス戸に趙容弼（チョヨンピル）のポスターが何枚も貼ってある明るく狭い店でした。四方の棚いっぱいにカセットテープばかり並んでいます。そこであなたは店主にむかって何事かいいました。取り出してくれたカセットテープをあなたはわたしにくれました。「わたしの好きな曲ばかり集めました」「ながら族」のあなたは自分の好きな歌曲と歌謡曲をその店でコピーしてもらっておいてくれたのです。

盛り場をぶらぶら歩き、龍頭山公園へ登りました。

雨はすっかりあがっていましたが星は見えませんでした。代わりに宝水山が全山光に飾られていました。一瞬、高層建築の乱立かと思ったのですが、それは山肌一面の家々の灯でした。港には船の灯が揺らいでいます。

頂上の黒い大きな像はあなたの国の英雄、李舜臣将軍でした。それは玄界灘のむこうの日本を見すえているはずでしたが、あなたはもう何もいいませんでした。釜山タワーはもう閉まっていました。傍の休憩所で休んだあと、ぼくたちはまたタクシーに乗りました。

休憩所ではぼくは家族のことを話しましたが、村川さんの手前、はばかったことがあります。ここでもう少し書きましょう。

父はぼくたち二人が生まれた頃、借金で首がまわりませんでした。岐阜の田舎で小学校に勤めていた父は前年、祖父の死とともに借金を背負いました。祖父は地方政治家でした。もちろんぼくは会っていませんし、父は戦死しましたから聞くことはできません。でも幼いころから母の愚痴るのを聞いたのではそうです。祖父は代々持っていた広い田畑や山林を次々と売りました。なぜそうしたのかもわかりませんが、当時の村長や郡長は今とちがって金の持ち出しは当然だったようです。

大きな屋敷に多くの客を呼び、居候を置いて、金のことは誰かにまかせる。その生活は両班の出のあなたにはわかってもらえるでしょう。父の少しばかりの俸給も毎月すぐ消えていきました。

祖父の死後、父は残った家屋敷を売り、祖父の借金をどうやら清算してあなたの国へ渡ったのです。それは強制連行とはちがいますが、日本にいたくてもおれなかったのでした。

日帝時代だったゆえに、父はあなたの国で若くして校長になった。国策に乗ったがゆえにぼくたち一家は窮地を逃れ一息をついていたのでした。だが間もなく父は召集を受け、戦死したのはお話しした通りです。

父は生活のために日本を離れました。あなたの国へ渡った大半の人は大なり小なり似たような事情だったと思います。それが図にのって国を背景に威張り、あなたの国の人を苦しめたのは、ぼくは何といったらいいか言葉もありません。

ただ父はあなたの国の片田舎で、あなたの国の人ばかりに取り囲まれて生活する中であなたの国の人たちの心はわかっていたと信じたいのです。

ぼくはこの十年は名古屋郊外に住んでいますが、それまで生まれてから十七、八回住居をかわっています。それも元を考えると父があなたの国へ〈侵略〉したからだと思っています。

あれからあなたはまたホテルまで送ってくれました。タクシーの支払いも休憩所でのジュース代もみんな払ってくれました。その度にぼくと村川さんが財布を取り出しましたが、ウォン紙幣を確かめる間に素早く払ってしまいました。

部屋へ戻った時、十二時をまわっていましたね。ぼくは若いあなたがそのまま帰らないので驚きました。といってもぼくもまだあなたと別れる気はなかったのです。

部屋には椅子もベッドも二つしかありませんでした。鏡の前の低い椅子を運んできて三人はテーブルを囲みました。光復洞で買ったケーキをあなたはテーブルに並べます。ポットのお茶をついで話しあいました。

あの時、ソウルに帰ったら前回のツアーのガイドの李さんに会うとぼくはいいましたが、約束通り会いましたよ。電話が盛んに鳴る観光案内所へ行ってコーヒーを飲みながら話しましたが、どこか二年前にくらべて李さんは元気がありませんでしたよ。日本語は一層うまくなって日本ツアーの添乗員試験に受かったと喜んでいましたが、話しているうちに、もうすぐ短期兵役が待っていることがわかりました。

でも、半年もしたら、あなたの国の人を連れて東京や京都だけでなく、ぼくの住む町にも来てくれると期待しています。

あなたもいらっしゃる機会があるといいですね。

前の手紙で山根さんのことをちょっと書きましたが、あの人はぼくたちと入れちがいにあなたの国へ一人で二週間行きました。いろいろ本を読んだせいで、かえって行く前不安そうでしたが、帰ってからはすっかりあなたの国のファンになっています。先日、写真を持ってぼくの家へ来ましたが、あの人は誰にでも話しかけたそうです。学生とみると得意の英語で話しかけ、日本人とわかるとあなたの国の若い人はすぐ日本語で答えてくれたそうです。学校が見たいといって教室まで案内してもらった。日本語と英語で高校生たちに挨拶してきたと得意げにいっています。

三十五歳の山根さんは日帝時代といわれるとです。「ぼくの生まれる前のことだから」といったそうです。三十四歳のあなたにはまだ日帝時代は生きています。リュックを背負って若い人が出かけるのはいいことですが、それがまたあなたの国の人にどう受けとられるかはちょっと心配です。ただ、ぼくも神功皇后や豊臣秀吉とあなたにいわれた時は、本当のところ困るなあと思いました。確かに歴史の事実としてあるし、秀吉の行為は愚劣ではあるが、今のぼくにいわれてもたまらない。せいぜい伊藤博文以降にしてもらいたいと思いましたよ。こんなことを書くとあなたは怒るでしょうか。

ケーキを食べお茶を飲み話している間に、あなたは時どきふと黙りこみましたね。一日講習に出て、その足でぼくたちに付き合ったのですから、疲れていたのかも知れません。

「お母さんが心配していますよ。明日も講習があるのでしょう」

村川さんがうながしますと、あなたは淋しそうな表情を浮かべました。カフェテリアの時とちがってあなたは弱々しそうでした。

「そうですね」

電話に立って何事かお母さんと話したのち、

「もう少し時間をいただきました」

とすわりなおしました。あの二時間ばかり、ぼくたちは何を話したのでしょう。ぼくが発音するあなたの国の言葉をなおしてもらいました。あなたは日本へ一と月前に渡った兄さんの話をしました。しかしそんなことより、ぼくはなぜかあなたの傍にいたかったのです。あなたが女性だということをもちろん意識していましたが、それだけではなかったようにも思います。

疲れた村川さんは風呂に入り、ベッドに横たわっていました。持っていたカセットラジオのスイッチを入れると日本の深夜放送が入ってきました。あなたは無口になっていました。ぼくは時どき、窓の外の釜山港の灯を眺めていました。

「私の日本語がもっと上手だったら」

ふいにあなたがいったのは、もっと複雑な気持ちを伝えられたらいいのに残念だということでした。たしかにあなたの日本語は上手でしたが、深い気持ちを表現するにはもどかしかったかも知れません。あなたは早口であなたの国の言葉でいいました。

「わかりますか」

ぼくはわかりませんでした。ぼくのすう煙草のけむりが部屋に充満していました。窓を開けると風が吹きこみます。ぼくはあなたのぼくへの好意の言葉かと思いました。

村川さんがパジャマ姿でまた話に加わります。

「ねえ先生がた」

カセットに先ほどあなたがくれたテープを入れました。

『釜山港へ帰れ』が流れてきます。

「わたし、わたしの国の先祖を尊敬していません」

ぼくは思いがけぬことを聞きました。先祖を大切にするのがあなたの国です。あなたは内乱で戦死したお父さんを崇拝しないのでしょうか。

あなたは言葉を捜しました。日帝に支配される直前のあなたの国の歴史を長く話しました。ぼくに理解できない部分もありました。安重根の名が出ました。時どき語気がするどくなりましたが、今度はぼくらを非難するものでないことはわかりました。

結局、あなたのいったのは、日本があなたの国を併合した時、本当に国を思い国を救う人士がいなかったことでした。それはあったはずです。あったけれども当時の日帝の強大な力がそれを踏みにじった。徳寿宮であなたの国の人を殺し、焼いた。三・一事件でも官憲がおそいかかった。ハーグ密使事件は国際舞台で抹殺された。

それでも植民地化され、併合されたのは先祖がしっかりしていなかったからだとあなたはいいました。

「わたしはわたしの国の先祖も怨みますよ。日帝に押しつぶされた先祖が情けないです」

あなたはつぶやきました。

「侵略したのは悪いけど、侵略された方にだって責任はあります」

そういってあなたはにっこり笑いました。

「これでお別れです。今度はいつ会えるでしょうね。この次は玄界灘を渡って来てください」

あなたは立ちあがってぼくと村川さんの手を握りました。

「先祖を怨む」という言葉にぼくは胸を打たれました。あなたの顔を見ました。「あの頃の国際情勢を調べてみますと、強い国が弱い国を支配するのは仕方がなかった」ともあなたはいいました。

「今だってそうでしょう」

あなたの言葉にぼくが救われたというのは変です。しかし強い国が弱い国を圧倒しているのは事実です。それは確かに悪い。全てが平等であらねばならぬ。固有の文化は尊厳を侵してはならぬ。今の新聞はそう書きます。でも理念が政治の現実に勝る日はいつ来るのでしょう。そして新聞のいう世論はいつまた変わるかも知れません。

あなたの言葉は日本人がいったら大変なことになるでしょう。ましてや、私の国の天皇や総理大臣がいったら、二つの国の新聞は何と書くでしょう。テレビはどんなに騒ぐでしょう。でもわたしはあなたの日本を怨む根底にあなたの国の過去への認識があるのを知って内心いくらかほっとしたのも事実です。

　あなたはドアを開けて出ていきました。ぼくは玄関まで追いました。パジャマ姿の村川さんは部屋に残っていました。もう夜中の二時近くになっていました。

　タクシーを待つ間、ぼくはあなたの傍に立っていました。六時間の逢瀬でした。今度はぼくの方から手を出しました。あたたかい柔らかな手でした。タクシーが来てからもぼくたちはしばらく話しました。

　闇の中を走り出すタクシーから手を振るあなたとテールランプの赤をぼくは見つめていました。

　翌日、慶州に一泊し、高速バスでぼくたちはソウルへ戻りました。そして李さんを訪ね、民俗村へ行った四泊五日の短い旅でした。

　ぼくは今、あなたからいただいたテープを聞きながらあなたの手紙を読み返しています。曲はあなたの好きなモーツァルトの歌曲です。裏には今、あなたの国で流行っている「おゝ(オー)、大韓民国(テーハンミング)」が入っています。

　あなたにはすみませんが、わたしが日本語を勉強しようとした動機は呪うためでした。わたしが英語をやめて日本語を勉強しはじめたのは二年前の教科書問題のときです。わたしは日本語を覚えて日本人に思いきり呪いの言葉を投げつけようと思ったのです。

　ぼくはあなたの手紙の言葉を何度も読み返しています。

　すみませんでしたよ。お怒りになるかも知れませんが、本当のところ呪うつもりでしたよ。

ぼくはもう一度新聞の切り抜きを読んでみようと思っています。二つの国の前途を祝う新聞と、あなたの「呪う」深さをもう一度考えてみようと思っています。

アドバルーンの逃げた日

　ドアをたたく者がある。かすかに、こつこつ音がする。武はお椀型のブリキ製電気笠をつけたスタンドの光の中で頭をもたげた。本を閉じると篠原さんとの仕切りのカーテンが揺れた。

「こんばんは」

　女の声はもう部屋へ入ってきている気配だった。そのままドアのかげに立っている。暗がりにむかって声をかけると、思いがけず青山正子だった。腰を曲げて脱いだ靴を戸口に置き、板の間をつま先立ちで寄ってきた。


　武が立つのに代わって机の前の木の椅子にするりと腰をおろす。光は青山をまともに照らさず、黒い影だけが魚をプリントしてあるカーテンにのびている。武は手をのばしてスタンドを動かす。と瞬間、青山はうろたえ両肩にのびた髪を振って、まぶしいからやめてといった。両手はきちんと膝のうえに重ねていたが、靴を脱いだあとは素足だった。

「内藤くん、何してた」

　武は何もしていなかったと立ったまま咄嗟に答えた。何かをすぐ答えなければならない気がして慌てた。だが本当はその時まで文庫本を読んでいた。このところ何もすることがない気になって、古本屋で〈罪と罰〉を買ってきていた。読み出すと重苦しい文章にのめりこみ、ラスコリーニコフが斧をふるって老婆を殺す場面までを何度も読み返していた。

　名古屋城のお堀の内側にある元の第六連隊の兵舎だった学生会館は相当傷んでいる。天井から南京虫が落ちてくるので、この前の日曜日、篠原さんと丸一日かかって椅子を積み上げ肩車をしあって板と板の隙間に紙を貼った。

篠原さんの留守の部屋で本を読む合間にぼんやりと見上げると、その暗い天井の白いテープの間から黒い影がいくつもいくつもあふれ出てくると思えた。赤や青の光の縞も闇の中に現れては消える気もした。黒い影は前庭の銀杏の木に首をつって死んだといわれる初年兵かも知れなかった。

青山とは同級生である。鎌田一郎、稲本欣子、朴権植とこの学生会館から歩いて十分ほどのところにある県立高校夜間部を卒業した。武は教育学部に入り、朴は私立の農学部に籍を置いてこの名古屋学生会館に入館している。鎌田と稲本は従来の勤めの検察庁と県庁に残ってそれぞれ自宅から夜間大学へ通っている。鎌田は法学部、稲本は国文科である。

青山だけが大学へ行っていない。彼女がこの中で一番頭がいいのはみんなが認めている。卒業の時二十歳を越していたのが進学しない理由とも思えたが、同級生で選挙権を持っている者は珍しくなかった。戦後十年、世の中はようやく落ち着きを取り戻しはじめていたが、武たちの間にはまだ戦争の跡が残っている。

「大学は勉強、大変」

青山はスタンドの笠をねじって武に光をむけると正面から見つめた。暗い中に入った青山は、高校時代の夏の制服に似たブラウスに紺のスカートをつけて化粧はしていない。武は答えなかった。本当のところ、アルバイトに精を出さねばならず勉強にまで手がまわらなかった。その日も一日、学校へは出ずデパートの地下食料品売り場で働いてきていた。それは負担だった。帰ってしばらくは、あの神経をいらだたせる蛍光燈が頭の中ではねまわっていた。暗い電燈の下で四年間過ごしてきた武には暗い方が似つかわしかった。

武は大学にあきたらなかった。夜間部から新制の国立へ入れたのは幸運だとみながいう。だが不満だった。本当は東京の私立大学へ行きたかった。試験は通った。だが入学金の準備もなく、上京して自活出来る目処も演劇科を卒業して生きていく自信もなかった。

　だが東京へ試験を受けに行った興奮の余燼はまだくすぶっていた。二次の面接で「アーサー・ミラーはどこの国の劇作家かね」と質問され、当てずっぽうに「アメリカです」と答えたのを覚えている。その時試験官の一人が声をたてて笑った。部屋では入り口にむかって三人の試験官がすわっていたが、その背後から光が射していて笑った試験官の表情は見えなかった。

「君は夜間部出身だな。入学したらしっかり勉強するんだ。ところでなぜ演劇を選んだのかね」

　武は自分が中学まで施設にいて、そこの芸能発表会でいつも主役をやらされていたことをいおうとして口ごもった。孤児寮にいたことをいうのが恥ずかしかったのではない。施設での経験しかなく、高校では演劇部に入ったものの青山たちに圧倒されて練習にはあまり出なかったことを思っていた。彼女らは稽古になると感情をこめて科白をいいすぐ大袈裟に泣きじゃくった。そして部長の指示が出ると笑う。演劇部は年輩者が牛耳っていた。入学した時はもちろん上級生ばかりだったが、四年になっても年上の者が中心だった。武は部では始終気おくれしていた。そのくせ毎年の文化祭の舞台での部員たちの晴れ姿に目がいったが、現実には何の力も自信もなかった。それが受験になるといきなり演劇科を選んだ。合格通知が来た時、あらためて小人数の発表会での主役がせいぜいだったと思った。

　けれども水をかけ消したはずのものは消えてはいない。この頃ではあきらめたのは才能のためではない、経済的に無理だったのだと思いはじめている。演劇でなくてもいい、今よりもっと激しい生き方はないか。学校の先生になると定められた学部は、学生たちもおとなしい。いやこれまでの生活とはまったくかけ離れた連中に見える。自宅通学者が多く、彼らの背後には武の知らない平穏があると思えた。

　だから青山の質問は意味がなかった。武の生活はアルバイトが中心であり、入学した大学は仕事を斡旋してもらうだけの機関になっている。

青山はそのまま三十分ほど部屋にいた。その間これという話はしなかった。何の用事で来たのか、黙ってスタンドの光を見つめていた。

この学生会館には市内のいろいろな大学の学生が住んでいる。同室の工業大学四年の篠原さんは飲みに行ったのだろう、帰って来ない。

机上にあるのは受験勉強に使った参考書と新しく購入した教科書である。それにあまり引きもしない小型のオクスフォード辞典と鉱石ラジオがある。ラジオは受験講座を聞いた名残りであり、辞典は高校の担任が入学祝いにくれたものだった。それからもう一つ、何もすることがない時、じっと自分の顔を眺める額入り鏡がある。

青山は黙って教科書に手をのばす。気づまりになった武は何か接待らしきものをしなければと思い立ち、薬缶を持って廊下へ出た。

炊事場までの暗い廊下を武は下駄の音を高くたてて湯を取りに行った。そこで夜もアルバイトをしている朴に湯を汲んでもらった。翌日は朴の紹介でアルバイトに行くことになっていたのでその打ち合わせをちょっとした。部屋へ戻るともう青山の姿はなかった。

青山が学生会館を一人で訪れたことはこれまでにない。四月にはそれまで武が勤めていた回覧雑誌会社の寮から引っ越す手伝いに鎌田と稲本と三人で来たが、それ以後は栄町の音楽喫茶で会って近況報告を交わしていた。青山が一人で、しかも夜八時をまわってから来るなどというのは思いがけないことだった。

武はその時、青山の訪問の意味を深くも考えなかった。だれもいなくなった部屋でまた〈罪と罰〉を読み、翌日のことを気にして早く寝た。

朴が探しておいてくれたアルバイトはアドバルーン揚げだった。

翌朝六時に起きると武と朴は大津橋で迎えの来るのを待った。暑くなりそうな予感のする日だった。

県庁前の大通りを土煙をあげて走ってきたオート三輪に乗って津島へ行く。朴は助手席にすわったが、武は荷台だった。十本の水素ボンベが積んであって車が動くにつれて転げまわった。武はおちおち出来なかった。跳びはねるボンベを相手に一時間以上も足でおさえたり逃げたりした。車は市内を抜け大治村、七宝村を通って走った。

天王川公園に着くと、若い運転手はオート三輪をそのまま園内に乗り入れた。草原の広場をゆっくり円く走って、停まる。むこう側に中島のある大きな池がある。荷台に上がってきた朴と、車が停まるたびに武はボンベを車の後部から順に蹴落とした。背の高さほどもある鉄の塊を八本広場に散らばらせると、車から降り、ネットとロープをかついでボンベの傍らに運んだ。

大きな布袋にヴィニールが畳んで入れてある。赤二枚、白二枚、赤と白が交互に貼り合わせてある縦縞のも二枚、さらに青と黄の計八枚だった。これらを丁寧に取り出して一枚ずつボンベの傍らに運んだ。

朴と運転手の若者はネットを草の上に広げる。ネットはバルーンを入れるために丸くなっている。広げて、中にヴィニールを押し込んで根元をロープで結わえる。バルーン用のヴィニールもネットも大きくて結構重い。繋留用のロープは運動会の綱引きに使えるほどの太さがある。武は若者にいわれて、ガスを入れる時うまく広がるようにもう一度ヴィニールをネット越しに整えた。

若者が水素ボンベの口に五メートルほどのゴムホースをはめ、その先のバルーンの吸入口の方を武が握る。ボンベのバルブをひねるとホースがまず若者の手元で勢いよく跳ねた。次に草の上に横たわっていたヴィニールが先の方から徐々にネットの中で動きだす。それからガスがヴィニールの袋の中をのたりのたりと動きまわる。そしてバルーンは急に立ち上がってすーっと空に浮く。

朴はいったんガスを入れるのをやめて篠竹の枠に色紙を貼り付けた広告板を繋留ロープに取り付けた。ロープの目をゆるめて枠をはさみ、風が来てもよじれずいつも広告板が同じ方をむいているよう一部をネットの端に結ぶ。

これらの仕事は容易にはいかなかった。武の握っていたホースが外れたり、ネットからヴィニールの一部がはみ出て、あらためて吸入口を縛りなおして収めたりした。結局、三人がかりで最初の一個を揚げるのに三十分かかった。

二つ目の赤のバルーンは突然跳ね起き、朴がまだ広告板を取りつけないうちに体を揺り動かしてふいに跳び上がった。武たちはゴムホースをくっつけたままのバルーンのロープを必死になって引いた。

周りに四、五歳の子供たちが集まってきて珍しそうに眺めていた。傍目にはのんびりした仕事に見えるだろうが、実際は汗が出たし、少しの風にも動きまわるバルーンに気が抜けなかった。

それでも草原に並べて置いた〈丸〉〈越〉〈百〉〈貨〉〈店〉や、〈オ〉〈リ〉〈エ〉〈ン〉〈ト〉〈カ〉〈レ〉〈ー〉の文字をロープが引きずって順に揚がるとほっとした。黄色のバルーンには〈津島祭協賛大売り出し〉の札を下げた。

ロープが一杯にのびきると、もう一度バルーンを引き戻して空ボンベを重しとして繋ぎとめる。武が全体重をロープにかけアドバルーンと格闘している間に朴がボンベを持ち上げて高さを調整する。だがその間に、少しでも風が来ると二人がかりではとてもバルーンは捕らえておくことはできない。すでに揚がったアドバルーンの様子を見ている若者も呼んでロープを引っぱる。

作業は掌の皮がむけた。せっかく揚がっても広告板がよじれているとまた引きずり降ろした。実際ゆがんだ広告板ほど宣伝効果を損ない見苦しいものはなかった。

ガスの洩れていた白のバルーンは、球体をたたきながら耳をあてて穴をさがし、星形に切ったヴィニール片を接着剤でくっつけて補修した。ネットと繋留ロープの結び目は特に注意しなければならなかった。これがはずれるとアドバルーンは逃げてしまう。

八個のアドバルーンを揚げおわると十時をまわっていた。草原に転がしたボンベの上にそれぞれアドバルーンが揚がってしまうと後はすることはなかった。実はこれこそが武がこのアルバイトを希望した理由だった。

　色とりどりのアドバルーンは揃って夏の日射しを受けのうのうと青い空に浮かんでいる。

　作業中吸えなかった煙草を取り出して若者は一服した。武に名前と学校を訊いた。若者は石川といった。武や朴と同じ年齢だった。

「学校の先生になるのか」

　若者のあみだにかぶった作業帽には〈丸八宣伝社〉とあった。それから若者は朴を誘って喫茶店へ行った。武は爪草の広がる地面に寝転んで本を読みはじめた。けれども暗い部屋にとじこもっていた時、紙の間から物憂げに黒い姿を現していた登場人物たちは明るい太陽の下では何の表情も見せなかった。幾度活字を追っても散ってしまう。老婆と学生の登場する最初の部分から読みなおさなければならなかった。

　しかし武は何度読み返しても暗い世界へ入っていくことは出来なかった。ロシア小説の世界は頭の中で像を結ばず、暗く異様な世界は隔絶してはるか遠くにあると思えた。それでも武は何度も本を読もうとしていた。自分を支えるものはこれだと思っていた。

　だがいつの間にか草を背にして空を見ていた。遠くに少し雲があるが、あとは晴れあがっている青い空から明かるい光が降ってくる。緑の木々が公園を覆っている。そしてふと、武はこの世界がどうも自分にはふさわしくないと思った。

　光を受けて赤、白、黄、青、さらに赤白縦縞の八個のアドバルーンは浮かんでいる。まるで自らの力で揚がったかのようで、広告板を前掛けのようにぶらさげている。上空も風がないのか、アドバルーンはほとんど動かず、動くのはロープに取り付けられた広告の文字で、それだけが時どき思い出したようにくるんくるんと回った。

　武は焦燥にかられた。このままこんなところで寝転がっていてはいけないのではないか。半年前までのように自転車でかけ走らなければならないのではないかと思えてきた。午後四時までにその日のノルマの回覧雑誌を交換しなければならない。ペダルに全体重をのせ漕ぎまくらなければならない。いつも期日が定まっているのに、前の号を捜し出すのに小一時間もかかる美容院の扉口で立ちつくしている時のいらいらした気持ちの中に自分を置かなければいけないのではないかという不安を感じ始めていた。そんな時きっと冷たい雨が降っていた。武は雨合羽を荷台の雑誌にかけ、自身はびしょ濡れになって待っていた。学校の始業時間はとうに過ぎており、その後やけくその気分で得意先をまわった。

武は立ち上がった。

立ち上がったがどこへ行くあてもなかった。そしてどこへも行く必要もなかった。あたりには光が満ち、大学生として初めての夏休みがもうすぐ来る。

スピーカーから祭の囃子が流れてくる。鉦や太鼓の音が聞こえ、町の方にもいくつかのアドバルーンが浮かんでいるのが見えた。津島神社の赤い鳥居がむこうの濃い緑の中にある。

池には、竿に十二個の提燈をくくりつけて下に三百六十五個の提燈を山型に丸く飾った巻藁船が浮かんでいる。火の入らない提燈は支えの棒だけが目立ち、船全体が白い針鼠に見える。それが五艘も浮かんでいる。

武はふたたび草の上に腰をおろした。そしてまた文庫本を広げた。今度は活字が蝟集している。文字は虫となって動き、そのうち黒い染みは紙一面ににじんでしまった。陽光の下で本は真っ白になっていた。それでもまた本を読もうとした。

しかし、やはり本には集中できず、いつの間にか寝そべって足をはね頬杖をついて目の前の草花を見ていた。白く小さなボールのような爪草の花が緑の中に散らばっている。バッタがはねている。陽は照りつけている。スピーカーが美空ひばりを流しだした。

四年前、施設の中学校卒業の時、校長が里親を探してくれた。預けられた相手の主人は定年間近の頭の禿げた会社員だった。奥さんはどこか玄人風の銀縁眼鏡をかけた五十そこそこの人だった。武は卒業直前の一週間をそこの家庭で過ごした。

吉良にあった施設から名古屋の覚王山のその家

へ行く時、付き添いの校長兼寮長は金山橋で降りると駅前のきたない食堂でカツ丼をおごってくれた。養子にならなければその店で働くことになっていた。

武の中に、自分だけ仲間から離れて高校へ行かせてもらうのを厭う気持ちがあった。同時に戦災孤児の集団から抜け出し普通の家庭におさまる自信もなかった。何年振りかの名古屋の街はまだ焼け跡も残り、煤けた緑色の市電がゆっくりと動いていた。朝鮮動乱直後の不景気な時だった。

あの時主人と奥さんが出掛けて留守の広い家で、サンルームに寝そべってガラス越しに射し込む光をいっぱいに浴びながら高校受験用の参考書を開いた。だが始終心が落ち着かなかった。急に孤児たちが周囲から消えてしまい、不如意な生活に押し込まれた感じだった。

孤児のいない世界は真空だった。ガラスの内側には鉢植えの仙人掌が銀色の針を光らせて並び、外の庭には紅い薔薇が幾つも咲きほこっていた。

武はアドバルーンを見上げた。アドバルーンは行儀よく大空に浮かんでいる。

結局、里子は断り夜間高校へ行くことにした。

「内藤、よく考えてみい。人生は長い目で見なくちゃいかんのん。昼間の高校へ行ける機会なんて人生に一度だけだにのん」

応接間に呼んで校長兼寮長がいってくれた三河弁がわからなかったわけではない。校長も苦学していた。いっそ養子に行こうかと思った。

「松浪さんもいってくださるんだで。ま、高校だけはまず出してもらったら得だに。養子になるならんは卒業してからでいいのん」

世間に出たら保護者が要るというのもわからないわけではなかった。校長の意図もわかっていた。校長の語尾がちょっと投げやりだったのも、目元が笑っていたのも覚えている。だが決断の前にふいに気が変わった。施設に入った時新しく作られた戸籍の名前は生まれた時のものと同じだった。終戦の時数え十歳だった武は本籍もきちんと覚えていた。家族は熱田の大空襲でみんなやられていたが、その覚えていた名前と本籍を変えるのが厭だった。生まれた時から持ちつづけていたものはこれしかない。武の守るものはそれだけだった。

松浪さん宅の薔薇園のむこうにはチャペルの十字架が見えた。今スピーカーは祭囃子の練習を風にのせて流してくるが、あの時はガラス越しにチャペルの鐘の音が聞こえた。武は西洋風の鐘の音を聞くのは初めてだった。

「カソリック系の大学よ。あなたもあそこの付属高校へ入るの」

奥さんの目は眼鏡の奥で柔和だった。奥さんが武に好意を持っていること、そのくせどこか孤児寮の生徒を受け入れることに戸惑いを感じているのも知っていた。主人の方は好人物としかいいようがなく、武を引き取るともう決めていた。だがそれも武に里子を断らせた理由の一つである。それまで他人に身をまかせたことのない武は、他人の意志の中で動く術を知らなかった。

あれから夜間高校に入って身についたのは、常に心が中途半端ということのように思える。一つのことに集中できない。仕事中、サイン、コサインとつぶやいている時があった。意識の底にそう唱えることによって高校生である自分を確かめようとするものがあったにちがいない。

就職した食堂ではキャベツを千切りにするのが日課だった。いつも中卒の三人のコック見習たちと競争した。みんな上手なのに武だけよく指を切った。ささやかなレクリエーションは中止され、盛り上がった調理場の雰囲気を壊すやつと嫌な顔をされた。キャベツについた血をすばやく見つける仲間がいた。だから切るとみんなに見つからないように気をつけ、水道で手を洗う。すると血は流しを染め、洗っていると白くなった切り口から血はいつまでも流れた。

武だけみんなより早く仕事を終えて学校へ通っていた。何か他所事を考える癖がつきはじめた。学校でもそうだった。職場を逃れるようにして早めに学校へ来てみると、教室にはクラブ活動を終え、汗をかいた昼間部の生徒が机に腰掛けて声高にしゃべっている。武が入っていくと急に口をつぐんで出ていく。静かになった教室で武は教科書を広げると昼間の仕事を思い出した。食堂をやめて雑誌の回覧会社へ移ってからも、学校の帰りにもう一軒まわっておかなくてはなどと思った。

今もまだそういう中途半端な中にあると武は思った。これはもう生涯離れないのかも知れない。いつも自分のするのはこれではない、これをするために自分は生まれてきたのではないという意識がある。もちろん自信なんてない。だがどこかに自分の本当にすべきことはあるという予感だけがあった。

武は立ちあがった。

青山に電話しようと思った。爪草の白い毯を踏んで、中島への赤い橋を渡る。天王川から引いた水は透きとおり、針鼠の巻藁船の周りを鯉の群れが泳いでいる。島には松林を背に銅像がある。本を片手に遠くを見ている坐像の下に英文の詩が鋳込んである。近寄るとYone Noguchiとあった。米国へ渡り〈二重国籍者の詩〉を書いた詩人だ。日本人にもアメリカ人にもなりきれなかった男だ。

広場に出ると人びとが群がっていた。舞台で着飾った女たちが三味線に合わせて踊っている。武はその練習をつっ立ってしばらく見ていた。祭は今晩から始まる。今集まっているのは小さな子供と中年以上の男女で若い者の姿は見えない。

堤防を越えた駄菓子屋で、店先からずうっと土間を通してもらい上がり框に腰かけて黒い受話器を持った。

——ええ、こちら業務課……青山くん、青山正子くんね……休んでますよ。どなたですか、きのうから休んでますよ——

名古屋を呼び出し、青山の勤め先の小さな貿易会社を呼び出すと長い間待たされ、出てきた声は金属質に響いてすぐ切れた。

休んでいるといわれれば仕方がない。

おばさんに電話代を払って店から出ようとした。と、その時、武は強い風に煽られて店内へ押し戻された。突然激しい風が吹き込んできた。

遠くでどよもす音が響いた。あたりは暗くなり、戸板が吹き倒され砂塵が舞いこむ。店先に並べてあった菓子の四角いガラス瓶が陳列台とともに音をたてて倒れた。石油缶が転がり、おばさんが悲鳴をあげてすわりこむ。

ごーという音が空で轟いている。武は思わず頭をかかえて土間にうずくまっていた。駄菓子屋の奥の消し忘れた裸電球が大きく左右に揺れている。建物全体が音をたてて揺れた。

外に出ると、先ほどまでの青空は鼠色に変わり太陽は見えない。堤防に駆け上がった。空からのびた凧の棒が砂塵とともに何かを巻き上げて去っていく。

目の高さに浮かんでいるはずのアドバルーンが減っている。赤がなかった。白も一つしか見えない。赤と白を交互に縦に貼り合わせた球は二つとも見えなかった。

オート三輪は草原の隅の方に無事に停まっている。

武は土手を駈けおりた。巻藁船の提燈が池の中に散らばっていて、提燈を支えていた幾本もの竹竿もなぎ倒されている。残った青のアドバルーンが左右にまだ大きく揺れている。広場の舞台の屋根が今の突風で半分めくり取られ、藤棚の下に椅子が転がっていた。だれかが怪我をしたらしい。うずくまった派手な着物の女のまわりに、先ほど踊っていた女たちに法被を着た男が加わって何事か騒いでいる。

空に残ったアドバルーンも無残だった。青いのは広告板をもぎり取られ、ネットも引きちぎられていた。壊れた広告板の赤い紙切れを引きずって、手の届きそうなところへ落ちてきている。水素が抜けてしなびた黄色はロープに引きずられ異様に長く伸びていた。白の一つだけは損傷がなさそうで、それだけがようやく明るさを取り戻した空に何事もなかったかのように浮かんでいる。

ボンベまで駈けつけてもどう仕様もない。繋留ロープだけが長ながとのびているのがある。ボンベからロープがはずれ飛んだのもある。

赤いアドバルーンが、銅像の松の枝から根方にかけて引っ掛かっている。橋を渡って台座に足をかけ、ロープに手をのばしていると、朴と若者が駈けてきた。

「どっちへ行った」

　顔色を変えている若者に武は咄嗟に名古屋とは反対の方角を指した。そこは濃尾平野の先、鈴鹿山脈が見えている方だった。

「お前ら、急いでバルーンを格納せい。おれはおやじに連絡してくるで」

　オート三輪にまたがった若者は大声で叫ぶと走り去った。

　朴は武が松の木に上がってロープをはずすのを下で受け取った。落ちてきたのは破れてもうヴィニールの断片に過ぎなくなったアドバルーンだが、これはこれで一枚二万円はする。それを朴は怒ったようにいう。一日三百四十円のバイト代にくらべると気の遠くなるような値段である。

　武と朴は黄と青を順に引きずり降ろしてボンベにくくりつける。これらは直径が身長の二倍近くあったが、水素がいっぱいだった時の勢いはなく、ボンベへ繋留するとおとなしくなる。時おり風が来てももう上昇する力はなく、痩せた身をただ左右に揺するだけで、ヴィニールの中を動きまわるガスの音ばかりがする。無傷の白だけは二人がかりで引き降ろしボンベにつないだ。さらにロープをバルーン本体にも掛けて結んで動かないように固定した。

　空はあの時だけ暗く、また強い日射しが戻っていて作業をすると汗ばんでくる。

　草原から川にかけて長々とのびていたもう一つの白のヴィニールを竹竿でたぐり寄せた。こちらも大きく裂けていて水素は完全になくなって、一枚の布になっている。ロープが水につかっていて重く、引くのにかえって邪魔になる。浮いていた破れた広告板もたぐり寄せた。

　けたたましい音をたててオート三輪が戻ってくる。広場にいた人々を追いたてて二人のところへ来た。

「おい、片づいたか。だったら乗れ」

　車から降りずに若者は声をかけてくる。武は荷台に、朴は助手席にとび乗った。荷台には残りのボンベがあって、隙間が出来ただけ余計に転げまわる。

オート三輪は津島の町中を爆音をひびかせて走った。買物篭を下げて歩く主婦や、獅子頭をかぶって騒ぎたてながら行く子供の群れに急停車する。その度に武は転げまわるボンベに打たれた。町を抜けて田圃の中の道を走る。

あちこちに祭礼の幟が立っている。

武が荷台から話しかけてもエンジン音と風に流されて声ははっきりとは伝わらない。朴が気づいて手まねで答えるが、不安定な助手席では振り返るわけにもいかない。どうやら飛ばされたアドバルーンを捜しに行くらしい。田圃の広がる道をオート三輪は全速力で走る。小さな川を幾つか渡る。

大きな鉄橋を通った。オート三輪はがたがたとその長い橋を渡りつづけた。つづけてもう一つ渡った。どうやら木曾川と揖斐・長良川で、そこまではわかったが三重県に入ると武にはもうまったく地理がわからなくなった。

太陽が頭上から照りつけている。武はボンベの相手と車の振動でまいっていた。オート三輪が停まると三人は道端に並び、田圃にむかって小便をした。

「おやじにど叱られたんだ。鈴鹿へ飛んだって連絡があったから行ってみる。お前たちはアドバルーンがどこぞに引っ掛かっていないかよく見ていてくれ」

若者はそそくさと運転席に戻ると脚を曲げキックしてエンジンをかけた。

「お前ら素人だからな。きちんとロープを結びつけなかったんだ」

若者は唾をはいてアクセルを踏んだ。

武はまた荷台にのぼった。日射しが強くなってきていた。あたりは青々とした稲が広がっていた。

若者は電話を借りて会社と連絡を取ることになっているといったが、借りるような家はなかった。緑の山がすぐ近くに迫ってきていた。

揺れが激しくなりスピードが落ちるとオート三輪はなんとなく目的を失ったように思えた。武はまた鉄の塊が足を攻めてくるのを防ぐのに懸命だった。汗をぬぐう。振動は果てしなくつづいた。

あとで知ったのだが、車は員弁から宇賀、御在所の方へむかっていたのである。そういえば、初めのうち吉良を走っていたのと同じような小さな郊外電車が見えた。あれが菰野線だったに違いない。

若者は二、三度オート三輪を停めて藁葺屋根の農家に入っていったが、戻るとすぐエンジンをかけた。

車は石塊や木の根にハンドルを取られて大きく揺れた。くぬぎや栗の木の葉の間から光が洩れて斑になった山の細道を揺れながら進む。あたりは緑があふれていた。

オート三輪はエンジン音を高くあげては停まる。若者がアクセルを踏みなおすと動きだす。それを何度か繰り返した。車は幾つもカーブを曲がった。だがもう広い道には出会わなかった。そのうち武は同じ山道をはいずりまわっている気分に陥ってきた。

はっきりした目当てがあるわけでもなかった。すれ違う車もなく、人影もない。アドバルーンの姿は見えず、木の間から見える空は抜けるばかりの青さで広がっていた。そして揺れる荷台で武はいつか緊迫感を失っていた。ボンベさえ暴れまわらなかったら、時どき聞こえる鳥の囀りに耳を傾け、草原でと同じように寝転がって本でも読みたい気分だった。

車が大きく息をついて停まった時も、武は若者にむかって冷静に方向を検討しようといわなかった。

高いところに来たらしい。なんだかひんやりする。車を降り、武はまくりあげていたワイシャツの袖をおろした。雑木林が途切れて眼下に川が見える。広い川原の石に光があたり影が出来ている。四、五人の子供の姿が動き、その喚声が下からまっすぐに伝わってくる。二百メートルぐらい先だろうか。近くの白く見えるコンクリートの橋の上には誰もいない。目の高さに鳶が舞っていた。

子供たちが騒いでいるのはこちらから見るとむかいの山、子供たちの頭上の山の中腹にアドバルーンが一個引っ掛かっていたからだった。それを見つけて近づこうとしている。

杉の斜面に太陽光線が直接降りかかっている。木と木の間に乗っかるように、赤と白の縞のヴィニールの球はゆらゆら揺れながら止まっている。

若者が子供たちにむかって怒鳴った。だが反応はない。武も叫んだ。こだまは返って来るが、半ズボンの子供たちは気づきもせず木々を縫ってアドバルーンの方へ上って行く。

三人はオート三輪へ戻った。若者はエンジンブレーキをかけ、さらにフットブレーキを時どき強く踏みながら下りる。上る時気にならなかった坂をタイヤが滑る。砂利だったり、細い水の流れが道を横切っている。木の根も横たわり、ボンベが踊る。

前に通ったはずのくぬぎ林を抜けた。車は注意深くいくつかの分岐点を選んで曲がり、次にはタイヤを滑らせながら坂道を相当のぼった。雑木林をぬけると武たちは川沿いの広い道に出ていた。

若者は車を停めると早速煙草に火をつける。朴も助手席から下りて火を借りて何事かしゃべっている。武は荷台からとび降りた。

そこは先ほど車から見た川のつもりだったが、実際はもうちょっと上流だろうか。景色が似ているようで似ていない気もする。両岸から大きい岩が迫っていてそれを縫って水が流れていた。少し上には小さな滝もある。水は両岸からのびた緑の木の葉を映している。ここからはアドバルーンの引っ掛かった杉林は見えず子供たちの姿もない。

一息いれて、道の真ん中でふたたびエンジンをかけようと若者は何度もアクセルを踏んだ。

ところがエンジンはかからなかった。ぷすっぷすっと音がして、あのダイナミックなエンジン音につながらない。若者はくわえ煙草を吐き捨て、両肘をはってハンドルを押さえた。キックを続ける。武は立ってその様子を眺めていた。若者は膝を直角に曲げて、十回も二十回もキックを繰り返す。

「おかしいなあ」

若者がいった。がたがたチョークを引き、レバーを起こす。朴が青い車体の前にまわり、左右に開くボンネットを両方とも上げた。それから運転席にあがると計器をのぞき込んで、アクセルを踏んだ。

「こりゃ、ガソリンが切れてるじゃないか」

若者が代わって運転席にすわり、なお二、三回キックした。

「弱ったなあ」

朴のいったようにガソリンは切れていた。どうやら先ほどの橋からここまでは相当離れている。三人は道の真ん中に腰をおろした。若者と朴が煙草を何本も吸った。そして空になったパールの箱を川にむかって交互に投げた。

すわり込んで待っても誰も通りはしない。幅が七、八メートルもある道だからトラックだって通っていいはずなのに、あたりは静かだった。道の片側は崖になっている。

朴が立ちあがってまたボンネットを開けた。閉めると押せという。武は車のうしろに押しにまわった。若者が車の外からハンドルを取ってオート三輪の方向を回転させようとする。朴も武の傍らに来た。二人で力一杯押しても車は動かない。わずかにタイヤが砂利をきしむだけである。

若者が運転席にまたがって朴と武は車を押した。太陽はオート三輪の金属部分を熱くしていた。砂がズック靴にくい込んで痛い。かかとでボンベを押さえていたせいもある。橋まで車を運んでおくつもりだった。若者がアクセルを踏むと、そのたびにオート三輪は大きく跳ねはするが自分で動き出そうとはしなかった。空の爆発音だけが山に響いた。

思いがけず早く橋のたもとに着いたのは下流にむかった坂のおかげだった。だがその橋が先ほど見たものかどうかはわからない。変哲もないコンクリートの橋はどこにあるのも同じに見えた。ここからはまたゆるやかな上り坂になっている。若者はとにかくおやじに電話しなければという。動かなくなったオート三輪を迎えに来てもらわなければならないし、アドバルーンが一個見つかったことも報告しなければならないともいう。

「変なアルバイトになったなあ」

若者が帽子をあみだにかぶり、橋を渡って川下に消えるのを見送りながら朴は口をゆがめる。

「ペイがいいっていうから来てやったんだが、これじゃァバイト代もらえるかどうかわからん」

朴は動かないオート三輪の胴体をどんどんと叩いた。

武は朝から何も食べていなかった。若者が帰ってくるまで待つより仕方がなかった。かといってもう鳥の鳴き声を聞き、川のせせらぎに耳を傾ける気もなくなっている。武は〈罪と罰〉を読もうとオート三輪に戻った。

「アドバルーンを捜しに行くぞ」

朴は怒ったようにいうと、山の上の方を指した。下を流れる水の音が聞こえた。


後ろの木造の二階建校舎の灯が一つ一つ消える。それに追いたてられるようにして武は青山と一緒に市電の通りまで急いでいた。

ちょうど一年前の夏休み前である。

背の高く頑丈な体格の鎌田と小柄な稲本が何か笑いながら先を行く。一日の仕事と勉強、その両方が終わってようやく解放感にひたれる時であった。共に満足にやったわけではないが、とにかく一日が終わった。

稲本が横道にそれて、自分の勤務先である県庁への通用門を開ける。大津橋まで、構内を通るのが学校からの近道である。しばらく四人だけの足音が建物の周りのアスファルトにこだました。朝、何千人かを呑みこみ、夕方またそれらの人々を吐き出した巨大な建物は、今は黒い城となってかすかに風の音をたてるヒマラヤ杉に囲まれていた。

「鈴木のじいちゃん、見直したな」

真っ暗な中で、武は青山にいった。青山は黙っていた。

それはその日の最後の授業、四時間目の幾何の時間での鈴木主事と青山のやりとりをいったのだった。

鈴木主事は七十歳に近いのではないだろうか。木製のコンパスを杖代わりにしていつも飄々と教室に現われる。教壇に立つとしばらく息を整えている。髪のほとんどない頭をちょっと撫でそれから細い声で講義をはじめる。幾度か下をむいて咳をしてコンパスと定規をあてがって円を描き、ゆっくり黄チョークで補助線を引く。検定あがりだから校長になれず夜間部の主事なのだとみんなが噂していた。そのいかにも老残と見える姿は夜学生に自分たちの将来を思わせるらしい。受験をひかえている者はこんな年寄りに数学を担当されるのは迷惑だと愚痴ってもいた。

いつも一番前にすわってノートを懸命に取っている青山が、その日は授業が始まってしばらくすると手をあげて質問した。というよりそれは鈴木主事の間違いを糺したのである。武は机の上に英語の問題集を広げていたので青山の指摘した箇所さえわからなかった。ところが武が顔をあげた時、主事は年齢に似合わず、そのたれさがった頬を赤らめていた。

そして教壇をおりて青山のそばに立った。身を寄せるようにして質問の言葉を訊き返している。青山は黒板を指して補助線の引き方を落ち着いた声で難じた。それが合図ででもあるかのように、数学の得意な税務局勤務の木村が後ろの席で立ちあがった。大声でいくらか老教師をあなどる口調で、それでいて身ごなしだけは役所での上司に対するように直立して慇懃にしゃべった。

教壇へ戻った教師は一層赤くなった。生徒たちは一斉に喜びの声をあげた。今まで居眠りしていた者も目を醒ましている。すっくと立っている青山と髪をリーゼントにきれいになでつけて立つ木村はクラスの英雄だった。退屈していたこの老教師の何時間かの授業への欝憤を一気に爆発させるかのように生徒は騒ぎしゃべった。

鈴木主事はその間に赤いチョークで線を加えた。それを書くのにももたもたしていた。チョークさえ重そうで、今にも崩れそうになった。そしてその体をようやく支え、さらに時どき棒立ちになって電燈の光に照らされた黒板を眺めた。大半が近くの県庁、市役所、裁判所など官庁に勤めているクラスの生徒はみんな教師の挙止を余裕をもって見ていた。

「青山くん、わかるかね」

しばらくしてからこちらを振り返った老教師はいった。木村がすかさず声を出した。

「先生、あとから加えた補助線はいりません」

教室に笑いの渦が広がった。問題を考えているのは青山と木村と老教師だけだった。

「ほー、木村くん。君にはわからんかね、この線の意味が」

鈴木主事は目をしばたたいていた。木村はすぐ二言、三言いい返した。しかしそれは口を突き出すようにして慌てていた。次に鈴木主事は目の前の青山にむかって諄々と説明した。教室はこの二人だけのやりとりになった。

そして結局、老教師は論証に勝った。

「逆は必ずしも真ならず、だね」

教師は最後に笑っていった。もちろんそれは得意というより自らの責任を果たし終えた安堵がにじみ出たものだった。教室のみんなには黒板の複雑な図はほとんどわからなかった。ただ日頃、勉強が出来るとみんなの尊敬を受けている青山にもわからない問題をこの老教師がてもなく解いたのに感嘆し、同時に自分たちの教師に対する信頼を確認したのだった。

「あんな問題間違えるようじゃ、わたしも駄目だわ」

青山は前を行く黒い影を追うようにしていった。

「昼間の生徒には、あんな問題、朝飯前にちがいないわ」

この言葉は大学に進むことに決めていた武には耳が痛かった。しかし青山は皮肉をいうような性格ではない。本当に自分の無力を恥じているのだった。

武から見ると、大学へ行くつもりはないと四年生になってからいい出した青山の勉強への情熱は不思議だった。青山が大学へ行きたくないはずはないと思っていた。何か事情が出来たのか。以前は勤めの関係で外国からの書類を扱うことが多いので、外国語大学へ行きたいと盛んにいっていた。事実、青山の英語の力は抜群なのだ。

武は進学することだけを考えようとしていた。

それが自分の将来を明るくする。回覧雑誌を配って歩く生活から逃れる唯一の道だと思っていた。

「鎌田さんって、卒業したらどうするつもりかしら。役所やめないの」

青山は鎌田のことを訊いてきた。卒業すれば鎌田は検察庁で給仕から職員に登用されるといっていたので武はそう答えた。

「書記官補というのかな」

停留所には電車が待っていて、追いすがる夜学生でいっぱいになった。高下駄をはき、腰に手ぬぐいをさげている者がいた。赤い小さな英単語集を片手に満員の中で暗記する者がいる。セーラー服の上にパーマのかかった髪、薄く化粧をしている女生徒もいる。市電は一つ一つ丁寧に停留所にとまり、幾人かの生徒を降ろし、酒気を帯びた男や脂粉の匂いのただよう女を乗せた。学校のある暗い官庁街から華やかなネオンの輝く栄町、赤門通りを抜け、また暗い築港方面へと走って行く。

稲本と鎌田、それに青山と武は乗降口と反対の扉に押しつけられていた。互いの体を鞄でへだてながら押しあい、顔だけはそむけるわけにもいかずむきあったまま無言でいる。路面を走る電車のきしみだけがしばらく続き、それから急に車内の客全員が将棋倒しになりかけた。稲本が頓狂な声をあげ体をねじった。背の高い青山は冷静に体を正し、あたりを見回した。

面とむかうと鎌田と青山の間に話すことはないらしく、二人は視線を避けて体をねじっている。稲本が青山に話しかける。青山は小さい声で答える。今日の数学の時間のことを話している。それまで黙っていた鎌田が武の頭一つ上で思い切ったようにいった。

「正子はすごいなあ」

混雑の中でその声だけが野太く聞こえた。それを見た青山は無理に頬笑んだと見えた。年齢は青山だけが二つ上、しかし二人にはどこか大人同士の雰囲気があると武は思った。

稲本が先に降りていった。頭に結んだ大きなリボンが揺れた。

武も次で降りなければならなかった。上前津と尾頭橋で乗り継いで中川区の二女子まで行くのだが、回覧雑誌会社の寮ではみんなは麻雀をしているだろうか。それとも映画でも観に出かけてまだ戻っていないだろうか。それならありがたいがレスリングだといって敷きっ放しの布団の上で暴れていたり、年上の班長を囲んで酒でも飲んでいたら、部屋の隅で自分だけ勉強するなどということは出来はしない。

青山と鎌田を残して上前津で降りた。

みんなで担任の下宿へ行ったのは年があけてから、そろそろ大学の入学願書を出さねばならぬ時期だった。

かつて里子の話のあった昭和区の松浪家の近くに担任は住んでいた。あたりは四年振りだったが、閑静だった一帯にはいくつかの大きな家の普請がすすんでいた。

八事で市電を降り、担任の書いてくれた地図をたよりに歩く。トラックが松や庭石を運び込んでいるのに出くわしたし、棟上げを終えて、寒い庭で酒盛りをしている大工も目についた。見覚えのあるチャペルがある。学生たちがテニスのラケットを持って歩いてくる。中に派手な服装の一団があったが、彼らはスキーの板を肩にしている。武たちとは無縁の新しい生活が世間ではじまっていた。

牛肉と葱にこんにゃくぐらいは買っていかなくちゃと稲本がいった。五人は途中、公設市場で買物をして、何枚もの新聞紙にくるんでもらった。

目当ての担任の下宿は真新しい青瓦の大きな家の裏の、古い藁屋根の離れだった。すぐ近くに出来たばかりの私立大学、もともと商業学校で野球で名を売ってきた学校の赤煉瓦の門がある。

もう正午をだいぶん過ぎていたのに、担任は雨戸を閉めて寝ていた。大学院に籍を置いて印度哲学を勉強している担任は軍隊帰りで、もう三十をいくつか越している。

部屋へあがると、青山と稲本は「臭い、臭い」といって、うす汚れた浴衣の上に褞袍をはおって苦笑いをしている担任を尻目に、雨戸をくり万年床をあげた。箒をつかった。横積みされたサンスクリットの原書やお経は真っ白に埃をかぶり、担任が熱心に勉強をしているとは見えなかった。枕元には一升瓶と茶碗が転がっている。

　日曜日の早い晩飯は煉炭火鉢にかけられた鍋を囲んではじまった。隙間風の吹きこむ部屋は寒い。担任は酒を飲んだ。武も茶碗に注いでもらったが、一口ふくむとむせてしまった。深いアルミの鍋でのすき焼きは肉が焼けず、汁ばかりが多い。青山がこまめに肉を足し、野菜を加える。鎌田はしゃもじですくって飯の上にかけて食べていた。朴は担任に酒を注ぎながら、自分も結構飲んでいた。顔に出ない性らしく相当強い。

「わたしたち、ここでしばらく共同生活をしましょうか。何だかそうしたくなったわ」

　稲本がいった。武が受けた。

「そうだ。ぼくは寮生活ばかりだったから慣れている」

　とはいったものの、中学までの戦災孤児収容施設には若者たちの共同生活という言葉のもつ明るさはなかった。一方、その時まだ住んでいた回覧雑誌会社の寮は野放図だった。

「おれが困るからよしてくれ。誤解を招く。若い男女を集めて生活なんて」

　担任は赤くなった顔を弛緩させた。話題は学校のことになる。生徒会顧問への不満、教師の噂話、自分たちの進路について話した。家庭のことはお互い口にしなかった。

　武は心の中に重くかぶさるもののあるのを感じながらみんなの話に加わっていた。東京の大学へ行くにはどうしたらいいか考えていた。鎌田はごつい手で酒の茶碗を持って、今、役所へ東京への転勤を申し出ているといった。希望がかなえば私大の夜間部へ入るという。その大学は司法試験の合格率が高い。検察官になって名古屋へ戻ってきたいという。

「名古屋にいては駄目なの」

　青山が訊いた。鎌田は口をつぐんでいる。それからつぶやくようにいった。

「卒業してこのままいるって方法もあるけどなあ」

酒をあおった。角ばった頬のあたりの髭の剃りあとが濃かった。つづけて次のようなことをいった。

高校を卒業して正式採用されれば書記官補に任用され、将来は書記官になれる。書記官は給仕とちがって一人前の役人だ。だけど検察庁では検察官が一番偉い。重要な役職はみな高文を通った有資格者が就く。今なら司法試験を通らなくてはいけない。

「長く勤めるんなら、検察官だ」

鎌田がしゃべるのをみんなは聞いた。

「司法試験は難しい。通るか通らないかわからんよ。何年も何年も試験を受けてる人もいる。今の役所だって五十に手が届きそうな人が毎年受けてるんだ。大学へ行くのが一番だな。あそこだったら夜間部だって合格する」

鎌田は自分の前に広がる夢の大きさと、現実の自分が臨時採用の給仕の身であるへだたりに戸惑いを見せながらしゃべる。みんなの手前、弱気を見せられないとも見えた。「このままいる」というのは東京へ行かず、名古屋の私立大学の夜間部に入るということだった。法学部なら司法試験の一次は免除される。いずれにしろ昼間の学校へ入ることは考えていない。

「そういう手だってあることはあるんだ。だけどなあ、やっぱり東京へいかなくちゃあな」

しゃべるうちに鎌田は自分の第一希望と次善の策とを混同させていた。鎌田がはっきり決断しないのは彼の性格によるのか、他に何か家庭の事情があるのかはわからなかった。

担任はしっかりやれというようなことをいった。青年時代は自分の可能性を試せといった。最近はどうも当たってくだけろっていう気迫が欠けている。自分は田舎がお寺だからいやいや坊主大学へ行かされた。それは間違っていたんだ。坊主にもなり切れないし、教師としても学者としても中途半端だ。今頃気づいてももう遅いから、若者は自分の進みたい道を我武者羅に進むべきだといって酒をあおった。

「男の人はいいいわね」

青山がしんみりいう。稲本が少し茶化した。

「先生は博士になりたいんでしょ。まず先生が手本を示さなくっちゃ。鎌田さんは検察官、内藤さんは何になるの」

武はその時、演劇科に願書を出すことを思いついていたが、みんなの前でいう勇気はなかった。そしてそのほかにもなりたいものは幾つもあった。始まったばかりの民間放送のアナウンサーや、外交官にも興味があった。一人になるとそのどれにも可能性があるように思えた。何にでもなれる気がした。アフリカの大使館に赴任したらピラミッドの中に入ってみたい。あとは砂漠を見ながら仕事をすればいいなどと考えた。もちろんアフリカの幾つかの国の独立に手を貸すことが出来たら素晴らしいとも思った。

学者にもなりたい。そしたら終日、本を読んで暮らす。担任のようなだらしない生活ではなく、静かな、あの中学卒業前のわずかな期間過ごした松浪家のようなところで万巻の書にかこまれて過ごす。本からふと目をあげて、初めて没頭していたことに気づく。そんな生活がしたい。

だが武は何もいわなかった。とにかく貧しい生活は厭だった。

外は暗くなり、風が強くなってきていた。鍋はもう煮えつきてしまい、肉も葱もない。煉炭が今ごろになって火力を強めてきたのが唯一の救いだった。

夜間高校に通っている間にいくらか貯金をした。それはほとんど爪に火をともすようにして残した金だ。今、貯金通帳に0が四つ並んでいる。それに無限の可能性をかけることは出来ない。東京の私立大学なら入学金も払えるかどうかわからないほどの金額だ。とにかく大学へ入ったら安い寮を探し、アルバイトに精を出さなければならない。

その時武は朴のやや投げやりな声を聞いた。それは鎌田のあくまで検察庁から離れないで勉強しようということへのやっかみとも取れる発言だった。

「お前たちは現実的だな。地道すぎるんだ」

朴は酒をあおった。不精髭にしずくがついていた。

「おれは共和国へ帰る」

みんなしんとなった。

「日本はなあ、またおれと関係のない秩序がどんどん出来あがってきているんだよ。解放されていい時代になると思ったのに、金がなくては学校へも行けぬ。おれみたいな朝鮮人やお前たちみたいな貧乏人は頭だけでは食っていけないんだ」

担任を含めた六人はそれからしばらく黙って飯を食った。朴の口調がみんなを滅入らせていた。武にしたって本当のところ朴と同じ気持ちだった。どうして自分たちだけ苦労しなくちゃならないのかという不満が胸の底にわだかまっていた。

朴は金日成大学へ行くといった。そこは月謝がいらないという。それにはまず日本の大学に入る。そうすれば容易にむこうの大学に編入出来る。そしたら末は博士か大臣だ。お前たちに大臣なんて夢はないだろう。みんなその日のことばかり考えて社会のため、国のためなんて考えるのが一人でもいるかといった。博士は別として、いつも野党に攻撃され新聞でたたかれている大臣になろうなどと考えている者は誰もいなかった。

鎌田、朴、武はいずれも詰襟の学生服を着ている。稲本もスカートに黒線の入った旧県一高女以来の制服を着ている。青山だけは紺色のサージの事務服に似たワンピースだった。そして三人の学生服も稲本のセーラー服もどこかくすんでいた。伸ばした髪のふけが肩のあたりにたまっているせいではない。服そのものがくたびれた感じがした。稲本のセーラーの白い襟は洗濯され糊づけされているが、その糊が固まってアイロンで押しつぶされたところだけ光っている。稲本には武が登校する時、校門ですれちがう昼間部の女生徒の持つ清潔感がなかった。清楚なものが欠けている。傍らを通るだけで匂ってくるいいクリーム、ちょっと触ると壊れてしまいそうな脆さの魅力がなかった。多分、稲本の体には贅肉といったものがないに違いない。

武は必要な筋肉以外のものが何ひとつない自分たちを思った。ひょっとしたら必要な筋肉すらどこか欠けているのかも知れなかった。すらりと伸びきった肢体を持つ昼間部の生徒と伍していくことにかすかな不安を感ずる。しかし、いずれは彼らに混じって生活しなければならない。いや、受験勉強はすでに彼らとの競争なのだ。

「それで鎌田さん、どうしても東京へ行くの」

青山がもう一度訊いた。一人だけ体格のいい鎌田の答えは歯切れが悪かった。だが東京へ行くと答えた。

「そうなの」

青山は納得しがたいふうだった。

「やれよ、やるなら判事になれ。矛盾に満ちたこの日本社会を、鎌田の正義の刃で切り開いてやれ」

武もいくらか酔っていた。矛盾に満ちているかどうかは本当はわからないところもあったが、とにかく大声があげたかった。

「東京へ出て、体を壊すような無理をして結局あぶはち取らずじゃ仕方がない。よっぽど計画的に勉強出来る態勢をつくって出ていかなくちゃ」

担任が脂でよごれた眼鏡を褞袍の袖でぬぐいながら先ほどとは反対のことをいうと、朴が野次った。

「行きゃいいんだよ、行きゃいいんだ。役所の転勤なんかあてにしないで、本当にやりたいんならさっさと自分で行くんだ。そうすりゃどこでだってどうにかなる」

朴は前の年いったん高校を退学したはずだ。いや、転校かも知れない。つねづね夜間だけ一年余分に高校へ通わなければならないのは不公平だといっていたが、県立高校夜間部三年の二学期になると突然やめるといいだした。しばらくすると帽子に朝鮮高級学校の徽章をつけていた。みんなより一年先に三年で卒業すると広言していた。

そのくせ朝鮮学校の方に通っているふうはなく、夜になると夜間部の教室に姿を現してすわっていた。それをどの教師もとがめずにいた。朴の朝鮮高級学校に転校したというのは嘘か、もし本当だとしたら朴は一時二つの学校に籍を置いていたのだろうか。

「おれはとにかく昼間の大学に入ってやる。夜間なんてもうこりごりだ。アルバイトをしまくって日本で学べるものはみんな学んでやる。月謝払うんだからな。おれには奨学金の資格がない。農学部だぞ。だからおれは農林大臣になる。先生、大学院なんて就職出来なかった連中が行くんだよなあ」

担任は返答に困っていた。大学院にそういう傾向のあるのは知られていたが担任の場合はまったくその通りに見えた。印度哲学専攻というが、実は寺の跡継ぎを嫌って大学院に籍を置いている。農学部も本来人気がない。だが朴は共和国の工業の方は南に勝っている。だからこれからは農業の振興が大事だ。新潟からの帰国船に乗れる順番は祖国への貢献の度合いが考慮されるといった。

鍋の底にこんにゃくばかりが煮残っている。黒くなったのを飯の上にのせて武は食べた。担任と朴の吸う煙草のけむりが部屋中にこもる。火鉢の火は弱くなっていないのに、何だか急に寒くなってきた。

武は稲本が赤い顔をして、時どき体をくっつけてくるのに困っていた。

熊笹の中に入っている。

分け進むうちに膝から腰のあたりまでおおい、さらに胸にまで達するようになった。葉先で目を突かれそうで、武は足元を見ることが出来なかった。葉をかき分けかき分けして前へ進んだ。

朴を追って山へ入ったのに方角を見失っていた。川と平行に進んでいるのか奥へむかっているのかさえもわからない。初めはたしかに崖をのぼったのにゆるい傾斜を上がったり下がったりしているうちに台地へ出てしまった。熊笹の原を取り囲んでいる杉林が見通しをわるくしている。武は蜘蛛の巣をはらって進みながら輪廻しの中で躍る鼠の気分にすでに陥っていた。同じ場所で必死に足踏みしている。その輪も順調に回るのではなく、不規則にきしんだ音をたてる。

笹についた黒い粉で両手はよごれ、さらに肉の厚い葉で切り傷が出来て血が流れている。その手でまた笹を分け体を前に倒して進む。時どき目をつむって、武は頭をかかえむやみに歩いた。夢中になってしばらく進んで立ち止まると、先ほど見た赤松と同じような幹が目の前にあった。杉林もあいかわらず疎らにあった。頭上に太陽がある。そういうことが先ほどから相当長い時間つづいていた。

武は大きい石を探して腰をおろした。

熊笹の葉裏と茎だけの世界に入る。茎ばかりの海中に陽が白く射し込んでどこまでもつづいている。葉ずれとは別の音が聞こえ、時に動物のうなり声とも思える音が伝わってくる。足元はごつごつした小石と笹の根がからまっている。

立ちあがって熊笹の中をふたたび泳ぐ。濃い緑の笹は一段と繁り、茎も太く、もはや手折ることも出来ないほど頑丈だった。分けて進むというより一本一本叩き折り、踏み倒して身を移す。蔦がからまってくる。靴が脱げそうになる。

迷うはずはないという気持ちは持ちつづけていた。たかが平野の小さな山だ。アルプスにつながる何千メートルという高山ではない。小・中学校時代松茸を採りに入った吉良の山と同じに考えていた。鈴鹿が意外に多くの渓谷と七つの峰を持ち、東海と関西を隔てている深い山脈であることを武は知らなかった。ましてロッククライミングの訓練場さえある厳しい岩場の土地柄であることなどとは知らなかった。

黙々と前進をつづけるより仕方がなかった。飛び去ったアドバルーンを捜すとか、その残骸を収拾するといった気持ちはすでに失せている。ただ笹原から脱出するのに懸命だった。

陽がいっこうに動かないのは、疲れてあせっているわりには時間が経っていないからだろうか。立ち止まって笹を大きく押し倒して見通すとそれは右も左もわずかに傾斜した土地に生えていた。見上げると後方の屹立した岩の壁に陽があたって黒く光っている。

もう一度笹の根方に身をおいて考えると、武はどうやらこの地の低いところばかりを選んで歩いているらしかった。確かめるとむこうの笹はまた少し高い所にある。錯覚かも知れない。はっきり見通せないのでそのように感じられるのかも知れないが、鍋の底にいると思えた。

誰かのしゃべる声が聞こえる。やれやれと思った。だが待っていてもそれは二度とは聞こえない。笹の中から鳥が飛びたち、笹の葉が風に鳴っただけだった。

目の前を蜥蜴が走る。蛇が笹の葉から葉へと渡って行く。蜘蛛の巣が顔に張りつき、蝸牛の粘液が手につく。しかしそれらはまったく武の心の外のことであり、武の心を占めているのはただ一刻も早くこの笹原を抜け、あの川原へおりることだった。橋のたもとに動かずに停まっているはずのオート三輪にたどり着く。そして天井の高い学生会館の九十三号室へ戻りたい。

武にはあの壁も床も、そして天井も全て古びて黒くなった部屋がなつかしかった。物心ついてから自分だけの空間を持ったことのない武にとって暗くて南京虫のいる部屋は唯一自分の領域だった。

きのう青山が訪ねて来たことを思い出した。昨夜のことなのにずっと昔のことのように思える。青山の顔は蒼ざめていた。暗い電燈のせいもあったろうが、それにしても青山はどうしてあんなに悲しそうだったのだろう。いつも端正な青山が昨夜は度を失っていた気がする。白い顔は妙にはりがなかった。武が薬缶を持って部屋に戻ると「さようなら」と書かれた紙片が机の上に残されていた。

そんなことを思い出しながらも、体だけは機械的に笹の間を抜けている。笹におおわれた地面は冷たい。直射日光が届かないせいだろう。ズック靴もすっかり水気を吸って湿っている。

先ほど電話した時、昨日から休んでいるといった。だが青山が二日もつづけて会社を休むなんてことがあるだろうか。武が同じクラスだった一年と四年の二年間、青山は学校を遅刻はしても休むことはなかった。青山にはそういう心と体の芯の強さがあった。

青山は昨日一日何をしていたのだろう。今日もまたどこかへ出かけたのだろうか。

焼け跡に立っていた幼い日を思い出した。名古屋は街中焼き尽くされていて、武は何も食べずに母をたずね歩いた。母はいなかった。空襲になった時、武自身どこにいたか不思議なことに覚えていない。とにかく帰ってくると熱田神宮に近い伝馬町は全て爆風でやられ燃えあがり、どこがどこの町かわからなかった。

近所の人は多くが疎開しており、生き残った人で見知った人はいなかった。内田橋から堀川沿いが焼け野原となり、七里の渡し近くの大瀬子橋まで丸見えだった。

翌日と翌々日、歩けば歩くほど自分の町内から遠ざかっていたのだが、一面の瓦礫の山はそれがどこなのか見当をつけさせなかった。

その時の空襲で区役所も国民学校も焼けた。たしかに戸籍も学籍簿も疎開してあったので、本籍も出自もはっきりした。だがそれはそれだけのことだった。数え十歳の武は親戚の住所を知らなかった。五月人形の兜を贈ってくれた伯父も、母と一番親しかった叔母も市内にいるはずだったが、訪ねてこなかった。武は何人かの手を経て吉良へ送られた。

風がやんで笹が一斉に動きをやめ、静寂が訪れる。音をたてているのは武だけだった。

武には双子の兄がいた。その護とよく喧嘩をした。原因は何だったか覚えていない。とにかく憎かった。他の友達と喧嘩した時とはくらべものにならなかった。首を締めてくる。武は胴じめにされたまま脚を跳ね上げ、身をよじって馬乗りになった。頭を打とうとして下から腕を取られ、必死に手を兄の首にのばした。

母からも他のだれからも見られてはならなかった。襖を閉めきって声をしのんで取っ組み合いをした。双子が喧嘩するなんて知られてはまずいという意識が双方にあった。仲のいい兄弟として育てられてきたのだ。

だがその兄も今はいない。もちろん戦地へ行ったままの父の消息も知らない。全てあの家が焼けるまでのことは別世界となっている。

青山正子はスタンドの蔭にかくれてすわっていた。確かに思いつめたところがあった。滅多に笑うことのない青山だったが、昨夜の元気のなさは高い天井と暗い電気スタンドのせいばかりとは思えなかった。

武は自分の部屋に一人だけでいるところへ女の人を迎えたことがなかったから、それだけで混乱していた。どういうことをどういうふうにいったらいいかわからず、ただどぎまぎして薬缶を持って立ちあがった。

だが考えてみると、重大なことを忘れていたと思える。青山は何の目的でやって来たのだろうか。武はそのことを考えていなかった。今一人になってようやくそのことに思いいたった。

青山正子はひょっとしたら、いや、確かにそうに違いないと思った。虻をはらいのけた。思いつめた表情、いいそびれるということだってある。九十三号室の篠原さんとの境には深海を泳ぐ魚がプリントされたカーテンがさがっている。武が買ってきて部屋を真っ二つに分けた。部屋の入り口から奥にむけて真っすぐに針金を張ってさげた。そのこちら側が武の領分だった。カーテンを背にすわった青山の影がそこに大きくうつって揺れていた。

青山にはいつも年上という感じがつきまとっている。地味な服装で背筋をのばしてすわっていた。たしか素足だった。高校時代、真面目だった青山が卒業したってそんなに簡単に変わるはずがなかった。どこか近寄りがたい思いが武を誤解させたのかも知れない。

笹を風が吹きわたってさわさわと音をたてる。白い葉裏が一斉に広がる。

青山正子は、昨夜、激しい情熱を抑えていた。武はそう思った。そうに違いない。そうでなかったら、夜一人で青山が来るはずがない。

それにしてもと逡巡するものがあった。待っていたといったらいいのか、武ははっきり恋こがれるものがあるというより、どこかで自分を慕ってくれる魂があるということの方が嬉しかった。あの青山がとちょっと得意な気もした。稲本のように気軽に冗談をいえる相手ではなかった。だから戸惑いもあるのだが、武も先日二十歳になっていた。

　青山に対して今まで特別な感情を持ったことはなかった。青山だけではない。武はこれまで人を愛したことなんてない。愛する気持ちがおこると何とか抑えようとしていた。というより何か不足している自分が人を愛しても成就するはずがないと思っていた。もちろん愛されるなどということは一層考えたことがなかった。

　だがどう考えてみても、今回青山が夜も八時をまわってから一人でやって来たという事実は、青山の意志表示以外の何ものでもないと思えた。県庁前の暗い道を歩き、天守閣が焼け落ちたままの名古屋城の、その一層暗い一画にある建物へやって来た。木造の古びた元の兵舎に来たのだった。

　それに対する武の無意識の反応も実はもう始まっていた。アドバルーンを揚げおわったあと、電話をかける気になったのもその一つに違いない。武は自分の青山に対する無意識の反応にやっと気づいた。でなければ、わざわざ職場まで電話するはずはなかった。

笹原を抜けたら、今度こそ意識して電話しよう。足のくるぶしが痛い。顔がむくんだように感じられた。笹から首を出して汗を手でぬぐう。手は真っ黒になっている。切り傷の血はかたまっていた。代わりに顔だけではなく、からだ中に笹の葉裏の煤が汗と一緒になってついている。ハンカチはなかった。

　陽も傾いてきていた。武は青山に会いたいと思った。青山に会うためにも早くこの山から逃れたいと願った。

　風が吹きわたる。笹は押し倒され武の上半身が笹の上に出る。武はまだずうっと上にむかってつづいている笹原を見上げた。笹は切り揃えたように一定の高さで、緑の表と白い裏を交互に見せて揺らいでいた。風で動くたびに笹は乾いた音をたてた。

　周りの笹がより頑丈になり身を押し倒すように攻めてくるのに耐えながら歩いた。振り返っても前を透かして見ても、もう屹立した黒い岩も松の生えた二つの岩も杉林もなかった。ますます深い山へ迷い込んだ感じである。どこまでつづいているのか。そしてさらに笹の中を埋まって歩いた。何も考えない時間がつづいた。ただここから逃れたかった。

どのくらい経っただろうか。突然笹原が途切れた。そして目の前にくぬぎばかりの丸い山があった。こちらの笹原に対し、むこうの山はもう暗かった。

武は走った。笹の台地が終わって崖になっている。そして川むこうの山に赤い布切れのようなものが引っ掛かっている。下に谷川がある。川は暗い。

土砂の崩れ落ちる崖を注意深く下りた。疎らに生えている笹の根をつかんだ。アドバルーンは前に見つけたものか別のものかわからない。飛び去ったのはたしか赤白の縞のが二個だった。赤も一個行方不明かも知れない。先ほど見たのは縞だったし、今見つけたのも赤と白の縦縞だ。堂々めぐりして元の場所に戻って来たのだろうか。アドバルーンはネットを木の枝にかけて大きく揺れている。前より低いところである気もする。

朴も若者も来ている気配はなかった。山の裏手へ来たのか。すると川はいつ渡ったのだろう。ず、ずーっと滑った。アドバルーンの弁償をするのはかなわない。育英会と孤児育成会への申請はしたが奨学金はまだいずれも受け取っておらず、当分はバイトだけで生活していかなくてはならない。

下りきったところに道はなく、川むこうに道があった。岩の上に立って武は叫んだ。朴がいないか、石川とかいったあのオート三輪の運転手はいないか。しかし応えるのは周りの山からのこだまだけだった。

上空は明るいが谷は暗い。ズボンをたくしあげた。丈高い草をまたいで水に入った。急に深くなっていて腹の上まで水が来た。オート三輪を放置したあたりよりもここは川幅が狭く、水も深い。激流の底は滑る。

二、三度足をすくわれたが、武はこらえた。それでも川幅は七、八メートルはある。岩に手をついて渡った。冷たいといっても夏の水は気持ちよく、笹原での汚れを落としてくれる。

道にあがって濡れたズボンを脱ぎパンツの水を絞った。誰も見ている者はいない。もう一度戻って岩に乗り、手をのばして谷川の水で顔を洗う。どうやらここは前にアドバルーンを見つけた場所とは違う。

道に大の字になって寝転んでしばらく時を過ごした。地熱の残りがじんわりと体を暖めてくれる。濡れたパンツもシャツも体にくっついて気持ちがわるい。

武はそのまま寝込んだ。気がついてみると笹原のあったむこうの山から月が出たところだった。思いがけない方角に松の生えた二こぶ駱駝の岩が見える。これは前に見た覚えがある。まん丸の月が出て、星も輝きはじめるとあたりは結構明るい。なんだか恐ろしい気もするがそれよりも腹がへっている。ふくろうの鳴くのが聞こえ、山鳩が鳴いている。膝をかかえてしばらくすわっていた。

そのうちアドバルーンをこの道までおろしておく気になった。何もしないでいるのは耐えられない。武は濡れた靴をはき、まだ乾いていないズボンを身につけた。ゆるやかな崖をのぼるとすぐ林で、月の光が洩れている。時どき立ちどまってアドバルーンをうかがった。前の二の舞いはごめんだが、今度は始終光を受けているのが見えている。闊葉樹の林の中を行く。

近寄るとアドバルーンはネットとロープを木の枝に引っ掛け三メートルほどの高さに留まっていた。大きく枝をはった栗の木にロープをからめている。風が来るとゆっくり回転する。それを繰り返したのか、ネットとロープは複雑にもつれあっている。高く上った月の光を浴びて、アドバルーンは黒い生き物に見える。

木から繋留ロープが垂れていた。引っ張っても枝に巻きついていて武の力はアドバルーンには届かない。跳びついても駄目だった。木にのぼるより仕方がなく、ズック靴のまま枝づたいによじ上って手を出すとヴィニールの端に触れた。千切れた広告板の〈祭〉と〈協〉の字だけがくっついていた。

朴も若者ももう迎えに来るはずはなかった。何かが吠える。風は止まり、何もしないでいると恐ろしくなる。

武は木の上でゆるゆる動いた。吸入口は下をむいている。栗のいがが幾つか小枝にくっついていいる。武は滑る枝の股に足をおいて、不安定な格好でもう一度アドバルーンに手を出した。月の光を頼りに長い時間かかって作業をした。大きく動くのは武とアドバルーンの影だけだった。風が吹くとその影も一層大きく動き、あたり一帯が揺れた。武は辛うじて腰でバランスをとっている。

吸入口を閉じている細紐に手が届いた。ほどこうとするが思うようには力が入らない。枝が揺れると武は落ちそうになった。かたまってくっついている栗のいがが枝先で動いた。

何度も試みている間に武は癪にさわってきた。手元の枝をへし折った。そして背をのばしアドバルーンをさぐって力一杯突きたてた。ヴィニールを引き裂くつもりだった。

アドバルーンは泣いた。ガスが抜けるとヴィニールの球型は見るまに崩れ、そのまま武の頭にかぶさってきた。アドバルーンは音をたてて地面に落ちた。気がつくと武も一緒に落ちていた。痛くはなかった。

ヴィニールからはい出した時、下の道でオート三輪の爆音がした。武はもう一度木の上にあがって、ライトの動くあたりにむかって叫んだ。本当のところオート三輪は気づかないのではないかと思ったが、こだまに応えて車は停まり、光が動いた。

朴と若者、それにアドバルーン屋のおやじがそれぞれ懐中電燈をぐるぐるまわしながら上がってきた。

坊主頭のおやじは地面にのびた赤と白の縞のヴィニールをまず照らした。それは円い光の中で黄色く見えた。朴が赤のアドバルーンが津島神社の境内で見つかったが、赤白のもう一個はまだ発見されていないといった。

「ここらへんにあるんだで、明日もアドバルーン捜してくれ。日当はみんな見つかったらやるで」

おやじが懐中電燈で顔を照らしてくるのに辟易しながら、武は明日はちょっと学校へ出なければならないのだがと思っていた。夏休み前最後の講義に出ておかなくては、九月からのことがまったくわからない。

若者が声を出して指図し、朴とアドバルーンを畳んでいる。

仕方がない。武は思った。明日もまたアドバルーンを捜そう。

帰りのオート三輪の荷台で武は明日また会社の青山に電話しようと思っていた。まさかもう休んでいることはあるまい。その意志を訊いてみよう。「大学の勉強、大変」などと二人のつながりとは関係のないことをいいに、暗い部屋へ来たのではないことを確かめようと思っていた。

助手席におやじが乗ったので、今度は荷台は朴と一緒だった。朴は黙りこくっている。ボンベはもう積んでいなかった。

武は心がいくらか躍るのを感じていた。人を一方的に愛することも、人から真実愛されたことも今までに一度もない。これまでの暗く不本意な学生生活は自分ながらみじめだった。そういう生活に今一筋の光明が射し込みはじめている。青山のことを何度も朴に話そうかと思いながら黙っていた。

月の光を浴びてオート三輪は名古屋へむかって走った。

「バイトに超過勤務手当はないかな。おい内藤、アドバルーンが飛んだのは不可抗力だよな」

黙っていた朴が頭をあげていう。

〈罪と罰〉はどこへいったのか、ポケットをさぐっても荷台の上を捜しても見つからなかった。オート三輪はがたがた揺れた。

朝五時、武は起こされた。前夜十二時過ぎに帰って寝ていたところを、篠原さんが緊急電話がかかっていると館内放送が呼んだとからだを揺さぶって教えてくれた。武は下駄をつっかけ、暗く長い廊下を走り自治委員室の電話口に立った。

アドバルーンの一つが見つかったのかと思った。

だがそんな電話なら朴を呼び出す方がふさわしい。朴の方がおやじや若者をよく知っている。もともとあのアルバイトは朴が持ってきてくれた仕事だった。するとなぜ今ごろ武に電話だろう。受話器を握りなおした。そうだ、青山からだと武は合点した。期待に胸が震えた。激しいところのある青山らしいと思った。

「もしもし、もしもし」

ところが電話のむこうは大津橋の救急病院だった。

「青山正子さんが服毒したんです」

相手の看護婦らしい声がいきなり告げた。どういうことかわからなかった。武は頭をひどく殴られた気がした。そのまま朴に知らせるのも忘れて病院へ走った。

武は会館生が羅生門と呼ぶ名古屋城の東門をくぐって外へ出た。お堀に沿って県庁前、市役所と走った。夏の陽はすでに昇りはじめ、また暑い日になりそうだった。

死ぬと思った。走りながら、今、青山は死ぬと思った。もちろん武のためにと思っていた。告白をせず、薬を飲んだのだ。それにしても何故だ、どういう理由からだと思っていた。昨日一日留守にしたのがいけないのだと思っていた。

青山の枕元には酸素ボンベが持ち込まれていた。鼻からのびたゴム管が水を溜めたガラスの器につながっていた。青山が荒い息を吐くたびにぶくぶくと泡をたてていた。

青山は白いシーツの下でもだえていた。何度もしゃっくりをしていた。鼻に通した管が何度もはずれそうになった。看護婦がおさえて、どうやら青山の息は落ち着いたかと思うと、今度はガラス容器の中の泡が間遠になっていた。

病室に入ってきた若い医者に訊くと、もう駄目だといった。致死量以上の薬を飲んでいる。発見がおくれたといった。薬はもう胃の中に残っていない。胃の洗滌も無駄で完全に薬が吸収された時、息を引き取る。それだけを事務的にいうと、医者は注射をうった。

武は黙って病室の壁にくっついて、褐色になった青山の顔を見つめていた。それはもはや青山ではなかった。でも確かに青山正子ではあった。息を吸い込んで顔が静止した時、もう一昨夜になってしまったあの夜のもの淋しげな表情を武は思っていた。手を組んで椅子にすわっていた時の顔である。

口が動いている。目尻から涙が流れ、顔中濡れている。吐き出すものがないのに、がくっがくっと、命をかけて全てを吐き出すかに見える。何分か、何十分かそれがつづいた。

いったんおさまったかと思うと、断続的に何度もしゃっくりをする。武はその度に拳を握りしめていた。

余りに突然だった。青山の愛情の表現がこんなにも激しいとは。あの晩一人で訪ねてきたのが唯一青山の意志表示だったと思った。実は高校を卒業してから、武たちは滅多に会ってはいない。お互いの生活のパターンが違ってしまっていた。たまに会ってもその時は、稲本や鎌田と一緒だった。そして稲本も鎌田もまた夜学に通って彼らと会う機会さえなくなっていた。

たった一度の機会を逃してしまったと武は悔いていた。

病室には男の子二人と女の子がいた。上の男の子は夜間高校の後輩で見知っている。今、三年生だったか、生徒会長をしているはずだった。下は中学生と小学生に見える。大人はだれも来ていない。

武は隣に立った中学生に「ご両親は」と小声で訊いた。中学生は意外とはっきりした声で答えた。「父も母もいません。父は戦死しましたし、母は妹が生まれてすぐ死にました」

武はこれまで青山の家のことなど訊いたことも考えたこともなかったが、青山はこれら弟妹の面倒を見ながら学校に通っていたのだった。

狭い病室だった。武はほとんど青山の身内の立場に立たされていた。部屋の中で武が一番年上だった。といって何をどうすればいいかわからず、ただ壁に背を押しつけて立っていた。何かを考えなければならないと思いつつ、何も考えることが出来なかった。武はつらかった。出入りする看護婦に見られるたびに身がすくんだ。孤児の武はいつも自分のことしか考えずに生きてきた。その報いを受けている。ただ頭の片隅で今日もアドバルーンを捜しにだけは行かなければならないと思っていた。

バケツに吐き出す青山の茶色い少量の吐瀉物を小学生の妹が受けている。着ているワンピースは青山が着ていたのと同じ柄の紺のものだった。

一度出て行った医者が、看護婦に呼ばれて病室に入って来た。そのまま膝を折って脈を診おえて時計を見る。

青山は息を引き取った。中学生が声をあげて泣き出した。

弟が白い封筒を渡してくれるまで、武はじっと青山の顔を見つめて黙っていた。封筒は家の机の上にあったと青山によく似た顔の弟はいった。

開けると〈一郎さま〉という文字があった。一旦閉じようとして武は一枚めを読んだ。鎌田あての遺書だった。内容は支離滅裂だった。武が混乱していたのかも知れない。とにかく今すぐ一緒になりたいが、その思いが遂げられないので死ぬとあった。〈東京へ行かなかったのは私のためじゃなかったの〉とあった。

武は呆然として弟の顔を見つめた。武あての手紙はなかった。

武は分厚い遺書をめくった。その何枚めかに〈私の父も日本人だったら〉という文字があるのが目に入った。〈日本の将校として父は戦死したのに〉と書いてあった。青山の父は朝鮮人だったのだ。そして青山は居留民団に属していた。それを隠す心算はなかった。ただそれをいい出す機会がこれまでなかったと書いてあった。〈だって、私は日本で生まれ、日本人の母に育てられ、日本人だと終戦まで思ってきたのですもの。朝鮮人にさせられた今だって、私は朝鮮人がきらい。朴さんのように祖国に誇りが持てない。李承晩の国なんて〉

気づいてみると、部屋には白いチマ・チョゴリの男女が数人入ってきていた。その人たちがアイゴー、アイゴーと大声をあげて泣いていた。青山の体にすがりつく。

武はそっと病室を抜け出した。

病院の電話を借りて検察庁を呼び出す。出勤したばかりの鎌田が出た。鎌田はもう給仕ではない。武は声がつまった。

人の死ぬのを見たのは初めてだった。国民学校三年の時、家が焼夷弾でやられて、焼死体は見た。護のだったと思う。黒焦げて小さくなり、そんな焼死体がごろごろしていてどれが誰なのか見分けがつかなかった。母も祖母もその時消えた。こちらは爆風で吹き飛ばされたのか、影も形もなかった。

青山の死んだことを伝えようとした。鎌田に伝えることによって、責任が鎌田に移っていく気もした。とてもこの重荷には耐えられない。

必死に叫んだ。

「青山が死んだんだ。青山が自殺した」

電話のむこうは何度も訊きなおしてきた。遺書があったというと、「自殺」と鎌田は絶句した。

「君の責任だ」

叫んだ時相手の口調が変わった。「なぜだ、なぜだ」と訊いてきた。「昨夜一緒だったのに」とつぶやく声が聞こえた。

「すぐ行く」と声をかえていうと、それから鎌田はもう一度「正子が死んだんだな」と念を押した。

そのまま電話は切れた。

病院の窓から県庁を取り囲むヒマラヤ杉の高い梢が見えた。それは青々と葉を繁らせて風に吹かれていた。そして武の前でそれらは次第に黄金色の光を浴びはじめていた。だが武の目にそれらは色を失って見えた。

武は受話器を置いた。頭をあげ、朴はもうアドバルーン捜しに出かけただろうかと思った。

ブラジルへの夢

一

出版社の面接を終えての帰り、大学へ寄って研究室へ行くと、窓ぎわに本棚がならんであとはがらんとした部屋のすみで、立川さん一人が書物を読んでいた。

五年前、大学院を終えてこの学校へ助手として来た立川さんはいつも陰気な浮かぬ顔をした人である。博士課程第一回の修了生で、来た当座は稀少価値と期待とをもってむかえられたのであろうが、武がみてきた三年余の間にこの人は年ごとに元気と希望をうしなっているようにみうけられた。

武は自分とあまり年のちがわないこの人の姿をみては、わざわざ学校まで出てきた甲斐がないと思い研究室の扉を音をたてないように静かに閉めた。

黒く油のしみこんだ板張りの暗い廊下に出て、破れた棕櫚のマットの上を歩くと、誰かに今日の試験のことをしゃべってしまいたい――希望を断たれてしまった気持ち――を伝えたいと思ったのである。

長い廊下の高い梁の間からは小さな古びたシャンデリアがさがっていて、いくつかの部屋からは教授の講義をする声が聞こえてくる。クラブの集会に使われているのか、明るい笑い声とトランペットの鳴っている部屋もあった。開けると、黒板に落書と行事予定だけが書かれていて誰もいない部屋もあった。

それらは建物全体の暗さの中でいくつかの細胞のように入りみだれ入りくみあって存在している。

なかには学生たちの残したなまぐささを残した部屋もあったが、それらは武の安らぎを得る場所ではなかった。

でも思いついて唯一の安息の場であるG学院大学新聞のクラブ室——〈大新〉の部屋へ入っていった。二坪ばかりのコンクリートの部屋では二年生が将棋をさしていて少しおどけた調子で声をかけてきた。

「伊藤さん、将棋いっちょうやりましょうよ」

「ねえ、就職はどうなりました」

その時武は、この紺の蛇腹服をきた二人の学生の嘲笑を聞いたように思ったのである。それを避けるつもりで——もっとなぐさめ励ましてくれる人を探しに学校まで来たつもりだったのである。

そこで武は一息ついて勝負をことわり、こんどの面接もまた駄目だろうと何げない調子でいった。そういいながら武はしめつけられるような感じがして、二人が外務省情報課につとめている先輩からもらってきたという十号記念号のキューバ特集用の写真にみいったのである。

二人の学生は四年生より五つも年上の武をせいぜい二年ぐらい浪人して入学したのだと思っているふうだった。そして武を〈先輩〉と呼んだり〈キャップ〉と呼んだりしている。だが彼らの口のきき方には、今の態度でもわかるように、武が入学前つとめていた会社の高校出の後輩とちがってむしろあとから入社した大学出のような意味もない尊大さがあった。

だから今も武は、妙に彼らに侮辱されたような腹だたしさを感じたのである。

武はこの大学に入った時すでに二十三歳になっていた。

高校を終えて田舎の銀行に五年もつとめていたので常識的な社会人としてもほぼ出来上がってきたと自分でも思っていた。そしてそんな中でまわりをみまわして、やはりこれからは大学だけは出ておかなくては駄目だなあという悲哀と焦燥を感じ、心の底に毎日鬱積していくものがあるのを自分でもいやいやながら認めざるを得ない状態におちいっていた。

ちょうどその時、野球評論家を自称している東京の伯父が「G学院大学へ入るつもりなら、学資ぐらいは援助してやるぞ」といってくれ、その年高校を出る妹に母をたのんで岐阜から上京したのだった。なかば進学をあきらめていただけに、また高校の同級生で夜間大学へ進んだ友達の苦労のわりには報われない様子を知っていただけに、その時の伯父の好意は非常にうれしかった。けれどももうその時、武にはかつて高校卒業時に一度進学する気で勉強し、受験した大学が受かった時の純粋な向学心は消えうせ、G学院を卒業したらどうなるかということの方ばかりに関心が移っていた。

G学院はなんといったって旧華族学校だからと伯父にいわれると、それまで心の中ではいくらか軽蔑していたその新制大学の名をうまく利用してやろうと思ったのである。

卒業すれば従来とはちがって広い前途がひらけるだろうし、万一駄目でも今よりは大きい銀行に前歴を考慮して入れるだろうし、そうなればまた今までとは別の人生が開けると思ったのだった。

だが今、武は卒業を目前にしてすでに六つの就職試験を失敗していた。そして今日は、学生課で「最後のチャンスだぞ」といわれて出版社の面接試験を受けてきたのだったが……。

もちろん入学当初は、それでも武はせっかく大学へ入るのだからガリ勉して外交官試験か司法試験を受けようと計画していたが、それはすでに二年生の初めにあきらめてしまっている。

四年生になってすぐ、他の同級生たちと同じように学内選考を経てC物産、A出版社、Q出版社、F銀行などの就職試験を手あたりしだい受けたのだが、それらはいずれも一次の学科は受かっても二次の面接か興信所の調査の結果駄目になっていた。

それは気がついてみると、片親というハンディーは乗りこえても、どの会社にも年齢制限といった内規があって、強力にはたらきかける人がないかぎり年齢ばかりは一人前以上で中途半端な新卒の武を避けているかららしかったのだ。だから今も二年生の学生はあきらかにそれを知っていて、揶揄してきたのにちがいないと思われる。

武は写真にみいり煙草に火をつけながら、この屈托のなさそうな二人に弱みをみせてはいけないのだという気がしていた。武は自分が今度の就職には全力をつくしている——なんだかんだといっても、結局はこの三年余はただ就職のために、将来の安定した会社を得るために過ごしてきたのだということを、若い彼らにみすかされてはまずいと思っていたのである。

武は従来新聞会のメンバーには、一念発起して勉強する気でこの学校へ入ったのだし、〈大新〉を設立したのも社会科学的な眼を養う手がかりを得るためだというポーズをみんなの前ではみせてきたつもりだった。だから二人の前でも苦心して底意をみせないように軽口をたたいたのだ。

だが今、自分が〈院新〉——この学校の初等科から大学院までの全校生と父兄に無料でくばられる発行費全額学校負担のG学院新聞に対抗して、この〈自治と自主を守り、大学生の意見を反映するぼくたちの新聞〉を創るために学校側と交渉し、広告取りに歩き、一部十円の新聞を正門で立ち売りしたことがむなしいことに思われた。一年や二年の時にすでに四年生より年上だった武は、この大学のある面は利用しながら、それだけではやはり不満でこの学校のイメージからかけはなれた存在の学生や不本意ながら入学した学生たちをかり集めて〈大新〉を興したのだったが、そのことにも後悔のようなものを感じていた。

新聞をつくることにエネルギーをそそぐのは学生生活の中で唯一楽しいことだったし、また大学生にもなって〈院新〉しかもたない学生たちをいくらかでも啓蒙するという自負もあった。けれども武は、いつも一緒に新聞をつくっていてもあの二年生に対するような異和感を部員のだれにたいしても持ちつづけてきたのだ。

それは年齢の差によるどうにもならない考え方のギャップからも多分にきている。そしてもう一つは、のんびり育ってきた同級生や下級生は武を含めた一部階層のちがう学生たちとまったく別の人間に思えるところがあったからだ。先鋭的とみえる学生が〈大新〉に入ってきて、武と歩調をあわせるので〈意識をうえつける教育〉をこころみる。するとすなおに従ってくる。けれども彼ら自身は実は何の不安も苦悩ももたずその〈教育〉だけを受けるように武には思われたのだ。

もちろん彼らにも苦悩はあるにはある。だがディスカッションの時に、たまに本気になって同級生の杉田が武にむかって相談し哀願したことは、武には幼いと思われる恋を恋するような恋愛問題だったし、女子学生にとっては親のしつけのきびしさが「頭にくる」程度の問題だった。それは武には本気になって考える気を起こさせないことがらだった。

さきの二年生にしても、武がさそうと、おそるおそる〈大新〉の部屋に首を出しいつのまにか部屋の空気になじんでいる。研究会でマックス・ウェーバーを読むことにすると熱心に新書版を読んできたし、評判の経済学教科書を読むプランを委員が決めると、武には教養主義と思える読み方でそれを読むが、近経にまでは思いがいたらない。すると武は、彼らにマル経の教養が必要だろうかと思ったのである。そんな彼らが武を笑うのは耐えられないと思った。

そして一方、クラブ室以外の乗馬を楽しんだりゴルフのクラブをもって歩いている学生たちの生来のあかるさに接すると武はもうどうしていいのやらわからなくなり、ただうらやんでいるより仕方がなかった。

卒業も近づいたので、四年生とは週一回のゼミに数人と顔をあわせるだけになっている。だから今日のように講義のない日に突然学校へ来ても五つ年下の同級生たちとは会うことができない。そしてそれはある意味では気が楽なのだが久しくあわないとそんな相手でも話がしたくなる。みんな卒業前をどんなにして過ごしているのだろうか。就職の決まらないのはもう一人もいないはずだが、どうしているのだろうか。会ってみればまた不満の生ずる相手たちだが、ともかくこの三年余、一緒に講義を受けたのだから一番武とは気が合うのだったが。

　武は中庭へまわった。そこにはみかげ石でつくられた高いピラミッド型の大教室が建っている。入学した当時は、古風な煉瓦づくりの校舎群と木々にかこまれて白い土だけの広がった校庭だったが、今はまわりを石畳でかためられて石造りの池までもある。その池に逆三角形に大教室の姿がうつり、今にも降りだしそうな空がうつり、金魚が藻の中でじっと動かないで息をしているのがみえる。

　武が入ってから、この学校も急速に大きくなった。皇室の新しいイメージが美智子妃の週刊誌でのやさしい姿をかりて人々の頭の中に広がりはじめると、昔とは少しちがった形でこの学校も息をふきかえしてきた。

　長い年月、武蔵野のおもかげを残し守られてきた構内にそびえる欅や、銀杏やプラタナスの木々。その梢が空にむかって伸びている中に、院長の標榜するとおりに新生G学院は〈不死鳥〉のようによみがえりつつあるように思われる。そのシンボルがこの大教室なのだ。

　それなのに、そこに学ぶ武は学校と一緒にうまく生まれかわることができなかったと思われる。新しい上層階級との結びつきを見越した伯父の計画にのっかって、武は年はおくれたけれども新しい生活をつくろうと思ったのだったが……。

　今日試験を受けたのは、今ごろまだ採用試験をするのだから世間並みにいえば三流の家庭雑誌と育児書専門の出版社だった。

　起きた時外は固くいてついていたが、それがゆるびはじめるころになると空に重い初冬の雲があらわれていた。

　武が定刻より三十分はやく行ってみると、出版社の小さな控室にはもういずれも学生服を着こんだ学生たちが、互いに同じ会社に勤めることになるかも知れないという気安さと警戒の様子をみせてすわっていた。

　武は就職試験の時だけは制服で出かけるのが最近の風潮なのは知っていたが、例の蛇腹ボタンの制服を一着も持っていなかったし、あらためて年下の同級生に借りて着るのも馬鹿らしいと思い背広姿で出かけてきた。そして女子事務員に案内されて控室へ入ると、待っていた学生たちは一斉にたちあがったのである。

武はくたびれた背広だったが、いやくたびれていたからこそ、それの身についている武を受験生たちはその出版社の社員と勘違いしたのだった。武はまの悪さを感じながら妙な不安におそわれた。三年半前、入学した時もはじめて講義室へ入っていくと、やはり一年生から同様の待遇を受けた。その時は武を若い教官の一人とみなは勘違いしたのだった。それは複雑なよろこびでもあった。

だが一度社会に出て受けた影響は、今もって武のどこかに残っているのだろうか。それは新鮮さを要求する試験官に悪い印象をあたえはしないだろうか。

小さくなって部屋の隅のやわらかな椅子に腰をおろして、その椅子の沈むような感触にまた武は不安を感じながら、煙草に火をつけた。受験生たちの輪の中にはいることもできず、かといって彼らの中心になるわけにもいかずにいた。たまたま転職の機会を求めてきた会社員の振りをして、武はその場をつくろって小さくなっていた。

武はその間に、もしこの会社に入ったら……いやどうしてもこの出版社に入らなければもう駄目だが……その時また、この今学生服のぴったり合っている者たちと歩調をあわせて何の異和感もなく、スムーズにやっていけるだろうかということを考えていた。

ガスストーブの青い焔の前のソファにすわった五人の上役たちは、木の椅子にすわった武を前後左右からみて、あらためて大学を出ることに興味をもった様子で、比較的好意ある質問をしたように思える。

G学院という大学を武は幾分特異な学校と自覚していたが、彼らはそのことには触れず、出版社の人らしくせっかちに面接は終えた。それはまた考えようによっては前のいくつかの会社と同じように、はじめから武を採る気はなかったのかとも思える。

　面接を終えて、待っていた他の学校の黒い詰めえりの学生たちにどんなことを聞かれたのかと尋ねられた時、武は頬をひきつらせながら早口に答えた。「なあに特別なことは聞きゃしませんよ」そういいながら、武は自身が異常に緊張していることに気づいていた。

　それから国電に乗って、とにかく大学へやってくるのが自分をなぐさめる唯一の方法だという気でそそくさとやってきたのだった。

　雨がぱらぱらと降りだした。構内の森の静寂が一層ふかまり、雨音だけがいやに高くひびいた。

　午後の一時間目の講義が終わったのか、青いセーターを着た胴長の学生がピラミッド校舎から真先にとびだしてきて、幾台もならんだ車の中から自分の赤いスポーツカーを探しだしてエンジンの音を高くあげた。

　やわらかく美しいスカーフで頭をおおった女子学生がそのあとを追って乗りこむと、車は赤煉瓦の正門の守衛詰所でいったん停車して走り去った。うすい紫色の排気ガスがゆっくりとあとに広がっていた。

　武は、ぞろぞろ出てきたたくさんの学生の群れが目白の駅へ急ぐのに一人走り出しもせず雨にぬれながら歩いたのだった。

二

　池袋につくと電車は急にこみはじめた。ドアの開くのを待ちかまえていて、学生たちが一度に車内へなだれこんできた。彼らは傘をもたず服を肩から雨で黒くぬらしている。武はそのしめった人群れの中で自分の座席を確保して外をみた。
　だれかが——たしか〈大新〉の三浦啓子が「退屈で、本当にたいくつですることがまったくなかったの。だから国電に乗って時間をつぶしたら、丁度一時間で元の場所にもどってきたわ」と喫茶店のほのぐらい中でいった言葉を武は思いだしていた。

雨の中をいそいで浅草の伯父の家までもどったって仕方がないように思えるのだ。就職はどうしたって決まりゃしない。決まるどころか今日のような調子でいくと永遠に決まることはないのかも知れないと思う。

いっそのこと、このまま環状線にのってもう一度目白までもどってみようか——。試験のことを考えるとどうみても成功だったとは思われない。おどおどしていた。二十七歳なら二十七歳らしくもう少し堂々と受け応えすればよかったのだ。いつも面接の前までは、とにかく人前でみえすいた世辞をいう面映さもあきらめて、会社に入りたけりゃ相手のよろこびそうな返答を陽気に快活にしゃべってやろうと思っていながら、いざその時になると武は変に萎縮してしまっていて駄目なのだ。緊張が度を越してすっかりかたくなっている。それが武にとってはくやしい。どうせ落ちるのならどうしてあんなに小さくなっていたのだ。

日暮里につくと、いつものように武は立ちあがり人混みをわけてホームに降りたった。もう一時間もくよくよと考えながら国電に乗りつづけるなんて、いざとなるとたまらないと思われたからだ。というより、それはいつもの習慣でそうしないとなんとなく不安だったからだ。

大きい鉄傘の下の、目の前のスタンドに週刊誌の広告がたれさがって、そこに皇太子と美智子妃の顔写真が幸福そうにならんでいる。たしかこれと同じほほえみを学院祭にやってきた二人は浮かべていた。

二人は仲むつまじそうで、久し振りの外出を楽しむようで、皇太子はなつかしい母校の中に思い出の匂いをかぐ様子で、太いズボンをはいてどことなく天皇のポーズをまねた会釈をして歩きまわっていた。

武はその時、これはぼくらの世代を代表するものではない——ぼくらの象徴ではないと漠然と思いながらも、もうひとつおどろきながら、二人をとりまいている嬉しそうな多くの学生たちの若やいだ、アメリカナイズされたカレッジ・スタイルをながめていた。

武はまぼろしのように、その時背の高い美智子妃がうつむきかげんにほの白い笑顔をみせ皇太子のあとにしたがっていたのを思いだした。二人は自由にふるまっていたようだ。先導して歩く白髪の院長がものさびしそうだった。武は瞬間、過ぎ去ってしまう学園生活のいく駒かをただなつかしく思った。

雨は急な石段をおりて駅前の小広場に出てみると小降りになっていた。

錦糸町行の黄色いバスはぬれしめった下町を走る。角に〈樋口一葉記念館〉の案内標のたつ道をよろけるようにして走り、一緒に乗りこんでいた赤いスカーフを首にまいた朝鮮人学校の生徒たちをおろして行く。

せまい階段を二階へあがると、つきあたりの三畳で伯父は仕事をしていた。

雑誌と新聞の切り抜きでうまったその部屋が、ローマオリンピックを観てきたのを最近得意になって話題にする伯父の仕事場である。

原稿用紙はもったいないと、反古紙の裏に六大学野球の実録物を書いている伯父は背を丸めて座机にむかったままでいる。伯父はむこうをむいたまま面接の様子を訊いた。武はなんとも答えようがない。ただあまり問いつめられないうちにと、伯父の怒声を気にしながらそこを通りすぎて自分の部屋へ入った。

昔の大学野球の花形だった伯父は、今は朝定時に出かけなければならない仕事はない。でもその朝はいつもまだいそがしい。

伯母の寝ているうちにお勝手の手伝いのおばさんにその日指定の服を大さわぎして探させる。どうみても古びたとしかみえない、でも生地だけはいかにも上等そうな服をきて伯父はとびだしていく。その前に八畳間で木刀の素振りを二百回やり、外務省の移住局や、幼友達の前大臣私邸や野球協会の理事会会場へ出かけていくのである。

それらの用事は多くその日でなければいけないとか、どうしても出席しなくては駄目だというのではあまりないように武には思われる。

武は伯父に就職の斡旋を頼んだことがあった。

その時伯父は急にむずかしい顔をして凸凹のはげしい赤ら顔にしわをよせ「武、自分の力でやれ」といった。

そういっただけで、伯父は自分からはたらきかけようとせず、武が試験を受けてくるといかにも心待ちしていたように合否をせっかちに訊いてくるのだった。

駄目だったと遠慮気味にいうと、きまって「なあに、偉いやつは幾人も知っているからそのうちにおれが話をしてやる。最後には日航だろうが三菱銀行だろうがＮＨＫでも入りたけりゃ入れてやる」といい、「でもとにかく、人に頼らずに学校の推薦でいけ」というのである。

けれども最近はそうして幾度も試験を受けているうちに、武は伯父は有名な人たちと知りあいなのが自慢なので、そんな人たちを利用する才覚もないし、また嫌なのではないかと思いはじめていた。考えてみれば伯父自身だって、野球評論なんて道楽仕事をしなくても、なにかの理事なんて閑職にいなくても、今までの経歴をいかせばまだまだ社会の第一線にいることができるはずだ。けれども伯父は、そんなことがきらいなのか受け入れてくれるところが案外ないのか、毎日本当のところはぶらぶらしているのだ。それをカモフラージュするために出かけていくようだ。

武は三年間勉強ばかりしていたが、おれはスポーツをやりながら大学へ行った、だから就職ぐらいは自分の力で探せばいいという。その伯父には武を鍛えようとする古風な老人の信念のようなものもみえはする。そして伯父は融通をきかせてちょっと受験先へ話をつけるなどということはしてくれない。学力さえ充分なら、どこへでもするすると入れるように思っているところがあるのだ。そうするのが甥への愛情だと思っているのか、伯父ばかり頼ろうとする武をいらだたしく思っているのか……それとも伯母の手前を気づかっているのか。

結局は系統だてて勉強したともいえない三年余だった。卒論も政経では昨年から廃止になってゼミのさいレポートを提出しておけばすむ。それやこれ考えてみると大学時代をただ無為にすごしてしまったと思われる。

年下の同級生——杉田にしても郷内にしても先ごろ就職先が最終的に決定したと聞いた。決まらない吉内は郷里へかえって家事を継ぐという。

伯父はローマからの帰りブラジルへ寄って、すっかり彼の地が気にいったらしく冗談とも本気ともつかぬいい方で「ブラジルへ行けよ、ブラジルへ、あっちなら就職なんてケチな心配はいりやせんよ」ということがあるが、それは今の武の希望を考慮にまったくいれないいい分なのだ。

武は今では現実的に、ごく普通のサラリーマンになってありふれていても幸福な家庭をつくりたい。助手の立川さんは武とそんなに年齢もちがわないのに幸福そうじゃないか。いつも冷たい感じのあの人も、前に四つばかりになった一人息子を連れてきた時は本当に楽しそうにしていた。そういえばあの人のまわりには、なんとなく余裕があるじゃないか。もしあの人に不満があるとしたらそれはぜいたくというものだ。「今の若者はみんな腰抜けだ」といわれたって、みんな今の世ではそうならざるを得ないじゃないか。

反古紙の原稿を清書するのが武の仕事だったので、前の日に書きあげておいた三枚半をもって伯父の部屋へ行った。

伯父は着物のすそをはだけて寝ころんでいた。太いすねに毛がいっぱいだ。部屋の入口の板の間に片目のつぶれた雑種の犬がねそべっている。武が思うようにいうことをきかない時、伯父はこの老犬を相手にぼそぼそしゃべり、てのひらに生肉をのせてあたえている。

伯父はほとんど部屋全体を占領するようにして、せまい部屋に横になり眼をつぶっていた。しかし眠っているのではない。伯父はこうしている時、いつも何かを案じている。何ということはない。特別重要なことを考えているのじゃない。——どことい って恵まれないことのなかった伯父が老境に入って何十年もの自分の人生をふりかえっていると思われるのだ。学生時代いつも脚光をあびて過ごし、美わしすぎるほどの青春を送ったのを追憶し回想し、今それにくらべると華やかでないのをどことなく恥じているようだった。

目をつぶったままの伯父は、武が傍にすわっても沈黙のままむかえていた。そしてしばらく黙っていてからいった。

「就職試験はどうだった……今度は大丈夫か」

武が結果を伝えた。

「谷中へ行くか武、気分転換に……あそこにはいろんなやつの墓がある……人間出世しても所詮死ぬんだ……」

伯父はそういってからまたしばらく黙りこんだ。

伯父と時どき歩くことがある。それも夜おそくなって浅草寺のあたりが暗くなってから、その境内を歩きまわることがあった。その時武は自分に父親がないので余計伯父とのつながりを感じながらあとをついて行く。今の伯父の希望はどんなことかと歩きながら考える時がある。

口の中で伯父はなにかつぶやいていた。ついにひじをついて立ちあがり、おばさんに原稿の送りつけを頼んでおいて、二人で浅草寺の裏へ出た。

病院のとなりの支那風の招牌のさがった骨董品屋の前でたちどまりバスにのった。

日暮里へ出て国電の線路をまたいだ黒い感じの陸橋を渡り、武たちは谷中の墓地へ出た。

歩きはじめると鉄格子にかこまれた新しい〈鳩山一郎之墓〉がある。雨あがりの地面はぬかるんでいて、石碑をとりかこんで植わっている木は葉を落とし、枝に雨露がたまっていた。あたりはすでにうすぐらく、墓地一帯に人影はみられない。

また行くと政治家〈重光葵君之墓〉の黒みかげ石の碑もあった。碑はどれもみな立派である。

正一位陸軍大将や衆議院議長や、著名な文豪の自然石の碑が五メートルもの高さで立っている。伯父はふむふむと一人うなずきながらかぶっていたソフトを手にもって、石の裏に書かれている文字を近づいて読んだ。散歩のつもりで来たのだったが、伯父は若いころ親しんだ名前を碑面にみつけると満足げで、やはり昔をしのんでいるふうだった。

武は伯父からはなれて、枯れた芝生の中に埋めこまれた英文でかかれた青銅の板をみつけた。そばに花環形のかざりをつけた石膏の十字架も立っていたが、銅板にはJan.23.1882と書いてあった。傍の竹筒には百日草が三本ぬれて生きかえったようにあざやかである。それはまだだれか昔の恋人をしのぶ外人がいるようで武の胸をうった。

五重塔跡の広場のベンチにステッキをたてかけて、伯父は着物の前をあけたまま目の前に生えている大きい楠をみあげた。雨のあがった空は西の方で一度あかるくなって、上の空はうすぐらく重い感じがしていた。伯父は休んでからいった。

「長屋先生のところへ行くぞ」

伯父の先輩でかつてドイツへ留学していて、長く帝大と高師の教授をつとめて今は天王寺町で択本道場という禅寮主ということだった。伯母の前では武に大そうな剣幕でおこることのある伯父は二人だけになると妙に親しみをみせた。その幼な友達の話をしながら「おふくろから手紙は来るか」と武の母のことを訊き、手鼻をかむというような下卑たことを気楽にやりながら墓地の中を歩いた。

択本道場は瓦ぶきの普通の民家のようで、門構えが立派なのをのぞけば思ったほど大きな建物ではなかった。寺でもなく、それでも玄関を入ると渡り廊下がありそこの腰板に竹箒が立てかけてあった。五枚ならんでかけられた小さな名札がみな赤く裏がえされて、寮生がいずれも外出中だということをしめしていた。

武は伯父のあとに立って案内の奥さんの出てくるのを待った。禅道場というのに奥へ通じる廊下にみえるのは重くどっしりした金の背文字入りの洋書の書棚だった。

二人は床の間に択本の僧侶像と達磨をえがいた軸のならべてかけてある二階の長屋先生の居間へ通された。閑静な感じのその部屋は夕暮れにむかって開かれているという様子で赤茶けた葉をつけた木の枝がガラス窓にまでせまっていた。

長屋先生は小さな人だった。破れた畳の上にこじんまりとすわっていたが、頭ははげて皮膚は土色で光沢がなく、頭と額の区別のできないところに茶黒い斑点のようなしみが浮かんでいた。

ほのぐらい裸電灯の下で伯父と並ぶとわずか三つちがいなのに一まわりも伯父の方が若くみえた。すると伯父の方がずっと貫禄あるようにみえ、先生は羽織、袴姿だが、着物のえり元に垢がついている。長屋先生は先ほどから半紙大に切った古新聞に小学生のするように習字の練習をしていたのだった。

大柄な奥さんのことばで頭をあげてからも、伯父が話しかけてもしばらくは先生はその小狸のような動作をやめなかった。

伯父はみたところ自分と優劣のはっきりわかる対象に気をよくしたように笑みを浮かべて先生の字を書くのをながめていた。

そして待ちきれなくなると「久し振りだね」というようなことを筆先をみながらくりかえしている。それでも目をちょっと動かして挨拶しただけの先生は、かたくなに練習をつづけている。そしてむきなおった長屋先生は突然いった。

「話のあったノイローゼの学生かね」

歯のぬけた口から出る言葉に重みはなく、飄々とした感じだけがそこにはあった。

「この道場にいる学生もみなノイローゼ患者ばかりですよ。自分のことになんとなく責任のもてない弱虫ばかりだ。それに今どきの青年は身をうちこんで何かをやってみようという気魄がない……」

たどたどしいようにそういう先生にこたえる伯父は、中学一年の時、腰弁当をさげて二里の道を先生のあとについて学校へかよったり、県内運動会で自分が優勝したマラソンの話を口にした。しかし長屋先生は現代青年を攻撃していた。

それでも伯父は隣村の子供たちと喧嘩して怪我をしたり雀の巣をとるため屋根の上を走った思い出を話した。そしてやはりそれにくらべると武たちは無気力でおとなしすぎると伯父は非難するのだった。結局話は、武が考えまよっている、無気力ともみえる決断力のなさとは無縁なものになっていくのだった。

武は時どき二人が話す岐阜の昔話や、先生のドイツ留学の様子に口をはさみ、今自分の考えがく彼の地に長屋先生をすえて、その時代の青年の外国に対する憧憬のつよさと武のいまブラジルに対してもつ気持ちのちがいをさぐろうとした。だが、すでに風化してしまっているような先生から期待どおりのものを得ることはできなかった。ただ長屋先生にとって外国生活は強烈な印象を残すものというより忍耐を要したことだったのはうかがえた。

先生も武のことを「ノイローゼ」といった。就職試験に失敗して意気消沈している武を伯父は先生にそう報告しておいたのだろう。そして最近外国へ行ってきたのを自慢にしている伯父は「日本青年総ノイローゼ」などと大げさにいってよろこんだ。

伯父はガーナの首都アクラにある野口英世の墓の前に自分が立った写真をもってきていてたもとから出した。墓碑に旭日の刻印のある栄光の日本人の姿に伯父は自分を一致させながら感慨をのべたてていた。

就職には困っても、時として武は心ひそかにそれは青年時代の試行錯誤の一つにすぎないと考えなおす余裕もあったのに、二人は速断的に、たしかな具体的な行動だけを武にもとめているように思われた。

だからといって武には伯父が野口英世の博愛的な行為をたたえるようには、日本人としての自覚と大志をいだいてブラジルまで出かける気はなかった。伯父はそんな武をたたきなおすためにこの道場でしばらくの間お世話になればいいといった。

先生はふたたび筆を動かしていた。新聞紙に墨汁で書かれる文字はこちらからみていても、最初角ばった下手なものだが、ゆっくり十枚も同じ字を書くうちに、まる味を帯びてくる。そしてしまいには蛇のようにまがりくねって踊りだすような活気のある字になった。

「あとわずかだが……たのみます」

伯父は着物の前をあわせ畳に手をそろえてあらたまって武のことを頼んだ。先生は筆をおいた。

それからすわったまま、座ぶとんごと体をくるりとまわして背後にかかっていた掛軸の方をむき、この道場の開祖吉川老師の像であると黒い方の絵をさした。

〈知行合一〉が念願で、老師の禅は無欲無心にまず行動をおこすことによって自分の心をつくりあげていくのだといった。先生は二人にむかって日常生活における諸々の実践が大切だ、まず自分の生活を自分でつくりあげていかなければならないと般若心経の言葉をひきつつ説明し〈実践〉を強調した。

聞きながら武はそのようなことはいとも簡単に思えた。

しかし、この小さな、どこかこりかたまった印象の老人が、今の青年の倦怠をしりぞけるには自分の身のまわりの雑務を自分の手でやってみればいいのだと主張するのを——それをまっすぐに信じることはできなかった。

同時に、精神を統一してすわったり雑巾をかけたりすることにある期待をももった。悟るなんてことはいやだが、諦観なんてきらいだが、でもそこには神秘な、霊的な救いがあるかも知れないと思っていたのである。

武だって時にはしがないサラリーマンになることに懸命になる今の姿をあわれに思っていたので、一度そんなことから離れてみたい、はなれて今のぼくたちにもっと青年らしい生き甲斐のあるものがあるのかどうかたしかめてみたいと思ってはいたのである。武には、学生課の事務員も、指導教官も伯父も、武が社会へ出る時の希望をみいだすのに本気で力をかしてくれそうには思えなかったのである。

三

三日後に武は択本道場へ入った。

この前あった時、白い肉のしまりのなさを感じていた奥さんにみちびかれて寮生たちの部屋へ行くと、障子をあけたところにのっぽの男が立っていた。

その安川は強い近視めがねをかけ、お腹のところのはじけそうな服をきて合掌しながら新入りの武に頭をさげてきた。

　武の想像していたような静かな若い僧の風情だった。みおろされているという気配を感じながら、武は実は彼がまだ幼い顔をしているのを下から盗み見していた。——それはG学院の二年生たちと同じ顔つきだった。素直にのびた脚のすねが細いズボンの先からむき出ていた。

　安川と、奥にいた橋幸夫刈りの室長——佐藤光利がS大学で、にきび面の愉快そうなのが山村というM大生だった。

　奥さんが二階へもどっていくと、室長の佐藤は赤い縞の入ったシャツをはおり肩をゆすりながら「伊藤はG学院か」とあらためて武に訊いた。そして敷きっぱなしの布団の上にすわって話しているうちに、少しうちとけると、「みんながG学院生だというからおぼっちゃんが来ると思っていた」と自分たちよりふけた武を意外そうにみなおしていった。

　いったん社会へ出て成人としてあつかわれてふたたび大学へ入って未成年者とつきあっている間に、自分がそのどちらともいえない不安定な雰囲気を身につけているのを武は知っていた。——そのことを感じたのか、一番年長だと知った室長は武をどう取りあつかっていいのかとまどっているふうにみえた。そして武もまた佐藤にしたがおうとは思いながら、なぜか一方では年下の世間知らずの学生を悔蔑しなくてはいけないという気持ちにもとらわれていた。

　部屋の中は乱雑でよごれている。黒くやにのくっついた灰皿には吸いかけてつぶした煙草がいっぱいつまっている。座卓の下や、部屋のすみに積みあげられた新聞と大衆雑誌の山にはほこりがつもりにつもって、壁のしみの上にエロ写真が貼られていた。

　納屋からはこんだ机に雑巾をかけ、もちこんだ数冊の本を武がならべていると、それを手伝っていた山村が郷里は尾張一宮だといい親しみをみせた。

　四時、予備校へ行っていた草場が帰ってきて挨拶をすませると、あとは九時半すぎにならなければ帰らない夜学生の松村をのぞいて寮生はみなそろったことになる。

室長に分担を決めてもらって武は竹箒をもって庭へ出た。座禅をくむはずの暗い広間から山村が勢いよくほこりをはたきだすのを待って武は庭をはいた。朽ちた木の葉が黒い土と一緒にほりおこされる。庭の真中の柿の木の下もじっとりしめっていてふとい藁の緒をすげた下駄はぬれてしまった。

安川が武の掃きおわるのを待って、掃除のために穿きかえた青いGパンの腰をくねらせて水をまく。草場と山村がだまって広間の畳をふき、つづいて渡り廊下のたたきにのせられたザラ板をかたかた不規則に鳴らして雑巾をかける。

室長の佐藤だけは腕をぶらさげてみなの作業を——これを作務といったが——をしばらくみていたが、そのうち広間の中央にしつらえられたすだれのかかった厨子をふきはじめた。そしてザラ板にいる山村たちのバケツにむかって雑巾をぽおんと投げいれた。

それから佐藤は作務の終わった合図の拍子木をうった。ぱーんぱーんと木は道場内の空気を撥ねるように鳴った。それまでみなは熱心にはたらいていた。

それはあとの就寝前、寝巻にきかえる時、骨体美をみんなにひやかされてついにはだかになって踊りだした山村の剽軽なすがたや、それを笑いあった佐藤や安川たちとの親しみの雰囲気とはちょっとちがったものだった。

武は決められた仕事に抵抗なく順序よくうつっていく彼らを何となくうらやましく思った。中に入っても自分だけが就職などというつまらない問題で悩んでいるのだろうか。長屋先生は「うちにいるのもノイローゼ、無気力学生だ」といったけれども、ここにいる青年たちは素直に成長していて、たとえ無気力だと非難されても気にせず順調に学校を卒業して、別にたいした会社をねらわず、なみの社会人になるだろうと思われた。武はそのことをうらやましく思った。

夕食を手わけしてつくった。米をとぎガス炊飯器にかける。魚を料り葱を切る。それは若者たちが集まってするキャンプの楽しみと同じだ。

食前にまた拍子木をうって、佐藤が〈飲飯五厚訓〉をとなえるのに唱和する。それさえも共同生活のひとつのリズムをつくっているように思われる。終わった時、アルミの食器についた飯粒や、皿にのこった鯵のアラをお茶でゆすいでのむのを武もまねたが、これだけは気味がわるいように思われた。しかしそれさえもみなは慣れているのか楽しそうだった。無駄口ひとつ発するものとてなく、しごくまじめに、てきぱきと食事をすませたのである。

参禅の時間には長屋先生がすがたをみせた。毎日夕方になると三鷹から参禅にだけやってくる老人をわざわざ玄関までむかえて、先生は広間の一段たかい檀にすわって「あっ」とも「おっ」とも聞こえる声を軽くあげて儀式に入った。

佐藤が先生の席の前に用意したリンを鳴らす。先生は厨子の扉を開け、壇上の畳に頭をすりつけて三度辞儀をする。

参禅者全員がそれにならって畳に額をこすりつけ、先生が頭を畳にくっつけたまま指を親指から順に折っていくのをまねる。この前と同じ古びた茶色の羽織袴の小さい先生はますますからだを縮め、くらい電灯の光の中に消えていってしまいそうであった。そしてこの奇妙な儀式はまわりにおそろしいような静けさと、神秘な雰囲気をただよわせはじめていたのである。

はじめてみる先生の神につかえる動作を武は上目づかいに注意ぶかくながめていた。教えられたように座布団を臀部にあてがって足をくんですわり、指をあわせて、先生が一心にくりかえしている動作を——口の中で小声で早く経をつぶやきながら時どき憑かれたように声をはりあげるのを聞いていた。

それは武にひどくおそろしく感じられ、人間が閉じこめられた時の究極のすがたをみる思いがしたのである。留学して学んだ西洋の哲学もこの老人を救いはせず、ここで狂的な動作で自己のすくいをみえないものにむかって必死に願っていると思ったのである。

般若心経の斉唱。つづいての黙想。黙想は目を半眼に開いたまま一間ほど前方の畳をみつめる。するとほかからは、あたかも目をつぶっているようにみえるものだと佐藤に教えられた通りにした。武はそう形はとっても精神の統一とはほどとおくにいた。つぎつぎとあらゆる煩悩が武をせめてきたのである。――ふいに小学校一年の時友達のてのひらに鉛筆をつきさした――その時のどす黒い血がゆがんだ指と一緒に目前に広がり大きくなってくる。かと思うと永平寺の杜の中にすわっている気になって……その時数えていた数字がイチ、ニ、サン、シ、ゴー、ロク……ニジュシチ、ニジュハチ、ニジュウクといった数字が日めくりの字体のように浮かんでくる。

目をうっすらあけて数を胸のうちで数えるのを数息観というのだそうだが、すわっている間はそうすればいいはずだが、それができなかった。これではいけない、これではいけなかった。武はあわただしく具体的な目標がほしかったのだ。

そして先日の面接試験の時の編集主任らしい男の表情を思いだしていた。背広姿の武をみて、「なぜまた勉強する気になったの」と不審げに訊いてきた。

武は入学の時のことを考えた。思いがけなく入学許可通知を受けとって、なぜか武は急に伯父を頼って学校へ入ることにやましいようなためらいを感じていた。別に大学へ入らなくたっていい、平凡なおしひしがれたような日々から脱出するのには転職したってよかったと思いはじめていた。その時のつかみどころのない無目的な不安感が今でも尾をひいていると武には思われた。

――あの時は伯父の好意にみちた手紙にはげまされて決断のつかないまま上京したのだった。子供のない伯父は年をとった自分の将来をたくすあてを武にもとめたのだったかも知れない。

入学した学校も春四月は正門から仮講堂への構内歩道の欅並木の間に桜がうつくしかった。その木々のあいだに新入生歓迎のクラブアーチや幕がたてられていて、紺の制服の若い学生たちが新入生たちを待っていた。

校内のあちこちには田舎から出てきたばかりとみえる学生たち、都内の高校からの進学者、それに昔の海軍士官のようにみえる制服を着た高等科からのエスカレーター組がむらがっていた。それらはまだ別々の群れになって動いていて、刷りあげられたばかりの合格名簿が付録のG学院新聞で自分の名前を確認してよろこんでいた。

テープレコーダーのボリュームを高めたESSの前に人だかりができている。芝生の上に置かれたボートの中ではショートパンツからよく焼けた両ずねを出した短艇部員がコックスのホイスルに声をあげてオールをこいでいた。みんな部員獲得のデモンストレーションだった。

細いズボンにジャケツをつけた若者が片手にウクレレを引っさげて女子学生と肩をならべて歩いている。

馬術部員は長靴に笞を持って馬上にいた。馬の首に〈伝統のG学院馬術部へ〉の札をかけ、その前をにんじんを竹ざおの端につけた女子部員が歩いていく。まわりから爆笑がおこる。

新入生たちはそれらの様子をおどろきと期待の表情でながめていたが、武はその中をひとりだけ外来者風のえり幅の広いぼけた茶色い背広をきて歩いていた
武はひどく緊張し、あたらしい青春の季節がやってきたのだと期待していたのだが、クラブ紹介のビラやパンフレットはまわりのどの新入生にも配られていたのに、武にだけはだれも手渡してくれなかった。それまで新入生とみると近よって押しつけるようにビラを渡していた蛇腹服の上級生たちは、武の番になると手をひっこめていた。彼らは武を新入生だとは思わなかったのだし、武もそんな中にいて自然に滅入った気分におちいったのだった。

新学期になって、すぐに同期生たちとつきあいきれないのに気づいた。そこで毎日音楽喫茶にいりびたってすごし、これでは駄目だと一念発起して空手部に入った。数日もすると、その野蛮な魅

力とみえたものが実は年下の先輩との気まずい関係で色あせたものになってしまったのだった。それは武のような部員がいるとやりにくい世界なのだ。

外交官が目的だったのだと思いかえし〈国際外交研究会〉にも入ってみた。そしてそこをもいくつかの公法や私法の名前をおぼえた程度でやめた。

そんな日々の中で、とにかく〈大新〉は武が中心になって創設したのだった。若い政治科の助教授と立川さんのうしろだてもあって、みかけはスマートだが頼りないここの学生たちにカツを入れるつもりで発足させたのである。

二年になった時――〈大新〉で一緒になった三浦啓子に好意をもった。A光学の社長の娘で、ややあねご的なところがあった。この時武は、ほかの学生のいかにも軽薄な子供じみた、女子学生にふられるのがわかっている近づき方をさけて、安定したカップルをつくってやろうと気負ったのだった。

啓子は目白駅近くの音楽喫茶についてきて、クラブ内の内紛をまじめに話した。それまでなんとなく頼られていると感じていたので、そこで武は思いきって啓子に自分たちのあいだに〈愛〉を育てようというようなことをむしろあからさまにいった。

その前後二、三週間が武のこの大学へ入ってから一番いきいきとした期間だったと思う。けれども啓子は簡単に――武の思惑がどうであるかなどという遠慮はまったくなしに、次に同じ喫茶店へさそった時にことわってきた。啓子はその後もそれまでと変わらぬ態度をクラブ室の中にみせていたが、夏休み前になって父の仕事の関係でヨーロッパへ半年ばかり行くからと学校を休学した。

武は啓子に全力をかけてはいない気ではいたのだが、でも啓子たちとはまったく別の世界に自分は投げだされていることを改めて自覚したのだった。友人たちの中にまじって、自分だけは大人だという体面も一度になくなり、武はすべてに嫌気がさし、早く社会へ復帰したい――退屈かもしれないが、それなりに平和だった岐阜での生活にもどりたいと思いはじめていたのである。

電灯がすうっとくらくなった。佐藤がどなった。

「喝！」

武は全身硬直した。はずかしいと思った。年下の室長に注意を受けた。しばらくは腰から背骨をとおして頭にまで、怒声の余韻があった。どこかでみくびっていた学生に――さっきまで赤シャツを着てふざけていた佐藤にどやしつけられた。それがまた心の中にひとつのしこりとして残っていく。

……もう三十分はとっくにすぎたように思われる。組んだ脚が感覚をうしなっていてとびあがって空中から畳の上にひらりとおりたってみたい。いや背筋をのばせ、背筋をのばせ。

早くリンが鳴ってくれないか。早くリンを鳴らしてくれないか。

武は永遠に閉ざされた世界から、目にみえない呪縛でしばられた世界から、早くのがれたいと願っていた。

四

幾日かを道場ですごしたあとの日曜日の朝、いつものように武は五時半に目をさました。

昼間電電公社に勤めていて夜N大へ行っている松村は、前の晩は九時すぎに帰ってきていたのにもう目をさましてフランス語の発音をしていた。

武たちよりずっとおそく寝たのだが、松村は口をつきだすようにして、ヴォン・ジュ、ヴォン・ジュとかヴォン・ソワールとかいう発音をくりかえして練習していて、一とおりそれが終わると布団から抜け出てきぱきと衣服をつけ廊下へ出ていった。

まもなくザラ板をかたかたいわせているかと思うと、力いっぱい拍子木を鳴らす。一斉に寮生たちははねおきる。そして掃除区域へ小走りにうつる。まだ鳴っている拍子木は響きの中に寒さがこのごろしみ入っているようだった。

その朝武は〈不浄当番〉で二階にある先生夫婦の便所の掃除をするのだった。黒びかりする階段を白い息をはいて一段ずつ雑巾でふいてあがり、最後に二階のとっつきにある便所の戸をあけて朝顔を塩酸で洗う。奥の大きい方の陶器には昨夜流し忘れたのか茶色い汚物が残っていた。

便所から先生の居間をのぞくと障子はひっそりと閉まって静かである。その奥へはこの前伯父と入った時以来立ちいることはなかった。今は隔絶された世界であった。

作務を終えると朝食前に三十分すわる。先生のすがたはまだみえない。それらはみな寮生たちの自主的な運営にゆだねられている。けれども朝のすべての行事を終えてあのあいかわらず雑然とした部屋へもどってきてもまだ七時半なのだ。

佐藤と安川は奥の部屋へ布団を引っぱっていってその上に横になる。布団はそれまで敷かれたままだった。

煙草をくゆらせてしばらくラジオを鳴らしていた佐藤は百貨店のアルバイトに出かけた。地下の食料品売場の〈どれでも百グラム五十円〉と書かれたキャンデーが回転する台の前でチョコレートを売っているそうだ。そこは女の子ばかりにとりかこまれて佐藤は楽しいという。白い割烹着ふうのコートを着て、男子店員とはりあうこともあるというし、前の日には生意気な指図をしたオールドミスを屋上の休憩場に呼び出してほっぺたをひっぱたいたといっていた。

佐藤は作務や座禅の時とちがって、女の子のもってあるく大きなMデパートの紙袋に今日は黄色のセーターを入れて肩をゆすりながら出ていった。白くのっぺりした顔をしていて、代々木の温泉プールや新宿のボーリング場で一時間で使ってしまう金を鼻うたまじりにかせいでこようとするのだろう。

武は山村としばらく将棋をさした。窓を開けると火鉢のまだはいらない部屋はさむくって仕様がない。だから残っているみんなが吸う煙草のけむりが天井から舞いおりてくるようでたまらないが、広間に通じる障子は開けるわけにもいかない。

安川はねそべってトランジスターラジオの音をしぼって聞きながら経済学の本を読んでいるし、草場も予備校の日曜講座がはじまるからとまもなく出ていった。そして松村は、一週間分の洗濯物を台所の共同の洗濯機に十円玉をほおりこんで洗いはじめている。

　将棋ははじめ安川がさそわれて山村とやっていた。三番やって三番とも山村が勝った。やる気のない安川にかわって山村と対戦したのだが、最初から武ばかり勝っていた。勝負ごとはあまり得意ではないので、負けるのがあたりまえだと思ってもう一度やってみたがつぎも武が勝った。相手があまりにもよわすぎるのだろうが何か思いがけないことが起こったように武は思った。そのつぎには山村が真剣になってかかってきた。この道場で長屋先生よりもつよい山村にこんどは武が負けた。けれども山村はだからといって武に勝ったとは思わないふうだった。事実武は、その勝負が終わるまでに幾度か山村に王手を教えてやっていたのだった。

　そして勝負が終わると山村はそれまで親しみはみせながらも妙に遠ざけるところがあったのに、どうも武にはまいった、やはり年上の人はちがうといった畏怖の念をにきび面にみせて煙草をさしだした。それは武にとって思いがけないことで、年下のいつも竹のようにしなう体をもった連中は概して無礼で大胆で、また一方底しれぬエネルギーをもっていると武が考えていたのを破ったものだった。

　山村はなんとなく弟のような媚びた親愛の情をしめしはじめた。

　武は自分のかくされた本当の才能は、案外自分の気づかないところにあり、人々もそこをみつけたら武を認めてくれるのかも知れないと思ってみた。どこかにまだ自分の気づかないあかるい未来があるように思った。もしかしたら、あの雑誌社でも武に最初から目をつけていてくれたかも知れない。面接室の中はくらかったが、編集長らしい男の背からうす陽が入り武だけが光線を受ける格好になっていた。五人の試験官はみな煙草をふかしたり悠揚とした態度をしていただけで武の記憶に特にのこるような発言はしなかった。

前に自分がおどおどしていたのではないかと思ったのとは反対に、武はおちついて応待したと思えたし、あの時の部屋の雰囲気は武には好意的だったと思われた。

山村がさそったので昼飯をとりに外へ出た。あたりの枯れた低い木々の中に黒々とした道が一本のびている。そして所どころにによきによきという感じで記念碑や顕彰碑が立っている。数多い墓碑の間をぬけて石畳の坂になったところへ下駄をひきずって出た。風が少しあった。

急にさわがしい雑踏になり、初音町のラーメン屋へ入る。もやしのたくさん入って豚脂のギラリと浮かんでいるねずみ色の山盛りのラーメンを丼をかかえるようにして二人で食べた。となりの労働者ふうの男は、どすぐろくよごれた唇に二杯目のラーメンをかきこんでいた。

それからまた通りを歩いた。オーバーよりジャンバーを着た男とねんねこに子供を背負った女たちがめだつ。

パチンコ屋の前には自転車がならび、魚屋の前の板の上にはくさったような色の魚類やたこや貝がはみだしていて臭気がひどい。マーケットの店頭では〈タマネギ五円、カキアゲ三ツ十円〉などと黄色と赤のペンキで稚拙な文字がガラスに書かれている。かこいの中では、油の湯気をあびたおかみさんが髪をぼうぼうにしてコロッケをあげていた。その前に数人の女たちがならんでガラスの中をのぞきこんでいる。

間口のせまい喫茶店の前ではコック服のボーイが客引きにたち、映画館の看板には大川橋蔵が剣をぬいておどっていた。この通りでは本屋も狂騒曲にあわせてたたき売りをしている感じだった。

山村はいつまでも武にくっつくようにして歩いていた。ズボンに両手をいれ、だらんとした感じでしばしば立ちどまって武を待ち、タコ焼きの屋台の前でしばらくみている。武もそれに調子をあわせながらぼんやりこれからどうしようかと考えていた。

山村に将棋で勝った時は、急にあかるい気持ちになったのだがしばらくするとそれもたよりないものに思われだしていた。

学校にいるあいだに、自分の意志で動くくせを忘れてしまったせいか、こうやってあてもなく歩いていると心の一部はおちつきを増しなごんでくるが、それは実は倦いた気分におちつくだけなのであった。たまたま自分の将来なんかを考えても深い切迫感においまわされるよりは他人の手によって事態が収拾されないかという気分のほうがつよいのだった。面倒だから何も考えずになにもせずに暮らしたらいいと思うのだが、山村たちの年齢ならそれもいいのに今の半端な年齢に達した武はそうもしていられないのだ。佐藤や山村たちのように三年も四年もあの道場で〈修養〉したらいいかも知れないが、武はあと四か月すれば卒業してしまう。そのあいだ道場にいても本当にこの慢性的ノイローゼは治るだろうか。

「上野へ行こう」と武がさそうと山村はうなずいて商店街をすぐ左に折れ、下駄をひきずりながら歩いていく。ちびた下駄の鼻緒は切れそうだがそれをあまり気にもしていない。

小公園でブランコにのり滑り台で遊ぶ子供をながめ、野球場でどこかの会社の青年クラブが懇親大会を開いているのがあると二人してぼんやりながめた。芸大の両学部を区切っている舗装道路を二人は歩いていった。

西洋美術館の前に立つまでには一時間もかかっただろうか。まわりの立木はすっかり葉が落ち、銀杏の下には黄色い葉がちらばっていた。しばらく来ないうちに美術館の正面にすごく大きな大理石の建物がそそりたつという風情で建っていた。

美術館の構内に入ると、枯れた茶色い芝生の上にいつものように〈地獄門〉や〈カレーの市民〉が武を待っていた。

青銅の重厚な〈考える人〉がじっと芝生の一点をみつめるようにして動かないでいた。

山村は下駄をひきずってあちこちをぐるっと同じ速度で歩きまわり、それからまっすぐ〈エヴァ〉の像のそばへ行くと館内へ入ってしまった。

武は〈カレーの市民〉の前に立った。うれいを含んだまなじりをあげて前方をみている市民の表情にはなにか意志の強さを感じた。鍵をもつ男の腕は頑丈で長いがそこにも統一された五人の意志がこめられているように思われた。あるものは前をむき、あるものは目を伏せ、もうひとりは頭に手をやり考えこみ、さらにもうひとりの市民は右手をあげて半身を引いていた。だがそれらは互いの意志がみえない糸でつながっているように思われた。

いつ来てもあまり長い時間この像の前ですごしはしない。けれどもこの作品の中には武が本当は心の底で慕っているものがある気がした。学校や道場でみる友達のエネルギーとはちがって、ただむやみに無目的に浪費し青春を謳歌するものとはちがって、もっと重い真実がこめられていると思えたのだ。武はその群像とむかいあって、そこにこめられている力を自分自身受けとめたいと思っていた。

みあげると空は青い。上野駅と反対の方角にうっすらと白い雲がみえるが、そこには下から枯れ木がつきささるようにのびている。空をみる武の眼は魚眼レンズのようだった。

けれども今の武には〈カレーの市民〉のエネルギーを受けとめる力もなかった。ただそこにある力の量をはかっているだけだった。あこがれながらそうしていた。おそらく田舎に残っているかつての同僚もやはり武と同じようにこの力を受けとめることはできないのではないかと思っていた。学校や寮の友達——いや日本全国の若者たちのうちどれだけが明日への本当のエネルギーを秘めて生きているのだろうか——この〈カレーの市民〉のような強い共同の意志をもっているのだろうかと思った。

それから山村を探して館内へ入った。モネーの絵や、ブリューゲルの〈弓をひくヘラクレス〉があったが山村はそれに関心があるのかないのかわからぬ様子で歩いていた。

「伊藤さん、芸術がすきなんですね」

山村は感心したという表情で「芸術」に力をこ

めていい、武をみつめた。武はそれをおもはゆいような嫌な気持ちで聞いた。それから山村は頭をふって「でも……うまくできてますね」とそばの〈接吻〉の像をさした。

武はひとこと山村にロダンについて話したいと思っていた。それはロダンの作品についてのべるというよりもロダンの生涯について語りたかったのだし、またロダンそのものというよりはいつも不安定で、いつもいきなり爆発するかも知れない危険をいだいていた彼を武は自分の心情の一端として披瀝したいと思ったのだった。

けれども武はだまっていた。それは先ほどの山村のことばが気になっていたし、「芸術」なんていうとちょっとおっかなかったからである。

山村をのこして、庭にならんでいる他の像をもういちどながめようと思った。

〈地獄門〉では〈考える人〉が上からながめおろしていた。その大きなレリーフをあおぎみると、壁には地獄へ堕ちる苦しみを絶叫する幾多の小さな人間の姿があった。それらはじつに千差万別で、〈蜘蛛の糸〉の犍陀多のように必死にはいあがろうとする男がいるかと思えば、炎のなかでやわらかな動きで陽気に踊っているものがあり、宙返りして両手を下にむけ曲げている髪がみだれてひどくひょろながい醜悪な表情の像もあった。全身のたうちまわり、腹の筋肉をいっぱい引きのばしてのけぞっている軀のなめらかな二人や、頭と胴をかかえこむ姿がみえる。

門の上の小さい〈考える人〉は柔和な顔でもなく、かといって苦しんでいる自分に同情や憐憫を求めているのでもない、静かに芝生と台座をながめていた。〈考える人〉だけ独立してあった先の大きい像とちがって高い位置にあってよくみえないが、審判者というより自身の苦悩にたえ、永遠の思索にふけっているとみえた。

レリーフの表面は露のようなものでぬれ、像のなめらかな部分の奥にはまだ多くの男女がもつれていた。門の両側にははいのぼろうとするすがたもみえた。武はもう一度上から下までながめてみた。

武はそこをはなれてからも、幾度も〈考える人〉との対話をこころみていた。不安ばかりいっぱいの自分をふりかえっていた。ただ耐えているのではない。耐えるというより思索にふけること、思索にふけるよりのしかかってくる重圧を自分のからだの中に組みいれていくことを、自然に身をまかせながら自分の方向を模索していくことを像は教えてくれるようだった。

山村は玄関の前でジュースを飲んでいた。自動販売機の前にある立像の方をむいていて、武が近づくと土色の顔をにっこりほころばせた。

日暮れ近くになっていて、武は寒いと思った。山村はジャンバーのえりを立てた。下駄からはみ出た靴下のやぶれから親指が顔を出している。人の数も少なくなっていて、近くの上野駅の雑踏が聞こえてきた。東北線の汽車が高い汽笛をあげると同時にまっくろい煙を美術館にあびせかけていた。

武たちは先ほどと同じ道を逆に歩きだした。鯨の白骨が材木のようにくちている博物館の前をとおって道場へむかった。

山村は〈接吻〉の像のくねった姿態を興味ありげに、よくしゃべった。

「あんなふうにうまくいくものかなあ」

武はその美しい像を今日はっきりみなかった。けれども山村の言葉の意味と自分のすばらしいという意味とはちがうと思っていた。

だからもういちどロダンのことについて語ろうかと思いながらだまっていた。それは山村を軽蔑したからではなかった。ロダンの世界はどうしても今の山村とはつながらないものだということを何となく感じていたからだ。そして武自身も、本当にロダンの世界を理解しているのかといえば自信はなかった。こうしてこの一年ほどの間よくここへ足をはこんだが、そのことが武の心をなぐさめていてくれただけだった。

ロダンの解釈自体は武にはそれほど重要ではなかった。

五

いくらかおちついた気分の日が幾日かつづいていた。

のこり少なくなった講義に出ると、教授は分厚いノートとテキストを広げてゆっくりしゃべっていた。時どき立って黒板に文字を書き、そのまましばらく話をすると教卓の上のノートをのぞきこんで声をおとした。ふたたび腰をのばして横文字を書いていた。

教室の中はうすぐらい。黒板の前の電灯だけがかがやいていた。

教壇のすぐ下――裸電球の真下に、背中をまるめるようにしている助手の立川さんがいた。立川さんは四年生と一緒にこの講義を聴講しているのだった。助手は教授の講義は聞く必要がないが、学術雑誌に論文を発表しない立川さんは教授にしかられたということだった。基礎的な勉強からやりなおすように命ぜられて十ぐらい年上の、四十そこそこの教授の授業に出ていたのである。

学生は六人いた。それらはみな教授の指示するテキストのページをくり、六法の条項をたしかめている。武にはおもしろい作業ではなかった。法律の語句はいやに理屈っぽく、どこかに抜け穴があれば退屈もまぎらわされるのに読み終えても語句の間にはつかみどころのない概念がつめこまれているだけだった。

武は自分の社会経験から、こんなものは決して社会では役だたないものだとかたくなに反発する気は最近ではなくなっていた。それはこの三年余の間に武になんの感動もあたえなかった、武に燃えたぎるものをあたえてくれなかったいくつもの講義への徹底した侮蔑からきていたものだった。

教授は自分のペースでしゃべり、時どき悲しそうに自分のしゃべっている世界が自分にしか用のないものだということを知っているように目をふせた。それでいて、意地わるく立川さんには法律の何条かを暗記しているかどうか聞きただしている。それにたいして立川さんは、武が就職試験の面接を受けた時と同じようにかたくなって答えている。武にはその教授も立川さんもなぜこんなにまでおたがいに冷たいのかよく理解できなかった。しかしこれだからこそ、立川さんはその将来を保証され、現在は八ミリにこって奥さんと坊やを写す生活の中にひたっていることができるのかも知れないと思った。

立川さんはいんぎんに答えている。学生たちのある者はその情景を軽蔑しきり、ある者はつまらなさそうに、そしてある者は教授に目をつけられ質問をあびせかけられるのを恐れるように身をかたくしている。ひとりまじった女子学生だけが勤勉さを誇示するように判例集を繰っていた。

出版社の入社試験は駄目だったのである。

美術館へ行った次の日、伯父のもとから一度開封されたあとのある速達が道場へ回送されてきていた。そこには案の定、今まで幾通かもらった採否通知書と同様に、〈……貴兄の御期待に添うことの出来ないのは誠に残念ですが……〉という文面がタイプで打たれており、そのあとに〈……またの機会に是非御応募賜ります様、伏して御願い申し上げます〉という何とも武を揶揄していると しか思われない丁重な文句をそえられていた。そのうすい一枚の社用便箋とともにいくつもの会社の間を往復した武の履歴書も封入されていた。

失敗すると、いつも伯母は武がまだ会ったことのない偉い役人や、早く出世した知人の息子の話をした。

「武さんはあの大学にむかなかったのかしら」

武だけではなく伯父へのあてつけをも愚痴をも伯母はセットしたばかりの髪に手をやりながらいうのであった。

しかし道場にいるので今回はそれは聞かなくてもすんだ。それに七度目の今回は何となくおちついた気持ちで事態を受けとめることができたのである。これまでくよくよ考えてきたが、かえってこれで自分はサラリーマンにはなれないことがはっきりしたと内心ほっとしてもいた。

道場の仲間たちはつきあってみると結構いい連中だった。毎日一緒に生活していると、彼らには彼らなりの規範もあって、それをある時は武のびっくりするくらい堅固にまもりぬいていた。

　草場は予備校生活のむなしさを「政治の貧困がぼくを浪人にしたんだ」と少し飛躍した論理できまじめにいう。そして雑談している時「ぼくは煙草はのまないんだ」と武の出した〈いこい〉を不精ひげをうっすらとのばした顔で拒否しながら、予備校でカンニングをした学生のあったことをくやしそうに話し嘲笑する。そのすんだひとみは泣きだしそうなのだが、そんな一途なしゃべり方はG学院ではみられないものだった。

　そして夜になるとあきらめたのでも妥協したのでもなく、なんとなく自己合理化をいつのまにかすませていて草場は坊主頭に鉢まきをして入試勉強にはげむ。彼の場合、T大学に合格するという大目標はくずしてはいけないものなのだった。

　あいかわらず百貨店のアルバイトをつづけている室長は、学期の中間におこなわれたテストの時には道場へ友達をつれこんでグループ学習で実をあげていた。このごろはモヘアのセーターを愛用しているが、たがいに代返しあっている友達はノートも手わけして佐藤の分まできちんととっておいてくれたらしい。N大の松村は昼間働いていてえたお金を高知の母と妹に定期的に送っている。この中で一番まずしいけれども、武が「放浪記」を読んでいると、「ぼくは貧乏なやつの書いた本は決して読まないことにしている」といった。

　山村をふくめ彼らは概して気は弱いけれども、結局は生産的、向上的な生活をおくっているようだった。そしてそれは一緒に生活していて、なるほどそれなりに好感をもって接することのできる者たちだった。何かG学院では感ずることのできないほのぼのとした親しみを彼らは持っている。武はその中で比較的スムーズに生活していけたし、また彼らも場合に応じて武の気にしていた年長者ということを上手に意識してもくれた。

「すわっている」時は武を新入生としてあつかって容赦しなかったが、そういうあつかいには彼らはここで慣れていたのだった。

　学生課へ行くと、初老の人のよさそうな課長はわざわざ武を応接室へ通してもうこれから受けるような会社は残っていないといった。〈家庭環境調査票〉を繰りながら、保護者である野球評論家の縁故を探したほうがいいねえといってくれた。

ピラミッド校舎の裏に張りだされていた求人票は不景気を反映して数も少なかったが、それはつぎつぎに赤えんぴつで消され、今はもう破れた紙が初冬の風にはためいているだけだった。そしてそこにあたらしく求人が張りだされると売れのこった年下の同級生がいちはやく申しこんで、一件の求人に十人も十五人もおしかけていた。

学生課の職員は最初に決めた推選順位ではなく、いろいろな条件を考えて、少しでも確率の高いと思われる学生をえらんで送りこもうとしていた。そうなると武はもう候補からさえはずされるのだった。

武はふたたび岐阜から上京した時のことを思った。

父を戦争でうしなっていたので、そのためにスムーズに進学できず悶々としてみたされない生活をおくっていた。会社と家庭につながれて母が早く結婚して安心させてくれというのを聞きながら、東京の大学へすすめたら――一生懸命勉強するのだが、自分の人生も大きくコースがかわるのだがと思っていた。かといって無鉄砲に上京した似た境遇の友達の真似はできかねていたのだった。

だが今ようやくその夢もかなない、卒業も目の前にせまってみると、両親がそろっているわけではなし、年齢もみなよりはずっと上だし、どこに誤算があったのか、旧華族学校のG学院の名前もそれらのハンディーをうち消してくれるほどの神通力はしめしてくれないのだった。社会へ出る武の夢は極度にせばめられてきていた。そしてそれを武は、今は社会に対して不満と思うよりは、自分自身の不甲斐なさの責任だということに気づいていたのだった。

講義はひくい声ですすめられていた。教授が立川さんをせめるようにして法律論義をしている。一層背をまるめてうつむきながらしゃべっている立川さんには、研究室で若い学生たちが声高に冗談を話しあっている時みせる依怙地な傲慢などとはまったくちがう。よわよわしい顔なのである。

武は前日ひさしぶりに浅草へ寄った。伯父はその大きい図体をテレビの前にすえて六時半からはじまる〈ゴルフ教室〉をみていた。武が挨拶しても、ただうなずいてしばらくは両脚をなげだして画面をみ、ぽりぽり落花生をかみ、何という意味もなく妙に武が気を許しそうな好人物らしい笑みをたたえていた。

伯母は外出中でお勝手のおばさんは伯父と武の顔色をうかがうようにして夕食をおいてさがった。テレビの解説の音だけが二人のあいだに高くひびき、それがかえって静寂をたもっていた。

「つまらないよなあ武」

伯父はテレビを切る。それはゴルフという娯楽に夢中になる有閑階級と、最近のブームにおどらされて猫も杓子もクラブを振る風潮を笑っていったのだった。こういういい方は伯父のいつものくせで、人生に夢中になることは実はなんにもないというのである。特にそれが金とむすびついている場合、伯父は極端にそれを否定する。そんなことが世間が伯父をさけている原因じゃないかと武は思っていた。かといって伯父は金銭に潔癖かといえばあまりそうでもなく、案外にケチで株式新聞もスポーツ新聞とおなじように熱心に読んで赤鉛筆でしるしをつけている。

この場合伯父は、スポーツはその醍醐味がアマチュアにあり、特に伯父たちがわらじばきで六大学野球をはじめたころの開拓精神と純粋なファイトが大事で、今のように人間修業をわすれたレジャーとしてのそれらは笑うほかはないというのであった。

伯父のそんないいぐさを、武はえらいとは思いながらも、うがって、伯父は知りあいの多くの重役達とゴルフを利用し歓談したいがそれができない自分の性質に不満なのではないかと思っていた。

伯父は大声で笑ってテレビからはなれると、これもいつものくせの野球談義をはじめた。用意された食事を一緒にし、少しばかりのビールの酔いがまわると伯父は真赤な顔をして自分が逆転サヨナラホームランを打った時の感激を話しだした。

相好をくずして立ちあがり、きている紺の着物のまま名ショートだった時の球のさばき方を実演した。そこにはいつも伯父の得意の独創的な野球理論が挿入されていた。それは武には憎めないものにみえた。花形選手だったころの思い出が伯父の中には今も生きている。——それを過去に生きたものにすぎないと否定するには今の伯父はあまりにも可哀想に思えた。毎朝伯父がいそがしげに出ていく用事も、実のところ多くは伯父のその栄光の過去とつながった母校の野球部後援会の幹事会などだった。

今の伯父は、ただ甥の武の前で虚妄となった自分の力を誇示し、昔の自分を再現するだけがなぐさめになっている。もし武が伯父の息子だったら——伯父はこんな演技で武の歓心をかおうとすることはないだろうと武は思った。伯父には肌すりあわせてなぐさめあう息子も孫もないのだった。

伯父は鞄をもってきて二枚の地図をとりだした。ブラジルの地図である。最近伯父が何かというとすぐ話題にしたがるブラジルの地図だ。

伯父はローマ大会を見物してから単独で世界を一周し、その帰りに小学校時代の同級生が彼の地にわたって経営している養鶏場をのぞいてきていた。そのブラジルの友達のもっている広い農場の位置をしめしたブラジリア近辺の地方図と、緑と茶色にぬりわけられた大きいブラジル全国の地図であった。

伯父はブラジルの空気がどんなにうまいかということをこんどは熱心に語りだした。高いポプラが大草原にたちならぶ様子——緑の山々。清冽ないくつもの湖、大きな船にのって両側をゆききするアマゾン川とその両岸のジャングル。そして車でどこまで走ってもはてしなくつづくコーヒーの樹の林。

武はやじる気持ちになった。

「どうせ行くんなら東南アジアへ行ってみたいな」

一時代も前の日本人のあこがれの新天地に夢中になる伯父を時代錯誤だと笑いながら主張した。

すると例のわざとらしい余裕をみせたどこまで

が冗談でどこからが本音ともわからない口調で、より一層力をいれて伯父は話しだした。

「武の視野はせまい、インドなんて行ってみろ、乞食はうようよいるし未開地だぞ。それにくらべりゃブラジルには自然がある。世界の天国だ」

　ブラジルはまずリオの空港の上空についた時から世界のどこの国ともちがうといった。リオデジャネイロの山上のパンの形をして突出している茶色い丘が、上空からの伯父の心をまずとらえてしまったらしい。上海以上に美しい夜の街。コパカバーナの太陽をいっぱい受けた青と白の海岸線——それを伯父は少年のように懸命に話しだした。そしてどこの村へ行っても、どこの町へ行っても元気はつらつとした理想的な日本人の幾人かに会えるというのだ。

「武のように、いつもくらい顔をした青年なんていやしないぞ」

　伯父はブラジル一の養鶏場をつくることを真剣に考えているというのだ。そしてもうひとつ——これはちょっとてれくさそうに——日本から野球のうまい高校卒業生をつれていき、むこうの合弁会社に就職させ、自分の監督下で全ブラジル・ノンプロ野球選手権を獲得する計画を立てているのだといった。

「全ブラジルということは全南米を制覇することなんだぞ、なあ武」

　伯父は袖をたくしあげていい、それに協賛して伯父の写真を掲載したスポーツ紙を奥の仕事部屋からとりだしてきた。それはいつも伯父の六大学野球観戦記をのせている新聞だった。そしてそれと一緒に、全国から伯父のこの〈野球移民計画〉に応募してきた二十歳前後の青年たちの履歴書の束をもってきた。へたくそな文字で一生懸命にかいたことのうかがえる書類の上には、まだニキビ面の、しかしいつも武が接触しているのとはちがった種類の健康そうな若者のライカ版の写真が貼付されていた。

　武はこの伯父の国際親善をもかねた計画を、履歴書の余白の部分に〈ぜひわたくしをブラジル一の投手に育ててくださることを期待してやみません。お願いします〉と書いて血判らしい黒くよごれた跡までおしてあるのをみながら、自分とは無関係なことがらなのだという気分にひたって聞いていた。心の片隅で、この金もうけや立身出世を言葉のうえではいつも否定しながらも、いつも何か事件の中心にいたがっている古き良き時代育ちの伯父についていけないものを感じていた。そしてこの大阪から応募した未来の大投手の心意気をうらやましく思っていた。

伯父は「あのバカな吉原が、木原が」と有名なプロ野球の巨竜軍や太陽軍の監督を呼びすてにし、彼らが伯父の前で頭はさげても結局は実戦に応用しない卓越した自分の理論を、日本のプロ野球ではなく夢の国ブラジルでやってみるさと笑っていた。それをいかにも容易な、すぐにも実現することのように伯父はいった。ことばのはしばしに「日本男子の心意気をブラジルで示すには二年とかかるまい」と得意そうにつけくわえていた。

広いブラジルに、日本の野球を移植するのはおれの夢さと伯父はもう一度いった。そしてその時は、サンパウロの郊外に移住するつもりだと話した。白いのがまじった髪をなぜながら、その時はブラジルで鶏をかって自適の生活をする、それには来年の一月までにはブラジルへ行かなけりゃなるまいといった。武が旅券は大丈夫おりるのかと念をおすと、伯父は意外なことを聞かれたように口を閉じ、例の新聞社にそんなことはまかせておけばいいのだと説明した。

それから武にひとつの提案をしたのである。もともとG学院のネームバリューを利用するつもりで武をあの大学に入れたのは失敗だったのかも知れない。そしてそれを信じた武、おまえもバカだ。けれどもG学院の値打ちがさがったのは日本国内だけのことで、海外、特にブラジルでは日本のプリンスの大学を出たというだけで絶大な信用を受けることはまちがいない。だからこの際、プリンスの大学を出て凡々たるサラリーマンになることなどはあきらめて、卒業したらおれの養鶏場の助手になれというのである。

「土地もニワトリもはじめは常田三郎太――小学

校の同級生だった男——にかりればいいさ。だいたい常田だってもともと裸一貫で渡って成功したんだから、おれたちも金をもってブラジルくんだりまで行く必要はない。それにおれは野球移民も合弁会社に世話する。そこもいくらか援助してくれるはずだ。……原野をひらいて小屋をつくる……ニワトリを育てながらその糞をつかって土地を肥やす。大根でもつくれる。そしておれたちはブラジル一の養鶏王になろう。ブラジルの大自然に親しみながら、なあ武」

伯父はもうその計画がなかば成功したようにい い、ビールで赤くなった目をにぶく光らせながら先刻の地図の上に赤丸や三角のしるしを勝手につけていった。ブラジル国内のあちこちの土地を物色しようというのである。そして武に赤鉛筆をわたしした。

伯父はつづけて名古屋コーチンはからだは小さいけれどもよく卵をうむし、食肉用にはレグホンがいいだろう。ブラジル人は日本人よりずっとニワトリを食べるからこれもいいかもわからないとか、チャボはどうしてかむこうではあまり繁殖しないということを、そのブラジルの同級生に聞いたのか、さっきの野球の話とおなじほど熱心に話しだした。また鞄にしまいこんであった正面をむいたり側面から写したニワトリの写真や、卵の大きさの統計表をとりだした。鶏舎の見取図や給水、給餌器の現地での設備目録もとりだしてみせた。

さいごに伯父は野球チーム結成のため来春早々にはブラジルへ渡りたいが、もう学校もないだろうからお前も一緒に行こうといいだした。

しばらく伯父は考えるようにしていて、おわんから冷えた汁を大きな音をあげて飲み、頭をふって柔和な顔をし武をみた。

「おれは人生のあらゆることを経験してきた。武は知らんが、長いことN重工で部長をやっていた。だが会社のえらいやつなんてみんな腹ぐろいいやなのばかりだったので、おれは喧嘩をしてやめた。お前がG学院を出ても結局はおれの場合とあまりちがわないだろう。おれはもう日本に何も思いのこすことはないよ。武、ブラジルへ行って養鶏王になることを考えろよ。卒業試験だけだって、学校なんて一年ぐらい、いや二、三年休学しておいたらいい、なんだったら退学したってもうおしくはないだろう」

あれから一か月ほどたっている。伯父がブラジルへ行くのならその日はせまっているはずである。武はあれから浅草へは行っていない。毎日の道場での生活になれきってしまってようやくおちついてきた。このままでいいのだ。行けば決断をせまられる。そうなればなぜG学院へやってきたのかその意味が武にはなくなってしまうのである。武にはそんな決断をくだす自信はなかった。

ブラジルまで遊びに行くのだったら、最近よく新聞でみる海外旅行なんてのだったら、よろこんでスペイン語会話ぐらい習いだすだろうけれど。

伯父の養鶏の計画はどうなっているのか知らないがブラジル野球の方はうまくいっているらしい。昨夜も道場の山村が喫茶店でテレビをみていたら、偶然、伯父と一緒に行くことになった五人の合弁会社に就職する青年が「あなたの秘密」に出ていたといった。アナウンサーに国威発揚と国際親善のためにがんばってくださいなどといわれて拍手を受けていたそうである。

合弁会社の方は二年もしたら操業をブラジル人にわたす。選手たちは百万円の貯金をもって帰国する契約なのである。山村はその金額をうらやましがっていたが、武も野球ができるのならその方へはくわわってもいい気がする。なぜってブラジルまで遊びに行ってお金までもらって、日本へ帰っても安定した平和な家庭へ入れるのだから。それはひとつの経験としてはおもしろいじゃないか。

けれども養鶏では……。一生日本へ帰ってこれないかも知れない。伯父はその気なのだし、武には母や妹と永遠にわかれてブラジルで生活せよといっているのだ。

武は正直のところ、今はおもしろくなくても楽しくなくても、あそこで黙然としている立川さんのような人生をじつは望んでいるのだった。どうせ日本では夢はもてないが、でもあれくらいがいいところだと思いはじめていた。武たちの世代では考えてみると一体なにが願えるというのだ。

それにしてもせっかく外国まで行くのに、伯父にはニワトリを飼うなんてことがどうしてそんなに魅力的なのだろう。たとえ伯父が日本に愛想をつかすにしても、もう少しG学院生たちのようなスマートな夢を武にしめしてくれないのだろうか。

一月といえば残すところ試験だけなのに、それも受けないでブラジルへ渡るのか。

でも考えてみると今の調子では、のこっていても入学前に期待したすばらしい将来なんてありゃしない。就職口だってありそうにもない。してみると立川さんは運のいい人だ。少しばかり窮屈だろうがそれもかえって生活の刺激になるだろう。そうしてそのうちに立川さんはとにかくG学院大学の助教授になって教授にはなるにちがいない。

伯父は出かけるだろうか。どの程度本気でニワトリなんかをブラジルで飼うのだろう。それはそんなに値打ちのあることなのだろうか。武は自分の考えの範疇のなかになかった提案に悩んでいた。

講義がすんで、学生たちはあわただしく教室から出ていく。

気がついてみるとただ立川さんだけが——一番確実な幸福の切符を手にいれていると考えられる助手の立川さんは前の方の席で机にうなだれ、頭からオーバーをかぶったままじっと動こうとしないのだった。

川　途

三保の松

世阿弥、飛ぶ

川途（かわず）

能登半島のつけ根、氷見（ひみ）山に朝日観音堂があった。ここに氷見（または日氷）宗忠という乞食僧が住みついたのは十五世紀半ばの初夏である。

宗忠は堂守をしながら秋にかけて面を打った。冬、六尺を越える雪が積もり、日本海から吹きつのる風は荒波とともにこの地を襲った。杉板に石をのせた観音堂は雪に埋まった。春になるまでふもとの漁師・喜八は宗忠のことを忘れていた。

忘れていたわけではない。例年より早い冬が訪れた時、喜八は観音堂をたずねたのである。その時、宗忠の姿はなかった。宗忠は、誰も知らぬうちにいず方へか去っていた。

気味の悪い面を打って観音様へ奉納するのが宗忠だった。

喜八は頼まれてこれまで幾度か面材を運んだ。この時も堂の梁に掲げてあるおびただしい面と、木取りしただけの桧、杉の木っ端を莚を敷いた板の間に見た。

喜八は堂の内を掃き、持ってきた米と野菜を観音様の前に供えて帰った。もちろん魚籠をさげて来たが、中に入っていたのはひねたはぜと二、三匹のあいなめでしかなかった。

喜八は破れた雨戸を立て、つっかい棒をかい、堂を荒縄でくくりつけて去った。半年もの間、雪に埋まる堂に誰も近よる者はないはずであった。ところが春になって堂を訪れた喜八は人の気配を感じた。

あたりはまだ雪が残っており、蕗の薹が無残に踏みつぶされていた。荒らされた狭い庭に火を燃した跡があった。軒につるした兎の皮は肉がこびりついて乾いておらず、ようやく芽を出した木の葉は摘み取られている。誰かが来たとしても、それはもう大分前のことと思われた。

喜八が堂の内をのぞいた時、一人の男が閉め切った戸の内で何かを見つめていた。

弥生も末であった。陽だけは確実に春であり、戸を開ければ柔らかい光が堂の中に射し込むはずであった。軒先に出れば手ももうかじかむことはなかった。

ところが浜から新緑を見て歩いてきた喜八にとって堂の内は闇であった。

魚籠を置き、神酒の瓶子をかかえて戸を開けた時、振り仰いだ男の顔と出会った。蓬髪から炯々と輝く二つの眼が喜八を射した。固唾をのんで立った喜八は、それが宗忠と気づくまでにしばらくかかった。初めからそうではないかと思っていたのに、瞬間、背筋を走る冷たいものを感じ震えがとまらなかった。

髪も髭も伸び放題で痩せ細った男はまるで幽霊だった。目は落ちくぼみ、身につけた単衣と袈裟は破れ、体がひとまわり小さくなっていた。あたりになんともいえない臭気が漂っている。

目がなれるにつれ、やはりそれが宗忠であり、氷見宗忠が面を打っていたのを喜八は知った。

わらじにしむ冷たさを感じながら、喜八は土の上から内へ声をかけた。

「いつ帰ってみえた」

すると宗忠はかがみこんだまま首を二、三度横に振り、それから立ちあがると、よろよろと喜八に近づき強い力で瓶子を奪った。

「見ちゃならん、見ちゃならん」

酒を一息に飲んでむせび、宗忠は両手をひろげる。さらに魚籠に手を入れ、生の魚を頬ばった。そこには浜から投網でとった小さな鯛が入っていた。

喜八は宗忠の後ろを垣間見た。打台に載せた面と幾丁かの鑿、鉋、鋸、そして周りの板壁一杯に奇怪な人の顔が描かれていた。

傍にながながとのびているのが人間であり、それが死骸であることに気づくまでに喜八はまたしばらくかかった。

杉板屋根から射し込んだ光が死骸の上で起伏した縞をつくっている。頭をこちらに向け、あおむけになったまま観音様に向けて両脚をのばしている。脚の白いのが見えてきた。

顔はちょうど打台と並んでおり、宗忠がその死骸を手本に面を打っていたのはたしかだった。

喜八が堂にあがるのを宗忠は止めなかった。瓶子をかかえて軒先に出てきて坐った。明るい中で見る宗忠の手足は凍傷で紫色にむくみ、顔は雪に灼けて皮がむけている。憔悴の中に宗忠は幾分かの満足の表情を浮かべて酒を飲んだ。口にした魚の骨を吐きだした。

顔に赤味がさした。宗忠の歯だけは白いが、しなびた肌のあちこちに血がにじんでいる。

堂に踏みこんだ喜八の足元に死骸があった。あたりは湿っぽい。床がぬれていた。死骸は水から引き揚げたのか、水を含んで腫れていた。

目をこらすと死骸をおおった布に見覚えがある。顔は変わり果てていたが確かに喜八の父・周兵衛だった。周兵衛は去年の夏の終わり、土一揆の仲間に加わって京へ行ったままだった。

十一月、宗忠は堂を出た。背に面打ちの道具一式を担ぎ、手にはぼろにくるんだ面をかかえていた。京へ行くつもりだった。

かれこれ二十年も前、宗忠は醍醐三宝院の庭で初めて観世の猿楽を観た。当時、綿布の振り売りをしていた宗忠は京への帰途、山桜の散りかかる舞台に黒く長い髪の間からのぞいている奇怪な面を見た。

それまで大和や近江の猿楽といえば妙に赤い、あるいは黒や白の大きな面をかぶって踊るものだった。田楽の滑稽と似てその場はおもしろいが、あとに何の感興も残らぬというのが宗忠の印象だった。

ところが醍醐の舞台は違った。その時のシテがのちに世阿弥と称した観世大夫元清であり、演じたのが〝藤戸(ふじのと)〟と知ったのは後のことである。

宗忠は面にひかれた。

あたりの新緑を映した白木の明るい舞台にたたずむシテの面の暗い影は、あの世から出たと思われるものであった。行李を置いて人々の頭越しに舞台をのぞいた宗忠は、始終うつむき加減の面を凝視した。長い時間まったく動かず立ちつくしたのち、ほんの少し面を上に向けた時、陽光を受けながらも面は一層暗さを増していた。

面をおおった黒く長い髪にひらひらと桜の花びらが舞いあがったのも宗忠の心に残った。

〝藤戸〟が源平合戦の折、佐々木盛綱によって殺され海中に沈められた漁師の亡霊をシテとした猿楽であることを宗忠は知らなかった。面が川途（かわず）と呼ばれる水死人の顔を写したものであることも知らなかった。

その時、面だけを一心に見つめたのは宗忠自身が、妻と二人の子供を疫痢で失った直後だったせいもある。いやその前の年には嬰児を殺していた。

とにかく宗忠は一家を失って旅に出ていた。

通夜の晩、蝋燭の光のもとでその旅に出る前まで頬を赤らめていた次女の顔を見つめていた。

名前の通り、三歳の梅は死んでもあどけなかった。宗忠の帰る数日前急死していたが、頬の下にはまだ匂いやかなものが残っていた。頭を並べて死んでいる長男の甚吉の頬は落ちくぼんでいた。

目をつぶった女児の安らかさとくらべ、甚吉は何度目蓋をおおってやっても白眼をむきだす。生業の口実のもと臨終にさえ間に合わなかった父を恨んでいると見えた。それは八歳であの世へ行く運命に抗っていたのかも知れぬし、父とは名ばかりで行商に出て家に居つかぬ宗忠の本心を知っていたのかも知れなかった。

以前、長女が死んだ時は旅から戻るとすでに葬られていた。その時、宗忠はまだ三十になったばかりで、幼い子の死を悲しむ気は薄かった。むしろ咲との腐れ縁が切れるかも知れないと期待する気持ちがあった。自分の子供と確信の持てぬのに子の成長を気づかって京へ戻る自分がうとましい気がしていた。

だがその時、宗忠は一晩三人の顔を見つめて過ごした。四十歳を越して心の支えを失っていた。旅から旅への生活に倦んでもいたし、軒先に寝たり山の中で一夜を過ごすのにも疲れていた。家にいるのは年に二、三か月とはいえ、咲との歳月は宗忠の心に住みついていた。

帰った時、妻の咲はまだ生きていた。死んだ二人の傍にまた身籠って臥せていた。咲はすぐ孕む女だった。それまでに何度も嬰児を闇にほうむっていた。

旅に出ず洛中に小さな店を構えてくれというのが咲の口癖だった。最期の言葉もそうだった。

「お前さんが旅に出たがるのはわかるけど」

実入りがいいというのではない。若い時から宗忠の行商には他の目的があった。こらえ性のない宗忠は若い女と接したかった。京の女よりひなびた地方の女どもと遊びたかった。咲ともそうして知りあった。美人とはいえない。まさか曽々木から自分のあとをつけて京へのぼってくるなどとは思ってもいなかった。ただ一度きりで終わるはずの女であった。

そして宗忠は京が嫌いだった。

咲に愛情は抱いていない。性欲の対象以外の何ものでもないと思ってきた。がさつな性格が気に入らない。お菜の味つけも濃かったり薄すぎたりした。洗濯も糊をつけると固まっていた。宗忠に気をつかうけれども、いつも何か一つ宗忠の気に入らぬことがあった。

それにもまして京に身を置く習性はつけまいという気持ちが宗忠にはある。それは若い時の決意であった。

可愛い梅と甚吉に会いに京へ戻る。でなかったら五条のあばら屋へなど足を向けるものかと宗忠は思いつづけてきた。

しかし腹の大きい妻の死顔を見て、この時、宗忠は自分が帰ってきたのは子供のためだけではなかったことに気づいた。

口汚くののしり、足蹴にし、何度も間引きさせた女である。だが子供と枕を並べて死なれてみると、宗忠は自分が本当に心を許してきたのはこの女しかいないことを知った。

大きな声をあげてももう咲は応えない。宗忠が咲を殴ると着物の裾にまとわりついてきた梅も動かない。宗忠をいつも陰険な眼差しで見ていた甚吉ももはや何もいわなかった。

以後三人の死顔がいつも心に残った。

世阿弥の面にひかれたのも、そこにこの三人のあの世からの声を聞いたからである。

咲が息をひきとった後、宗忠は三人の顔に死化粧を施した。自分のわがままを許してくれという気持ちがあった。白粉はのりが悪かった。梅などはむしろ醜悪とさえなった。三人に素直に接しなかった自分が悔やまれた。何度も拭いおとし、紅を塗った。

甚吉の頬にこびりついた白粉をとった。せめて目蓋だけは閉じてやろうと手をやった。冷えた顔をなぜるのを宗忠はすこしも厭わしく思わなかった。咲の口紅だけはうまくついた。口元をきつく結んだ表情は若い頃の美しさがあった。ただ咲には、宗忠が心を許そうとしているのに逆に許さぬものが感じられた。

三人の魂を鎮めようとしたのだが、宗忠はいつのまにか自分が死顔にひかれているのを知った。死んでも心を許さない咲のため、宗忠はせめて黄泉路への門出を寿いでやらねばと思った。

宗忠は世阿弥の舞台を追った。仙洞御所の庭にまぎれこんだ。北野神社で世阿弥を待ったこともある。痩せた男や女の面、霊女と呼ばれる面をかけて舞う世阿弥の舞台を観たのである。

世阿弥のいくつかの舞台を観るうちに、この将軍・義満に寵愛されている大夫が従来の猿楽と違うことを宗忠は理解した。美しい若い女の面をかける能も、そして祝言の猿楽にさえ他の役者とは違う翳があった。それはただ暗いだけではない。亡霊のシテは、地下何千尺から立ちのぼる情念をこの世への妄執と変えて舞っていた。さらに宗忠は世阿弥が、舞台で面に込めるまがまがしいものを感じた。将軍の猿楽愛好にともなって世は田楽に代わって誰もが猿楽を舞うようになっている。だが同じく面をかけても世阿弥の舞いは他とは違った。

幽玄とか妖艶という世評がその頃世阿弥に与えられていたが、一見そう見えるものの中に宗忠はいつも地獄からの声を聞いた。母子三人が抱きあって死んだ恨みがどこかに現われていると感じた。

そして年ごとに宗忠は恨みはただ死んだ者だけのものではない、生きている者もいずれ同じものを抱いて死ぬのだと思うようになった。

宗忠は山を歩くうちに木に宿る精霊の声を求めた。海に鳴く鳥の高い声にあの世からの声を聞くようになった。もはや帰る家はなかった。

雑踏の中で、狂った母やその母を待つ子の顔をさがした。

それらは世阿弥の猿楽の主題でもあり、宗忠にとってはあばら屋で死んだ三人の怨みでもあった。その前に死んだ長女であり、顔も見ずに踏んづけて殺した子供であった。

面を打ちはじめた宗忠は世阿弥を意識した。世阿弥に使ってもらいたい。世阿弥が望む面が作りたい。その芸に拮抗する力を持った面が打ちたいと念じた。三人の怨念をこめれば、世阿弥が舞台でそれを現わしてくれると思った。

将軍が義持に代わり世阿弥が失脚したと聞くまでに宗忠は五十面を打ち、それらを世阿弥に届けた。

だが世阿弥が佐渡へ流されてからは宗忠はかけてもらう役者を失った。ただ打つだけになった。〝藤戸〟の舞台で観た川途を越えた面を打って三人の恨みを現わすより仕方がなくなった。

堂を出た宗忠はかかえてきた二面を世阿弥ゆかりの寺社に奉納しようと思っていた。この半年、精根をこめた面だった。

路は倶利加羅峠を越えて小浜へ出るはずだった。木枯らしにみぞれがまじる。旅はもはや苦痛である。足もとはおぼつかない。

ぼたん雪が風に舞いはじめる。谷川に沿って歩く。路とはいえぬ。どこかで猿の鳴き声が聞こえた。黒いものが白い中を跳んだ。

日の暮れぬうちに峠を越えるのは無理かも知れぬ。それでも宗忠は歩いた。野垂れ死にするならそれもよい。源平の合戦の折、無数の武士の死んだ場所で、世阿弥も猿楽の舞台として謡った場所で死ぬならそれもよいと思っていた。

雪がとぎれると、前方の木々の中を黒いものがまた跳んだ。今度は明らかに狐だった。それを目で追った時、宗忠は下の谷川にうずくまっている黒いものを見た。

深みにはまって岩を抱いた形でいる。雪がおおっていいて獣か人間か知れなかった。

目をこらすとそれは人間に見えた。

宗忠は雑木をはらい小石にすべりながら降りた。はじいた枝から雪の固まりが落ちた。

男は水の中の岩に身を投げかけている。髪が水に流れている。裸足の先も水に浸っていた。抱き起こすと、水しぶきにぬれ雪をかぶった体は冷えきっていた。身をあずけた岩の冷たさが男の全身を凍らせている。

抱くと、水が垂れ、覚悟したわりに死骸は軽かった。もとの路まで運び、宗忠は小石の出た雪の上に男を横たえた。

仰向けると、宗忠はこの男をどこかで見たと思った。

男は六十歳を越しているに違いない。身につけた着物がちぎれ、あばら骨がのぞいている。膝にかすり傷がある。それが水にふやけ白い肉を見せ、髪は額のあたりで縮れ、あとは黒と白がまじって伸びている。

誤って谷川へ落ちたのか、水を飲みに下りて力尽きたのか、痩せた腕は枯木のようだった。

宗忠は男をふもとの里へ送る気になった。

この時宗忠はまだこの男を堂へ運びこむつもりも、この男の顔を模して面を打つつもりもなかった。

両手を肩から胸へ落として背負った。死骸は怖くはなかった。宗忠はむしろ生身の体より近しく思った。

面打ちの道具箱をかかえると、手に面は持てない。雪の上に面を置いた。そして宗忠は今来た路を引きかえしはじめた。

雪が激しくなっていた。何度も滑り、そのたびに道具箱を前にほうり出して男の体をささえた。

硬直していた死骸はしばらくすると背中にはりついてきて、もはや冷たく感じなくなった。

宗忠が堂にたどり着いた時、あたりは一面真っ白になっていた。潮の遠鳴りが聞こえた。能登の海岸に打ち寄せる波がどよもすのであった。

その晩、宗忠は男のために読経して過ごした。柴を折って炉に燃した。小さな火影が堂の内をちらちら照らした。観音様の姿が揺れた。

激しく吹きつのる風の音にまじって一層波音が高く響いた。

翌日も翌々日も吹雪いた。閉め切った戸の隙間から雪が吹き込む。

宗忠は床に横たわった死骸を眺め、時々声をあげて経を読んだ。

堂は揺れた。倒れてしまうかと思われるほど激しい風が雪を巻いて吹いた。

三日たって宗忠が戸を開けた時、あたりは銀世界だった。抜けるような青空が広がっていた。宗忠は屋根の雪をおろした。

男を葬る気はもうなくなっていた。宗忠はこの男の顔を面に打とうと決めていた。

雪に映える光の中で男の顔を見ると、思い出した。男は周兵衛だった。何度か、息子の喜八と堂へ来たことがある漁師であった。

夏の終り、堂へ魚を持って来た時、周兵衛は今と違って褐色の肌をしていた。精悍でもあったし、漁師仲間でも力を持っている口振りだった。

だが、周兵衛はその時、舟を失なったあとだった。漁師ともあろうものが嵐に舟を奪われた。浜にあげた舟を波にさらわれたと面を打っていた宗忠の傍へ来ていった。

「わしの手落ちだ」

周兵衛は自分の不手際を恥じた。

夕方晴れていたのに、夜、陸から海へ突風があった。その上、地震りがあって高潮が舟を引いていった。古老から聞いてはいたが、あのようなことは予測出来なかった。それでも日頃、海を恐れている漁師が不意打ちをくわされるとはと、むしろ恬淡としていた。

そのあと周兵衛が愚痴ったのは、新たな舟を手に入れる方策のないことだった。

「こんな理不尽なことがあるもんか」

座に頼みこんでも金の融通はしてくれない。金貸しの許へ行くより仕方がない。法外な利子で金を借り、逃散や身投げに追いこまれた仲間がいると喋った。

「おれはもう舟には乗らん」

周兵衛はその話をしに来たのではなかったろう。だが庭の木の下で白木の面を打つ宗忠を見て、一人身の気ままをねたんでいったのかも知れなかった。

「京では徳政があったそうだが、どうかの」

潮焼けした周兵衛の目は光っていた。重荷を背負っておしひしがされているとは見えなかった。訊いてみると、舟を失なっただけではない。長年の憤懣がたまっていた。凪の冷たい海に出て魚を追う苦労を正当に評価せぬ者たちへの憤りだった。一気にそれを爆発させそうな目付きをしていた。


傲慢といえばいえた。

「面など彫ってどうなる」

つるりとした表情は人をくっているとも見える。髪は白いが自信に満ちた漁師の太った体は宗忠を圧倒した。

宗忠は近頃、徳政を要求したことも、要求する仲間に入ったこともない。若い頃、群れに加わったがそれはいわなかった。宗忠が今ここで面を打っている原因のひとつはそれだったが、京は一揆の男たちがなだれ込むのを待っていて捕えるとだけいった。

周兵衛は笑った。宗忠を軽蔑しているようでもあり、そんなことは知っているという表情にもとれた。

「漁師が一揆を起こしたってことは聞いたことがあるかね」

考えてみると、あの時、周兵衛は返事を求めたのではなかった。もう決意して、ただ確かめるために宗忠に話しかけていたに過ぎなかった。

「これでも食って精気をつけなされ」

魚籠から取り出した鰯は小さかったが、活きはよかった。いずれ鯛でも烏賊でもいやというほど持ってきてやると周兵衛はいった。

あの時、威勢のよかった周兵衛の体は今は小さく見える。無念がこもっているとも見えた。谷川で行き倒れていたのだから念願を果たしたとも思えぬ。死斑の浮いた顔は色が抜け落ちている。何日も飲まず食わずで山路を歩いたのかも知れなかった。捕えられることなく山へ逃げてきたのなら周兵衛は幸せといえるかも知れぬ。打首になるか引き回しにされるかが京での一揆への仕打ちだった。

死後のびたのか、まばらで不揃いな髭がうっすらと生えていた。

宗忠は堂の隅に積んだ中から、節もなくやにも出ていない木を選びだした。

面の打てそうな桧の丸太を五本、鋸で引いた。さらに柾目の揃った杉材も七、八本取り出した。

一度で気にいる面が打てるはずがない。といって木を多く用意したのはいくつか打ってその中から気にいったのを選ぼうというのでもない。気分がのって打ちはじめても途中で厭になる。それでいて次が打ちたくなるとすぐ材が欲しくなる。その準備であった。

宗忠は一尺ずつに丸太を切り揃えた。一本から二面ずつ取れる。これだけ打つのに一冬かかるかも知れない。一冬かかってもこの顔を写せればよいと思った。

材の仕度をする間、面の打てる期待がたかまった。

天気のいい日、宗忠は死骸の顔を見つめて過ごした。さらに面のことを心に描きながら吹雪の日、じっと坐って過ごした。すると、もう二十年の余も昔になる咲たち三人の顔が浮かんだ。

そしてようやく木取りにかかった。早く打ちたい気持ちを抑えた末、宗忠は木に向かった。

鑿を打ちこんだ。荒彫りする間、宗忠は寝食を忘れた。かじかんだ指に息を吹きかける時、自分にかえるだけだった。

外を吹く風も波の音も耳に入らない。こつこつと鑿の柄頭を打つ木槌の音だけが堂の内にひびいた。雪あかりが昼も夜も照らした。囲炉裏の火がちろちろ燃えた。

荒彫りを終えて宗忠は面を見た。そしてふっと立って火に投げ入れた。駄目と知ったのだ。自分でもどこがどう駄目なのかわからないが、もうこれ以上打っても気にいった面にならぬと思った。そう思った時、それは捨てるより仕方のないことを宗忠は知っていた。

宗忠は落胆はしなかった。すでに胸の中に次の面が浮かんでいた。ふたたび荒彫りにかかる。鑿の深さを木槌をたたく力で測る。あてた刃先が食い込むのは一気にではない。大胆に細心に槌をふるう。荒彫りで形がきまる。

今度は輪郭を作り終えた時、駄目だとわかった。暗い中ではわからなかったが、表に出て雪に映える陽に透かすと鼻のわきに思いがけぬやにが見つかった。それは時がたつにつれて大きく広がる。

だが宗忠はこの木には愛着があった。堂の梁にいくつかの面と並べて掛けた。

それから幾日かかかって二面打ったが、いずれも気に入らなかった。うち一面は荒彫りして小作りにまで進んだが、どうしても自分の心にそわなかった。そうなるとただ打っているだけだった。完成を目ざすだけの自分がいじましい。それでも意地になってふと気にいる表情が現われぬかと打ちつづけた。

頬をそぎ落としてから、宗忠はその木を囲炉裏に投げ入れた。力一杯やっているつもりなのに、どこか心の中に空虚なものがある。

すでに雪は堂を覆っていた。周囲からいつ雪が押し入ってくるか知れなかった。戸は開けることも出来なくなっている。宗忠は戸口から雪の上に向けて階段をつくるのを思いついた。梁の下の腰板をはがして外へ出ようとした。すると雪がなだれ込んだ。宗忠は戸口に向かって雪の洞を掘った。さらさらした細かい雪の中での作業は体がほてった。

その日、おだやかな陽が照っていた。階段をつくり終えると、目が痛くなる白い世界は宗忠の心を晴ればれとさせた。狭い堂にこもって周兵衛の死骸と面に向きあっていたのから解放された。

　雪原に枝先を出したぐみの木に実がなっていた。宗忠はその赤い実を食った。大根は雪の中に埋めてあったし、以前もらった魚は干して堂の中につるしてあったが、残りは少なくなっていた。

　周兵衛を運びこんでから一と月が経っていた。

　何度も雪の階段を上り下りして薪を運んだ。粥を煮て腹がくちくなるまで食べた。

戸口の雪を除けたが、翌朝までに二尺積もった。

　積もった分だけ除け、外への通路を確保した。

三日吹雪くと一日晴れた日がやってくる。ほとんど周期的だが、七日も八日も晴れの日がつづいたり、十日も雪の降りやまぬこともあった。

　ぐみの枝に兎が足をいためて引っかかっているのを見つけた。以後、雪に穴を掘ってわなを仕掛けた。

　死蝋でかたまったと見えていた周兵衛が強い臭いを発しているのに気づいたのは外から戻った時だった。堂の隅に雪でかためて安置してあったが、中へ入ると耐えきれぬ臭いが鼻を襲った。ほそぼそと燃える火が堂の温度を上げていた。

　死骸をのせた蓆を引くと破れる。表面は崩れていないが、触ると硬くなった皮膚の下にぶよぶよと動くものがあった。傷跡から黒い汁がにじみ出ている。硬直した体はもうはりを失なっている。力を入れると関節が抜けた。抱き起こして作業場に敷いた蓆に移す。そのまま巻いて、かためた雪の階段を背負って上った。肉の筋が柔らかくなって、蓆から肉だけが落ちそうな周兵衛だった。

　四尺も積もった雪の原に頭を北に向け死骸を横たえた。凍てついた上に雪が降る。暗い空からとめどなく雪が降りかかる。周兵衛の体はすぐに白いものにおおわれてしまった。宗忠はひざまずいて経をあげた。遠くで風と波がどよもす。あとは深閑としていた。

　雪の中の周兵衛はじっと耐えていると見えた。さびしそうでもあり冷たそうでもあった。きつく結んでいた口元はかすかにゆるんで何か話したそうでもあった。

宗忠はまわりの雪を運んで周兵衛にのせた。その上に新たな雪が降りつのる。

もう一度のぞきこんだ時、白い周兵衛がかすかに動いた。思わず声をかけようとした。唇を動かしている。こめかみから頬にかけてがずうっと動く。皮膚の下の汁が流れた。それは喉元を通り、腹に向かっていく。かすかな音がした。

そして周兵衛は凍っていった。

堂に戻ると宗忠は板壁に消炭で線を引いた。周兵衛の顔であった。額の広さ、目と目の間隔、唇の位置を離すか近づけるかで表情が変わる。二尺ほどの大きさである。彫るのではないが、そこに周兵衛の印象を正確に残しておこうとした。

斜めに一直線に頬を描いた。三角に尖った顎と耳、目も細く、鼻も鋭角に描くと狐に似てくる。思いきって円くも描く。宗忠は火のついた木の枝を燭に壁に近寄った。火が揺れ、自分の影がうつる。下絵に夢中になって終日過ごした。

二十近くの顔を壁に描いた後、木に向かった。世阿弥にかけてもらうために打つ時は無心だった。迷いはなかった。世阿弥の力と拮抗するものを打とうという自負と、一方、面を舞台にあげればもう役者にまかせるという安心があった。しかし今、宗忠は自分の力だけで全てを現わさなければならなかった。しかし木目から宗忠の願う表情は現われなかった。

面を囲炉裏にくべる。あの世からの声が聞こえるかと思ったが、宗忠の面は死んだ表情も生きた表情もあらわさなかった。火に入れた瞬間憤怒の表情が現れたかと思ったが、次には燃えあがっていた。

宗忠は横になったまま日を過ごした。雪の積もっていく音が聞こえる。時々起きあがって観音様に向かって経を唱える。兎の肉は周兵衛の体を噛む気がした。それでも焼いて口にいれるよりほかに食い物はなかった。

吹雪の日、宗忠は耐えきれず外へ出た。雪の階段は新しい雪でおおわれていた。上に向かって穴を掘り、最後は身を投げ出すようにして雪の上に出た。

周兵衛を埋めたところへ行った。吹きつのる雪の中から空気をえらんで吸い込むのはつらい。息がつまり気を失いそうになる。目の前は真っ白なばかりだった。遠くで鳴る音が地の底をゆすぶって近づいてくると聞こえる。雪があふれていた。

雪から身を抜き、雪の中に体をうずめてぐみの木に近寄った。枝先はもうわずかに出ているだけで掘っても掘っても周兵衛にいきつかない。代わって手に触れたのは凍え死んだ兎だった。宗忠は空気の薄くなるのを感じた。雪に顔をうめた。もう一度周兵衛の顔が見たかった。心に描いている周兵衛の表情を確かめたい。

ずっと心に抱きつづけたはずなのに、死者のおもかげはもはや漠としたものになっていた。同時に咲と子供たちの顔も忘れていた。

その日、虚ろな心のまま堂に戻った。紫色にはれあがった手からは血が流れていた。

雪の上に横たえた周兵衛はすでに何尺かの雪の下である。

雪は絶え間なく降る。雪が崩れる音が遠く近くで聞こえた。

春まで待たねばならなかった。

咲が何度目かの子を産んでいたのは宗忠が潮岬から帰った時である。三人が疫痢で死んだ前の年であった。十か月家をあけた。石清水の綿座で二か月働いて仕入れた綿布を御方から田辺の漁師に売り歩いて帰ってきた。

銭は使い果たしていた。大和で遊び五条の家へたどり着いた時には梅への土産のでんでん太鼓だけが手元にあった。梅も咲が三度流産したあと産んだ子供だった。梅の時は、たまたま出産に立ち会って宗忠は自分の手で殺すことは出来なかった。だがその時、ぼろの中にまだへその緒をくっつけた男児を見つけて宗忠は逆上した。覚えはなかった。指折り数えても自分の子供とは思えなかった。

ぼろのまま抱きあげ、咲に赤子を投げつけた。梅が宗忠の形相に驚いて咲に抱きつく。宗忠は咲の体の上にのった嬰児をさらに踏みつけた。

咲は声を出しては泣かなかった。大声でもあげたら宗忠はそれ以上手荒なまねはしなかったかも知れぬ。

「お前さんの子供に間違いはない」

咲は身を起こして破れた蒲団の中に赤子を抱きいれた。

宗忠は咲を殴った。咲のほとんど着物らしいものを身につけていない産後の体を足蹴にした。はっきり咲が抗弁したのも気にいらなかった。

その時七歳の甚吉は部屋の様子を眺めていた。すがりついた二歳の梅をかかえて震えていた。宗忠は甚吉を怒る気はなかった。

だが殴っていた。

本当は子供の増えるのを恐れていた。宗忠は子供が嫌いだったわけではない。甚吉を初めて抱いた時は奇妙な動物とは思ったが、情はわいていた。それが咲への嫌悪、というより始終孕む咲への恐怖がつのるにつれ、母の味方をする息子にまであたるようになっていた。甚吉が宗忠を恐れると一層ひどくあたった。

どうにもならぬ。その頃には咲のごつごつした体、薄い唇さえ厭になっていた。それでも京へ戻ると五条に足が向いていた。

二人の子供は咲についていた。まだ幼い梅までもが父を他人の目で見ていた。

僧体をして歩き、時たま家へ寄る宗忠は乞食と変わりがなかった。

仏様は誰にでも慈悲の心をもって接してくださる。弥陀を唱えさえすれば誰でも救われると辻説法で聞いて比叡山へ入ったのは二十代の半ば過ぎだった。そこで宗忠という名前だけをもらった。実際は山門の下肥の処理や飯炊き、風呂番をした。

一揆の群れに入った。蓆旗をたて鳶を持って走りまわった。その方がそれまでの狭い田を耕やすのに使われたり、山門で雑用をするより性にあっていたし、飯の食いはぐれもなかった。

大店の甍にのぼって蟻のごとき人の群れを見た。大声で「徳政、徳政」と叫んだ。宗忠は自分に徳政が何の恩恵ももたらさないことを知っていた。

徳政を要求する連中は宗忠より数等上の人間だった。

　打ち壊しに加わっては什器を持ち出した。白布を盗みだした。容易に売れた。銭を手に入れて女を買った。播磨で、大和で一揆が起こっていた。

　坂本の一揆に加わって京へのぼった夏、馬借の一人から「火をつけてこい」と松明を渡された。青白い顔をした大柄な男だったが、この男は宗忠を可愛いがってくれていた。

「盗んだって仕方がない。みんな燃してやる。その日の入用ぐらいどこからだって手に入る。京中を焼くのがおれの願いだ」

　男はみんなにいった。宗忠は大店に火をつけてまわった。

　油座にもぐりこんだのは偶然だった。土間に並んだ大甕の一つを倒して火を投げこんだ。油のしみた蓆が燃えあがり、一面に広がった。座一帯が炎に包まれた。

　町は乾いていた。前年の春から雨らしい雨は降っていなかった。そのため飢饉に襲われ疲弊した人々は火を消す術を知らなかった。加茂川は白い川原を見せ、京の街は砂埃をあげていた。黒い煙が風にのって京をおおった。

　松明を投げつけた時、それが油だということを宗忠は忘れていた。油だとは知ってはいたが、轟音をあげて燃えさかり地響きをたてて甕がとびはねるのを見て、はじめてそれが燃えあがるものであるのに気づいた。

　息を切らして宗忠は走った。多くの人をかきわけ裸足で熱い地面を駈けた。町中をどう抜けたか覚えていない。

　その夜、宗忠は八坂神社の裏手にいた。町にはまだぽんぽんと火柱があがっていた。

　翌日、焼跡で馬借に会った。

「度胸のいいやつだ。次は綿座と上京をねらえ」

　胸あてをして脚をひらいて歩く男は宗忠に指図した。男は京中を混乱に陥れるのが徳政を引きだす一番手っとり早い方法と信じていた。

　宗忠は警備の厳しくなった町をぼろの袈裟を着て火をつけてまわった。

最後に比叡山焼き打ちに加わってから、宗忠は振り売りに身をゆだねた。いざとなったらいつでも火をつけてやるという気持ちは抱きつづけていた。油座に火を投げいれた興奮が自信となっていた。

その後、男には会わない。捕らえられ打首になったとの噂を聞いた。

田舎わたらいする間も、宗忠の心の中に余燼はくすぶりつづけていた。

生まれたばかりの子を踏みつけたのも、咲を蹴ったのも抑えきれぬものがまだあったからだ。銭を手に入れることでは満たされぬものを女に求めた。咲にはそれがわからない。ただ宗忠の癇癪を嫌い、ひとところに落ちつくことの出来ぬのを恨んでいた。京におればそれなりに安穏に暮らせるのに宗忠のわがままがそれを許さぬと思っていた。

咲は始終宗忠の体を求めた。今になってみると、それは咲の本当の情愛だったと思う。宗忠の心の底に巣くうものを自分の体で癒そうとしたにちがいない。だが宗忠は自分では勝手に咲の体を弄びながら、求めてくる咲は嫌悪した。男なしには過ごせぬ女だと思っていた。

そんな咲はいつも孕みつづけた。宗忠は身に覚えのある時、必ず十か月以内に五条に戻った。何かに拘泥していなくては自分がどこへ流されるか知れないという不安からであった。

宗忠は夢を見た。

夢の中に腹の大きい咲があらわれる。おぞましい顔をしていた。周兵衛の顔をのぞきこんでいる宗忠に襲いかかった。冷たい手が胸をおさえる。大声をあげようとするのに、強い力は宗忠をおさえこんだ。

明るくなった戸口からの光の中で、宗忠は起き上がって黙然と坐りこんだ。痩せた背筋に冷たいものが流れている。胸にも冷やっこい汗が浮かんでいる。堂の周りにはまだ雪が残っているが、かすかに聞こえる谷川の音は融けた水が流れているのだった。

凪はなかった。せせらぎにまじって潮の遠鳴りが間をおいて聞こえてきた。

囲炉裏の燠をかき出して柴に火をつける。ぼおっと明るくなった中に、雪から掘り出してきた死骸が浮かびあがった。

宗忠は傍に寄って顔をのぞきこむ。

壁板の隙間から光が洩れて周兵衛の顔に流れている。

山鳥のけたたましい鳴き声が聞こえた。鶯が鳴いた。

冬中に打った面は全て焼いた。残ったのは壁に描いた周兵衛の顔と、梁にかけた面だけだった。打っている間は真剣だったが、先ほど半年ぶりに運びこんだ死骸と見くらべていると表情だけに腐心していたのだとわかった。

一面だけまだ打ち終えていない木が残してある。それを宗忠は手に取った。

咲は漁師の娘だった。初めて宗忠が能登へ行ったのは比叡山で火を放った後である。京を逃れた宗忠は、人目につかぬよう山路を選んでいた。奥能登・曽々木の浜で咲は海草を拾っていた。

宗忠は無一物だった。能登の西海岸に沿って歩いてきた宗忠は立ち止まって日本海の青をながめ、鴎の飛ぶのを追った。目先に黒いものが波の中を動きまわっている。緑が海まで迫っている。宗忠は自然に逆らって動くものを目で追った。

宗忠は崖をかけおりた。奇妙な動物と見えたのは女だった。長い髪を波に濡らし、首に若布を巻いていた。手を振ると上半身を波の上に出した女は応え、あがってきた。人見知りしないで宗忠に寄ってきた。

宗忠は咲の持っていた貝を浜に火をたいて焼き、海胆を割ってすすった。膝小僧の出た着物をかきあわせて話す咲に屈託はなかった。京から来たというと目を見張った。

それから宗忠は小娘を砂の上に押し倒した。柔順に咲は宗忠を受け入れた。砂のついたこりこりした体は黒く光って恥じらいとてはなかった。のぞきこんだ目に青空が広がっていた。砂にまみれた宗忠はそのあと海に入った。

何も知らぬ女だったと思う。冬の厳しさも咲をいじめてはいなかった。海の荒さは小娘を闊達に育てあげていた。咲をたわめたのは宗忠だった。最期の表情が目に浮かぶ。

堂へやって来た周兵衛にも半島の北と南、東と西の違いはあっても同じ能登、野太いものを感じた。船を失った自分を嘲りながらも、広い海に生きてきた性格は咲と同じく拘泥するものを欠いていた。

ところで周兵衛はなぜあんな小さな川なんかにはまって死んだのだろう。追われて力尽き水を飲もうとしたのか。故郷の海を求めてあやまって谷にはまったのか、身をつけようとしたのか。いずれにしろ水は塩辛くはなかったろう。谷の水は肌の覚えた香もねばりもなく、ただ周兵衛の外をさらさらと流れていっただけにちがいない。

周兵衛は日がたつにつれてふたたび水死人の表情をしてきた。凍っていた死骸は次第にふやけてきた。くぼんでいた頬が膨らみ日に日に表情をゆるめてきた。

宗忠は梁に残っていた面をすべて庭に運んで火をつけた。乾いた木は燃えあがった。

黒い土があちこちに見えていた。蕗の薹が芽をだしていた。

痩せた女の面、幼女の面、男の面を火に投げ入れる。半分打ち残してあった面も火に入れた。

それから残った一枚の板をかかえて堂に入り、鑿の柄を握った。

周兵衛の顔に咲が重なっていた。梅と甚吉が、そして踏みつけて死んだ何人かの名もない嬰児の顔が重なっていた。

柔らかい木肌に宗忠は鑿を打ちこむ。尖った頬骨と鼻梁、広い額を削った。

楕円の中に男とも女ともいえぬ表情が浮かびあがってくる。

目を閉じている面に錐をたてた。誰にもかけてもらうあてのない面に目穴は必要ではなかった。しかし宗忠は心の中で、白目に朱を入れた眼球を思いえがいていた。真ん丸な、誰かを見つめているとも、遠くを見ているとも思える輪金を入れたかった。

　冷たい水に横たわって底から光を仰いでいる表情を宗忠は思う。それは光の届かぬ深い闇から何千尺か上の世界を見ている。

　宗忠は昼夜を忘れて鑿と打槌を使いつづけた。手鉋をあやつり角ばった頬骨をなでる。すくい鉋で頬をえぐり、炉の火にかざした。

　宗忠自身が深い水底にあった。若い頃仰ぎ見た世界は遠かった。

　胡粉を塗った面は暗い堂の内に白く浮かびあがってきた。

　乾くのを待つ間、宗忠は木の芽を煮て食べた。つづいて彩色にかかった。漆に木の汁を加え、うすく緑がかった色に仕上がると、むくんだ手のひびわれた指の先から血をしたたらせた。

　何度も死骸の顔をのぞき、細い筆をとって注意深く額に落ちかかる線を引いた。研ぎ出すと死斑が浮かんできた。長くのびた髪は描かない。水に濡れた幾すじかを額に加えただけだ。そしてまばらな眉と口のまわりに髭をかいた。

　どこか焦点を結ばぬと見えた面は、見つめていると深い底から呪いの声をあげてきそうに思われた。

　仕上がれば、宗忠は堂を離れるつもりでいた。もう二度と面を打つ気はなかった。この面も堂に残して去るつもりだった。

　筆を置いた宗忠は、もう一度周兵衛の顔をのぞこうといざった。死骸は強い臭いを放っている。そして宗忠は周兵衛の顔に面をあてがい力を込めた。肉の崩れる音をかすかに聞いた時、戸口を誰かが大きく開けた。

　明るい光が一杯に射しこんだ。暗さに慣れた宗忠の目はくらんだ。緑がなだれ込む。雪の白さが陽に映えて飛び込んできた。忘れていた風の音、潮の遠鳴りが宗忠をおおいはじめた。

　宗忠は立ちあがり、ふらふら歩きながら両手をひろげて明るみへ向かった。

三保の松

「多武峰に残っておれば」というのが母の口癖だった。

京随一といわれる稽古場を屋敷内にこしらえ、今や足利義満、二条良基、斯波義将の贔屓を受け、公卿、大名の誰もが観世の猿楽を競って観ようとするのに、つたの口癖は変わらない。

「駿河の勧進能を頼まれているんだが」

父がいった時も、母は装束をあらためる手をとめず、ひっつめ髪をなでながら同じ言葉をくり返した。

観阿弥は正坐して面を手にしていた。童子の顔に銀杏形の前髪を描いた喝食（かっしき）の面を静かに置き、目に金泥を入れ角を植えた般若を捧げた。元清は先ほどから父の前に並べられた多くのうち、若い女の面に目を注いでいる。

座敷に光が射し込む。緋の毛氈の上の面に光があたる。庭の柿の若葉にさえぎられて出来た丸い斑がちらちら走る。

父は母の言葉に答えずつぶやく。

「富士の姿でも見たいものだが」

「富士が見えるのですか。ならば、三保の松も近くでございますね」

息ごんだ元清の言葉に顔をあげた観阿弥は、般若の面を置き背すじをのばした。

「そうよ、だが義満さまがお許しになるまい。清滝の演能もひかえ、東下りの暇がいただけるはずもない」

将軍の名が出ると母は立ちあがった。

「大夫は稚児でもあるまいに。いい歳をして」

言い捨てて出たのを五十二歳の観阿弥はとがめ

ない。耳に入らなかったのではない。母の言葉を一番気にしているのは父のはずだった。元清も「稚児」の言葉にひっかかった。

駿河の今川範国が八十歳をこす高齢でありながら上洛した。息子の貞世が探題として九州を制圧しその経営に成功している。この一族は和歌、連歌に堪能なうえ茶の道、射芸にもすぐれ範国は有職故実にもくわしい。犬追物にも今川流の定式がある。

その範国のために花の御所に観世一座を招いて、義満が共に観能したのは当然である。

そして範国が、帰国に際し先ほど使いをよこした。使者は筆の枯れた範国の書状を渡したうえ、伝えた。

「引付頭人を辞して以来、久しく駿河、遠江の守護に専念されているとはいえ、範国さまは今もって都の風が忘れられぬ。このたびの上洛でもそなたたちの芸を至上の楽しみとされた。かつての田楽の一忠にもまさる芸とこのうえないご機嫌。ぜひ浅間神社社頭で舞ってくだされとの強いご所望でござる」

そのうえ路銀にと多額の金子を差し出された。

「義満さまにも当方から特段のおはからいをお願い申しあげておくから」

念を押されて観阿弥は当惑していた。さし迫った再来月、五月という申し出だった。

「羽衣の能をつくりたいのがお前の望みであったな」

観阿弥は膝に手を置き元清を見る。元清はすかさず答えた。

「羽衣伝説は各地にございます。だが駿河の有度浜、その近くの三保に一度行ければと思っています」

「竹取を本説（ほんぜつ）にするのが一番にちがいない。ならば三保よ。だがいずれにせよ、お前のめざす幽玄とやらの能を作るには現地へ行くのが大事ではあるが」

観阿弥が言葉をにごしたのは義満の意向をうかがわなければならなかっただけではない。さらに二条良基、新管領・斯波義将ら貴人の意向を打診するのが、その他諸大名らへの出仕の調整をはかるのが億劫だったからだ。

大柄で精悍、一座の者、三役あるいは寺社奉行らとの交渉に並々ならぬ手腕を見せる観阿弥の当惑を元清は頼りなく思った。母が貴人を毛嫌いするのも、観阿弥が幕閣内の確執に気を使う優柔不断を厭うからであった。

義満はそれほど恐れなければならない存在なのか。

たしかに六年前、細川頼之と斯波義将が争った時、観阿弥は苦境に立った。結局上市では細川方に与した。細川が楠木一党と組むと判断した。観阿弥の血筋がそれを引き込んだ。

露見しなかったのはすでにあまりにも義満に近い存在になっていたからだった。多武峰を離れ、太刀も持たず稽古一筋舞台に立ってきた何年かが義満をして疑わしめなかったのだ。父の謀反は本心とは別のものに動かされたにすぎない。

元清は二十六歳の将軍を知っている。世間で〝鳳凰児、獅子児〟とはやす義満も実は単に育ちのよい一人の青年にすぎないことを知っている。

あの時、長年仕えてきた管領・細川頼之を守ることなく、義将を新たに任じたのは心底から義満を補佐する者がいないからであった。このたび准三后に列したと世間は騒ぐが、それも義満の力というよりはどうやら諸将の均衡の上にのっただけである。

騒動のさ中、当時まだ鬼夜叉と名のっていた元清に義満は斯波義将か、細川頼之かと口走ったことがある。あの時、義満には猿楽者にしか、稚児にしか本心を吐露する相手がなかったのだ。

駿河、遠江はもともと南朝の軍事的拠点だった。そこを範国はおさえた。そして今もおさえつづけているはずである。噂はいろいろあるが今川は始終斯波方であり、そして今、吉野の力はみるからに衰えている。

歓待演能の折見た範国は痩せてもう枯れていた。両脇を女官に支えられ桟敷に坐っているのも大儀そうだった。時々居眠りし、義満がそっと膝をついても気づかなかった。猿楽の芸が本当にわかるのかどうかわからなかった。だから駿河への招きは元清には驚きだった。

それにくらべて二条良基はいつも、舞台を正視していた。後見座の元清が正面桟敷を見ていると、謡も所作も小さな間違いをも見逃すまいとしていた。それは元清には恐ろしいというより緊張を強いる快い刺激であった。何年も前からまったく変わらない。気に入らぬ時は微動だにせず退場するシテを睨めまわし、気にいった時は両腕を大きく左右に広げ体を揺すりながら手を叩いた。義満はその様子を見て扇子を叩き、さらにその後範国はようやく膝を打つのだった。

だが元清にはそんなことはどうでもいい。駿河へ行けるのならこの機会を逃がす手はないと思った。上市以来、京を離れ大和を出ることはなかった。

「わたくしから義満さまに申しあげてみましょうか」

元清がいうと観阿弥は軽くうなずいた。

「それがいいかも知れん」

「だが」

観阿弥はもう一度般若の面を手に取った。

「そちから申しあげるのがいいか、義満さまはご存知なのだから仰せのあるまで待つ方がいいのか」

「いずれにしろ旅に出るとなりますと準備もありますゆえ」

元清がいったのを図にのったと取ったのか、観阿弥は厳しい口調となった。

「それはわかっている」

間をおいてつづけた。

「そちが義満さまの格別の愛顧を受けているのは百も承知だ。だが、だからこそ自重せねばならぬ。将軍さまはたとえ猿楽風情のこととはいえ一存ではとりしきられぬ。水が流れるように、自然に全てが熟するのを待たれる。あの細川頼之さま下向だってそうだった」

たしかに将軍の意志が決然とすれば、あの折も頼之を救う手だてはあった。本当は頼之以外、頼みとする者は義満にはなかった。だが結局義満は守護らの動向を見極める方を選んだ。

　元清は父の傍に寄って若い女の面をささげる。龍右衛門作と伝えられる小面は淡い愁いをもって元清の目にうつる。

「そちだとて、どのような噂がとんでいるか承知であろう。芸が秀でているからといって贔屓を過信してはならぬ。同朋衆だけではない。他の猿楽、田楽仲間、なかんずく公卿、大名の中にはいまだわれらをひそかに南朝方と見る者がないとも限らぬ。芸が優れればすぐれるほど、敵の多いのを自覚せねば」

　手にした小面に光があたり、愁いを帯びた面は瞬間、微笑を浮かべた。眉がかすかに動き、四角い目穴が円くなった。この面をかけて羽衣の天女を舞いたい。空中に浮かぶ天女の薄い衣をまとった姿を元清は思い浮かべた。

「駿河へ行く行かぬはそれはそれ。本説の研究おこたるまいぞ」

　父の言葉に元清は面を見つめたまま、うなずいた。


　暑い日がつづいていた。

　応安五年、南朝年号の文中元年（一三七二）の夏、当時十歳の元清はまだ幼名の鬼夜叉だった。

　鬼夜叉は大和・結崎の庭で〝たうらうの能〟の稽古をしていた。地面に敷いた板はひびわれて乾いた音をたてていた。十二康次ののびやかな謡い声が何度も同じところをくり返していた。スジがいいとのおだてに乗って鬼夜叉は鼓に合わせて何度も拍子を踏んでいた。

　そこへ興行の場を物色に出かけたはずの観阿弥が息せききり、汗みずくになって帰ってきた。

　わらじを脱ぐのももどかしげに母屋に入った。父は大声で母を呼び、自ら盤台に水をはり、裏口から弟子を酒を買いにやった。

　鬼夜叉が表を見ると柿の木陰を汚れた白い小袖の肩に赤い草を染め、細紐をしめた女が歩いていた。上体と下半身を不釣り合いにくねらせ深くかぶった笠の下から腰のあたりまで髪を垂らした女がのっそりと戸口に立った。背は父ほども高く、色白であった。

框に丸い尻をおいた女の前にまわって父は足を洗った。陽やけした観阿弥の頬骨のでた顔を女は見ていた。

二年前、多武峰の伯父・宝生大夫のもとから父は抜けてきていた。それは楠木正儀が細川頼之、佐々木道誉の斡旋で吉野にくだった翌年であった。そして吉野の残党は裏切者として正儀を攻めたてた。頼之は諸将に正儀救援を命じ、それに従わなかった土岐頼康は美濃へ去っていた。

結崎では観阿弥は夜昼なく庭で舞い謡った。鬼夜叉や康次たち弟子を連れて各地をまわり、演能、稽古にあけくれた。

談山神社の奉納を仕事としていた父が、法隆寺、興福寺に近いこの結崎の地におりてきたのは一座を建てようとしたからである。春、初めて醍醐寺清滝宮で舞った観阿弥はさらに京への進出を企てていた。

ところがその観阿弥が女が来てから、はらりと稽古をしなくなった。

一間きりの板の間はこの乙鶴という女の居室になった。鬼夜叉が膳を運び酌をする。女の肌着は母が洗った。魚を焼くのは弟子たちの仕事となり、康次は米を買い、酒を購いに走った。

母は数日後、七歳の弟・四郎と伊賀の小治田へ去った。

「多武峰に残っておれば」

実家へ帰る母はいった。

「色香にまよって。猿楽売り込みに熱中するかと思うと、今度は女よ」

乙鶴は杉戸を閉めて居室にとじこもっていた。廁へ行く以外姿を見せず物音ひとつたてない。破れた戸の隙間から見るといつも長い髪を櫛けずっていた。傍に観阿弥がいた

一度父が呼んだと思って鬼夜叉が戸を引き開けると、乙鶴は裾を乱して立ち観阿弥の手を握っていた。くずおれて観阿弥を組みしくのを見て鬼夜叉は戸を閉めた。

当時母は三十歳だったが乙鶴の年齢は知れなか

った。四十歳の観阿弥よりは年下だが、二十代とも三十代の後半とも見えた。色の黒く肉の薄い母と、豊満な女の比較はできない。ただ妖気ともいえる雰囲気を持つのを鬼夜叉は嫌ったわけではなかった。

父は連日酒を運び、乙鶴が汗を流すための湯を手桶で運んだ。京へ出ようともしなかった。

観阿弥が康次に弁解するのを鬼夜叉は聞いた。

「女曲舞（くせまい）の名手よ。新しい趣向を猿楽に取り入れるには、この女の教えを乞うより仕方がない」

康次の小さい体に、庭に出た父は真剣な表情で答えていた。結崎を離れるという康次を引きとめる。

「小歌がかりだけでは拍子の面白さも、筋の面白さにも限界がある」

父は康次の手を握ってはなさなかった。

観阿弥に不満の弟子がわずかの間に他座へ走っていた。次の興行の予定もないとそれも仕方がない。母に渡す金に吝嗇な父が乏しい猿楽の装束を持ち出して魚に代え米を買った。鬼夜叉は小さくなって過ごしているだけだった。稽古が唯一の息抜きの時間だった。

父の猿楽の芸が大和でも京でも一頭他より抜きん出ているのはわかっていた。神社仏閣だけではない。武士の館の庭でも舞う機会が増えていた。このままいけば観世の隆盛は目に見えると他人もいい、座の者も思っていた時である。

康次が鬼夜叉に母がいないのは寂しいかと訊いた。鬼夜叉は首を横に振った。このままでは多武峰を出た意味が失せるとも康次はいった。

半月ほどたった朝、鬼夜叉の稽古の一段落した巳の刻（午前十時）乙鶴はしどけない格好で庭へ出てきた。前の晩、観阿弥と酒を飲んだせいで赤い目をしていたが、化粧は濃く、唇もどぎつく赤かった。それが残ったわずかの弟子の反感をかった。

観阿弥に命ぜられて舞って見せることになった康次はむやみに板を鳴らした。

康次の舞いを黙って見ていた乙鶴にうながされて、次に髪油をこってりつけた観阿弥が板にあがった。

父は得意とする〝たうらうの能〟を舞って見せた。手足をかまきりに似せて動かし、ゆっくり板を踏む。踏み足が滑稽味をおびておりいつも観客の拍手をあびる。それを観阿弥は懸命に舞った。

「未熟な舞いで」

舞い終えて乙鶴の傍に立った父が照れた笑いを見せた。

「いけ好かない女だ」

その時、蝉しぐれに耳を傾け、しっかり観阿弥を見ていたとも思えぬ乙鶴の風情に弟子の一人が唾をはいた。

石に腰をおろしていた乙鶴が長い髪をかきあげてその中年の男をみた。

あたりの丈高い雑草に強い日が射していた。稽古場の床板の隙間から青草がのびている。乙鶴のいる柿の木の下だけが陰をつくっていた。

乙鶴は突然立ちあがって叫んだ。

「崩してみぃ。崩すのよ。多武峰で習ったものを、みんな一度くずしてみぃ」

「見ていて退屈」「間のびした拍子」「田楽の方が猿楽よりまだしも振りに面白味がある」乙鶴はまわりを取り囲んだ数人に向かって激しい言葉を吐いた。

遠慮なく謡の単調をけなし、立ちあがって観阿弥の所作を道化て真似た。一度聞いただけなのに詞章を間違いない節で謡った。それは乙鶴の口にかかると確かに間のびして聞こえたのだった。

「かまきりを真似てどうなる」

乙鶴はいった。

「猿楽は見せ物か。芸ではないのか」

口汚くののしった後、板にあがった乙鶴は腰を落として立ち、まっすぐ上半身をのばした。度肝をぬかれたみんなは乙鶴を見た。瞬間、それまでなよなよとしていた女は何か得体の知れないものに化した。

「ひとの追従をよろこんで、舞えるか」

いうと、この時には乙鶴の影は板を跳んでいた。緩急おりまぜた声は喉の奥からなめらかに流れ出、直線と曲線を組みあわせたあざやかな動きが空を占めた。といってそれはかまきりとか動物とかとはまったく違う。それはどういう曲か鬼夜叉は知らなかったが、たしかに従来観阿弥が稽古を重ねていたものとは違った。新しい芸であった。

大きくあえぎながら板をおりた乙鶴の柔らかい体を支えて観阿弥は母屋へ入った。

そのあと、草に置かれた床板にはかげろうとなった乙鶴がいつまでもいつまでも舞っていた。

そのほんの短い間に見せた乙鶴の芸は康次およびほかの男たちにも衝撃を与えていた。誰も口をきかず、乙鶴の体をぬぐう観阿弥のために手桶に水を汲み居室へ運んだ。

以後、乙鶴は連日舞ってみせた。舞うまで居室で息をひそめていて、そのまま板を踏んで静かに舞った。それでいて観阿弥、康次、鬼夜叉が真似るのを時に金切り声で叱咤し、木陰から舞台を見ながら鼓を打ち、笛を吹いた。

拍子の違うのはたしかにわかった。声域も節まわしも真似はできる。若い鬼夜叉が一番早く身につけたが、それでもどこか違う。

「型で見せるのではない」

乙鶴がくり返す。曲舞の魅力が単に拍子にあるのではないとみんなにいった。芸は物まねを超える別のところにあるともくり返した。だが乙鶴の天性の力は容易に誰の身にもつくものではなかった。

「百万は狂った女よ。吉野の山の中に住んだ醒めた狂女よ。だから口寄せができた」

観阿弥の稽古を石に腰をおろして見ている乙鶴が傍の鬼夜叉にふいにいう。稽古を終えた観阿弥にそれを伝えると父はしばし黙りこんで悲しそうな顔をした。乙鶴が居室に戻ってからも康次と稽古をくり返した。それでも武張った舞いの得意な観阿弥には身につかなかった。百万はもう死んでいたが、乙鶴に曲舞を仕込んだ山の老婆であった。そんな二日舞うと翌日は乙鶴は舞わなかった。そんな日は太平記や玉造小町壮衰記を講釈した。

仏典を引用し、作能の手だてを喋った。

来た頃と違って目が輝いていた。蔵書は父のものだが、乙鶴の片言隻語をもゆるがせにせぬ講釈と無尽蔵とも思える知識は父を圧倒した。鬼夜叉は難解な語句を手玉にとって次々に新しい章句を述べたてていく乙鶴を見ていた。足をくずし、しどけない姿はあいかわらずだったが乙鶴が作りあげていく詞章には平家物語、阿含経典、荀子、菅家願文がちりばめられていた。

「猿楽が人を謡い、仏の声を聞こうとするなら、物語をただ物語として読むのでなく亡霊の声を聞かねばならぬ」

乙鶴は杉戸のこちらの土間に坐する者にやわらかい声で話す。時々見せる笑顔が妖気をおびるのは舞う時と同じだった。

一と月たった。

夜、寝込んでいた鬼夜叉を父が起こしにきた。痩せた観阿弥の顔は疲れきっている。庭に出ると、月明かりのもとで康次ほか弟子がすでに蓆を敷いて床板を取り囲んでいた。

乙鶴は鼓もなく笛もなく、一人で謡い一人で舞っていた。衣装は初め来た時の花柄の小袖に黒く長い帯を結んでいる。髪は放ってざんばらである。手に笹を持っていた。抑えのきいた声は時々調子をくずす。

見ているうちに鬼夜叉にはそれが狂女だとわかった。山を経めぐる百万山姥自身だった。舞の緩急も詞の調子も今まで見たことも聞いたこともないものだった。指の動き、足さばき、面の切り方、そのどれもが今までと違う。

月光が白い乙鶴の顔を照らし、何ものかがのりうつったように舞い狂った。表情のないのが恐ろしい。幽谷を渡り、懸河をとぶ。あたりが深山の霊気につつまれ、舞ううちに乙鶴が山となり河となり、震動していた。木々を照らす光が消えた。

乙鶴が舞い終えた時、鬼夜叉は思わずいった。

「わたしにも教えてください」

乙鶴は答えず別の曲を舞った。今度は鼓を持ち謡った。笛も吹いた。それは猿楽に似ているが、それよりも高低の響きに幅があった。

さらに乙鶴は短い曲をいくつか舞った。教えてくれようとはしなかった。ただひたすら舞って見せるだけだった。

乙鶴の肌は汗にぬれ輝いていた。梢にうつる光が風とともに揺れ、さざ波を打つように光った。月は中天から西に傾いていた。

その晩、乙鶴は何ものかに憑かれたごとく終夜舞い謡った。

翌朝、鬼夜叉が目を醒ました時、乙鶴の姿はなかった。

父は居室で書きものをしていた。正坐していくつかの図を書き、時々鼓をとり、立って昨夜の乙鶴の型を舞っていた。

鬼夜叉が入っていくと、覚えている乙鶴の詞章や言葉をいわせ、書き込みの空いているところを埋めた。髪に油もなく、乙鶴の前では小袖の襟も合わせていたが、今ははだけている。

「鬼夜叉、よく覚えているのう」

観阿弥は鬼夜叉が謡うと褒めた。

「わしはどうしても小歌がかりになってしまう」

それからつぶやいた。

「一忠は尺八をとり入れたというし、梅若も白拍子を工夫していると聞く。観世が他にまさるものを持つとしたらこれしかない」

たしかに法隆寺でも興福寺でも立合能は各座が趣向をこらしている。こぞって乙鶴の舞と謡を取り入れているということだった。

〝白髭〟と〝由良湊〟をそれから十日のうちに観阿弥は書きあげた。まだ舞はなく謡だけだったが、随所に曲舞の節がたくみに取り入れられていた。

庭の柿に色づきかけたのが一つ二つ混じりはじめた頃、近江の南阿弥が来た。このところどこの舞台にも立たぬ父を案じて米と味噌を持参したのである。

「つたどのを迎えに行かれたか」

南阿弥はまず訊いた。父も鬼夜叉も母のことを忘れていた。家は荒れ放題だった。康次が弟子を指示し掃除、洗濯をしていたが賄いは質素だった。もう観阿弥の手元には一文もなかった。

「このまま捨て置くわけにはいかぬに」

南阿弥は父を近くの寺川へつれだした。体の丸い南阿弥が父に何事かささやきながら歩く。父は黙って何度もうなずいた。鬼夜叉は母をつれ戻す相談かと思っていた。それにしてもひどく真剣な表情が気にかかった。

川では多くの人が水浴びをしていた。男も女も子供も汗と埃を流している。裸になると長身の父にあばら骨が目立った。

「根をつめすぎちゃいかん。自分の目を見所におかなくっちゃ。今やってることを離れて見なくっちゃ」

南阿弥は父の背中を流した。足元の石についた苔がすべる。鬼夜叉は川の中で観阿弥が〝白髭〟を謡うのを聞いた。

川原で魚を焼き、粥を煮る親子が円くなって火を燃していた。鍋を持ちこんだ康次も石を組み火をつける。久し振りの強飯に味噌をつけ鬼夜叉は頬ばった。

伸びた髪をそった父は笑顔を見せている。大声で〝白髭〟をふたたび謡った。音曲の変化に人々がふり仰ぐ。観阿弥が得意になっているのが鬼夜叉にもわかった。

さらに父は川原で裸のまま舞いはじめた。

あの頃父は我武者羅に猿楽を変えようとしていた。一人で山へ入り猿飼に習い、野太鼓を打ってきた。尺八も笙も覚えた。帰ってきた母と落ち着いて話をする暇もなく家をあけた。また各地の演能に一座をつれて出演した。〝白髭〟と〝由良湊〟を二条良基邸で謡った。小柄な良基は相好をくずして聞いた。その席には今川範国の孫・泰範と斯波義将がいた。

また観阿弥と鬼夜叉は南阿弥に伴われて「ばさら様」と呼ばれた佐々木道誉を大津へたずねた。道誉は管領・細川頼之と通じていた。父の道誉訪問はまだ一度も猿楽を観たことのない将軍義満と頼之への斡旋を頼むことにあったと思う。

鬼夜叉は畳が部屋いっぱいに敷かれたうえに鹿皮を置き、金襴の法衣に坊主頭で現れた道誉におどろいた。床の間の掛軸は天竺よりさらに西方からの到来品だった。図は赤や緑の瓦の高く突き出た建物の前に髪の赤い男女が足元まである衣装で逍遥していた。道誉は甲高い声でしきりに扇子を動かして説明する。

　唐の置物が違い棚を埋めていた。

　泉水のほとりに赤い毛氈が敷いてあった。観阿弥と鬼夜叉が二人で謡ったあと、夜になると道誉は雪洞に火を入れ白拍子たちに舞わせた。南阿弥のつれてきた狂言の者たちが演じた。赤い小袖の道誉も尺八をたくみに鳴らした。

　観阿弥は始終、道誉の傍で酌をして何事が喋っていた。

「多武峰に残っておれば」という母の言葉がどういう意味を持つのかその頃の鬼夜叉にはまだわかっていなかった。

　太ってはいたが多武峰にいた頃の観阿弥はいつも暗い顔をしていた。宝生大夫に命じられてよくあちこちをとびまわっていた。今のように京近辺ではなく、吉野の山深くあるいは四国や東山道まで行くのはわかっていた。

　楠木一党の名を時どき話の中で出した。出かけるといつも多くの金子を持ち帰っていた。「多武峰に残っておれば」というのは、母はそれを惜しがったのかも知れぬ。

　だが良基邸に出入りし、佐々木道誉や斯波義将を訪れる今より、あの頃の方が生活が潤沢だったとは鬼夜叉には思えない。

　結崎へ出てから、多武峰からは一度だけ使いが来た。黒い装束の男が夜中にひっそり訪ねてきたが、観阿弥は泊めずに帰した。


　今熊野権現での台覧能が決まったのは乙鶴の指導を受けた翌々年、応安七年（一三七四）の三月であった。二条良基の推挽は観阿弥を有頂天にさせた。このところ毎年となっていた醍醐清滝宮への参勤の評判も若い将軍の耳に届いたのである。父は早速、南阿弥を招いた。

　その頃一座は六十人ほどに増えていた。梅若、坂戸、円満井の各座から加わる者もいた。父は多武峰からすぐ上の兄・生一を呼びよせていた。

　猿楽を将軍が観るのは前代未聞である。

庭に杉板ながら高床の稽古場が急造され、生一たちはそこで寝泊まりした。篝火のもとで夜も稽古がつづいた。父は新しく〝自然居士〟をつくった。詞章は観阿弥が書き、節は音曲に蘊蓄の深い南阿弥と二人でつけた。大和の里も山中もまわり、各地の猿楽の座を指導している南阿弥はもと関東武者といわれるが、ちょっと得体の知れないところもある。訛のない言葉を喋る。耳は鋭く曲舞のほか駿河舞も早歌も心得ていた。

　その時父が座の大夫が舞う〝翁〟を舞う決心をしたのも南阿弥の勧めがあったからである。観阿弥は結崎を拠点にしたとはいえ形の上ではまだ宝生大夫に属していた。だが台覧能という名分がそれを許しそうだし、結果的に観世の独立を披露することにもなるのだった。

　父の気負いは一座の者たちに反映した。ひとり観世だけではない。猿楽全体の地位向上、七道と呼ばれる白拍子、歩き御子、鉢叩き、歩き、猿飼、田楽の仲間から抜け出る絶好の機会であった。人気の田楽も圧倒できる。

　演能に先立つ五月二日、一座は京・東山のふもと梛の森へ向かった。面箱、装束を入れたつづら、小道具の薙刀、作り物用の竹材などを二頭の馬の背にのせ、肩にかついだ。

　康次が先発して手筈を整えているはずだが、舞台も見所も気がかりだった。だが着いてみるとすでに総桧に桧皮葺の舞台が完成していた。

　初日、神体ともいうべき白式尉と黒式尉の二面と鈴の入った箱を捧げた狂言方・生一が舞台にあがった。つづいて素袍上下に侍烏帽子の鬼夜叉、観阿弥が橋掛りを進んだ。神事能の始まりであった。

「とうとうたらり」と呪文をとなえたあと直面で鬼夜叉が千歳を舞った。初めての大役に、通常の能と違い右足から出る舞だが、たしかにそうしたか覚えがなかった。

　舞い終えて舞台に坐し、東山にひびきわたる笛の音、三丁の鼓、大鼓の連打を聞いた。そして見所が従来のどの演能よりも静寂につつまれていたのを思いだした。

千人におよぶ桟敷、白州がただ社域をおおう大樟をわたる風の音と、舞台の囃子、音曲だけに耳を傾けていた。次に現れる翁にひたすら目を注いでいるのはすでに紫の狩衣に烏帽子をつけた将軍が演能前から正面桟敷に坐ったせいであった。

小鼓が重く打ち、舞台で面をかけた観阿弥が立ちあがった。足元が小刻みに震えている。

第一声が発せられると神韻が広がった。観阿弥のきびきびした動きは周囲の観客の静けさによって一層ひきたてられた。

義満は白くふくよかな顔を始終傾けていた。

その時になって鬼夜叉はようやく義満の隣に二条良基、佐々木道誉がいるのを見いだした。今川泰範、赤松光範の顔もあった。

退場して拍手のあとのどよめきの中を正面桟敷下の白州に控えた。面箱持ち、千歳、翁、三番叟、それに四郎の五人が挨拶してさがろうとした時義満が声をかけてきた。

「その千歳」

鬼夜叉を桟敷に招いた。良基との間に席をもうけると、義満は次にはじまった脇能〝高砂〟に目をやり、先と同じく舞台を見つめた。

香木をたくにおいが漂っていた。舞台には康次がいるが鬼夜叉の目には入らなかった。まわりの大名、守護を気にしていた。場違いな席に坐して鬼夜叉は二条良基を振り返った。だが良基は扇子で小さく膝を打ち、目は舞台にあった。

鼓が鳴った時である。鬼夜叉の手を生あたたかいものがつかんだ。義満の柔らかな指が素袍の袖から腕へはいのぼり胸にのびてきたのである。鬼夜叉は声もたてられなかった。いつのまにか義満は鬼夜叉に体をぴったりくっつけていた。

その晩鬼夜叉は義満の寝所へ入った。一座を離れて若宮小路の御所へつれていかれ義満に抱かれた。肉体的苦痛のほかに、多くの侍女にかしずかれ好奇の目にさらされる中で、裸身を攻められるのがつらかった。鬼夜叉は十二歳、義満は十六歳だった。

二日目の〝安宅〟の子方で楽屋へ入った時、鬼夜叉はすがる気持ちで父を見た。だが観阿弥は始終無表情だった。鬼夜叉は前の晩、仲間と離れたことも口にしなかった。ところが父の一座の者に対する振る舞いにはむしろそのことを得意とする気配さえ見受けられた。

「兄者はゆうべ将軍さまの御所で泊ったの」

四郎が大声でいうのさえ父はとがめなかった。

楽屋は初日の成功で盛り上がっていた。義満から銭五百貫と装束の下賜があり、良基、道誉からも酒肴が届けられた。「観世の大夫にふさわしい」という義満の言葉も楽屋へ伝えられていた。

舞台へあがった鬼夜叉は義満を意識した。粘りつく視線は前夜の寝所での様を思いおこさせ、謡にも舞にも心が入らなかった。前日につづいて舞台にあげられるのは父が義満を意識したからに違いなかった。シテの父の声も虚ろに聞こえた。終わればただちに桟敷へまいれといわれているのも気鬱だった。

この日御所へはさすがに義満と同じ牛車に乗ることはなく、鬼夜叉は徒歩で車に従った。供奉する武士の黒い甲冑の群れの中で一人〝安宅〟で演じた源義経の紅入りの装束のままだった。

「猿楽者の子供が」という声は武士の間からも沿道で牛車を見送る人々の間からも聞こえた。

「将軍さまの伽はどうだったな」

歩きながら槍を持った髭面の男が鬼夜叉の脇腹をつついた。

「観阿弥もやるわい。多武峰にいてはこんな芸当はうてまいに」

観阿弥と同じほどの年齢の男が槍の男に話しかける。それは非難ではなくやっかみに聞こえた。多武峰の名が出て驚いたが、それより鬼夜叉は寝所の噂をする声に耳がふさぎたかった。

千秋楽は舞台にあがることもなく、そのまま桟敷にあがった。

樟の大木の間から洩れる光がまぶしいが、鬼夜叉の心は晴れなかった。集まった観衆は初日とちがってくつろいでいる。白州の外には屋台が並び、境内のあちこちに風車を持って走りまわる子供の姿があった。

入れかわり公卿、大名が義満に近づいて酌をする。深く辞儀をし、窺うようにして盃に酒を注ぐ。その日、管領・細川頼之の姿が義満の傍にあった。

鬼夜叉は始終義満の傍にいた。

――それ一代の教法は五時八教をつくり――

半俗半僧の説教師・自然居士の長い説教が始まった。喝喰の面をかけ髪をのせ、白大口の袴に黒い水衣をつけた父が謡った。もはや大夫としての貫禄をつけて朗々と謡う。それまでと違った拍子に、いつのまにか観衆は亡父母追善供養にと我が身を売って小袖を捧げる子方に涙している。

茫然と鬼夜叉は見ていた。囃子も音曲も全て諳んじている。子方は鬼夜叉が勤めるはずであったが、代わりに勤めることになった四郎は笑っている。面をかけぬ役は無表情で、それでいて気持ちを体であらわさねばと思った時、さらりと受けた地謡が――身を助くべし――と斉唱した。

舞台は一転し、琵琶湖の水が漫々と広がる。

時が自然に流れた。それから自然居士が舞の上手と聞いて、人買商人が子供が返してほしいなら舞えと強要する。中の舞から曲舞に移る。ささらが鳴る。観阿弥は息もつかず芸尽しを演じた。乙鶴から伝授したものがふんだんに取り入れられ、さらに観阿弥自身の工夫があった。

義満は手をのばしてこない。

観阿弥は羯鼓（かっこ）に移っていた。勇壮な舞は舞台一杯に広がる。

自然居士が子供を取り戻して舞台を終えた時、観衆はしばらく拍手を忘れた。良基が手を拍ち、義満が手を叩くのに気づいて喚声をあげた。

「そちは小器用には舞っても、まだ観阿弥にはおよばぬ」

義満が嘆息気味にいったのを鬼夜叉は不思議な気持ちで聞いた。千歳の役と自然居士のシテとでは役柄が違う。夜を再び共にし、御所から徒歩で牛車を追いそのまま桟敷に連れてこられていたのだった。

二条良基が充分に堪能しながら、それでも今ひとつの工夫が必要といったのに若い義満は不満そうだった。そして鬼夜叉に寝所とは違うふくよかな顔を見せ、もう一度声をかけようとして黙った。傍の細川頼之が不機嫌に立ちあがり足音高く桟敷を去ったからである。頼之一人演能の最中も舞台に背を向け酒を飲んでいた。

義満は狩衣を脱いだ。観阿弥に渡せと鬼夜叉に手渡した。

鬼夜叉は押しいただいて階をおりた。桟敷の下の父の前に狩衣を置き、並んで白州で平伏した。義満が観阿弥に声をかけたが、鬼夜叉には何をいっているかはっきり聞こえなかった。「今一層の精進を」といったのか「このうえもない出来」とほめたのかわからなかった。

ただ肩を振って牛車に向かう義満の先に、細川頼之が待っているのが見えた。御所へのお召しが今日はないのに安堵しながら鬼夜叉の心の底には物足りないものも広がっていた。それは兄を慕う気持ちか、それとは別のものかは知れなかった。

台覧能の成功は観世一座を忙しくした。山名氏清、一色範光らの邸から声がかかった。それまで猿楽をこっそり観ていた今川泰範、斯波義将もおおっぴらに観阿弥を招くようになった。

鬼夜叉は義満の観阿弥贔屓が評判になると本当は自分に対する愛顧と信じたが、良基からも声がかかると戸惑った。五十歳を越した老人に対するにどうしたらよいかわからなかったからだ。「つかず離れず」と観阿弥がいったのを、鬼夜叉は良基に対しては守った。

最初畏怖以外の何物でもなかった義満への勤仕は時が経つにつれ変わってきた。伽が苦痛でなくなったのは、幾人もの稚児の中で義満の最も寵愛するのが自分だとわかったからである。

公卿、大名の子息が連歌、蹴鞠、茶、立華の技を競う。犬追物の供をする。そんな時鬼夜叉は自分でも不思議なくらい義満の意向がよめるのだった。鞠は鬼夜叉の足で自在に動き、茶の手順は義満の前ではなめらかになった。御所での振るまいに自信が持てたのはその積み重ねだった。

義満は細事にこだわらず鷹揚だった。鬼夜叉は侍女たちの受けもよかった。それにもかかわらず傲慢にならなかったのは猿楽の出自を多分に意識したからである。

いつのまにか自分が幇間であり、稚児である自覚が心に住みついていた。越えてはならぬものがあるのを知っていた。

貴人への出仕が多くなるにつれ実入りが増えたが、母は相変わらず暗い顔をし装束の繕いをしていた。

観阿弥は斯波義将から声がかかっても三度に一度は義満への出仕を理由に断わっていた。内法三箇条の最後に「ばさらを好む。是又過奢と慢となり。大いに禁ずべき事」とあるのを南阿弥に知らされると佐々木道誉邸へ出掛けるのもやめた。

永和四年（一三七八）三月、義満は若宮小路から室町第へ移徙した。四季の花にとりかこまれた加茂川の水を引いた豪壮な新第だった。

翌・康暦元年、南朝元号の天授五年、洛中騒動が起こった。以前から管領・細川頼之の専横に反感を抱いていた諸大名がこれを退治しようと企てたのである。十七歳になった鬼夜叉もいずれ斯波義将が管領職を奪うとの噂を聞いていたが、頼之が将軍にとって好ましいのは知っていた。

南朝方の楠木正儀が義満にくだったのも九州探題として今川貞世を派遣したのも頼之の差し金によった。

前々年、斯波義将が守護をつとめる越中で国人と守護代が争い、隣の細川頼之の所領へ国人が逃げこんだ。これを追い斯波方が庄内を焼きはらったが、これが以後二人の仲を険悪にしたといわれていた。

鬼夜叉は二人の確執の本当の因は知らぬ。しかし周囲には貞治の頃若くして執事を勤めた斯波義将の味方をする者の方が多かった。

花の御所に諸将が召集された。公卿の牛車があわただしく室町をとりまき、守護らが美々しい甲冑姿で門をくぐった。槍や薙刀を持った武士が御所の内外を埋めた。

「義将のやつめが」

義満が口ばしったのは武将らとの長い評定のす

え、鬼夜叉の部屋へ入った時である。このところ管弦の楽も犬追物も催されず義満は会所へこもっていた。

畳敷きの狭い部屋では鬼夜叉一人が茶の湯をたぎらせていた。

その頃義満は入るとすぐ、伸びきった鬼夜叉の肢体を押し倒すのが常となっていた。そのあとけろりとして、華奢な指先でさばく鬼夜叉の点前を楽しむ。政務のことは決して口にせず、試すように突飛な連歌の発句を口にする。

鬼夜叉はいつも義満を受け入れる心と体の準備を整えていた。細川頼之の危機を気づかう義満を心配する気持ちがあった。同時にこの数年のうちに習性となった愛撫に、若い猿楽者や同朋衆を追う侍女たちの柔らかい肌とは違う魅力を感じていた。

以前の義満とはちがっていた。目の奥にある寂しさを鬼夜叉は見逃さなかった。

しかし義満はすぐに横になった。しばらく目をつぶったままでいた。鬼夜叉を引き寄せようともせず、発句も口にしなかった。

起きあがって茶を一気に飲むと無言で立った。白い顔に珍しく苦渋の色があった。無表情なのが威厳とも見え、時に凡庸ではないかと疑わせるのに義満は口をゆがめていた。

立ったまま義満は鬼夜叉を見た。何ともいえぬ顔であった。何かに憑かれた表情だった。閉めきった部屋は小さい明障子から洩れる光がかすかにあった。

義満は床の間の桜の枝に手を触れた。鬼夜叉が庭から手折ってきたばかりの満開の花が一ひら落ちた。

「憎いのは頼之よのう」

それはどういう意味か鬼夜叉にはわからなかった。ふり仰ぐと義満はいつもの邪気のない顔に戻っていた。鬼夜叉の気持ちを忖度したのかも知れぬと思ったのは、その夜寝所へ伺候せよと誘われたからだった。

鬼夜叉は黙ってうなずいた。

翌日、結崎へ戻ってから鬼夜叉は観阿弥につれられて四郎と上津道を下った。途中、桜は咲き誇り、風に吹かれて花びらが三人の肩にかかった。

「多武峰へか」

と訊き、あいまいに答えた父に母は珍しく弁当をつくった。

観阿弥は二つの荷を鬼夜叉と四郎に持たせた。それは義満から拝領の装束だったが、父が懐に何かを隠しているのは知っていた。御所や大名邸へ参上する時と違って、三人は質素な普段着にわらじばきで出た。

観阿弥は行き先をいわなかった。鬼夜叉は生一が狂言方を勤めてくれていることへの礼に行くのだと思っていた。宝生大夫のもとで狂言を仕込まれた生一は、この頃、観世座ではなくてはならぬ存在であった。間狂言の果たす役割は大きく、シテを演じたがる者の多い中で貴重であった。

頑健な父を追うのに十三歳の四郎が小走りしなければならぬ。畝傍、耳成、香具の三山がぽっかりと大和平野に浮かんでいる。

鬼夜叉は春がすみのたなびく景色を見ながら自分の能を持たねばならぬ、自分の作能に手をつけねばと思っていた。それは父とは違う動かぬ能であり、見所の反応ばかりを慮らぬ、舞台そのものが惹きつける猿楽であった。演能のあと、晴れやかな気分も残したかった。小器用とはもういわれぬが、義満のこのところの憂いを払拭させる力も持ちたかった。どこか乙鶴に教わった幻が残っていた。

石舞台に着いたのは午まえである。三人は巨大な石を前に弁当を広げた。

「書物だけでは能は出来ぬよのう」

観阿弥が声をかけた。それは結崎ではこのところ書物ばかり読む鬼夜叉のことをいったのだ。そういう父は近頃は経典と五山の典籍ばかりをひもといている。義満が夢窓疎石のもとで受衣したからである。

「曲舞の成功も動きよ。舞台から説教してもはじまらぬ。難しい詞章は見所に解らなくてもいい」

曲趣の展開を主とし、あとは観客に預けるというのが父の主張だった。日頃「時分の花」というのは舞台での瞬間、演者の所作が映えるのをいう。それに鬼夜叉は不満なのではなかった。序、破、急のうち、常に急への収束を計算した観阿弥の作能はやはり他座の追随を許さない。

しかし鬼夜叉は展開のみに重きをおくやり方に危険も感じていた。乙鶴は瞬間瞬間に重きを置いていたと思う。展開を重視するなら古典を本説とするより、現実を舞台にのせる方がおもしろい。その題材はいくらでもあった。しかし、それは危ない。鎌倉との対立、斯波義将と細川頼之の確執、花の御所をとりまく稚児、侍女などを舞台にのせれば人気は集まるにちがいない。だが身近な題材は猿楽が人の心の深奥を舞おうとするならふさわしくないと鬼夜叉は思っていた。時運のみに似合った能はいずれ飽きられる。永遠の主題を求めたい。

「わたしの読みますのは難しいものではございませぬ。我が国の源氏物語や伊勢物語、それに竹取物語」

四郎が巨石にのぼって謡っている。少し汗ばむ陽気である。父が手ぬぐいで顔をふいた。

「佐々木道誉さまはなくなられたが、ばさら禁制をいいだされたのは頼之さまだった」

父が乙鶴の次に最も興味をいだいたのは道誉だったのかも知れぬ。野に下り、あらゆる方面に手をのばしていた道誉は鬼夜叉にも魅力的だった。西域の楽器が道誉邸にはあった。尺八を吹いたあと道誉はその耳なれぬ、妙なる音を出す弦楽器をひびかせ金管の笛を鳴らした。

「斯波さまが管領に就かれれば、観世にとっては都合がいい」

頼之失脚を父はいった。細川頼之は一度も観世を自邸に招いたことはなかった。道誉につてを求めたけれどもついに無駄であった。時に御所で顔をあわせたが、そんな時、頼之は鬼夜叉を無視していた。傲然と肩を振って歩くのを避けるのは稚児ばかりではなかった。武将も侍女も頼之を回廊のむこうに見つけるとそそくさと姿を隠した。

「義満さまはそなたに何かいわれたか」

鬼夜叉は何もいわなかったと答えた。茶室のあと寝所へ来られなかったのだ。

「もしわしが倒れるようなことがあれば、観世はそなたが背負って立たねばならぬ」

父はふいにいった。

「いやなに、そんなことは当分あるまいが」

観阿弥は笑った。

「そなたが作能などしたいと申すから頼もしく思ってな。どんな能が出来るか楽しみだわい」

からかう口調で観阿弥は立ちあがった。


夕暮れ、三人は多武峰を過ぎ上市へ着いた。吉野川をのぞむ山のふもとに粗末な小屋が三軒あった。うちの一軒に十人ほどの男が炉をかこんだ蓆にたむろしていた。

観阿弥到着の報せに二つの小屋からさらに五人が来た。総勢二十人になった。

観阿弥が真中に坐り丁寧に一同に辞儀をする。鬼夜叉と四郎は板壁にもたれて立っていた。坐る場所はもうなかった。人いきれがする。板戸の隙間から男たちは交代で外をうかがっている。静まりかえった小屋の中で火のはぜる音と、川のせせらぎが聞こえた。昼間の陽気は夜になると冷えこんでいた。

観阿弥は装束の包みに加えて懐からもう一つ包みを取り出した。それは金子にちがいなかった。仲間の白髪の男にうやうやしく手渡した。

「鬼夜叉、大きくなったなあ」

傍に立ってじっと見つめている男にはかすかに見覚えがある。多武峰に出入りしていた鉢叩きの子供・吉丸である。見回すと歩き御子や猿飼がまじっている。白髪の男は父と組んで舞っていた明芳であった。面影は残っているが、あの頃にくらべると痩せて目が光っている。まわりの男たちもこのところの鬼夜叉のつきあう相手には見られぬ異様な雰囲気をただよわせていた。それは殺気といってもよかった。どこか乙鶴と似た、何かに憑かれた気迫といったものがある。

南阿弥がいた。それには驚いたが、ここに父を誘ったのはこの男に違いなかった。

観阿弥に洛中の動きが問われた。

鬼夜叉はみなに押されて炉の傍に出た。

「楠木正儀の行方が知れぬ」

明芳が低い声でいった。

「河内にも和泉にも正儀の姿がない」

守護職を得ている正儀が今度の頼之危急に際し、どこかに潜んだと喋る。そして父に訊いた。観阿弥は知らぬと答えた。明芳がもう一度念を押す。

「もともと正儀は南北朝講和を目指して義満に下ったはず。手引きした道誉なく、頼之失脚となれば再び我らの方へ戻ってくると思われる」

立っていた歩き御子の一人が壁際から前へ出て喋った。宝生大夫に可愛がられていた剽軽な老人である。

そのように単純にことが運ぶかという声がとんだ。頼之の援護を受け天野行宮を攻撃した正儀はその子・正勝、正元を頭目とする南朝残党の怨嗟の的のはずであった。明芳が吉丸をうながした。吉丸は頼之の所領・讃岐へは和泉から船が出る、正儀は頼之と共に行動するのではないか、ならば我らにとって絶好の機会だと喋った。

さらに別の男が佐々木氏頼、吉見頼隆が京に帰り、頼之追放を義満にせまっていると述べた。斯波義将が京に入った時、頼之打倒の軍が一斉に立ちあがる。幕府が二手に分かれて争う時こそ南朝も再興の好機、正儀は吉野へ向かったか京に潜んでいると激昂して拳をあげた。

炉の火がゆれた。人々の影が大きく動いた。

誰にも確かな情報とてはなかった。正儀の動向も憶測が大半だった。ただ明芳によると、正儀の密使は常に多武峰へ来ていた。宝生大夫は今、正儀は頼之の屋敷に隠れていると告げた。

そういえば多武峰の座は談山神社への奉納を生業としており、多くの七道者が出入りしていた。幼い頃鬼夜叉は夜陰に乗じて山を下りる男たちを興行に出るのだと思っていた。だが今考えてみると南朝方の諜報に暗躍していたのだ。観阿弥が結崎に出たのは新しい座を建てるだけではなく、それらの仲間から身を引きたかったのか。貴人に仕えるにはそれらとの縁を切らねばならぬ。そして多武峰にこだわった母は南朝方だったのか。

「義満の意向はどうか」

南阿弥が口を開いた。いつも温和な顔が火に映えて赤い。それに義満を呼び捨てにするのは初めて聞いた。

「わかりません」

鬼夜叉は答えた。

南阿弥は舌うちした。猿楽者として稚児として近仕するからには、義満の意を体しなければ意味がない。演能にしても同様、それなくして見所に気にいられる能が舞えるはずがないと父をなじった。その教えを観阿弥が鬼夜叉、四郎に伝えていないのを非難した。

「それならお前たちは自分たちの血筋も知るまい」

呼ばれて四郎も南阿弥の傍に坐った。

「観世は楠木一党の血筋ぞ。観阿弥の母者は楠木正成の妹、四条畷の戦いで自刃した正行はお前たちの父にとって従兄よ」

正儀は正行の弟だった。鬼夜叉兄弟にとって正成が大伯父となる。

斯波に与する者の名があがった。細川を支持する四職のうち赤松義則、一色範光、さらに今川の名があがった。貞世の父・範国への義満の信頼は篤いと評定された。

「駿河はどうだ」

南阿弥が観阿弥に訊いた。返答は判然としなかった。鬼夜叉は貞世の著した連歌書・下草を義満から借りうけているとようやくいった。それだけのことで改めて遠い駿河、遠江の守護は頼之支持、今川一族は頼之支持と判断された。

小屋の梁には太刀、槍、薙刀がかくしてあった。部屋の隅にはいくつかの胴丸が重ねられていた。

多武峰への使いが出された。行宮へ派遣される者が武具をつけて走った。

「今が千載一遇の好機だ。ただ正儀の居場所が聞きたい。義満の本心が知りたい。斯波を取るか細川を取るか」

南阿弥の言葉に鬼夜叉は自分がいつのまにか仲間に組み入れられているのを知った。楠木一党の一人として、義満を見張り窺う役目を負わされていた。観阿弥が義満に取り入ろうとしたのも、南阿弥がその芸を鍛えたのも一途にこの目的からであったと思った。

義満の愛撫が思い出される。邪気なく鬼夜叉の体を愛してくれる。猿楽者を近仕にするという世評を気にもせずおおっぴらに桟敷にまで上げる贔屓を賜っている。

先日、寝所へ来られなかったのは鬼夜叉を避けたのではない。のっぴきならぬ評定がつづいたのだ。若い義満が頼之の補佐を受けず、自ら決断しなければならない時が来ているのだ。しかもその頼之を追い落とそうとする勢力にとり囲まれて裁断を下さなければならないのだ。

鬼夜叉はこの中から逃れて茶室で待ちたい。寝所でもいい。義満の心をなごませる術が知りたい。若い将軍が自分の意志を明確に打ち出せる力を与えたい。まさか力に屈して長年幕閣を支え守ってきた頼之を追い落とすことはあるまい。

残った五人で酒を飲んだ。吉野川の瀬音が聞こえた。

「鬼夜叉、四郎、お前たち血筋を忘れまいぞ。分別を失うまいぞ。猿楽者などに身をおいているとはいえ、元をただせば武士の端くれ」

明芳が細い手を出して鬼夜叉の手をまさぐった。冷たい手だった。じっと見つめてくる目は白く濁っている。観阿弥は黙りこくっていた。

南阿弥が鼓を取り出し、打ちながら〝白髭〟を謡った。さらに曲舞節〝由良湊〟を謡った。明芳も知っていて和した。ともに節の高低のはっきりした、拍子にあった謡いぶりだった。

父も立って〝山姥〟を舞った。

外を渡る風が、鬼夜叉の打つ鼓にひびく。舞う足が突然速くなり、狂気となった山姥が強く足を踏む。観阿弥の最近完成させた曲であった。妖気は吉野の山深く広がっていった。

前を行く観阿弥は肩に薙刀を三本束ねてかつぎ、膝までの葛袴を払って歩く。並んで行くのは十九歳になった四郎である。海原から吹く潮風が烏帽子を飛ばし砂を流す。一列に並んだ足跡が消え、新しい風紋が砂丘に出来る。

右手に駿河湾が広がり鴎が舞い、打ちかえす波が、松を渡る風とともに耳を聾していた。

二人が足を止めたのにつれて元清も立ち止まる。傍の生一も、近頃は独立して十二座を名のる康次も、そして装束のつづらをかついだ者たちも振り仰いだ。

一行は昨日から幾度か立ち止まって少しずつ山容を大きくする富士に向かっていた。海をへだてて浮かぶ山は豪快である。地の底から盛り上がった山塊はすそ野を引いて悠然とあたりを圧し、ただちに元清に迫ってくる。初夏の日を浴び、雲ひとつない青空に山頂の雪が輝いている。

元清は両手をあげてとびあがりたかった。大地のど真中に立つ気がした。京での重苦しさから抜け出た喜びが全身をおおっている。それを抑えて伯父に言葉をかけた。

「あそこのうっすらと見えるのは帝の使いが火を燃した煙でしょうか」

目をこらすと山頂の右肩に雲とも煙ともわからぬものが立ちのぼっている。生一は手をかざし幾度も富士を仰いだ。

「あれは物語だから」

まばゆげに目をしばたたき口ごもった。

康次にはもちろん見えない。もし見えたとしても、それが竹取物語にあるなどと知るはずもない。天人からの不死の妙薬と文を燃したのが不二だなどと、この芸は達者だが文盲の猿楽者にはわかるはずもなかった。

風が砂を巻きあげる。小袖と葛袴に音をたてて砂があたる。同時に父は声を出して駈けだした。薙刀が左右に大きく揺れ、砂煙の中を走って行く。

「羽衣、羽衣の松」

観阿弥の声が風に流れる。元清も駈けた。足が砂にもつれた。走っても走っても松に近づかない。総勢二十人の座の者たちが荷を背中に後を追う。

しばらくして一行が砂に尻をおろしても、元清だけはあとを追った。

観阿弥は松の根方に寝転がっていた。目をつぶった父の額に汗が流れ、激しく息をついている。のぞきこむと蒼白な顔をしていた。

「無理をしてはいけません」

観阿弥は目を開けほほえんだ。

「無理も何も、あずまへの旅はこれが最初で最後だからな」

駿河の浅間神社の猿楽奉納を今川範国から頼まれたのは三月であった。義満の意向を慮った観阿弥は二の足を踏んだ。

だが羽衣の松を見たいという元清の言葉に義満は肯んじた。

「範国のところなら行ってやれ。そちがいないと淋しいが」

二十二歳の元清に義満は少し媚を見せた。単に羽衣の松が見たいだけではない、作能のためといったのである。

「わしのために作ってくれるか。帰ったらその能が観られるな」

義満の許可さえ得れば猿楽者の行動はもう誰に相談する必要もなかった。四月の清滝宮の演能を終え、一行は駿河に向かっていた。

「元清、天人の能を夢幻にするか」

観阿弥は松を見上げた。元清も傍に寝転んだ。五、六丈もある太い松は枝を四方に張っている。元清は即座には返答をしかねた。帝への怨みを中心にすえるか、のびやかな舞を中心にすえるか決めかねていた。

「こうして見ると、あの枝先からかぐや姫が天へのぼったと見えるな」

観阿弥はもはや平常に戻っている。松の先に空が見える。

「やはりここでこうして見なければ、曲趣は浮かんできません。書籍ばかり広げて机の上で苦しんでも、このうららかな情景は浮かんできませんもの」

元清が答えた時、四郎を先頭に一行が追いついた。松の肌をなで、感嘆の声をあげた。

「これでもう京へ戻っても本望ですな」

十二康次がのんびりいう。

「何をいう。演能はこれからというのに、もう里心がついたのか」

四郎が厳しい声で答える。

「上までのぼろう」

幹にかじりついたのは子方としてつれてきた康次の子・政次である。

「のぼってみろ、のぼってみろ」

四郎がけしかけ肩を貸すと。その下で弁当を広げた。政次は太い枝の股までするするとのぼった。

「そうよなあ、元清。猿楽は祝言のおおらかな気分を舞台にのせるのも大切よ。〝翁〟だって、ただうまく舞えばいいというものじゃない。あの中に何ともいえぬめでたい気分を封じこめねば」

父の背後には富士が陽を受けて光っていた。

康暦元年（一三七九）閏四月、斯波義将は義満の促しで京へ戻った。その時花の御所をとりまいたのは義将の軍勢だけではなく、山名氏清、土岐頼康に今川泰範、赤松義則までが加わっていた。

吉野が動くとも楠木一党が決起したとも聞かなかった。幾多の騒動に諸大名を派遣し、その疲弊のうえに将軍権力の確立と利用を意図したのが明白な細川頼之への反発は強かった。

十四日辰の刻（午前八時）、義将は意気揚々と御所へ入った。曇った日だった。三十になるかならぬかの義将は会所の前まで馬で乗りこんだ。大きな犬を五匹ひきつれているのが目立った。それが庭でしきりと吠えた。

白髪頭の土岐頼康が周囲をうかがうようにして馬を下りたのに、義将は回廊に立って迎えた義満に馬上から大声で叫んだ。

「佐兵衛督・斯波義将、仰せによりただ今帰洛つかまつりました」

義満の傍にいた鬼夜叉は階をのぼってきた義将の緋縅の鎧から汗の立ちのぼるのを嗅いだ。脱いだ兜の下は裾を切りそろえた禿髪だった。

義満が何ごとか小声でうながすと会所へ入った。

実は細川頼之の味方をする者は誰もいなかったのだ。

鬼夜叉が上市から戻った時には、御所内から細川の一族は一掃されていた。

評定は短時間で終わった。出てきた義将はまだ鎧をつけていた。

「斯波どのが犬追物を所望でな」

義満の浮かぬ顔にくらべて、義将は晴れやかな顔をしている。

鬼夜叉はただちに御所の馬場へ向かった。すでに中央には大縄、小縄が円く埋めてあった。真中の犬塚では十匹の犬が吠えたてていた。曇った空から小粒の雨が落ちている。

素裸に行縢（ぬかばき）の装束をつける義満を鬼夜叉は手伝った。一言も口をきかず、侍女のさしだす帯を邪険にはねのけ鬼夜叉の手を借りた。毛氈に床几を置いた席に着いてからも義満の表情は変わらなかった。

鬼夜叉は竹垣の外に立って幣振りの位置につく。検見の合図で幣を振った。犬が一斉に放される。三方に別れた十二騎ずつが矢をつがえ犬を追う。犬塚から出ようとせず尻尾を垂れたのがまず射られた。あとは四方へ散った犬を追う声と、馬のいななき、犬の吠え叫ぶ声がひびいた。

矢を背に受けて走る犬を興奮した射手がさらに射かける。それはいつもと違う光景だが、今はそれを許容する雰囲気があった。奉行も何もいわず、犬を血祭りにあげることだけがくり広げられた。

十匹ずつが十五度放たれる。

例年なら皐月ともいえる空はどんより曇ったままである。いつもの犬追物なら騒ぐ女官の姿はなく、酒の準備もない。先にたって馬に乗るはずの義満は立たずに床几に着いたままだった。犬が倒れていく。

新たな犬が引き出されるたびに、御所の内外から集まった武者が垣に群がって喚声をあげる。犬に引きずられる犬放ちを笑い、その男に向かって野次をとばす。

義将は始終一矢でしとめ、三本の矢を使いおえると、垣内に残って他が追うのを馬上から見ていた。

鎧をつけ、新たな矢を背負った義将が義満の傍に来た。

「お手並を拝見したい」

馬を引き、義満を誘う。義満はちらと幣振りの位置についている鬼夜叉を見た。一緒に来いというのか、引きとめよというのかわからない。栗毛に乗った義満は義将と並んで垣内へ入った。

義将の引きつれた五匹の白犬は、他の茶毛や黒毛にくらべて一きわ大きく目立った。義将は東、義満は西の位置につく。厚く垂れこめた雲のあいだから、ようやく光が洩れた。わずかな陽を受けて義将の兜の鍬型が光り、烏帽子の義満は黒い影となって馬上で矢をつがえる。

鉦が鳴り、鬼夜叉が幣を振る。

先頭を切ったのは義将であった。一直線に走ると第一矢は犬が大縄を越える直前敷きつめた砂につきささった。地面には串ざしにされ、四肢を宙にあげた犬があった。つづいて跳んだところを射た。今度は矢の勢いで三間も犬が血しぶきをあげて空中をとび、落ちた。矢はずを鳴らし、地を打つ武者たちの声があたりにどよもした。

義満は馬上で立っていた。

第一矢をそらし、白い五匹に取り囲まれていた。馬が棒立ちとなり、鞍にしがみついた義満の手は背の箙に届かぬ。すでに茶毛黒毛を射った三十五騎が義満を取り囲んでいたが、誰も助けようとはしない。義満におどりかかる犬を射れば、馬を射るかも知れなかった。

義満は馬の胴を抱きかかえ弓を捨てた。栗毛の馬はいななき、犬は吠えたてる。烏帽子を飛ばし、手綱を必死に握る義満の体は馬の腹に傾いている。白い犬が一斉にとびかかり退く。

あの時、鬼夜叉は義満の悲鳴を聞いたと思う。あたりの妙に静まりかえった中で、跳び襲う犬と脚で払おうとする馬のせめぎあいが続いた。

義将が残った一矢で二匹を串ざしにし、残った三匹を馬上から斬り倒すまでが長かった。それまでに義満はくらいついた犬に引きずられ馬から落ちようとしていた。他の犬もおどりかかっていた。

義将が射ったのはその時である。

しばしの静寂ののち、どよめきが起こった。それは義将への称賛だった。地に落ちた義満の身を案ずる者はなく、寄ってくる犬を抜いた刀で切り捨て義満を抱き起こす鎧姿の義将への盛大な拍手が起こった。

　細川頼之が讃岐へ下ったのはその翌々日である。

　さらに九月、義満は頼之追討の命を下した。


　至徳元年（一三八四）五月十九日、駿河浅間神社の勧進能は千秋楽を迎えた。三保をまわってから雨にたたられ四日から始まった観世の興行は途中六日も休み、ようやく最後の日を迎えていた。

　当日は浜名、引佐あたりの百姓、近在の武士、鎌倉の商人が盛り土の上に板を敷き並べた舞台をかこみ、蓆に坐っていた。同じく土の上の橋掛りは舞台に直角にのびている。そこだけ組み立てられた正面見所の屋根の上には久し振りの富士が晴れやかに浮かんでいた。

　先ほど地元声明師による素人猿楽が終わって舞台には人影がなかった。橋掛りの奥の、幕でおおわれた楽屋から鼓と笛の音が聞こえてくる。子供たちが犬を追いまわし、屋台の飴や五平餅を親にせがんでいる。

　元清は楽屋で観阿弥に装束をつけていた。キリ能に〝自然居士〟を演ずる父のからだに蒲団を巻きつけ紐でとめる。上に義満から拝領の白綾を着せ糸で縫いつけた。白の大口袴、黒の水衣を着せ、数珠を持たせる。

　のびた枝が楽屋をおおい、風が吹くたびに木洩れ日が装束の上を走り、銅鏡が光った。

　観阿弥が鏡に向かって喝喰の面に拝礼する。元清は背後にまわって面紐を結んだ。

　笛が立ち、鼓が立ちあがる。今日のワキは康次がつとめる。元清は袴姿で地謡のあとにつづいて切戸口から舞台へ出た。長い興行もこれで終わる。六尺四方の広い舞台に分かれて笛、小鼓、大鼓の三役が坐った。

　後見座につくと富士が目に入った。こんなに雄大に見えるのは三保以来だった。千秋楽を富士に抱かれて演ずるのは幸せだった。

正面桟敷には烏帽子に直衣(のうし)姿があり、女たちも唐衣に緋扇を使っている。それらはどこか野暮ったいが観阿弥の最後の舞台を観ようとする精一杯の美々しさがある。

若い今川泰範が範国の手を引いて座についた。

狂言の生一が下がるとシテの観阿弥が橋掛りに姿を現わす。若やいだ声で謡いはじめた。長い説教がはじまる。

シオル型をとった時、元清は立って床几を運んだ。

元清は胸の内で父とともに謡っていた。かつて父がこの曲を舞った時、義満がほめた。あの時にくらべても観阿弥はたしかに芸の位を高めている。後見座で見ていても、先日舞った〃静が舞〃の女能より父にはこちらの方が適している。義満の能を観る目はたしかに違いなかった。

心地よい謡となめらかな動きの中に子方の政次が登場し、小袖を亡父母追善にと捧げる。一段と観阿弥の声がひびく。

範国は京と同じく脇息にもたれて舞台を見ていた。わざわざ招いたというのに頭をさげ、居眠りしている。

元清は父の装束をなおしに立った。そのあとまっすぐ前を向き見所をうかがい、屋根の上の青空に浮かびあがっている富士を見ていた。舞台の上で羽衣の曲趣は富士を背景にした天女の舞にしたのはよかったと思っていた。天女は空に返す。各地の伝承も舞いおりた天女は漁夫の妻となり、地上に残る。しかし竹取物語に取材するのが羽衣の曲にはふさわしい。

そう思った時、少し調子づいた人買商人の康次が声を高めた。それを追って地謡の斉唱がつづく。

子方をめぐって康次と観阿弥のかけ合いがつづく。居丈高な人買、それにくいさがる自然居士、いよいよ興趣は盛りあがる。元清は目をうつして観阿弥を見た。

すると観阿弥が膝を折った。坐りこんだかに見えた。このような型はなかった。地謡にいた四郎が父に近寄ると同時に、観阿弥は横になった。

元清の背すじに冷たいものが走った。立とうとした時こちらに向けた喝喰の面の唇が動いた。

「あとをやれ」

猿楽の習いのごとく謡も笛も鼓も、とどまることなく続いている。それらが流れとなって終曲部へ向かっている。元清は立った。袴姿のまま、観阿弥の倒れところから舞いはじめた。拍子を踏んだ。

――ささらの竹には扇の骨、おっとり合わせてこれを繰る――

声がかすれそうだった。父から奪った扇をこする。羯鼓を舞う。四郎が父を切戸口へ運んだのは目に入らなかった。

観客の目は元清に集まっている。

かつて舞台で倒れたら、後見がそのあとをついで舞えと父は教えた。そんなことがあるとは思わなかった。だが今、元清は父の代わりに舞っていた。

胸の中は早鐘が打っている。観客のざわめきはほとんどない。面もかけず装束も袴のままの元清を見つめている。


子供を返すかわりに自然居士の芸づくしを見せよと強要され、元清は次々に舞う。この部分は乙鶴に習った曲舞を取り入れたのである。早い鼓に合わせ元清は舞い踊った。

ようやく止拍子を踏んだ。元清は後見座に戻った。

面のうちから元清を見つめた父の目があったと思う。たとえ田夫野人を相手でも猿楽は全身全霊をこめよ。力を抜くな。途中で舞台を捨ててはならぬ。一度捨てたら、その時観世の能は終わる。父はそういったかであった。息があれていた。康次を先頭に三役が橋掛りを退場していくのがひどくゆっくりに感じられた。

楽屋に戻ると板に横たえられた観阿弥はすでにこと切れていた。面ははずし、装束は僧体のままだった。顔には面のアテ跡が残っている。口をかすかに開け、まだ謡っているかであった。

ひざまずいて元清は父の体を揺すった。観阿弥はされるがまま左右に動く。

「父上どの、観阿弥どの」

何もこたえない。

「父上どのはふいに倒れなさった。何もいわず能の中で息を引きとりなさった」

傍で四郎がいった。しかし四郎は何もいわず倒れたといたといった。元清は「あとをやれ」と聞いくらか声高にくり返した。康次がとりすがる。四郎も生一も、鼓方も笛方も観阿弥にすがりついた。

木洩れ日が観阿弥の大柄なからだをおおっている。

狭い楽屋にいるのは座の者以外では今川範国だけであった。

「見事な舞を、命がけの舞を見せてもらった」

範国が観阿弥の枕元に小袖を置いた。京でも滅多に手に入らぬ上等の唐織の赤が光に映えた。

「元清、そちもよくぞ舞いつづけた。京でもこのような能は観たことがない。わしは能の中にいた」

範国は皺のよった細い腕を元清にさしのべた。観阿弥が死んだというのにこの老人はまだ舞台の興奮がさめぬ態であった。

元清は坐ったまま礼をいった。しかし心は虚ろだった。瓦礫が音をたててからだの中で崩れている。黒い穴が元清の心の中に広がっていた。

観世はどうなる。自分が座を背負ってこの猿楽の世界を生きていかねばならぬ。

楽屋の幕の内からもその頂上の窺える富士の姿が元清の目には色を失っていた。そこには先日、雲か煙かと見えたものは何もなかった。陽を受けて稜線がくっきり浮かびあがっているばかりだった。

世阿弥、飛ぶ

（一）

大きな犬が走る。つづいて数匹が観阿弥一行の間を駆けぬけていく。野犬の群れである。また二匹が駆ける。

犬の群れは一丁も先を行くと一斉に向きを変えて立ち止まる。そして牙をむいてうなり始めた。痩せてはいるがいずれも猛々しい。進む一行の前にたちふさがる形で散らばり、頭を地につけ脚をふんばる。口から血をながす。

三条へ向かう路であった。加茂川のほとりは農家が二、三軒見えるだけだ。

のちの世阿弥、十五歳の藤若は父のごつい手にすがった。観阿弥は小柄な藤若を引き寄せ背負うと足早になった。夜の演能のためには午すぎには三条坊門の義満第へ着かねばならない。そのため朝早く結崎を出てきた。

うしろから石が飛んでくる。犬の群れに届く。立ち止った犬は逃げはせず、さらに吠えたてる。観阿弥一行の歩いてきた路に人が群れている。石はそこから飛んできた。つぶては足もとを襲い、犬の方まで転がる。

一団となった男たちが奇妙な声をあげて走ってくる。三十人ほどであろうか。藤若たちを取りかこむ。

たもとにいくつかの石を入れており、自分たちの今来た路へ向かって投げる。その後ろからはさらに多くの男たちが群がって追ってくる。

体をのばし、腕を大きく振って石を投げる姿が田畑につづく青い空におどる。

うなりをあげ弧を描いて飛んできた石が大きい茶毛に当たった。それが悲鳴をあげると、犬どもは一斉に逃げ出す。同時に小石まじりの砂が藤若の顔にかかってきた。土手の上は一本路である。弟子のかついだ葛篭は抛り出され、装束が散らばる。

追いついた集団の中に竹竿を振りまわす者がいる。笠を深くかぶった者がいる。石を拾って投げる。

「お前らも加勢せい」

一人が耳元で怒鳴ったが、藤若は父の背にしっかりつかまっていた。すがりついたままそっとうかがうと、男たちは声のわりにどこかとぼけたところもある。藤若はもう一度父の背をかかえると、目をつぶり体を縮めた。

五月に近くなると、あちこちで「印地打ち」が始まる。子供たちが二手に分かれ、初めは小石を遠くへ投げあっているが、ぶつけられた者が一人出ると様子ががらりと変わる。尚武の遊びは大人も加えて合戦となる。

藤若はその猛々しい雰囲気がきらいだ。遊びが突如狂乱と化す瞬間の空気の色を恐れる。それまで穏やかに流れていた空気が裂け、別の時空に変転する。底に黒い、どうにもおさえきれぬ力を含んだものが横たわりはじめるのがこわい。

父の背が揺れた。

両手で藤若の尻を押さえ、かがみ、跳び、人に突き当たって走りはじめた。藤若が頭をおこすと、先ほどの犬の群れが戻ってくる。その先からは、赤い鉢巻の別の一団が戸板を盾にせめてくる。うしろからは石が飛んでくる。振りまわされた石が縄の尾を引いたままくる。

前後を挟み撃ちにされた観阿弥一行はうずくまる。その上に無数の石が落ちる。なお風を切る音が聞こえ、悲鳴が遠方であがった。棒きれで体を打つ音がひびく。喚声があがる。

血を流した男が転がっていた。身もだえして踏みにじられた者がいる。藤若が父の肩越しにのぞくと観阿弥の足もとにはまだひくひく動く犬があった。

観阿弥と藤若もこづかれ、なぐられる。瞬間、父が跳んだ。同時に観阿弥の背中から離れて藤若は飛んだ。

「逃げたぞ」

上で声がする。

柔らかな感触は草である。丈高い葦の中に藤若は身をひそめていた。そばに小石が落ちる。土手を駆けおりる者の風が身近でする。

空は青い。水に投げこまれる石の音がして、五、六人が川原へおりてくる。藤若は目の前の草をかいだ。ほっとした。葦にまじって長くのびた蕨がほうけている。合戦はまだつづいている気配だが、ここには平常の空気が流れている。

人々が去って、観阿弥一行は再び三条坊門第へ向かって歩いた。

父と離れて歩きながら藤若は宙を飛んだことを思っていた。父にしがみついていたはずだ。だが、瞬間父は藤若を抛り出したようだ。気がついた時、藤若は手足を上にして青い空を見ていた。光が目を射、目尻から瞳孔に燃える陽が移った。ゆっくり回転する間に白い雲が映り、動いた。

確かにあの時、藤若は恐怖からも解き放たれて飛んでいた。

大路に入って人通りは混みあったが、今度は少年の藤若はそれらの間を軽々と抜けた。父の手を離れて走った。手も足も痛くはない。むしろ前より元気だった。

路傍に野菜をおろした男を裸足の女たちが取り囲んでいる。声高なやりとりが耳に入る。その軽やかに語が語を追い高く低く緩急をもって転がるのを聞くと、藤若は自分もその中に身を投げ入れたくなった。

瀬戸物をかついだ男が行く。山鳥を下げた女が柳の下に立っている。酔った男が藤若をさえぎって唾をはく。それらは藤若の目に入りはしたが、見てはいなかった。

軒の傾いた藁小屋の隣に土塀をめぐらした大きな屋敷がある。木々の向こうに牛を追う百姓の姿が見える。京とはいえ、結崎と変わらぬ景色である。

　藤若は肩を張って一行の先頭を行く大柄の父の姿を追った。三角頭巾をかぶった振り売り、板台に川魚を並べて売る男の前を通る。母を追って走る子供、簾をおろした五葉車がつづいたあと、材木を積んだ荷車がかけ声とともに通りかかった。車を押す数人は上半身、裸である。

「藤若どの」

　康次に声をかけられて藤若は我に返った。五十をいくつか越した男は団子を手にしている。

「伽はつらかろうが、しっかり勤めてもらわにゃ」

　作り物の材を背にした伯父の生一が寄ってきた。

「そうじゃ、観阿どのが不憫がっておられるのはわかっている。だが良基さまと前後して今熊野で初めて台覧を得て以来、運が向いてきた。今度は特にお前が頼りじゃ。今夜の能も大事じゃが、今度は将軍さまは伽も求めておられる」

　藤若は団子を手にした。本当は口にしたくなかった。ここでは馳走でも、坊門第に入れば口にあわぬ。同じ団子でもあそこの香ばしさはえもいわれぬ。藤若は先ほどから自分が化身することを思っている。冷えてかたい団子は塊のまま胃に落ちていく。

　藤若は父を追った。観阿弥は康次や生一には目もくれず、真っすぐ前を見すえて進んでいく。父は一度とていたわる素振りを見せたことはない。今も素知らぬ風情だが、藤若は弟子たちのやさしい目に守られて行く。

　路をおおう樟のかげが三条坊門の近いことを教えてくれる。

　一日歩き疲れた体に涼やかな風が流れる。

　義満の藤若への愛顧を利用し、観世一座は隆盛しているという噂は聞き知っている。それを否定する気はない。そして第の奥を流れる空気が結崎とは違うのも藤若は知っている。それは身になじむもので、そこでの舞台は大道や社寺の境内とは違う。旅興行から帰って久し振りに三条坊門第で舞うと思うと心躍る気がする。義満の期待に応える心構えは出来ている。

足元に鶏が群れた。それが突然悲鳴をあげ、金色のものが素早く大路を横切る。いたちであった。二尺にものびた光が駆け去った時、藤若は赤いとさかを倒し首をくわえられた一羽が、瞬間、死骸となって共に流れたのを見た。

あとに一滴の血もなかった。残された鶏のけたたましい羽音が渦巻きとなって人々の間に広がる。

今度は烏帽子の人が近づいてくる。白い神官装束が白木に赤い房のついた神輿をかついでくる。頂の黄金の鳳凰と鈴が揺れている。

どよめきと叫び声が再びあたりに広がる。日枝神社の神輿は人々をなぎ倒し、女子供を追い、鶏を蹴ちらす。

藤若は第の方を見た。総桧の惣門から土塀がのびている。門は黒装束に甲冑で身をかため、長刀を手にした者たちが守っている。その黒い装束の一団は近寄る白い群れも追い払う気配だ。神輿をかつぐ男たちが声を荒らげ近づいていく。

三条坊門の樟の葉の緑が濃い。内側はひっそりしていた。

（二）

藤若が二条良基の顔を初めて見たのは、三年前の永和元年（一三七五）の五月だった。その時は東大寺尊勝院の経弁に連れられて父と京極の屋敷へ参上した。良基は過去二回関白を勤めていた。

まだ鬼夜叉と呼ばれていた藤若が門を入ると、すでに多くの人が庭にたむろしていた。湯茶を飲み談笑している。泉水のほとりの松の木陰で憩っている者がいた。藤若と同じ十二、三歳と見える子供が烏帽子に袍をつけ木沓姿で歩きまわっていた。

経弁が寝殿にあがり、藤若は観阿弥と築山の傍で待った。その間に父は取り出した袍と烏帽子を松の木陰にかくれてつけてくれた。

その日、藤若はここで行われる蹴鞠会に出るのだった。蹴鞠は結崎でも稽古をしてきた。佐々木道誉の大津の屋敷で仕込まれていたし、経弁から話があってからは連日、鞠を蹴ってきた。

ばさら大名・道誉は先年死んだが、あの屋敷にははりつめた空気があった。連歌、茶道、香道に通じ、立華、猿楽を愛した道誉邸の庭にはいつも塵ひとつ落ちていなかった。木々は刈りこまれ、あたりに香がたちこめていた。作法はやかましく、言葉づかいにも始終気を配らなければならなかった。猿楽の下品な振る舞いや、舞台で客へこびるのを忌む気持ちは道誉邸で育った。

藤若は厳しいのが好きである。茶碗を取る手順を考え、歩くのにも足の運びに気をつけ衣服の色合いにも気を配る。

道誉の死後、そのような場に出るのは稀で藤若は寂しい思いをしてきた。父について謡い舞う時、あたりの空気を引きしめる道誉の目を求めていた。だから父に良基邸へ参上すると告げられた時、藤若は緊張する喜びを感じた。

だがここは雑然としていた。寝殿の内だけが静まりかえり、外は明るい日射しのもとで浮きたっている。

水干の声に、たむろしていた人が一斉に立ちあがった。その男について中門から裏門へまわり、寝殿の裏手へまわる。芝生が広がり松林が見える。枝ぶりはのびのびとし、古木に道誉邸のたわめられた美しさはない。

それでも芝生の真ん中には型通り桜、柳、楓、松を植えた壷が設けてあった。外に垣をめぐらし蹴鞠の準備が出来ている。

良基が床几に腰をおろしたのは最初の八人が壷に入ってからである。寝殿から降りてきた白い袍に菊綴のたもとをたくした老人が二条良基とは藤若は初め思わなかった。周りの公卿たちが一斉に烏帽子を傾け会釈するのに、ひどく丁寧に頭を下げて応えていた。

蹴鞠は「やあ」ではじまった。「あり」「おう」と応えながら蹴る。廻りながら落ちてくるのを木沓で受ける。だが軽やかな音はつづかない。幾度も鞠は壷の外へとびだし、そのたびに小姓が拾って壷へ返す。

良基は黙って見ていた。木の陰の痩せて茶黒い顔の人は田夫野人に見えた。道誉の洗練された物腰とはちがい、始終あたりを見まわして誰彼となく声をかける。顔をあげて垣を取り囲んだ者たちを見やる。

公卿はさんざめき、入れかわって壷に入る。競技にはあきらかに地下人とわかる者も混じっていた。掛け声以外は御法度のはずだが、競技者はそれぞれ奇妙な声をあげた。

一組終わるたびに良基の前に八人が並ぶ。ひざまずいて頭をたれた。周りは派手な動きをした者に拍手をしたが、良基は鞠をうまく受けただけでは選ばなかった。木沓をすべらせ足で辛うじて受け喝采を受けた者は採らない。どこかに余裕のある者を採った。

観阿弥は前の組で選ばれていた。父の蹴る鞠はゆるやかに高くあがり、ゆるやかに落ちた。

しんがりの八組目に藤若の出番がまわってきた。七人の公卿の子が呼ばれた。紫、青、黄、白の装束である。藤若は朱の袍に黒の木沓だった。

右足で鞠を受けた。鞠は高くあがり回転しながら落ちてくる。素早く落下点に達し、蹴る。木沓に当たって軽やかな音を響かせ、鞠は再び空へ舞い上がる。幾度か鞠は蹴られ、はずみ、空中で舞い、壷の内をまわった。蹴るうち藤若は周囲を忘れた。

忘れながら作法は守っていた。道誉の仕込みが自然と出す足の高さを決め、蹴る力を定めていた。

何度目かであった。藤若は陽を浴びて飛んでくる鞠を低い位置で蹴った。「釣り鞠」である。鞠は低く返ってきた。即座に受け、蹴りあげ、さらに蹴返した。喚声がわきおこった。

八人のうちで藤若が一番が小さく華奢に見える。だが技は確かである。

結局、この組では藤若が選ばれ、最後に、各組から残された観阿弥を含む八人でふたたび技を競うことになった。

五十代、四十代ばかりの中に一人だけ若い公卿がまじっていた。藤若は後にそれが押小路内大臣であると知った。

鹿革の鞠は多く観阿弥との間を行き来した。芝生に落ちることはなく、いつまでも空中に浮かんでいた。

終わった時、良基が立ちあがって藤若を呼んだ。芝生に平伏して見上げると良基は笑っていた。

「相手をせよ」との声に三度壷へ入る。

五十七歳の良基の鞠も高くあがりゆるやかに舞った。しかしどういうわけか落ちる速度ははやい。藤若は袍のたもとをはねて素早く落下点に動く。良基の口からのびやかな声が返る。床几に腰をおろしていた時とちがって動きは早かった。

鋭い鞠がくる。藤若は受けた。「小鞠」が足元にくる。柔らかく受けて、声をかけて返した。垣の外は二人の技を固唾をのんで見ていた。次は上空に舞いあがり、風にあおられると、肩に向かって曲がりながら落ちてきた。藤若は腰を引いて待った。鞠はいつまでたっても落ちてこない。青い空でくるくるとまわっていた。

「そちが鬼夜叉か」

終わって鞠を手にした良基が声をかけた。

「猿楽の子とは思われぬ」

周囲を見まわす。

「やあ、ありい、おうと作法通り答えて蹴っていたが、そのいわれは知っているか」

伏している藤若には容易な問いであった。

「やあは陽花、ありは安林、おうは園、それぞれ春の桜、夏の柳、秋の楓、鞠の精大明神をたたえると存じております」

良基は大きくうなずいた。黒い小さな顔が機嫌よげに笑った。同時に追従をこめた笑いが周囲からおこった。

「ついてまいれ」

与えられた鞠をかかえて藤若はしたがった。寝殿をまわり表の庭に出る。良基は飄々と歩く。二人の後を人々も従う。良基は庭石の苔を踏むのを気にしない。先ほど人々のたむろしていた庭は掃き清められていた。ここの自然にのびた松の美しさはかつての道誉邸のたわめられた美しさとはちがうと藤若は今度は思った。釣殿へわたると良基はふいに口ずさんだ。

「雲間もる入日の影に数見えて」

そのまま藤若の口元を見ている。小さな茶色い目が光っている。風雅集に選ばれた良基の歌であった。藤若は「遠路の空を渡るかりがね」と下句をつづけた。さらにもう一首、今度は藤原俊成の歌であった。藤若は難なく答えた。観阿弥が〝四位の少将〟の作詞に引いたものだった。

傍らに立っていると風が流れる。同時に良基の体から香が届いた。道誉も愛した薫哀香である。嚥下して体内より香を発する。先ほどは木陰だったせいか茶黒く見えたが、陽を浮けた良基の鼻梁、耳朶は透きとおって見えた。うっすらと桜色である。

泉水には鯉が泳いでいる。水面に浮く蓮が風に揺れる。中島の躑躅が紅い。まわりの緑が池に映り、陽がきらめいている。

「鬼夜叉、そちの猿楽は以前に見たが、お前はどのような気持ちで舞台に立つのか」

先ほどからの問いは藤若を試しているとしか思えなかった。それは別に気分を害するものではなかったが、今度は即座に答えることは出来なかった。父の教え通り声を張りあげ舞っているだけだった。

二人が池をのぞいて立つのを遠巻きにして見ていた人々が門を出ていく。

「それは今答えずともよい」

藤若は小さい目を見開いている良基を見た。その目に水の色が映っている。良基は何ごとか口の中でつぶやいて首を振っている。

「匂いよなあ。若いお前に口でいえというのは無理かも知れぬ。口に出せぬものが本物ともいえる」

うながされて藤若は寝殿にあがった。階に足をかけて良基は振り返った。

「飛ぶのよ。こちらの世界からあちらの世界へ」

藤若にはわかった。舞台へ向かう時の橋掛りを進む気分をいうと思った。

寝殿は開け放たれていた。目の前が庭である。暗い内から眺めると表はまばゆいほどに明るい。涼しい風が入る。経弁と観阿弥がそこには待っていた。

茶が出された。違い棚に花器がある。そこに燕子花が一本投げこんである。

道誉邸の会所はいつも緋の毛氈が敷きつめられていた。螺鈿の脚立に腰をおろした道誉は唐か西域からの渡来物の長衣の裾を引いていた。部屋の香は強く匂い、茶器も唐物で、茶の味も濃かった。それにくらべるとここは質素ともいえる。青畳が部屋いっぱいに敷かれているのは豪華だが、他に調度らしい物はない。茶の色も薄く、茶碗も粗末である。

良基は烏帽子を取り経弁と談笑する。白髪の混じった薄い髪の下の顔はまた茶黒くなっている。陰へ入ると表情が変わる。だが茶を飲む作法は長い習練のゆえであろう、なめらかである。

藤若は茶を口にふくむ。栂尾茶はたよりなく感じたがかすかに甘みがあった。

良基は連歌の話をしていた。耳を傾けると編纂を終えたといわれる菟玖波集のことであった。「幽玄」という言葉がしきりと良基の口からもれた。藤原俊成、為世を尊敬しているらしい。良基のおだやかな口調は経弁の地下連歌をなじるのをたしなめる。経弁は僧侶仲間の救済や頓阿の噂をする。藤若は頓阿を知らない。三年前に死んでいる。

良基は万葉集から八代集、さらには最近撰ばれた新拾遺集の歌も全てをそらんじている気配だった。藤若は内心驚いて聞いていた。次々と良基の口から和歌が出る。かと思うと、観阿弥に顔を向け、猿楽の詞章を口にする。

得意げな様子はない。ただ興のおもむくまま、和歌と連歌の世界に遊んでいる。元関白、そして三度その位に就くと噂される人とは思えない。

燕子花の隣の棚には書籍が山積みされている。

良基は藤若に顔を向けた。

「鬼夜叉、そちは美しいのう」

藤若は答えようがない。

「今後、いつでも気のむいた時、わしのもとに参れ。今日の蹴鞠は見事であった。あのしなやかな体をもってすれば観阿弥をしのぐ役者となるにちがいない」

観阿弥を見やる。

「よい猿楽を演るには体が大切なはず。修業第一だが、といってそれだけでは芸を小さくする」

藤若は良基を見つめた。観阿弥は顔を伏せている。

「わかるかな」

十二歳の藤若は黙っていた。

「それにしても、うい奴。褒美をとらせよう」

良基は硯を取り寄せると、扇に書いた。

――松が枝の藤の若葉に千歳まで
かかれとてこそ名づけそめしか――

「これより藤若と名のるがよい」

藤原の姓の一字を賜って藤若はただ頭をさげた。

「その美童ぶりが芸の妨げにならねばいいが」

いいつつ、良基はいざって藤若に寄ってきた。ふいと手を伸ばし、体を抱き、顎をつかんだ。

「藤若、今夜はここに泊まっていくな」

藤若は黙ったまま、皺のよった老人の妖しげな光を発する目を見つづけていた。

（三）

三条坊門第での二日目の演能はあと二番を残していた。舞台に今、人影はなかった。庭には篝火が燃えている。

藤若は〝自然居士（じねんこじ）〟の子役を終えて会所に戻り、桟敷に坐っていた。正面の闇の中に舞台はある。火の粉が舞いあがり、鏡板の松が浮かびあがっている。藤若の背にした金箔の屏風に映えて会所の中が明るくなった。

木々の騒ぐ音が聞こえた。舞台の横のほんのりと暗い幕の内から鼓と笛の音合わせがひびいてくる。

藤若は傍らに義満と良基がいるのを忘れている。昨日父の背にしっかり抱きついていたが、手がはずれた。何が起こったのかわからず、手も脚も丸めて浮いた。体がほどけるのと瞼の裏に赤い陽が差し込むのとは同時だった。手を前に出し脚をのばしたが、風を切る音はなかった。全てから解き放されて無限の中にあった。

大きく二、三度回転するうちに青い空と加茂川の蛇行する白い流れ、緑の中に街へのびる路が見えた。風も空気も藤若と融けあっていた。石を投げあう中からすっぽり抜け、泳ぎに泳いだ。

先ほども似た経験をした。〝自然居士〟の舞台である。人買人が漕ぐ舟の中にいた。

子役の藤若は赤い装束に面はかけず垂髪である。楽屋で唐衣をつけた時から母への追善を願う少女となっていた。長い橋掛りをわが身を売って手に入れた供物の小袖を脇に雲居寺の境内をのぼっていた。肩の力を抜かねばと思いつつさらに力を入れたはずなのに、場面はすでに琵琶湖と変わっていた。

――のうのう、そのおん舟へもの申そう――

額に銀杏形の髪をたらした喝食面の父が呼びかけるのは琵琶湖の浜からである。

――これは山田矢橋の渡舟にもなきものを、何しに招かせ給うらん――

藤若は風に飛ぶワキ・康次の声を聞きながら舞台に水を見ていた。櫓のはねる水がかかる。喝食面の下に父の顔のあるのを忘れていた。白の大袴姿だからではない。父が人買人から自分をとり戻そうとする少女の父となっているからだった。

藤若は闇の中で口を結んで坐っている。篝火が燃えさかる。

その時、自分を求める父に向かって浮遊した。湖面を父に向かって走った。型は坐って膝に手を置いたままだ。次に手をのばした時、水のない舞台の湖面に浮いていた。

陽が水の面に映えて光る。浜の松に鳥が飛ぶ。父の声がもう一度波間を流れると、舟を離れる。

藤若はふと我に返った。義満の手がのびてきている。柔らかな手に力が込められた。

左隣で脚をくずし女官の酌を受けている客の良基をうかがう。良基は今は誰もいない舞台に目をやり、義満の行為を知ってか知らずかゆっくり杯を口にしている。だがその表情まではうかがわれぬ。六十歳になった老人の横顔の深い皺が篝火の揺れるにつれて浮かびあがる。藤若は必死にこらえていた。今回の三条坊門での演能は良基がしっらえてくれた。膝をとじてふるえた。つかまれた右手の震えが腕につたわり体を揺する。抑えようとすればするほど全身が大きく動きそうだ。

義満が身を寄せてきた。

「可愛いやつよ。初心なものよ」

義満が左手をまさぐってくる。藤若はこらえていた。暗闇の中から見つめているいくつかの目があった。良基は暗い影となって何ごとかつぶやいている。観阿弥が次に勧める〝弱法師（よろぼし）〟の詞章かも知れない。

藤若を抱いたままあげた義満の声で、高杯と瓶子が運ばれた。

義満は坐り込むと肴をとって藤若の口に運んだ。杯を押しつけてくる。藤若は思わず一息に飲みほした。熱いものが胸元を落ちていく。むせると周りの公卿が舌うちをするのが聞こえてきた。この中には先日、観阿弥に猿楽風情が調子にのるではないと伝えてきた押小路内大臣・三条公忠も混じっているにちがいない。

藤若が身を引くと、義満の手から杯がすべり瓶子が倒れた。藤若は伏せた。義満は怒るか。高杯から干物が落ちる。

女官が近づいてきて、藤若に向かって低く厳しい声をあげた。藤若は身をかたくしたままいる。周りのざわめく声がした。

張りのある笑い声がして、再び肩を抱いてきたのは義満の丸い柔らかな手であった。五歳上の成熟した大きな体が藤若におおいかぶさるようにして耳元でささやいた。

「何の、何の。わしが無理じいしたせいよ。お前は下戸であったな」

藤若は下戸ではなかった。父から修業中の酒は禁じられているだけだ。女官の差し出す燭の火に義満の顔が映えた。

「なあにわしの不調法よ。このような美童に粗相をさせたのは」

声の調子は昨夜、褥でささやいたのと同じだった。あたりは一斉に息をひそめている。若い将軍の威厳であろうか。黙って二人を見つめている。良基は何ごともなかったように、まだ誰も姿をあらわさない舞台を影となって見ている。

昨夜、藤若は今と同じ牡丹の模様の浮きでた衣装だった。第の寝殿の奥深く、広い部屋には白綾の褥が波のように広がっていた。藤若は義満の手を枕に暗い天井を見あげていたはずである。

松籟が聞こえる。第内の木々のざわめきに混じって音調べの笛が鳴り、鼓が響く。白い水干の男たちが篝火をかきたてる。一気に炎が燃えあがる。

昨夜はキリの舞台を残して、藤若は義満に手を引かれて、前を行く女官の燭を頼りに広間を横切り回廊を渡った。今と同様、闇の中の影のざわめき、廊の角にうずくまる小姓たちの目をやりすごした。義満の大きな体がぴったりと寄りそっていた。

二基の燭台が部屋の前にあったのを覚えている。襖が音もなく左右に開いて、一面白綾の海が目に入った。

黒い二本の腕で横たえられたと思った。そう、まだ良基がそばにいるように思った。自分が息をしているのを藤若は意識した。外界と切りはなされた静謐の中でゆっくりと手足をのばした。

柔らかな褥が身をつつむ。ここも本当の生まれた場所に似ていると思った。暗い天井は碁盤目の格子に仕切られている。三年親しんだ二条邸のような気がしていた。見つめているとその格子の一つから花が降ってきた。梅が一輪浮きあがり、桜が天井に広がった。右を見ると菊が咲き乱れ、左を見ると牡丹が開き、芍薬が花弁を広げていた。

遠く近く鶯がうたい、ほととぎすの甲高い声が響いた。部屋中が花園となっている。傍らで白と黄の野菊、むこうに紫の燕子花が揺れ、竜胆、芒がなびく。風にまじる妙なる鳴き声は迦陵頻伽と聞こえた。

黒く細い体はいつの間にか失せ、手枕は若い男の太い腕となっていた。部屋の四隅の燭の炎がちらちらと揺れる。その傍らに一人ずつ女が坐っている。若いとも見え、老いているとも見える。光を受けた白い顔が横たわった二人を見ている。

丸い義満の頬が藤若の頬に寄せられる。迦陵頻伽の鳴き声にまじって義満のささやきが聞こえる。藤若の体は褥となっていた。衣装がはぎ取られ、花の中に浮かびあがる。

「伽こそが大事」

伯父・生一の声がした。その心算で来た。いつも何もいわぬ父のいとおしげな顔が目に浮かんだ。結崎の母・つたの顔が浮かんだ。

だがそれは一瞬だった。肉厚の粘っこい義満の手がおずおずと藤若を愛撫してきた。裸になるのに時間がかかる。下着を取る義満の手はもどかしげに動いた。それに合わせる必要はなかった。良基はいつもゆったりと待った。紐に手をやって止めると義満はいらだたしげに払った。

鳥の声にうながされて今度は自分で衣装を脱ぐ。首すじから肩にかけて手がおりてくる。鳥が嘴でつつく感触である。藤若は身をこわばらせた。

組み伏せられた。充血した目が藤若の前にある。濃い髭の生えた頬が胸に触れた。足先がこそばゆい。避けると腿のうちに硬いものが触れた。あえぎのたうつのは赤黒い塊であった。あの時、藤若は天井へはじきとばされた。

下界からの声は言葉にならなかった。叫びは途絶えて、洩れる声は花の美しさを賛えている。花園に遊ぶ藤若に義満が追いすがってくる。

藤若はさらに浮遊した。苦しみも痛みもあったはずだ。少なくとも屈辱であり耐えるものだと康次と生一は励ました。父は無言のうちに不憫と見た。だが藤若はそれを忘れていた。

目を開けた時、義満のふぐりをまともに見て顔をそむけた。嫌悪ではなかった。肉の張ったしなやかな義満の体にそれはふさわしかった。だが頭が良基を思っていた。しなびた茶色の体が、香の匂いに助けられて遠慮気味に寄ってくるのを思っていた。その時の勝利の気分で藤若はいつも良基には対することが出来た。藤若は茫然として横たわっていた。

頭の奥がしびれ、血の流れる音を聞く。時々背後からの激しい痛みが襲う。だがそれも全身に広がるうちに快いものに変わる。

時が流れた。

いったんおさまっていた獣が再び身を起こし、今度はためらいがちに手をのばしてくる。藤若は自分の胸を抱く。こんもりと丸く白い丘は掌におさまる。女である。自らが発する匂いの中で踊る。もう一度跳ぶ。四隅の燭がぐるぐるまわる。めくるめく。花が散った。花とともに燭が回転し、回る速度が早くなる。一層早くなった。蝶が飛んでいた。黒と、紫の蝶がもつれていた。

耳元で何かがはじけ、同時に藤若の中で力が一度に爆発する。何かわからない。全身にたまっていたものが、一気に炸裂している。つづけて破裂する。

何かが声をかけてきたからかも知れない。それは四隅に坐る女かも知れないし、耳の奥で鳴った良基の怒声がきっかけかも知れなかった。

気づくと藤若は仰向けになって天井を見ていた。そこにはもう花はなかった。黒々とした闇が広がっているばかりだった。蝶も消えていた。

女が立ってくる。傍らのものは丸くなって頭をかかえていた。声をあげないところを見ると気を失っているのかも知れない。藤若はそっとうかがって見た。

義満の腰から背にかけてが脹れている。燭に照らされた厚い肉が見える。赤い筋が裸の腰から背にかけて幾本もついている。殴りつけた気もする。いや義満にはされるままになっていた。だが義満の体にうっすらと血がにじんでいる。ひっかいたのかも知れない。

やっと始まった〝弱法師〟を藤若はほとんど見ていない。笛も鼓もばらばらに聞こえる。盲目の面をかけ、杖をつく観阿弥の腰ののびた背丈は大きすぎる。

「藤若の舞台のあとでは、どの猿楽も退屈に見える」

義満が太い声で周囲に話しかける。誰も応えない。良基は今度も無心の態で舞台に目をやっている。藤若はまだ義満に手を握られたままだ。良基の黒い影が篝火を受けるのを背後から見ている。

昨夜のことは夢だったのか。先ほど舞台にいた時、湖を飛んだのと同様にあれは幻だったのか。
義満はいつまでも褥に横たわっていた。白い体に女たちが寄ってたかって甲斐がいしく手当する。手慣れた手つきで義満の体をまさぐりつづけていた。

藤若は若い女にうながされて部屋を出る。衣装を羽織って出る時、良基に似た四十ほどの女が呼び止めた。

「このことは他言してはなりません」
藤若はもちろんいう気はなかった。別室にさがって下賜を受け、待っていた康次に伴われ夜道を宿舎へ帰った。

ただ気がかりなのは、良基に似た女の目が異様に光っていたことだ。他言しないとは誰に向けてだったろうか。伽を別にすれば、良基の世界は道誉のいない今、藤若には貴重であった。芸を見てくれるのは良基だった。それを失うのは飛ぶ力を奪われるのと同じ気がした。

四人のうちの最も若い女が気になった。女はその時藤若と同じ牡丹を織り込んだ衣装を着ていた。ただそれにまといつく蝶だけが違った。先ほど飛んだのはそこから飛びたった蝶かも知れない。藤若の衣装の蝶は紫だった。

女は始終声をあげず、うつむいたままで声も出さなかった。

（四）

「鬼夜叉、お前は京へ出たいのか」
母は今も藤若を幼名で呼ぶ。近在の百姓や婢も藤若とは呼ばない。呼ぶのは観阿弥とその弟子だけである。

ほつれた髪をかき上げ、母はすずやかな目を向ける。そのあと「将軍さまや良基さまに愛されるからといって」といったが、母は藤若への義満、良基の愛顧がどのようなものであるかは噂で知っている。

「観阿どのが出世を願うからといって、お前までこの地を捨てるなんて」

藤若は母の愚痴を聞く。一時の愛顧を頼りに京へ移ったとて、行く末は知れている。どうせしばらくのことで尾花枯らして舞い戻ってくるに決まっているという。

確かに物心ついたのはこの地である。奈良盆地の何ということもない風物にも、大和川の支流・寺川のおだやかな流れにも愛着はある。だが藤若には今はそれも色あせて見える。

良基の贔屓を受けてきたが、さらに藤若が義満の伽を受けたと知るとそれを追うようにして公卿、大名からの進物が増えはじめた。稽古場も二人の贔屓を受けたこの三年の間に土の上の板敷きから高床に橋掛りのついた舞台になった。だが母屋には以前のまま暗い土間が残り、竈の煙が居室にまで立ちこめてくる。普請をする余力がないとは思えないが、母は近在の目を慮る。結崎におれば所詮、猿楽は猿楽に過ぎない。

「何といっても芸を磨くには京でなくてはならぬゆえ」

藤若は板の間に坐って答えた。五条は京の内でも品がいい土地柄とはいえないが、結崎のように周囲を気にして暮らす必要はあるまい。

母は舞台用の装束を取り出す。これも最近は下賜された物が多く、華やかである。それにくらべて母の衣服は袖も裾もほころびている。身なりをかまいさえすれば、色白の母は目立つはずだ。四郎が母にくっついている。

「多武峰からも遠くなるし」

観阿弥の長兄・宝生大夫がそこには住んでいる。母は藤若が黙っていると父の女狂いをもちだした。台覧が叶うようになってから観阿弥は乙鶴からは曲舞を習い、遊女・椎名からは白拍子の節を盗もうとした。今川範国に勤める女房との浮名も聞く。それが母の勘にさわっている。だがそれらは一つには芸を高める手段であり、一つは義満に近い範国がまた観阿弥を贔屓した結果だった。

「わしは京へは行かぬ」

「母者はここに残られるか」

母はもう一度、多武峰のことをいいだす。京へ出れば宝生大夫との連絡がとだえる。楠木氏の血筋を引く母は南朝方と通じている伯父と離れるのを懸念している。正儀は帰順したとはいえ、その残党は長慶天皇を奉じて吉野にいる。

昨年乙鶴が泊り込んだ時、母は当時七歳の四郎を連れて伊賀・小治田の実家に帰った。常には優しいが、いったん癇性を起こすと父の意にもならぬ。

藤若は立った。母は藤若の出自の露見するのを恐れている。もともと猿楽などに嫁したのも自らの血筋を隠すためであった。観阿弥、藤若が義満や良基に近づくのは危険だと思っている。それだけではない。母は息子の伽を嫌っている。

母が暗い部屋から厳しい目を向けるのを藤若は振り払った。今、京へ出なければ義満の愛顧が遠ざかるかも知れない。良基とも遠くなる。それは懸命に演ずる猿楽の対象を失うことだ。かつてのような生業のための興行しか残らない。

稽古場では父を囲んで、申し合わせがなされている。父の謡う声が聞こえ、鼓の音がひびいてくる。

飛ぶことを失うことは出来ない。笛が鳴り謡がひびき、大鼓が打たれ、床を足をすべらせて歩く時、藤若はこの世の全てを忘れ、別の世界へ飛ぶ。それが良基のもとから義満に移ったのだ。

観阿弥は稽古場の舞台に立っている。地謡に合わせて舞い、足拍子を踏む。地頭は康次が勤め、ワキは弟子の一人が勤めている。藤若は庭におり、稽古を見上げている弟子たちに混じって土の上に腰を下ろした。

西に傾いた陽に舞台は暗い。子役は四郎にゆずった。藤若はもう子役は勤めない。一と月前、三条坊門で舞った〝自然居士〟が最後だった。

笹を持った狂女が念仏を唱える。

今度、観阿弥がシテを演ずる〝百万〟は〝自然居士〟と同様の曲趣だが、父親に代えて母親が行方の知れぬ我が子を求めて狂う。〝自然居士〟の見せ場だった芸づくしを削り、悲嘆にくれる女の気持ちだけを舞う。それゆえ曲全体が暗く静かなはずである。

半年ほど前、おどろの髪によごれた顔の女が憑かれた眼差しで興福寺の境内を歩いていた。他にも乞食は多かったが、あの女は一際目立った。口の中で念仏を唱え、時に空を仰いで嘆息していた。もちろん女の悩みが何であるか観阿弥も知らず、藤若にもわからなかった。ただ藤若はその女の嘆きが母の嘆きと共通のものであるとは感じていた。

だが舞台にはあの興福寺での異様な感じが流れていない。観阿弥はこの曲を創るのに何日も居室にこもった。父が〝自然居士〟を作曲しながら同時に同工ともいえるこの曲を創ったのは舞って外に出していたものを逆に内に込めようとしたのだった。猿楽を高める演出を考えていた。

曲趣は似ていても新たに曲舞や白拍子の節を取り入れ、ハヤシと謡の韻律の高低を重んじた。節付には南阿弥を招き、あちこちの笛、小鼓、大鼓、太鼓方を訪ねた。従来と異なった韻律を取り入れるにはハヤシ方の了解が必要であった。

観阿弥にいつもの精彩がない。詞章を書く時、父は型も舞も一体として考える。書き終えた時には一曲は父のものとなっているのが常だ。藤若は父がこの曲を創る間母を見ていなかった気がする。

「どうしたことよ」

弟子たちは別のことをささやく。確かに笛が調子を乱している。捨てたはずの従来の小歌がかりが混じっている。

笛は庄右衛門の高弟・庄介、若いが妙手といわれている。間違えるはずはなかった。

父は舞うのをやめた。面もかけず正式の装束もつけていない観阿弥は坐りこんだ。シテを百万と名づけたのは乙鶴から聞いた女曲舞の名手の名を取った。その韻律が狂ってはいけなかった。

父は笛に向かった。

「庄右衛門どのに申しあげたのとは違うと思いますが」

庄介に手をついている。藤若は立って舞台へ寄った。

「いや、わしには流儀を守れといわれた」

痩身の庄介は背すじをのばしている。ハヤシ方はそれぞれ工夫の奏法、演法を持ち始めている。かつては観世の者も笛を吹き鼓を打ち、狂言も勤めた。だが観阿弥が京へ出仕するようになって各分野が固定してきた。それぞれが稽古を積むので、楽譜を交換せずとも即座に立稽古の申し合わせに入れる。だがそれが流儀を確立し、シテとの妥協を認めないようにもなってきた。

「この曲に合わせてくださらんか」

庄介は首を横に振る。たしかに庄右衛門の許しを得ず勝手に吹くことは庄介には許されない。庄介は今日の節がいつもと違うことも知らないらしい。

要吉が小鼓を置く。

「お前に頼まれたし、日頃世話になっているので合わせようとは思うが、曲舞の節は打ちにくくてのう」

太鼓を前にした老人・喜三衛門も足をくずす。

「観世がこれまでになったのは、わしらハヤシの協力があったことを忘れてもらっては困る」

喜三衛門は先頃の醍醐寺清滝宮の出仕に招かれなかったことをいいだす。黙っているのは大鼓のハ文蔵だけである。庄右衛門が姿を見せないのはハヤシ方一同の意志とも思える。

「弟子たちの前でこんな話も出来まい」

太った要吉のことばで舞台にハヤシ方と観阿弥、康次だけが残った。

観世は隆盛とはいえこれらの協力を仰がねば猿楽はやっていけない。今となっては迫った二条良基邸での演能に座中の者が代わってハヤシを勤めることは出来なかった。

たまたま今回、狂言は宝生大夫のもとで稽古をした生一が勤めるが、これも地元の狂言方は不満らしい。

弟子たちは裏庭に集まってひそひそ話をしている。〝百万〟は芸に厳しい二条良基のお目にかける。義満も招かれている。

藤若が母屋に戻るとつたは相変わらず繕い物をしていた。すでに事情を知っているとみえて、弟子の引き揚げてきた理由を訊きもしない。藤若は生一と土間に坐った。稽古場はここから見ると緑にかこまれている。

弟子の中にも京へ出るのに反対の者もいる。住み込みの者は三人で、あとは田畑を耕す片手間に舞台に立つ。演能の日数は知れている。

生一はうかぬ顔をしている。

「芸のことなど考えておらん」

康次も稽古場を追い出されてきた。父は観世だけの隆盛を考えているのではない。猿楽にたずさわる者すべてが本当の専門集団になることを願っている。だが、ハヤシ方、なかんずく笛方には通じない。多武峰、結崎から全国各地へ興行して歩いたつらさを観阿弥が忘れるはずはない。

「この地を捨てていくのは容易ではあるまいに」

母が暗い中から康次に話しかける。

「笛ぐらい何じゃ。もったいぶって。おれが吹いてやる」

庭で聞こえよがしにいう弟子がある。出演の機会の少ない太鼓方を親戚に持つ老人が「観阿弥どのも少しはハヤシの連中のことを考えてやらねば」という。

話し合いは半刻もかかった。ようやくハヤシの四人が門から出ていく。

「銭じゃろう。観世に出て行かれると残った円満井や坂戸相手だけではあれらは暮らしていけぬというのだろう」

見送る観阿弥のそばへ寄って、康次が話しかけるのを父はうなずいて聞いている。

「もう一度、庄右衛門と話してみる。五条では小屋がけでもしてみんなで一緒に住んでもいい」

「そんなことはせずとも、京にも近江にも笛などはいくらでもいる」

康次は観阿弥が身支度に母屋へ入ろうとするのを止めた。父は立ったままでいる。頬の張った顔がいくらか痩せて見える。

興福寺の栄逸が来た。観阿弥は先に立って板敷きの居室へ招じ入れた。部屋は詞章を創るのに使った書籍で埋まり、壁にはいくつもの面がかけてある。いつもは入れぬ部屋へ藤若はつたから受け取った茶を持って入る。

この部屋だけはまだ明るい。高窓があり、西陽が差し込む。文机に散らばっているのは、〝百万〟ともう一つは藤若が初めてシテを演ずる〝小鍛冶〟

の反古である。笛と鼓、太鼓も置いてあって二人が坐るともう場所がないほどである。

僧侶は奉仕能を司る中年の男だった。

「おお、相変わらず可愛いい顔をしているな。まあそこに坐れ」

栄逸の言葉で藤若は戸口に控えた。栄逸は秋の興福寺での奉仕能の打ち合わせに来た。父は書籍をのけて栄逸の座をつくった。突然の来訪に神妙な顔をしている。用件があればこちらから出かけ、今まで寺の方から僧が来ることはなかった。

「近頃、将軍さまにひどく可愛いがられているそうだな」

栄逸はいう。以前は藤若はしょっちゅう興福寺へ行き庭の掃除をし、薪を割った。そして食事を与えられた。

「ところで観阿弥どの」

母が挨拶して下がると、僧は丸い顔をひとつ撫でて本題へ入った。

「京へ出ても、寺への勤めは大丈夫だろうのう」

観阿弥は春、秋の祭礼はもとより臨時の奉仕にも何をおいても駆けつけると答える。父が多武峰からこの結崎へ下りてきたのは興福寺への参勤があったからである。その平野への進出が観世の出世するきっかけをつくった。

「これまで京の仕事のため、日程を変えたことがあったが、今後はそのようなことはさせぬ」

もともとおだやかな栄逸は良基や義満への勤仕には便宜をはかってくれた。正月も寺での七日間の奉仕能のうち初日の〝翁〟だけは観阿弥が勤めるが、他の日は康次や弟子だけの出演も認めてくれていた。京や奈良の各地には観世の猿楽を待つ神社仏閣がある。義満の猿楽愛好は守護たちにも及ぶのを栄逸は喜んでいた。

「こんなきついことはいいたくないが」

管主の意向と栄逸はいう。どうやら庄右衛門が管主に泣きついたらしい。もしこの地を捨てて京に出れば笛は興福寺での演能にも力を貸さぬといっている様子だ。

「あれらにとっては死活問題だからな。お前が京で名前をあげすぎたので、自分たちが切り捨てられると思っているのよ。今熊野での初めての台覧の折は将軍さまの前で笛が吹けると喜んでいたのに」

観阿弥は一緒に京へ出て協力してほしいとみんなに伝えたと答える。

「いろいろいってくるぞ。曲舞とやらで芸をぶち壊そうとするとか、お前が南阿弥と組んで近江へも地盤をつくるつもりだとか。観世の者は誰も彼も伽を勤めるとかの噂も流している」

管主のことばを伝えにきたはずだが、栄逸はいつか観阿弥の立場を理解している口振りだった。

「もちろん、若い将軍さまとてこのように愛らしい稚児をそばに置いたら手放したくはないだろうが」

栄逸は藤若に笑いかける。藤若は興福寺でも若い僧に何度か納屋に押し込まれた。それを救ってくれたのはいつも栄逸であった。

「僧とて抱きたいものよ。だが、将軍さまと良基さまの両方に抱かれているなどという噂は許されぬ」

栄逸はさらりという。藤若は頬のほてるのを感じた。義満と良基とでは意味が違う。いや伽を勤めることと寵愛ともまた違う。藤若は飛ぶ瞬間を思っていた。そこに共通のものがあるとしたら、それは舞台だった。舞う時、飛ぶ。舞わなくとも飛びたい。いや、飛ぶ前に飛んでしまう予感があり、飛ぶ時がある。それがなくふいに浮かぶ時もあった。

藤若は拳を握って縁側に坐っていた。陽が部屋を抜けて顔にあたった。

母が酒を運んできた。足をくずした栄逸は、下戸の観阿弥の前で手酌で飲む。

「あの連中は京へ出る勇気もない。農作業のかたわら笛を吹き、太鼓を打ちたいのよ。結局、二股はかけられぬ。京へ出るか、それともここ結崎の田舎猿楽で終わるつもりか」

父は正坐したまま背筋をのばした。栄逸は杯を口にして父を見る。

「どうだ藤若、お前はどうだ。京へ出るか」

藤若は父を見た。目が光っている。父は今をおいて京へ出る機会はないと主張していると思えた。藤若と並んで母も膝をそろえている。

「どうだ藤若」

藤若ははっきり答えた。

「京へ参ります」

自分が変わる瞬間、何ものか知れぬものに化身する。心と体の震える時を思った。誤解はそれ自体の完結する時を待つより仕方がない。

「それがよかろう。寺の方は何とでもなろう。京で修業した舞台をまた持ってきてくれ」

栄逸は酒を立て続けに三杯飲むと、観阿弥の前に杯をつき出した。


結崎の屋敷が燃えたのはその夜だった。丑の刻(午前二時)、火の気のない稽古場から火の手があがった。藤若が目をさました時、観阿弥はすでに面と装束をかかえて庭へ走ったあとだった。康次と生一が大声をあげ、井戸の水を汲みあげていたが、藤若は父が再び火の中に飛びこむのを見ていた。

父は書籍をかかえて庭に出た。稽古場はすでに真っ赤な炎につつまれていた。床板が爆ぜ、あたりの木々の葉が明るかった。

つたの叫び声が聞こえた。観阿弥が火の粉を浴びながらまた母屋へ飛び込む。観阿弥はすでに主要な書籍や面、装束は持ちだしており、残るのは母や藤若の日常の衣服ぐらいだった。

藤若は立ちすくんでいた。膝がふるえ、歯が音をたてる。火柱があがる。

美しいと思った。炎の中に身を投ずる衝動にかられる。風に煽られた火は大きく舌をのばし、藤若を抱き込むかであった。

近在の男や女が駆けつけてくる。黒い影が右往左往しはじめる。四郎がすがりつく。

（五）

火事の翌々日、観阿弥は笛方を除く結崎の連中を引き連れて、良基邸へ向かった。藤若は行かなかった。そして四郎が子役を勤めた〟百万〟はどうやら無事終わった。笛は近江の勘兵衛が吹いた。

二条良基はもちろん良基邸を訪れた義満からもなぜ藤若は姿を見せなかったのかと言葉があった。斯波義将、守護大名・今川範国からは火事見舞いと称する寄進が届いた。赤松光範は京の五条へ材木を運び込んだ。


普請の槌音のひびく中、五条では藤若が〟小鍛冶〟の稽古に入っていた。六月の祇園会に三条坊門の義満第で演ずる。初めてのシテであった。前場は童子、後場は小狐なのは小柄な藤若にふさわしい。シテを勤めて猿楽師はやっと一人前になる。今度は義満が良基を招く。

敷地内の掘立小屋には要吉、喜三衛門も住みついている。新たに加わった勘兵衛は若いが芸熱心に見える。

稽古は大工が木組みをする傍らでつづけられた。土の上に板を敷いてシテ方が立ち、ハヤシや地謡は蓆の上に坐っている。出演者が揃って稽古をするのはかつて田舎まわりの興行をしていた時以来である。

後場の狐は稲荷明神の使いでもある。

「小狐の勢いのよさと稲荷明神の神々しさを同時に舞わねばならぬ」

観阿弥はみずから板の上に立って型を示した。面をかけて舞う。劔を打つワキ・宗近が相槌がいなくて困った時、勅命を受けて稲荷明神の小狐が伏見から応援にかけつける。

父は面をかけた時の注意を細ごまと述べた。父が跳んで見せると敷板が音をたてた。藤若は軽く跳ぶが高くあがる。父はそれが不満そうだった。

永和四年（一三七八）六月十四日、朝、藤若は五条から三条坊門第へ向かった。

母は切り火をして送り出してくれた。五条へ来るのは不満だったはずだが、なぜか明るい顔をしている。八坂神社から山鉾が出るので、京中浮きたっていたからかもしれない。着ているのも一番上等の明るい撫子色の小袖である。

七日前神輿が出てから、六十六本の鉾が街を練り歩き、笠車、風流の造山が京のはずれの五条をも通った。母はその度に表へ出て鉦、太鼓を鳴らし、ささらを打って踊る人の群れを見ていた。この日、疫病神を送り出して祭りは終わる。

東洞院から烏丸へ出ると家々の軒に赤い幟が立ち並んでいた。空は晴れて暑い日になりそうであった。

第で藤若はまず義満に挨拶した。身近で顔をあわせるのは一と月振りである。このところ一段とたくましくなった義満は髪を結った藤若を見た。

「藤若、明るいところで見るそちは一層美しいのう」

大声で呼びかける。紫の狩衣に冠をつけている。亀甲紋様が金糸で浮きあがっている。傍らにいつも褥の燭台のもとに坐っている女がいた。若い女は牡丹の柄の袴である。黒と紫の蝶が浮き出ている。藤若が天井に花を見た時もこの女はいた。誰かに似ている。伽のあと、義満の傍らに残るのもこの女であった。

藤若が顔をあげると女は顔をそむけた。母に似ていると思った。色が白い。下ぶくれで鼻が高い。目は細く、朱をさした唇は心もち外へまくれている。

「今日のシテは牡か牝か」

藤若が「明神ゆえ男と存じます」と答えた時、義満は女の横顔に目をやった。

「お前が牝狐を演ずればよいのに」

悪戯っぽい口調である。女が笑った。控えていた今川範国が声をかけた。

「良基どののもとではどちらを演るのか」

藤若は黙っていた。

観阿弥が平伏したまま答えよと促す。もう一人女が義満の傍らにいた。「このことは他言してはなりませぬ」といった四十ほどの女である。浅黒く痩せた顔が良基そっくりである。先ほどから部屋の隅に坐ってじっと藤若を見つめていた。

磨きこまれた床板に節穴がある。藤若がうつむいて見つめていると、下からかすかに光が洩れてくる。

「藤若めはいつも牡でございます」

父が代わって答える。平伏したままの声は床にひびく。穴は暗い。

哄笑が頭の上でおこる。女たちの声がそれに混じっている。

「さて、それにしてもよい能を見せよな」

いつもの声に返って義満がいう。もう一度辞儀をして藤若はいざりながら下がった。すでに心は舞台にあり、牡か牝かなど考える暇もなかった。またそれを観阿弥から教えられたこともない。義満のことばを改めて考えることもなく、藤若は剱を打つ小狐を頭の中に描くのに懸命だった。

普段にもまして見所は華やかである。祭礼のため着飾った公卿、守護大名で三条坊門第の会所は回廊まで人が溢れている。女官たちが酌をしてまわる。舞台を取り囲んで、庭には武士たちが群がっている。すでに酔っている者もいた。具足をつけているのは〝小鍛冶〟が終われば大鉾の巡行を見物に行く義満たちに供奉する者たちである。

時々、強い風が吹いてあたりの木々の葉裏が光る。舞台に立つと装束が煽られそうになった。藤若は風に流されまいと大声をあげた。すでにワキを勤める観阿弥とツレの康次が立っている。

――のうのう、あれなるは三条の小鍛冶、宗近にて御入り候か――

童子の面をかけ、橋掛りから呼びかける。幾度も父から心得を聞いたが、声は面の裏にこもった。面をかけず演じた子役とは勝手がちがう。横に細い目穴は上下がふさがれ、つい面をあげたくなる。ただまっすぐ侍烏帽子の父を見るより仕方がない。

藤若は長い橋掛りを進んだ。足もとが不安だった。面をかけない直面（ひためん）の時も足を見ることはない。だが今はしきりに足元が気になった。

勅使の康次の不審に答える間も藤若は面ばかりを気にしていた。少しの動きにも面の表情は変わると観阿弥に教えられた。無用に動かすまいとすると一層緊張する。

そのうち藤若はふと我に返った。

それまで蝉の鳴き声のようにかたまって聞こえていた地謡（じうたい）の声が、突然意味を持って耳に入った。美しい韻律として広がってきた。風は止まり、笛が高く低くひびいた。

笛が巧みに他のハヤシと地謡を引っ張り、和している。大鼓が間隙をぬって低く打ち、小鼓が高く鳴る。勘兵衛の音色が高くまたひびいた。

長い謡は剱の威徳を述べる。詞章が口からなめらかに出た。

立って舞った。

地謡に送られていったん幕に入る。

藤若は鏡の間で装束をはぎ取られる。十五歳の白い肢体に厚板がつけられる。赤頭（あかがしら）がかぶせられる。

藤若は金色の小飛出（ことびで）の面に拝礼し顔にあてる。同時に輪冠がのせられた。そこには跳ぶ姿の狐戴がついている。

かけ変えた飛出の面の目穴は円く、童子とちがって視野は広い。弟子のさし出す鏡をのぞきこみ、槌を手にした。赤地金緞の鉢巻きをしめると、藤若は稲荷の神体、小狐になった。

勘兵衛の吹く笛に誘われてするすると再び橋掛りへ出る。もはや目穴も足元も気にしない。一直線に観阿弥の待つ舞台へ駆けた。

注連縄を張った一畳台へ跳びあがった。

力を込めて相槌を振る。観阿弥の打つのに合わせて霊剱を鍛える。打つ。槌を空中で止めた。打ちおろす。父と呼吸があい、藤若は無心に打ちつづけた。

舞台に赤熱の火花が散る。

打ち終えると、藤若は跳んだ。同時に加わった太鼓の激しい調子に送られて、藤若は三条坊門第から空へと舞い上がっていた。伏見へ帰らなくてはならない。橋掛りを駆けながら二の松からふいに飛んでいた。目の前に五色の揚幕が待っている。そこに青い空が見える。

下に田畑が広がり、茅葺の屋根、寺の瓦が見える。

風を切って走る。舞台が浮いている。舞台は稲荷明神の小狐を乗せている。藤若は自分が小狐になったのを知っていた。義満も良基もいない。

向こうに伏見の森が見える。赤い鳥居が立ち並ぶ。藤若はさらに上空へ舞い上がった。下には緑が広がり、光る宇治川が見える。吸いこまれるようにさらに上空へ飛ぶ。

きらめくのは陽であろうか。父の背から抛り出され時、瞬間浮いた時、見たものと同じであった。それが今は長くつづいている。

周りに花があふれた。燕子花が咲き競い、躑躅が、牡丹が、梅が、芍薬が咲きこぼれている。梅が一輪一輪浮きあがり、鶯が鳴く。迦陵頻伽のさえずりが聞こえる。

ついにあの天井へたちのぼった。義満の褥から見た花園である。かぐわしい匂いがたちこめている。身が軽やかになり空中を泳いでいる。花と花の間を泳ぎ、鳥に手を出す。

藤若はしばらく花と戯れ、鳥の声に耳を傾けていた。

面を伏せる。目穴を通して下が見える。暗い中に白い褥が広がっている。四隅に燭の火が見え、褥に横たわっているいくつかの影がある。藤若は確かめようと目をこらす。義満とあとは誰だろうか。牡丹の模様がわかった。黒い蝶が飛んだ。あれは女だろうか、それとも自分だろうか。二条良基もいるはずだ。

燭の傍らには四人の女が坐っている。いや、女ではないかも知れない。一人は茶黒く細い腕をのばして褥に向かっている気がする。

首をのばした時、藤若は落ちた。

「早速に義満さまのもとへ伺候せねばならぬ」

そういう観阿弥はすでに衣装を脱いでいる。藤若も面紐を解いた。顔に光があたった。

勘兵衛を先頭に要吉、喜三衛門、文蔵が並んでシテの藤若に挨拶する。藤若は生一の手で赤頭をはぎとられ、二人の弟子に左右から装束を脱がされた。胸に巻かれた肉綿、腰の厚板が取られると一度に身が軽くなった。

弟子が足袋を取りかえ、袍をおおってくれる。模様はまた牡丹である。藤若は床几に腰をおろしたまま、なされるにまかせていた。わずかに袖から手を出して菊綴を結ぶ。

せきたてられて楽屋を出た。正面の桟敷も回廊もあわただしい。庭の者たちも立ち上がって一斉に惣門へ向かっている。

　藤若は祇園会の鉾行列を観る義満より先に出て待たねばならないとあせった。だが動きだした人波に呑まれた。

「ちょっとお通しください。義満さまのお召しゅえ、ちょっとお通しください」

　観阿弥に手を引かれた。頑丈な父が人混みを分ける。汗臭い男たちの群れは前後左右に揺れ、そのうち後ろへと二人は押された。会所から義満を先頭に降りてきた。前から人が順に坐り頭をたれる。勢いに藤若は倒れそうになった。立ったままいるところに義満の行列が近づいてくる。

「藤若、早く参れ」

　声をかけられ、頭を下げている者たちの上を越えて藤若は義満に近づいた。

「猿楽風情が牛車に乗る」

「あの稚児が将軍の愛顧を受けて乗るのか」

侍烏帽子の男たちのささやきがあちこちでする。

　惣門の前には五台の牛車が待っていた。供奉の者が控えている。轅（ながえ）に入った黒牛が朱の綱をかけてもらって口を動かしている。

　午の刻であった。義満の影はすでに門前にたたずんでいる。光を受けて藤若は玉砂利に伏せた。義満の手がのびる。

「大鉾が東洞院にかかる。挨拶などどうでもいい。車に早く乗れ」

　烏帽子の下の顔が笑っている。藤若は車の背後に導かれ、榻（しじ）にのぼる。網代車である。簾をおろすと車は動きだした。前に義満が坐っている。車の内はうす暗い。簾から洩れる光が縞となって義満を照らしている。内からは外がよく見える。うしろを二条良基の車がつづく。前を牛引きの男がゆっくり行く。

「舞台でわしのことを考えていたか」

　義満が隣に座を移した。

　藤若は答えない。

「考えていたろう。わしはお前ばかりを見ていた。舞台などにやらず、わしの傍に置けばよかったと悔やんでいた」

　熱い吐息を吹きかける。

「舞台などどうでもよい。わしの傍におればよい」

硬い頬を押しつけてくる。抱きすくめられ藤若は身動きが出来ない。汗ばんだ義満の体は臭い。照りつけられて車の中はむせている。

「人が見ています」

「人が見ている。人はいつも見ていたではないか」

口をふさぎ足をからめてくる。牛車が揺れる。義満はのしかかってきた。

藤若は目を閉じた。長い回廊を渡り、燭の輝く白い褥に横たわった時とは違う。真昼間、手をのばせば届くところに供奉の者がいる。さらに沿道には人が群れている。

義満の愛撫を受けながら藤若は柔らかな白い体を硬くしていた。いつ、あの夜のように義満を払いのけようかと思っていた。

牛車が大きく揺れた。義満の力が抜ける。車はつんのめって停まる。前方で大声がした。簾ごしに見ると先に赤い布を結んだ三丈もの高さの丸太棒が二十本近くも空を指して立っている。

棒は傾き倒れそうになって辛うじてもちなおしていた。下で白鉢巻の男たちがもみあっている。

義満が簾を上げると牛車の右も左も大鉾が林立し、人の群れは渦を巻いて動いていた。

「厄おとし、厄おとし」

声をはりあげ、念仏を唱え、裸の男たちがもみ合っている。後ろの牛車も天を指す丸太に取り囲まれている。棒が傾き車の屋形に触れそうになった。悲鳴があがった。棒はまたゆっくり空に向かって立ちなおった。

八坂神社の神体の大鉾が進んでくる。こちらは台上に輿がのり、屋根に立てられた長刀に赤布がくくりつけられていた。梁台にまたがった男が大声をあげて采配をふっている。丸太の鉾とぶつかり合う。道を埋めつくした男たちは押され押されて、牛車にぶつかってくる。武者が必死になって止める。藤若のすぐ傍らで悲鳴と怒鳴り声が聞こえた。

車はきしんだ。横に動いた。牛を避け轅をつかみ、車輪の輻をつかむ者がいる。高欄に手をかけてくる。

義満は立ちあがっている。大声で叫んでいる。車が振りまわされ、牛が左右に首を振るにつれて車輪がぎしぎし鳴り、屋形が揺れた。

義満は腰をおとした。見えるのは、周りを取り囲んだ人の群れと高く立って揺らいでいる幾本もの鉾だけであった。

空は青い。大鉾の先の長刀は陽を受けて光っている。

牛車が立ちなおった時、押していた人の群れが離れはじめた。

「無礼者めが」

義満はいったが不機嫌ではない。練って動く人波をまた立ち上がって見ている。まだ牛車は動き出すことは出来ず、停まったままでいる。時々押し寄せてくる者を今度は甲冑の武者が追い返す。

良基の車は簾を降ろしたまま立ちすくんでいる。後続の今川範国の車も人の群れに巻き込まれていた。押小路内大臣の車も立ち往生している。

大鉾の後ろから鉦と銅羅が聞こえ始めた。それがはやしながら進んでくる。ささらをかき鳴らす一群があらわれ、高下駄をはいた男、猿を肩に乗せた男が大鉾に向かって進んでくる。人波が割れて拍手がおこる。喚声があがった。

見ると高い棒の一本を男がするすると上っていく。先端にたどりついて、男は棒に抱きつき脚を空に向けてのばす。綱で体を結んでいるのか、両手両脚をゆっくり空中で広げた。

その時、正面に見えていた一番高い丸太がゆっくり倒れはじめた。揺れているのではない。赤い布をなびかせ人々の頭に落ちてくる。人波が避けようと割れる。

つづいて二本、三本と青空から落ちてくる。人を打つ重い音がひびき、しばらくして悲鳴があがる。

さらに棒が倒れる。両手を伸ばし受けようとする者、逃げようともしない男の姿が見える。怒声とも悲鳴とも喚声ともわからぬ声がどよもす。

その時、男は両手を広げて青空へ飛んだ。

蝶が舞っている。藤若の頭の中を黒い蝶が二つ舞いはじめている。紫の蝶が飛んでいく。青空を風に吹かれてひらひら流されていく。黒い蝶はもつれあいながら増え、周りに無数の小さな蝶が粉を撒いたように広がっていった。

オレハナ・アオイ島

――南へ、南へ下る物語――

〈甕を掘り出す〉

（一）

「いったんバスに戻って荷物を取ってきてくれ。これが最後だから」

有馬がみんなを促す。吉岡慎太郎には先に船に行ってくれという。

「翁さんはどちらにしますか。多美子さんも」

訊かれた翁為吉は一刻も早く故郷の島を見たいと思っていた。だが船に乗ったからといってすぐ出発できるはずはない。それでも残ると足手まといになるだけかと考えなおし慎太郎、有馬とともに岬の湾に係留されている漁船に向かうことにした。

「もう少し頼むよ」

為吉は多美子に船に持ちこむ物資の点検と補充を見なおしてほしいといった。米、味噌、醤油は一応一年分積み込んだ。しかしオレハナ・アオイ島に着くまでにはまだ寄り道して食糧や水を補給しなければならないかも知れない。だが出来ることなら本州、四国は避けたい。報道陣に見つかればまたうさんくさい集団が逃亡したと報じられるにちがいないから、小さい船でも一気に島へたどり着きたかった。

二十年前一人で北上した時、為吉は自分の身のことだけ考えておればよかったが今回は十三人になっている。

多美子を先頭に山の向こうの松林の中に残したマイクロバスに向かう九人を見送って為吉は船に向かった。

オレハナ丸は波静かな入り江にかくれるようにして泊まっている。複雑に入り組んだ湾は見通しがきかないが、それは為吉たちにとって都合がよい。沖を行く船のエンジン音は響くが、まわりに人家も人影も見えない。

ふり返ると山の背を高校生の新川よし子が小走りに小学生の妙子に近づいている。うしろに江津を取り囲んで猪口麗子、田中あき子が〈笹舟〉の頃と同じ揃いの赤いドレスでかたまりとなってのぼっていく。麗子はさかんに巻原江津に話しかけているようであり、花井淳子は足を引きずっている。吉岡次郎と為吉の息子の謙一がかけ足で多美子を追いぬいて先頭に立った。バスから荷物を運ぶのだがもう大きいものは残っていないはずだ。

「見た目はおんぼろだがエンジンはまだまだ大丈夫ですよ」

長靴に作業着姿の有馬が背をかがめて踏み板を渡って身軽に乗り込んだ。為吉と慎太郎がつづいた。

「準備はだいたい出来ています」

有馬は甲板に積まれたドラム缶を指す。やっと産業廃棄物処理業から解放されてほっとしている。この船を手に入れるのに有馬はとびまわってきたのだった。一か月分の燃料も廃棄物を引き受けていた吉岡化学の取引先から仕入れてきた。

有馬はオレハナ丸の巻網支柱からたれさがった網が相当傷んでいて補修が必要だと指す。

「船の上は退屈でしょうからね。魚をとるか、網のつくろいでもして時間をつぶすしかない」

忙しい生活を送ってきたせいか暇をもてあますのを用心している。狭い甲板上の四角い操舵室の壁のペンキがはげおちているのを塗りなおそうかという。

船底から布田が船梯子をあがってきた。この元中学美術教師は北欧からアラビア半島まで自転車でヒッチハイクしたあと地中海をクルージングした経験を持っている。入れちがいに為吉がおりた船底には生あたたかい臭いが満ちていた。同時に暗い中は鶏の鳴き声がやかましい。

「早く船に戻らなにゃと思ったのはこいつらのことが頭にあったからですよ」

為吉についておりた有馬は薄くらがりの中で金網にかこまれている鶏に餌をやった。

「一人一羽担当する。子供たちも含めて。いなくなった馬場すみ子の分も仕入れたので一羽余りますがね。いいアイデアでしょう」

有馬はかがんで敷き藁に手をのばして卵をさがした。雌ばかり十四羽いる。卵は栄養源だし、いざという時つぶすことも出来るという。さらに柱には四十雀の籠がぶらさがっていたが、これは独身の有馬がアパートで飼っていたのを持ち込んだのである。

「豚は上」

そういいながら有馬は船梯子をのぼっていく。為吉の知らないうちに、子豚が三匹、甲板の網巻上げ機のそばの囲いの中に入れてあった。

翁為吉は機関室へまわった。隅にプラスティックの浴槽が二つ備えつけてあった。この雨水を受ける装置は慎太郎がつくった。吉岡化学での技師としての経験がこんなところでも役に立っている。ダスターで焼玉エンジンを磨きながら慎太郎は甲板から引いた塩化ビニールの樋を指した。

もともと四、五人が乗り組む沿岸漁業用の船に本格的な炊事の設備はない。プロパンガスともっと大きな焜炉が必要だ。島へ着いてからも役立つ。為吉がいうといつのまにか下へおりてきていた布田が大声で甲板に向かっていう。すると有馬は上からそれならマイクロバスに戻って調達してくると答える。大型蓄電地もほしいなと布田はいいながら船梯子を上っていった。

エンジンの発動で操舵室に灯はともるが、船倉はもともと魚を投げ入れるところで明かり採りの窓もない。

「暗いのが一番こわいぞ、夜の海は」

布田が有馬をおどす。

「多美子にきけば」

有馬と布田が焜炉と蓄電池をさがしに、さらに忘れものはないかと最後の買い出しに行くというので為吉はそういった。為吉自身は何も要らないが、集団生活での必需品は多美子が一番よく知っている。

結局、為吉と慎太郎だけが船に残った。

始終船は揺れていた。忘れていた感覚だが、それでも頭と腹のどこかに平衡を保とうとする感覚がはたらきはじめていた。

船倉の鶏を甲板に運ぶことにした。まず折りたたんだ金網を二人して運びあげた。慎太郎が豚の囲いの隣に組み立てている間、為吉は一人船底に戻った。光の入らない船底で放されていた鶏はかたまっていておとなしい。ところがつかまえようとするとそれが大きく羽ばたき、そしていっせいに飛びまわり始める。餌をまいても集まってこない。

為吉は何度も転んだ。必死に逃げる鶏に手をかけると逃げようとする。くちばしでつついてくる。慎太郎が梯子をかけ下りてきた時には為吉は倒れたまま十羽余りに踏みつけられていた。

「静かにそーっと寄って、ぱっとつかまえればいいじゃないですか」

慎太郎は笑いながら二羽の首筋を同時にすばやく押さえて甲板を上っていく。為吉はそんなことはわかっていた。だがこの半年間、土や動物から離れマイクロバスで移動する生活をしている間になんだか感覚が狂ってきていた。体中羽毛と糞にまみれていて、手で顔を押さえると糞が鼻につく。転んだ時したたか打った腰が痛かった。

「みんなが帰ってこないうちに、早く片をつけましょうよ」

若い慎太郎は何度も船梯子を上り下りする。最後の一羽を慎太郎がつかまえて甲板に上がった時、陸から謙一の声が聞こえた。

「おとーうさん。ぼくの教科書はどうするのよー。妙子のも」

二人は翁農園を出てから半年も学校へは行っていない。謙一は四月には中学一年、妙子は小学校三年のはずだ。慎太郎の弟の次郎も本来なら国立付中を卒業する。

「いいんだ、いいんだ学校なんて」

為吉は船からどなり返した。

「それより船に来て鶏をつかまえてくれ」

いったん金網の囲いに入れた鶏がまた逃げだして今度は甲板を走りまわっていた。風にあおられて天井のない囲いから飛びだした。謙一が布団と鞄と水筒を背負って船にとびこんできた。妙子も大根を二本かかえて渡し板を乗り込んできた。

「お兄ちゃん、そっちから追ってよ」

鶏が風にあおられて数羽が飛ぶ。一羽は金網の外側に必死にしがみついて体を震わせている。それをはがすのに謙一は大声をあげている。

「そうだ、次郎にも高校程度の学力はつけさせてやらなくちゃ」

慎太郎はもう一度マイクロバスに戻るように謙一にいった。

「ひとっ走りすりゃ間にあう。布田さんに渡してこい」

慎太郎は謙一の背負っていた鞄からノートを取り出して、次郎のため何冊かの書名を書いた。

その間、妙子と為吉は鶏を追っていた。為吉は大きく揺れるたびに腰をふらふらさせているが、船は初めてなのに妙子は足取りも軽い。

「あー、飛んじゃった」

妙子の悲鳴のような声が聞こえた。羽根をばたつかせながら一羽が甲板を離れた。青黒い水が白いしぶきをあげているところへ落ちていくかと思うと、大きく羽根をひろげ空中で一回転した。そしてするっと船体に沿って飛び上がり陸に舞いおりた。

鶏は立ちあがり、首をのばしてすぐにあたりをついばみはじめる。


「これくらいでいいか。布田さんは先生だから、あとは適当に見つくろってくれる。新川よし子の分も書いておいた。あれも本来なら高校三年生になるんだろ。教科書なんていらんけど、大人になるまでに読んだり勉強しておくべきことはあるからな」

慎太郎はさらにシャツの胸ポケットからコンピューター関係の雑誌名が載っている新聞の切り抜きを取り出して一緒に謙一に渡した。

謙一がまた岬の崖を駆けのぼっていく。

しばらくするとその崖を荷物を背に下りてくる集団が見えた。

半島の翁農園では家電製品は使わなかった。そこを追われてマイクロバスで移動してあちこちで生活するようになってからは飯盒やアルミの鍋、端反り釜が炊事用品だった。

次郎がバスからの釜を背負い両手に鍋を持って崖を下りてくる。年輩の江津は玉杓子やフライ返しを束ねて持ち、若い新川よし子と田中あき子は布団を背負っている。猪口麗子も頭に毛布をのせて崖を下りてくる。

淳子は途中で食器の籠をかかえてたたずんでいた。バスからそこまで運んできたが、どうにも動きが取れなくなったらしい。そのままの姿勢で目の前の水平線を見ていた。

昼間、紡績工場で働きながら通った定時制高校での生活、卒業して紙問屋に勤めていた時の臼井新治との生活を思い出していたのかも知れなかった。

淳子は白い子を産んだ。その子は一月もしないうちに死んだ。翁為吉のもとに来た当座、テレビや新聞は臼井新治は実は企業爆破で指名手配になっている久田新吾だと報じたが、淳子は詳細は知らない。とにかく商事会社の営業マンと名のってアパートの部屋に転がり込んできた男と一年半住んだ。一緒に生活をし始めてからも自分はいつかこんな男があらわれるのを待っていたのだと思っていた。

淳子は船に向かって立っている。臼井新治は久田新吾ではない。決して企業爆破などする人ではなかったと思っている。しかしマイクロバスで移動する仲間に入れてもらってから、これからは〈花井〉でも〈臼井〉でもなく、ましてや〈久田〉などではなく〈翁〉淳子として生きていくといって為吉に頼んだ。新聞は〈過去を抹消する集団〉に〈過去を抹殺する女〉が加わったと報じたがそれは間違っている。もう新聞に追いたてられるのはごめんだ。

淳子の耳には「君は苦労しすぎだよ。今の世の中何か間違っている。あんまり考えちゃいかんよ。みんな遊びだよ。みんな変わらにゃきゃ」といって会社へ出ていった〈臼井新治〉の最後の言葉が耳に残っている。

妙子が鶏を置いて船を飛び出していった。淳子のもとに走っていく。

おそるおそる船への渡し板を渡ってきた江津は甲板にしゃもじや玉杓子をほおりだしてすわり込んだ。次郎は背の直径一メートルもある端反り釜とともにひっくり返る。江津はそれを見て立ちあがる。

「江津さん、わたしは下の様子を見てくるから」

猪口麗子が頭にのせていた毛布を投げ出して年上の江津に指示する。多美子と同年齢の江津に気をつかって生活区域の掃除の責任は自分が持つという。

「とてもじゃないよ。住めたものじゃない」

すぐ船底から上がってきた猪口麗子はドレスの裾をまくりあげた。巻網の支柱からのびた綱をバケツの取っ手に結んで、舷側から身をのりだして海へ投げて水を汲む。

「本当は真水でなきゃべたべたして仕方がない」

だれともなくいうと、都はるみの〈好きになった人〉を口ずさんでいて途中でふとやめた。

「きちんと拭くのよ。みんなが寝起きするんだから」

布団と毛布を置いたまま鶏をのぞきこんでいるよし子とあき子に雑巾をしぼってぶつける。下へ行くようにいう。船倉は舳先近くの生け簀として使われていた区画を男たち六人、船尾に近い部屋を七人の女たちの居室と麗子は決めていた。

為吉は甲板の板を一枚取りはずして明かり採りとした。猪口麗子は何度もバケツで海水を汲みあげ雑巾をしぼった。ハッチの穴からよし子とあき子にぽんぽん投げつけ、さらに次郎、淳子も下へ追いやって、雑巾を投げつづけた。そしてどなった。

「こそげ取るの。鶏の糞なんて。最後にわたしが点検に行くからね」

布団はまだ船倉へは持ち込めなかったのでその晩は陸で寝た。

本州最南端の風はあたたかかった。崖の梅はほぼ終わっていたがいい香りをあたりに振りまいている。水仙も咲いている。岬の先端の大きな桜の白い花は夜目にもはっきり見えた。空は晴れ、星が見えた。あたたかさは土の中に染みこんでおり、横になっているとじっとりと伝わってきた。

有馬と布田、謙一は出ていったままだった。暗くなってから思い出したように慎太郎も出ていった。

残った九人が窪地に頭を並べて毛布にくるまっ

ている。ラジオから音楽が流れてくる。馬場すみ子がよく口ずさんでいた日本海の孤島の民謡だ。為吉と猪口麗子が一番先にいびきをかき始めた。いつの間にか昼間船から陸へ飛んだ鶏がテントのそばに来てうずくまっている。

「すみ子どうしてるかな」

親しかった田中あき子が星空に向かってぽつんという。すみ子がこの翁集団に加わった前後、ラジオもテレビも大騒ぎをしたが、このところは何も伝えていない。一時は為吉のもとに集まった者の中に久田新吾が加わっている、いや、臼井新治だ、廃棄物処理業者をかくまっていると大騒ぎした新聞、テレビも今はプロ野球の春季キャンプと経済の動向しか興味がなさそうだ。世の中先行き不透明とばかりをくり返し、その合い間にはお笑い番組が流れている。

翌日もいい天気だった。為吉たちは一日オレハナ丸の掃除と出航準備で明け暮れた。沖を行く豪華客船のデッキでくつろぐ人たちと手を振りあったのが、それがその日唯一外の人たちとの交歓だった。客船は北から南へゆっくりと進み、岬の先端の小さな湾内に係留しているオレハナ丸に向けて汽笛を鳴らした。

遠くには始終漁船が群れていた。ここの海は翁農園のあった本州中部の大都市をつけ根にもつ半島の内海とはちがっていた。あの湾の水は為吉が住みはじめてからの二十年の間にすっかり赤黒くよどんだのに、この本州最南端の湾は澄んだ水が満ちている。

為吉は次郎を相手に金槌を打ちつづけ、妙子に釘を拾わせた。操舵室の壁に板をはり、次郎と一緒にペンキを塗った。

昼食をとると、豚の囲いを補強する材料を求めて船を下り崖をのぼっていった。バスが置いてある林への途中に農小屋がある。そこに古い板や農器具がおさめられている。所有主はもちろんあるだろうがどうやら十年以上も使った形跡はない。それは小屋の真ん中の凹みの灰がかたまっているのでわかっていた。

為吉は残っていた消し炭で小屋の壁に書いた。

〈ちょっといたを三まいかります〉
炭はかたくなっていて板壁に食い込み痕跡だけを残した。ついて来た次郎が小屋の裏手で直径一メートル余もある甕を見つけた。横になって埋まっているが、崖の途中で半分ほど土の中にあるだけだ。周囲から湧き出たきれいな水がたまっているので破れてはいないらしい。このまま放置しておくと雨で転げ落ちてしまいそうだ。飲み水用にも米の備蓄用にも使えると次郎がいったので船へ運ぶことにする。

　今にも土からはがれて落ちそうなのに、動かそうとするとびくともしない。小屋から鍬を持ち出してきたが、まわりの粘土質の土はしっかりとくっついていて、さらに小石もまじっていて鍬の刃はたたない。次郎にまかせると乱暴をして傷つけかねず、為吉は自分で甕にへばりついた。肥溜め用だとわかっていたが、それは次郎にはいわなかった。

　水が始終流れこんでいて、下から掘るには足場は悪い。甕の水をまず空にして作業をすすめるべきだが、柄杓がなかった。為吉は次郎に船にもどって汲み出し用に柄つき鍋を持ってくるようにいった。

　一人になって為吉は少しずつ周囲の粘土を鍬を使ってかき落とした。ちっとも掘り出せない甕の状態を見るため時々休んだ。甕に顔をつっこみ水を飲んだ。そして手で水をかき出した。腹のふくらんだ甕は空にならないどころか、汲みだしつづけなければ周囲から流れこんだ水ですぐいっぱいになる。それでいて下に足場を組まなければ落ちそうでもあった。

　次郎が柄のついた行平と一緒に多美子を連れてきた。多美子は何枚もタオルを持参していた。船からも為吉が崖に半分埋まった甕と格闘しているのは見えていた。

「まあ一度顔を洗ったら」

　次郎が腰をかがめて行平で水を汲み出す。その間いったん作業をやめた為吉は多美子のしぼったタオルで手足をぬぐった。

　その時次郎が大声をあげて鍋を放りだした。崖を滑り下りて体を震わせている。小蛇が甕にとびこんだのだ。為吉は黙って甕に手をつっこむと尻尾を持って引きずり出し、放り投げた。蛇は赤い腹をくねらせながら飛んだ。

有馬と布田が背負子を背に上から下りてきた。謙一もナップザックを背負っている。有馬は大型の蓄電池をテント布にくるんで漬物桶の上に乗せていた。杖代わりに釣竿を手にしている。布田は浄水機を背負っていた。最近売り出された性能のいい、海水から真水を作る器具である。

「電解装置だから電気を食うのが難だけど。慎太郎がびっくりするぞ」

慎太郎は昨夜出ていったままである。

「浴槽にもなるな」

布田は甕を見ていった。クルージングの経験から長くなると風呂が浴びたくなるという。海水を浴びればいいと為吉は考えていたが、布田は甕の風呂はとっぷりとつかれて気分がいいという。農園ではドラム缶風呂だった。

「よし子やあき子もいるし、娘たちを太平洋の真ん中で飛び込ませるわけにもいかんでしょう」

布田は学校の先生らしいことをいう。

三人はいったん坂を下りて船に荷物を置くと甕の掘り出しの手伝いに戻ってきた。

そこへ慎太郎が姿をあらわした。マイクロバスを運転して町まで行って帰ってきたのだ。

「ひやひやだったよ。もう少しで切れるところだった」

ガソリンがぎりぎりだったので町から崖の上の林へたどり着けるかどうか心配したという。

「これでいい、もう町へ行けないから」

緻密な計算をする慎太郎はガソリンを残さないようにしていた。放置されるマイクロバスにガソリンは必要なかった。登録に時間がかかった小さな器具を慎太郎はみんなに見せた。携帯電話だった。

「こちらからは自由にかけられるよ。だが外からかかってくることはないはずだ」

慎太郎は大柄の犬と猫を連れていた。町でバスを離れている間に乗りこんでいたのだという。

男六人全員がそろえば作業は容易なはずだがそうはいかなかった。あいかわらず足場が悪い。流れ落ちる水でぬかるんでいる。有馬、布田、さらに慎太郎が甕を下で支える形で立った。

為吉が甕を上から押し出す。次郎が甕と土との間に手を入れた。みんなで力をあわせて揺すると、ゆっくり甕は土を離れた。三人も下から手を入れて平坦なところへ運んだ。

倒して水をこぼした。甕は素焼きで黒ずんでいた。長い間埋まっていた部分はしめった感じがし、露出していた部分は乾いて明るい色をしている。傷はなかった。

「運ぼう」

為吉の声でみんな手をだしてかかえあげた。ゆっくり崖を下りた。声をかけつつ船へ向かった。甕を横にして斜面を下りるのは足並みが揃わなかった。しかしそれほど重くはない。謙一と次郎も手をだして、甕に触りたがるがかえって邪魔になる。迎えにきた多美子と先に立って坂を下りた。

途中平坦な地で休んだ。ふくらんだ形の甕を横にすると腹の部分に水が残っていた。それを次郎が行平で汲んでまわし飲みにした。

「こんな水はもう飲めなくなるかも知れんなぁ」

慎太郎がいった。それから足を揃えて一気に坂を下りた。途中草が長く伸びているところは甕を降ろして引きずった。たんぽぽの花の上を甕は滑った。

オレハナ丸の船体はペンキがはげ船名さえ定かではなかった。外側にはいっぱい藤壷や牡蛎がへばりついている。オレハナとは為吉の島の御獄の祭神の名だが誰も船の名を呼ぶ者はいない。為吉が名づけているだけだ。本当はオレハナ・アオイと呼ぶ。多分オレハナとアオイは別の祭神だが、島ではつづけて呼ぶ。錨も錆びついていたが、船内はきれいになっている。

「もういつでも出発出来るよ」

猪口麗子が甕を迎えていった。よし子は髪を頭の上にはねあげて結んでいる。あき子は大都会の空き地に停まったマイクロバスの前にあらわれた頃とはすっかり変わって晴れやかな顔をしている。

最近は「結婚なんて何よ、わたしは一生独身よ」

などといっている。

船板をすべてあげ、船倉に太陽の光を採り入れたので居住区も湿気はなくなっている。しかし鶏の臭いはなくなってはいない。

甲板の豚どもはすでに船酔いしたのか元気がなかった。それでも隣で鶏が羽ばたくと、起き上がって狭い囲いの枠に鼻を押しつけて鳴き、甲板を爪でひっかいては足踏みする。名前にそぐわない大柄のポチがほえる。慎太郎はのりこんでいたといったが、本当は犬はドアを閉めようとした時マイクロバスにとび込んできたのだ。

「いいんだって。長い船旅には気をまぎらわせるものが必要だよ」

布田はいったが、布田自身は犬は苦手らしい。猫を抱いている。これは鼠色だが光の加減では紫色に見える。結構高級種らしい。

〈海へ〉

（二）

翌朝、男六人女七人あわせて十三人とポチ、猫のペルシャ、それに十三羽の鶏と三匹の豚、有馬の四十雀を乗せたオレハナ丸は岬の湾を出た。十四人乗るはずだったが馬場すみ子はいない。船から飛び去った鶏も捕らえることが出来なかった。

波は静かだった。船はまっすぐ南へ針路をとった。そのまま焼玉エンジンの音をぽんぽんとひびかせ薄い煙を吐いて沖へ向かう。

別に隠れる必要も逃げる理由もなかった。ただヨットスクールを抜け出した次郎、企業爆破犯人の久田新吾の愛人と報じられた〈翁〉淳子が乗っていた。吉岡兄弟は知らないが、吉岡化学に出入りしていた有馬も爆破犯人ではないかと一時疑われていた。巻原江津はスワップが原因で夫と別れ家を始末していた。「しっかり勉強しなさいよ。そしてどこか私大出の人と見合いの練習をして、本命の東大出の人と結婚するの」と母親にいわれつづけて家を出てきたのは高校生の新川よし子だった。

為吉自身はオレハナ・アオイ島から大都会をつけ根に持つ半島へやってきてようやく軌道にのっていた有機農園を追い立てをくった。そこで有馬の紹介でマイクロバスで新たな適地を探して移動しはじめた。

すると女たちが加わってきたのだ。夫の浮気のたび三度の離婚をして磁気ネックレスを売り歩いていた猪口麗子がやってきた。新聞で〈翁集団〉を知って田中あき子と馬場すみ子は会社をやめて来た。独りで生活する気がない者を受け入れてマイクロバスはいっぱいになった。

そしてヨットスクールで少年の死がつづくと新聞記者は次郎をつけまわしはじめ、さらに〈集団〉に女性が多いのを知るとテレビ局が目をつけマイクロバスを追いはじめた。

船に乗らなかったすみ子は職場の恋人が息苦しくなって逃れてきただけなのに、ワイドショーは〈複雑な職場の男女相姦図〉の主人公に仕立てあげていた。恋人が詮索されモザイクをかけた男たちが何人も登場した。知っている社員も取引先と名のる知らない中年の男もすみ子のことか、別の女のことか区別のつかない話を得々と語った。コメンテーターは半分笑いながら話をせかした。

「いい加減に結婚しろよ」と上司にいわれつづけて会社をやめた田中あき子もテレビカメラに追われていた。

それらのテレビや新聞にはいつも為吉の写真が加えられていた。南の島出身で、当時パスポートが必要だったのにそれなしで本土へ渡ってきた男と報じられていた。そして素性の怪しい男が女たちを操っていると。

猪口麗子が田中あき子と馬場すみ子を誘って生活費のためにはじめた〈笹舟〉は奇妙なハーレムクラブ、翁為吉の〈邪淫集団〉、〈邪宗教団〉に資金提供していると報じられて閉店に追いこまれた。

この六か月みんなの気持ちはテレビ、ラジオの報道で萎縮していた。もうマイクロバスでの放浪は出来ないという気分におちいっていたのだった。ところが沖へ出ると船は解放された気になった。

「内航船の航路は避けるんだな」

布田がサングラスをはずして海図を見ながらいう。操舵室は二人分しか席がない。有馬が隣にすわっている。

「その方が燃料が少なくてすむ」

有馬も当然のように答える。本州最南端の岬の沖は北へ向かう黒潮が流れている。それを乗り切ってさらに太平洋に出れば黒潮反流に乗る。潮目を見分けるのは難しく地中海のヨットの操舵とはちがうと、布目はたくさんの海図を仕入れてきている。

蒼黒い水の山が迫ると、布田はエンジンを全開にした。船は大きく潮に乗ってぐんぐん天に上る。そして一気に下りる。オレハナ丸は波の底にある。次にうねりの頂上にある時船から緑の陸地が見えた。

豚は脚を折ってすわっている。鶏は上下の揺れには脚を踏んばっているが、横に揺れると羽をひろげていっせいに鳴きだす。犬は甲板にうずくまり、猫は布田の膝の上でじっとしている。

出航まで甲板に出て、もうだれもいない岬を見ていた女たちは船倉に下りた。為吉も機関室から小刻みにエンジン音のひびく男部屋で横たわっていた。

為吉は二十年前のことを考えていた。断崖に囲まれた故郷の島から本土へ渡るには当時パスポートが必要だった。それを手に入れるのにはまず本島へ行かねばならず、そこへの海上五百キロの無駄足が惜しかった。そこで為吉は珍しくハハの断崖に接岸した九州直行の小さな貨物船の船倉にもぐりこんだのだった。

鉄梯子を下りて船へ移ったのはチェーンを操作する儀間とよめに知られたくなかったからだ。とよめは為吉と一緒になる気でいた。密航が見つけられたら即刻本島へ送られる。二十歳の為吉はそれもおそれていた。結局最初の寄港地での乗員検査の際身を潜めているだけで本土へは渡ることができた。

しかし帰る今度は、パスポートは要らなくなっている。だが島へはもちろん今も定期船はないし、ましてや飛行機が飛ぶわけでもない。島はどんなになっているのか。島へあがるのには今も鉄梯子をのぼるのか、それともともとよめが今も断崖上から船を引き上げるチェーンを頼るのだろうか。

隣の島出身で、前に本土へ来る時ひどく船酔いした多美子は警戒して乗船の前日から多美子はほとんど食事をとっていない。慎太郎と次郎の兄弟はバケツをかかえている。二人はすでに何度も吐いていた。ヨットスクールで帆を操っていた次郎は乗り込むまでは布田の助手気取りだったが、内海と外海では様子がちがうらしい。毛布をかぶって丸くなっている。慎太郎もその傍らで横になっている。

布田と有馬が二時間交代で操舵室に詰めている。操舵室から出た方が天測係だ。二人は酔う体質ではないらしい。特に四十代半ばの元産業廃棄物処理業者は小まめに動く。豚や鶏に餌をやるかと思うと巻網のウインチの錆落としをし、昼時になると食欲のない者に飴玉を配りに船梯子を上り下りする。

「子供は酔わんのか。三半器官が未発達だからか」

謙一と妙子が機関室と船倉、さらに操舵室へと狭い船内を走りまわるのを有馬がつかまえていった。

時々みしみしと船がきしむ。

しかし空はあくまでも青い。風もない。海鳥が上空を滑走していく。

うねりがおさまると、平らかな海原にエンジン音がひびくだけだった。三時間も単調なそういう状態がつづくと船倉から女たちが甲板に出てきた。

口をハンカチで押さえた新川よし子はやつれた表情をしていた。いつも大声を出す猪口麗子が船梯子の手すりにつかまりながら上がってきたのは一番あとだった。

「みんな冷たいんだもの」

半分は本気とも見える口調でいう。みんなが苦しんでいたのに見むきもしなかったと江津を責める。四十五歳の江津はずっと船倉で正座をしていたらしい。麗子は張りのない顔をして髪は乱れている。いつもきちんと化粧をしているのに磁気ネックレスも首にはなかった。ドレスもよれよれになっている。

「あれ何だよ、あれ」

謙一が指す間もなく飛び魚が舳先から飛び込みはじめた。頭上を越えていくのもあったが、多くが船に落ちてきた。翁夫婦の子供の謙一と妙子が喜びの声をあげた。新川よし子と田中あき子も手づかみする。魚は甲板をはねた。何匹かは布田と有馬の用意したバケツに入り、何匹かは豚の囲いに飛び込んだ。豚たちがはねまわり大騒ぎする。鶏も天から降ってくる魚に興奮状態になった。ポチとペルシャが魚を追って甲板を走る。

そのうち魚がひとかたまりとなって落ちてきた。まわり全て魚で埋まった。船が傾いた時飛び魚が海へ流れていったが、同時に開いたままの昇降口から船倉へと落ちたのもあった。

為吉夫婦に布田と有馬が加わって飛び魚を包丁でさばいた。アラを海へ落とした。すると大きな魚が寄ってくる。

夕飯は魚づくしだった。

「わたし都会の生活しか知らなかったけど、海はすばらしいのね。やっぱり来てよかった」

甲板で円座を組んで食事をする。元気をとり戻した麗子がいう。もう先ほどまでの苦しみを忘れていた。煮付けはあき子とよし子が担当したのだが、その味付けは自分がやったと自慢する。

「こんな魚、町では食べられない。若葉にも食べさせてやりたいわ」

若葉は猪口麗子の最初の夫との間の一人娘だ。大都会の大学へ通っている。三度目の離婚後、麗子は磁気ネックレスを売り歩いて若葉への仕送りをしていた。そのあと〈翁集団〉に加わって一時〈笹舟〉を経営してみんなの生活を支えた。

オレハナ丸はまた大きなうねりに出合っていた。まだ黒潮を越えてはいない。再びエンジンを全開にする。

その夜船は始終大きく揺れた。山へ登ったかと思うと奈落の底へ落ちた。天空へ巻きあげられたかと思うと、ゆるやかに下降した。その度に船底で女たちは悲鳴をあげ、子供たちも豚も犬、猫もそして十三羽の鶏も騒いだ。

船は漂っているかと思うと急に速度をあげた。

どこまで行くかと思ったところでふいと止まった状態になる。そしてそれを繰り返した。結局江津だけが浮揚と沈下が気になって寝つけなかったが、みんないつの間にかぐっすりと眠っていた。

操舵室の布団の頭上に北極星が光っていた。北斗七星の柄杓が少し南へ傾いていた。わずかに船は東に流されてはいるが、全体としては予定通り南へ向かっている。

そして翌朝、周りの水は明るいブルーに変わり白く細かな泡が一面に広がっていた。もはや海面は大きく盛り上がる気配はなかった。むしろかなたは低くさえ見えた。黒潮を乗り切っていた。

船はまったく揺れなくなった。エンジン音も軽快で、航跡がオレハナ丸の後ろに直線となって白く残っていた。

前日始末出来なかった飛び魚はまだバケツに何杯かあった。海鳥がそれをねらって舞い下りてくる。犬と猫がそれにとびかかり、謙一と妙子は箒の柄をふりまわして追いはらう。操舵は必要なく舵は固定してあった。

船が出てからずっと船室にこもっていた淳子が甲板に上がってきてぺたんとすわりこんだ。ドレス姿の麗子とあき子以外女はみんなジャージやズボンなのに、陸と同じスカートにブルゾンをはおっている。有馬が淳子のそばに移ってバケツから魚を取りあげた。

「淳子、君もやってみろよ」

羽根をひろげ、それから刃を入れて見せた。

「やってみろよ何でも。淳子は考えすぎだな」

有馬自身も昨日はじめて包丁をにぎったばかりだが、淳子におおいかぶさるようにしてうしろから手をとった。魚の頭を押さえて包丁を押す。淳子はされるがままになっている。今回はじめて集団に加わった有馬は淳子のこともよくは知らない。淳子は臼井新治に、あの木造アパートの二階の台所で同じようなことをされたと思っていた。それは子供が産まれる前だったか、あとだったか。

江津と麗子も食事の支度にかかっていた。新川よし子と田中あき子も甲板に置いたプロパンガスの焜炉にかけた鍋をのぞきこんでいる。汁ものは船が揺れない時つくる。飯の釜とあわせて四つの焜炉に四人がくっついている。麗子とあき子はドレスの裾をまくりあげている。

前の日とちがっていい匂いが流れはじめた。あき子の担当のみそ汁と江津のあぶった魚の匂いだ。

「さあ、食べるぞ」

布田が声をかけた。丼に盛った飯を多美子から受けとり、あき子に汁をついでもらいみんなが順に操舵室の傍らに円陣を組んですわっていく。これまで同様為吉が声を出すことは滅多にないが為吉が口をつけるのをみはからって布田が謙一を促した。

「いただきます」

謙一が甲高い声をだした。

妙子が甲板に直接置かれた焼き魚に手を出す。その時、船が右に大きく傾いた。皿や丼を取りおさえる暇もなく、魚がふっとび汁がこぼれた。新川よし子と田中あき子は黄色い声をあげて汁鍋と焜炉をおさえたが、一度だけで揺れは止まった。そのまま食事はつづいた。

後かたづけが終わると新川よし子がエアロビクス体操を始めた。以前よし子はいつも走っていた。はじめて為吉のところへやってきた時、走ることだけにすべてをかけている様子だった。一度母親が「見合いといったってまだ先のことよ」と迎えにきてから一層それは激しく、まるで追う母親から逃れるように食事の前も後も吐きながらも走っていた。頬はこけていた。脚は痩せ細っていた。しかしマイクロバスで移動をはじめ、大都会を離れてからは走らなくなっている。最近は十八歳らしく高校の体操着の青いジャージの胸のふくらみが目立ってきた。船上生活での運動不足は気になるらしい。

よし子にあわせて謙一と妙子が立ちあがった。よし子がテープレコーダーの音楽を入れる。為吉も立ったがどうも手と足がちぐはぐになる。上手に音楽に合わせられるのは三人だけで、大人たちは不器用だった。

「ちがう、ちがう、ちがうね」

為吉の前によし子は立って手足を動かす。謙一と妙子も為吉を笑う。

そのうちよし子はふとやめた。そして笑いだした。自分がみんなに教えようとしたことを笑っているらしかった。立ったまま足を大きく跳ね上げた。

「ねー、わたしもやめよー」

よし子はテープを切った。音楽が止まると今度は為吉だけ手を挙げて踊っているのだった。テープなしの方が為吉はむしろゆっくり踊れた。もう久しく踊るなどということは忘れていたが、体から力を抜いて、海から来る風に身をまかせていると自然に島の踊りがよみがえってくるのだった。いつのまにか多美子も立って為吉にあわせ手をゆらす。指をくねらせながら手先を上下左右に振っては全てをかきまぜる。島ではすべてをかきまわし、かきまわししながら体を動かすのだ。


慎太郎と次郎が真似て動いた。

船は遠くから見ると手を上げたり下げたりし、腕をのばしたりちぢめたりする奇妙な踊りの集団が乗っていると見えた。

その間も船は進んだ。

「本当に気分がいいわ。太平洋の真ん中にいるんだもの」

そうはいいながらも、同時によし子にはかすかな不安もきざしていた。多美子と妙子を除く他の女たちも同じだった。それぞれの軛から解き放たれたくて来ていた。本土へもどるかといわれれば拒否する。しかし麗子は若葉のことが気にかかっていたし、江津は別れた夫に会いたかった。だが今はそれを口にせず、このまま海へ乗り出していく気だった。若い女たちは未知の島がただ過去と切れているのが魅力だった。もう現実に美しい世界があった。

「謙ちゃん」

三日目、午後になって、よし子は妙子を巻網の柱のそばに呼んだ。

「ちょっと勉強」

謙一と妙子の勉強はよし子が見ることになっていた。どうやらこの日、船の上で、従来と同じ生活のリズムが戻ってきたのである。それを見はからって声をかけたのだが、よし子自身も少しばかり活字が見たくなっていた。高校生活は味けなかった。廊下に貼り出される模試の成績表を見まいと必死にこらえていた気がする。総合では五十番にも入っていないのに、最後の模試でもよし子は国語だけは学年でトップらしかった。友達がそう伝えてくれた。

三者面談の時、いつも国語なんて出来たってそれだけでは一流大学になんか入れないと教師にいわれた。「英語だよ、数学。それに世界史も覚えろよ。考えることなんかない、集中して覚えろよ」。だが覚えてそのまま答案用紙に書くのがどうも許せない気がしていた。暗記だけで大学へ入ってやるものかという気もしていた。ではどうすればいいのかわからないから新川よし子は走っていた。

だが学校から離れると、残っているのは試験前にいやいやながらも覚えたことだけだという気もする。

よし子は妙子を膝にのせた。新しい小学四年の教科書を開いて大きな声で読みあげた。学芸会の台本にでもなりそうなお話だ。妙子は無視して教科書に載っているきれいな鳥を交互に指して、それぞれの鳴き声をする。よし子の知らない鳴き声だった。

謙一は妙子にくらべると活字の黒い中学校の教科書のページを繰っていた。船板に腹ばいになってノートに数式を書きだす。よし子がちょっとのぞくと長い髪が謙一の頭にかかった。はねのけた謙一はそれでも計算の手をゆるめない。

もう一度よし子は妙子の色彩豊かな教科書をのぞき込んだ。ここに描かれているように蓮華を摘み、首にかけた思い出はよし子にはなかった。何やら妙子はしきりに教科書に語りかけているが、よし子にはまとまった言葉としては伝わってこない。

舳先に〈翁〉淳子が立っている。白い帽子をかぶっている。また有馬が近寄っている。

操舵室の布田はまっすぐ前を見すえている。エンジンの音が伝わってくる。

海鳥が群れをなしておそいかかってきて、謙一たちは教科書もノートも閉じた。鳥は海面すれすれを飛び、船のまわりを旋回しながら鳴き声をあげ、水に飛び込んで行く。魚をくわえた鳥はさらに旋回をつづける。

「あれ見てみ、真っ黒」

謙一の指す先の明るい緑の水の下に魚の大群がいる。水面に背びれが見える。魚群は大きな円をなして移動し、それを追って海鳥の群れも移動している。あちこちと海面と空に黒いかたまりが出来、それがすべて移動していた。遠くのそれは雲に見え、近づく竜巻のようでもあった。

「おーい、鯨だ」

舳先の有馬が呼びかけた。みんなが目を移した時、有馬の指す先には何もなかった。

「それそれ、あっち」

女たちは船橋のない船縁に寄るのがこわい。しかしみな立ち上がって海を見ている。

「あーあそこ、あそこに」

次郎が声をあげた時、右手の海面が盛り上がり潮が立った。さらに左手で潮が噴きあがった。飛沫はあたりに散って落ちる。一度潮が噴きあがると、もう鯨は見えない。

みんながあきらめた頃、五本の潮柱が船を取り囲んでいた。黒い巨体がぽっかりと浮かんでいた。太陽の光を受けてぬめった体が浮き沈みしながら動いている。船と同じ方向をめざすのか、ひらいた尻尾が船の先にあった。

布田はせみ鯨だといった。一時間ほど鯨は船とともに進んだ。丸い目が子供たちをのぞくようだった。一度は船のすぐそばに子鯨が姿を見せ、母鯨が海中に乳を放出した。子鯨はぴっぴっと奇妙な声を出して母鯨を追った。

気象通報は低気圧が発生したと伝えていたが、鯨が去ったあともオレハナ丸は凪いだ海面を進んでいた。水平線のかなたまで雲はなかった。

夕方真っ赤な太陽が船の右舷遠くに沈んで行っ

た。東から上り南中し沈む太陽を三日つづけて見るのは為吉にとって島を離れて以来だった。

月はないが星がさざ波に光っている。北斗七星の柄杓は前日よりさらに大きく天高くはねている。

星明かりの中で有馬と布田、それに慎太郎が甲板の豚と鶏の囲いにロープをかけていた。次郎も手伝っていた。慎太郎の天気図では前線が北上しているのだった。操舵室と一体にして巻いた。

豚も鶏も寝た。船に揺れはなかった。

波を乗り越え乗りこえしてオレハナ丸は九州の沖合を進んでいるはずだった。

それからみんな熟睡した。だがその晩も江津だけは寝ていなかった。頭が冴えつづけていた。神経が過敏になっている。これまで集団生活に慣れようとしてきたが、小さな船室にみんなと一緒にいるのが耐えられなかった。

立ちあがって梯子をのぼっていた。

〈アダルトの交際誌〉で知って一度だけ経験した夫婦交換の相手が、あられもない姿の巻原夫婦の写真を近所にばらまいた。一人でいると電話がかかり中年の男がやってきた。好三と別れて家を出た原因だが、それからも監視されているのではないかという疑念が頭のなかに始終こびりついていた。この集団ではみんなに紛れ込み目立たないようにしてきたが、船倉生活が息苦しいのだった。急にみんなから離れたい気持ちがおこっていた。そして会社で管理職に就いたばかりの夫を誘って加わったスワップのことを思っていた。四十五を過ぎてからの苦々しい出来事、そのあとの騒動。それを思うと腹の中が煮えくりかえってくる。

江津はみんな寝静まっているのを見はからって甲板に出てきた。人がそばにいるのがどうしようもなく息苦しい。過去は消せないと思っていた。娘も息子も絶縁だといったのだ。

操舵室は灯がともりエンジン音がひびいているが、布田は居眠りしている。

江津は巻網の柱のもとで海を見つづけていた。みんなから離れていると気が休まる。星がすべて消えうせているのにも気がつかなかった。

船が揺れた。

突然船は舳先をもたげ、江津はあやうく船から抛り出されそうになった。布田が操舵室のドアに頭を打ちつけて目をさました。

その時船は前より大きく右に傾いた。次に左へかしいだ。江津を見つけて布田は大声をあげた。

「早く船室へ戻ってや」

だが江津には聞こえなかった。波が甲板を洗った。犬がけたたましく吠え、豚が鳴き鶏が羽ばたいたが、これも聞こえなかった。

昇降口までどうやってたどり着いたか巻原江津は覚えていない。つかまるものはなかった。すでに全身水で濡れていた。海の中を歩いている感じだった。暗い中で髪が邪魔だった。そしてそれを払うわけにはいかないと思っていた。だがそれを払わなければとも思っていた。

昇降口から流れ込む水と一緒に江津は船倉へ落ちた。たたきつけられて船底へ落ちると水がうしろから落ちてきた。

「戸板を閉めろ」

有馬がどなりながら流れ込む水に逆らって梯子に足をかける。戸を引き閉めた。上に布田が残っているのも、この状態では上から戸を引き開けることが出来ないのもだれも気がつかなかった。

オレハナ丸はぐるぐる廻っていた。船室にこもった十二人はそう感じていた。エンジンが悲鳴をあげ、船体が震える。オレハナ丸は操舵性能を失っていた。

エンジンが高くうなる。波を乗りこえようとしていた。船は右に左に、そして前後上下に揺れ動き海面上で翻弄されつづけていた。

為吉は起きあがって船の内壁に体をあずけた。妙子が泣き、淳子が激しく吐いている。荷物が、布団が、鍋、鞄、食器、衣類の包みが転がっている。積んであったポリエチレンの米袋が水の中に倒れた。醤油の十八リットル缶がとんだ。段ボール箱が崩れ缶詰がぼとぼと船底に落ちる。

船底の水が動きまわっている。暗くて見えないが、三十センチはたまっているにちがいない。みな壁に手をついて、足は水の中にある。

江津は麗子に抱えられていた。田中あき子は淳子の腕を握っていた。多美子は中腰になって柱に抱きついていた。為吉は足をふんばって謙一と吉岡次郎をつかまえていた。

エンジンが止まった。風と波の音だけが聞こえた。灯が消えた。

「布田さん大丈夫かな」

慎太郎が弟の次郎にどなる。暗い中を手さぐりで機関室へ入っていく。

しばらくするとエンジンがふたたび音をたてはじめたが、かすれるような音はすぐまたやんだ。

甲板に突き出た操舵室では布田が舵を握り、スロットル・レバーを引きつづけていた。船を操るためではなかった。握っていなければ座席から転落するからだった。破れた窓からは波が固まりとなって流れ込んできた。

よし子は重ねた布団の上にいた。体を丸めて猫にほおずりしていた。猫もふるえている。鳴き声もあげないがその体温が伝わってくる。

田中あき子がラジオのスイッチを入れる。雑音ばかりが入った。そのうち思いがけず大きな声の外国語が入ってきた。早口で喋る。ミダ、マスミダ、マスミダと聞こえる言葉の後、甲高い英語の歌が入った。日本語放送は入らなかった。放送は終了したらしかった。

（三）

〈島からハーナレ島へ〉


夜が明けると風雨はおさまっていた。だが波はまだ高い。船は大きく揺れている。だがエンジン音が聞こえるのは布田が元気な証拠だった。

昇降口の戸板を外からの布田と内側の有馬で上へ持ち上げた。甲板の豚の囲いは辛うじて巻網の支柱にくっついていたが、網自体は引きちぎられ流されている。豚は雌二匹が横倒しになり、牡のトンペーだけがよろよろしながらも鼻を寄せてくる。

布田は鶏小屋が流されたのは明け方だったといった。船尾に固定してあった錨がはずれて甲板をはねまわりぶつかって一緒に落ちていったのだという。錨の踊った跡は大きな穴があいていた。慎太郎は船底は水がたまっているが、焼玉エンジンに異常はないと報告する。

「それはわかっているさ。音を聞いておればわかる。それよりこれにさわってみろ」

布田は慎太郎を操舵室に入れた。計器に異常はなかった。

「こっち、これ。何の反応もないだろう」

布田は舵輪を指した。慎太郎が動かすと空まわりする。船尾の方向舵がもぎ取られている。

布田が代わって操舵室へ入り、エンジンをふかして止めた。エンジンはかかっても点灯はしない。無線の調子もわるかった。もともと旧式で受信能力は低かったが、発信が出来ない。慎太郎が代わって狭い操舵室へ道具を持ち込んでパネルをはずし点検をはじめた。船倉に運びこんでおいた蓄電池を有馬が見にいったが、これも水につかっていて使いものにならないと報告する。

朝食は飛び魚がまだ残っていた。

幸い波はおさまってきた。同時に気温が上昇しはじめた。

まず全員でポリエチレン袋の米を船底の水の中から運びあげて甲板に並べた。

船板をはずした。ロープをつけたバケツを船底におろし水を汲み出す。妙子と謙一は鍋で運び、階段を上る途中でほとんどこぼした。布田、有馬、それに吉岡兄弟が男部屋からも女部屋からも布団を甲板に運びあげた。若いよし子、あき子、それに淳子は濡れた毛布を船底から運び甲板にひろげロープにかける。

四十雀の籠は無事だったが、猫とポチの姿は見あたらなかった。豚は餌を与えると食べだした。

操舵出来なくなったオレハナ丸はエンジンを止めるより仕方がなかった。天測では船は九州沖南にあり、近くに島がいくつもあるはずだった。海図では大型船の航路上にあたる。だからいずれ発見されると布田がいった。みんな出来たら外国船の方がいいと思っていた。

翌朝、島が見えた。最初に発見した江津はその朝も早くから一人抜け出して甲板にいた。三つの島が見えたがみんなに知らせはしなかった。操舵室には誰もいない。江津はぼんやりと一番近くの島を見つづけていた。白い砂の上に緑の乗った盆栽のような円い島、近くに漁船が群がっている。鳥が飛んでいる。

そのうち慎太郎が起きてきて、操舵室から海図を持ってきてコンパスをあてて測った。

「無人島だ。周囲は三キロ」

いいおいて機関室へ戻った。男も女も甲板へ上ってくる。ちょうど太陽が昇るところだった。水は浅く底まで透きとおっている。目をこらすと色とりどりの魚が泳いでいる。

島との間に蒼黒い水が帯となっており、エンジンの音高らかに漁船が通りすぎていく。オレハナ丸には目もくれない。通りすぎてから布田が操舵室へ入り汽笛を鳴らした。甲板に毛布をひろげ、洗濯物で満艦飾のオレハナ丸が目立たないはずはない。

それにしてもオレハナ丸は自然に島へ流れ寄るはずだった。だれもがそう思っていた。ところが島を見つづけていた謙一がいった。

「船、ちっとも島へ近づいていないよ」

いわれてみると確かに船は島へ近づくかと思うといつのまにか大きな渦に巻きこまれていた。島の手前の大きな渦に乗って同じ所を回遊している。時には船体が大きく傾いた。

舳先が島へ向いた時、布田がエンジンをかけた。すると船は渦からのがれて島へ向かうかに見えたが、それもしばらくの間だけだった。

舵板を失った船は渦に巻きこまれ、次にまたはねとばされるように島から離れてしまう。潮に流されても方向を修正する手段はない。舳先が島へ向いた時だけエンジンをふかすより方法はない。有馬が舳先に立って操舵室の布田に指示を出す。みんな船縁に寄っていた。

「オーライ、オーライ、全開、全開。おー止めろ」

するとオレハナ丸は島へ向かう。しかしいつの間にかまた舳先は沖に向かっている。エンジンをふかすとしばらく蛇行しながら島に向かうが、そのうち島から離れてしまう。

「駄目よ、この船、漂流しちゃう」

麗子が声をあげるとあき子も布田と有馬を責める口調になった。為吉は甲板にすわりこんで海を見ている。多美子がかたわらにすわっていた。

結局オレハナ丸はその島を離れた。次に近づいた時も同様だった。そして島と島の間を流れたオレハナ丸はまた次の島へ向かう潮目を待った。三回それをくり返した。島々を取り囲む環礁沿いの流れが船の進行をさまたげているにちがいなかった。たまたま流れにうまく乗って島に近寄った時は、前方に岩があってあわててエンジンを止めなければならなかった。

布田はエンジンをふかしたり止めたりした。見えはじめた次の大島までは十キロと有馬と慎太郎は海図をのぞきこみながらいう。そこまでには、まだ六つ七つの島もちらばっている。

何度か島へ近づいたり離れたりしていたが、昼過ぎちょうど環礁の切れ目に来た時、潮が目の前の島に向かって流れているのに慎太郎が気がついた。水深もあった。慎太郎は身をのりだし舷側を見て、舳先が岩と岩の切れ目に入った時合図した。布田は一気にエンジンをふかした。

「よーし、よーし、そのまま、そのまま」

有馬も加わって声をだし、布田はレバーを力いっぱい引いた。船は環礁の内側に入った。

そこはまるで池だった。波がなかった。船はエンジンを停止して惰性だけで進んだ。

オレハナ丸は直進して岩が垂直に切り取られた場所へするりと横づけになった。まわりには岩がいくつも突出していたが、そこへは航路のような溝が出来ていた。しかもうまい具合に甲板と同じ高さに岩がある。

まっさきに謙一がとび下りて歓声をあげた。為吉が下りた。有馬の指示で吉岡兄弟が残っていた巻綱のロープを舳先と船尾に運んだ。そこから謙一と為吉に向かってロープを投げる。布田がこまめにエンジンをふかして船体の位置を調整する間に為吉と多美子、猪口麗子が二た手に分かれて岩から生えている松の根に縛りつけた。

淳子は有馬に手を引かれて上陸するとそのまま倒れこんだ。新川よし子はジャージにスニーカーで島の頂上へ向かって走りだした。妙子は四十雀の籠をかかえて岩に渡った。

上陸前に島全体が黒い鳥の群れにおおわれているのは見えていた。テントを運び焜炉を運びあげた。その仕事が終わるころ日が沈んだ。

全員の意向は陸で寝ることで一致していた。わずか三日の船旅だったが、始終揺れ動く船上では体が休息を求めていた。しかしあの出発した岬とここではちがっていた。同じく海に面してはいてもなんだか浮いている気のする島だった。事実いつまでも体が動いている。

だがここも陸地にはちがいなかった。

砂浜に草は生えている。黒いカササギがけたたましい鳴き声をあげて飛びまわっている。水は近くにわきでている。麗子と田中あき子がコッヘルで湯を沸かしカレーを煮込んだ。それを食べると早々にみんなテントにもぐりこんだ。だがこの時も江津だけはテントの外で星空をながめて起きていた。

翌朝、大きな爪を持ったこぶしほどの蟹が女子のテントにもぐりこんでいて大騒ぎになった。岩場へ行くと難なく五十匹ほども捕れた。それはその時だけではない。この島に滞在中は蟹が食事のたびに円陣を組んだみんなの前に置かれた。生きたままのを甲羅を割って海水につけて頬ばった。布田の真似をしたのである。真っ赤に茹であがった甲羅を割った。

特に大きな木はなく全体が岩だった。カササギの巣が枯れた木の上にあった。そのあたり一面は白い糞でおおわれていた。

全員で一番高い所までのぼることにした。男女交互に一列になって黒い岩のごつごつしている地帯を歩いた。淳子は何だか気分が晴れなかった。これも浮かない表情の江津にうながされてようやく一番最後に立ちあがった。先を行く有馬の腰を振って歩く姿を追いながら、淳子は最後にアパートから会社へ出勤した男を思い出していた。昼過ぎ警察から呼び出しを受けた。

「これが臼井新治と名のっていた久田新吾の写真だ」

取り調べ室で赤ん坊を抱いていた。子供はまだ保育器の中に入れておかなければならなかったが、父親の認知のない子は保険がきかなかった。淳子は赤ん坊を病院から受け出して出頭していた。

写真は三枚示されていた。いずれも臼井新治ではなかった。そう警官にいうと、それまで時々赤ん坊をあやしてくれていた警官はもう一度よく見ろといった。

警官は淳子が勤めていた紡績会社の主任の名をあげ、一緒に学校へ通った仲間が写真の男と淳子が同棲していたと証言したといった。髭があるから臼井新治ではないと淳子はいった。警官は自分で写真に指をあて、次に淳子の手を写真の上にのせた。

「こうしたらどうだ」

生あたたかい感触が残っている。赤ん坊が腕の中からじっと淳子をながめていた。

一枚は町角を歩いているのを望遠で撮ったらしく細みの全身姿で顔は小さかった。淳子にわかったのはその町角がどこかということだけだった。マイルド・セブンと三菱自動車の広告塔が並んでいる。二人で住んだアパートのすぐ近くだった。顔だけ拡大した写真の方は粒子があらく輪郭はぼやけていた。もう一枚は鮮明だったが、こちらは久田新吾の高校卒業アルバムからのコピーで凛々しい顔つきは明らかに臼井新治ではなかった。

「卑劣なやつだ。偽名を使ったりして。主張したいことがあったら堂々とやりゃいいんだ」

そういって警官は淳子が赤ん坊をあやすと煙草をもみ消した。

「やりゃいいんだは訂正だ。何の関係もない会社を爆破するなんて、絶対にやっちゃいかん。昼食、何にする。たまご丼か。ここのぎょくどん、評判がいいんだ」

淳子はその時初めて久田新吾が標的にした吉岡化学の名を知った。爆破しようとした目的はいわなかったが、それが公害、汚染垂れ流し、政治献金でマスコミをにぎわしている吉岡兄弟の父が経営している会社だとは淳子はさらにあとで知った。

一行は丘へ向かって行く。カササギが集団になって舞い下りてきた。かちかち、かちかちと音をたて糞を落とす。

前からも後ろからも海風が吹きつける。

雲ひとつない青空を背景に黒い岩の塊が右手前方にあり、黒い鳥が空をおおう。慎太郎は立ちどまっては双眼鏡をのぞく。口の中で鳥の数を唱えている。

淳子は早朝、深夜働いた。そういう職場だった。機械は一日中止まらなかった。三交替制の合い間に学校へ行った。ようやく卒業して寮を出てアパートへ移り、紙問屋へ勤めはじめていた。あらゆるものから解放されたと思った時、臼井新治があらわれた。

江津は前の晩まったく横にならなかったわけではない。たしかに朝テントの中で猪口麗子に起こされた。だが頭の芯はいつも起きていた。始終カササギのけたたましい鳴き声を聞いていた。家を整理して近くを歩いていて、マイクロバスから顔を出した麗子に声をかけられそのまま乗った。夫の好三に連絡はしていない。

そしてみんなと一緒にやっとここまで来ていた。あの時だれも知らないところへ行きたいと思っていた。鍵をかけてきた家の壁には男女のからみあった裸体写真がまたいっぱい貼ってあった。

足を引きずって岩に立つと「おばちゃん」といって謙一が指した。

島は周囲を珊瑚礁でかこまれている。環礁内の水はきれいなエメラルド・グリーンだが、その外側は翳っている。謙一の指す先も暗く、ごつごつした大きな黒い岩ばかりがいくつか並んで見えた。中にうっすらと水平線上にたなびいている雲と見えるのは慎太郎によるとこの列島で三番目に大きな島だった。

「とにかくあそこまでたどり着かなくっちゃ取り残されてしまう」

慎太郎の言葉を聞いて江津はこの島に残れたらと思っていた。また揺れつづける中に身をあずけるとなると息を止めたくなってしまう。

大きな島は海図に「ハーナレ島」と記されていた。東側に港があると慎太郎がいう。

布田が頂上へと上っていく。謙一と妙子がついて行き岩かげに見えなくなった。多美子が大声で呼ぶ。降りかかった鳥の糞に青いジャージ姿の新川よし子が大仰な声をあげてとびのき、そのまま足をすべらせてうずくまる。田中あき子が心配してそばへ寄ると「何よ、ちょっとふざけただけ」といって立ちあがった。

帰ってみんなで舵板の跡を点検した。船尾はざくっと割れている。船倉全体に浸水しなかったのは女部屋の後部に小部屋があったからだ。そこは漁具収納室で厚い板で囲まれているがまだ水でいっぱいだ。

「どうする」

夕方みんながそろったところで為吉が布田と有馬、慎太郎に訊いた。ここでの修理は無理だと三人は答えた。

石をコの字型に並べ、真ん中で火を燃している。内側を向いて石に腰をおろしている。昼間みんなで出かけた時に拾ってきた木切れを放りこんだ。這っていた蟹も投げ入れた。蟹ははさみを振りあげて這いだしてくる。それをつかまえて布田がもう一度灰の中に投げこむ。順にみんながそれを真似る。子供たちも蟹をほうりこむ。

「潮は列島沿いを流れているから、天気さえよければ何ということはない」

布田が自信ありげに答えた。クラス全員で巨大な絵を描くのに邪魔だし隣に新築校舎が完成したのだからと、まだ使用中の木造教室の柱を切って布田は学校をやめさせられていた。もともと世界一周をしたかった布田にとって、それは地中海へ行くきっかけとなった。今度も船に乗ろうと提案したのは布田だ。アラビアに恋人がいるとの噂があるが、布田自身はオレハナ・アオイ島には厭になるまで住むといっている。

有馬は慎太郎と海図を火にかざして見ている。

このあたりは漁場ではないと見えて島に近づく漁船はなかった。ここから出ていくのには再び舵板のないオレハナ丸に頼るより仕方がない。布田はなんとかなるという。潮目を見てうまくこの島に横づけしたことをいう。また聞こえ出した日本語のラジオの気象通報は嵐のあと天気のいい日がつづくと予報している。

二晩すごしてオレハナ丸は出航した。環礁の切れ目を出るのは簡単だったが、出た途端大きな横波を受けた。カササギは海へは追ってはこなかった。

弓状に連なる島々を縫って潮は蛇行している。舳先と左右の舷、船尾に見張りが立った。白波は岩がかくれている証拠だ。見つけると布田に知らせる。タイミングを逸すると岩につっこんだり流れた。タイミングを逸すると岩につっこんだり流れからはずれる。

いくつかうまい具合に島の間を流されたが、ハーナレ島は一向に近づいてこなかった。

昼過ぎオレハナ丸は突然大きく右に傾いた。幾重もの波の帯が盛り上がって寄せてくる。近くの小島とほとんど同じほどの巨大タンカーがのっそりと進んでいったからだった。オレハナ丸はまともにその横波を受けた。船は網を失った巻き上げ用柱を軸に大きく左右に揺れ、揺れがおさまった時、タンカーははるかかなたにあった。

そのあとLPG船が同じコースを進み、再びオレハナ丸は横波を受けた。丸いドームが五つ船上に見えただけで、人影はなかった。

夜、三隻目の巨大船が起こした波がオレハナ丸には幸いした。いったん横倒しになりかけたが、近くの島に当たって戻った干渉波が具合よく船を次の潮流に乗せてくれたのだった。おかげで一挙にハーナレ島へとつき進んだ。布田はエンジンを全開にしそのまま砂浜に乗りあげさせた。

翌朝明るい中で見ると砂浜は狭く、湾の奥は六、七メートルの高さの断崖がつらなっていた。湿気を帯びたねずみ色の崖には曲がりくねったガジュマルの気根が上からネットをかぶせたように何本も食いこんでいた。崖に近寄って見上げると蔦や羊歯の間に多くの横穴がある。さらに奇妙な棒の群れが壁面から突き出ている。それは横穴から直接沖に向かっていたり、ガジュマルがからまって真ん中から朽ち折れたりしていた。

薪を拾いながら歩いていた謙一と次郎が砂浜で錆びた飯盒と鉄兜を見つけてきた。断崖を途中までよじのぼった次郎は、突き出た棒が鉄の朽ちたものであることを確認していた。船に戻って報告すると、為吉と有馬が確かめにやってきた。断崖から突き抜ける形で海に向かっているのは幾本もの小銃だった。そして足元の砂の中からは多量の薬莢が出てきた。

「これ人間のじゃない」

謙一がゴム草履にひっかけて持ち上げた二十センチほどの細長い骨には両端に瘤のような固まりがあった。赤茶けてもろくなっている。

「ここにもある。ちょっとずうっと並んでいるじゃない」

多美子は謙一のあとからずっとついてきていた。船から離れて歩きだした時から海に向かって倒れるようにつづいている骨の列を逆にたどってきていたのだった。時々ひざまずいて砂の中から骨を掘りだす。麗子もあき子も江津も妙子も骨をさぐりながら来ていた。錆びた短刀や鉄兜がその骨の列に沿ってあった。双眼鏡も手榴弾も、大きな鉄鍋も放置されている。

布田が甲板の板をはずしての舵板作りを中止してやってきた。手にした鎌で断崖の根元の大きな穴の前の気根をたたき切った。上から土が落ち、中へ入ると赤く錆びた高射砲の台車があらわれた。ちぎれた日の丸が土にまみれている。断崖の壁から突き出ている太い棒は沖へ向けた機関銃にちがいなかった。

上から太陽の光が射していた。天井が突きぬけている。布田の腋の下をくぐって新川よし子が穴の奥へに入ると、謙一も次郎も為吉ももぐりこんだ。妙子も多美子の手を握って入ってきた。穴は暗い奥に向かってのびている。歩き始めた江津は転んだ。

「ここで戦死したの」

江津が麗子にいって骨を指した。あきらかに一体と見える遺骨が朽ちた軍服の中にあり、水筒に草が生え骨に埋もれて短剣があった。近くに髑髏が三つ重なっている。短剣や飯盒が散乱していた。

黄色いドレスに着替えた麗子は何もいわなかった。麗子にとって戦争は教科書でしか知らない。もちろんそれより若い田中あき子以下にとってはは映画とテレビの世界だった。だがさらに足元にも錆びた短剣が何本もかたまってあった。銃が穴の壁にたてかけてあり、軍靴が転がっている。横にのびた穴があり、のぞくと背嚢がびっしりとつまっており、穴のあいた鉄兜が重なっていた。

その夜、ここを離れることを浜辺で火を囲んで話し合った。地図では島の反対側、東のハーナレ港まで直線距離で十五キロ、入り組んだ海岸線を行くと五十キロある。港へは船で行けば容易だが、オレハナ丸の操舵は不可能だ。砂浜に乗りあげた船は暗い中少し傾いて潮の干満によって船底を見せたりかくしたりしている。

「ハーナレ港まで行って仕入れてくるんだな」

薪を加えながら舵板調達を布田がいった。

東側の様子はわからない。そもそも港がどの程度の規模かは地図には示されていない。しかし船を捨てるわけにはいかなかった。

島の中央部は結構険しいらしい。等高線がこみいっている。布田は慎太郎、次郎と男たちだけでそこを越えて行くといった。すると新川よし子もついて行くといいだした。江津も娘のようなよし子が行くのなら一緒に行きたいという。東へ行っても人がいるかどうかわからないと布田がいってもどうしても行くという。

為吉の家族四人と田中あき子、猪口麗子が船に残ることにした。船の保守のために有馬が残るというと淳子も残るといった。

翌朝布田がまず気根にすがりついて崖をのぼった。慎太郎、次郎、つづいて新川よし子がガジュマルの根にくくりつけたロープに順にすがった。岩と岩の間にやわらかい粘土のつまった壁はすべった。最後に江津の体をロープを結びつけ上から引っぱった。

上は熱帯性の植物が繁茂していた。江津だけはスカートに低いヒールの靴をはいてきた。人に会うかも知れないとジャージを脱いできたのだ。手足を擦りむき、泥をくっつけている。みんなの中に加わってから江津は化粧をしたことがない。髪に羊歯の葉がくっついているのをよし子が取った。

ぽっかりと穴があいているところから高射砲の台車が下に見えたが、他は羊歯と笹、さらには岩の間を蔦がからみついている。足を入れるとすっぽり膝までかくれた。椰子の木とガジュマルの根が凸凹にはっている。

幹周りが五十センチほどのガジュマルの肌はなめらかでいくつもの瘤をもち枝をくねらせている。ジャングルはすべり、つかまろうとすると枝がゆれた。慎太郎は次郎に木の種類を教える。広葉樹も針葉樹もある。

顔の前に大きな黄色い蜘蛛がおりてきた。

日が照っているのに五分も歩くと雨が降りだす。激しい雨滴が木の葉をたたき、五人を濡らす。

木と葉をかき分けかき分け前へ進んだ。

そのうち激しい雨は止んだ。

霧雨となって辺りを深山の趣に変えている。水が背中に流れこんでくる。ぬぐってもぬぐってもまつげに霧がくっついてくる。とにかく歩くより仕方がなかった。布田が先頭を行き、次郎がつづき慎太郎が一番後ろについた。よし子は江津の付き添いの形で真ん中だった。

三時間も歩いて、杉の古木が立っているところへ出た。巨大なものが何本も並んでいた。それぞれ根は大岩に食い込んでいる。黒くぬめった幹にはいくつもの瘤がくっついており、その塊は大小うねるようにして上へ伸びていた。伸びた先は雨に煙っていて、そこから大粒の水滴がぽたぽたと落ちてくる。

太く新しいしめ縄が目の高さより一メートルほど上にあるところを見ると島に人がいるのは確かだった。縄は三十センチもの太さがある。最も太い木の直径は十メートルもあろう。それぞれ小さな祠を根元にのせ、根は苔の上を隆起して遠くへはっている。

気がつくと水の流れる音がやかましいほどあたりに広がっており、鳥の鳴き声がしきりだった。一瞬静かになる時がある。その時木のこすれる音が大きく響いた。風が鳴った。

五人は歩いた。起伏の多い泥の中を行った。先頭の布田が蔦をはらい、よし子と江津の頭の上に掲げた。

深山は若い杉の疎林となり、まもなく草原の広がる丘陵となった。


砂浜に残った者たちはまず豚を船から降ろした。断崖にかこまれた砂浜を雌のブタコ、トンコと牡のトンペーが鼻を砂につっこんで歩きまわる。謙一と妙子があとを追う。

そのあと為吉と多美子はひざまずく形をして骨を拾い集めつづけた。赤錆びた兵器がいくつも出てきた。謙一と次郎が拾ってきた木切れに火をつけた。為吉と多美子が集めた遺骨をのせると黒い煙が立ちあがった。

有馬と淳子はオレハナ丸に乗り込んで舳先のあたりで話しこんでいた。田中あき子と猪口麗子は船倉にもぐっていた。


夕方、ハーナレ港で布田が訊くと、船大工はきれいな標準語で答えた。

「わたしたちは島の西側へは行かないですよ」

赤く焼けた肌は手元においている泡盛のせいでもあるらしかった。

大工はすでにいくつかの鉄の器具を布田と慎太郎に見せていた。そこから見える港には強化プラスティクの漁船が幾隻も舳先を沖に向けてとまっている。

慎太郎がメモを見せると大工は物指しを金具のひとつひとつに当て、電動鋸を使って板を切った。布田は男に西浜まで行って舵板を取りつけてくれといった。

「それは駄目だよ。あんたたちも早くあそこから出なきゃ」

杉の大木の林から西へはこの何十年か島の者は行ったことがないと六十歳を越したと見える船大工はいった。

「知らんのかね。この島のことを」

沖へコンクリートの防波堤がのびている。もやっている漁船の中に小さな日の丸を掲げた連絡船がまじっている。海岸に沿って珊瑚石の塀が並び、その奥には赤瓦の家がいくつか隠れている。男は図面と照らし合わせながらボルトをさがす。

「戦争の時、全員死んだ。この島は」

江津とよし子は海に向かって入り口を開けている小屋の前の長椅子に並んで腰かけていた。次郎は立って港を見ている。ねばつくような風が吹いてくる。

江津は疲れていた。山などのぼったこともないので必死に歩いた。濡れたスカートが肌にくっついて気持ちがわるい。ブラウスの背筋に虫が入ったままの気がしていた。

夕日が沖に沈んでいく。江津の表情は赤く照らされていた。

土の上に板と道具を広げた男を取り囲んで布田と慎太郎、それに次郎が作業を見ている。

芭蕉の葉で編んだ笠をかぶった男が通りかかり、セーラー服の高校生が鞄をさげて電灯を点けた連絡船から下りてきた。

よし子は家を出るまでの十七年間の生活を思っていた。ここにも鞄を持って舟で学校へ通う高校生がいる。つい半年前の自分がそうだったと思っていた。

船大工はひざまずいて慎太郎の図面を見ている。

「ずいぶん古い船だな。この島にだってこんな型の船は残っちゃいない」

椅子にすわったまま江津が声を出す。

「全員死んだんですって」

「今この島にいる者はみんな戦後に来た者ばかりだ。わしもそうだ。まだ五歳だった、わしは」

作業をしながら船大工はいかにもいまわしそうな声を出した。それから江津の年齢を訊いた。江津は海を見たまま笑って答えない。

船大工は戦時中は別の島にいたといった。本島まで三十キロのその島でも毎日空襲におびえていたといった。本島だけではない。あちこちの島で日本軍がアメリカ軍に追いつめられ艦砲射撃を受け、火焔放射器で野山も洞窟も焼きつくされていたといった。

「その島を逃げてここへ来たんだ。ハーナレはわしの父親の故郷の島だからな。三百キロ離れている。ここなら大丈夫だとヤミ船がいったから」

半袖シャツの前をはだけた男は江津が振り返って見ているのに気づくと半ズボンの中にシャツの裾を押しこんだ。

「来たら誰もいなかった。おやじのおやじ、わしのじいさんも、百人近くいた島の者もみんな殺されていた」

船大工は標準語で話し、懐中電灯を持って奥へ器具を捜しに行く。

戻ってくると訊かれもしないのに、身の上話をつづける。板の一方を次郎に押さえさせて鋸を引きながらしゃべった。蛍光灯が店先を照らしている。じーじーと音がしていた。父親は本島の戦争にかりだされ、五人の子供を連れた母親がこの島へ来た時、島の東側にあった小学校分校の校庭で島民は殺されていたという。

新たに持ってきた厚い板を布田と慎太郎に確認させせて鋸の電気を入れる。よし子は立ち上がって次郎の立っているそばへ行く。暗くなった沖に白い波が見える。

江津はすわったまま男の手元を見つづけていた。船大工は母親と分校へ行ったといった。電動鋸をふるわせ、その音の合い間に顔をあげてしゃべる。島にだれもいないのは気づいていたと大工はいった。従来いなかったカササギがむやみに鳴いていた。大工は夏でも特に暑い日だったのを覚えているといった。

「分校へ行く途中からものすごい臭いがしていた。大人たちは知っていたんだろう。途中から帰れといった」

帰れといわれても帰る家を知らなかった。そのあと母に教えられ子供たちだけで行った祖父の家は戸も窓も開け放たれ、円い食卓には腐った芋が残っていた。

「結局また分校へ戻った」

幼い船大工が見たのは校庭に整列してうつ伏せている人たちだった。すべて島の人たちだった。

「のけぞっている人の胸の肉はえぐられ、血は地面にしみ込んで黒くなっていた。静かだったな」

何度くり返しても大工は島の西浜へ行くのを拒んだ。

「あの後、兵隊たちが西浜へ集まったのは知っている。だが、そこで何があったのかは知りたくない。カササギはあれからまたこの島では見ていないなあ」

（四）

〈本島へちょっと寄って〉


接岸の場所をさがして舳先へまわる有馬に「あれって軍艦」と謙一が訊く。進むにつれて次々と黒い船が二十隻ほどもあらわれた。陸地と思ったのは航空母艦だった。オレハナ丸はいつのまにか前後左右を大小さまざまの軍艦にとりかこまれている。丸い大きなレーダーの金網がくるくるまわっている下で水兵がいそがしげにはたらいている大きな軍艦があり、剣山のように砲身を立てている小さな軍艦があった。

謙一が数えた。妙子も数えている。黒い潜水艦が右手に浮上した。

木造の老朽船はそれらの中をゆっくり進んでいく。巨大コンテナ船のそばを通り、タンカーの間を通りぬける。目の前の緑の段丘の形が変わり、垂直に空に向かって林立する筒があらわれた。謙一は衛星を打ち上げる宇宙ロケットと思ったが、その黒い異様に先の尖った物体は地下からせりあがったミサイルに違いなかった。

海面には黄色い泡が固まって浮いている。岸壁の穴から排水が流れ落ちている。

上空は戦闘機が轟音を立てて飛び、オレハナ丸はそのたびに船体を震動させた。甲板の囲いの中の豚たちも身をちぢめている。

海面はにぶく赤や黄色に反射している。水は暗緑色でどんよりと重く、オレハナ丸のスクリュープロペラに粘りついてくる。べっとりと油膜が広がっていた。けたたましい音をたててモーターボートが追い越していく。さらにもう一隻大きな音をたてて傍らを抜けていった。次郎や新川よし子と同じ年齢と見える茶色の髪の男女が立ちあがって大声をあげている。

ヨットが近づいてくると、船尾の有馬が大声をあげ操舵室の布田があわてて舵を右に切った。船は急旋回してヨットの帆がオレハナ丸の操舵室の屋根をかすめて離れていく。

舵板と金具を手分けして持って布田たちがジャングルを島の反対側へと帰った時、江津は西浜へは戻らなかった。

さらに新しい舵板を取りつけたオレハナ丸が二日後東港へまわって島を離れた時も、江津は船に乗らなかった。

オレハナ丸は係留地点を探してさらに港の奥へ進む。もともとここへ寄る予定はなかった。ところがハーナレ島東港に江津を残して出航して本島の沖を通ると、猪口麗子が急に買い物がしたいといいだした。若葉に送る衣類と、江津に炊事用のサランラップとつば広の帽子を頼まれているともいう。どうやら南の島、為吉の故郷のオレハナ・アオイ島の様子がここまで来て麗子にもわかってきたらしい。ハーナレ以上の孤島であることがわかってきた。するとあき子も淳子も一緒に上陸したいといい、船は港へ入ってきたのだ。

魚市場前を通りぬけたオレハナ丸はたむろしているヨットとウインドサーフィンの帆の間に入る。

オレハナ丸は接岸した。有馬の誘導に従ったが、結局布田は船体を岸壁に強くぶつけた。先にとび下りた有馬がロープを舫い、杭に巻きつける。錨はハーナレ島の船大工のもとにはなかったので慎太郎が船尾から陸に向かってロープを投げた。

ここは空気が本土と同じだった。マイクロバスで本州最南端の岬へ移るまでの半年間に見てきた本土のどの町や村とも、妙に同じ空気が漂っている。それを嫌って逃げ出してきたのに、岸壁沿いにラーメン屋の看板を見つけると猪口麗子は大声をあげた。

「あーわたし、これ食べたかったのよ」

小躍りして店へ入っていく。女たちがつづく。店は開いたばかりとみえて客はいなかった。全員がぞろぞろとコンクリート打ち放しの店へ入った。多美子と似ている小太りの顔の浅黒い女が応対する。本土で為吉一家は始終ハワイ出身の相撲取りに似ているといわれたが、この島の人も南洋民族の血が流れているらしい。

「蛇、蛇だってよ、蛇」

田中あき子が壁を指して頓狂な声をあげた。〈海蛇ラーメン〉と書いてある。蛇とはいっても魚の一種だということは為吉と多美子は知っている。鰻を食べるのと同じだ。窓ガラスいっぱいに貼った赤や青の紙に金文字が書かれている色彩感覚は本土とはちがう。みんなは中国の色だと思っているが、実はこれは為吉や多美子にもなじみのない色だ。ここはオレハナ・アオイ島や多美子の島ともちがう世界だ。

ラーメンは白い丼に入っており、チャンポン風だった。

「やっぱ、本もののラーメンが食べたい」

猪口麗子にとってこれはラーメンではない。汁を半分以上残して淳子と田中あき子も丼を置いた。あとの九人は汁まですすって飲んだ。

通りへ出ると日射しが強い。四月なのに服装はすでに夏姿で、一行だけ黒く見える。時々出会う本土からの客はわかる。男はネクタイをし、女は外国ブランドのバッグを抱えている。

布田、吉岡兄弟が歩き、為吉親子とつづく。有馬と淳子が手をつないでいる。猪口麗子、田中あき子は洋装店の前で立ちどまりアイスクリームのチェーン店を見つけて入っていく。ソフトクリームを頬ばりながらカレーライスやラーメンのチェーン店を見つけるとまた近よってのぞきこむ。本土でなじみの店へ新川よし子はあとからついて入った。マイクロバスで移動していた時こんなことはしなかった。もうだれにも見張られていないという意識からだろう。

デパートも大都会と同じ品物を並べていた。地下が食品売り場で一階が婦人物なのも一緒だ。店員は本土の本店と同じで制服を着て、標準語でしゃべりかけてくる。だがエレベーターに十二人が乗り込むと案内ガールは異様なものでも見た表情をした。

「ちょっとお待ちください。定員オーバーですので」

本土の人間でもない、この島の者でも外国人でもない者を見た目だった。エレベーターはぴっぴっと鳴っていた。下りて次の箱が来るまでの間に案内ガールが訊いた。

「どこからお越しですか」

みんなが黙っているので為吉が答えた。

「あっちから」

案内ガールは黙って頭を下げボタンを押さえた。

翁為吉はすでに疲れていた。本島に上陸してから息がつまる思いがしていた。空気がねばっている。まわりの不快な臭いは布田や吉岡兄弟もうんざりしていた。謙一と妙子に手をつかまれて多美子はエスカレーター裏のベンチに腰をおろす。このコーナーは煙草の煙が充満していた。

クラシック音楽が流れている。そのモーツアルトの低いヴァイオリンの音ははうようにはうように静かに為吉と多美子に迫ってきていた。猪口麗子、田中あき子が両手に大きな紙袋をかかえてエレベーターで上り下りしている。為吉が荷物をあずかって椅子にもどると有馬と淳子の姿が見えなかった。

布田と吉岡兄弟が二人を捜して一階から順に八階まで上がる。それをくり返す。

結局三時間デパートにいた。手分けし二人を探し、一団となってエレベーターとエスカレーターを上り下りした。有馬や淳子の名を放送するわけにはいかない気がしていた。

布田がマーケットへ行けば会えるかも知れないといった。二人が本島最大のその市場をのぞきたいといっていたと報告する。

カラー舗装の本通りは両側のポールに万国旗が掲げられ歩く人たちのテンポは早かった。ブティック、飲食店が並んでいる。楽器店からは蛇皮線音楽も聞こえてくる。郷土本ばかりで埋まっている本屋の隣は店先に大きな仙人掌が並んべてある花屋だ。

「あれ、そうじゃない」

妙子が人混みを縫って走った。背の高い有馬に淳子が手をひっぱられている。近づいたと思うとふっと消えた。姿の消えた土産店へみんなで入った。蛇皮線、海兵隊の帽子が並びハワイアンが流れている。壁に日米の旗が貼ってあり、椰子の鉢が南国ムードをつくっている。

店の真ん中に一メートル余の高さの砲弾が天井を向けてあった。まわりを小型の砲弾が取りかこみ、ガラスケースには赤錆びた小銃の薬莢が並べてある。

「この島は今でも砲弾や飯盒が出てきます」

髪は赤く、唇にピアスをしている若い男が話しかけてくるまで為吉はその若者をアメリカ人だと思っていた。

「どこから来たの」

男は謙一に訊く。

「あっちから」

戸惑う謙一に代わって為吉が答えた。

「掘ると一緒に骨も出てくるけど」

手首にバンダナをつけた若者はアルバイトで今も砲弾を掘っていると得意そうにいう。店の外に向かって大声でどなった。

「せっかく来たんだ。買ってってよ。買ってって。島の一番いい記念品だよ」

この列島のアクセントではない。

有馬と淳子は砲弾の前に立っていた。砲弾の片側は緑青が浮き凸凹している。反対側は人々の顔がうつるくらいぴかぴかに磨きあげられている。

〈不発弾です。いつ爆発するかもわかりませんから手を出さないでください〉

四角いボール紙にマジックで書いて立てかけてある。こちらは米軍の実弾演習用で、周りに飾られた赤錆びた刀剣は旧日本軍のものと小さな字で説明が書いてある。客たちは砲弾の頭をなでて行く。有馬が手を出そうとしたとたん、その手を淳子が払うように押さえた。

女三人組は外へ出るとまっすぐ正面のマーケットへ向かった。サーカスのテント風の建物で、正面に〈国□マーケット〉と右から左へ書いた看板が掲げてある。□の部分はプラスティック板が欠け、木枠にヴィニールを張った戸の内から強烈な臭いが吹き出していた。

「これ日本じゃない。香港よ」

貴金属の仕入れに何度か香港を訪れている猪口麗子は目の前の瓶詰の壁を指した。幾段にも積み上げられ、高さ三メートルほどの上から店主の男が顔を出している。海老、枸杞の実、塩辛類から小魚、蛇、蜥蜴、果物、ジャムまで下の方の瓶は大きく上へいくと小さい。麗子が健康によいといわれて最下段の瓶を指した。店主が瓶を押し出してくれた。壁の根元に穴があいた。

土間は水たまりがあちこちにある。天井は透明な強化プラスティック板だがところどころ破れ、補修した穴から光がモザイク模様に落ちている。

大きな赤紙に金箔で経文が書いて貼ってあった。菱形の御幣の紙がのれん状にさがった下に黒いうどんが束ねてある。

「線香」

為吉があき子に教えた。島の御獄からもこの煙は海へ流れた。鈴がいくつか並んでいる。これも島で使う。木魚がある。これは使ったことがない。

豚の顔が皮だけとなって並び、目のないマスクのそばにゆでた豚足が山積みしてあった。原色の魚がそろっている。布田と有馬が泡盛を買う。慎太郎は次郎とマンゴーを買った。麗子は若葉に送ってやると紅型のスカートを買う。紅、黄、緑の華やかなものだ。場内も色彩が派手なわりにおだやかな空気が流れている。ここは蛇皮線の旋律ばかりが聞こえてくる。小さなガラス瓶に色のついた砂が詰まっている。〈にらいかない・夢の国〉——札を貼った瓶をのぞくと赤と白、緑の砂で島がつくってある。ミニチュアの人形がその中にあった。

〈振らないでください。こわれますから〉

「江津さん、もう旦那さんのところへは戻らないのかしら」

「旦那さんって」

猪口麗子がいう。

田中あき子は船大工を新しい旦那だと思っている。

「そんな関係じゃないだろう」

慎太郎が怒ったようにいった。

「すみちゃんって連絡つく」

猪口麗子がそれに答えずいう。出発の際、半島の岬に姿をあらわさなかった馬場すみ子にもここの産物を送ろうというのだ。

「わかりゃしないわよね」

最後のころすみ子と一番親しくしていたのは淳子だった。すみ子も淳子と同じく、どうしても養女になると為吉に頼み込んで〈翁〉すみ子にしてもらっていた。その養子縁組の戸籍謄本が週刊誌に載った時の見出しは〈翁集団は奇怪〉――〈家族の絆を断つ集団〉。すみ子は単に為吉たちと一緒に暮らすだけではなく本当の娘となって島へ渡りたいと願っていたのだ。日本海の孤島の母親に結婚したと報告していたから姓を変える必要もあった。

布田がサトウキビを買って謙一と妙子に渡す。女たちも手を出した。農園でサトウキビは作っていたから謙一と妙子はすぐ皮をむく。歯をむきだして汁を吸う。他の者は初めてだった。

「アラビアのは汁が多いよ」

ヒッチハイクの時の経験を布田は話す。新川よし子と淳子は有馬に皮をむいてもらうと、横笛のようにかじりながら外に出た。

帰りは列島地図を買い込んだ慎太郎が先頭に立った。本通りを避けて幹線道路を抜けると車が少ない。赤茶けた坂道がつづき、木陰が多い。両側に芭蕉とバナナが植わっている。曲がりくねった道をそれにそって一列になって歩いた。

女三人組は途中で郵便局へ寄り、江津と若葉の荷物を送った。

石垣がある。一段高いところに石の柵が見えた。この列島で一番古く、一番大きい神社だと慎太郎が地図の説明を読み、そこへの石段を率先してのぼっていく。

「島には神社はないよ」

為吉は謙一に話しかける。ここはやはりオレハナ・アオイ島とはちがっている。本来南の島々にはこんもりと繁ったガジュマルの杜に御嶽があるだけだ。社殿なんてない。為吉の島にももちろん鳥居も社殿もない。二、三坪の広さの土地に自然石が二、三基置かれているだけでそこに島の神々が集まっている。昔から神が住みついた地で、為吉は自分の体の中にもその神が今も住んでいる気がする。

「神様はなあ」

為吉は子供たちに対して口ごもりながら石の鳥居をくぐった。オレハナ・アオイ島ではただの自然石が祭神であり神体だ。目の前には本土と同じ桧造りの社殿がある。掲揚塔に日の丸が垂れている。〈一礼して二拍、一礼〉と書いた札が扉に貼りつけてある。

為吉は離れて縁起の書かれた高札の下に立つ。戦時この社殿は消失したと書いてある。再建は占領中は許されず、本土の財界の寄付と地元の有力者の力で今の社殿が再建されたのは本土からこの島へ来るのにパスポートが必要でなくなった二十年前とある。二十年間に木は古びたが、周りをおおっているのは芭蕉とガジュマルで本土の神社とは雰囲気がちがう。潮風にさらされて荒れた感じだ。

創建は江戸時代初期、鹿児島から分祀されたとある。布田は境内を歩きながらよし子と次郎にこの島の歴史について話している。島は米軍に占領される前にすでに本土の侵略を受けていた。布田は教師に戻ったかのようにそんないい方をする。

為吉は耳を傾けながら布田のいうことは間違っていないが、しかしそれはどこか外からの響きがあるとも思っていた。島にはいつもだれかが入ってきて出ていく。だれも入ってこなければここにもオレハナ・アオイ島にも人はいない。島に人が自然発生するはずはない。為吉の先祖もあの絶海の孤島にいつかどこからか渡ったはずだ。渡った時それまで住んでいた者と争いをしたのだろうか。そしてその前にまた、島に渡っていた人がいるのだろうか。

そして今、為吉も十一人を連れてそこへ戻っていく。

社殿と向き合ってトタンを張った一畳ほどの大

きさの板が立っている。一面青いペンキが塗ってある。ところどころはげ落ちてはいるが、青は二分され、下の部分が濃く真ん中に赤い半円が浮いている。それを為吉は多美子に指した。多美子にはわかった。稚拙だが海のかなたを描いている図だった。海に沈む太陽をあらわしている。

為吉は幼い時、生まれたソナイ集落の御嶽の石を拝むと、そのあとその先にある海を拝んだ。死んだ祖父と祖母と、いつも海の見えるところに莚を敷いてひざまずいて沈む太陽を拝んだ。形のある神ではない。全てがそこからやってくる源、ニライカナイと呼んでいた果てに向かって祈った。故郷の島の御嶽もニライカナイと通じている。そして為吉は島を飛びだしたのも戻るのもニライカナイを探してだったのかなと思った。

その時為吉が気づいたのは拝殿に向かうということはニライカナイに尻を向けるということだった。社殿には神はいない。本当の神の在り処を示すため板に海上の夕日を描いた。夕日が見られぬ時も、この板に向かえばニライカナイを拝むことになる。

オレハナ丸に戻ると二匹の雌豚が甲板を走りまわっていた。牡豚一匹の姿が見えない。豚は囲いの板が一枚はずれていて、そこから出たらしい。

「トンペーは男部屋よ」

麗子が船倉をのぞいて叫んだ。有馬が下りていく。その間に布田と慎太郎が甲板のトンコとブタコを囲いへ誘導する。モップの柄でつつくと凸凹の床に脚をすべらせ鼻をならしてよたよたと走った。

「あぶないよ。妙子、妙子」

追う妙子を多美子が大声を出して抱きすくめた。甲板に豚の糞がまき散らされ踏みつぶされている。船倉から有馬がどなる。麗子の悲鳴も聞こえた。

「誰か来てくれ。ロープ、ロープ持ってきて」

布田が粘着テープを次郎に投げる。次郎がテープを持って梯子を下りていく。

有馬がトンペーをかかえて階段をのぼってきた。テープで脚を縛られた豚が有馬の胸の中で身をくねらせ脚をはねている。梯子の途中に立った有馬をうしろから次郎が支えた。有馬は片方の手で手摺りを持ち、豚を押しあげた。布田が受け取って甲板に置くと慎太郎が海水を浴びせブラシをかける。転がして体を洗った。その後三人がかりで囲いの中に運び込んだ。体毛がテープの跡だけ抜けて赤い肌を見せた豚は脚のテープをはがした途端はねた。右の前脚から出血している。そのあと横になって目を閉じている。

為吉は囲いに入って脚をさすった。手をふれている間だけトンペーはおだやかな表情で目を開けている。息は荒い。手を離すと目を閉じる。囲いに多美子と謙一が入ってきた。それまで横になっていたトンコとブタコが起きあがった。

「二匹ともお腹大きいんじゃない」

しゃがんで様子を見ていた多美子が為吉のひざをつつく。トンペーの脚に手をあてたまま為吉も雌豚の腹を見た。二匹の豚の腹が大きいかどうかはわからない。ただもう乳房ははっている。

「こちらが七匹、ブタコは八匹」

多美子は腹をなでながらいう。

「大丈夫、トンペーは甘えているだけよ」

為吉に代わってトンペーの右脚に触れる。

「関節がはずれている」

豚の膝をなでまわす。そのうち多美子が息を止め、そえていた手に力をこめると、トンペーは観念したようにおとなしくなった。

「この島ひとまわりしてみたいわ」

豚をのぞき込んでいた新川よし子がいった。女たちが賛成した。

オレハナ・アオイ島まであと三百キロ。

「今度こそ何もない島へ行くんだものな」

布田が次郎にいった。

（五）

〈本島探訪〉

麗子は南の島に着いたらこれで過ごすんだと持ってきていたムームーに着替えた。〈笹舟〉でも時々着ていた。猪口麗子に引っぱられて田中あき子もまた本通りへ出かける。あき子は赤いドレスの袖と裾を引きちぎって着ている。裾かがりをしない方がいいと麗子にいわれそのままにし、髪に赤いリボンをつけている。新川よし子も一緒に行く。こちらはいつも通り青いジャージ姿だ。麗子とあき子は前の日に買った色違いのゴムのサンダルをはいている。

「有馬さんのそばにいたいのでしょ」

麗子の再度の声に淳子も船を下りた。有馬もつづいて下りた。

「ぼくは別の用事だ」

ひやかされて有馬は女たちと離れて中心街とは反対の漁港の方へ一人向かう。四十雀の籠を持っている。餌を仕入れに行くという。残ったのは為吉家族と吉岡兄弟、それに布田だけだった。

布田はオレハナ丸を係留したままエンジンをふかしていた。ハーナレ島で取りつけた舵板は大きすぎて舵輪をちょっと回しただけで極端に左右に振れた。岸壁から慎太郎が船尾をのぞくと海水からヴィニール袋やごみが巻きあがってくる。布田がさらに舵輪を回す。船尾が軽く操舵がむずかしい。もともと錨を設置した状態で重心がとってあった船で錨なしでは尻を振ってしまう。

「そういうわけにはいかんですよ」

布田は為吉にいった。島へ着きさえすればいい、だから錨なしで出港しようと為吉はいっていた。着いたらもうこの船はお役ごめん、もうオレハナ・アオイ島を離れることはない。それに出費は避けたかった。というよりお金に余裕がない。ここを出航するまでにまた仕入れたいものがいくつもある。オレハナ・アオイ島は断崖に囲まれていて最後は船を引き上げる。だが話を聞くうちに為吉も錨はある方がいいと思いはじめた。

「じゃあ、錨も買う」

布田の決断は早い。エンジンをかけ慎太郎と次郎に舳先の綱と艫綱を解かせる。オレハナ丸は船道具屋や小型造船所が並んでいる所まで行く。

「謙一、妙子、行くぞ」

二人は為吉と多美子のそばから離れたくないらしい。

動き出してすぐオレハナ丸はヨットに衝突しそうになった。布田はあわててレバーを後退に切り替えた。ところが後方には大型ヨットがいた。舵を右に切ると、前方の小型ヨットを振りまわす形になった。衝撃が来た。

悲鳴が聞こえた。小型ヨットは横転し、若い男女を水に放りだしている。若い男が立ち泳ぎしながら、甲板の慎太郎に罵声をあげてくる。キャビンからとび出した鍋と薬缶が浮いている。次郎が海にとび下りてオレハナ丸に倒れかかっているマストを抜きにかかる。

女は慎太郎の投げたロープにつかまった。あたりに発泡スチロールがいっぱい浮いている。暗緑色の水に油膜が広がっている。オールとマストがヨットから離れて流れていく。次郎が今度はヨット本体によじのぼって起こそうとする。若い男も同じ舷によじのぼった。

「そのロープ投げて」

おかっぱの女が船尾の巻網の綱を指す。慎太郎がロープをはずして投げた。女をオレハナ丸に引き上げる。男は羽織っていたケープをヨットにまたがったまま脱ぐと金具にロープを結わえて手をふった。慎太郎は巻網のウインチを力を込めてまわした。海中の次郎と男が二人がかりで左舷に力をこめるとヨットは少し起きる。しかし帆柱までを起こすことはできない。金具が抜けロープがはずれて、船体はふたたび海面に落ちた。あらためて二人に向かって慎太郎がロープを投げる。

「どういうことですか」

橋川俊夫は体から水をしたたらせてオレハナ丸に上がってきた。目の下のヨットは真っ二つに割れていた。次郎だけが割れた船体の横になったキャビンにまたがってオレハナ丸を見上げている。弁解の余地はない。

「弁償はします。こっちがわるいんですから」

「あたり前だ。これと同じヨットをすぐ買ってくれ」

橋川俊夫は傍の小柄な登美子の肩を抱く。

「よたよた走ってくる船があるから気をつけなあかんてわたしいってたでしょ」

登美子は俊夫に抗議する口調でいった。とにかくまた他の船の邪魔をしてはいけない。網を失った巻網機のウインチを使ってヨットをオレハナ丸に上げるのに手間取った。作業を周囲のヨットが見ている。その間にもオレハナ丸に何度も他のヨットにぶつかりそうになった。

大型船にかくれて衝突の瞬間を見ていた者はいない。一隻のヨットから声がかかった。

「警察に知らせてやろうか」

すかさず登美子が答えた。

「いいんです。知らせないでください。わたしたち友だちなんですから」

女は向きなおった。布田と慎太郎も事故が警察に知らされるのはかなわないと思っていた。

「それにしてもおんぼろ船ね。どこから来たの」

布田も吉岡兄弟も黙っている。

「黙ってちゃわからんじゃん。どこへ行くのさ」

「あっち」

布田が南の海を指した。

「あっちってどこよ」

ずんぐりした俊夫より登美子の方が背は低いが口調は厳しい。

「とにかく修理工場さがすんだ」

麗子は前日と同じ道を本通りへとさっさと歩いていた。あき子がその後を両手を振りながらついて行く。髪のリボンも、ドレスを引きちぎって着ているのも気に入っている。時々コンパクトを出してのぞいた。

会社でもこんな格好がしたかったがみんなとちがうファッションをするとすぐ厭味をいわれた。「目立つなよ。変な格好するなよ」。まだ将来について何も意志表示をしていないのにすでに自分の女だという男の振るまいがいつも気になっていた。しかしここではだれも見ていないし、関心もないのがうれしい。田中あき子だと知っている者も営業一課の「あきちゃん」、〈笹舟〉の「ちあき」でもなかった。

両側に椰子の木が並ぶ赤土の道は今日は一層埃っぽい。二人のゴム草履がけたてる土埃を嫌って新川よし子が前に駆け出した。ジョギングの真似をして百メートルほど先を行った。影が踊る。少し離れて淳子がうつむき加減に行く。

「島巡りよ」

麗子が振りむいてあき子にいった。あき子は立ちどまって淳子に呼びかける。〈翁〉淳子は足を引きずるようにして小走りにあき子に追いついた。

民家が並んでいる。どれもコンクリートの二階建てにバルコニーがのっている。窓も戸も開け放たれ、下着だけの子供が欄干の間から身をのり出していた。麗子は子供に手を振った。そこへタクシーが通りかかってスピードを落とした。

「おーい乗るのよ」

猪口麗子が呼びかける。

「暑いもん。車に乗ろ、乗ろ」

淳子が乗りこむまで、麗子はドアを開けたまま待っている。

「みんな乗った。四人よ。あき子は」

田中あき子は助手席にいた。

「どこへ行こう、ねえどこへ行くの」

麗子はいう。運転手は半ズボンにサンダルだった。窓を開けたままクーラーをかけている。ゆっくり車を走らせながらバックミラーで後部座席を見ている。

「いいとこあるよ」

癖のない標準語だ。

「いいとこ」

田中あき子が訊いたのを運転手は仕事の話ととっている。

「あるさ、栄子のとこだったら、ちょっと早いけど行くか」

女たちにクラブで働いていた臭いをかいだらしい。

「そんなんとちがう。わたしたちはもう一日しかいないんだから」

「観光か」

「ちがう」

「どこから来た。あててやろう。香港か、台湾か」

「あっち、あっち」と麗子が答えた。

島巡りをしたいという麗子にこたえて運転手は

スピードをあげた。

「あっちへ行く前に、この島よく見とけよ」

車は自動車専用道路へ入った。たちまち両側は緑におおわれ、コンクリートの継ぎ目を踏む音だけが断続的にひびく。前も後ろも車はない。ゆるいカーブがいくつかあって坂を下りると突然前方に青い海が見えた。と思うとまた熱帯性植物の林の中へ入る。また海が光って見える。

そのうち左側にコンクリートの壁があらわれ、運転手は「ダムだ」といった。

「そりゃダムだってあるよ。この島だって、飲む水だって。電力だっているもん」

いわれてみれば当然だが、女たちは南の島へ来てから、何かここだけ特殊な地域という気がしていた。山は深くなった。両側からおおいかぶさる葉がフロントガラスを打つ。道もどこまでも北へのびている気がする。実際は細長く曲がりくねった島のくびれた中央部までしか通じていないと運転手はいう。

「なーに、何にもない島だ。ここらへんの島はみんな、なーんにもない」

車は料金所を出て階段を下りるようにがたがたと走るといきなり信号に出合った。麗子が話しかけても運転手は何も答えなくなっている。じっと前を見つめていて信号が変わると発進した。

細い道の両側はここも古びたコンクリートむきだしの建物が並んでいた。二階建てと平屋が一、二軒おきの空き地には看板が立っている。やけに横文字が目立つ。赤と黒ばかりで書きなぐった看板の合い間に稚拙な漢字ひらがな文字を書きつけた板がベランダに掲げてある。

通りには人影がなく、犬が道の真ん中でおしっこをしている。運転手は犬が立ち去るのを待ってゆっくり車を動かした。そして左側に寄ってブレーキをかけ自分だけ座席を離れた。

四人が降りると、運転手は小さな扉をしきりにたたいていた。扉の上の庇の下に裸電球がくっついて点いたままになっている。

「おらんか」

立ち去ろうとした時外側へ木のドアが開いて茶

色いネッカチーフの女が姿をあらわした。島言葉で話す。四人には何をしゃべっているのかさっぱりわからない。とりかこんで立っていた。

「入ってよ」

女が顎をしゃくると運転手は車にもどりドアをばたんと閉め発進した。後に黒い排気だけが残った。

店内は暗かった。壁にローマ字のお品書きの紙片が何枚もはってある。裸の金髪女の写真集が何冊も積んであった。

「オレハナ・アオイへ行くんだって」

女はカウンターの向こうへ行き何を飲むかと訊く。麗子はジンフィズを頼み他の三人はオレンジジュースを注文した。窓がない細長い部屋には椅子が六脚あるだけ、奥へ行こうにも身をずらさなければならない。

「何しに行くのよ、大変なところよ」

女はコップにマドラーを一本ずつ入れながら訊く。

「何を探しに」

どこから来たかと訊かれてハーナレ島の話になった。女はハーナレ島の出身だった。

「あんな島」

女はアメリカ軍が本島へ上陸するとすぐ徴用された。まだ戦争は終わっていなかったという。徴用とは捕虜だった。

「舌をかんで死のうと思った」

アメリカ軍に捕まった時のことを女はいった。知っている者は死んでいた。父も母も友達もいなかった。洞穴にひそんでいて捕らえられMPに連れていかれた。

標準語でしゃべっていた女は突然島言葉になった。ネッカチーフを取ると電灯の下で白髪が光る。初め若いと思った顔には皺があり、目尻はさがっている。女はさらに喋る。田中あき子の赤いリボンを取って髪にさした。

「あなたたちみたいに若いといいな」

両腕を顔の前で交差させて激しく動かした。そのうち立ち上がって宙を探りだした。四人は黙ってその様子を見ていた。

何かに憑かれていた。外は明るい太陽の光があふれている。ぴたりと閉じられたドアの内では女が盛んに手を振りまわし唇に泡をためてしゃべっている。

二年後、十八歳の女は身ごもってハーナレ島へ帰った。一人ではない。アメリカの軍人、それも背の高い黒人が付き添っていた。

標準語で話す。発音は甲高い。しかし時どき島言葉になると声が低くなり何をいっているのかはっきりしない。だが不思議と四人にはその内容が伝わった。固有名詞ははっきりいった。

女は父と母は戦争で死んだが、祖父と祖母は島に残っていると思ってハーナレへ戻ったといった。死んだ母に島の全員が親戚と聞いていた島へ黒人を連れていった。

「リンカーンがそこで結婚式をあげようといったから」

アリゾナ生まれの若い律義な将校も妊娠した女の係累を捜していた。

二年前死臭の漂っていた島の住民は灰色の上陸用舟艇が港に近づくのを見て島の奥へ逃げこんでいた。杉の古木の煙る山へ人々がのぼっていく姿はリンカーンにも女にも見えていた。

一緒に渡った牧師と兵二人とで手分けしてだれもいない開け放された家々の前に立った。それぞれが抱えたチーズにバター、缶入りハンバーグが新婦の故郷の島への米軍人の土産だった。

東港にはだれも乗っていない小さな漁船が二、三隻放置されていた。波は静かだった。港へ帰ってきた船も、米軍の舟艇を見ると近寄らず、沖へ戻っていく。

「じっとうかがっていた。夜になると山の奥でちらちら火が燃えた。その中にはじいちゃんもばあちゃんもいると思った」

女が「いなかった」というのを新川よし子が受けた。

「みな殺されていたのね、日本軍に」

船大工に聞いたことと重ねあわせて猪口麗子たちは島の情景を思い出していた。

「日本軍かどうか」

女は自分もグラスに酒を注いだ。あおむけに一気に飲むとカウンターに並んですわった四人を順にながめる。茶色いネッカチーフをはずして手でもてあそんでいる。

「あの島では米軍も全滅したっていうんじゃないの」

よし子が訊くと女は壁を指した。裸電球をもちあげて光をあてる。天井に写真がはってある。アメリカ兵の写真ばかりだった。女を抱いているのや軍服姿で正面を向いているのがあった。この島で撮ったものかアメリカへ帰ってから送ってきたのかわからない。家族写真もある。日本人だけのはなかった。

天井の真ん中の一枚を女は照らす。大柄な精悍な感じの黒人が胸にたくさんの勲章をつけて椅子に腰をおろしている。それに抱かれるようにして膝の上に腰かけているのが若い時の女だった。

女はまたなにやら口ばしる。英語をまじえた。祈りの言葉らしい。それから標準語でいった。

「わたしの彼氏よ、殺された」

二日目の晩、山の奥から何人かが集落に戻っているのはわかっていた。米兵をおそれて隠れたがいつまでも山にいることは出来ないはずだった。それはリンカーンたちにもわかっていた。水牛小屋に人が近よるのも上陸用舟艇から見ていた。家の前に置いた紙袋のいくつかがなくなったのも確認していた。島民に軟化のきざしがあるとリンカーンも牧師も思った。山を探り舟艇で島の周囲を一巡したのも島民たちは見張っていたにちがいない。夜、岸辺に持ち込んだランプの光の中を動く三人の米兵と牧師、そしてお腹の大きい新妻の姿はよく見えたろう。

リンカーンたちの休暇は三日だった。最後の日の昼過ぎ、島の御嶽で牧師と二人の米兵立ち会いで女とリンカーンは式を挙げた。祖父母、そして島民と一緒の祝宴であげるはずのビールで乾杯した。それを済ませたら本島へ帰る。リンカーンがグラスをあげた時、林の中から銃声がひびいた。リンカーンが胸を真っ赤にして倒れた。次の瞬間牧師も撃たれた。女はすぐ近くを走りまわる足音を聞いた。二人の兵士がピストルを発射する。同時に二人が仰向けにひっくり返った。

光を受けた写真のリンカーンはおだやかな表情をして口髭をたくわえている。

「だれも知らないことよ」

女は気がついたようにドアを開ける。戦後何年かの記録はどこにも残っていないという。砂浜に反射した外の光がなだれこんでくる。目の前の海の中に立つ建造物を指す。そこまで白い砂がつづき先に灰色に塗った橋が見える。

「観光ならあっちよ。ここは今じゃアメリカ兵の溜まり場」

そうはいうがこの飲み屋が流行っているようには見えない。

田中あき子が足をはねあげながら行く。時々砂の中にサンダルを入れてまさぐるがここはさらさらしていて何もひっかかるものはない。少し西に傾いた太陽に影がゆらゆらと動いている。

「船大工は何もいわなかったけど、その時あの人はもういたのかね」

猪口麗子はさらに独り言のようにいう。淳子は無表情なまま一番うしろについている。

建造物は近づくにつれ巨大な姿になった。赤と青、黄の太いパイプが交錯した上に複雑な形がのっている。それは見る位置を変えると銀色に光ったり、向こう側の空や海が透けて見えたりする。あとで入り口でもらったパンフレットには宇宙基地を模した巨大体験施設と書かれていたが、たしかに最初それは四人の目には宙に浮いているように見えた。大きすぎて全体はよく見えない。麗子が戻ってもう一度建造物を振り返った。

窓口で麗子がまとめて切符を買った。異次元体験の施設でもあるとパンフレットには書いてある。海中に沈んだ部分と空中構造物の内部の説明がある。折り畳み式の案内図は広げると新聞紙ほどもあって説明は詳しい。しかしこの構造物を支えるものの記載はなかった。

ドアが開く。待っていた案内嬢がお辞儀をする。

「待って、わたしも」

先程の女がうしろに立っていた。

「玉城栄子よ。わたしまだ一度もここに入ったことないの。毎日店から見ていただけ。仲間に入れて」

ワンピースの柄が大きい。ひどく若造りになって、店内の電灯の下とはまったく違う。白いサンダルをはいている。

麗子を先頭に入ろうとしたその時、麗子のバッグの中でベルが鳴った。あき子、よし子は入っていく。玉城栄子も入る。

「だれからよ、番号知ってたの」

猪口麗子はいいながら淳子に携帯電話を渡した。渡してガラスのドアの内へ入る。淳子だけ外に残って、かがみこんで電話に向かってしゃべりはじめる。

布田と吉岡兄弟は海岸通りを橋川夫妻と行く。橋川俊夫がヨットの修理屋へ入っていく。つづいた次郎は目を輝かせた。

「こんなにいろいろあるの」

次郎はヨットが嫌いだったわけではない。ヨットスクールでは一枚帆のキャット・リグーをあてがわれていた。横風を受けるとすぐ倒れた。ところがうまい具合にセールをしぼって体重をかけ帆走しはじめたと思った時になると、風をさえぎる舟があらわれていた。伴走はロープの引き方、身の移動と長い棒をのばしてきて指導する。同時に「お前はだめだ」「逃げるな、逃げるな」と校長の罵声があり、体もヨットも自由がきかなくなっていた。

ここはそれとはちがった。天井から形の変わったランプがいくつも下がり、壁には大型ヨットの写真と設計図が貼ってある。気圧計、風速計、マストや帆布、センターボードやラダー、カップやラジコンがごちゃごちゃと置いてある。

赤いシャツ姿の小柄な白髪の男と若い女が向き合ってすわってしゃべっていて、五人が入っていっても見向きもしなかった。橋川夫妻は壁の写真に見入る。ハワイから日本までの長距離帆走の優勝艇が三枚の帆に風をいっぱい受けている。

次郎は家を出た。家はそれまで快適だったといってもいい。学校でもだれにいじめられた訳でもない。それどころか父の化学会社が連日新聞でたたかれてもだれも話題にしなかった。工場廃液のたれ流しを糾弾されても、兄の工場の玄関で爆破事件があったとテレビが速報しても、家でも学校でも何の話題にもならなかった。

父と兄の慎太郎は毎日定まった時間に出勤して夕方七時には帰ってきていた。同じ会社の社長と研究員は家では会社の話はしなかった。

新聞は別のページで〈精神を鍛えなおす教育は必要〉と主張するヨットスクール校長の発言も連日載せていた。登校拒否や暴走をくり返す青少年の心のケアに有効、これしかないとまで新聞は書きたてていた。

次郎はだれにも相談せずヨットスクールへ入校した。暴走も登校拒否もしていない自分の精神を鍛えようと思っていた。通っていた中学は付属の中高一貫教育で入学試験の準備は必要なかった。大学もまああの成績なら推薦で進めることになっていた。次郎はそんな入試がないのは駄目だと思っていた。

校長は身元調査も尋問もせずその日から海へ連れていった。

あのころの自分は何だったのだろうとヨットの写真に目をやりながら次郎は考える。母親が引き取りに来ても会わなかった。甘えてはいけないと思っていた。ヨットから突き落とされ水を飲んでも、それが自分を鍛えるのだと信じていた。

だが信次が溺死すると、新聞はいつのまにか暴走族の親がヨットスクールの校長を殺人で告訴するのを支援する姿勢に変わっていた。海で呑んだ塩辛い水はそのまま辛いものになっていた。

スクールでは夏も冬も短パンにTシャツだった。この店には赤や黄のウェットスーツが華やかに並んでいる。アクアラングやサーフボード、波乗りするポスターの下にモーターヨットのキャビンモデルが置いてある。

「あんなのに乗ってみたいわ」

橋川登美子が若い夫にいって展示モデルに乗りこんだ。俊夫は店主に壊れたヨットの状態をいう。

強化プラスティクの船体の修理は無理だと立ちあがった男は答えた。

「割れた船体はスクラップだなんて常識でしょうが。なおして使えないことはないが高くつくし、いったん割れたので海へ出るの」

店主を相手にしていた女がけたたましく笑う。女は独りで太平洋に乗り出す相談に来ていたらしい。店主は橋川俊夫にもヨットの基礎知識を訊く。

「何、島づたいに三か月もかかったの」

次郎にもわかる内容だが橋川俊夫は答えない。他船の航行を予測して停めなければならないのに航路をふさぐ形で係留していたのかと店主がぽんぽんしゃべる。見た目はヨットマンだが橋川夫妻は初めてのクルージングだった。若い女が出ていく。

「ところで、これからどこへ行くの」

店主の質問に橋川夫妻は答えない。新しいヨットを買う金はないらしい。それに三か月のヨット生活が限界だとみえる。

「どこかいいとこない」

登美子がいう。

「いいとこってなんだい」

「どこだっていいのよ」

「何いってるんだい」

店主は怒りだした。

「お前たちみたいなのがいるから、事故が多くなるんだ」

同時に布田と吉岡兄弟にも同じ仲間だろうという。布田は漁船用の錨はないかと訊いた。

「ここはそんなの相手になんかしてないんだ。崇高な海の男たちの基地なんだ」

真っ黒に日焼けした男女が入ってくる。大声で店主にあいさつする。半裸で女はケープをはおっている。五人は外へ出た。同じようなヨットとウインドサーフィンの店が並んでいる。

「橋川さんたちはどこへ行くんですか」

布田が立ち止まって訊いた。沖からは白い波が押し寄せている。

「きみたちこそどこへ行くんだ。ヨット壊されちゃって何ともならんじゃないか」

俊夫がいう。登美子は俊夫の手をしっかり握っている。俊夫と登美子はオレハナ丸に乗り込むという。

「乗せてくれたっていいでしょ。ヨット壊したんだから」

登美子が口をとがらせていう。二人は元同じ銀行の同僚だった。口ごもって理由はいわないが、事情があって辞めたらしい。

「あんなとこはとてもいられやしない」

俊夫は吐きすてるようにいう。

建造物の内部は途方もなく高い吹き抜けになっていたが、それを支える壁面のガラスも見る角度によって色が変わった。だから猪口麗子が正面を指して「虹の紫」といった時、ガラス越しに海岸線を眺めていた新川よし子はそちらが紫色だと思っていた。麗子には方角がわからなかった。多面体の構造物はパイプだけで組み立てられていると見えたが特殊アクリルで赤外線と紫外線だけを通すと案内書にはある。向こうに携帯電話をかかえてすわりこんでいる淳子が見えた。

だが玉城栄子には内部は暗く見えた。店からはいつも海から空へ飛びたつ形と見えていたのに、来てみると内は自分の店の暗さとちっとも変わらなかった。三人が他にだれもいない室内で大声で話を交わしている。互いに背を向けて声をかけあっている。声だけをたよりに玉城栄子は暗闇に向かって立っていた。

外に出た時、正午を告げるサイレンが建造物からとどいてきた。

玉城栄子はタクシーを呼んだ。本島北部のジャングルの中を走らせ、千二百年前のまだこの本島が原始時代だった頃の遺跡を案内した。どこも貝塚だけだった。本土で見られる住居を示す柱跡も溝渠跡もない。おびただしい貝殻と魚の骨がいくつもいくつもの山になっていた。貝は本島だけではなく離島、さらには本来本土でしか見られないものも混じっていると標示板にあった。

そして夕方女たちはオレハナ丸の接岸している場所へ戻ってきた。

「あれ、淳子さん、先に戻っていたのじゃなかったの」

新川よし子が為吉にいう。謙一と妙子は豚を追いまわして疲れてテントのそばにヴィニールを敷いて寝ている。あれから為吉たちは豚を船からおろした。鶏の金網を利用した囲いにトンペーはおとなしく入ったが、二匹の雌豚は市街地近くまで走っていったのだ。為吉と多美子はこれまで本土でマイクロバスを停めた時と同じように竈を築いて端反り釜をかけている。

布田と吉岡兄弟が錨を転がしてきた。布田が爪の一つを持ちあげて抛る。勢いで二回ほどコンクリートの上をはねると、待っていた慎太郎が持ちあげて抛った。二回ほど転がった先に次郎が待っていた。

「リヤカーを持って行かなかったんでね」

錨を買った船具屋の小型トラックは出はらっていた。明日なら運んでやるというのを断わって運んできた。新品の黒い錆止めははげ落ちて爪も柄も曲がっている。

玉城栄子がみんなにあいさつした。

「あれっ有馬さんも帰っていないの」

布田が為吉に訊く。

「きみたちと一緒じゃなかったの」

朝、有馬だけは漁港の方へ歩いて行ったのだった。

（六）

〈光と波と蝶と〉


布田はこまめに右に左にと舵を切った。エンジンは快調だが、その音はあたりの騒音に消されている。前方を赤と黒に塗り分けた小舟がじぐざぐに進んでいる。オレハナ丸はそのまま突き進む。舟はあやういところで体をかわして通り過ぎていった。乗っていたのは髪も肌も褐色の若者たちだった。野次とも暴言ともいえる声をとばし、塗りたくったオイルで体はぴかぴか光っていた。

船はようやく港外へ出た。結局、有馬と淳子は姿を見せなかった。

　まだ周りに黒く厚い油膜が広がっている。海面に赤い帯がのびているのは川から流れこむ土のせいらしかった。白い帯が横切っているのは塗料か、それとも排水か。

　振りむくと本島はあちこち緑が禿げ赤い土肌を見せている。海沿いに雑多な色の大小のビルが雑然とはりついている。上空は鋭い爆音をひびかせる黒い戦闘機がひっきりなしに飛びまわり、その下を漁船と遊覧船が漂っていた。

　謙一と妙子、猪口麗子も田中あき子も甲板にいた。空低く鋭い音をたててジャンボ旅客機があらわれると橋川夫妻がすわったまま手を振った。

「あれに乗ればよかったかな」

　俊夫がいう。

「何いってるのよ、帰りたけりゃ自分一人帰りゃいいじゃん」

　俊夫の腕を登美子がひっぱる。二人は揃いの黒いスポーツウェアに白いヨットパーカーだ。俊夫のサンバイザーは玉城栄子がかぶっていたのを借りた。それを登美子が奪うと、俊夫が立った。登美子が駆けて豚の囲いの向こう側に立つと、俊夫がそれを飛び越える振りをする。登美子は笑い声をあげた。

「帰ってどうすんのよ、またあの銀行に勤めるの」

　背中をたたきながら登美子がいう。

　オレハナ丸は座礁に気をつけなければならない浅瀬を進んだ。右舷にいくつかの小島が見え、その中のひとつは本島から延びた橋によってつながれている。長い橋だ。橋は水平線と平行に沖へ延びている。橋の上には人の姿も車の影もなかった。まだ完成していないのか、そして太いコンクリートの橋脚は本島から流れ出る油の中にある。

「毎日、毎日つぶれるつぶれるっていわれていたんでしょ、わたしたち。それでいてあんたは外廻りして金集めろっていわれていたじゃん。客を騙すのはいやだいやだといって毎日出てってたんじゃん。そんなところへ帰りたいの」

　甲板にすわり込んだ俊夫に登美子が愚痴っている。

「昔は一と月や二た月、本島と連絡が取れないのは毎度のことだった」

甲板に腰をおろしている子供に向かって多美子が話している。昔とは多美子自身が自分の島を離れた二十年前のことだ。謙一と妙子はうなずいている。一と月、二た月どころか、昔は半年も一年近くも他の島と連絡が取れない島が東シナ海と太平洋には大小数百もあった。為吉の島とは隣同士ともいえたが上陸が容易でないので多美子はオレハナ・アオイ島へは行ったことはない。二人の島はいずれも本島からは離れていて、今は外国となった大島の方がずっと近い。

「お父さんはなぜそんなオレハナ・アオイ島に住んでたの」

今その島へ行く謙一が訊く。

「あんた行きたくないの」

多美子が逆に訊くと謙一は答える。

「ぼくはどこだっていい」

猪口麗子が口をはさんだ。

「地上の楽園」

景気づける口調でいい、田中あき子に同意をうながした。

「なぜだか知ってる、わたしたちが島へ向かうの」

橋川登美子に訊く。

「楽園を求めてでしょう。今あなたがいった」

登美子がいうと猪口麗子は自分に訊くようにいった。

「そんなところある」

「いやいや本当はね」

猪口麗子は話そうとし、途中でやめた。

本土から逃げたいと一番思っていたのは巻原江津だ。その江津はハーナレ島に残ったし、〈翁〉姓を名のったはずのすみ子は船に乗らず、同じく〈翁〉姓となった淳子も本島で姿を消した。さらにオレハナ丸の調達から面倒をみてきた有馬まで本島でいなくなった。この二人は一緒なのかも知れない。しかし玉城栄子と橋川夫妻が加わって今また一行は十三人になっている。

実は本島出発に際し、猪口麗子と田中あき子が残るといい出していた。淳子が不明のままでは気がかりというのがその理由だが、南の島といえばエメラルドグリーンの海と白い珊瑚の浜ばかりを考えていて、今頃になってどうやら断崖に囲まれた絶海の孤島の意味がわかってきたのらしい。

次郎と新川よし子は島へ渡るのを一番楽しみにしている。よし子は今は多美子を手伝って炊事仕事を一番よくする。むやみに走らずこまめに体を動かすのが精神衛生上いいと自覚したようだ。

そのよし子が麗子たちを引っぱってきた。猪口麗子は橋川夫妻は島へ渡る理由はないと思っている様子だ。

「何で島へ行くのよ。さっさと本土へ帰りなさい」

麗子が本島を出発する時にいうと登美子は答えた。

「それじゃ、ヨットを返して」

本当のところは本土へ戻る費用もなかった。行けるところまでクルージングしたらそこでヨットを売って帰るつもりでいたのだ。

波はない。もう座礁の心配はないと見てとったのか、布田は舵を南へ向けて固定した。海の色は黒くなった。操舵室を出て慎太郎と海図を甲板にひろげる。

地図の島には赤い印と青い印がついている。赤い印は人が住んでいることをあらわし、青い印は単に集落の存在を示す。ハーナレ島にもオレハナ・アオイ島にも赤い印がついている。青い印だけの島も多い。

「島の者は都会へ出たがり、都会からの人が離島を求める」

布田がいう。この十年で無人になった島がある一方いくつかの島には人が住みついたとの情報も本島で得ていた。しかし自ら望んでロビンソン・クルーソーとなる者たちの情報は多くはない。

「無人になってるんじゃないだろうな」

慎太郎はオレハナ・アオイ島についていうが、為吉は返事をしない。甲板にすわりこんでぼんやり海を見ている。

為吉は生まれた時から周囲十二キロを岩壁に囲まれて育ったから島を出るなど考えたことがなかった。本島へ渡ったり本土へ行くのが勇気ある者と騒がれても関心はなかった。多美子の島へは二度ほど鉄の梯子を下り舟に乗って行った。小さな舟だったせいもあり揺れがひどく、以後、島を離れることに興味がなかった。

ところが島へテレビが運ばれてきたのが島を出るきっかけになった。正確にはビデオ再生器だ。テレビ電波のとどかない島に不定期にやってくる連絡船から二十年前テープが陸揚げされ公開された。ハハ集落の役場支所に設置された箱に本土が映った。

画面には次々と自動車が組み立てられる様子が映っていた。それは魔法だった。島には自動車などなかった。戦後ヘイズがやってきて置いていった工作車が山の中に放置されて朽ちているだけだった。

画面いっぱいの人の頭にも驚いた。何か目的があるかのように、いっせいに同じ方向に向かって歩いている。その先に何があるのか為吉にわからなかったし、結局あの映像の先にあるものは何だったのか今もわからない。ただ黙々と動く集団は圧倒的で、島の生活とは別の世界を意識させた。大型の飛行機が離陸する。新幹線が疾走していた。

映画はもちろん見たことがあるが、ビデオ画面はそれとはちがう。ついさっきの現実と思われるものがそこにはあった。

そして島を出る直接のきっかけは画面に広大な畑を発見したからだった。大きなサイロと多くの牛、馬、そして羊が群れていた。為吉はその時、本土は果てしない緑の平原の広がっているところだ、少なくともそういうところがあちこちにあると思った。

「本当にあるのかよ」

家へ帰って訊いた時、母のさみゑはいった。

「自分で確かめてこい。若いんだから」

父はずっと本島にいた。母も島で狭い畑を耕しているのは不満だった。もう若くもないのにいつまでも島にいる為吉は周囲から意気地なしと思われていた。そして広いところで農業をするのが為吉の夢となった。舟に乗らない為吉は島で農作業しかしたことがなかった。

潮風が心地よい。日射しが強い。かぎなれた潮の香りがする。新川よし子がエアロビィクスのテープを流して体を動かしはじめる。謙一と妙子が真似て踊る。

本土の大都会をつけ根にもつ半島の山の中に住みついてすぐ多美子に手紙を書いた。多美子とは多美子の島の祭りに出かけた時知りあっていた。多美子はパスポートを取って三か月後にやってきた。地主も廃材で建てる為吉の小屋の応援をしてくれていた。

「地代を上げるためだったんだな」

為吉がいうと子供の相手をしていた多美子が驚いた表情をする。多美子は為吉の考えていることを即座に理解したらしい。

「わたしたちに小屋を建てるのを許してくれたのはあんなところでも住めるって宣伝のためだったんよ」

為吉は必ずしも地主が最初からそう見込んでいたとは思わない。本当に二十年前あの山の中の土地には雑木も生えていなかった。為吉が土を運び肥料をもっこで運びあげ、鍬を入れなければ土砂の流れ込むばかりの土地だった。大きなサイロのあるのは本土ではない北の果ての大地で、そこは暑いところで育った為吉にはとても耐えられない寒いところだと地主はいった。

ところが為吉の農園が軌道に乗った三年前、突然周囲の開発がはじまった。私鉄の駅近くにはまだ田圃が残っているのに山の中が住宅地になった。廃棄物処理で近くへやってきていた有馬の紹介で翁農園の産物が少しずつ売れはじめていた。またたくまに為吉の農地をとりまいて家が建った。農園で生まれ育った謙一も妙子も団地に開設された小学校へ通っていた。

「ここも市になったでよー。もうちょこっと田舎へ移ったらどうだえ」

それまで愛想のよかった地主がそういった時には、すでに周囲の土地は名義が変わっていた。村は町になり、町は市になっていた。

「いつまでいるんだえ」

次に地主の妻が来ていった。山林だった地目が住宅地に変更になっていた。水道もガスもない。団地もプロパンガスで、住民は個人でそれぞれ浄化槽を設置している。為吉の小屋と団地の生活基盤は同じだが、団地には電気が引かれ家々の窓からカラーテレビの画面が輝きはじめていた。

「建築許可が下りない土地だから」

地主は為吉の家に電気を引くとはいわなかった。周囲は市街化区域になったが地主は申請をしない。だから電気はこない。整備は許可の下りた団地地域だけである。

市街化区域では豚や牛は飼えない。建築制限もされる。規格にあった住宅は許されるが豚舎は駄目だともいった。

「臭いが問題になってるのよ、あんたんとこの」

他の地権者から責めたてられている様子だった。地主ももともと百姓だ。放置してあった山の中の土地にも肥え溜め用の甕がいくつもあった。それを地主は作業員をやとって埋めはじめた。

「本当は手放したくないんだ」

先祖伝来の土地を削って売るのは抵抗があるともいった。

「といってこのままほかっとくわけにもいかん」

山の中で畑をやっていくには体力に自信がない。水を運ぶだけでも大変だ。農地にしても税金が上がる。地主はそれまでただで土地を貸してくれていた。初めのうちは農園までの路を引くのを手伝ってくれたし、水の湧く場所も教えてくれた。団地ができ地主の家にも水道が引かれても元百姓夫婦はそこへ汲みに来ていた。

「こっちの水の方がうまいで」

しかしその水もまもなく枯渇した。土地造成の影響と思われたが、確認のしようがない。豚が元凶であたりが臭いと団地自治会が農園追放運動をはじめたが、むしろ団地の浄化槽の排水をコンクリートの溝に流すからだと為吉は思っていた。

それまで吉岡化学と契約して産業廃棄物を山の中に運んでいた有馬はドラム缶詰めにして渡される内容物の確認はしていなかった。そのうち新聞、テレビは廃棄物業者の責任を糾弾しはじめた。確かあそこの団地は有馬が運びこんでいた産業廃棄物の上に造成されたはずだった。

　結局あの土地を離れたが為吉は悔いてはいない。島にいたら見ることの出来なかったものをいくつか見てきた。強制取り壊しに来たのは宅地造成会社の若者だ。

「ぼくもよくわからんけど、法律的には翁さんには何の権利もないいんですって。土地の不法占拠ということになっているんです。すみませんが、ここにハンコ押してください。ハンコなければ拇印でいいんです。押してください」

　有馬が大都会に空き地を探してくれたので為吉は豚や鶏を連れて有馬と一緒にそちらへ移動した。ここでもすぐ抗議が来た。まもなくそこも離れた。すでに次郎が加わっておりそこへ次郎を捜してやって来た慎太郎がそのまま加わり、さらに女たちが一緒に生活するようになった。

　有機農法の作物を求めていた人たちは為吉がまたどこかで農場をはじめたら、通信販売でもその産物を購入するといってくれた。

　その時為吉はまだ島へ帰るつもりはなかった。しかし為吉が南の島出身であることを知っていた女たちは島産の野菜を本気で待つつもりらしかった。

「宅急便よ、宅急便。全国どこだって一日で届くんでしょう。冷凍やチルドなら大丈夫よ」

　女たちは島から飛行機が飛んでいるように思っているらしいが、島に飛行場なんてあるわけがない。

　今、視界には空と海しかない。海の色が刻々と濃くなっていく。青は紺青に変わり、濃紺は今はほぼ黒に変わった。そしてその黒も刻々と深みをましていく。これが島へ近づいている証拠だ。深い海に囲まれた島へ向かっていく。

「きちんと連絡しておけばよかった」

　多美子がいう。自分の島へ葉書は出していた。近いうちに帰るかも知れないと母に知らせたのだがもちろん返事はない。マイクロバスで移動中にポストに入れたのだし、その後オレハナ丸に乗ったから返事が来るはずはない。

　為吉は黙って海を見ている。小さな島が見える。

白波が立っている。海面に浮かんでいる低い島は潮の干満によって姿をあらわしたり消えたりする。環礁に守られ白波が立っている。しかしそれは故郷の島ではない。もっと先、オレハナ・アオイ島は際だって離れている。

「ソナイじいさんはいるだろうな」

為吉はようやく答えた。父親の留吉は為吉が島を離れる前年に死んだ。実は本島で働いていた父には為吉は物心ついてから会ったことがない。母のさみゑも五年前に死んだと弟から知らせを受けていた。十人の兄弟姉妹のうち二人の弟が島に残っているはずだ。

「鶴吉さんに手紙出しておけばよかったのに」

残っている為吉の弟の名を多美子はいう。為吉の二つ年下の弟は一度為吉を訪ねたいとの手紙をよこした。多美子が実家へ出した手紙を頼りに連絡してきた弟を受けいれる気は為吉にはなかった。自分は島を出たが弟にはソナイ集落に残っていてほしいと願っていたからだ。それにすでに半島の農園を離れることが決まっていた。

「みんなばらばらよ」

多美子も十人兄弟姉妹、その末っ子だが父母以外は島に残っている者はいない。

「暮らしていけんもんな」

「そんなことはない」

為吉は語気を強めた。

何百年もの間同族が島で暮らしてきた。この二十年でそれが崩れ、島から本土へ渡るだけではなく、本島で外国人と一緒になりさらに南の島へ行った男やアメリカへ行った女がいる。しかし先祖は何百年かあの島々にいたのだから住めないはずはない。そこへ戻るだけだ。

「もう帰りはしない」

為吉がいうと謙一がいった。

「どちらに帰らないの。島、本土」

妙子もまとわりついてきて訊く。為吉はもう本土へなど戻る気はないが、子供たちにとってはあの大都会をつけ根に持つ半島の農園が故郷だろうか。

「ぼくも帰りませんよ」

次郎が強くいう。

「このままずうっと南へ下っていったらどこへ着くんでしょうね」

「どこかの島さ」

舳先にいた慎太郎が次郎に答える。

「そんなことといってるんじゃない。どんなところへ行き着くかっていってるんだよ」

「どんなところ」に力を込めて次郎はいい返す。

その間にオレハナ丸は波静かな海域へ入った。

「どんなところろって着いてみなけりゃわからんさ。まずは翁さんの島を目指す」

船縁から見おろすと真っ赤なスズメダイ、黄色いチョウチョウウオが群れていた。赤と緑と青に体を塗り分けられたベラがテーブル珊瑚の上を泳ぎ、傍らにヒトデがのさばっている。強い太陽光線が縞となって海底に向かって射し込むのが見える。波が寄せるたびに立ちあがっている海藻が揺れた。

「おーい、一度エンジン止めてよ」

慎太郎が操舵室に声をかけた。布田がエンジンを止めた。

「魚でも釣るのかい」

「それもいいけど泳いでみないか」

新川よし子はすでに水着になっていた。高校制定の紺色の水着の胸が張っている。次郎もTシャツを脱いで跳び込んだ。こちらもすっかり体に肉がついてヨットスクールを抜けて来た当時のひ弱なところはない。橋川夫妻があわてて船梯子を下りていく。戻ってきた時、登美子は白いビキニ、俊夫も海水パンツだった。

「手を引いてくれなくちゃ駄目」

布田が本島で買った錨を投げた。俊夫が跳びこんだあと登美子は錨綱につかまって水へ入る。次郎が船を離れるとそれを追うようによし子が泳いでいる。

「遠くまで行っちゃ駄目だぞ」

為吉は船縁から声をかけた。わずかに遠くに雲がある。船に残った猪口麗子は濃い色のサングラスをかけケープを身にまとっている。かぶった帽子のつばの影がゆれている。

為吉は泳ぎも出来ない。周りを岩で取り囲まれていた島には泳ぎ場といったところはなかった。遊びで海へ入るなんて考えたこともない。思えば厳しい島だった。

謙一が泳ぐというのを多美子が止めた。団地の小学校のプールで泳いだ経験しかない子供には無理だ。多美子は泳ぎが得意だ。しかし多美子は島では浜から沖へ向かって泳いでいた。いきなり海の真ん中で泳いだ経験はない。澄んではいるが意外に深いはずだ。

玉城栄子も甲板にいた。水に映える光を受けて皺のよった顔を明るくしている。

「都会の人だけよ。海水浴とかいって昼日中から海へ入るのは。入ってもせいぜい朝か夕方」

栄子は目を細め、海で手を振っている慎太郎を見た。あとから飛びこんだ布田はぬき手を切って慎太郎に追いつき船にもどるように指示している。立ち泳ぎしながら声をあげるのが聞こえてくる。

「これが海なんだ、本当の海だよなー」

船から身をのりだした田中あき子と多美子に手を引かれて上がった次郎は息をはずませている。その間オレハナ丸は静かな海面を錨を中心にゆっくり円を描いていた。よし子が戻ってきて、身を震わせて水滴をはらう。橋川夫妻は船からわずか五メートルほど離れたただけで戻ってきた。船に上がってからも興奮気味にしゃべりつづけている。

「魚が手でつかまえられそうだった」

犬掻き泳ぎで海面に顔を出すのに懸命だった登美子にそんな余裕はなかったはずだが、俊夫の手を握ってしゃべっている。

布田がもどってくるとオレハナ丸は錨をあげた。白い波に囲まれた環礁が遠ざかり、船は一層黒い海へ向かって進んでいく。

そしてまたエメラルドグリーンの水域に入った。海底に広がる珊瑚をのぞき、くらげの浮き沈みするのを見た。もう誰も船酔いする者はなかった。

豚に餌をやる時間になって謙一と妙子がバケツで運んだ。次郎は柄杓で海水を甲板にたたきつけ、豚の囲いからあふれた糞を洗い流す。

左舷の空が真っ赤になった。円い太陽が徐々に大きくなり、最後に黄金色に輝いて海へ落ちた。それから暗くなるまでの間が長かった。太陽の沈んだ空を茜色の雲がしばらく染め、それから紫、さらに濃紺へと変わっていく。右舷の空からは闇が迫っていて、気がついた時は満天に星が輝いていた。

オレハナ丸は南下をつづけていた。時々遠くに夜目にも白波が見えるのは環礁水域だった。

その晩は慎太郎が宿直をつとめていた。謙一も操舵室の座席に並んですわっていつまでも暗い海を見つめていた。海図ではもうオレハナ・アオイ島まで他の島も環礁もない。船内は静まり返っている。海はどんどん深くなる。ラジオだけがどこの言葉ともわからない言葉を流している。聞きなれない楽器の音が騒々しく鳴りひびく。船倉には十一人が体を横たえている。男女別の部屋だがいつのまにか為吉の傍らで妙子が体を丸めており、橋川夫妻は男部屋のすみで互いに向かいあい腕をのばしあっている。

東の空が白むころ、小さな羽音がオレハナ丸に迫ってきた。ゆっくり船を追い、それからしばらくすると上空をおおった。蝶の群れがくんずほずれつしながら潮風にのっている。舞いあがり舞い下りる。無数のジュウモンジセセリが北から南へ飛んでいた。

操舵室のガラス窓に一匹がはりついた。それはまたたくまに一面に広がった。慎太郎は操舵室の戸を閉めた。目の前が真っ黒だった。オレハナ丸の上を蝶の群れが帯となって流れていく。羽音がひびきあって大きな音となる。

布田が船倉から上がってきた。昇降口の上げ蓋を閉めた時、鱗粉が布田をおそった。シャツの首すじから、ズボンのポケットへと小さな蝶がとび込んでくる。布田にはそれが蝶とも蛾ともバッタともわからない。手で口をおおい、甲板にあったモップを振りまわし、操舵室のガラスをぬぐう。ぬぐってもぬぐっても蝶はガラスにへばりついてくる。足を滑らせた。

慎太郎は操舵室の戸を開けようとして、なだれこんだ蝶におびえて戸を閉めた。そしてじっと前を見すえていた。布田のたたく音でふたたび慎太郎は少し戸を開けた。蝶のまとわりついた布田が入ってくる。同時にとびこんだ蝶が狭い室内を飛びまわり、慎太郎と謙一にくっついている。謙一は体を起こして顔に手をやったが、声もあげない。

焼玉エンジンは快調だ。時々風にあおられて前面のガラス窓の蝶がいっせいに吹きとばされる。視界が開けたと思うとふたたび蝶の塊が空から落ちてくる。へばりついた蝶の触肢が震え、ガラスの表面を鱗粉でなぞる。ねばついた液体が筋をつくる。

太陽の光があたり一面に広がった時、一挙に前面が明るくなった。蝶がいっせいに飛び立った。

「あ、島」

外へ出た謙一がいった。頭にも顔にも蝶の鱗粉がくっついている。鼻の先にははれあがったように黒いものがくっついている。

オレハナ丸の前方を、朝焼けの空の中を黒い帯が流れていく。それは高く舞い、幟のように静かに風にのって流されていく。黒い帯は大きく右に曲がりそれから左へ飛んでいく。

「あれがオレハナ・アオイ島」

甲板へ上がってきた次郎が指したのは為吉の故郷の島にちがいなかった。これまでの環礁や島とちがって大海に屹立している。周囲は頑丈な岩で取りかこまれている。

オレハナ丸は島へ近づいていく。高く黒い岩壁の根元に白い波が打ち寄せている。

島から乗りだすように尖った先を見せているのがテンダ・ハナ、その奥に緑の帽子をかぶったように見えるのがオレハナ・フジだった。

（七）

〈上陸して建設〉

四本の太いチェーンが海中に沈んで二本ずつがつながり輪をつくっている。布田が慎重に慎重にオレハナ丸のエンジンをふかして止め、小きざみに操舵して輪を目指す。湾内は風もなく波もないが、海面は常時上下に二メートルは動いている。壷に入った船は岩に沿って上昇下降をくり返す。

「ストップ、ストップ」

慎太郎が大声をあげた。海鳥がオレハナ丸の操舵室をかすめて飛んだ。

船尾では次郎が叫んだ。

「もう少しバック、バック。オーライ、オーライ」

設置されているが、オレハナ丸はチェーンで船ごと引き上げられる方を選んだ。岩壁には鉄製の梯子もた荷物の陸揚げが大変だったからだ。梯子では豚を含めがそれぞれ鎖の輪に入ると、布田はエンジンを止めた。

為吉が上に向かって手を振る。断崖上に張り出した支柱の滑車が音をあげチェーンを巻きあげる。船底に鉄の鎖の食い込む音がした。

オレハナ丸はぐいと持ちあがった。舳先がまず海面から離れ船体が傾いた。船尾が海面から離れ船は空中に浮き上がった。傾いたまま前後左右に大きく揺れる。

謙一は操舵室で布田にしがみついていた。布田は蝶の鱗粉のついた前面ガラスを何度もぬぐった。女たちは全員船倉にとじこもっている。鍋や釜が、荷物が棚から落ちる。船は水をしたたらせながら大きく何度も揺れて上り、横へ滑ると今度はゆっくり降下した。

Jリーグの帽子をかぶった青年が船の下にもぐって枕木をかい梯子をかけると、まず為吉と慎太郎が下りた。

「久しぶりだね、為さん」

儀間とよめがチェーンの滑車レバーを操りながら日焼けした顔をほころばせる。為吉も笑顔で応えた。船の引き上げが二十年前と同じなのはうれしかった。

引き上げられたのは入り組んだハハ湾の奥で、高さは十五メートルほどだった。それ以外の場所は外洋に直接三十メートル以上の岩肌がそそりたっている。

猪口麗子、玉城栄子が赤いドレスの裾と茶色のネッカチーフをひるがえして儀間義晴が支える梯子を下りた。謙一と妙子もつづく。多美子と新川よし子は先に下りた吉岡兄弟に船縁越しに鍋、釜を渡してから土を踏んだ。さらに布田と吉岡兄弟は船へ戻って荷物を運び出す。本島で最後に仕入れたじゃが芋、玉葱は袋ごと、缶詰の段ボール箱、最後にポリエチレンの袋に入った米を肩にかついで下ろした。

陸にすえられたオレハナ丸は船腹にはいっぱい藤壷と牡蛎がくっついている。枕木の下の赤土はしたたった海水で黒く見える。

「ソナイ、あそこはじいさんだけが元気だよ」

とよめは民宿〈儀間〉の風のよく通る部屋へ十三人を案内すると、為吉にいった。ここハハ集落は島の東端だが、為吉は島の西端で生まれた。そのソナイ集落は長老のじいさんだけを残して全員が島を出たと告げた。〈儀間〉の庭には小船が数隻並んでいる。いずれも船縁にチェーン引き上げ用の鉤がついている。

「便利になったよ」

とよめはハハ集落のことをいう。大型船の中にはチェーンを使わず直接荷の積み降ろしが出来るほど甲板が高い船もあるという。そんな船が来るのは月に一度だが、おかげで車も走るようになったといった。

「それにしてもこんな大きな船を引き上げたのは久しぶりだ」

日やけしたとよめは男のようにしゃべる。為吉に向かってはこの島特有の言葉で話し、為吉も島言葉で答える。それは隣の島出身の多美子さえわからない部分がある。多美子は会ったことのないとよめの噂は聞いていた。為吉を追って本土へ行った多美子のことはとよめもよく知っていた。

「ああ、これが多美子さん」

とよめは義晴を自分の息子だと多美子に紹介した。

「わたしが為吉さんと結婚していたらこの子産まれやしとらん」

為吉が島を出た時、義晴はもちろんいない。為吉と一緒になるつもりだったとよめは為吉が島を出た後、同じ集落の同じ姓の能成と結婚した。その後産まれた義晴は一度島を出てから戻ってきている。とよめはソナイまで行かないでハハ集落に住めばいいと多美子にいう。

「島はどこだって空き家ばかりだ。こっちの方が便利だ」

出航前岬の崖から掘り出した大きい甕には味噌、大きな袋には干し肉に乾物、豆腐や味噌を作る大豆とにがりが入っていた。段ボール十五箱には衣類。リヤカー、耕作道具、耕耘機も海水につかった発電機も下ろした。本島で新たに買った鶏は中雛で、海にさらわれた鶏とちがって茶色だが、その三十羽を降ろすのは大騒ぎだった。地面に置いた途端、段ボールにかけた縄がはずれていっせいに飛び出した。そのまま島をかけまわる。謙一と好子が追った。

豚は最後になった。為吉、布田、慎太郎が一匹ずつ抱いて梯子を下りた。特に慎太郎の運んだトンコが重い。乳が大きくはっている。それでも地面に下ろすと同時に三匹ともよたよた走りだす。

空になったオレハナ丸は船は海に戻しておく。布田と次郎が乗り込んでふたたび空中に引き上げられた。海に下りるとオレハナ丸は岩壁から離れた浅瀬に向かった。錨を降ろした二人は船から海に飛び込み、断崖にたどりついてあらためて鉄梯子を上ってきた。

ソナイ集落へは八キロだった。曲がりくねって高低差のある昔からの路の方を一行は歩きはじめた。ヘイズ道路は舗装が荒れているととよめが教えてくれたので為吉は子供のころよく往復した路を選んだ。天狗の鼻に似て空に向かって斜めに突き出した巨大な段丘テンダ・ハナの下を通り、さらに南になだらかな形のよい緑のオレハナ・フジを見あげながら十二人はソナイ集落へ向かった。リヤカーにははみ出しそうな甕ものっている。

結局鶏は二羽をつかまえそこねたが、そのため二時間出発がおくれた。段ボール箱に押しこめられた残りが暴れている。

多美子は鍋を両手にして歩き、リヤカーの柄の中に慎太郎が入った。次郎が横から荷の落ちるのを支えている。布田と慎太郎は布団をかつぎ、謙一、妙子はそれぞれ一匹ずつ豚を追う。それに今回はよし子が牡のトンペーを追っていた。

発電機は義晴の運転するマイクロバスに頼んだ。公営バスには鶏や豚は乗せられない。甕も大きすぎた。田中あき子は衣類の包みを背負い、猪口麗子と玉城栄子は食器を入れた籠を両手にぶら下げて赤土の路を行く。

路には小型トラックの轍の跡が残っていた。車はマイクロバス以外に島に二台あるととよめはいったが姿は見えない。サトウキビが両側に広がっていた。

島にはハハとソナイのほかに東と南にそれぞれ二つずつ、計六つの集落がある。いずれも断崖上にあるが、ハハ以外は鎖による引き上げ施設もクレーンも鉄梯子もない。切りたった断崖の根元に岩礁地帯があって船が近づけないからだ。

太陽がじりじり照りつけてくる。猪口麗子は帽子の上からスカーフをかぶった。

「こうするとまた暑いのよね。どうしたらいいの」

それに答えず玉城栄子はネッカチーフで汗をぬぐって歩く。骨太の脚だ。橋川夫妻は始終一緒で、自分たちの着替えを入れた紙袋をそれぞれ一つずつ抱いて一番うしろを歩いてくる。

ソナイじいさんは集落の入り口の畑にいた。為吉の幼い頃とも島を出た時ともちっとも変わらない。ちぎれた芭蕉布をひっかけ腰に麻紐を巻いている。笠をかぶり水牛の尻を追っていた。一行の姿を見ると立ち止まったが、すぐまた水牛に声をかけ柄杓で首筋に水をかけはじめた。為吉と多美子が近寄ってあいさつしてもじいさんはそれをやめない。

「死んださみゑに頼まれたで」

口をついて出たのは標準語だった。母だけではなく、為吉の家には弟の鶴吉も亀吉もいない。サトウキビの畑を抜けて家へ入るとじいさんが朝夕雨戸を開け閉めしてくれていたせいか、湿気はなかった。壁のカレンダーは昨年のものだから最後に亀吉が出て行ったのはまだ間がないらしい。

戻ってじいさんに訊くとじいさんは別のことをいった。傍らの水牛は犂をつけたまま角を大きく左右に振っている。

「本島のヘイズは結婚したか」

　戦後ほんの一と月ほどアメリカ軍がこの島にも駐留していた。その時の若い中尉がジェームス・ヘイズ、もちろんヘイズはずっと以前にアメリカへ帰っている。

「おかげで船が上げれるようになった」

　じいさんは畑に水牛を追いながら五十年前のことを話す。それまで断崖沿いには麻の縄梯子しかなかったのに、占領軍は鉄梯子と今とめよが管理している鉄製の引き上げ施設をつくった。為吉が船で来たといったのでチェーンで引き上げられたと思ったのだ。

　台風を避けるため家は石垣で囲まれている。赤瓦が隠れるほど高い垣は珊瑚石だ。

　台所用品を為吉の家に女たちが持ち込んだ。猪口麗子が田中あき子と新川よし子に指示し、石組みの竈の掃除をさせた。ポリエチレンの米袋を台所に運び込む。薪集めは男の仕事だと玉城栄子にいわれて、謙一が裏の林へ出ていった。次郎は途中ですでに椰子の枯れ葉を拾ってきており、それを差し出す。リヤカーから離れてついてきた橋川俊夫も同じように枯れ葉を持っていた。

「ここでどうやって暮らすの」

　登美子はさっさと上がりこんで部屋を見てまわる。いつのまにか半袖の赤いブラウスに白い半ズボンで、膝のあたりに虫に食われた跡がある。入り口にもどって、ここからも見える段丘と遠くのフジを指す。食事を終えたらまたハハ集落までリヤカーを引いて荷物を取りに行く布田と吉岡兄弟に加わるふうはなかった。

　女たちはそれぞれが住む家を見にいく。

　ソナイは昔からずっと十軒の集落だった。ところが為吉が島を出る前までに三軒が家族全員で島を出ていた。為吉はそこまでは知っているが、その後のことは知らない。

　山羊が椰子林から出てきて歩きまわっている。

「どの家もわしに留守を頼んで出ていった。だがお前たちだけが帰ってきた」

　ソナイじいさんが為吉の家の庭に立っていった。

「どの家だって使えばいい」

どこもだれも戻ってくるあてのない家なのだ。

「それはありがたい。本土ではずっとアパート暮らしでしたから」

橋川俊夫は登美子を誘って外へ出る。

サトウキビ畑の向こうに点在している家は、どこも芭蕉の葉で編んだむしろが入り口に下げてある。戸板は隙間が多く、開けなくても内は明るい。それでも風雨にさらされて白くなったガジュマル板の戸を開けると、脱穀機がうち捨てられていたり、鎌が放置されている。いずれもほぼ同じ造りだが水牛小屋のある家があり、朽ちて屋根の落ちた家もあった。みな南を向いている。風通しはひどくいい。そしてどの家の天井にも黒いコードが張り巡らされており裸電球がぶら下がっていた。

ヘイズが各家にコードを配ったが、為吉がここを離れるまでには電気は来なかった。そしてもちろん今もソナイじいさんだけの集落に電気は来ていない。どの家の欄間にも額縁入りの先祖の写真が掲げてある。

布田と吉岡兄弟は集落で一番大きいかつての地頭代の家であるディ家で生活することにした。為吉家の裏手の少し高い所にあり、広い前庭のまわりを蘇鉄が囲んでいる。この家だけは入り組んだ構造になっており、母屋が二つ連なった形だ。小屋は水牛が三頭はいれる広さがあった。

猪口麗子は玉城栄子、田中あき子と一緒に為吉の家の並びの、かつての翁光孝の家に入った。

「もともとわたし、じいさん子よ。お母さんといるよりおじいさんが好きだった」

新川よし子はソナイじいさんが住んでいる家に荷物を運びこんだ。ディ家と為吉の家の間にある。

橋川夫妻はさんざん見てまわり結局ガジュマルの林の窪地にある小さな家に移った。最後に島を出た翁乙吉の家だ。俊夫はヨットからはずして大事にしてきた風向計、風速計を珊瑚石の塀にとりつけた。

食事は為吉家に集まって全員そろってする。俊夫は為吉の家の庭で飯盒の蓋に受けとったカレーライスを箸で口に運びながらいった。

「スプーンないのかなあ。為吉さん」

登美子は船での生活同様配膳だけ手伝っていた。

「共同生活はいいけどプライベートも守らなきゃ」

二人はひざを揃えてすわっている。ソナイじいさんも縁側で、多美子のさがしてきたスプーンでカレーを口に運んだ。

放置された家屋は今は誰の物でもなかった。水牛も山羊も何頭かあたりをうろついている。為吉と布田はまず自生している玉蜀黍とさつま芋を収穫した。庭に豚三匹と鶏を放した。

五軒の家の間の路を整備する。かつての路は雑草が埋めつくしていた。為吉と多美子は鎌で刈り取ったあと鍬でこつこつと叩いて土を削って根を取った。謙一と妙子兄妹が両親にくっついて草むしりをする。吉岡兄弟も鍬を持ってディ家から出てきた。

布田がハハ集落から耕耘機のエンジンを高く鳴らしてやってきた時、ソナイじいさんは玉蜀黍を刈り倒したあとを水牛を使って耕していた。じいさんは一瞬驚いて腰をのばした。

「道路をつくるのか」

そのまま玉蜀黍畑へ入っていくのをじいさんは見ていた。また五十年前、占領軍が来た時のことを思っているらしかった。島の周回道路が建設されたのは為吉もぼんやり覚えている。ヘリコプターからこの耕耘機に似た大きい工作車が降りてきた。さらに五台のシャベルカーが吐きだされ轟音をたてて自走し土を掘り岩をくだいていた。海岸沿いの凹凸の激しい岩場はそれまで誰も近づけなかったがそこに赤い広い道が出現し、さらに東西南北をつなぐ横断道路が三か月ほどの間に作られた。

倒れた玉蜀黍の穀の上をまだ小さい鶏がとびまわっている。豚は鼻をならしてよたよたと鶏のあとを追っている。謙一と妙子が小屋に追う。どうやら追い込むとどこからか水牛があらわれて豚の餌を食べている。

玉城栄子は掃除と洗濯にひんぱんに為吉家との間を往復しはじめる。時にはサンバイザーをかぶってソナイじいさんの畑にも出る。それに反して猪口麗子と田中あき子は農作業に出ることはなかった。布田が本島に用事があるからオレハナ丸で行くというといつもハハ集落までついて行った。

船へは断崖の梯子を下りて泳ぐのだから二人はそのまま布田が帰ってくるまで〈儀間〉で待つ。民宿では断崖から籠を下ろして漁船から買った魚の刺し身が出る。ご飯も電気炊飯器を使って、端反り釜で炊く飯とはちがって芯がなくて柔らかい。二人はそれが目当てだった。

布田が帰ってこない夜は〈儀間〉に泊まり込んで自家発電の電灯のもとで衛星放送テレビを見ている。二人はハハ集落の〈儀間〉での生活が気に入っていた。空気もうまく、崖の上からの目の前に広がる海も日々様子が変わる。滅多に客のない民宿は実際は義晴の稼ぎでなりたっている。その義晴は夜になると蛇皮線を弾く。それがまたなんとも上手い。

「こんな島また出て行ってやる」

口癖だが、出て何をするつもりかと訊くと蛇皮線を弾いて暮らすという。それが出来るかどうか自信がないようだが、断崖上で弾く蛇皮線の音色は海の彼方まで届く気がする。

「名人だよ」

あき子がからかうと義晴はてれる。

その義晴が運転する役場支所のバスが島の東の中心地ハハ集落から北のダディク、ダンヌを通って島の西のソナイ集落へ走る。さらに南のフナ、ミナガタ集落を経由するヘイズ道路を通ってハハへ戻る。ダディクからはミナガタへ直行する南北の道もあるが、この島の真ん中を通る路は舗装されていない。

南北それぞれ二つの集落はいずれも標高四十メートルと高いところにあるが、東のハハ、西のソナイ集落は十五メートル、二十メートルと低い場所にある。中央にそびえるオレハナ・フジは標高二百五十二メートル、テンダ・ハナは海抜百十メートルある。

猪口麗子と田中あき子が義晴の運転するマイクロバスで島を一周し〈儀間〉に戻った時だった。

「義晴なんて都会ではやっぱりやっていけんね」

麗子はとよめにいった。

バスは始終乗客は二人だけだった。運転手の儀間義晴はこれだから嫌になるとくりかえしていた。その日一日の客は通学の子供たち以外ではそれだけだった。

義晴は一日五回定刻通り運行するのが仕事だが、麗子とあき子が乗ったのはたまたま日に一度だけダディクからミナガタへ抜けるダイヤだった。ダディクで左折してミナガタへ向かう。乗る前とよめからそう聞いていて、まだ見ていない島の南部を見るつもりで二人は乗った。ところがバスは真っすぐ進んだ。

「おかしいと思っていったら、義晴が間違えたのに、わたしたちがソナイへ戻ると思ったなんていって、そのままソナイへ行ったんだよ」

帰りもミナガタへ寄らず、二人はローソク岩と軍艦岩や蘇鉄の自生地を見損なったのは大いに不満だった。

「都会へ戻ってあんな運行路線を間違える運転手なんかつとまるもんかね」

麗子がいうととよめは答えず笑っていた。

「蛇皮線なんかで本土で食っていけるはずがないしね」

とよめは義晴がまた出て行くのを恐れている。

オレハナ丸が戻ってくると、麗子とあき子はクレーンをとよめに操作してもらってまず荷物だけ引き上げた。

そのあと布田は錨を下ろした船を浅瀬に残して泳いでくる。水をしたたらせて鉄梯子をのぼってきた布田は本島で江津に会ったといった。

「巻原さん、ハーナレじゃなかったの」

「本島へ買い出しに来ていたんだ」

布田はソナイ集落へのリヤカーを引きながら押す二人に話す。発泡スチロールの箱には土産の魚がつまっている。

「江津さん嬉しそうだったよ。旦那さんと連絡がとれたって」

江津はハーナレ島から夫に手紙を出したという。行方不明とみんなにいっていたが、本当は気にいったところが見つかったら呼び寄せる約束だったのだ。

細い路はハハ集落の御獄のそばを通る。ガジュマルに囲まれた杜がある。狭い広場の湿った土の上に自然石が三基並んでいる。

「しばらく本島で生活するって。そこで旦那さんを待ちうけてまたハーナレ島へ渡るんだそうだ」

「有馬さんと淳子ちゃんには会わなかった」

あき子が訊く。布田は二人の消息は知らないという。それとは別に、布田はソナイじいさんは舟を出しているといった。

「あのじいさんが」

田中あき子は信用しない。鮪の一本釣りの名人だと布田は本島で聞いてきた。

「すごいんだそうだ。でも大きな鮪なんて島へ持ちこんでも始末におえないものな」

じいさんは釣りあげた魚を海上で他の漁船に売って帰るという。麗子も非力に見えるじいさんを信用していない。

「じいさんたちは戦前は今は外国となっている隣の大島へ舟を乗り着けたもんだってよ。天気がよければソナイの断崖から見える島。そんな漁師がこの島にはたくさんいたそうだ」

何年か前ソナイじいさんはカジキと二本の鮪を舟の両側にくっつけて大島まで八十キロを渡ろうとして、国境警備艇につかまったという。

「今じゃこの近海の漁船は魚をとると、本島まで五百キロを運ばなくちゃならない。さらには本土まで二千キロ、どうしたって冷凍設備がいるってことだ。自然、船は大型化し高速化しなくちゃならん。目の前の大島に着ければいいのに」

このあたりの島々は戦後が一番よかったと布田は本島での受け売りをいう。アメリカが本島を支配していた時も、周辺の島は今は外国となった大島と航行自由だった。アメリカにとって周辺海域に他国船が出入りしようが島の船が国境を越えて行こうが大した問題ではなかった。ところがこの列島の者の本土渡航にはパスポートが必要だった。本土と一体化を願う本島の人たちは他民族支配からのがれる運動に躍起になっていた。だがこの島かいわいで生活する者には遠い本島や本土との往来が自由なのより、近くの外国への航行が自由なのがありがたかった。

「今だってアメリカ軍はパスポートなしで出入りしているんだものな」

布田がいうのは本島のことだけではなかった。本土への軍艦も飛行機もそして軍人も自由に出入国している。

ソナイへ帰ると夕日の光を浴びながら慎太郎と次郎が耕耘機を運転していた。羊歯や倒れたサトウキビの茎を鋤きこんでいく。為吉は謙一に水牛の手綱をとらせていた。新川よし子はゴム草履をはいて水牛に鞭をあててはとびあがっている。明るい笑い声が芭蕉の林に広がっている。

ソナイじいさんは自分の家の縁側にすわって前に広がる様子をながめていた。水牛のあとを鶏が追い、豚が大きな腹をして鼻をならして歩きまわる。

珍しく橋川夫妻も畑に出ていた。

「あの二人どういう気なのかね」

麗子が荷をおろす布田にいった。ヨットを壊したのはオレハナ丸のミスだが、ここまでついて来た気持ちがわからない。

苗代に水が引き入れられ、為吉が中に入って備中でかきまわしている。ここはいつ田植えをしても四か月もすれば収穫が可能になる。

「ジーヨイン岩を知ってるかい」

布田が慎太郎に訊いた。慎太郎は知らないという。布田が本島で仕入れてきたこの島に関する知識ではそこが島唯一の釣り場だという。島は梯子を下りて海へ出ないかぎり釣りは出来ない。しかしジーヨイン岩では釣れるという。

夕食をいつものように為吉家に集まってすると、月がのぼってきた。潮風が断崖をのぼって吹いてくる。布田が仕入れてきた泡盛の栓を抜いた。盃をまわす。猪口麗子があおると田中あき子にまわした。橋川夫妻に盃がまわると二人だけで交互にやりとりしている。慎太郎が取り上げて玉城栄子に渡した。

じいさんは長い間独り暮らしだったせいか言葉がすぐには出てこないらしく、滅多に口をきかない。たまに口をきく時も低い声でつぶやくようにしゃべる。みんなの様子を見ていることが多い。だが食欲はある。泡盛がまわってくると瓶に口をつけ頭をもたげて飲んだ。それから突然低い声で歌った。

なんたはまうりて
むちやるさかじちゃ
みなだあわむらし
ぬみぬならぬ

為吉も口ずさんでいた。多美子も思いだして歌った。島の者が去った恋人を待つ唄だが為吉、多美子、栄子以外には何をいっているのかさっぱりわからない。それでもどこか寂しい独特の節まわしはみんなの心をしんみりさせた。為吉が家の奥へ入り蛇皮線を持ってきた。久しぶりだがどうやら音が出る。つま弾き始める。

「蛇皮線は能成がうまかった」

為吉がいった。義晴の父である。

玉城栄子が立ちあがって両手を前に出してひらひらと振る。振りながら猪口麗子と田中あき子を誘った。二人はつられて立った。

「どうするの」

新川よし子も立ちあがって栄子に近づく。このところ農作業をしすぎて若いのに腰が痛いなどといっている。

「ただ真似をすればいいの。決まった型なんてない。リズムにあわせて自然に体を動かしておればいいの、自然に、自然に」

ポイントは手の振りらしい。慎太郎も泡盛を口にふくむと一気に飲みこみ、立って踊りの輪に入った。ソナイじいさんが珍しく大きな声をあげた。しかしそれはかすれていつもの低い声に戻って風に流れていく。謙一と妙子が多美子とともに立ちあがる。

月はテンダ・ハナとオレハナ・フジを照らしていた。遠くの海面が銀色に輝いている。海鳥のかん高い声に豚の鳴き声がまじった。一瞬、風が止まった時、水牛が鳴くのが聞こえた。鶏は眠ったらしい。

「ああ、人間さまのことばっかり考えて、動物さんにご飯をやるのを忘れていた」

新川よし子が踊りの輪から離れると次郎もそれにしたがった。月の光を浴びながら二人が広場から出ていく。ディ家の前の田に二頭の水牛が立っている。二人が近づくと左右に張りだした大きな角をねじるように振って寄ってくる。

（八）

〈じいさんとマス・タ〉

ソナイじいさんはソナイの神を祀る三基の神石の前でくり返し体を折って祈った。それから断崖沿いの亀甲墓の前庭にすわって頭をかかえて祈った。目の前の墓石の石組の壁は苔むしている。羊歯が石と石の隙間から長く伸びている。この墓にはこの島で生まれ周りの海以外島を離れたことのない何百年もの間の先祖が祀られている。

じいさんは身を縮めひれ伏すとしばらくじっとしていた。下からどよもす響きが伝わってくる。島は波に打たれゆっくり揺れ、地鳴りがしている。島は東シナ海から押し寄せる波と太平洋の水とのせめぎあいの中にある。

頭をあげるとしばらく沖を眺めていた。あたりはまだ暗く白い波だけがはっきり見えた。じいさんはいずれ自分もこの目の前の海の底へ沈んでいくが、まだその日はまだずっと先のように思っていた。

家へ戻ると芭蕉の葉でつくった腰簑をつけ同じく芭蕉の葉で編んだ笠と草鞋をつけた。

このところじいさんは逆鉤のついた銛を持ち出して研いでいた。三本の柄の長さ二メートルの銛のうちすで二本は手入れを終えて、ハハ集落の儀間とよめのもとへ送ってあった。残りの一本を肩にのせバランスをとってディ家の裏の椰子の間を急いで歩きはじめた。

ゆらゆらと体は揺れ足取りも揺れている。綱をつけた銛は時々木の枝にひっかかる。目を覚ました新川よし子があとを追った。

かん高い声で鳴く白い鳥がガジュマルの黒い実をついばんでいる。旧道をフジが見えるところまで進んだころ、あたりが明るくなった。強い太陽の光が海から洩れてきた。緑濃い樹木と赤土の色を際だたせその中をじいさんは肩を振って歩いた。

断崖の上ではじいさんの丸木舟がチェーンの輪の中に入っていた。二本の銛と大きな箱鏡と櫓も積んであり、弁当、水筒とロープも用意されていた。餌の鰹を受け取ってじいさんは舟に乗り込んだ。

「義晴も一緒につれてってよ」

とよめがいったが、じいさんは返事をしない。ただ早く舟を下ろせと手を振った。義晴が舟底の鎖をたしかめてとよめに合図すると、細長い小さい舟は滑車の音をたてて横にすべりそれから海へ下りていった。

着水した舟はチェーンから離れるのに手間取っている。そのうちふいと離れてオレハナ丸の停泊している先を抜けて沖へ出ていく。

「じいさんはあの時一人で帰ってきた」

とよめはじいさんの操る櫂が波間にあがるのを見ながらよし子にいった。「あの時」とは為吉が島を出て一年後のことをいうのだった。生まれたばかりの義晴は、父の能成とじいさんの二人が舟を並べて出ていくのを見送ったはずだがもちろん覚えていない。

あの時じいさんは大物二匹を舟に積んで帰ったのに、能成は帰らなかった。

もともととよめは能成がじいさんと一緒に行動するのを好んでいなかった。じいさんの経験に若い能成は追いつくはずはなかった。なのに能成は集落も違うソナイじいさんに引っ張られていつも海へ出ていたのだ。

海は荒れはじめていた。とよめは悪い予感がしていた。といって本島の漁協への連絡の取りようもなかった。夜になっても能成は帰らない。まだアメリカ軍がこの海域を支配していたが、何年か前に外国となった八十キロ先の大島との国境線を越えるのは黙認されていた。時々そこを越えて帰ってこない者がいたから、それが頼みと言えば頼みだった。

「あの日、本島の基地からたくさんの爆撃機が飛びたっていたって」

とよめは漁船から買い取った魚を引き上げるウインチの梶棒に取りすがっている。一緒に握るよし子にいう。

アメリカが新たに始めた戦争の最中だった。島の上空は飛行ルートではないはずだったが、ヘイズのヘリコプター以来の黒い軍用機が数多く爆音をあげて飛んでいた。近辺の海で爆撃機が爆弾を落としたり、戦闘機が漁船に発砲する事件はたびたびおこっていた。

新川よし子は魚の入ったみそ汁を〈儀間〉でご馳走になった。それからソナイに魚をもらって引き返す。

帰るよし子を義晴はマイクロバスに乗せた。バスは役場へ寄った。義晴は週二回連絡船から引き上げた荷物と郵便物を受け取って配る仕事もしている。バスの定刻を待ちながらだれも来ない役場前の停留所で煙草の煙を吐きだして義晴は話した。

「おふくろの話のつづきだが、この間、ようやくおやじはソト・ハーナレで発見されたよ」

義晴が島へ戻ってすぐに儀間能成の漁船が無人島で見つかったとの連絡があった。とよめと義晴はソト・ハーナレ島へ行ったという。ハーナレ島の隣の小島の浜には何隻かの小舟が打ちあげられていた。

「でもわからなかったな。おやじの舟は。おやじの遺骨もなかった。十九年も前に死んだのだからな」

小舟に舟名は記されていない。そもそも舟の名などない。島のそこは普段は人は近づかず、たまたま上陸したアクアラングの若者が発見したのだった。潮の流れのせいか近くの海底の珊瑚には何隻かがひっかかっていた。海上保安庁の工作船が出動して海底の岩の間からいくつもの白骨を拾いあげた。浜に引き上げられた小舟の中で弾痕のあるのは一隻だけだったが、だからといってそれが能成の舟と断定出来るわけではなかった。

「昔々の、三百年も五百年も昔の舟も沈んでいた」

丹塗りの魔よけが記された小舟、帆布を失った大型の木造船、あきらかに大陸からの漂流船、戦時標準船、さらには錆びて貝殻のいっぱいついた鋼鉄船も海底にはあったという。

「能成は死んじゃおらん。いずれにしても人はいずれも海で生まれて海へ帰っていく」

あの時一人沖から帰ったソナイじいさんはとよめにくり返したという。そしてソト・ハーナレから戻って報告した時もじいさんは義晴に同じ言葉をくり返したという。マイクロバスは断崖沿いを北に向かって走った。

「おれ、おやじの顔知らないんだもの」

ダディクは集落全体が赤いデイゴの花におおわれていた。停留所では待っていた当番が荷物を受け取り、二人の小学生が乗ってきた。ダンヌ集落でも男女一人ずつランドセルを背負って乗り込んだ。乗るとすぐ大声ではしゃぎ、義晴が標準語でよし子にあいさつするようにいうと、子供たちは島言葉の声を張り上げた。しばらく走るとテンダ・ハナの下の田に青空がうつっている。

「あそこに滑走路が出来る」

バスを停めて義晴は離れた平地を指した。

「マスダだ」

「マスダじゃなくて、マス・タ」

子供たちが争っていう。

よし子は荷物を受け取ってソナイで降りた。代わって妙子が乗った。マイクロバスは子供を乗せて発車する。妙子は為吉の母校へ通いはじめている。バスはフナ、ミナガタをまわってハハ集落の小学校分校まで子供たちを送りとどける。中学生の謙一は島の西端から東まで歩いて通う。

よし子はいったん集落と反対の方角へ向かって石段を上った。狭い赤土の端に灯台が立っている。目の前は断崖で白い塔が風を受けて立っている。胴に銅版がはめこんである。見上げると腐食しているが建設年月だけはかろうじて読めた。

〈明治丁丑五年閏八月〉

日本が隣の大国と戦い、ここの島々の帰属が確定した時より二十年以上も前だ。ここに昔〈狼煙台〉があったと説明してある。

〈時として半年、他界との交流を断たれた海上孤絶の島の連絡は此地より上がる狼煙に限られた。狼煙台は唯一外界との交流の手段であった〉

灯台の胴体から枝を出した支柱に太陽電池のパネルが貼りついている。海からの風が激しく吹きあげてくる。黒い海が日を受け、白波が光っている。二、三隻の漁船が翻弄されているのが見えた。だれが乗っているか、国籍はどこかはもちろんわからない。遠くは濃い雲の中にあって天気のいい日には見える大島もハーナレも今日は見えない。

灯台の周りをぐるっと一まわりした新川よし子は戻ってじいさんの家の掃除にかかった。

三部屋のうちの一部屋をよし子は使用している。じいさんは海に向かった部屋で寝起きしていた。起きている時はいつも部屋の真ん中にすわって外を見ていた。少々の雨風は気にせず、沖を、かなたの宙を見つめているふうだった。時々ゆっくりと体を横にする。木枕をあてがってまた遠くの外に目をやり身じろぎもしない。虻を払う手が動くので眠っていないことがわかるし、よし子が呼びかけると返事もした。

よし子は自分の部屋から掃き、雑巾をしぼって四つん這いになって板の間も棕櫚の敷物もふく。じいさんの部屋は広々としていた。

よし子はもう学校へ行く気はない。行きたくてもここに高校はない。そして本来なら高校一年に進む次郎も同じ気持ちに違いなかった。体を動かして一日が過ぎる。思いついた時、布田や慎太郎から借りた本を読む。布田は歴史と美術、慎太郎はコンピューター関係の雑誌を貸してくれる。それをじいさんの真似をして横になって読むのが楽しみになっている。

銛を研ぐ砥石は部屋の隅にあった。それ以外じいさんがこれまで生きてきた証となるものは何もかった。よし子がとび出してきた家具でいっぱいの家とはあまりにも違う。それでもよし子はCDとコンポだけは持ってくればよかったと思う。

普段開けたことのない押し入れの戸を開けてよし子は仰天した。いもりとも蜥蜴とも知れぬものがぞろぞろ出てきたのだ。隣へ走って猪口麗子と田中あき子を引きつれて戻った。小動物が木陰に向かって這うのを二人は見たがなんともいわなかった。

「それよりまあ、すごい釣竿」

麗子が押し入れの奥を見ていった。ひんやりとした中に大きな魚籠、網を張った竹の仕掛け、提灯に鉈がのせてあった。マサカリともいうべき大きな斧、そして鋸の類いにまじって太いのや細い竿がぎっしり押し込んである。島に竹はない。じいさんが長い間に隣の大島から仕入れた物にちがいない。

板戸を引くとさらにいくつかの赤い大きな素焼きが転がり出てきた。藤壷や牡蛎が白くくっついている。櫓とも棍棒とも見分けのつかない棒も何本かまじっている。蓋を開けた木箱には木や鳥の羽根でつくった疑似餌と釣り針、重りがびっしりあった。

一番奥の埃をかぶった小机には何冊かの古い冊子がのっている。引きずり出すと灰色の厚い表紙にじいさんの「翁清豊」の署名があった。

めくるとその「そないさうし（壹）」は日記と見えた。あき子がくねくねとしたひらがなばかりのページをくった。麗子が手にした二冊目、三冊目はびっしり漢字で埋めつくされている。綴じはしっかりしていてひどく軽い。こちらは個人的な記録ではなかった。

そこへ義晴があらわれた。Tシャツに着替えた義晴は制服姿の時より背が高く見える。Jリーグの帽子に手をやって「マス・タへ行くぞ」と声をかけてくる。朝、子供たちが「マス・タ」と騒いだ時、義晴は仕事が終わったら滑走路となる場所へつれて行ってやるといっていた。義晴は外から冊子の山をのぞくと三人に読めるはずがないだろうといった。部屋へ上がりこんで立ったまま一冊を取った。

「だが書いてあることは見当がつく」

乱暴にページをくった。漢文はこの島の歴史だといった。

幼い義晴がじいさんを訪ねるといつもソナイじいさんはくり返し歌うようにこれを読んでいたと

いう。一緒に「そないさうし」を聞いた仲間は一人も島に残っていないが、じいさんの仕事はそれを伝えることだったろうといった。義晴はじいさんはもともとはディ家の人間だといった。それがこの家が空き家になると待っていたようにこちらへ移り住んだのだといった。「そないさうし」をはじめ押し入れにある物はみんなその時ディ家から持ち込んだのだという。

「ディ家の人間であることに耐えられなかったのかな」

三人を促してバスに乗るが他には乗客はだれもいない。

「おかげで助かる。一日何をして過ごそうかと思っていたんだから」

義晴は時間を埋められるのをよろこんでいる。運転席の隣に蛇皮線が置いてある。

「おれ大型だってクレーン車だって何だって運転出来るんだぞ。高速道路をダンプとばしてスピード違反でつかまったことだってあるんだ」

走りはじめて本土での経験を自慢した。

「こんななんにもないところに来るやつの気が知れん」

口ごもってハンドルを握りなおし、猪口麗子によし子とあき子は若いのに変わり者という。麗子はずっと年上なので仕方がないと思っている様子だ。二人に島を出よと声をかける。

「断崖を下りる者はいつもこの島へ戻るまいと思っているのさ」

義晴は笑った。

「おれみたいな意気地なしか、為吉さんのような変わり者が戻ってくる」

「じいさんは」

よし子の質問に義晴は話題を変えた。朝の道を離れるとマイクロバスは丈高い草をなぎ倒して走った。

「ちょっと窓閉めてくれ」

離れて座席についたよし子に声をかけた途端バスは傾いた。片側をかたい地面、左タイヤを半分ぬかるんだ土に埋めてバスは進んだ。停まったところで義晴だけ降りた。それから窓から首をつっこんで赤土の地面を指した。

「ここからの方がよく見えるだろ。じいさんの話と冊子に書いてあることからいうと、三百年以上も昔のことだ」

義晴は日射しの強い中に立って話した。

「マスって人頭税の人の数を数える升だよ」

ここでの出来事が「そないさうし」には克明に記録されているという。義晴は漢字では「枡田」、または「人桝田」だとしゃがんで地面に書く。義晴が「じいさんの話」というのと「冊子に書いてある」というのとは同じことだった。

マス・タ跡の赤土は羊歯がところどころ生えているばかりだ。縦横およそ百メートル、畦は今もはっきりわかる。

「土が赤いのは殺された人たちの血の色だって」

義晴は自慢のシューズで土をけとばした。義晴はつま先で土を削る。かかとをぐりぐりと動かしてそのうち片足で立ってぐるっと一回転した。倒れそうになってバスの中の三人を見上げた。

島は三年来不作だった。


翌日はダマ・ヒルミがハハ集落の断崖をのぼってくる日だったと義晴は「そないさうし」に記載されていることを話す。

駐在吏のアサフミから知らせを受けたディ家の地頭代・翁朝尚は——そういって義晴はこれがソナイじいさんの十二代前の先祖だとつけ加えた。その翁朝尚は前から考えていたことを実行しなければと思っていた。ダマ・ヒルミの本名は赤星伊間だが、島ではだれもみな大赤蟹の意味のこのあだ名で年に一度やってくる徴税執行吏を呼んでいた。

義晴がじいさんに父親のことを訊くとじいさんは能成のことを話す代わりにいつも「そないさうし」を声を出して読んだという。

「幼いおれはおやじのことが聞きたかったのに」

朝尚はその夏、五日目ごとに集落の親方を集めて食糧を配っていた。本当は集落の人数の異同を確かめる方が目的だった。

配給を始めてすでに八か月、島の蔵にはもう一か月分も食糧は残っていなかった。粟も黍も稗も天候不順で収穫が見込めず、田植えをしたばかりの稲はその年八回目の台風で根こそぎ島の断崖から落ちていた。籾は蔵にはもうない。種芋まで掘りとって食べる者がいて畑には葉も出ていなかった。

　義晴は赤土の上にすわりこんだ。帽子のひさしをくるっと上にはねあげた。バスを降りた三人の女もその周りにすわった。尻が熱く、麗子はすぐ立った。

「ちょっと待って」

　本島で買った大判のハンカチをバッグから取り出して義晴の尻の下にも広げた。

　その朝、朝尚は蔵に盗みに入った二人の男をディ家の庭でソナイ集落の親方に棒でたたき殺させていた。当時の親方は後にハハへ逃げたおれの先祖さと義晴は笑う。

　朝尚はすでに同様の五人を捕らえてジーヨイン岩へほおりこんでいたが、それではまだ島人へのみせしめになっていなかった。それで朝尚は雨の中庭を真っ赤にしたのだ。

　義晴が立ちあがる。

「暑いな、本当にこの島は」

　太陽は前の年からまともに姿を見せず、芭蕉の実も蘇鉄の実もバナナもサトウキビも風に打ち倒され枯れて腐っていた。しばらく雨が降らない日がつづいたあとまた暴風雨がやってきてすべてをさらっていた。野鼠やいもりも蜥蜴もいなくなっていた。

　例年、朝尚は番屋へ米、粟のほか黒縄や牛皮、馬の油、それに黒糖などを運び込んでおいた。ダマ・ヒルミが来島すると妻や娘を差し出した。島駐在のアサフミには酒を切らさなかった。それは島全体の税を減らしてもらうための苦肉の策だった。しかし人頭税の認定頭数を減らすことは難しい。ダマ・ヒルミの来島のたびに付き添う書役は替わっていたし、税の徴収こそがダマ・ヒルミの務めだった。

　ところがその年、島には供応するものは何もなかった。男たちが盗みに入った蔵には前年の納税分がまだ島から運び出せずにあった。それに手をつけて朝尚は配った。まだダマ・ヒルミとアサフミは収賄分をハハ集落の洞窟に隠していたが、次にはこれを島人の食糧にまわすしかないと朝尚は思っていた。本島の役人たちは公のものも収賄分も天候不順で島から持ち出せずにいた。

餓死者が十二人出て、朝尚が始末させた九人を加えて島の人口は二十一人減少している。だが帳簿上はまだ前年の二百三十二人のままだ。その上赤ん坊だけはソナイと南のミナガタとフナで増えていた。朝尚が差し引きの異同をダマ・ヒルミに納得させ、結果としての減少を承知させるのは至難だった。

そのうえ朝尚が気にしていたのはウンジ集落の無木とフナ集落の波留目がつい最近まで大きな腹をしていたのに、ジーヨイン岩を飛ばせたとも産んだとも集落の親方から報告がないことだった。従来も報告があっても、実際はひそかに子供を山の中にかくしていた例があった。見つかれば懲罰税加算、全体の頭数も疑われ島人全員の餓死につながる。

夕方、朝尚は息子の朝治由と朝可由に鍬ともっこを持たせた。

ディ家前の田の稲は水を被ったままになっていた。断崖のあちこちから赤土と一緒に滝のように水があふれ落ちていた。

三人は雨が激しく降る中を、鍬で山道ともいえぬ路の丈高い草をなぎ倒して進んだ。息子たちは腹の大きい女を探しに行くのだと思っていた。無木と波留目がそれぞれの集落からテンダ・ハナのふもとの農小屋へ通うという噂は聞いていたし、父がこれまでにも何人かを黙認していたのを知ってもいた。しかし今回はそれを探し出すと思っていた。

羊歯を踏み、ガジュマルの枝を切りはらってやや傾いた地に広がっているディ家管理の田に着いた時は暗くなっていた。

マス・タは池になっていた。朝尚は息子の鍬をとりあげ正方形の一辺の盛り土を崩し水が流れる道をつくった。息子たちのもっこに崩した土を入れ、それまでの畦より一間以上も内側に土を運ばせた。雨が三人の体を冷たくしていた。

家を出発する時から不機嫌に黙りこんでいた朝尚の意図がわかると息子たちは何も口をきかず、ただ一心に赤い水と泥とたたかって新しい畦をつくった。

「ここがいつも稲を植えないマス・タだよ。まだその時の畦が残っているだろう」

義晴が立ちあがってマス・タに寄る。

家に帰った息子たちは次に何をするかわかっていた。父親の指示で兄弟は各集落へ走った。渡された回状にはどの集落も深夜、子の刻を期して全員マス・タへ集まるよう鉦を打ち鳴らせと書いてあった。

「『さうし』には、その時の記録もきちんと残っているって。その時マス・タ鉦の刻限を知らせなかった集落があったって」

義晴は実は島の者はその時の回状の文句をみな暗記しているといった。

「為吉さんももちろん覚えているよ」

回状が渡らなかったのは今は人の住まないウンジだと義晴はいう。

ウンジはマス・タからはオレハナ・フジの向こう、山を越えて夕へは来なければならない集落だった。過去に鉦が打ち鳴らされた時はウンジだけは早く鉦を打たせる習わしだったという。それが代々の地頭代の配慮だったが、この時朝尚はウンジへ自身が知らせに行くといったのだ。

だが実際は、地頭代はアサフミの番屋へ、ソナイの親方に二人の男をたたき殺させるための棒を持って出かけていた。

「じいさんは先祖がウンジ集落を全滅させたと思いこんでいてな」

義晴は天水がわずかに溜まったマス・タに入って地を指した。今は金気の浮いた赤い表面は足を踏み入れると思いがけなく底深い。義晴のシューズは沈んでいく。

「ソナイだけじゃない。ハハもダディクも島の者はみんな血がつながっている。明治になって集落ごとに別々の姓を名のったが、もとはみんなディ家の血を引いているんだ」

よし子とあき子に手を引っぱってもらって田から義晴は出た。浅黒い顔に汗がいっぱいたまっている。シューズは赤く染まっている。

「島の者が、島の者を殺してきたのさ」

刻限にマス・タに入れなかったのはウンジ集落の全員に加えて、他の集落の年寄りや幼児さらには足の不自由な者たちだった。この時の犠牲者が島の歴史の中で一番数が多かったとじいさんとこの冊子には書いてあると義晴はいう。

「マス・タ鉦が聞こえてもタへ走らなかった年寄りも多かったそうだ。いやもう走る体力がなかったのだろう」

あき子が訊く。

「殺すってどうやってやったの」

「棒があっただろ、何本も押し入れの奥に」

義晴はマイクロバスに戻りながら低い声でしゃべる。歩くにつれて四人の影が動いた。今、空は青く、雲ひとつない。強い日射しが照りつけていた。

「お互い叩きあったのさ。朝尚は殺し合わせた。こんなとこ、出ていきたいよ」

それから一気にいった。

「じいさんとこの冊子に書いてある。どこのだれがだれをどうやったかって。みんなその子孫を知ってる。もちろんおれだって覚えさせられたんだから。だけどそのことは決して口にはしない。そしてアオイ祭りの時、山にこもる女がオレハナ・アオイに謝るのだ。いや、あの時の出来事を再び報告するのだとソナイじいさんはいったな」

義晴は運転席にすわりこんだ。まだマス・タを見ていた。

「ただ翁朝尚と朝治由、朝治由の名はみんなはっきり記憶している」

バスのエンジンをかける。

「ソナイの三基の神石は朝尚親子のものだともいう。だけどそうじゃない、別の神だという者もいる。三基の石はどれがだれを祀ってあるってことじゃないんだな。二つはそれぞれオレハナだとかアオイだとかいわれてるけどそれも本当ははっきりしない。オレハナ・アオイはひとりだし。まだほかの神様もいるし」

　神のことは「そないさうし」にもはっきり書いてないらしい。さらにウンジ集落の正確な場所も伝わっていないと義晴はいう。おおよその見当はつくが島の者はそこへ立ち入ろうとはしない。立ち入るのは祭りの時の選ばれた祭神役の女だけだ。

「今はもう、恨むんじゃない。今生きている者はみんなあの三人のおかげだし子孫だもの。おれたちがこうして生きているのもじいさんの先祖のおかげさ。でなくちゃ、あの時島は全滅していた」

　義晴はアクセルを踏んでエンジンをいっぱいふかした。

　島の人口が前年に比べて激減したとの報告にダマ・ヒルミは怒った。

　人頭改めにソナイの番屋の庭に集った島人は前年より百人も少なかった。人々の陰惨な表情からダマ・ヒルミも事情を察したらしい。アサフミに訊こうとしたが駐在吏の姿はなかった。

　他の島でも同様のことは行われていた。鉦を鳴らす指令は従来ダマ・ヒルミの内諾が必要だったし、それは収賄の見返りだった。だからマスから外れる人数も二桁になることは滅多になかった。頭数の減少は税の減少につながるからよほどのことがない限り徴税吏の認めるところではなかった。

「猪口さん、あそこ。テンダ・ハナ」

　ヘイズ道路へ戻ると青空に向かって突き上げるように盛り上がった赤い段丘が見えた。義晴は麗子にはちょっとていねいな言葉づかいをする。

「久しぶりにいい月夜だったたって。朝尚はその晩、自分の娘に酌をさせるとダマ・ヒルミをあそこへ誘った。もちろん本島からの役人もみんな招待した。島人もこぞって役人たちの接待に加わった。若い女たちは着飾ってあそこへのぼったんだ」

「つき落としたんでしょう。酔っ払ったところで」

　麗子がいった。

　義晴は、ダマ・ヒルミを殺したあと、何人かの島人もテンダ・ハナから飛び降りたといった。

「体の不自由な親や子供をマス・タへ連れていけなかった者たちだって」

　テンダ・ハナは下の赤土まで六、七十メートルはある。役人と新たに身投げした者を加えた者の葬儀がその後何日もつづいた。

直後、また島を台風が襲ったのは島人にとっては幸いだった。ダマ・ヒルミ一行の帰還を待っていた本島では、帰りの船が暴風雨に巻き込まれたと思ったらしい。箝口令のしかれた島から消息はもれなかった。断崖を下りて舟で逃げ出す者もなかった。断崖をよじ上る以外、上陸の手段のない島は本島の役人たちからも敬遠されていた。

義晴はバスを発車させる。猪口麗子とよし子とあき子を乗せてヘイズ道路をハハ集落へ向かって走りだす。義晴は本土から戻る時本島まで来ていたのに、海が荒れていて、二週間も足止めされたことがあるといった。

「あんたたちがまっすぐ島へ来れたなんて不思議なくらいだよ」

ひとことというと、猛烈なスピードでバスは走りはじめた。

（九）　〈ジーヨイン岩〉

「獲れてないのか」

じいさんを迎えに来た橋川俊夫が義晴にいう。じいさんの舟は島影に入ったが沖はまだ高い太陽に照らされている。舟には獲物はなさそうである。坐ったまま櫂を操り、断崖をふりあおいでいる。立ちあがった。義晴が呼びかけるのに応えて手を振った。

舟は容易にチェーンの輪に入らない。大きな波に乗って一気に断崖に近づくと見えるが、その波に乗ってまた沖へ戻っていく。それを何度も繰りかえしている。ゆっくりゆっくりじいさんは櫂を漕ぐ。舟は波に乗って島に近づいたり遠ざかったりしている。

舟は大波の上でくるっと一回転した。それから海面からとびあがって空中でまわったようにも見えた。次の瞬間波間に舟は消え、しばらくすると波の向こうにじいさんの舟があった。

一進一退をくり返した舟がようやく壷へ入ってくる。揺れに伴って岩壁に沿って舟が上下する。舳先をチェーンの輪につっこんだじいさんはのびあがってもう一本の鎖をつかんで船尾へまわした。そこでまた何度か舟はチェーンを離れる。義晴がぶらさがって鎖の余りを引き、とよめもすがった。モーターの調整は難しく、軽い舟を引き上げる場合は人力の方が具合がいい。二人でぶら下がると、少しずつ少しずつ岩壁にぶつかりながら舟が上がってきた。そこで義晴が動力ボタンを押すと舟は一気に空中に浮かび横にすべって勢いよく地面に下りた。

その間、よし子と橋川夫妻は見ているだけだった。

じいさんが舟から下りてくる。義晴は丸太にのった舟をそのまま舟小屋へと押していく。よし子はじいさんから銛だけ受け取った。上半身裸のじいさんの灰色の腕から胸にかけていくつもの赤い縄状の跡があった。


「生け簀あけて待っとった」

舟小屋の戸を開けながらとよめが笑っていうと、じいさんは皺のよった顔をゆがめた。

「十回行って一回獲れればいいんだ」

義晴がよし子にいう。

「なーんだ。大きな魚獲ってくるっていったんでやって来たのじゃん」

橋川登美子がソナイから歩いてきたことをいう。

「帰りはバスに乗せてよね」

義晴に向かっていう。次のバスはミナガタ回りのソナイ行きだ。

橋川夫妻は〈儀間〉の売店で買い物をする。トイレット・ペーパー、食用油、インスタント・ラーメン、銘柄はみな一種類だ。とよめがスナック菓子を売り惜しむ。

「いざという時の非常食なんだから」

登美子はすでに封を切ったチップスティックを口に運んでいる。

「あんたたち何してるの、島へ来て」

「何ってたって。ここ仕事がないじゃん」

登美子のいうのも半分はあたっていた。島民が放棄した田畑の整備を自分からすすんでやらなければすることはなかった。為吉や布田は各自の分担区域を決めはしない。自分で仕事をするが、他人を指揮することはない。布田も指揮は苦手だった。学校を辞めた理由のひとつにそれもある。それぞれが家の前の田に鍬を入れ、畑に水牛を引っぱっている。

布田と吉岡兄弟はディ家の裏の導水路を掘りなおして、かつての光孝や乙吉の田畑への水も引いている。一緒に仕事をしていると自然に段取りも目的もわかるがその気のない者にとっては無駄な作業だ。

俊夫がバスに乗りこむと、とよめもソナイへ行くといって乗りこんだ。助手席にじいさんがすわり、よし子と登美子がそのうしろに並んですわった。

〈儀間〉の前のサトウキビ畑は葉が半分枯れている。穫り入れの季節を迎えているが義晴がやらないのでとよめが一人で作業をする。しかし刈り取っても家畜の餌以外何の役にも立たない。餌は足りている。

「自分のじゃない金ばかり数えてたんだ。外へ出てお得意さまにぺこぺこ頭下げて、その金集めてた」

なぜヨットに乗ったのか義晴に訊かれて俊夫は都会でのことを話す。

バスが動きはじめてすぐ、とよめは義晴に声をかけて停めた。

「ちょっと見ていきな」

潮風に洗われて白くなったデイゴの板で造られた小屋へとよめは橋川夫妻とよし子を誘った。とよめが引き戸を開ける。

ここにもごちゃごちゃと漁具や農具が押し込んであった。壁板の隙間から漏れる光を受け、太い棒の先に尖った刃のついた銛が何本かある。巻き貝と組み合わせた浮き具、魚の骨を削った釣針、魚拓、餌箱、ガラス玉。木製の鍬、桶、縄で編んだ腰蓑、笠、足踏み脱穀機、さらに大小さまざまの形をした魚の模型。

とよめはアオイ祭りの時、御嶽の庭に立てる旗頭を指した。太陽神を象った円い形が描いてある。矢的に似たそれが椰子の木を削った棒の先についている。赤と黒で女性の陰部とも見えるものが描いてあるのもあった。紙が破れてはいるが、荒々しい筆づかいの方のは男根と見える。登美子が驚いたともよろこんだとも知れぬ声をあげた。

狭い小屋の天井まで太縄が積みあげてある。直径五十センチほどのが、二本からまってうず高くとぐろを巻いている。

「何よこれ、卑猥」

こちらは一本の縄の端に輪がつくってあり、それにもう一本を差し込むととよめが説明する。

「こちらは島の命綱だった」

とよめが指したのは何百年かにわたって断崖に備えられてきた縄梯子だった。ヘイズが鉄製に代えるまで、波に洗われる綱は三か月に一度は交換した。こちらは細いが折り重なって大層の量だ。台風が近づくと取りはずした。しかしはずさないうちに台風にさらわれ、張りかえるとまた翌日波にさらわれることもあった。徴税吏が来るたびにも縄梯子は新調された。

「そのたびに何人もが死んだ」

とよめは緑色のガラスの浮きをたたく。澄み切った音が小屋にひびいた。

「本土と一体化した時、わたしら隣の大島と一緒になろうかと話し合った」

義晴が「そしたらガイジンになっていた」と口をはさむ。

「そうガイジン。ガイジンだってナニジンだってお前だってどちらだっていいだろ。わたしだけじゃない。あの時島にいた者はみんな目の前の大島へ行きたがった。国籍なんか百年前まではなかったんだもの」

とよめは登美子とよし子に自分は本土の言葉をしゃべるが、本島の上方言葉と下町言葉、そして列島言葉にこの南の島言葉もしゃべれるといった。

「そうよ、ついこの間まで国籍なんてなかったんだもの」

一体化前のことをいうらしい。つづけてとよめはいった。

「ガイコク語も話せるよ。国境線が確定するまで周りは大島へ出稼ぎに行ってた人たちが多かったから」

為吉にも一度ガイコクへ行こうと誘ったことがあるという。しかし為吉は外の世界に興味を持っていなかったのだ。そしてとよめはいくつかの言葉をしゃべったが、よし子や橋川夫妻には島言葉も隣の大島の外国語も区別がつかなかった。いずれもわからない。

小屋を出るとハハ集落の亀甲墓が断崖から海にせり出すように無数に立っていた。それぞれが翼をひろげた館の形をして前庭が広い。一辺十メートルはある石の屋根ののった墓は半分地下に埋まっている。一面に赤いカタバミがはって、山羊があちこちの墓の上にいた。

「あそこの断崖を運びあげた」

祭りにも使われたが、本来は太縄は墓石を引き上げるために使われたという。運んできた石を引き上げる途中石とともに幾人もが海へ落ちたという。

「自分の墓をたてるために死んだようなものだな」

俊夫がいうと「そうさ」ととよめは答えた。

「みんな墓を造って死んだ。死ねば島の税金が減ったんだから。みんなのためになったのよ」

墓の正面に石の扉があり、その奥に洗骨した遺骸が横たえられる。とよめはコンクリートの墓では臭くてたまらない、死んでからもニライカナイへ行けないという。近ごろ義晴はセメントを本島から仕入れている。役場のバスの運転のかたわら、義晴は墓造りもする。

「長生きして、死んだらあの中に入って義晴の嫁と孫たちがこの前で酒飲んで、踊ってくれる。これがわしの願いだな」

とよめはもう一度コンクリートは嫌だ、自然の石、できたらこの島産の石がいいといった。

「そんな」

義晴は笑っている。すでに石を切り出す人はいない。墓も補修が中心で新しい墓はほとんどない。それでも崩れた石の代わりは石がいいととよめは海をのぞきこんでいう。

「ニライカナイって。この島じゃないの」

よし子が訊いた。

「ここがニライカナイだったら、本土なんか大ニライカナイだ」

義晴がJリーグの帽子のひさしを折り返した。

とよめはそれにはまず義晴に嫁が来てくれなくちゃといった。

「あんた義晴の嫁なってくれんかね」

よし子はすっとんきょうな声をあげた。

「何いってるんよ、わたしまだ十九よ」

「十九だったらもう立派なもんだ。これ以上何をする。子供を産むしかないじゃない」

とよめの言葉によし子は走ってバスに戻った。

バスではソナイじいさんが一人深々とシートに身を沈めて眠っていた。フロントガラス越しの夕陽に汗をかいている。

立ち枯れのサトウキビの畑をぬってバスは走った。とよめは持っていたタオルでじいさんの額も上半身もぬぐってやった。


義晴はジーヨイン岩へ寄るととよめにいった。とよめはうなずいた。

「昔、墓石を削ったところも見せてやれ」

じいさんが身をおこしてまっすぐ前を向く。

マイクロバスはミナガタを通りすぎるとフナから右へ折れた。いずれの集落でも乗降客はない。

車が停まると義晴を先頭に橋川夫妻、よし子が後に続いて岩盤地帯へ出た。じいさんはバスで眠っている。

岩はあちこち大きな亀裂が入っていた。五百平方メートルもある細長い岩盤の中央が幅三メートル、長さは十五メートルほどざっくりと割れている。その割れ目から波打つ音があがってくる。

「足元に気をつけて」

義晴の声に新川よし子はおそるおそる岩の亀裂に寄った。ここだけ海が食い込んできていた。水面までは二十メートルほどだろうが、両側の岩が崩れ、海水が侵食している。ここから直接海面を見ることは出来ない。

「ちょっと見てみる」

義晴がよし子の肩を押した。よし子はとよめにしがみついた。

「奥さん、跳んでよ」

まわりこんで向こう側の岩に立った登美子にとよめが手をのばす。

「冗談じゃないよ。昔は腹に子どもの出来た女はみんな跳んだんだから」

とよめは登美子が妊娠しているのを見抜いていた。

「ここはいい釣り場よ。飛行場が出来たら本土から人が押し寄せるだろうけど、でも何がかかるのかは知らないよ」

赤黒い石に足をかけてとよめは両手をひろげた。

「これが踏み石。ここから奥さんの方へ跳ぶ」

地の底からのどよもす波の音にまじって鳥の鳴き声が聞こえた。

ダマ・ヒルミ以後もマス・タからあふれた者はここへつれて来られた。妊娠の早い時期にすすんで親方に申し出て跳ぶ者もいたが、多くは身籠ったことを隠した。隠している間に流産しなければ堕胎を考えた。結局この岩の割れ目を跳ぶのは腹が大きくなってからの者が大半だった。そして多くは跳びきれず岩間の海へ落ちた。

「小屋にはいろんな薬が残っている。登美子さん、飲むかね」

向こう側で登美子は俊夫に体をくっつける。小屋とは先ほどのデイゴの小屋だ。ジーヨイン岩を跳ぶのはまぬがれても女は一生のうちに一度も堕胎をせずに過ごすことは出来なかった。

「腹打ち石もあったでしょう」

それで姑が嫁の腹を打った。出来ないと母親が打つ。父親が打ち最後は夫が打った。尖った石から丸石まで大小がそろっている。

「えぐり棒もある」

妊婦自身が子宮へつっこんで胎児をえぐり出すのに使うのはサメの骨を削った棒。飲み薬は海藻からつくられ、妊娠の可能性のある女のいる家の常備薬だった。それはこの島で作られることはなく駐在吏が専売した。

跳んだ女を追って飛び込んだ男、落とされた女とともに岩の割れ目へ身を投げた一家の記録も「そないさうし」にはあるととよめはつづける。

岩の両岸とも一段低くなっているのはダマ・ヒルミの後削られた跡だ。墓石用として切り取ったのだが作業者も石とともに海へ落ちた。

「以前にも増して幅が広がった」

新川よし子が耳をふさぐようにして走ってバスに戻った。暗くなった車内ではソナイじいさんがまた眠りこけていた。

橋川夫妻が手をつないでバスへ戻ってくる。途中、登美子が大声をあげてうずくまった。あたりに無数の蝶が飛んでいた。羽音がうなって聞こえた。よし子がとびあがって振りはらった。

「また蝶、かなわんわ」

ジュウモンジセセリの群れが海から舞い上がってきて海へ流されていく。かたまりになった蝶を追ってさらに大きな羽音が聞こえた。俊夫も登美子もよし子も雀だと思った。

「いや蛾だ。日本一大きい。いや世界一大きいのかな」

義晴は身をかがめて避けながらいう。

「ジーヨイン岩からわいてくるっていわれている。天然記念物さ」

とよめが怒ったようにいう。巨大なオレハナ・ガだ。橋川登美子が踏みつけ大声をあげた。

「だめ、だめ踏んじゃ」

運転席に駆け入った義晴がライトを点けるとあたり一面オレハナ・ガの乱舞だった。みんなバスにとびこんでドアを閉めた。

義晴がウオッシャー液をフロントガラスに吹きつける。マイクロバスはワイパーを振りつづける。バスは何も見えない中を走りはじめた。うすぼんやりと前方にライトが二本伸びている。

じいさんがようやく目をさまし、大きく目をみはっている。登美子が声をあげて泣きはじめた。

「ジュウモンジセセリは本土から島づたいにこの島へやってきて南へ飛んでいく。だがオレハナ・ガはここでわくこの島特有のもの」

とよめがいう。その時じいさんが突然声をあげたが、なんといっているかはわからなかった。

とよめはオレハナ・ガの翅に人面模様があるという。四枚の翅のそれぞれに目がくっついている。オレハナ・アオイか得体の知られていない神の目だという。オレハナ・ガは神の化身と伝えられている。

オレハナ・アオイ島は断崖に取りかこまれたほぼ楕円形だった。その断崖へ海からいくつかの亀裂が内側に向かって走っていた。テンダ・ハナが島の西部丘陵に屹立し、オレハナ・フジを主峰とする南部へのびる山並みはなだらかだった。年中色彩豊かな花が咲き、濃い緑がおおっているが、その下には強いアルカリ性の赤土が広がっている。テンダ・ハナとフジのふもとにわくわずかな水の流れと、いくつかの天水池が島の水源のすべてだった。

登美子は気分転換と称して俊夫の運転する耕耘機に時々乗るようになっていた。ところが翌朝からまったく姿を見せなくなった。俊夫の説明では蛾の鱗粉にふれ顔中赤くはれたという。一日三回、俊夫が為吉家に食事を取りにくる。

「ヨットと一緒に海へ放りだしてやればよかった」

自身も〈儀間〉への往復を仕事のようにしている麗子がいうが、ヨットは残骸となって、浅瀬に錨を下ろしたオレハナ丸に積みこまれたままだ。

為吉は笠をかぶって水牛を追って田に出ていた。玉城栄子は空き家から逃げ出している水牛を集めて引いてきた。鼻輪をつけるのを嫌がるのもあり、サトウキビの殻の餌だけ食べて逃げるのもいる。それでも新川よし子を誘って別の水牛を探しに山へ入っていく。

慎太郎はそれらの水牛の糞をかき集めてリヤカーに積んで運んでいた。次郎もヨットスクール時代の短パンに帽子をかぶって慎太郎を手伝った。表面が固くなっている糞はフォークで厚い皮をはぐように掘り起こす。中はやわらかく、発酵していて湯気が立ちのぼっている。堅い部分はそのままリヤカーにほうりこみ、やわらかい部分をスコップですくって積む。ガジュマル林の中の穴に投げ入れ、上からうまごやしや茅、それにサトウキビの葉を置いた。さらに水牛の糞を重ねて芭蕉の葉っぱでおおう。

慎太郎は帽子から顔の前に網戸用のネットをぶら下げて仕事をする。布田が本島へ行った時買ってきたのだが、家屋用としては役にたたず辛うじて防虫用に使える。それでも飛びまわる蝿と虻は顔よりも足のすねを刺す方が多い。かといって長ズボンでは暑くて仕方がない。しかし奇妙にもそれらは為吉や多美子には近寄らない。そして謙一、妙子は食われてもはれないのだった。

「よそ者と区別しよるのよ」

堆肥づくりをのぞきにきた為吉は島の血の流れている者と本土出身者とではどこか体臭がちがうと笑った。為吉はこのところ一層日にやけて本来の肌の色をとり戻している。筋肉質ではない。いくら働いても体型に変わりはない。少し太っている。

次郎は水牛が後脚を広げてふんばり、尻尾を上げるのを見つけるたびに近づいていた。スコップで受けようとして小便をひっかけられる。それでも糞で重くなったスコップを放しはせず、両手で支えてガジュマルの林の穴までゆっくり走る。

本島で最後に仕入れた中雛が成長し、何羽かが毎朝交互に十個ほど卵を産むようになっていた。雛として孵ったのもある。卵を取るのは謙一と好子の仕事だった。けたたましい鳴き声をあげて鶏たちが駆けまわるのは蜥蜴を見つけた時だ。

ディ家の水牛小屋に入った二匹の雌豚はいずれも今にもはちきれそうな腹をしていた。初めは放し飼いだったが、蛇に驚いて走りまわったので新川よし子が小屋に入れた。二匹は広い水牛小屋ではほとんど体を接することがない。

「いっぱい食べて、いい子を産んでちょうだい」

食事が終わるたびに残飯を運んでいる。多美子と玉城栄子にくっついてよし子は鶏の世話も豚の手入れもよくする。鍋から残り物をえさ箱に入れながら言葉をかける。

トンペーだけは外だった。椰子の葉かげの餌を入れた洗面器のそばでいつも体を横たえている。いつまで経っても船酔いがさめないのか、立ちあがるとふらふらしている。

「予定日ってわかるの」

よし子は豚小屋の屋根修理をしている布田に訊いた。椰子の葉を受けとりながら布田はそれを橋川登美子のことと勘違いしたらしい。

「この島には医者はいないからな」

梯子をしっかりつかまえていてくれと振り返っていった。

登美子の出産日ははっきりしない。本島で産みたいらしいが、オレハナ丸には乗り込めそうもない。屋根から下りてきた布田は豚の腹を見て気づいた。

「こっちのことか、いや、これはおれにはわからん。第一、豚がどれだけの期間子供を腹の中にいれているか。女のよし子の方がよく知ってるだろ」

「学校ではそんなこと教えてもらってないもん」

布田はアラビアで牛の出産に立ちあった時、白い牛は立ったまま産みおとしたという。よし子はその間にゴム長靴をはいて豚小屋へ入りスコップを使った。

共同炊事場である為吉家の台所ではしょっちゅう多美子と玉城栄子は話し込んでいた。二人は十歳以上年が離れているが話が合うらしい。土造りの竈の前で話す二人の島言葉は為吉とソナイじいさん以外にはわからないが、どうやら若い頃の互いの島の様子らしい。といっても栄子は敗戦直後のことが中心であり、多美子は本土での為吉との生活のことだ。時々ハハ集落からやってきたとよめが加わるとこの十年の島の変化が話題になる。

ソナイじいさんは舟から戻ってからは仕事には出ずほとんど毎日、体を押し入れの中に入れていた。出てくると部屋いっぱいに古い紙を敷き、古い糸をひろげていた。押し入れの奥から引き出した糸はもつれている。それを何事か口の中で唱えながら根気よくほどく。

謙一や妙子が学校から帰ってきた時、じいさんは朝出がけにのぞいた時とまったく同じ姿勢でいることもあった。

「じいちゃん、何してたの」

謙一が声をかけてもじいさんは一向に気づかない。何度か大声をあげると、じいさんはようやく顔をあげる。そしてじっと子供たちの顔を見つめていた。

「魚獲とりにお前たちも行くか」

そばに二人がいるのも忘れたようにじいさんは遠くを見る目付きをしていた。

「また舟に乗って出かけるの」

次に謙一が話かけたときに初めて正気にもどった表情をした。

「ああ、今度はジーヨイン岩でだ」

（十）

〈オレハナ・アオイ〉


かすかに明るくなっている。風はない。リヤカーの長柄の中に次郎が入って引いている。次郎はこのところすっかり背丈がのびた。謙一の通う中学校へ一度行ったが卒業したはずだといわれて以後はすっかり学校とは縁を切った気でいる。

布田、慎太郎、新川よし子、田中あき子もリヤカーに手をそえ、謙一と妙子が先に立った。リヤカーに乗りこんだじいさんは釣り糸をいくつか束ねてすわっている。糸の先の古拙な魚の形をした木の塊は押し入れから取りだした。布田が島へ持ちこんだ赤や青のビニールがひらひらしたのや、目玉がプラスティックのルアーも積んである。

いざ出発となって玉城栄子が為吉を呼びに来た。

「豚が一度に産みだしたの」

あわてている。為吉が走りだした。つづいて布田と慎太郎、田中あき子もリヤカーを離れた。次郎もリヤカーの長柄を置いてまたぐ。先程謙一がのぞいた時にはまだトンコとブタコは暗い中で静かに寝ていたのだ。みんなディ家へと走った。

小屋にはすでに多美子と猪口麗子が入っていた。中は暗くて様子はわからないが、為吉が来たのを知ると麗子が叫んだ。

「もう二匹」

為吉が小屋の窓を押し開ける。ブタコの鼻息が荒かった。為吉はゴム長靴に、日焼け防止に着ていた長袖の作業着の腕をまくって藁の上に座りこんだ。笠をかぶったまま血にまみれた一匹の子豚に手をのばした。

　謙一と妙子が柵越しに見ている。多美子の手元を田中あき子と慎太郎、布田が並んで見ている。多美子が麗子に指示した。

「水汲んできて」

　窓から朝日が射し込んできた。トンコは立ったまま鼻を藁のなかに埋め前脚をひらいてふんばり尻をつきあげている。その尻から子豚の頭がぶら下がっている。するりと抜けるとさらに尻をあげ、また鼠のような子豚があらわれる。多美子が一匹ずつ藁の上に並べた。ブタコは腹を横に出して寝ている。せわしく息をはき力むと、やはり尻のあたりから子豚がひょっこりあらわれる。

「じいさんが待っているぞ」

　為吉がいったがだれもリヤカーに戻りはしない。あたりの藁は羊水と血にまみれ、母豚の食いちぎった羊膜が藁にへばりついている。猪口麗子と田中あき子がバケツに水を持ってきた。橋川俊夫と吉岡次郎は二人がかりで天秤棒で桶の水をかついでくる。

　子豚の産まれる間隔はほぼ一定だった。トンコが産むとブタコが産む。少し時間をおいてトンコの尻から子豚があらわれ、つづいてブタコの尻からも子豚があらわれた。柵に身をのりだしていた妙子が「八匹ずつ」と訊いた。多美子は答えない。藁の中でうごめくものが母豚の乳房を探して寄っていく。為吉と多美子は交互にバケツと桶の水をくぐらせて子豚を母豚の乳房にもどしてやった。

「まだ産むの」

　立ちあがった為吉は血にまみれた手を振りながらうなずく。

「登美子もこういうふうに産んでくれるといいんだが」

　桶から水を汲んだ柄杓を多美子に渡しながら俊夫がいった。

　ソナイじいさんがやってきた。首をいくらか前につき出して歩いてくる。事情はわかっているらしい。柵に近寄って黙って立った。よし子が運んで来た丸椅子に腰をおろした。

十四目を産んだトンコがばたんとからだを倒した。先ほどまで大きかった腹は張りを失っているが、まだ大きく波打っていて息は荒い。あたりはすっかり明るくなって光が小屋いっぱいにあふれていた。

謙一と妙子が手をのばして為吉と多美子から子豚をそれぞれ一匹ずつ受け取ろうとすると、雌豚がそろって頭をもたげ激しく鳴いた。

二人は胸にかかえて外へ走った。子豚は四本の脚をゆっくり動かしている。妙子から慎太郎の手に渡り、さらに次郎が受けとる。謙一の子豚は新川よし子、橋川俊夫と渡った。きゅーきゅーと鼻をうごめかして鳴く小動物に妙子と謙一が手を出して撫でる。

その様子をじいさんが見ていた。

「オレハナ・アオイはこの島にシマ・ブタも連れてきた」

その間にもう一匹ずつトンコとブタコは産んだ。

島には今も野生化したシマ・ヤギがいる。墓地を中心に集団化している。

シマ・ブタも三百年前の飢饉の後も残っていた。それをヘイズたちが作業の合い間に鉄砲で撃って絶滅させた。ヘイズは道路をつくる作業の途中黒い小型の豚を発見した。休みの日は鉄砲を撃って島をまわった。それしか気分転換をはかる方法がなかった。脚の速い山羊の方は鉄砲から逃げた。

ジーヨイン岩で待っていた義晴がだれも姿を見せないのでバスを運転してやって来た。

よし子は為吉に呼ばれてバケツを受け取って井戸へ走った。走りかけて血のいっぱい浮かんだバケツの水をまず目の前の畑に向かって捨てた。両手にバケツをぶら下げて戻るとまた新しい藁を運んでくるようにいわれた。今度は田中あき子を誘った。積んである山から両腕にかかえられるだけ取って豚小屋へ向かう。前が見えないので藁を左右に振ると幾束か落ちる。次郎が駆けてきて藁束を拾った。

「ひよこも孵ってるよ」

鶏小屋をのぞきに行っていた次郎が報告した。

わあっと声をあげて謙一と妙子が今度は為吉家

の鶏小屋の方へ走った。豚小屋をのぞき込んでいた連中もいっせいに鶏小屋の方へ移動する。

　じいさんは一度にみんなが去った意味がわからないらしく、まだ豚小屋をのぞきこんでいる。そこでは為吉と多美子が藁を子豚の下に敷く作業をつづけていた。

「三羽産まれたよ」

　謙一が為吉に報告に来た。妙子も胸に抱いて走ってきた。両手をあわせて一羽を乗せている。

　翌朝、義晴は仕事前にマイクロバスでまずみんなを直接ジーヨイン岩へ運んだ。じいさんの魚釣りの意志が変わっていなかったからだ。

「明日行く」

　前の日、昼食を為吉の家の庭でとった時じいさんはよし子にいっていた。みんなは豚と鶏に翻弄されてジーヨイン岩へ出かけるのを忘れていた。

　この日、岩盤地帯は雨が横なぐりに降っていた。バスから降りたじいさんに新川よし子が合羽をかぶせた。じいさんはそれを撥ね、かぶっていた笠をかぶりなおした。笠から雨がしたたり落ちる。風に吹きとばされそうになりながらじいさんは岩の割れ目によろよろと寄っていった。

　慎太郎と次郎は用意した道具箱を開けた。餌の小海老の入ったバケツにも雨が降り込む。風で疑似餌の糸はからまった。慎太郎が糸をたぐって針を探す。重りをつけるのに時間がかかった。竿は使わない。バケツが倒れ餌の蟹があふれて逃げる。岩の上を這うのを布田と次郎が追った。海老も何匹か岩の水溜まりにはねた。

　義晴はバスの中で合羽を着こんでから、ルアーを持って岩の縁へ歩いてくる。

　じいさんが指すが、義晴にも布田にも、そして慎太郎、さらには謙一と妙子にも投げ入れるポイントがわからなかった。ぶるぶる震えるじいさんの手はジーヨイン岩の割れ目というより、沖を指している。

　義晴が窪みに足を取られた。じいさんを真ん中に謙一と妙子、次郎、慎太郎、新川よし子が輪をつくってすわりこんだ。じいさんは仕掛けをいじりつづけている。

「バスに戻って」

猪口麗子と田中あき子が傘をかかえてやってきて、放りだしてバスに戻った。誰も傘に手を出すものはいない。ヴィニール傘は風にあおられて飛んだ。

沖がぼんやりと明るい。雲の動きは早い。じいさんがまた岩の縁ににじり寄っていき、水しぶきがあがってくるところへ向けて糸を投げた。しかし糸は前の岩に引っ掛かった。岩の間に頭から落ちそうな姿勢で糸をはずそうとするじいさんのそばに、これも慎太郎がにじり寄って長い間かかって糸をはずす。そして立ちあがって重りを大きく振って投げる。今度は太い糸は岩の間をすべっていった。

義晴も重りを投げ、謙一がその糸を譲ってもらった。吉岡兄弟が並び、新川よし子と妙子は岩の割れ目をぐるっとまわり反対側に移った。

だれも魚が獲れるとは思っていなかった。

一時間ほど何の反応もなかった。ただ雨に体を濡らしているばかりだった。時々風も強く肌寒くさえあった。バスの運行時間が来て、義晴は妙子と天候の悪い日はバス通学になる謙一を乗せて去った。ずっとバスの中で待っていた猪口麗子と田中あき子もそのまま一緒にハハ集落へ去った。

それでもじいさんだけは午前中に鯛を二匹釣りあげた。岩肌づたいに上がってきた魚は皮がはげ肉をそぎとられていたが、針は残った魚の口にしっかり食いこんでいた。

昼食は戻ってきたバスが運んできた。新川よし子がわずかに残った魚の肉をそいで刺し身にした。義晴はまたマイクロバスを運転して今度はミナガタへ行く。

「オレハナ・アオイはな」

昼飯後、ふたたび岩の上に戻ったじいさんは話しはじめた。そばにいるのはジャージ姿のよし子だけである。ジャンバーをはおった布田と慎太郎は離れた場所で時々立ち上がっては糸を割れ目に向かって投げている。雨は小降りになっていたが、あたりは煙っている。

この島の存在は周囲の島にまったく知られてい

なかったとじいさんはいう。声は風に飛んだ。切れぎれによし子の耳に入った。

「穴で暮らしていた」

ダマ・ヒルミの時代からさらに二百年ほど昔、テンダ・ハナとフジのふもとが人々の暮らす場所だった。ハハ集落の断崖に縄梯子もかかっていない。魚を獲ることも貝を拾うことも出来ない島は農耕だけで生きていた。

「オレハナ・アオイがここをこじあけて上ってきた」

じいさんがすわったまま目の前の岩間を指した。慎太郎が立っている下に階段状に岩の崩れたところがある。下から吹きあげる波しぶきで滑らかになった岩肌は、今は雨がたまっている。向こう側の一番上は庇となって迫っている。

「大女があらわれた」

じいさんの口に耳を寄せてよし子が訊きなおしたが、じいさんは確かにそういった。じいさんは島の古い尺度でいったが、オレハナ・アオイは三メートルを越した。頭に海藻をかぶり手に斧と槍を持ってあらわれていた。上半身裸の胸は大きく盛り上がり、乳首は上向いていた。それをいう時じいさんは皺のよった口元をちょっとゆるませ、大きい声を出した。

じいさんがこんなに力を入れて話すのは初めてだった。岩を上ってきたオレハナ・アオイは島の男を捕らえた。両手を広げて男を狩った。斧で脅し、槍を投げつける怪異な入れ墨をした大女に島の男も女も恐れて逃げまわった。吠えるようにしゃべるオレハナ・アオイの言葉はわからない。

「歩くとのっしのっしと地響きがした」

新川よし子はじいさんの体を抱いて聞いている。風も雨もやんだ。大女がシマ・ブタも山羊も持ちこんだ。それまで島では蛾や蝶の羽根をむしって食べ、蛇を食っていた。幾度か訊き返してわかるたびに、よし子はじいさんの体をぐっと抱きしめた。するとじいさんはぬれた岩に尻をおとしたまま ため息をつくような声をあげ、腕の中からよし子の顔をじっと眺めた。そしてまたしゃべり始める。

鰺を釣り上げたと向こう側の岩の上で布田と慎太郎が騒いでいる。

　オレハナ・アオイは木を倒した。その木で大女はソナイに小屋を建てた。次々と男を引き連れていって一緒に住んだ。〈外からの女〉の異名のオレハナ・アオイはいつも孕んでいた。同時に二人も三人も子供を産んだ。産むと、男を元の女のもとに子供とともに返した。

「わしたちはみんなオレハナ・アオイの子孫だ」

　じいさんの皺だらけの口元に笑いが浮かぶ。大女は島のあちこちに火種を配り、岩間に沈むたびに農具を持ってあらわれた。田畑を耕し、布を織った。自分はいつも赤い半裸を見せていたが、島の者には衣服を着ることを教えた。

　ソナイじいさんはいかにも自分がその時代を生きていたかのような口振りをする。口誦が役目と見えた。

　雨はあがりフジが見える。反対のソナイの方角には海が広がりはじめている。

　椰子の葉で編んだ冠をオレハナ・アオイはかぶった。島人はすべてを大女に頼った。厳しさも優しさもオレハナ・アオイに教えられた。島人は田を切り拓き耕作をし、畑に芋を植えた。集落が出来るとそれぞれその親方を決めるよう大女はにいった。

「ディ家だけはオレハナ・アオイによって選ばれた」

　誇らしげにじいさんは自分の祖先が島全体の長である地頭代に指名されたことをいう。よし子はじいさんの目の周りにたまった雨だか涙だか汗だかをふいてやる。

「ちっとも釣れやしない」

　向こう側から慎太郎が叫ぶと、布田と一緒に岩縁をまわりこんでこちらへやってくる。

　オレハナ・アオイの出現から百二十年、島人の生活は変わった。大女には死というものがないかのようだったが、しかし赤い肌はさすがにくすんできていた。歯は欠け、張っていた乳房もすっかり垂れていた。ただ決断力と行動の早さは変わらなかった。

「あの時代がこの島にとって一番幸せな時代だった」

当時島の集落はソナイとハハの二つだけ、オレハナ・アオイは小屋を出ると二つの集落を交互に訪れた。

ある時ハハ集落を訪れたオレハナ・アオイの夕餉に魚が出た。体表に凸凹の突起をもった赤い大きい魚と金色の平べったい魚だった。オレハナ・アオイは海から上がってきたのに、それまでいつも運んでくるもののなかに海産物はなかった。あたかも海底に山野があるごとく島へ持ちこむのは農器具や種子、苗、動物であった。そのいくつかはあのデイゴの小屋におさめられている。

オレハナ・アオイはハハの親方を詰問した。海へ下り海から上がってくることが出来るのは大女だけのはず、オレハナ・アオイを通じてしか外部との連絡はとれないのがそれまでだった。他の島の存在すら島人は知らなかった。

「オレハナ・アオイは岩間から海へ上り下りしていたけれども、島の存在はだれにも知らせていなかったんだ」

同時に島の者はその時オレハナ・アオイの肩に見なれぬ黒い小男がのっているのにも気づいていた。大きな白目をした大人か子供かわからぬ男の陰部が異様に大きく、オレハナ・アオイの胸のあたりにまで垂れさがっていた。

そういえばそれまでオレハナ・アオイの姿が三か月も見えなかった。岩の下に潜ったのか海の底へ消えていたのか。

「名前は伝わっていないが」

じいさんはその小男は「そないさうし」にも名が残っていないという。

「御獄の神だが」

ソナイ集落の御獄に祀られている神石の一基がそれらしい。海底から連れてきたのか、オレハナ・アオイの息子か。

「それが手を出した、オレハナ・アオイの肩から、赤と金色の魚に。すると大女は怒って小男を振り落とした」

集落の者たちが見ている前で口をきかない小男

を地面に落とすと、オレハナ・アオイは何度もたたいた。その時ののののしりの言葉は島の者にはわからなかった。

　翌日オレハナ・アオイがテンダ・ハナに向かって小男を肩に上っていくのが見えた。だがその後小男の姿を見た者はいない。

　じいさんはしゃべる。布田と慎太郎は帰り支度をしている。

「そして十日後、帆を張った船が沖を埋めた時、オレハナ・アオイは島人全員をここに集めた」

　島が豊かだとだれかが知らせたとしか考えようがない。もちろん豊かであるはずはなかった。オレハナ・アオイはその晩酒を飲んだ。大女はその頃、椰子の実をつぶして作る汁を飲むのを楽しみとしていた。木の根をすってつくる酒は口に含むと苦く刺激を与える。しかしその製法をオレハナ・アオイは島人に教えなかった。

　遠くから見張る島人はいたが、もう親しく近寄る者はなかった。

　船からの者と話の出来たのもオレハナ・アオイだけである。大女はハハの断崖をよじのぼってきた男たちを相手にしゃべった。ハハ沖に船があらわれたのもそこから人が上ってきたのも初めてだった。むこうは二、三十人だったが、対するのはただ一人である。

　翌日、椰子の葉の冠をかぶったオレハナ・アオイはハハからジーヨイン岩まで先頭に立って歩いた。どういったのかは知らない。多分そこに島のすべての財宝が収められているといったのだろう。財宝などあるはずがない。刀と槍を持った男たちは雑草の茂る山に入った。芭蕉が茂り、デイゴの咲く中を頭を低くして進んだ。羊歯とアカタバミが這い、山蕗が群生していた。頭上はアオバノキ、ナツメ椰子がおおっていた。オレハナ・アオイが海底から持ち込んでから繁茂したものだった。男たちは、山中にちらばる住居穴を見つつ島を横断した。

　かすかに波音が聞こえた時、男たちの中の頭領はそこがオレハナ・アオイのいう場所だと思った。

「一人ずつ進んでくださいといったそうだ」

丈高い羊歯の原を前にして、切り通しの道ともいえぬ道の先頭に立ってオレハナ・アオイは振り返ったという。

「ここだ、ここだ」

じいさんは岩の割れ目を指す。

「オレハナ・アオイの姿もその時以来見られなくなった」

じいさんは「そないさうし」にある神の名をつぶやいた。

「女だけに知らされる黒い小男の名が書いてある。アオイ祭りの時に選ばれた一人だけその名を知ることが出来る」

羊歯とガジュマルの木々の中にオレハナ・アオイは沈んでいった。落ちた先はオレハナ・アオイが最初に現れた場所でもあったが、同時に男たちもジーヨイン岩へ姿を消した。

「代わりに上がってきたのがたくさんの蛾だよ」

オレハナ・ガのことをいう。雨はあがっている。

義晴のバスが近づいてくる。じいさんは釣り糸を両腕で巻きあげた。午後は結局一匹も釣っていない。

謙一と妙子がバスから転がるように走ってくる。謙一は中学生としては小柄だ。義晴が肩にかついでいるのは太い竿である。ハハ集落で一日をすごした田中あき子と猪口麗子はまたバスの中にいる気配だ。

「何、何だよ、じいさん引いているよ」

義晴が自分の竿を放りだして駆けてくる。腕に糸を巻いたままのじいさんが痛そうに歯をくいしばっている。慎太郎も寄ってきた。

「大きい、大きい」

義晴は叫ぶ。たしかに大きな獲物がかかっているらしい。義晴がじいさんの肩に手をかけ、慎太郎が胴を押さえた。じいさんは体を丸める。半裸のじいさんは腕だけではなく、体にも糸を巻つけている。義晴が糸に手をかけ、巻き取るように引いた。

岩の上にじいさんが立ちあがった。

「もっと引いて、もっと力を入れて」

バスから田中あき子が叫んだ。じいさんは無言だった。糸がじいさんの体に食い込んでいく。ただ歯を食いしばっている。

　新川よし子がじいさんの体にしがみついた。たまらず糸に食らいついた。太い糸が歯を壊しそうになる。それでも奥歯でかみ切ろうとする。

　次の瞬間じいさんと新川よし子は慎太郎とともに後ろにひっくり返っていた。慎太郎はじいさんの下になり、よし子はじいさんの腹の上に乗っていた。新川よし子はしばらくそのままの姿勢でいた。

　起きあがったじいさんの腕から腹にかけて赤い線が走っている。そこから血があふれ出る。じいさんは荒々しく息をしていた。目は先程話をしていた時同様視点が定まっていなかった。

「逃がした魚は大きいな」

　義晴がいった。割れ目の向こう側から駆けつけた布田は息をはずませていた。

　新川よし子は自分の口から血が流れているのを知った。

（十一）

〈生と死〉


　ソナイじいさんが姿を消した。じいさんがその日ハハ集落まで歩いて島を横断したのもだれも知らなかった。断崖を下りたのを見た者もいない。マイクロバスの朝一番の乗務についた義晴もオレハナ丸が沖の浅瀬に係留されたままかどうかなど確認していなかった。

　しかしとよめは船のエンジン音は聞いていた。

「布田さんがまた本島へ出かけるのだと思っていた」

　夕方になってハハ集落にソナイじいさんを迎えに来たよし子にいった。

　三日前じいさんは一メートルもある赤いカサゴを運んできていた。みんなで食べても食べきれない魚をよし子はジーヨイン岩で釣ったと思っていた。雨の日のあともじいさんは義晴のバスで一人でそこへ二、三度出かけていたからだ。だからじいさんの姿が見えなくてもよし子はまたジーヨイン岩だと思っていた。

だがバスで弁当を持っていこうとして義晴が知らないことを知り、ハハ集落へやって来た。魚体に損傷のなかったカサゴは舟を出して釣ったのかと思ったからだ。しかしじいさんの舟は舟小屋にあった。そこでじいさんはオレハナ丸で出かけたのかなと思いなおした。相変わらず家ではいつも押し入れに頭をつっこんで仕掛けの準備に余念がなかったので、新川よし子は大物釣りだけを考えていると思っていたのだ。

それにしても三百メートルもの深海に住むと布田がいう赤いカサゴはどうやって引きあげたのか。

あれこれ考えても、まだ沖にもやがかかっている朝、じいさんがオレハナ丸を操縦して出て行ったと考えるより仕方がない。

その日島から出て行った者は他になかったたし、じいさんはオレハナ丸と同時に姿を消していた。

「甲板にはだれもいなかった。操舵室の人影までは見えやせせん」


やって来た布田や慎太郎にもとよめはいった。猪口麗子も田中あき子も駆けつけた。

「船の操縦なんてだれだってやれる」

義晴のいうようにたしかにオレハナ丸を動かすのは容易だ。だがじいさんはこれまでオレハナ丸に近づくことさえなかった。係留された姿は断崖上からは見えたが、鉄梯子を下りて船まで泳ぎ着くのは波のおだやかな日の布田や慎太郎にしか出来ない。さらに布田はいつも錨綱をつかんで船へはい上がるが、じいさんにそれが出来るとは思えなかった。

「まっすぐ本島へ行った」

とよめはハハの狭い湾口を抜けると何の障害物もないことをいう。本島の方角は湾を出てまっすぐな北東だが、先には本島だけではなくハーナレ島もあるし、周囲にはいくつかの小島もある。下手をすると環礁に乗りあげるし、今は外国となった大島へ向かうかも知れない。海域は太平洋になるか東シナ海かわからなかった。

「連絡とれって」

義晴がとよめの言葉を伝える。

慎太郎はオレハナ丸に乗りこむ前に手に入れた携帯電話を持っている。しかしどこへ掛ければいいかわからない。

海がおだやかなのだけが救いだった。

「無線で呼びだせよ」

みんなで役場へ行く。勤務時間が過ぎていて支所にはだれもいない。隣の職員住宅に住む儀間東海を呼び出して所内に入った。勝手知っている義晴が緊急連絡用の無線の電源を入れたが、本島の本所の応答はない。

「確かにじいさんだよな」

今ごろになって布田があらためてオレハナ丸とともに去った者のことをいう。

「オレハナ丸を呼び出せよ」

オレハナ丸の無線は故障していないはずだ。慎太郎が無線器のダイヤルをまわす。古い器具は雑音はするが発信はする。

「じいさんが応えるはずはないしな」

第一、電源は布田が切ったままだった。

「それにしてもじいさん何をしにどこへ行ったのかな」

慎太郎がいった。

「そんなこと、この島から出たかったからに決まってる」

猪口麗子はじいさんが一、二度島の外の様子を訊いたといった。島の生活に不満はなく見えたが、ここから離れたかったのは間違いないという。

実際のところ手の打ちようがない。じいさんが船に乗ったかさえ確認がとれない。翌日あらためて役場本所に担当者から打電してもらった。

本島から海上保安庁の捜索船が姿をあらわしたのは二日後だった。無線のやりとりだけでは詳細がわからず事情聴取からはじめる予定だったらしいがソナイじいさんが姿を消した日とちがって波も風も強く、鋼鉄船は接岸出来なかった。

係員が二人断崖の鉄梯子をのぼってきた後、捜索船はオレハナ丸係留地点から離れたところで錨綱を発見していた。綱は引きちぎられ、錨は海底にあった。錨綱は船尾に結わえてあったが、それをほどきもせずエンジンを全開したのだろうか。下手をすると船は転覆する。

ヘリコプターは沖の大型巡視艇から飛びたって島の上空もなめるように低く飛んだ。オレハナ丸の遭難を考えると同時にじいさんの島での事故も考えているようだった。じいさんが島を離れた証拠がない以上、断崖からの落下も視野に入れなければならない。上陸した捜査員はジーヨイン岩の割れ目にもロープを垂らして下りた。

「昔からこういうことはよくあった。いくら捜したってわかりゃしない」

玉城栄子は小さいころ自分の島でも船や人が行方不明になることはよくあったといった。栄子がみんなに向かってハーナレ島の話をするのは珍しい。島の全員が殺される前である。

離れた島々からも多くの漁船が出動してオレハナ・アオイ島を取り囲む。漁船が大漁旗を掲げて海を走るのは捜索に加わっている印だ。

一週間経ってもじいさんもオレハナ丸の行方もわからなかった。隣国の大島との間には国境線がある。大陸本土への照会には返事が返ってこない。

島民総出の山狩りに加わった多美子も海が荒れなくとも船が行方不明になったり、島から人が消えるのは離島ではしばしば起こったことだと栄子と同じことをいう。

テンダ・ハナへは俊夫と登美子の夫婦を残して全員で出かけた。じいさんがこんなところに来るとは思えなかったが、久しぶりのまとまっての行動は本土で適地を探して移動していた時の気分を思い出させた。

学校が休みの謙一は腕を大きく振り叢を枝ではらい、芭蕉や夾竹桃の根元をさぐって先頭に立った。すでにソナイじいさんの死をみんなは受けいれており、それだけに緊張感はなかった。

火炎樹の真っ赤な滝を思わせる大木の下を抜けると急坂には一木一草もなく、石塊までもが赤い。海から吹きあげる風に土が飛んだ。新川よし子は長い髪を揺すって駆けた。色のあせた青いジャージを頑固なほど着とおしている。猪口麗子のドレスも田中あき子のスカートも裾がまくれる。妙子が風に逆らって駆け、こけると寄って慎太郎が抱きあげた。

その間に次郎が先端が欠け、落ちこむ形のテンダ・ハナの先に立っていた。このところ慎太郎に数学を教えてもらっている。よし子と一緒にラジオの英語放送も聞いている。

ダマ・ヒルミを突き落とした跡の確認出来るものはない。弁当は風が強くて頂上ではとれず、少し下がった芭蕉の根元でかたまってにぎり飯をほおばった。

ソナイじいさんを捜す船とヘリコプターがはるかかなたにあった。

「あんなところに着陸するよ」

謙一が指した。

マス・タ付近に捜索用の小型ヘリコプターとは明らかにちがう黄色に塗った大型機が二機、ほとんど着地する姿勢でホーバーイングしていた。いったん飛びあがってあたりのサトウキビをなぎ倒して離ればなれに着地した。飛行場建設がはじまっているのだった。

田中あき子は風にあおられてパラソルをたたむ。猪口麗子は上を仰いで〈儀間〉で買ったペットボトルの水を飲んだ。

見ていると大型ヘリコプターは鋼材をぶら下げてひんぱんに飛行している。捜索の灰色小型ヘリは海上を蛇行して飛んできて、島の上空で止まったり旋回したりしている。大型機は船から島へと一直線に飛んできては着陸する。

島の中央部にはマス・タだけをぽっかりと残してすでにプレハブ小屋がいくつか建っていた。間もなく捜索ヘリは姿を消したが、大型ヘリは建築資材、トラクターやジープを次々と運んできた。シャベルカーはシャベルと車両が別々の飛行機で空を渡ってきた。

すでにマス・タは周囲をコンクリートとアスファルトで固められて取り残されていた。

そしてある日、そのマス・タを前にしてシャベルカーが立ち往生していた。先程までシャベルの背で地面をたたいていた車がマス・タの畦を越えきれずに大きく傾いていた。のけぞって後退しては石を噛み、キャタピラが動かなくなる。そのたびにシャベルカーは大きな音をたてて何度も振動する。車は一層傾いていく。

運転席に「臼さん」と呼ばれている男が乗り込んでいた。ヘルメットの下の顔はきれいに髭が剃ってある。白い肌がいくぶん日焼けした臼さんは大都会の建設会社がこの島の飛行場建設作業員を募集したのにまぎれこんで来ていた。

離れて宿舎群があり、ドラム缶を積みあげた隣に簡易トイレがある。真ん中の大きいプレハブの屋根には日の丸と緑十字、建設会社の旗がひるがえっている。

「おーい」

臼さんは事務所に向かって叫んでいた。もう運転席にいることが出来ない。キャタピラが空転しつづけていた。それまで削り取っていた地面が沈んでいく気がしていた。表面は周囲と変わらず赤いのに、マス・タを前に車は沈んでいく。事態がのみこめないまま臼さんは運転席からキャタピラに長靴の足を下ろした。

「おーい」

もう一度叫んだが、離れて轟音をたてて作業する他の車には届かなかった。降りようとすると車体がさらにがくんと沈んだ。シャベルカーの下半分がすでに赤い中に埋まっている。

臼さんはそのまま足をすべらせて泥の中に落ちた。車はそのまま沈んでいく。臼さんは泥から必死に靴を抜いた。シャベルカーから逃げるようにしてアスファルトを目指す。

臼さんは肉体労働の経験はないのに島へ来てからは車の運転もまかされていた。元来器用だし、外で働くのが性にあっていた。そしてその日、運転席の高い車に乗って作業現場へ向かった時にはキャタピラは順調に土を噛み、シャベルも思い通りに動いていた。

吉岡化学での出来事も淳子のアパートでの生活も臼さんは覚えている。あの時の作業着とヘルメットはいつも会社の玄関にあらわれる有馬と同じだった。臼さんはそれは知らなかった。有馬が最近会社にドラム缶の中味をしつこく確かめていることも有害物質との峻別を求めていることも知らなかった。

宿舎まで来ると靴が赤い泥がいっぱいなのを見て、食堂の女がいった。

「臼さん、蛸入道みたい」

臼さんは何がなんだかわからず手で何度も顔や服をなぜくった。滑走路となる区域の地質調査はされている。シャベルカーはほんの一部分の泥濘に落ちこんだだけのはずだ。

〈あの時〉のダイナマイトはいつか必要だと学生時代に一緒に活動していた仲間から渡されていた。それをたまたま目にしたドラム缶の下に置いた。爆破の意図も殺傷しようとの気持ちもなかった。いつの間にか新聞の報道に煽られていたといえばいえるが、そのあとの反響の大きさの方に驚いた。

馬場すみ子はオレハナ丸が為吉の島を目指すのを知っていた。日本海の島生まれのすみ子は離島へ行くのに気がすすまず、結局本州最南端の岬をオレハナ丸が出発する時には黙って仲間から離れていた。

ワイドショー番組を見た母親の「帰ってこい」との呼びかけが放映され耐えきれなくなっていたせいもある。すみ子は十年ぶりに母に電話したが結局島にも帰らなかった。帰ると一層新聞やテレビの攻勢を受け、さらに島中で格好の話題にされるがわかっていた。島の同級生がだれも残っていないのは母の電話でわかっていた。そこへ戻ってもまた「そろそろあきらめて結婚したら」と会社でと同じことをいわれるのに決まっていた。

〈翁〉と姓が変わったのよと母に電話したあと、すみ子はそのまま職を探した。そして島の空港建設要員募集に応じてオレハナ・アオイ島へやってきていた。

大型の天水桶の蛇口をすみ子はひねる。

「早く洗いな」

洗面器をさし出した。臼さんは赤い顔のままますみ子に笑いかける。

管理棟からはスピーカーが臼さんを呼ぶ。

「車、どうなったんだ」

臼さんの逃げだしたマス・タにはもうシャベル

カーの姿はなかった。

「そんなことってあるのかよ」

空港建設事務所長は着任していない。現場をあずかっている三十代の所長代理が出てきてどなる。眼鏡を押さえて足早にシャベルカーの埋まった地点へ向かう。

被害は吉岡化学の正面玄関のガラスを吹きとばしただけ、むしろそれが発端で吉岡化学の不正が暴かれた。有毒物質を出入りの業者に内緒で渡していた会社を糺すキャンペーンが始まった。公害源の究明をと新聞、テレビがいっせいに騒ぎはじめた。その間〈翁集団〉追及報道は忘れられた。

工場の排水や河川の水質検査が連日各地で行われ吉岡化学の社長は辞任した。慎太郎をはじめ有能な社員がやめた。おかげで他の公害企業の姿勢是正の機運が生まれた。

だがそれはそれとして、〈企業爆破事件〉を警察は忘れていないはずだった。

黄色の作業着と赤いヘルメットの何人かが駆け足で現場に向かう。ロープを積んだジープがマス・タに向かって走った。臼さんは馬場すみ子からタオルを受け取って首に巻くとその後を追った。

現場までの土は乾いていた。ところどころ根の赤い丈の高い草がかたまっている。地割れしたところから羊歯が伸びている。男たちの長靴は乾いた音をたてた。飛行場用地周辺は有刺鉄線でかこまれている。

「ここは危ないっておれ思ってたんだ」

作業車を入れる前にバラスを投げ入れなくちゃ駄目だと思っていたとマス・タを前にした男がいう。

かつて朝尚親子が一晩で盛り上げた畦を踏み越してキャタピラの跡はあった。もちろん見たところ、畦の中と外の土の色に変わりはない。そこだけが柔らかいという認識はだれにもなかった。所長代理に寄りそった五十代の男がみんなにも聞こえるようにいう。

「地質調査をしなくちゃいけませんで」

あらためてボーリングする必要があると所長代理は答える。島全体が岩盤上にあるというのがこれまでの調査の結果だった。

　トラクターが一台作業棟からゆっくり駆けてくる。水準器を持った男が盛り土の縁に立った。臼さんのシャベルカーは赤い地からわずかに運転席の頭だけを見せている。

「ずぼーっとはまるような感じがして」

　臼さんは所長代理にいった。見ると土から浸み出た水がたまっているところがある。陥没した部分からわずかに雑草も生えている。

　立入禁止のロープが手配された。

「わからんかったんだろ」

　所長代理と話していた男がいった。他の作業員たちも畦の外に立ってシャベルカーを呑みこんだ地点を見ていた。

　確かに臼さんは運転席から前方確認はしなかった。畦を乗り越える小さな衝撃はあったが、その後の覚えはない。

「投入土砂の計算はやりなおしだ」

　所長代理はマス・タへ運び込む土砂をどこから運ぶか検討を指示する。まずはテンダ・ハナのふもとを削るらしい。

「ねえ、集落へ行ってみましょうよ」

　臼さんの傍らに来ていた馬場すみ子がいった。


　橋川俊夫は朝、登美子の食事を取りに行った時猪口麗子に「まだ大丈夫よ」といわれた。俊夫自身もまだ登美子が産むとは考えていなかった。出産が近いのはたしかだが腹はそれほど大きくはない。医者がいないここではだれにも判断をあおげない。俊夫は一番しゃべりやすい麗子に相談してきたが、登美子はどうも麗子を苦手にしている。あまり騒ぎすぎてこの前のように三時間も多美子、麗子の出産経験者の手をわずらわせた末、産まないのでは会わせる顔がない。いつも家にとじこもってみんなと田畑に出ることをしなかったという遠慮も俊夫にはあった。

　ところが登美子はそんな俊夫の気づかいには気がつかないらしく小さな体から大声を出した。

「早く、早く、産まれる、産まれる」

　低空をヘリコプターが何機も飛んでいく。爆音が遠くに消えたと思った時、何かが落ちた地響きがした。

登美子が立ちあがった。せわしげに何度も足を踏みかえ、それをくり返すとうずくまって体を横にした。支えようとする俊夫の手を邪険にはらい、土間まで下りた俊夫にハハ集落のとよめを呼びだしてくれとヒステリックな声をあげる。といっても連絡の取りようがない。

椰子やサトウキビの葉越しに太陽の光がちらちらと土間に落ちている。

俊夫は駆けて為吉の家からディ家へとまわった。その間も産まれるのではないかと気が気ではなかった。みんなテンダ・ハナへ出かけている。じいさんを捜すのではなく、今では月に二度ほどみんなで遊びに行っていた。豚小屋では子豚たちが餌をねだって鳴き、庭では鶏がけたたましく羽ばたきしている。蜥蜴かみみずを見つけた雛が三、四羽で争っている。それを親鶏が横取りしようととびかかる。水牛が二頭連れだって田へ入っていくのを見て俊夫は家へ戻った。

家の前で俊夫は上空を見あげた。爆音が空中で停止し、防風ガラスにおおわれた操縦席にパイロットの姿が見える。俊夫はヘリコプターが離島の患者を本土の病院へ運んだ報道を思い出し、登美子も運んでくれないかと思った。

部屋へ戻った俊夫は大型のビニールシートを登美子の細い腰に敷いた。スカートをめくると意外と大きな腹が大きく波うっていた。プラスティックの大きい盥は足元にあり、何枚かのタオルもある。猪口麗子が自分のドレスをこわして作ってくれたカラフルな布のおしめも部屋の隅に準備してあった。

俊夫はバケツを持って水汲み場に走った。だれもいない為吉家の竈の端反り釜に何度も水を運んだ。竈の下に棕櫚の葉を細かく裂いて火をつけ、わくのを待ちきれず、いったん家へ様子を見に走った。

湯がわくと表面に浮いた灰を避けて柄杓で汲んだ。それからバケツを両手に下げゆっくり運びかけ、思いとどまって素手で家へ走った。登美子を為吉家へ連れてきた方がいいかと思ったからだ。

しかし登美子は横になって動こうとしない。茣蓙の上で体をねじって口を大きく開けている。吐く息はあらく、俊夫と口をきこうともしない。

俊夫はふたたび為吉家へ走って、湯を運んだ。ほかに何をしたらいいかわからない。ただ多美子が豚の出産の時、人間も同じだといったことだけが頼りだった。

俊夫はすわりこんで登美子の額の汗をぬぐった。登美子は腹に手をやり、時々顔をゆがめ歯をくいしばって悲鳴をあげている。かと思うと涙を浮かべて笑顔を見せる。頭を左右に振り、出した俊夫の手を払う。もう何をしていいかわからない。盥は湯気をあげている。俊夫が立ち上がった時、登美子がいった。

「産まれる」

登美子は手を差し出す。すわった俊夫の手をまさぐる。俊夫は手を握りかえし、顔ばかり見ていた。だがそのうち登美子の息づかいが落ち着いてきた。俊夫はシートのずれをなおしバスタオルを敷きなおす。半身を起こした登美子に冷えたお茶を渡す。

それを何度かくり返した時、登美子がいきなりうめいて腹をかかえてのけぞった。全身硬直している。息を止め、息を吐く。かかえた腹が波打っている。

外の光がなだれ込んでいる部屋の真ん中で二人がひとつのかたまりとなっていた。

登美子の手に力が入る。どんどん力が加わってくる。長い時間だった。いつまでこの状態がつづくかと思った時、ふいにすーっと登美子の手から力が抜けた。ビニールシートに血が広がり、ため息とも安堵ともわからぬ声をあげた時、俊夫の目の前に動くものがあらわれた。手をのばすと、ぬるっとした感触の中に確かに生命の塊があった。

「この島で久しぶりに産まれる子だ」

俊夫はソナイじいさんに初めて会った時、登美子の腹を見ていったことばを思い出していた。

〈祭り〉

（十二）

ヘリコプターが沖の船を飛びたつのが見える。断崖付近の風にあおられて一気に島へ上がってくる。ぶらさげたもっこから土の塊をぽろぽろ落としている。マス・タの上空に来るとすばやくネットの底を開けた。

ヘリコプターが土塊を投下する一方、臼さんたちもシャベルカーで周囲の段丘を削りそのままマス・タへ土を押しこんでいた。テンダ・ハナもダマ・ヒルミ落下地点の土がえぐり取られ、ダンプカーがその土をマス・タへと運んでいた。

臼さんのシャベルカーが沈んだあとさらに二台がマス・タに呑みこまれていた。

運び入れた土砂の上を圧縮カーが何度も往復した。しかしマス・タは底なしだった。しばらくするとまたあちこち沈下する。さらに土砂が投入された。コンクリート板が空中を運ばれてきて下ろされた。

ジーヨイン岩へはコンクリートミキサー車がセメント注入に走っていた。岩の下から赤い泥が噴き出して島の周囲を染めているのをヘリコプターが発見したからだった。

マス・タの沈下がおさまったのは、ジーヨイン岩の割れ目をすっかりセメントで塗り固めた後だった。

赤かったマス・タは一面白いコンクリートの板でおおわれ、一年後には試験飛行のビーチクラフト機が離発着をはじめた。管制塔が完成し、パラポラが回り始めている。並んで赤と白の吹き流しが立ち、風速計が思い出したようにくるくるまわっている。

ソナイでは収穫がはじまっていた。背丈の低い稲は大きな穂を垂れている。為吉は日が昇る前に起きだし、日が暮れるまで腰をかがめて稲を刈っていた。布田幹夫、吉岡慎太郎も同じ時間に起きたが、今はハハへ出かける目的のなくなった麗子もあき子も田畑に出ていた。麗子は友一の産衣に使ったドレスの切れ端で縫ったモンペ姿、タオルで顔を半分かくしている。田中あき子と並んで稲を束ねる。

「穫り入れは楽しいのよ」

軍手を二枚重ねたうえに台所用のゴム手袋をはめ、手よりも口の方がよく動く。何足もソックスを重ねてはき地下足袋で包んだ足がむれる。だが麗子は蝗が飛ぶのは気にしない。玉城栄子にせきたてられて刈りはじめる。もうすっかり農仕事はしなければならないものと心に決めている。

「別に農業が嫌いなわけじゃないよね、わたしだって望んでこの南の島へやってきたんだもの」

麗子は背を伸ばして一息いれ、田中あき子に話しかける。首にかかっている磁気ネックレスが光った。

ソナイじいさんのその後もオレハナ丸の行方も知れなかった。じいさんは死んだら灯台近くのディ家の大きな亀甲墓に収められるはずだった。しかし遺体も見つかっていないどころか、捜索がその後どうなったかも知らされていない。いずれにしろオレハナ丸を失った以上みんな島での生活に本腰を入れるより仕方がない。

あき子は本当は炊事仕事の方が性にあっている。日焼けするのが嫌だ。麗子と離れて腰をかがめていた。草をむしり土の中の石をとりのぞく。水牛の糞を畑にまいたりはしないが、大根を抜いたり芋を掘ったり稲の刈りには出てくる。

為吉は稲架に使う長い棒を探しに鉈を持って家の裏の林に入っていた。するとそこへいきなり馬場すみ子があらわれ抱きついてきた。そばに臼さんもいた。とりすがったまますみ子は為吉を家の前へ引っぱって出てきた。

「この上を飛んで往復してたのよ」

踊るような格好をしてすみ子は空を指す。休みの日には朝、ヘリコプターで島を離れて本島で飛行機を乗り継いで本土へ行っていたといった。そして昼過ぎにはかつて翁農園のあった大都会の近くまで行く生活を一年近く送っていたといった。そのヘリコプターから為吉たちの姿を何度も見たという。

「前から連絡しようとは思ってたんだけど」

ちょっと甘えたしゃべり方は以前と変わらない。すみ子は為吉たちがこの島にいるのを知っていたが、オレハナ丸に乗らなかった手前踏ん切りがつかなかったのだ。

甲高い声のすみ子を猪口麗子と田中あき子が聞きつけて麗子は鎌を持ったまま稲の間から、あき子は土のついた手を振りながら出てくる。

「すみちゃん、どうしたのよ」

あき子がすみ子に抱きついた。すみ子は淳子のことを訊く。

「淳子、いる」

すみ子は淳子を妹のように思っていたのだ。二人で〈翁〉を名のるほどの仲だった。臼さんはすぐに為吉の稲架の柱の一方をかついで田に入っていく。

水牛の鳴き声が聞こえていた。為吉の家の庭で鶏が羽音をたて、豚が餌をねだっている。マス・タの方角からはまだヘリコプターの爆音が聞こえてくる。橋川夫妻の長男・友一が登美子に手を引かれてやってくる。

「あなたはどこから来たの」

田に戻った猪口麗子が訊いた。

「あっちから」

稲架の支柱に手をかけて臼さんはマス・タを指した。

「そう、すみちゃんと一緒の建設現場なの」

臼さんは麗子の鎌を受け取る。もともと農家出身の臼さんもパイプやシャベルカーのハンドルを握るよりこの柄の感触の方がよっぽどいい。かがんで鎌を稲にあてると一気に引いて進んだ。そのまま一列刈ってしまった。

「空港の仕事は終わったで」

腰をのばして稲を束ねながら、本土へ帰る気はないと建設会社の作業着姿の臼さんはいう。

すみ子は友一を追ってきた登美子にちょっとあいさつし、一歳の幼児を抱きあげ頬ずりする。日本海の島にいる姉の男の子のことを思う。二年前に行った時会ったままだ。初対面のすみ子と登美子の年齢は同じだが、子供を産んでいないすみ子の方がかえって上に見える。すみ子がここへきたのは有馬を捜してなのだが、だれも気がつかない。

「みんないるよ、吉岡さんたちは向こう」

あき子の指したサトウキビ畑に慎太郎はいる。葉についた虫の糞で顔を真っ黒にしてサトウキビを切り倒している。

「子供たちは学校よ」

あき子のいう子供たちとは謙一と妙子を指す。布田は慎太郎の刈った後を水牛に犂をつけて追っている。

すみ子を見つけると手をあげて大声を出した。

「どうやって来たんだ」

すみ子が空を指すとちょっと首をかしげてまた水牛を追いはじめた。

臼さんはすみ子からここの人たちが本土からやってきて有機農業をしているとは聞いていた。しかし慎太郎と次郎が吉岡化学の社長の息子たちだとはまだ知らない。

「ぼくもここに入れてもらいたいな」

稲束を手に臼さんは為吉のそばへ寄っていった。


飛行場完成と同時に同僚は次の仕事を探しに本土へ帰るが、臼さんは帰りたくなかった。

馬場すみ子はすでに猪口麗子たちの家に入れてもらうと決めている。

一人でいったん空港現場に戻った臼さんは翌日はアルミのパイプを二本かついでやってきた。宿舎建設に使った足場の資材だ。マス・タからソナイまで椰子林や段丘を腰で拍子をとりながら運んできた。竿は光を受けて光っている。さっそく稲架の支柱の間に横たえられ、みんなが稲を運んできてかけた。

新川よし子は手際よく稲を刈っている。今のところ先は考えていない。時々「見合い」を口にしていた母を思い出すがそれは遠い昔の気もする。うつむいた腰のあたりの肉づきがよく、一束刈るごとに筋肉がひくひく動く。もう夜中に起きだして駆けるなどということはしない。一人住まいになって雨の日はじいさんの残していった「そないさうし」を繰っている。

多美子は家と田畑の間を往復し、時々鶏の尻を追っていた。

さらに次の日にジープでやってきた臼さんは髭を剃っていなかった。顎の下がうっすらと黒くなっている。田の中の路を走り回り、為吉、多美子、麗子、玉城栄子、さらには馬場すみ子、新川よし子の刈り取る稲束を積んで稲架に運んだ。為吉家の前の田とディ家の裏の田は離れているが、臼さんはその間もジープで走った。

稲を運びおえるとジープのうしろに鍬をくっつけ、刈ったあとの鍬打ちの代わりにジープで引っ掻きまわすという。

「コンバイン、コンバイン」

次郎と謙一にジープにくっつけた備中鍬をまたがせる。鍬は土に食いこんで、ジープがエンジンをふかすと同時に次郎は転倒していた。謙一は音に驚いてとびはねて逃げた。妙子は布田と慎太郎の刈るサトウキビ畑にいた。

昼食後臼さんはジープに女たち三人を乗せた。助手席に乗りこんだ馬場すみ子、後部席の猪口麗子と田中あき子は〈笹舟〉時代の仲間だ。すみ子が飛行場へ戻って食糧を取ってくるといったのについてきた。麗子がしばらく会っていないとよめの顔が見たいといったので、ハハ集落へも寄ることにした。

ハハ集落の沖には思いがけず何隻もの船が群れていた。そこから放送が流れてきている。

――島のみなさん、危険ですから安全な場所に避難してください――

さらにマイクの音がひびいていた。

――ただ今からハハからダンヌを結ぶイニカワ断崖で発破を行います――

それは島に向かってというより、作業者と他の船への連絡だった。浚渫船がオレハナ丸が錨をおろしていたあたりに泊まっている。

三十秒ほどしてデイゴの小屋近くの亀甲墓が海にせりだしているあたりで爆音がした。土煙がおさまったあと断崖のロープを伝って次の発破位置をさぐる男の姿があった。

「港の工事よ」

すみ子がいった。とよめや義晴より飛行場の炊事場で働いていたすみ子の方が情報をよく知っている。すみ子自身はいつもヘリコプターで往来し、ハハの鉄梯子もとよめの揚舟チェーンも利用したことはない。

「そりゃ便利にはなるでしょうけど」

停泊している船の中には海底油田探査船もまじっているはずだった。ジーヨイン岩の根元から流れ出る赤い水の中に油の帯が走っているのをヘリコプターが発見していた。

隣国の大島と本島との間を行き来する密航船がこのところ急に増えているとすみ子はいった。

「もちろんこの島にやってくる外国人なんて今のところいないけどね」

新しい港は将来の取締り基地として整備される。海上で密入国者が漁船に乗り移ったり、麻薬取引船が越境してきたらただちに拿捕する。マス・タ空港にはすでに警備用の大型ヘリコプター配備が決まっているとすみ子はいう。とよめはこのごろは断崖からチェーンを下ろすことも出来ず見ているだけだという。工事要員は集落から離れたところに仮設小屋を建てて住んでいる。資材も船から直接自前のクレーンで運びあげ、〈儀間〉に何の利益ももたらさないという。

「何の接触もない。わたしの方から近づきもしないけど」

とよめは義晴も一度仮設小屋へ行って何か不愉快なことがあったらしくそれから訪ねもしないといった。

ジープはひび割れの目立つヘイズ道路を飛行場へと走った。途中、今はしっかりコンクリートで固められたジーヨイン岩の割れ目の上を走った。

宿泊棟に着くとすみ子は真っ先に炊事場へ入っていった。だれもいない広い厨房に大型のまだ新しい冷蔵庫が並んでいる。収納されている食品は作業員が大方引き揚げたあと残された品だった。もう帳簿上は処分されているとすみ子はいう。チルドされた豚肉、牛肉、ピンク色のトマト、南瓜、冷凍の海老のパックを取り出した。猪口麗子と田中あき子がはしゃぎながら冷蔵庫を開けてまわる。

「この缶詰、持ってく。間違えてドッグフード買ったんだって」

　仕入れ担当者がきれいなケースにだまされたのだとすみ子がいった。ドッグフードと猫用の缶詰がつまった大きな段ボール箱が積んである。

「まあもったいない。わたし食べようかしら」

　麗子が運ぶという。豚の餌になるかも知れないけどとにかく運ぼうという。臼さんがいわれるままにジープに積みこんだ。

「当分はわたしまだここに出入りするから、預かってもらっとけばいいけどね」

　食糧は責任者が離島する時、すみ子は自分は島に残るからと告げて譲り受ける話をつけていた。

　ジープに香辛料もカレーのルーも積み込んでソナイへ戻った。それから一人だけもう一度ジープで空港宿泊棟へ帰った臼さんは翌日はガスボンベやテレビラジオを積んできた。これもだれもいない作業員宿舎に残されていたものだった。

「テレビはもらうわよ」

　猪口麗子が頼んだが、電気がくるあてはない。

「発電機持ってきたじゃないの」

　麗子は慎太郎にいったが、電気がきてもテレビはパラボラを設置しなければ映らない。映るとしたらそれは隣国の言葉のわからない放送のはずだ。

　為吉家に住み込んだ臼さんは空港建設工事と同じタイムテーブルで働きだした。ディ家の小屋から運び出した脱穀機と千枚刃がサトウキビ畑の入り口に置いてある。臼さんは麦藁帽を揺すりながら脱穀機を踏む。新川よし子と橋川俊夫が稲束をかかえて来る。

　為吉家へは多美子と玉城栄子が元の光孝家の納屋から織機を捜して運んできた。

「これもオレハナ・アオイが持ちこんだものだそうだよ」

　紡ぎ車は矢が折れている。昔からこの島で使われて来た機種だ。失なわれていた梭(ひ)は慎太郎がデイゴの木を削った。

　さらに多美子は庭に埋めてあった芭蕉の葉を掘り出す。岬の先端から運んできた甕にいっぱい水をはって、その中に突っ込んでひっくり返した。何度も振って水をかえ、どろどろの繊維をむしり取り広げては裂いていく。学校から帰った謙一も「臭い、臭い」といいながらと妙子と一緒に手伝った。

バスに大きな木組がのってきた。赤や黒、金色の紙も客のいない車の窓から見える。為吉の家の前で停まると義晴は大声でみんなを呼んだ。

前の畑では黄色くなった玉蜀黍を会社の作業帽をかぶった臼さんと馬場すみ子が並んでもいでいる。次郎がバスに寄っていった。

さつま芋の青い葉にバケツの水をかけていた新川よし子が為吉を呼びに走った。

義晴はとよめが祭りの司をつとめる準備のためオレハナ・フジのふもとへ入ったと伝えた。アオイ祭りの前の十日間のおこもりに入ったというのだ。

「為さんに頼むって」

義晴はズボンのポケットからとよめの手紙を取りだした。何だかいつもとちがってそわそわしている。手紙にはアオイ祭りの日が迫っているのがわかったのでと書いてある。島の暦は近くの島とも本島や本土ともちがう。年中気をつけて空を見、神意を読みとらなければならなかった。それは従来はソナイじさんがやってきていた。

「頼むといわれたって、初めてだから」

為吉は自信なさそうだ。ソナイ集落では祭りはいつもソナイじいさんがすべてを取り仕切ってきた。島を離れるまで、為吉は鶴吉や亀吉と行列に加わって灯台の奥の御獄へ出かけただけだ。しかし今年はソナイ御獄がオレハナ・アオイ島全体をつかさどるアオイ祭りの番に当たったと書いてある。ソナイ生まれの女が祭神役をつとめるが、今回だけはハハ集落のとよめが代理をつとめるよう託宣が下ったとも書いてある。百三年前からのアオイ祭りが執り行われる。みんなで手伝って車から荷を降ろした。色のあせた杉の葉も大量に積んであった。デイゴの小屋に放置されたままになっていたこれは新しいものと取り替えねばならない。祭りには必ず使われる。

為吉は義晴がソナイじいさんの家の押し入れか

ら取り出してきた畳一帖ほどの紙を土の上にひろげた。祭りの日に御獄に立てる旗頭が描かれている。竿頭上の大きな的矢様のものに太陽が描かれている。枠に紙を張り赤い丸をぬりつぶした周りには星がいくつも書いてあった。さらにオレハナ・アオイの肖像も捧げ持つ。これは祭りの日にとよめに目を入れてもらう。赤い大きな女の姿だ。杉の葉を肖像の下に陰毛のように生やす。

みんな輪になって土の上の紙をのぞき見た。多美子にはわかるらしい。玉城栄子と何やら話す。ここらの島々の祭りには共通な部分が多い。そして祭りは女の方がよく知っている。前の晩は提灯を点けて徹夜する。提灯に火を入れるのも女の役目だ。歌をうたい手を振って踊る。踊りはただ手を振る。特に型はなく、その時の音楽の調子にあわせて自然に体と手足を動かす。なめらかになめらかに、自然に体をくねらす。全てをかきまぜる、みんなごちゃごちゃに見境のないように混然一体になるように手を振る。

それにしても祭りには各集落から旗頭が集まるが、ミナガタやダディクの様子はだれも知らない。

島には悪魔払い祈念のシテ祭り、願解きの祭り、水牛繁殖のウラ祭り、海上安泰祭りがある。鼠や虫の害を忌むムヌン、冬至祭りと夏至祭り、それらは多美子の島も、栄子のハーナレもほぼ似たようなものだった。

そして元来、島は毎日が祭りだった。いつも笹の葉に海水をつけてまずお払いをする。払うのは子供たちの役目で為吉も鶴吉、亀吉もソナイじいさんに手をそえてもらってやった。断崖に囲まれて海と直接かかわることのない島でも、この時だけはジーヨイン岩の割れ目から海水を汲みあげていた。集落の子供たちは競って縄をつけた桶を海へ放り投げて引いた。だが今年はジーヨイン岩もコンクリートで覆われてしまっている。

しかしアオイ祭りはそれらの祭りとは格がちがう大祭。島のすべての邪悪をはらうとともにすべての幸せを祈願し招き寄せる。

とよめはオレハナ・アオイになるために山へ入った。すぐ準備に入らなければならなかった。

ソナイじいさんの家にみんな集まった。新川よし子が毎朝雨戸を開けて風を通してはいる。じいさんの部屋はそのままにしてあった。木枕と莫蓙が部屋の真ん中にあり、何冊かの「そないさうし」が積んである。中の一冊に祭りの手順があると義晴がいう。

押し入れの漁具の間から提灯とカンテラを取り出した。莚と酒壷、杯、三宝、赤と白の蝋燭の束、厚い紙でくるんだ丸い玉がいくつか出てくる。

「湿っているから駄目ですね」

一番奥から為吉が取り出したのを布田が受けとった。大小十個ほどの玉を多美子と猪口麗子が床に並べた。表面はつるつるしていて、墨で符号のようなものが書いてある。オレハナ文字だが、読めるのはソナイじいさんだけだった。しかし取り出した花火玉のいくつかは押さえるとふにゃふにゃと柔らかい。ソナイじいさんはいつ神意がおりるか知れない祭りのためにこれを準備していた。為吉たちが戻ってきてからは一度も祭りの話はしなかったが、祭りの開始の合図に海に向かって何連発も発射することは「そないさうし」にあった。

布田と慎太郎が為吉を助けて祭りの中心になるのは決まった。臼さんも橋川俊夫も積極的だ。

「友一の宮詣りみたいなもんじゃん」

御獄の様子を見に出かけると登美子も友一の手を引いてついてきた。登美子は太って丸く、小毬のような体型になっている。母親から帰ってこいと手紙が来ていた。俊夫を家業の繊維問屋の若主人にしたいという登美子の父の意向が伝えられていた。二人の結婚に大反対だったのに今はどんな条件でも孫の顔さえ見れればいい、受け入れるという。飛行場経由で送られてくる小包には本土の四季にあわせて友一の衣料が入っている。ズボンは裾が曲げても足が届かず、帽子は顔がすっぽり入るほど大きい。だが俊夫も登美子も今はこの島から離れる気はなくなっている。

御獄は鬱蒼とした芭蕉の木々におおわれている。オレンジ色の極楽鳥花が小さな自然石の三基の神石の傍らに咲き乱れていた。三方をかこまれて上空は穴があいて明るい。正面は青黒い海に向かっている。先に灯台が見える。とよめはソナイ御獄を含めて島内の十二の御獄と九つの祠を巡っているはずだ。そのほかに司にだけ知らされているオレハナ・アオイの霊所を何か所かまわる。

中に黒い小男の神を祀る神石があるはずだった。とよめはその神の名を島のどこかで知るはずだった。そしてもうそれが「サンアイ」と呼ぶことを知っているかも知れない。ウンジ集落を探しあて百何十年か前の犠牲者の鎮魂を祈るのも役目だった。それぞれの祠で災禍を寿福に換える祈りを捧げ、祭りの当日戻ってくる。姿を消す時持って行った少量の御供物とボトル三本の水がその間のとよめの命を支える。

とよめは芭蕉布の神衣を着ていた。荒縄を腰に結びオレハナ・アオイがジーヨイン岩の割れ目から初めて姿をあらわした時使っていたと伝えられる足首まで包んだ草鞋をはいている。それももともとディ家にあったものだ。笹の笠をかぶり全身を笹の葉で飾りたてている。ハハ集落のデイゴの小屋でその装束を整えて出て行ったはずだ。「そないさうし」の記述によるがだれもその姿は見てはならない。

神石の前の芝生には猫じゃらしが伸びていた。多美子がそれを抜いた。玉城栄子も並んで腰をおろし広場の隅へと動いた。

為吉が布田と慎太郎を呼んだ。次郎が謙一を招く。何やら為吉の言葉にみんなうなずいている。橋川俊夫も輪に加わった。

女たちがひざまずいて雑草を抜く傍らを、友一が広場の外の登美子から俊夫へ向かってよちよちと歩いていく。

ラジオは台風の接近を報せていたが、為吉も布田も準備に頭がいっぱいだった。各集落への連絡に何度も慎太郎が走り臼さんが同行した。

当日、風も雨も激しかった。島は白い波に囲まれた。断崖は押し寄せる大波がたたきつけ島全体が揺れた。まだ刈りおえていないサトウキビは倒れ赤紫の根をむき出し、稲架の稲は水のあふれる田に放り出されていた。臼さんの運んできたアルミのパイプも水の中に吹きとばされ、ようやく丸くなったキャベツも水につかり大根も芋苗も土をさらわれていた。

為吉の家も、男ばかり三人が住むディ家も、あらたに馬場すみ子が加わった猪口麗子の家屋も橋川親子が住む小さい家も雨戸をしっかり閉じて三日間を過ごした。

新川よし子はソナイじいさんの家を一人で守っていた。何百年も何千年もくり返した自然の脅威が島を襲っている。それぞれの家の周囲に巡らした珊瑚石の塀が辛うじて家屋の崩壊を防いだが、水牛小屋も豚小屋も吹きとばされた。

山から流れ出る水があたりの田を赤く染めた。赤い水はオレハナ・フジの斜面を、島の中央部から周辺へと音をたてて流れ、そのまま断崖を落ちていった。

台風が去っても一週間は島は外との連絡がとれなかった。役場支所の無線機も役に立たず、空港もハハの港もすぐ使える状態ではなかった。

ヘリコプターが飛来し、十九人乗りのＤＨＣ―６型機が着陸してからすべてはふたたびはじまった。

オレハナ・アオイとなってあらわれるはずのとよめもその間消息がわからなかった。そしてほとんど裸であらわれたとよめはソナイとハハの御獄を往復して新たな吉日を卜した。

もう一度こもるとよめは為吉に伝えた。当初占った日はオレハナ・アオイの意にそわなかったといいたいらしかったが言葉ははっきりしなかった。

再度の祭り当日、旗頭を先頭に御獄へ向かう列を取り囲んだ人の中に有馬が苦笑いを浮かべて立っていた。先程から田中あき子や麗子に〈翁〉淳子と一緒かと訊かれては、違うちがうと手を振っている。飛行機が飛ぶようになったから早速やってきたとくり返している。

「いやね、ここへ来るなんて考えられなかっただけだよ。交通手段がないんだもの」

有馬は本島ではオレハナ丸に乗りおくれただけだったという。

「淳子、やっぱり前の男が忘れられないらしくってよ」

しばらく本島のスーパーでレジをしていた淳子は、結局臼井新治を探して本土へ帰ったという。

「その男と一緒だった時が淳子一番幸せだったというんだ。もう一度子供を産みたいといっていた」

有馬は自分には淳子が追っている男のような一途さはないと笑う。手に鳥籠を持っている。黒い四十雀は元気に籠の中を飛びまわっている。

「こいつの餌さがしに行ったんだが、考えてみりゃ餌なんて何だってよかったんだ。島ならなんぼでもあること忘れていた」

それから突然大声でいった。

「おれがやったんじゃない。おれじゃない。だけど疑われるのは嫌だからな」

〈事件〉のことだった。どうやら為吉と行動をともにしているとまた新聞やテレビに追われると思っていたらしい。馬場すみ子が有馬に寄っていく。

「あれっ、島のお母ちゃんとこへ戻ったんじゃなかったのか」

有馬は鳥籠を置いてすみ子を抱く。

「同じ島でもこちらの島の方が暖かいもの」

すみ子のことばに有馬はうなずいた。

「それにしても太ったのかい」

「そんなこというもんじゃないよ」

すみ子はいって有馬をはたく。

為吉の合図で旗頭の的矢を慎太郎が持ち上げた。台風で壊れたのを作り直したのだ。台風の後農作業はほったらかしだ。田も畑もようやく水が引いたから、祭りが終わったら作業にかかる。竹の代わりのパイプはしない、周りからロープを引いても〈オレハナ・アオイ〉の旗頭は空にあがっていかない。パイプには一メートルほどの間隔を置いて荒縄の代わりのビニールの太い引き綱が何本も結わえてある。綱を四方からうまくみんなで引くと旗頭をのせたアルミのパイプが立ちあがるはずだった。友一を放っておいて登美子までもロープにすがる。

腹に布団を巻いた為吉がパイプの下を受ける。ようやく旗頭が立ちあがる。為吉がふんばる。杉の葉を陰毛のように逆立てた赤い神が空に向かって上っていく。

「為吉さん、翁さん頑張って」

巻原江津が声をかけた。傍らには夫の好三がいる。二人もこの朝船でやってきていた。新しい港はまだ完成していなくて、結局鉄梯子を上ってきた。

「あー、恐ろしかった。今度はあれを下りるのかと思うととてもじゃない」

すみ子に話しかける。

「帰らなくてもいいじゃないの。わたしもここに住むのよ」

好三の髪はまだ定年前なのに真っ白だ。江津の手を握りしめ少しふるえている。江津は布田にあいさつする。

「ハーナレへ呼び寄せたのよ。電話も通じたの」

行方がわからないといっていた夫の隠れ家を江津は知っていたのだ。船大工がハーナレでの二人の生活の面倒をよく見てくれるという。

「布田さんはこの島にとどまるの」

いつもアラビアや地中海の話を聞いていたので江津は布田がまたそちらへ行くと思っている。

「ああ、ああ」

布田は返事もそこそこに為吉の体にとりすがった。江津にいわれ好三もロープの端を握った。為吉は一歩二歩、腹に旗頭を支えて歩いた。よろめいた。御獄までのゆるやかな坂をバランスを取って旗頭を支えて歩いていく。腰に力を入れる。周りの者のロープが張ったりゆるんだりする。

「代わりましょう」

為吉は布田にうなずく代わりに顎で謙一を呼んで、平たい石を指す。のけぞりながらパイプの先を石の上にゆっくり下ろす。ロープの持ち手に布田が声をかける。

「引っぱるのやめたら駄目だぞ」

周囲にいるのはソナイで生まれた友一や臼さん、馬場すみ子を含む〈翁集団〉の十六人だけではない。ハハ集落からもダンヌ、ダディク、フナ、ミナガタの集落からも人が来ている。マイクロバスがみんなを集めてきた。それぞれの集落の旗頭はディ家の庭に横たわって合図を待っている。

「一杯やってからにしましょう」

猪口麗子が声をかけた。あの岬で掘り出した大きい甕が据えてある。台風におそわれて残った鶏が人々の足元を行き来している。豚はトンペーだけが無事だった。

「あ、産んだよ、産んだ」

謙一を囲んだ小学生の群れから声があがった。鶏が卵を産んで走り出したのだ。

田中あき子と馬場すみ子が甕の中の柄杓をかきまわすと、赤いつなぎの佐田義徳と松本征子が手を出した。甕の中の泡盛は黄色くて強い匂いがする。

「おれたちのことなんか覚えてねえだろうな」

佐田義徳は柄杓に口をつけた。

「おお、うまいぞこの酒」

御獄の方で花火の爆ける音と同時に、空に向かって白い煙がのぼっていく。

「おれたちだって翁さまのグループに入れてもらおうと思ってずっとオートバイで追ってたんだ」

だれも聞いていないが、二人は為吉たちが本土で集団移動していた時、山の中の小さな町で出会っていた。暴走族の二人は一行の野営地を追って岬まで来ていたのだ。

「あの甕か、よく持ってきたな」

甕を掘り出した様子も見ている。二人も船で来ていた。

「こわかったぜあの断崖のぼってくるの、もう一度っていわれたら、おれ」

佐田義徳がびびるのを征子がからかう。

「それじゃあんた、ここに残ればいいじゃん」

西の空に太陽が傾きはじめると銅鑼と太鼓が鳴った。鈴が鳴り蛇皮線がひびく。義晴は今日も古びたJリーグの帽子をかぶっている。胸に抱いた蛇皮線を力いっぱいかき鳴らす。それに合わせて旗頭をとり囲んだ人々が踊りだす。

石の上に立てられていた旗頭を謙一に触らせると為吉はふたたびパイプにいどんだ。

鈴を振る。貝笛が鳴る。蛇皮線が激しく鳴った。

立ち上がる旗頭を猪口麗子が、新川よし子が、力をあわせて為吉の腹にのせた。周囲がゆっくりロープを引く。吉岡兄弟と布田が為吉の腰を支え旗頭が先をもたげてくる。

「よし、おれらもやるよ」

佐田義徳が征子の手を引いて加わった。

多美子が妙子と一緒に甕から泡盛をすくって為吉と謙一の頭にかけた。田中あき子と馬場すみ子は周囲に撒きちらす。玉城栄子は柄杓に口をつけている。喚声があがって男女が逃げまどったあと、〈オレハナ・アオイ〉がゆっくり空にのぼっていく。

為吉は腰を落とし一歩進んだ。腰の布団の当て方をちょっとずらしてさらに一足歩いた。素足の裏がぴったり大地にくっついている。

もうだれも口をきかない。黙ったまま空に揺れる赤い〈オレハナ・アオイ〉の旗頭を見上げながらりゆっくり御獄に向かう。まわりを各集落の少し小ぶりの赤い顔の旗頭がかこんでいる。黒い小男〈サンアイ〉の旗頭のもとにとよめの姿があった。

それらがゆっくり御獄に向かう。周りを取り囲んだ者はみんな手を上に向けている。ひらひら振りながら体をゆらして動いていく。かきまぜてまぜて、みんなかきまぜて、みんな一緒に手を振り体をゆらす。

その時有馬の腰で携帯電話が鳴りだした。人の輪から離れて有馬は話しかける。

「もしもし、もしもし、声がとおいんだけど。うんうん、わかるわかる。淳子。うん、みんないるんだ、お前も来いよ。うん、来るんだな、よしわかった、きっとだぞ、待ってるから」

ソナイ御獄へ向かってかたまりとなった人々が動いていく。

＊作中の唄の詞は「与那国島の歴史」（池間栄三）による。

〈初出一覧〉

姜の亡命	1967年8月	『東海文学』31号
虻	1973年10月	『東海文学』51号
遊動円木	1969年11月	『東海文学』39号
切手の世界	1966年1月	『クラレット・サマージュ』2号
白い塊	1972年10月	『東海文学』48号
盧さんへの手紙	1985年8月	『文芸中部』11号
アドバルーンの逃げた日	1992年1月	『文芸中部』30号
ブラジルへの夢	1965年8月	『東海文学』23号
川　途	1981年11月	『東海文学』80号
三保の松	1982年4月	『文芸中部』1号
世阿弥、飛ぶ	1993年10月	『文芸中部』35号
オレハナ・アオイ島	1999年8月	『文芸中部』52号

あとがき

研究会「クラレット・サマージュ」を学生時代にはじめ、以後、「東海文学」「文芸中部」に属して四十年近くこれらに長短、五十編ほどの小説を発表してきました。

節操もなくあれこれ書いてきましたので、そのなかから今回選ぶのに迷いもいたしました。

結局、勝手に「社会派小説」「私、青春小説系」「能小説」と分け、それにこの数年間に書いたいくつかの長い作品のなかからは「オレハナ・アオイ島」一篇を加えました。これは前著『豚がゆく車がゆく』（原題・常世の国）の続編と読んでいただいてもよろしいかと思ったからです。

才能もさることながら、結局、わたしはただ自らの精神衛生上書いてきたという思いがいたします。小説書きも芸術家の仕事なら、勤めのかたわらの作業などは所詮手遊びにすぎません。しかし一冊にまとめるとなりますと、まずは一篇、どれかを読んでいただきたくて多くを並べました。

長く私をささえてくださった「文芸中部」の仲間、「中部ペンクラブ」のみなさんにお礼申しあげます。

著者

＊題字／松原南流

＊装幀／深井　猛

姜（カン）の亡命

2004年7月1日　第1刷発行　（定価はカバーに表示してあります）

著　者　三田村　博史

発行者　稲垣　喜代志

発行所　名古屋市中区上前津2-9-14　久野ビル
振替00880-5-5616　電話052-331-0008　風媒社
http://www.fubaisha.com/

乱丁・落丁本はお取り替えいたします。　＊印刷・製本／大阪書籍

ISBN4-8331-5140-5